D1574300

N & K

Hermann Burger
WERKE IN ACHT BÄNDEN

Herausgegeben von
Simon Zumsteg

Vierter Band
Romane I

Hermann Burger

SCHILTEN
*Schulbericht zuhanden der
Inspektorenkonferenz*

Roman

Mit einem Nachwort von
Remo H. Largo

Nagel & Kimche

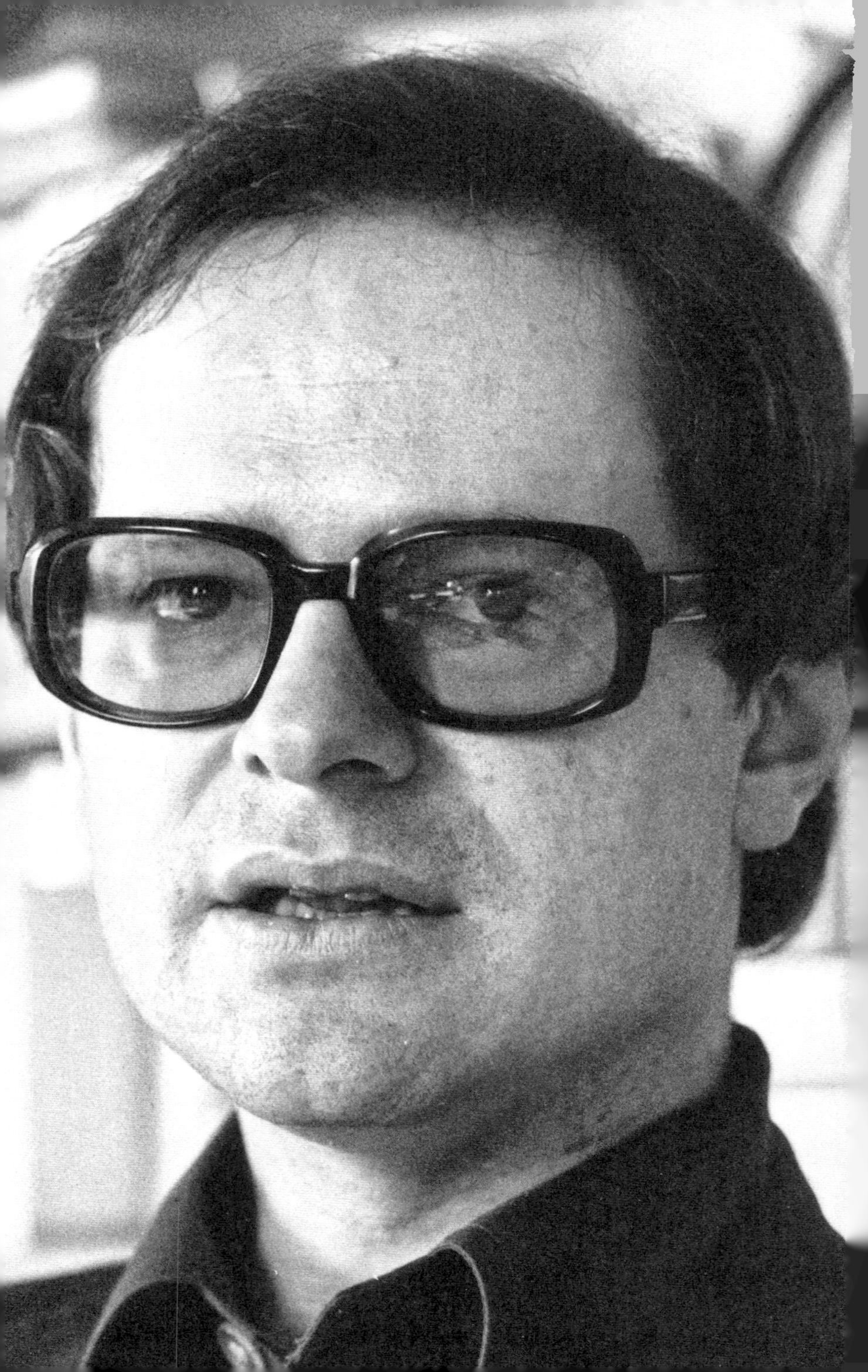

SCHILTEN

*Schulbericht zuhanden der
Inspektorenkonferenz*

Roman

Du bist die Aufgabe. Kein Schüler weit und breit.
Franz Kafka

ERSTES QUARTHEFT

Die Schwierigkeit einer exakten Schilderung der Schiltener Lehr- und Lernverhältnisse hängt damit zusammen, dass die Beschreibung des Schulhauses, in dessen Dachstock meine Wohnung eingebaut ist, nahtlos in die Darstellung meines Unterrichts übergehen sollte, Herr Inspektor. So wie ich hier hause, doziere ich auch. Die klare Trennung von Schulsphäre und Privatsphäre existiert nur in den dumpfen Köpfen der Eltern meiner Schüler. Ich will und kann nicht zwei Leben nebeneinander leben. Absonderlichkeiten des Schulhauses sind Absonderlichkeiten des Unterrichts. Der Schulmeister von Schilten ist ein Scholarch.

Ich bedaure, dass Sie meiner wiederholten Einladung, unsere hinterstichige Landturnhalle zu inspizieren – und zwar im Morgengrauen oder an einem trüben Sonntagnachmittag, wie ich ausdrücklich verlangte –, nie Folge geleistet haben, Herr Inspektor. Ansonsten hätten wir nun wenigstens eine gemeinsame Turnhallenbasis. Überhaupt sind Ihre überfallartigen Blitzbesuche, Ihre Unterrichts-Stichproben in den letzten Jahren gänzlich ausgeblieben. Dies war ja Ihr berüchtigtes Vorgehen: an einem x-beliebigen Vormittag des Jahres in einem x-beliebigen Schulhaus Ihrer fetten Inspektions-Pfarre unangemeldet in eine x-beliebige Lektion zu platzen und einen Unterrichts-Pfropfen auszustechen. Gott weiß, womit ich Ihre Vernachlässigung – oder aber Ihr grenzenloses Vertrauen – verdient habe! Item, Sie haben Schilten ausgeklammert, links liegengelassen, und so bin ich auf den schriftlichen Dialog mit Ihnen angewiesen. Die zunehmende Verschriftlichung meiner Existenz ist, so paradox dies klingen mag, durch Ihr Inspek-

tionsvakuum ausgelöst worden. So kommt es, dass Armin
Schildknecht, vormaleinst Ihr Schützling in der äußersten pädagogischen Provinz dieses Kantons, jenen Schulbericht, der eigentlich von Ihnen erwartet würde, selber in Angriff nehmen muss, sozusagen als Explorand der hohen Inspektorenkonferenz, und dies umso dringlicher, als ja ein seit Jahren kunstvoll in der Schwebe gehaltenes Disziplinarverfahren gegen mich hängig ist.

Es wäre mir bei der vorgeschlagenen Besichtigung nicht um eine Kritik an den Geräten gegangen, welche diese Bezeichnung freilich kaum mehr verdienen, sondern um einen Stimmungsaugenschein, um eine kurze Stegreifbeurteilung des Geisteszustandes unserer Kleinturnhalle, die, ins Schulhaus eingebaut, immerhin das Gesicht der Nordfassade prägt, weshalb Sie, wenn Sie den steilen Schulstalden von Außerschilten nach Aberschilten hinauffahren, auf den ersten Blick nicht sagen können, ob Sie einen Profan- oder einen Sakralbau vor sich haben. Die fünf gleich großen, dreigeteilten Rundbogenfenster im Erdgeschoss scheinen eher zu einer Kapelle oder zu einem Missionshaus zu gehören als zu einer Lehranstalt. Das Glockentürmchen, das von der Mitte des Dachfirstes leicht gegen den Friedhof vorgerutscht ist, verstärkt diesen Eindruck, und die dunkle Palisadenwand des Schiltwaldes, der das sichelförmige Schilttal gegen Süden abriegelt, trägt das Ihrige zur Verschleierung der Turnhallenfassade bei. Eine Sektenkapelle mit halbamtlichem Einschlag, würde jeder Unvoreingenommene vermuten, ein Klausnerschlösschen. Die Nordseite ist die zwitterhafteste von allen vier Ansichten. Den Rundbogen widersprechen im Obergeschoss fünf hochrechteckige, für ein Unterrichtsgebäude etwas zu aristokratisch geratene Herrenfenster. Erst wenn man näher kommt, verraten die vergraste

Weitsprung-Anlage und das durchgerostete Reckgerüst auf der kleinen, von einer zwerghaften Buchsbaumhecke eingefriedeten Turnwiese den wahren Charakter des Raumes, der sich hinter der Kapellenfront verbirgt. Man könnte allerdings von diesem Schindanger früherer, leichtathletischer Aktivitäten mit den beiden gelochten Marterstangen ebenso gut auf eine Leichenhalle schließen. Nicht weit gefehlt, Herr Inspektor, nicht weit gefehlt!

Wenn Sie durch das Hauptportal in den stichtonnengewölbten Schulhauskorridor treten, diesen Angsttunnel von unzähligen Schüler-Generationen, in dem es steinsüßlich und urinsäuerlich riecht, finden Sie linker Hand die Tür zum Unterstufenzimmer, rechts auf gleicher Höhe eine genau gleich große, gleich gestrichene und gleich beschriftete Tür, die einen gleich großen Unterrichtsraum vortäuscht. Öffnen Sie diese Tür unvorbereitet, als Schulhaus-Neuling, in Erwartung von Bankreihen und einer Wandtafel, tappen Sie in die gähnend leere Falle des Schiltener Gymnastiksaals. Sie befinden sich auf einer mit einer Holzbrüstung verschalten, knarrenden Galerie, von der fünf nicht minder knarrende Stufen in den Turnraum hinunterführen, und dieses Knarren ist bereits ein Symptom seiner Gemütskrankheit. Sie müssen sich vorstellen, wie das früher getönt hat, wenn eine Horde losgelassener Schüler diese Treppe hinunterstürmte. Der Blick fällt auf die spärlichen abgewetzten Geräte, welche durch die großen Rundbogenfenster, von denen vier gegen Norden, zwei gegen Osten gehen, viel zu viel Licht bekommen: ein Reckgerüst, vier Kletterstangen, zwei Barren, ein Schwebebalken, eine einteilige Sprossenwand, ein Klettertau, ein Lederpferd, ein wackliger Korbballständer. Das zweite Netz ist an der Galerieverkleidung festgeschraubt. Die drei vergitterten Lampen gemahnen an Arrestanten-Verhöre.

Ein dick bandagiertes Rohr zieht sich der Decke entlang und stößt stumpf in die Mauer, hinter der die sogenannte Mörtelkammer liegt, zugänglich durch eine Tür neben der Treppe. Bis auf Fensterhöhe sind die Wände schabzigergrün gestrichen, in der Oberzone ist der ehemals weiße Verputz rauchig eingedunkelt. Der Geruch entspricht nicht etwa dem üblichen Turnhallengeruch, einer Mischung aus vergammeltem Leder, Bodenwichse und Magnesium, es riecht – weshalb, habe ich nie herausgefunden – nach Graphit, nach Abfällen, wie sie beim Bleistiftspitzen entstehen. Schülerspitzen, Bleistiftspitzen. Wer mit einer solchen, in den Proportionen total verrutschten Turnhalle unter einem Dach zusammenlebt, wird mit der Zeit rheumaempfindlich in Bezug auf das Schicksal schizophrener Räume. Der Eindruck von der Galerie aus täuscht. Ein heiteres Landschaftszimmer für Leibesübungen, denkt man, die Aussicht auf den Eisbaumgarten mit einbeziehend. Sobald man aber unten steht, barfuß auf dem grobspleißigen Riemenboden, wenn möglich im Morgengrauen oder an einem tristen Sonntagnachmittag, spürt man die kerkerhafte Enge, ahnt man den verderblichen Einfluss des benachbarten Friedhofs. Und die Schüler, Sie müssen sich in die Schüler hineinversetzen, Herr Inspektor, befinden sich immer unten. Hätten Sie meinem Aufgebot zu einem Stimmungs-Augenschein Folge geleistet, hätte ich Sie mit dem Tamburin in der Hand in die Schülerperspektive hinunterkommandiert, in eine dem Turnungemach angepasste Kauerstellung, und hätte Ihnen dann befohlen, sich an der äußersten der vier Kletterstangen hochzuziehen. Nicht wettkampfmäßig, versteht sich, ganz langsam, so schnell als es Ihr Kletterverschluss noch zugelassen hätte. Alte Turnlehrerweisheit: Mit einem guten Kletterverschluss kommt man durchs Leben! Nachdem Sie, falls überhaupt, oben angelangt wären, nach schülerhafter Klettermanier mit der freien Hand nach der weißen Marke tastend, hätte ich Ihnen vorgeschlagen, einen Blick aus dem Ostfenster zu werfen, um Sie fragen zu können: Was, Herr Inspektor, sehen Sie? Sie, Herr Inspektor, hätten mir zweifellos geantwortet: Den Friedhof. Vielleicht auch ausführlicher, je nach Kondition: Den Pausenplatz, die Güterwaage, die Straße, vier Scheinzypressen, dahinter den Friedhof. Das genügt, hätte ich gesagt und Ihnen erlaubt, wieder hinunterzugleiten, nicht wettkampfmäßig, auch nicht kopfüber, so sachte wie möglich, damit jegliche Blasenbildung an Ihren zarten Inspektorenhänden vermieden worden wäre. In einer von lockeren Freiübungen durchsetzten Turnhallen-Unterredung, Hüpfen, Grätschen, Liegestützen, Rumpfbeuge vorwärts und rückwärts, hätte ich Ihnen, vom Tamburinklopfen rhythmisch unterstützt, erklärt, gezeigt, bewiesen, dass seit Generationen jeder Schüler von Schilten – linkszwei, linkszwei, rechtszwei, rechtszwei, Herr Inspektor, Knie durchstrecken, mit den Fingerspitzen die Zehenspitzen berühren –, jeder Schüler von Schilten, der in den vorgeschriebenen 5,2 Sekunden das obere Ende einer Kletterstange erreicht, der aus der dumpfen grünen Saaldämmerung in die lichte Oberzone hochschnellt, womit belohnt wird? Mit der Aussicht auf den Schiltener Friedhof, den sogenannten Engelhof! Im leichten Laufschritt den abgenützten schäbigen Wänden und verbrauchten Geräten entlang wäre Ihnen sofort, schlagartig klargeworden, was ich meine: dass Turnen in Schilten, gleichviel ob es sich um körperliche oder geistige Ertüchtigung handle, nur ein mühsames Erklettern der Gräberperspektive sein kann. Mehr zu sagen wäre überflüssig gewesen, die landschaftliche und innenräumliche Antithese Friedhof–Turnhalle hätte für sich gesprochen. Es gibt Einsichten, die uns an Ort und Stelle treffen wie ein Blitz, während sie uns von ferne kaum als Wetterleuchten beunruhigen. Und ich hätte Sie so lange an Ort hüpfen lassen, bis Sie gesagt hätten: Sie haben recht, Schildknecht, entweder das Schulhaus oder der Friedhof, beides zusammen, beides nebeneinander geht nicht! Sie haben dermaßen profund recht, dass die Inspektorenkonferenz nicht aufhören wird zu tagen und über dem Traktandum Ihrer Person zu brüten, bis Sie in der Schul- und Gemeinde-Öffentlichkeit vollständig rehabilitiert sind, mehr noch: bis sich aus Ihrer Rehabilitation der süße Zuckerstock eines legendenhaften Nachruhms zu Lebzeiten formt. Da dem nicht so ist, da es mir trotz unzähliger Bitt-, Droh- und Mahn-Briefe nie gelang, Sie in diese Turnhalle zu locken, muss ich nun umgekehrt die Turnhalle samt dem dazugehörigen Schulhaus, muss ich die komplizierte Verfilzung von Friedhof- und Schul-Betrieb in Form eines Rechenschaftsgesuchs in die Inspektorenkonferenz hineintragen, wobei ich weiß, dass alles, was ich vorbringe, jederzeit gegen mich verwendet werden kann. In nervenaufreibender Rechthaberei und Kleinarbeit muss ich Ihnen schwarz auf weiß ausdeutschen, was mit einer kurzen Inaugenscheinnahme festzustellen gewesen wäre. Es ist zum großen Teil Ihre Schuld, wenn ich nun die Konferenz mit diesem Kram belästige, und da ich sie schon einmal belästigen muss, gestatte ich mir, sehr weit auszuholen und mit der Darstellung der hiesigen Abdankungs-Gepflogenheiten zu beginnen. Ich habe für diese Studie, von der für mich Sein oder Nicht-Sein als Schulmeister von Schilten abhängt, das Verfahren gewählt, dass ich zunächst ganz engmaschig berichte, so konkret wie möglich – ein Berufsschreiber würde vermutlich sagen: so, als gäbe es diesen Ort wirklich –, um Sie dann, wenn Sie einmal Boden unter den Füßen haben – freilich nur Friedhofboden –, immer tiefer in schilteske Verhältnisse hineinzulocken. Ich ahne zu Beginn noch ungefähr, wohin mich dieser Schulbericht führen könnte, werde wohl aber im Verlauf der Niederschrift die Übersicht mehr und mehr verlieren. Sie dürfen sich also nicht oberlehrerhaft über kleine Widersprüche aufhalten, sondern müssen jedes Heft so lesen, als sei darin mein Schiltener Aberwissen auf den letzten Stand gebracht. Nichts unfruchtbarer für Sie, als wenn Sie jetzt schon an einzelnen Ausdrücken herumnörgeln und ein Gezeter loslassen, wenn mir im Wettlauf mit der Zeit und dem hängigen Disziplinarverfahren ab und zu ein Satz missrät. Ich brauche die Sprache ja nicht, um mich der Inspektorenkonferenz für höhere narrative Aufgaben zu empfehlen, ich brauche sie aus Notwehr.

In Friedhofkategorien gedacht – und wer in Schilten denkt nicht in Friedhofkategorien! –, ist die schabzigergrüne Turnhalle in erster Linie ein öffentlicher Saal, der sich für Abdankungen eignet. Zwar sind die Schulpflegen laut Schulgesetz verpflichtet, darauf zu achten, dass die Turnhallen so wenig wie möglich für artfremde Zwecke benützt werden. Doch kann man sich hier oben am Ende des Schilttals – der frühere Weiler rund um das Schulhaus und den Gottesacker wird auch Aberschilten genannt – angesichts der friedhöflichen Omnipräsenz darüber streiten, ob die Verwendung bei Trauergottesdiensten artfremd sei. Bruder Stäbli, der Prediger der Erz-Jesu-Gemeinde, der übergangsweise die Amtsgeschäfte eines evangelischen Seelsorgers führt, weil es seit Jahren nicht mehr gelungen ist, einen Pfarrer für dieses gottverlassene, aber sektenreiche Tal zu finden, mein Kollege aus Mooskirch, bekannt für seine knäckebrotspröden Leichenreden, sagt: Die Gemeinde braucht dringend einen Raum in Friedhofnähe, wo die Trauerversammlung im Schmerz über sich hinauswachsen kann. Und welches Lokal käme der routinierten Inbrunst, mit welcher der Betbruder von Mooskirch dem Tod den Stachel nimmt, mehr entgegen als die depressive Zwitterhalle mit den zerbrochenen Fensterscheiben! Sie riecht geradezu nach sektiererischer Hoch-Demut, sie ist, wenn nicht das irdische Jammertal schlechthin, so doch ein wahrer Jammersaal. Wir haben jährlich im Schnitt, sagt Wiederkehr, der Schulhausabwart und Totengräber, zehn bis zwölf Erdbestattungen. Natürlich gibt es magere Jahre mit nur fünf bis sechs, aber auch fette Jahre mit gegen zwei Dutzend Begräbnissen, je nachdem ob der Winter kurz oder lang, hart oder milde ist. Das heißt, dass der Turnsaal ungefähr jeden Monat einmal in eine Abdankungshalle umfunktioniert oder, wenn Sie lieber wollen, die Abdankungskapelle in eine Turnhalle zurückverwandelt werden muss. Diesem Ereignis hat sich, nebenbei gesagt, der ganze Schulbetrieb unterzuordnen. Wenn ich mich auf meinen diagnostischen Turnhallen-Instinkt verlassen darf, würde ich behaupten, dass es das ständige Hin und Her sei, Turnmiene, Trauermiene, Turnmiene, Trauermiene, das diesem überdimensionierten, knarrenden Ungemach das Gemüt geknickt habe.

Die Hinterbliebenen sitzen auf den zypressengrün lackierten Gartenstühlen, die der Abwart mit Hilfe einer hochspezialisierten Bestuhlungsequipe aus meiner Einheitsförderklasse in zwei Blöcken aufstellt: Block A, Block B. Die betreffenden Schüler nennen sich Abdankungs-Stoßtrupp. Ich, Herr Inspektor, der ich den pädagogischen Künstlernamen Armin Schildknecht gewählt habe, spreche von einer Einheitsförderklasse, weil ich die sogenannten Förderklässler, die Hilfsschüler, und die Oberschüler zusammennehmen musste. Die Sitzengebliebenen und ewig Unverbesserlichen im ehemaligen Unterstufenzimmer zu traktieren und, kaum hat man ihnen einen Satz diktiert, zwei Treppen hoch ins ehemalige Oberstufenzimmer zu rennen, um dort die Verheerung einzudämmen, welche die Oberschüler inzwischen angerichtet haben, wissend, dass nun unten der Teufel los sein würde, das ging einfach nicht mehr. Hinauf, hinunter, hinauf, hinunter, da hetzt man sich ja zu Tode. Warum die Förderklässler abspalten, alle Schüler sind förderungs- und hilfsbedürftig. Wir haben eine Einheitsförderklasse gebildet, die Schüler sind ohne Rang- und Klassenunterschiede Unterrichtnehmer, und damit basta! Bevor aber der Abdankungs-Stoßtrupp mit dem bei der Stuhlerei immer schlechtgelaunten Abwart an der Spitze in Funktion tritt, bohnert die Abwartin, die Schüpfer Elvyra – eine Halbschwester Wiederkehrs –, den Turnhallenboden. Mit Stahlspänen geht sie nur dahinter, wenn der Heimgegangene eine Dorfpersönlichkeit gewesen ist und demzufolge mehr als fünfzig Trauergäste zu erwarten sind. Vier Arbeitsgänge, Aufwaschen, Spänen, Wichsen, Bohnern, für Verstorbene, die es zu etwas gebracht haben, wie man hier sagt, die etwas darstellten; zwei Arbeitsgänge nur, Wichsen und Glänzen, für Gewöhnlichsterbliche. Systematisch beginnt die Schüpferin in der tauben Kletterstangenecke, von wo sie, mit dem prallen Hintern die Friedhofschwermut abwehrend, diagonal bis zur Mörtelkammerecke vorrutscht. Dies, während der Abwart, der an Abdankungstagen so tut, als gehe ihn die Schule überhaupt nichts an, geschäftig zwischen Werkstatt, Friedhof und Turnhalle hin und her schlarpt, die Kränze in Empfang nimmt, die von der Gärtnerei in Schlossheim nach Aberschilten hinauftransportiert werden, das Grab schmückt und die Grube mit den grasgrünen Plachen auskleidet, damit die Trauergemeinde vom Anblick des offenen Lehmschachts verschont bleibe. Plachen in Schilten, Herr Inspektor, sehr rationell, es gibt Gemeinden, wo diese Abdeckungskultur noch in den Kinderschuhen steckt, wo man sich in rührender Einfalt mit Tannenzweigen abmüht. Die Konferenz wird dieses Detail ausnahmsweise zugunsten des Friedhofs zu verbuchen wissen. Nachdem die Schüpfer Elvyra, deren

Name ja alles sagt, den Riemenboden auf Hochglanz poliert hat, so dass meine Schüler noch tagelang wie auf einer Schleife an die Geräte heranrudern müssten, wenn das Hallenturnen bei uns nicht längst abgeschafft und durch die Behandlung der Turnhalle ersetzt worden wäre, beginnt die Stuhlschlacht. Unter Paul Haberstich, meinem Vorgänger, war es so, dass die Stühle jedes Mal aus der Versenkung heraufgeholt werden mussten. Der Schiltener Abdankungssaal besitzt eine einmalige Vorrichtung. Auf der Höhe der Sprossenwand befindet sich eine rechteckige, etwa anderthalb Meter tiefe Grube, die man durch das Abheben der losen Bodenbretter öffnen kann. Darin haben sämtliche Klappstühle Platz, wenn man sie kunstgerecht ineinander verzahnt. Paul Haberstich, der die Halle in ihrer ganzen Länge und Breite beturnen wollte, bestand darauf, dass die Stühle nach jeder Abdankung, Zensurfeier und Concordia-Probe in diesem Massengrab versenkt wurden, was den Nachteil hatte, dass die Ritzen durch das häufige Abheben und Zusammenfügen der Bretter für die barfuß antretenden Schüler – wer konnte sich anno dazumal Turnschuhe leisten! – immer heimtückischer wurden. Ich habe dem Abwart gleich nach meinem Amtsantritt erklärt: Schluss mit dieser idiotischen Stuhlbeerdigung! Draußen vor unsern Fenstern werden Leichen verscharrt, meinetwegen, drinnen wollen wir nicht auch noch Mobiliar verscharren. Wie Sie sehen, Herr Inspektor, glaubte ich in meiner anfänglichen Naivität, die Schule sei stark genug, sich der friedhöflichen Infiltration zu entziehen. Heute sage ich: Was ist diese Senkgrube anderes als eine Spionageeinrichtung des Engelhofs, als eine geschickt gestellte Falle, dort wo das Schulhaus am friedhofanfälligsten ist. Item, ich setzte gegen die Starrköpfigkeit Wiederkehrs durch, dass die gebretteten Gartenstühle nach Gebrauch in einer Ziehharmonikaformation am Fußende der Abdankungshalle ineinandergestellt werden, was, wie sich sehr bald in der Bestuhlungspraxis zeigte, keinen Vorteil bringt gegenüber der schichtweisen Verstauung in der Grube. Das Gezeter und Gezwänge, bis die widerspenstigen Dinger aus ihrer Verkeilung entrenkt sind, ist kaum geringer, und pubertätsgemäß stellen sich die Burschen des Abdankungs-Stoßtrupps absichtlich ungeschickt an. Statt vorsichtig an die verklemmten Klappwracks heranzugehen und sie behutsam aus der Verschränkung zu heben, reißen sie gleich zu Beginn die ganze Reihe um, und der Abwart verwirft fluchend die Hände. Ein Geschrei und Gejohle geht los, als ob eine Festhütte aufgestellt würde. Und wenn man genau hinsieht, ist es just Wiederkehr – das Kind im Manne, sagt die Abwartin –, der sich am unflätigsten gebärdet, der zum Beispiel einen Stuhl, wiewohl er längst befreit ist, über dem Kopf schwingt und schnaubend zu Boden schmettert, als könnte er sich an einem Exemplar ein für alle Mal an der veralteten Konstruktion dieses Modells rächen.

Auch ich, Herr Inspektor, muss meine Vorbereitungen treffen. Mit Hilfe von zwei starken Bengeln schiebe ich das Harmonium aus der Mörtelkammer in die Turnhalle, wo es leicht abgeschrägt in der zugigen Nordwestecke aufgestellt wird, so dass ich sowohl Sichtverbindung mit Bruder Stäbli habe, der von der Galerie aus salbadert, als auch die Trauergemeinde überblicken kann. Da ich weitaus der begabteste Harmoniumspieler in Hinter-, Vorder-, Inner-, Außer- und Aberschilten, wenn nicht im ganzen oberen Schilttal bin – was etwas heißen will, wenn man bedenkt, dass es hier gegen ein Dutzend harmoniumselige Sekten gibt –, und sintemal ich in meiner sogenannten Freizeit ohnehin ständig an der Wimmerkiste sitze, um meine Lektionsvorbereitungen in einer Art von Sprechgesängen oder Präparationselegien in den Mörtelkammerschacht hinauf- und in die Turnsaaldämmerung hinauszudeklamieren, habe ich mich spontan für den musikalischen Untermalungsdienst zur Verfügung gestellt, honorarlos, unter der einen Bedingung, dass ich mich nicht an das Zährenrepertoire der Abdankungsorganisten halten muss, sondern Vorspiel, Zwischenspiele und Ausgangsspiel in freier Improvisation gestalten darf. Bruder Stäbli, unmusikalisch bis ins Steißbein, war grundsätzlich mit dieser Narrenfreiheit einverstanden, brachte lediglich den Wunsch an, dass ich ab und zu ein melodisches Zitat aus einem der Paradestücke «Komm süßer Tod», «So nimm denn meine Hände», «Näher mein Gott zu dir» und «Harre meine Seele» einbauen möge. Allein der Sichtverbindung mit dem Stündeler-Oberhaupt wegen wäre es nicht nötig, das Harmonium in die Turnhalle zu schieben, wo es, auch wenn die stoffbespannte Rückseite des missionsbraunen Kastens mit Trauerkränzen verdeckt wird, nur störend wirken kann. Aber in ländlichen Gegenden, zumal in Stumpen- und Sacktälern, ist es Brauch, dass der Sarg während der Abdankungspredigt in einem Nebenraum der Kapelle aufgebockt wird, aus dem uralten Aberglauben, dass die Lebensgeister des Verstorbenen bei der Nennung seines Namens oder spätestens beim Verlesen seiner Biographie zurückkehren würden, im Fall, dass er nur scheintot gewesen wäre. Nicht alle Trauerfamilien halten sich an diese Vorsichtsmaßnahme, aber die Stockschiltener, die ehemaligen Steckhöfler und Insassen der auf den Höhenzügen verstreuten Hofsiedlungen, beharren darauf, und da die Turnhalle keinen andern Nebenraum hat als die Mörtelkammer, muss das Harmonium weichen. Armin Schildknecht persönlich, der sich im Lauf der Jahre gründlich in die Materie des Scheintodes eingearbeitet hat, hätte es weiter nichts ausgemacht, mit dem Rücken an den Sarg lehnend in der Mörtelkammer zu interludieren, auch wenn einmal der Deckel plötzlich aufgesprungen wäre und ihn eine weiße Hand am Kragen gepackt hätte. Dieses Horror-Risiko muss man in einem Raum wie der Mörtelkammer schon auf sich nehmen. Doch die Gemeinde war dagegen. Man will die trostspendende Kommode und ihren Balgtreter sehen.

Ein weiteres Problem musste gelöst werden: Wo bereitet sich Bruder Stäbli auf seinen Auftritt vor? Die alte Landpfarrerregel adaptierend, wonach der Geistliche nie denselben Ein- und Ausgang benützen soll wie die Gemeinde, lehnte es der Zeremonienmeister des Erz-Jesu-Vereins ab, die Turnhalle von der Turnwiese her, durch die zweiflüglige Tür mit den rubinroten und eukalyptusgrünen Trübglasscheibchen zu betreten. Diese zwei Farbakzente sind übrigens ein dürftiger Ersatz für die fehlenden, inbrunstfördernden Grisaillen und Glasmalereien. Blieben also nur noch die Zugänge vom Korridor und von der Mörtelkammer. Wie aber schmuggelt man einen Schismatiker in einen gefangenen Abstellraum? Noch so gern hätte Bruder Stäbli die Fensterkletterei, ja sogar den obszönen Ruf der Mörtelkammer in Kauf genommen für diesen Überraschungseffekt. Er hätte demütig, mit seitwärts geneigtem Haupt die fünf unter seinen leichten Schritten kaum knarrenden Stufen zur Galerie hinaufsteigen können, von Stufe zu Stufe an Unantastbarkeit gewinnend. Doch haben Wiederkehr und ich, für einmal am selben Strick ziehend, dem wächsernen Oranten, der ja im Schulhaus nur zu Gast ist, diesen Erscheinungsmodus ausgeredet. Einerseits ist die Mörtelkammer an Abdankungstagen so etwas wie eine provisorische Schauzelle, eine bauliche Vorstufe der längst dringend benötigten Leichenhalle, gehört also zum Verantwortungsbereich Wiederkehrs, und schließlich ist es schon vorgekommen, dass Sektenprediger, denen man nie ganz über den Weg trauen darf, Leichenfledderei betrieben, und jedermann muss zugeben, dass die Gelegenheit für Taschen-Leichenfledderer in der Mörtelkammer die allergünstigste wäre; anderseits spricht die Schleimsuppenblässe von Bruder Stäblis Haut, seine geradezu oblatenhafte Transparenz absolut gegen diesen Auftritt. Ließe man ihn im schwarzen Stündeler-Zweireiher aus der blendenden Kalkhelle der Mörtelkammer schweben, würde ihn die Gemeinde unweigerlich für den auferstandenen Scheintoten halten, und dies wäre ein Auferstehungsskandal ohnegleichen in dem ohnehin skandalumwitterten Abstellraum. Gewiss ist es kapellendramaturgisch ein großer Nachteil, sagte ich zu meinem Kollegen aus Mooskirch, wenn wir Sie um den Kanzelaufstieg bringen, ein Opfer an Plastizität im gesamten Bewegungsablauf, das umso schwerer wiegt, als die Galerie ja alles andere als eine schmucke Kanzel ist, zu der man ehrfürchtig emporblickt. Was ist die Galerie? fragte ich Bruder Stäbli. Eine schmale und gefährliche Brücke, über welche die Schüler unter Paul Haberstich vom Kopfturnen zum Bodenturnen gehetzt wurden. Der Auftritt ist also auch verpatzt, wenn Sie vom Korridor her erscheinen, denn die Trauergäste, die Ihnen zu Füßen sitzen, sind alte Haberstichianer. Durch welches Loch auch immer Sie als arme Sektenmaus in diese Abdankungsturnhalle schlüpfen, man wird Sie befremdet anstarren, weil Sie die gesamte Problematik eines Trauergottesdienstes in einer solchen Umgebung verkörpern. Man müsste einmal die Möglichkeit prüfen, von außen durch die offenen Fenster in den Saal hineinzupredigen. Die Heilsbotschaft einmal ganz von der Peripherie her an die Gemeinde herantragen, nicht immer selber das Zentrum darstellen und in der eigenen Lehre herumtrampeln wollen!

Während ich von halb zwei Uhr an am Harmonium sitze und präludiere, pianissimo natürlich, nur das Musette-Register gezogen, das dudelsackähnlich klingt, dekoriert die Abwartin, welche sich der Ärmelschürze entledigt und das Schwarzseidene angezogen hat, die Turnhalle mit jenen Kränzen, die am offenen Grab keinen Platz gefunden haben. In einer Kirche lehnt man die Gebinde an den Taufstein oder flankiert die Kanzeltreppe. In der Schiltener Turnhalle bieten sich alle Geräte gleich lorbeerheischend, gleich schleifensüchtig an, und es braucht viel psychologisches Geschick für die gerechte Verteilung des Trauerschmucks, damit die sanguinischen Kletter- und Reckstangen, das pyknische Sprungpferd, der melancholische Barren und der cholerische Schwebebalken nicht zu unberechenbaren Temperamentausbrüchen gereizt werden. Es hat keinen Sinn, das Harmonium und damit indirekt Armin Schildknecht mit Kränzen zu überhäufen, während das Tau und die Sprossenwand darben müssen. Ich kommentiere die Kunstwerke der Trauerbinderei mit diskreten Kadenzen und Trillern und halte still für mich fest – man muss sich alles notieren, was im Unterricht verwendet werden könnte –, dass just auf dem Lande die künstliche Ware dominiert, dass sich hier die Hinterbliebenen gegenseitig überbieten mit geschuppten, gerömerten Schläuchen, Wachsblumen-Arrangements und goldbedruckten violetten Spruchschleifen, während man vermutlich in den Städten, wo oft kaum mehr ein Tannenzweig aufzutreiben ist, aus purem Trauersnobismus wieder vermehrt zu Waldkränzen Zuflucht nimmt. Item, ich sehe, was ich sehe, und präludiere und denke an Wiederkehr, die unbestrittene Hauptperson der Abdankungs- und Bestattungs-Mannschaft. Im Vergleich zu ihm ist Bruder Stäbli eine entbehrliche gotische Zuckerguss-Krabbe. Wiederkehr steht in seinem schwarzen Sigristen-Anzug, der seine bullige Gestalt vollends in einen Panzerschrank verwandelt, auf dem Schulhausestrich und wartet, bis er Sichtverbindung hat mit dem Leichenzug, denn erst wenn der Wagen unten auf dem steilen Straßenstück ausgangs

Innerschilten, in der sogenannten Holunderkurve, zum Vorschein kommt, beginnt er mit dem Bestattungsgeläute, das, nebenbei gesagt, laut Artikel 53 der Schweizerischen Bundesverfassung zu den Minimalanforderungen einer schicklichen Beerdigung gehört. Sichtverbindung ist leichter gesagt als hergestellt, Herr Inspektor, denn das Krüppelwalmdach, unter dem ich horste, hat gegen Norden keine Gauben. Freilich könnte sich Wiederkehr im Lehrerzimmer im ersten Stock postieren. Aber dann sähe er nicht bis zur Holunderkurve hinunter. Warum, habe ich den Abwart schon oft gefragt, wollen Sie um alles in der Welt Sichtverbindung haben mit der Holunderkurve? Wohl nur aus Tradition, weil seit Sigristen-Generationen erst geläutet wird, wenn der Leichenzug die Holunderkurve passiert, die sogenannte Holunderkurve, denn jedes Schulkind weiß, dass am besagten Straßenbord schon längst kein Holunder mehr wächst. Vorbei die Zeiten, als Wigger im Schwick den Kratten voll hatte für seinen Holunderschnaps, genauer: für Ihren Holunderschnaps. Die botanische Wirklichkeit sieht anders aus, Wiederkehr: Brennnesseln und Haselnussgestrüpp. Unerachtet dieser Tatsachen halten Sie unbeirrt an der Holunderkurve fest, obwohl es doch nur der Holunder war, der diese Sichtverbindung attraktiv machte. Das Auftauchen des Leichenzugs in der Holunderkurve löst bei Ihnen automatisch den Griff nach dem Glockenseil aus, und dieses Signal verhindert, dass Sie sich etwas denken müssen, zum Beispiel: Eigentlich ist es ja die Schulhausglocke, die ich für Beerdigungszwecke läute. Um Ihre Sichtverbindung, über die Sie vermutlich noch einmal an einer Jahresversammlung des Schweizerischen Totengräbervereins referieren werden, gegen die Konstruktion des Schulhauses zu erzwingen, demolieren Sie mein Dach und heben einen Ziegel hoch, den meine Schüler prompt Holunderziegel getauft haben und der bestimmt noch einmal einem Trauergast auf den Kopf fallen wird. Wer haftet dann für den möglicherweise doppelten Dachschaden, Sie oder ich? Nicht genug, dass die Turnhalle vom schwarzen Lindwurm überfallen wird, der unter Ihrem Gebimmel den Schulstalden hochkriecht, auch noch ins Krüppelwalmdach muss ein Bestattungsleck gerissen werden! Ahbah, sagt der Abwart in solchen Diskussionen, Sie sind eben kein Hiesiger, sondern ein Zugezogener. Sie verstehen es nicht besser! Im Winter, wenn die Straße vereist ist und man sanden muss, ist die Holunderkurve immer die kritische Stelle. Kommt der Wagen nach mehreren Anläufen nicht über diesen Rank hinaus, gibt mir der Kutscher mit der schwarzweißen Fahne ein Zeichen, das bedeutet: die Holunderkurve ist heute nicht zu nehmen. Dann muss die Beerdigung um eine halbe Stunde verschoben werden, weil der Sarg den alten Totenwasenweg hinaufgebuckelt wird, und das muss ich doch als Erster wissen, Herrgottnochmal, ich habe mein Lebtag noch nie ein Begräbnis falsch eingeläutet.

Tatsächlich war früher in bestimmten Gegenden der Totenweg oder sogenannte Hellweg mit Kräutern und Stauden bepflanzt, welche allfällige Nachzehrer an der Rückkehr ins Dorf und unter die Lebenden hindern sollten, so zum Beispiel mit Holundersträuchern, unter denen die Friesen ihre Toten bestatteten. Aber das sind schon Finessen der allgemeinen Friedhof-Kunde.

ZWEITES QUARTHEFT

In dem Augenblick, da Wiederkehr durch die Dachlücke im Schulhausestrich die hagere Jordibeth, die sogenannte Leichenansagerin, welche die Todesnachricht mündlich von Hof zu Hof verbreitet und die dem Leichenzug immer vorangeht, unten in der Holunderkurve erspäht, rückt er den Ziegel wieder zurecht und beginnt, kräftig am Tau ziehend, zu läuten. Und zwar schellt er so lange, bis die schwarze Demonstration den stotzigen Schulstalden überwunden und den Pausenplatz erreicht hat. Diese Viertelstunde, während der das ganze Schulhaus wie ein kantiger Glockenbecher über meinem Kopf dröhnt, erlaubt mir, die lauteren Register zu ziehen. Vom kühl beherrschten Imitieren von Choralpartien wechsle ich, die Bässe koppelnd, in die tiefsten Lagen meines Instrumentes, lasse nasalen Donner und Kellergrunzen röhren, um gegen das gellende Geläut des Abwarts aufzukommen. Damit die kostbaren Stunden meines Schiltener Moratoriums nicht nutzlos verstreichen, repetiere ich einzelne Sequenzen aus meiner Friedhof- und Todeslektion, stampfe Blockakkorde und Sätze vor mich hin. Einstimmen nennt man das in der Schulmeisterei. Dabei scheint mir außer dem hölzernen, metallenen und ledernen Foltergekröse der trauerversunkenen, ihre Melancholie nach außen stülpenden Landturnhalle nur noch einer zuzuhören: Wigger Stefan, unser großes Friedhof-Faktotum, der sich seinen Platz vorne rechts in der Harmoniumecke bereits gesichert hat, der regelmäßig alle Abdankungen heimsucht, aber zu seinem Leidwesen nie im Leichenzug mitgehen darf, weil er bevormundet ist und weil Mündel und Halbschlaue als schlechtes Omen gelten auf dem Hellweg. Wiggers Todesmusikalität tröstet mich über das wächserne Gehör Bruder Stäblis hinweg.

Er wiegt seinen Schädel in Trance, wenn ich ihm, der aufgeregten Abwartin, den tauben Reihen zypressengrün gebretteler Gartenstühle, den zerbrochenen Fensterscheiben und den Spinnweben hoch unter der Decke des Mörtelkammerschachts ein Potpourri aus Aberglaubenssätzen serviere und predige:

dass bei waschechten, alteingesessenen Stockschiltenern nach dem Wegschaffen der Leiche aus dem Trauerhaus Tische, Stühle und Schemel, auch das Gestell, worauf der Sarg stand, umgestürzt werden;

dass die Leichenansagerin durch das ganze Haus geht und dreimal an jede Tür klopft, damit der Tote nicht wiederkehrt;

dass im Raum, worin der Tote lag, drei Häufchen Salz gestreut und nach dem Aufbruch des Zuges zusammengewischt werden;

dass der Sarg nie durch die Haustür, sondern durch ein Fenster hinausgeschafft wird, und dass es in den früheren Steckhöfen der Gegend ein besonderes Leichentor gab, das nach dem Hinaustragen der Leiche wieder zugemauert oder zugenagelt wurde, auch dies eine Maßnahme, um dem Toten den Rückweg zu verbarrikadieren;

dass der Tote in jedem Fall mit den Füßen voran aus dem Haus befördert werden muss, weil er sonst das Hausglück mit sich nimmt;

dass vor Zeiten jene Nachbarn, die vorwärts, also dem Friedhof zu wohnten, den Leichenwagen und das Gespann stellen mussten;

dass der Kutscher keine Peitsche, sondern einen Holunderstab trägt – Wiederkehr: einen Holunderstab! – und nie alle Münzen des Trinkgeldes vom Teller nehmen darf;

dass es Gegenden gab, wo sich, was leider für Schilten nicht bezeugt ist, die Witwe rittlings auf den Sarg setzte, um dergestalt die wiedererlangte Freiheit zu demonstrieren;

dass die Einheimischen nie im schönsten, sondern immer im verschlissensten Sonntagsgewand, oft sogar in schmutzigen Werktagskleidern, zur Beerdigung gehen, wissend, dass, wer ein neues Kleid oder neue Schuhe zum ersten Mal bei einem Leichenbegängnis anzieht, dieselben in Trauer wird abtragen müssen;

dass der Zug unten bei der Brücke, wo er die Schilt überquert, kurz anhält und dass der Sarg dreimal angehoben wird, damit der Tote von seiner Heimat Abschied nehmen kann;

dass es in Hinterschilten noch Leute gibt, welche die am Hellweg stehenden Bienenstöcke umdrehen, aus Angst, die Bienen könnten sonst malefiziert werden;

dass es Unglück bringt, wenn man die Leidtragenden in einem Zug zählt oder mit den Fingern auf sie zeigt;

dass man den Leichenzug grüßt, indem man den Hut zieht und nachher tüchtig ausspuckt;

dass man, wenn unterwegs Kränze vom Wagen fallen, fürchtet, es sterbe bald jemand in der Trauerfamilie.

Indem ich den schwarzen Kondukt auf meiner Tretschemelkiste herbeiphrasiere, kommt er tatsächlich kurz vor zwei Uhr an, ich kann das Stocken der Prozession beobachten durch die weit offene Turnhallentür, den Rückstau bis zum Transformatorenhäuschen hinunter. Der Abwart und die Abwartin halten sich bereit, Wiederkehr draußen auf dem Schulhausplatz, die Schüpferin als eigentliche Dame des Abdankungshauses drinnen im Saal, bald da, bald dort noch einen Kranz richtend oder sich in eine Ecke drückend, um die verrutschten Strümpfe zurechtzuzupfen. Wigger lauscht, auf seinem Stuhl zusammengesackt, den verröchelnden Harmoniumklängen nach, scheint die Akkorde, die ich ihm geboten habe, wie zähe Karamellen zu lutschen. Und Armin Schildknecht, der frevlerische Turnhallenmissionar mit staubiger Seele, hat seine Register, die braunen Knöpfe mit den roten Filzscheiben und den frakturbeschrifteten Emailschildchen, zurückgestöpselt und lässt seine Hände auf den Tasten ruhen, welche die Farbe von altersgelben Fingernägeln haben. Die Sargträger, von Wiederkehr dirigiert, müssen zuerst um Wigger herumzirkeln, der wie ein Kartoffelsack von seiner Ecke aus den Traueracker Bruder Stäblis besetzt hält, müssen sich dann, indem sie mit dem glatt gebohnerten Turnhallenboden kämpfen, zwischen dem Harmonium und der Galerietreppe durchzwängen, um die ehemals weiß gekälkte Gerätegruft zu erreichen, wo der Tote auf dem Matzenwagen – zum Schiltener Turninventar gehört, ich will ihn nicht unterschlagen, ein Matzenwagen – zur zweitletzten Ruhe abgesetzt wird. Umständlich, nur mit Mühe ihren anerzogenen Respekt vor dem Schulhaus überwindend, drücken sich die Trauergäste über die Schwelle, rosige Kracher und verschrumpelte Weiblein, wurstige Matronen und taprige Schopftintlinge in ihren abgetragenen mattschwarzen Kitteln, Westen und Brusttüchern, ihren speckglänzigen Jupons und filigranen Schleiern. Es sind die Eltern und Großeltern meiner Schüler, eingefleischte Haberstichianer. Ich kenne sie mehr ihren Übernamen als ihren Namen nach, für sie hingegen ist und bleibt Armin Schildknecht der Herr Lehrer, so wie der Pfarrer, gäbe es einen im Dorf, als Herr Pfarrer gegrüßt würde. Die meisten von ihnen haben hier die Schulbank gedrückt, haben in dieser Turnhalle die Kletterstange erklommen, um mit der Aussicht auf den Engelhof belohnt zu werden, haben an einer sogenannten Schlusszensur ihre Abgangszeugnisse erhalten, den arithmetischen Lohn für acht Jahre Bildungsarrest. Sektenbrüderlich und -schwesterlich schnuppern sie in der provisorischen Abdankungshalle herum, mustern mit verstohlenen Blicken die Trauerdekoration, zählen die Kränze und drücken sich in den Seitengängen den Wänden entlang, um sich im Schutz der Geräte irgendwo verschlaufen zu können, immer noch vergelstert von der schrillen Pfeife des Turnlehrers. Die Abwartin hat ihre liebe Mühe, dieses Gedränge in den hinteren Regionen zu bekämpfen, die Duckmäusergrüppchen zu sprengen und den einen oder andern, indem sie ihn am Ärmel zupft oder mit ihrem gepanzerten Busen anpufft, nach vorne zu komplimentieren, im Flüsterton schimpfend, es mache doch keine Gattung, wenn die Trauerfamilie wie auf dem Schandbänklein dasitze. Im Gegensatz zum Leichenzug, wo die strengste Ordnung herrscht, benehmen sich die Beerdigungs-Veteranen, sobald sie Schulhausluft riechen, wie verdatterte Examensschüler. Jeder schiebt den andern vor, am liebsten würden sie in der Stuhlversenkung in Deckung gehen oder sich ineinander verknäueln, ihre Köpfe wie die Rugby-Spieler über einem imaginären Streitobjekt zusammenwuscheln und sich an Armen und Beinen umklammern. Der unvermeidliche Auftritt Bruder Stäblis, von keinem Geringeren als Armin Schildknecht musikalisch inszeniert, überrascht sie bei einer groß angelegten Tarnübung.

Es mag Sie vielleicht befremden, Herr Inspektor, die Schiltener Abdankungen, die zu einer Modell-Abdankung zusammengefasst werden, von einem Schulmeister derart infinitesimal geschildert zu sehen, aus der Perspektive eines unbeteiligten Musikanten. Schließlich, werden Sie sagen, wird da jedes Mal ein persönliches und unverwechselbares Leid ausgetragen, ist da jedes Mal ein heißgeliebter Ätti oder ein heißgeliebtes Müeti aus einer Familie weggestorben. Nun, ich kenne die Schiltener besser als Sie, ich habe mich zehn opferschwere Jahre mit ihnen herumgeschlagen, vornehmlich mit ihren Kindern, während Sie sich nur mit diesen Papieren herumschlagen müssen. Und ich kann Ihnen versichern, dass auf dem Land, in abgelegenen, gar sichelförmigen Seitentälern wie dem Schilttal weniger getrauert als getrotzt wird. Ich habe weiß Gott manche Beerdigung erlebt: Nie habe ich jemanden in dieser Turnhalle weinen sehen, keine einzige Zähre ist unter meiner Harmonium-Aufsicht verdrückt worden. Hart im Geben, hart im Nehmen, lautet die Devise. Man lässt sich nichts schenken und ist niemandem etwas schuldig, und im Grunde empfinden es diese Leute als etwas höchst Unanständiges, wenn sich ein Außenstehender wie Bruder Stäbli in ihren Todesfall einmischt. Dafür übt man dann jahrzehntelange Gräbertreue. Dass dieselben Nussknacker und Friedhofdohlen zehnmal lieber in eine Kapelle als in die Kirche laufen, wo man doch glauben könnte, dass sich nur rührselige Naturen als Stündeler anwerben ließen, hat mit ihrer vertrackten und verstockten Frömmigkeit zu tun. Man kann diese hartgesottenen Gemüter schon erweichen, aber da muss man ganz andere Töne anschlagen als Bruder Stäbli.

Ich, Armin Schildknecht, Scholarch von Schilten, habe es in der Hand, die Register, mit denen der tonsurgeschorene Prediger der Erz-Jesu-Gemeinde liebäugelt, vorwegzuziehen. An mir liegt es, durch unharmonische Modulationen den harmonischen Übergang vom speziellen Todesfall zur allgemeinen Jesusminne zu unterbinden. Mit meinem Vorspiel kann ich die Versammlung einschläfern oder wachrütteln, Trutzmauern abtragen oder verstärken. Der Sermon, der nachher folgt, ist nur noch eine unwillkommene Dreingabe. Ob ich Bourdon ziehe, dumpf und heiser keuchend, oder Salicional, hell und gläsern schneidend, ob ich Basson und Hautbois den Vorzug gebe, der säuselnden Äoline oder der süßlichen Voix céleste, ob ich die Perkussions-Mechanik einschalte oder die Vox humana erklingen lasse –, alle diese Griffe und Registrierkünste präjudizieren – sofern man auf musikalischem Weg etwas präjudizieren kann – Bruder Stäblis Worte. Sein Auftritt ist schlicht, ergreifend. Mit seitwärts geneigtem Kopf tritt er vom Korridor auf die Galerie, eine Abort-Chlorfahne nach sich ziehend, schreitet über den knarrenden Laufsteg bis zur Mitte, legt Bibel und Lebenslauf auf die Balustrade und lässt sein Haupt wie eine Puppe, aus der man die Finger gezogen hat, zum Gebet auf die Brust sinken, was so aussieht, als wolle er von oben einen Korb werfen, denn der Ring mit dem zerfetzten Netz befindet sich genau unter ihm. Hält er seine Grützbirne bereits beim Eintreten so demütig schief, dass ich immer befürchte, sie purzle ihm von der Schulter, wird man erst recht bei seinem Brustspicken die Vorstellung nicht los, Bruder Stäbli beuge sich einer allmächtigen, alttestamentlichen Guillotine. Nach dem Vorspiel, das ich so lange hinauszögere, bis mir der Glaubensstreiter anfangs ermunternd, dann immer ungeduldiger und harmoniumfeindlicher zunickt, folgen das Bibelwort und das Eingangsgebet, zu dem sich die Gemeinde stühlerasselnd erhebt, folgt, als absoluter Höhepunkt der Veranstaltung, der Lebenslauf des Verstorbenen nach den sogenannten Angaben aus dem Trauerhaus. Während des Gebets habe ich darauf aufzupassen, dass meine Kommode keine störenden Geräusche von sich gibt, nicht schnarrt und quietscht und vor allem nicht heult, das heißt, dass nicht einzelne Töne steckenbleiben, die Crux aller Orgel- und Harmoniumspieler. Herrscht beim Bibelwort noch abwartende Räusperruhe im Saal, so kommt meistens bei der Verlesung des Nekrologs ein Gemurmel auf, ausgehend von meiner, der Mörtelkammerecke, weil in diesem Winkel nicht nur der stieräugige Wigger sitzt, der von sich aus nie eine Konterbiographie vom Zaun reißen würde, sondern auch die Leichenansagerin, die gichtgekrümmte Jordibeth mit dem runzligen Schildkrötenhals, den graublonden Ohrenschnecken und der schleppenden, nasalen Aussprache, welche nebst Wiederkehr am besten über das Leben der Verstorbenen und den Hergang der Todesfälle orientiert ist, hat sie doch die Nachricht zigmal mit allem gerüchtehaften Drum und Dran vor Haustüren, Tennstoren und Stallgattern wiederholt. Die Jordibeth besitzt in Innerschilten eine für Stumpentalverhältnisse geradezu kleinstädtisch anmutende Landpapeterie, wo sie, umgeben von verjährten Bestsellern und schnurrenden Katzen, die Kunden, die sich ab und zu in ihre Prismalo-Gemächer verirren, mehr behext als bedient. Sie kann es nicht leiden, dass Bruder Stäbli den Lebenslauf, je nachdem ob die Sonnen- oder die Schlechtwettertage überwogen haben, in jenem alle Schicksalsblitze erdenden, munteren oder leidenden Tonfall verliest, in dem er die Weihnachts- oder die Passionsgeschichte den Sonntagsschülern der Erz-Jesu-Kindergemeinde erzählt. Verheißungsvoll hebt er die Stimme an, um sie kurz vor dem Satzende demütig und tröstlich zugleich zu senken. Stört mich, abgesehen von Bruder Stäblis Todesdeutsch, dieser alles Lebendige einbalsamierende Tonfall am meisten, so verwahrt sich die Jordibeth gegen die fromme Stilisierung der Lebensläufe zu einer biederen Legende und korrigiert und ergänzt halblaut den Nekrolog. Man muss wissen, dass die Leichenansagerin im Dorf so etwas wie eine wandelnde Todesfall-Chronik darstellt. Für sie bedeutet sterben nicht einfach sterben, sie bekleidet ihr Ehrenamt nach dem Motto: Sag mir, wie du gestorben bist, und ich sage dir, wie du gelebt hast! Und aus den Todesumständen weiß sie dornige Rückschlüsse auf die Biographie zu ziehen. Sie hat nicht nur die Aufgabe, die schwarzumränderte Nachricht samt den dazugehörigen Lebensmaterialien mündlich auszutragen, sondern sich auch zum Ziel gesetzt, ihre, die gültige Version von Hof zu Hof zu vervollkommnen und bei dieser Gelegenheit ihre Kondolenzkarten und Kondolenzkuverts loszuwerden, weshalb die drei Tage vom Todesfall bis zur Beerdigung oft kaum ausreichen für die ganze Tournee. Da und dort erfährt sie noch etwas Neues über das Testament oder über die letzte Krankheit oder über den Arzt, der sie behandelt hat, oder über die Anordnungen betreffend das Leichenmahl, und so setzt sich die ganze Geschichte von der Wiege bis zur Bahre und darüber hinaus mosaiksteinartig zusammen, wird erwandert, mit Schweiß bezahlt in einem sukzessiven Vernehmlassungsverfahren, und da kommt dieser Marzipan-Messias von Mooskirch herauf, aus einem Dorf, das geographisch zwar nur wenige Kilometer, mentalitätsmäßig aber meilenweit von Schilten entfernt liegt, und bastelt nach den Angaben aus dem Trauerhaus ein sinnvolles Schicksal zusammen, nie begreifend, dass es auch in einem Säuferleben auf jede Einzelheit, sozusagen auf jeden Schluck ankommt. Der engste Zuhörerkreis der Jordibeth besteht aus Wigger, der Schüpferin und mir, doch die Unruhe, der Konternekrolog pflanzt sich bald von der Mörtelkammerecke aus durch die Weiberreihen fort, ein sich steigerndes Getuschel und Gemauschel, bis der Jordibethsche Kommentar in die Kletterstangen- und in die Barrenecke am Fußende der Turnhalle gefunden hat, wo er wie ein heißes Traktandum einer Gemeindeversammlung in Bass- und Baritonlage, in einem nicht enden wollenden Rabarberrabarber und Marmeramarmera diskutiert wird.

Bruder Stäbli quittiert diesen Aufruhr mit einer unnachahmlichen Duldermiene, und sobald er den akustischen Höhepunkt erreicht hat, ist dies das Zeichen für mich, mit dem Zwischenspiel einzufallen. Armin Schildknecht denkt nicht im Traum daran, die rabiat gewordenen Veteranen und Hinterbänkler abzukühlen. Ich muss mein Stück so wählen und registrieren, dass die Gemeinde möglichst ohne Schaden an ihrer Seele zu nehmen über die nächste Viertelstunde hinwegkommt, und dies gelingt mir am besten, indem ich auf die bewährten Improvisationen «Turnhalle 1» und «Turnhalle 2» zurückgreife, auf zwei speziell für das Sekten-Harmonium zugeschnittene, synkopisch unterwanderte Choral-Fantasien mit Blues-Einschlägen, welche der Zwitterhalle von Aberschilten und einzelnen ihrer Foltergeräte gewidmet sind. Die Variationsfolge «Turnhalle 1–2» ist ein Versuch, den geistigen Zusammenbruch dieses schwer belasteten Raumes nachzuvollziehen. Was ich meinen Schülern immer wieder predige, dass sie noch den Tag erleben werden, an dem ein Turnhallenbeben das Schulhaus in seinen Grundfesten erschüttert, bleue ich, manualiter diktierend, den Erwachsenen ein. Die Abdankungen sind die einzige Gelegenheit, mit ihnen in Kontakt zu kommen. Außer den Pferden des Leichen-Gespanns bringen sie nicht zehn Rosse in diese Anstalt hinein, und wenn ich mal den ersten Schritt mache und einen Hausbesuch ankündige, werde ich sofort mit Naturalien abgefertigt. Geizig sind sie nicht, die Schiltener, aber den Schulmeister scheuen sie wie den Leibhaftigen. Für die Dauer des Zwischenspiels jedoch sind sie meiner Botschaft ausgesetzt. In der ersten Fantasie arbeite ich mit dem einfachen Trick der Panik in geschlossenen Räumen. Mit ein paar Oktavsprüngen greife ich die Proportionen des schabzigergrünen Ungemachs, lasse auch die kühle Gruft der Mörtelkammer in meinem Rücken erstehen, so dass die Trauergäste enger zusammenrücken und ängstlich nach den Ausgängen schielen. Ich kenne die depressiven Launen der Halle aus meiner langjährigen Schiltener Gefangenschaft, ich weiß, welche klingenden Register und Hilfszüge ich ihr verschreiben muss, damit die Geräte ihre Fassung verlieren. Der melancholische Schüttelfrost setzt gleichzeitig an allen vier Wänden ein. Ich schildere Ihnen das Beben, wie ich es meinen Schülern diktiere, um bei dieser Gelegenheit ein paar treffende Ausdrücke zu repetieren: die Kletterstangen vibrieren, die Reckträger schlockern, das Tau schlingert, die Sprossenwand ächzt, das Lederpferd bockt, der Korbballständer wankt, die Hochsprunglatte klötert, doch erst wenn sie fällt, die Barrenholme schwirren wie nach dem Abgang eines Kunstturners, der Schwebebalken quarrt, die Sprungmatzen fauchen, die Schaukelringe klackern, und die Rundlaufspinne würde rotieren, gäbe es hier eine Rundlaufspinne. Dieses Beben des Inventars gilt es harmonisch zu untermalen und in der Melodie zu steigern bis zu jener Reizschwelle, wo der grünbleiche Gymnastiksaal vollends überschnappt. Mag Bruder Stäbli warnend von der Apokalypse sprechen, ich beschwöre sie herauf, mit zehn Fingern in die Tasten greifend und die Bälge vollpumpend. Ein Schwefellicht verdüstert die Oberzone, die Schiltener Hallenfinsternis bricht herein, und wäre da ein Tempelvorhang, er würde entzweigerissen. Erinnerungen an die qualvollste Turnpein werden in den Trauergästen wachgerufen. Haberstich steht vor ihnen im gestreiften Gilet mit der goldenen Uhrkette, mit steifem Hemdkragen und die Ärmel über die knochigen Unterarme hinaufgekrempelt. Er zwickt sie mit der Geißel auf die nackten Füße, damit sie am Tau hängen bleiben wie die Affen. Hört ihr meine Botschaft, ihr Haberstichianer? Das Beben wächst zu einem donnernden Gerätesausen an. Es regnet Verputz von der Decke, der Riemenboden klafft auf, die Wände biegen sich. Der Barren rast wie eine Furie durch die Stuhlreihen und bohrt sich mit den Holmen in die Holzverschalung der Treppengalerie, hinter der sich Bruder Stäbli verschanzt hat. Ein ergötzender Anblick! Die Kletterstangen wie von einem Kraftmenschen in die Knie gestaucht. Die Sprossenwand kippt vornüber, Brennholz für den Abwart. Die Tür zur Mörtelkammer wird aus den Angeln gehoben, und aus dem Geräteraum pfeift ein Geschosshagel von Stoßkugeln, Hanteln und Stafettenstäben. Die Sprungmatzen kommen fliegenden

Teppichen gleich angesegelt und klatschen gegen die alles andere als ballsicheren Fensterscheiben. Der Schwebebalken fährt aus und rasiert alles weg, was ihm in die Quere kommt. Das ist Altes Turnhallentestament, Bruder Stäbli! Ich lasse nicht eher ab von meinem Instrument, als bis dem hintersten Störzer das Turnerblut in den Adern gefriert.

«Turnhalle 2» ist im Vergleich zur apokalyptischen Improvisation ein mildes Stück, eine mezzopiano vorgetragene Fantasie mit an- und abschwellenden Halbtonreihen, aufgebaut auf gekoppelten Bässen, garniert mit jodelnden Klarinetten-Trillern und durchzogen mit Cremona-Schlieren, eine Komposition, in der die Sekunden- und Septimen-Intervalle dominieren. Abwechselnd hält eine Stimme einen Ton fest, während sich die andere in kurzen Notenschritten bewegt, wobei aber Durchgangs- und Synkopen-Dissonanzen nicht, wie es der Kontrapunkt verlangen würde, durch eine Sekunde aufwärts oder abwärts aufgelöst werden. In dieser Variante versuche ich, die Turnhalle in stiller Umnachtung, in einem dahindämmernden Depressionszustand zu zeigen, was mir umso besser gelingt, je diesiger das Licht ist. Also kein Bombardement von Jäger- und Medizinbällen, keine Geräte-Konvulsionen, einzig schwermütige Trance: ein irrenhäuslerisches Gleißen auf den Reckstangen, das somnambule Schaukeln der Korbballnetze, die wahnschaffene Sturheit des Schwebebalkens, die kopfkranke Lethargie der Sprungmatzen, das gallensüchtige Glotzen des Lederpferds, verdrehte Ringe und eine halluzinierende Sprossenwand. Diese indirekte Aufklärung über den Seelenzustand der Abdankungshalle bewirkt weniger Verstörung als eine allgemeine Verunsicherung, die Leute werden von einer Art Juckreiz befallen, beginnen zu schnupfen und zu niesen, sich in den Haaren zu kratzen und auf den Stühlen herumzurutschen. So oder so ist die Gemeinde für die folgende Sektenpredigt verketzert, so oder so habe ich die Haberstichianer aus ihrem unverbindlichen Beileid-Trotz herausgerissen und in die Turnhallen-Opposition getrieben. Worauf hoffend? Dass tatsächlich einmal einer aufstehen und mit flammenden Worten die Aberschiltener Verhältnisse geißeln würde, Bruder Stäbli in seine Kapelle nach Mooskirch hinunter- und mich in die Lehrerwohnung hinauftreibend? Frönte Armin Schildknecht solchen Illusionen, als er sich honorarlos für den Harmoniumdienst zur Verfügung stellte? Wenn er dies länger als eine Bestattungs-Saison lang geglaubt haben sollte – sie dauert in Schilten wie überall von Allerheiligen bis Allerheiligen –, so wurde er gründlich eines Besseren belehrt. Die Inspektorenkonferenz wird sich an den Gedanken gewöhnen müssen, dass in einem solchen Dorf die Friedhofschwerkraft stärker ist als alles, was mit Bildung zu tun hat, und ohne mich jetzt schon rühmen zu wollen, möchte ich doch festhalten: Es bedeutet schon allerhand, wenn es ein Schulmeister wie Armin Schildknecht zumindest fertigbringt, Sand, Kreidestaub im Getriebe des Engelhofs zu sein!

Abdankungspredigten oder sogenannte Leichenreden sind im Allgemeinen nach einem dreiteiligen Schema aufgebaut. Erste Stufe: Eingliederung des speziellen Todesfalls in die generelle Tödlichkeit des Daseins. Zweite Stufe: Die Erschütterung des Glaubens infolge des Todeserlebnisses. Dritte Stufe: Jesus als Überwinder des Todes, als Garant dafür, dass das Schreckliche, Unfassbare seinen Sinn hat. Bruder Stäbli muss natürlich, um die Satzungen seiner Gemeinschaft nicht zu verletzen, dieses Schema nach Erz-Jesu-Manier abwandeln. Hier ist die Frage erlaubt: Was ist, was will die Erz-Jesu-Gemeinde? Wie alle andern religiösen Splittergruppen – im Schilttal gibt es unter anderem

Ableger der Gesundbeter und Fußtäufer, der Toten-Stündeler und der Neuapostolischen Gemeinde – hält sie sich für die einzig wahre christliche Gemeinschaft und stellt die Rettung der Seele nur jenen in Aussicht, welche sich gewissermaßen an den von ihr ausgeworfenen Ring klammern. Die Erz-Jesu-Brüder haben nichts zu tun mit den Herz-Jesu-Schwestern und grenzen sich scharf von den Adventisten ab, mit denen sie oft verwechselt werden, weil die Parusie wie bei jenen im Zentrum ihres Glaubens steht. Hervorgegangen aus den amerikanischen Baptisten, haben die Adventisten den Termin für die Wiederkunft Christi nach der Französischen Revolution in Jahrzehnten genau vorausgesagt und beschäftigen sich heute nur noch mit der Frage, ob sie die vom Evangelisten Markus beschriebene Thronwolke, auf der Christus mit seinen Engeln herniederschweben sollte, übersehen haben könnten, das heißt, ob der Messias leibhaftig, aber unsichtbar unter ihnen, natürlich nur unter den Adventisten, weile und sich nur deshalb noch nicht zu erkennen gebe, weil der Kampf mit dem Antichristen noch nicht zu Ende gefochten sei. Die Adventisten stecken also in einer eigentlichen Parusie-Krise, weshalb ihre Mitgliederzahl seit der Mitte des neunzehnten Jahrhunderts stetig zurückgegangen ist, wovon nun gerade die Erz-Jesulaner profitierten, weil sie, wiewohl auch sie von der angebrochenen Endzeit sprechen, den Termin für die Vorladung zum Jüngsten Gericht nach der Formel «Anzahl Jahre nach Christi Geburt + 100» errechnen, also immer wieder um ein Menschenalter hinausschieben. Der Erz-Jesulaner strebt demzufolge nach der Parusie wie der Esel nach der Rübe, die ihm von seinem Reiter an einer Stange vorgehalten wird. Der wichtigste Unterschied zur evangelischen Landeskirche hingegen besteht darin, dass die Mitglieder dieser Sekte, wie ihr Name sagt, an den absoluten Alleinherrschafts-Anspruch Christi glauben. Er wird der Erste und Höchste sein im endzeitlichen Königreich, Gott selbst kann als Hilfsvorstellung eliminiert oder an der Spitze einer himmlischen Exilregierung gedacht werden. Erz- ist also nicht bloß das steigernde Präfix wie bei Neubildungen vom Typus Erzgauner, Erzlügner usw. Was diese Differenzierung betrifft, nehme ich Bruder Stäblis Verein immer in Schutz, und ich bitte auch die hohe Inspektorenkonferenz, ihm wenigstens auf etymologischer Ebene ein Quentchen Sympathie zu gönnen. Bruder Stäbli empfiehlt Rohkost und Enthaltsamkeit als asketische Vorübung für die Teilhabe am Ewigen Reich, das man sich nach seinen Äußerungen als eine Art permanente Kneippkur vorstellen muss. Dass alle Mitglieder eine Kaution zu hinterlegen haben, die im Jenseits in anderer Währung zurückerstattet wird, stimmt meines Wissens nicht, obwohl es Wiederkehr steif und fest behauptet.

Die Sprache der Erz-Jesu-Prediger ist überraschend bildkräftig und konkret, geradezu diesseitig orientiert. Sie dürfen und können sich vorstellen, Herr Inspektor, dass Bruder Stäbli in seinen Abdankungen oft Zuflucht zu Metaphern aus dem Turnbereich nimmt und so von der Galerie aus auf seine Weise das Inventar strapaziert. Das von mir gebrauchte Adjektiv knäckebrotspröd bezieht sich mehr auf den inneren Gehalt seiner Leichenreden. So spricht er immer wieder von der Grätsche der Demut, von den Medizinbällen der schweren Prüfungen, von der Hocke der Zuversicht und der strammen Riege der Selbstgerechten, vom Seilziehen zwischen den klugen und den törichten Jungfrauen und vom Tamburin der inneren Stimme. Immer wieder ermuntert er die Leidtragenden, sich mit einer Riesenfelge aus der engen Kammer ihrer Verzagtheit hinauszuschwingen und sich, womöglich mit einer Schraubendrehung, der strahlenden Herrlichkeit des Erlösers zuzuwenden, dies immer mit einem Lächeln, das etwa besagt: Eigentlich liegen diese Vergleiche zu nah, aber ihr Dummköpfe versteht eben keine andere Sprache. Den Zweiflern und Pharisäern, auch den weniger bekannten Sadduzäern, den Heiden, Skeptikern und Nihilisten, den Aufklärern, Freidenkern und Materialisten versucht Bruder Stäbli eine sogenannt logische Lebensregel zu verkaufen, die er in Analogie zum Lotteriewesen konstruiert. Er sagt: Bei jeder Lotterie ist es doch so, dass ein paar Glückspilze gewinnen und viele Tausende von Unglücklichen verlieren. Wer seine Hoffnung auf unser Reich, das Reich der Erz-Jesu-Gemeinschaft, setzt, kann gar nicht verlieren. Aufersteht er für das ewige Leben, was wir ihm schriftlich garantieren, haben sich seine Opfer für unsere Kerngemeinde unendlichfach gelohnt. Stellt sich aber heraus, dass das Jenseits nur eine leere Versprechung war, dass auch die Seele zu Staub und Asche wird, dann gibt es auch keine Erinnerung mehr an die versäumten Lebensgenüsse. Drum, Brüder und Schwestern, folget getrost unserem Herrn!

Während Bruder Stäbli, eine endlose Viertelstunde in Anspruch nehmend, auf der Galerie salbadert, falsch zitierte Bibelworte und Zirkelschlüsse bunt durcheinandermengt, zu einem Arrangement getrockneter Trostblumen zusammensteckt, buchstabiere ich mich durch die Mienen der Zuhörer bis in die Kletterstangenecke und wieder zurück zur Dreiergruppe vor meinem Harmonium, wo ich bei Wigger verweile, den die Jordibeth und die Abwartin in ihre Mitte genommen haben. Er scheint unter all den Verstockten und Verknorzten der Einzige zu sein, der von der Suada ergriffen wird. In der Zange zwischen der panzerbusigen Schüpfer Elvyra und der schlangendürren Leichenansagerin gebärdet er sich wie ein unartiges Kind. Ständig ist sein Kopf, dauernd sind seine Hände in Bewegung. Er reagiert auf die erbaulichen Worte mit einem Wiggerschen Repertoire von Faxen und Grimassen. Mit Leichtigkeit könnte ich aus seinem Mienenspiel den Trost- oder Mahnwert von Bruder Stäblis Phrasen ermitteln. Sobald Wigger merkt, dass er Publikum hat, beginnt er seine Kapriolen zu perfektionieren. So kann er zum Beispiel plötzlich die Augen schließen, den Schädel in den Nacken werfen, den Mund mit den Nagezähnen schlüssellochförmig öffnen und in eine bestimmte Richtung schnuppern, als wittere er ein süßes Odium. Oder er klappt, die Arme von sich gestreckt, die Hände zu einer Falle zusammen, wartet lange, bis er sie öffnet, und folgt der imaginären Fliege mit verzückten Blicken bis zur Decke. Dann wieder bewegt er, halb nickend, halb kreisend, den Kopf, stößt klotzige Kehllaute hervor, die etwa bedeuten: Jaja, so kommt es halt, so muss es kommen. Spricht Bruder Stäbli von Sünde und Schuld, sackt Wigger schwer getroffen in sich zusammen. Oft presst er die Fäuste gegen die Stirn und fängt hemmungslos an zu schluchzen. Die Abwartin reicht ihm dann das mit Kölnischwasser durchtränkte Taschentuch oder bietet ihm Wyberttabletten an aus ihrer silbernen Bonbonniere, die er einzeln in den Mund schlägt und laut schmatzend sückelt. Auch kommt es vor, dass er mitten in einem Satz demonstrativ applaudiert, indem er mit den Fingerspitzen der Rechten lautlos die Handballe der Linken betrillert. Abrupt kann er sich umdrehen und die Frau hinter ihm so lange fixieren, bis sie ihrerseits eine Grimasse schneidet. Oder aber er konzentriert sich in kindlicher Vorfreude auf das Ausgangsspiel, auf das pyramidal bekränzte Harmonium und bedeutet mir mit erhobenen Armen und zappelnden Fingern, ich solle Bruder Stäbli ablösen. O Wigger, treuer Friedhofnarr, was wären die Abdankungsstunden ohne deinen physiognomischen Kommentar! Wigger steht bei den Schülern und mir ganz hoch im Kurs, Herr Inspektor, die Konferenz muss sich darauf gefasst machen, dass ihm Armin Schildknecht nahezu ein halbes Heft widmen wird in seinem Schulbericht. Er bleibt als Einziger während des Ausgangsspiels sitzen, wenn sich die Turnhalle leert und sich die Trauerversammlung drüben auf dem Engelhof um das offene Grab schart, wo Bruder Stäbli das letzte Wort hat. Hier drinnen habe ich es, und ich spiele, ich konzertiere nur noch für Wigger, der sich mit seinem schwammigen Gemüt in die Geheimnisse und Abgründe meines Instrumentes versenkt. Sie müssten gesehen haben, wie er auf das zweite Basson-, das Kontra-Fagott-Register reagiert: wie ein angeschlagenes Rhinozeros, und wenn ich gar die Expression ziehe oder das Grandjeu erklingen lasse, gerät er in eine schwerfällige Ekstase und taumelt wie ein Irrer den Wänden und Geräten entlang, mit auf die Brust gepressten Ellbogen und züngelnden, eine imaginäre Figur betastenden Händen. Auf dem Harmonium, sage ich immer zu Wiederkehr, seinem Vormund, wäre Wigger lenkbar, man müsste ihn therapeutisch bespielen, müsste seinen Schwachsinn mit klug dosierten Modulationen aus ihm herauslöken, müsste seine Hirnverkleisterung mit lang hinausgezögerten Dominant-Septimen aufweichen und ihn allmählich in die Tonika der Vernunft überführen. Allerdings würden wir uns durch diese Heilmethode selber um jenen Aberschiltener bringen, der von den hiesigen Missständen, Zwitterverhältnissen, absurden Raum- und Landschaftszwängen am meisten begriffen hat, der das Schilteske schlechthin nicht nur zu seinem Lebensinhalt, sondern zu seinem Krankheitsinhalt gemacht hat, Herr Inspektor.

DRITTES QUARTHEFT

Die Mörtelkammer, Herr Inspektor. Wer wie der Lehrer von Schilten im Schulhaus wohnt, muss auch diesen Geräteraum, die grauweiße Sakristei unseres Turn- und Betsaals, in sein Leben einbeziehen. Die erlauchte Inspektorenkonferenz wüsste so gut wie nichts über meinen Unterricht, wenn sie nicht zur Kenntnis nähme, dass ich den Gerümpel-Schacht dazu auserwählt habe, einen Großteil meiner Lektionen zu präparieren, aus dem einfachen Grund, weil ich das Harmonium, das ich dafür brauche, an den abdankungsfreien Tagen nicht jedes Mal in die Turnhalle hinausschieben kann. Aber auch der Akustik wegen. Der Raum widerhallt, es kommt zu jenem für die Ohren aller Pädagogen gleich labsamen Echo, das die Klasse nur allzu oft vermissen lässt. Animierend für einen erklärten Feind aller Körper-Ertüchtigungs-Rituale wirkt sich auch der Zustand der hierher abgeschobenen Geräte aus: Sie erinnern eher an den von mir heraufbeschworenen Hallen-Zusammenbruch als an sportliche Wettkämpfe. Ausgefranste und ausgetretene Sprungmatzen haben in meiner Ära keine Hechtrollen und Purzelbäume über sich ergehen lassen müssen. Eine verdrehte, aluminiumstumpfe Hochsprunglatte hat seit Jahren nie mehr Rekorde vereitelnd gescheppert. Der Magnesiumbrocken im Holzkistchen träumt vergeblich von einbandagierten Handgelenken. Das fleckige Tamburin hat es längst verlernt, auf acht zu zählen. Verschwitzte und zerschlissene Spielbändel hängen an den rostigen Zinken des Stabrechens. Wurfkörper, Hanteln und Stoßkugeln wähnen sich auf einem Friedhof für Leichtathletik-Karsumpel. Wenn ich in dieser karfangenen Gruft an meinem mit rheumatischer Heiserkeit auf Luftfeuchtigkeit und Temperaturschwankungen reagierenden Harmonium sitze und meine Präparations-Elegien begleite, wandert mein Blick, wandert auch meine Stimme an der kreideweiß verputzten, mit obszönen Inschriften und ungelenken Zeichnungen verkritzelten Wand empor bis unter die Decke, wo ich nicht müde werde, die winkligen und verkröpften, spinnwebenverhangenen Abwasserrohrstücke zu besingen und in Gedanken zu ergänzen bis in die Mädchentoilette, welche über der Mörtelkammer liegt, und wieder hinunter in die Knabentoilette, die, halbgeschossig versetzt, an den Geräte-Raum angrenzt. Es ist ein einmaliges Latrinen-Gefühl, aus der Perspektive einer Abtritt-Krypta das Schiltener Röhren- und Klosettschüsseln-Labyrinth auf der Tretorgel musikalisch zu unterwandern. Kein Schüler, von dem ich jemals verlangt habe, unsere Abortanlage auswendig im Grundriss und im Schnitt zu skizzieren, hat es zustande gebracht, die Mörtelkammer richtig einzupassen. Zu tief ist der Mörtelkammer-Komplex im Volk verwurzelt. Es fehlt meiner Einheitsförderklasse aber auch an Toilettenmuße. Die Kunst, auf einem Abtritt zu verweilen und den Gedanken nachzuhängen, wird immer mehr vernachlässigt. Dabei, sage ich meinen Schülern, gibt es nirgendwo auf der Welt so schäbige, an Bahnhof-Urinoire und Stehscheißen gemahnende Aborte, auf denen man sich seiner Notdurft unter Choralbegleitung entledigen könnte, wo Verstopfung, selbst in hartnäckigen Fällen, durch Äolinen-Gesäusel gelöst und Durchfall durch die Vox humana gebremst wird; Aborte, sage ich, die, gerade weil sie nicht nur von euch Schülern, sondern auch von den Friedhofbesuchern benützt, um nicht zu sagen verpestet werden, einen zusätzlichen Reiz gewinnen, eine komplementäre Hintertreppen-Laszivität zum tödlichen Ernst des Engelhofs. Mögen auch die schmalen, brillenlosen Klemmschüsseln zwischen den ehemals cremefarben gestrichenen, heute bräunlich verspritzten Kabinenwänden und das teerschwarze Pissoir mit der Aussicht auf den Risiweg und die Berghöfe längst nicht mehr dem schulhausüblichen Klo-Komfort entsprechen, die Nachbarschaft des Harmoniums macht auf musischer Ebene alle hygienischen Nachteile wett. Die Schüler halten sich strikte an das Verbot, während den Abdankungen zu defäzieren, weil man glaubt, dass das Geräusch der Wasserspülung die Andacht der Gemeinde, vor allem aber die Ruhe des auf dem Matzenwagen aufgebahrten Toten stören könnte. Doch haben sie, vielleicht gerade dieser Vorschrift wegen, nie entdeckt, was für ein Hochgenuss es sein könnte, meinem Sprechgesang mit entblößten Hinterbacken zu lauschen, die Sitzzeit hinter verschlossener Tür endlos auszudehnen und, da es sich ja um Unterrichtspassagen handelt, den Stoffwechsel auch im übertragenen Sinn zu erleben. Hätte Armin Schildknecht die Möglichkeit, sich zu verdoppeln, gleichzeitig unten zu spielen und oben, von Hautbois-Klängen umworben, zu höckeln, würde er seine Kabinen-Aufenthalte zu einem Hobby ausbauen.

Gewiss ist kein Lehrer vor der Schildknechtschen Ära so weit gegangen, die mit allerhand Gerüchten angerümpelte Mörtelkammer, der mit Latrinen-Humor allein leider nicht beizukommen ist, dergestalt für den Unterricht zu fruktifizieren. Normalerweise sind in einem alten Schulhaus die Toiletten die äußersten Not- und Unzucht-Zellen. Schilten bietet, wie in so mancher Hinsicht, mehr, offeriert uns darüber hinaus diesen Neben-, Unter- und Hinterraum. Die verstümmelten Geschlechtsteile an den Wänden deuten darauf hin, dass er unter Paul Haberstich als Arrestlokal benützt wurde, dass zu schwerem Karzer verurteilte Schüler bei Wasser und Brot ihrer von der Abortnachbarschaft beflügelten Phantasie freien Lauf ließen. Um diese Schmach zu tilgen, um die von den haberstichigen Ehemaligen ausgestandenen Ängste am eigenen Leib zu erfahren, um an meiner Einheitsförderklasse gutzumachen, was mein Vorgänger an fünfundvierzig Jahrgängen verbrochen hat, verbringe ich einen Teil meiner sogenannten Freizeit als Häftling in dieser verdammten Mörtelkammer, ziehe ich, zumal wenn ich in der Stunde versagt habe – der Lehrer hat immer versagt –, das von der Abwartin zusammengeschneiderte Bußgewand an, eine gestreifte Sträflingsjacke und eine rautenförmig gemusterte Harlekinshose, lasse ich mich einsperren und harre in meiner Zelle aus, bis mich jemand herausholt. Nach der letzten Nachmittagslektion, in der Vieruhrkrise in der Mörtelkammer den Einbruch der Dämmerung überstehen, Herr Inspektor, im ungeheizten Kalk-Schacht an die Winkelröhren hinaufstarren, warten, bis das Licht kreidestumpf wird, bis der Eisbaumgarten in einem kalten Rauch versinkt –: nur so lernt man begreifen, weshalb Paul Haberstich, dieser senkrechte Hartgummilehrer, seine Zöglinge hier außen hinter Schloss und Riegel setzte und nicht im Kohlenkeller oder in den Holz- und Altpapier-Katakomben unter dem Unterstufenzimmer. In keinem andern Winkel des Schulhauses fühlt man sich einerseits so exponiert, ja an den Pranger gestellt, anderseits so abgeschrieben und ausgeklammert wie in diesem äußersten, nordwestlichen Eckraum. Der Mörtelkammer-Häftling ist zwar vom Unterrichts-Betrieb völlig isoliert, aber dem Turnhallen-, Zwischenstunden- und Toilettentreiben gänzlich ausgesetzt. Tosender Lärm während der Turnstunden, Gruftstille während der übrigen Lektionen. Mit zugepressten Ohren steht der Mörtelkammer-Häftling an der Rückwand seiner viel zu hohen Zelle, in panischer Angst, die Tür berste unter dem Ansturm der herumtollenden Schüler, der prasselnden Jägerbälle, des donnernden Rollbarrens. Ihm kommt es vor, als hetze die schrille Pfeife die Kinder dazu auf, ihn in seine Schandecke niederzuschreien. Es gibt für einen Ausgeschlossenen keine schlimmere Lärmfolter als dieses Schülertoben. Dann die plötzliche Stille: der Häftling weiß nicht, ob die Horde abgezogen ist oder bei der Galerietreppe auf der Lauer liegt, um von neuem loszupoltern. Vielleicht hört er eine geschlagene Stunde lang nichts außer dem Klöppeln der Schulhausglocke. Er lechzt, kaum von der Zetermordio-Tortur befreit, nach einem Geräusch, das ihm beweist, dass der Schultag noch nicht zu Ende ist und eine endlose Mörtelkammernacht begonnen hat. Er bittet auf den Knien um ein Lebenszeichen, und noch während er mit ineinander verhakten Händen den eingemauerten Eisenring anfleht, der ihn an Viehmarkt-Plätze erinnert, geht die Wasserspülung in der Toilette über oder hinter ihm, beginnt es in den Röhren zu schlürchen und zu gluckern, dass er meint, er werde von der Kloake fortgeschwemmt und in der Güllengrube ersäuft. Diese akustischen Wechselbäder sind wohl das Perfideste an der Mörtelkammer-Haft. Es gibt auch feinere, kaum zu identifizierende Innengeräusche: ein Gripseln in den Wänden, ein Knacken in der gegen Abend immer größer und leerer werdenden Turnhalle, ein Pochen unten im Heizungsraum. Die Mörtelkammer ist ein Übergemach, kein Ungemach, oder, wenn Sie, stellvertretend für die gesamte Inspektorenkonferenz, lieber wollen, Herr Inspektor, ein Hochkant-Ungemach. Das hallengroße Rundbogenfenster, dessen Rahmen, wie um der Qual eine fastnächtliche Note zu geben, ultramarinblau gestrichen wurde, lässt nicht nur unbarmherzig viel Tageslicht in den Schacht ein, es verhindert auch, dass sich der Arrestant verbergen kann. Allen Blicken, jedem Schabernack ist er ausgeliefert. Der Lehrer lässt die Klasse unaufgefordert am Strafvollzug teilnehmen. Wie soll sich der Mörtelkammer-Häftling wehren, wenn das laubfleckige Gesicht eines Mitschülers im Glasviereck erscheint, der sich am Sims hochgezogen hat und die Nase, die herausgestreckte Zunge an der

Scheibe plattdrückt? Oder wenn plötzlich eine Handvoll Kies – Friedhofkies notabene – gegen das Fenster prasselt? Oder wenn ein paar Burschen die Sonnenstrahlen gegen die Decke spiegeln und ihn mit dem auf und ab zuckenden Lichtfleck verrückt machen? Mit solchen Mitteln hat sich Paul Haberstich Disziplin verschafft. Der Mörtelkammer-Häftling kratzt sich an den rauhen Prangerwänden die Nägel blutig. Er lernt, die Gnade eines stockfinsteren Kellerverlieses herbeizuflehen. Er ist lebendig und sichtbar im Schulhaus eingemauert, Herr Inspektor.

Verständlich, dass Wiederkehr, mein Nachbar, der Abwart und Totengräber, Friedhofgärtner und Abdankungssigrist von Schilten, den Vorschlag machte, die Mörtelkammer wenigstens den fortschrittlich gesinnten Trauerfamilien als Schauzelle anzubieten. Nicht nur als Aufbahrungsraum während den Abdankungen, auch als Schauzelle vor den Abdankungen. Dies wäre ein erster Schritt auf dem Weg zu seinem utopischen Lebensziel: einer Leichenhalle für Schilten. Neben dem Turnhalleneingang, sagt Wiederkehr, würde man eine kleine Holzbühne zimmern mit einem Pappdach gegen die Unbilden der Witterung, damit die Leidtragenden, ohne auf den Zehen stehen zu müssen, bequem in die Kammer blicken könnten, wo der offene Sarg auf zwei schwarzen Böcken stünde. Immer müssen sie in Gedanken etwas basteln und zimmern, schrauben und dübeln, diese Handwerker und Praktiker! Die Verwendung des Geräteraums als Leichen-Schauzelle entspräche laut Wiederkehr ganz der Mörtelkammer-Tradition, denn unter seinem Vorgänger Walch, dem Altabwart, Alttotengräber, Altfriedhofgärtner und Altabdankungssigristen, sei der Schacht als Beinhaus benützt worden, als Karner, was ja, wie ich als Lehrer wissen werde, so viel wie Fleischbehälter bedeute. Nicht dass das Dorf damals noch katholisch gewesen sei, bewahre, sagt Wiederkehr, aber es habe Leute gegeben im oberen Schilttal, die mit den Bräuchen im nahen Luzernischen geliebäugelt hätten, die es nicht bei der Erdbestattung hätten bewenden lassen, sondern nach der Liegezeit von fünfundzwanzig Jahren noch eine Nachbestattung gefordert hätten. Walch, so Wiederkehr, reihte die ausgegrabenen Totenschädel auf dem Fenstersims der Mörtelkammer auf, so dass die Überfrommen wie durch ein Seelfenster zum Totenkratten beten konnten. Karner, Kerchel und vor allem Kalte Kirche sind im Sprachgebrauch der alten Stockschiltener Synonyme für Mörtelkammer, diesen ohnehin umstrittenen Namen, der daher rühren soll, dass Walch zum Schmuck des Beinhauses Totenköpfe und gekreuzte Knochen als Fries über dem Fensterbogen in die Außenwand gemauert habe. Das ist nun so eine Wiederkehrsche Theorie, Herr Inspektor, an der alles und nichts wahr ist. Alles und nichts, weil die Leute hier oben sich solche Geschichten so lange über Generationen hinweg weitervererben, bis sie sich im Volksgut gegen die Tatsache zu behaupten vermögen, dass sie nie geschehen sind. Was Wiederkehr als Tradition ausgibt, entspricht nur seinem Wunschdenken: die Mörtelkammer ganz seinem Friedhofreich einzuverleiben. Armin Schildknecht weiß, dass Mörtel ursprünglich «morter», «mortel» hieß und in dieser Schicht lautlich zusammenfällt mit dem französischen «mortel», das nicht nur sterblich, tödlich, sondern auch verderblich bedeutet. Ferner denkt er an den Begriff der Mortifikation, ein zu Unrecht veraltetes Wort für eine tödliche Kränkung und für die Abtötung der Begierde in der Askese. Aber auch dies ist nur eine Art Notproviant von Theorie, um dem Abwart Paroli bieten zu können. Der Inspektorenkonferenz gegenüber denke ich nicht im Traum daran, diese Kammer zu entmörteln. Sie soll als das ausgehalten und verdaut werden, was sie ist: als nackte Mörtelkammer.

Mein freiwilliger Arrest wird dadurch entschärft, dass ich zusammen mit meinem geliebten Harmonium eingesperrt bin. Die gemischte Schul- und Friedhofpflege von Schilten gab mir ein Instrument zu sagen, was ich leide. Vielmehr nahm sie es mir bis heute wenigstens nicht weg. Gewiss haben Sie, Herr Inspektor, die zarte Geschmeidigkeit des Harmoniumtons noch im Ohr. Der Franzose nannte das Äolodikon deshalb richtig «orgue expressif», ausdrucksfähige, modulationsfähige Orgel. Der Harmoniumspieler ist sein eigener Kalkant und hat demzufolge die Stärke oder Schwäche des Windzuflusses vollkommen in seiner Gewalt. Er kann den Ton an- und abschwellen oder erbeben lassen, er kann in majestätischem Spiele jeden Akkord posaunenartig anstoßen, er kann sich mittels der Perkussionsmechanik dem Klavier nähern, nicht zu reden von den Hilfs- und Koppelzügen, der Sourdine, welche eine dämpfende Decke über die Spiele zieht, und der Expression, welche den Reservebalg schließt und die Luft unmittelbar aus den Schöpfbälgen in die Windkammern gelangen lässt. Insbesondere dieser letzte Hilfszug, in dem eigentlich die ganze Harmoniumkultur gipfelt, ermöglicht es dem Spieler, seine Seele dem Instrument gewissermaßen mit den Fußspitzen einzuhauchen, weil Ungleichmäßigkeiten des Balgtretens nicht mehr durch den Widerbläser ausgeglichen werden. Ein mittelmäßig begabter Harmoniumkünstler wird an der Expression scheitern. Das Tremulieren beispielsweise wird durch ein Zittern der Fußspitzen bewirkt. Infolge dieser technischen Raffinessen und dieser Seelengeschmeidigkeit ist es für einen einfühlsamen Spieler leicht, mit dem Harmonium eine künstliche Andacht zu erzeugen. Daraus erklärt sich auch die sektenbildende Ausstrahlung dieses Instruments. Man stelle ein Harmonium in einen düsteren Saal, und alsbald wird da eine Sekte sein! Die spezifische Harmonium-Innigkeit ist sowohl seine Haupttugend als auch seine Hauptschwäche. Es ist, um sich voll entfalten zu können, auf ergebene Zuhörer, auf schmachtende Gemüter angewiesen, und deshalb können sich seine Charaktervorzüge, die es sogar der großen Betschwester, der Orgel, vorausshat, gegen den Virtuosen wenden, sobald er es in einem abgeschlossenen kleinen Raum für sich allein spielt. Dem Harmonium seine Gemeinde entziehen, heißt, es seiner eigentlichen Domäne berauben, heißt, ihm den Kampf ansagen, mit ihm auf Kriegsfuß leben. Das Harmonium rächt sich mit einer nicht mehr abreißenwollenden Kette chronischer, psychosomatischer Krankheiten. Das Harmonium ist das große Psychosomatiker-Sorgenkind unter den Instrumenten. Die vielgefürchtete Luftfeuchtigkeit etwa, die, wie Harmoniumfreunde aus Norddeutschland berichten, in dortigen Kapellen die prachtvollsten Marken-Fabrikate von Mannborg, Schiedmayer et cetera binnen weniger Jahre ruiniert habe, ist ihm nur ein willkommener Anlass, seine seelischen Leiden somatisch auszudrücken. Der sture Internist würde sagen: Die Mörtelkammerluft ist Gift für dieses rheumaanfällige Instrument, raus mit ihm in das wärmere Klima eines geheizten Zimmers! Der Psychotherapeut hingegen wäre meiner Meinung: dass diesem zartbesaiteten Wesen – in Wirklichkeit ist es kein Saiten-, sondern ein Zungeninstrument – in der Mörtelkammer-Kälte nur die Resonanz der menschlichen Wärme fehle.

Item, wir haben keine Wahl, das Harmonium und ich, wir gehören für die Präparationsarbeit nun mal in die Mörtelkammer, mögen wir auch beide dabei zu Grunde gehen. So wie die Finger eines Bettlers mit der Zeit an den klebrigen Perlmutterknöpfen seiner Handorgel festwachsen, so bleibe ich während meines Arrestes mit Händen und Füßen an die Wimmerkiste gefesselt. Gewiss vergesse ich in der anfänglichen Vorbereitungs-Ekstase, wenn ich Lektions-Litaneien vor mich hin bete, eine Weile, dass das Schulhaus über mir ausgestorben, dass die Landschaft rund um den Engelhof und den Eisbaumgarten abgestorben ist. Aber nur so lange, bis ich meine Melodien eingeholt, meine Modulations- und Registrierkünste durchschaut habe, bis die Hoffnung verpufft ist, es gelinge mir mittels meiner Tasten und Manubrien, den Karzer-Geruch, die Karner-Kälte aus der fünfundvierzigjährigen, totalitären Schulmeister-Herrschaft Paul Haberstichs zu vertreiben. Was ich den Ober- und Sonderschülern meiner Einheitsförderklasse in die Generalsudelhefte diktiere, sind transponierte Ängste von Mörtelkammer-Häftlingen, ist zu Stoff umgemodelte Verzweiflung eines Lehrers, der sinnlos verbüßte Schuld auf sein Gewissen lädt, dessen Kräfte von einem Vakuum aufgezehrt werden. Ich spiele mich nicht frei, ich kreise mich nur ein. Gekrümmt, um Lektionen, ja um Generationen gealtert, sitze ich auf meinem Schemel, und die Musik wird unter meinen Händen zur Mechanik, das Instrument zerfällt in seine Bauteile. Die Emailschilder der Registerknöpfe schimmern weißgelblich in der Mörtelkammer-Dämmerung wie die ovalen Apotheker-Täfelchen an den Eisenkreuzen draußen auf dem Engelhof. Der laut schnaufende und schnarrende Kasten verhöhnt meine Schulmeisterei, glossiert den pädagogischen Leerlauf, wenn ich nach Beendigung des Spiels wie eine Tretschemelmarionette weiterpumpe, faulen Wind erzeuge, um wenigstens mit meinem Atem die Gruft-Stille zu übertönen, um mir mit meinem physharmonikalen Asthma zu beweisen, dass ich noch am Leben bin, Armin Schildknecht, sein eigener Stellvertreter, vor Jahren schon ins Provisorium versetzt. Was ein armer Schulverweser ist und zu leisten vermag, wird mir am stimmlosen Harmonium bewusst. Ich trete Luft, staubige Mörtelkammerluft in die Schöpfbälge, die Bälge pressen sie durch den Windkanal in die Windlade, von wo sie, sofern ein Register gezogen ist, in die Windkammer gelangt. Die niedergedrückte Taste lässt das Spielventil aufschnappen, der Wind streicht über die Metallzunge, welche durch Vibration zum Erklingen gebracht wird, in die Kanzelle und von dort ins Freie: in die Mörtelkammer. Bei einem Saugluft-Harmonium wäre es genau umgekehrt. Dieser direkte Weg ist nur möglich, wenn das Expressionsregister gezogen und das entsprechende Ventil geschlossen ist. Bei offenem Expressionsventil wird der Wind erst in den Reservebalg gepresst, der den Druck ausgleicht. Tritt man die Schemel, ohne zu spielen, sackt der Reservebalg in sich zusammen, und der Wind verschleicht sich. Damit das Gebälge nicht zerreißt, wenn mehr Luft ins Harmonium gepumpt wird, als die Windlade fassen kann, sind in dieser Kammer zwei Sicherheitsventile eingebaut. Stumpfsinniges Balgtreten könnte nur gefährlich werden bei gezogener Expression, und es wird eines Tages noch so weit kommen, dass die Staublungen meines Äolodikons in den Nähten platzen. Ob Druckluft- oder Saugluft-Harmonium, Herr Inspektor, im Atemholen ist in der Mörtelkammer, ist in meinem Beruf keinerlei Gnade, ob ich die Luft einziehe oder mich ihrer entlade, es bleibt didaktisch verseuchte Schulluft. Das ist der Teufelskreis: die Lehrerlunge aufpumpen, Balgtreten, Mörtelkammerluft umsetzen; die Lehrerlunge auspumpen, Balgtreten, Mörtelkammerluft umsetzen. Wer, so könnte ich, die Metapher ausbauend, die hohe Inspektorenkonferenz fragen, benutzt Armin Schildknecht als Tretschemel und Gebälge, wer presst den Wind in die Unterrichtskammern seines Schulhauses und lässt die verstimmten Spiele seiner Jahrgänge, die Messingzungen seiner Schüler in unersättlicher Lernbegierde nachklingen, als ob sie allesamt den Orgelwolf hätten? Singen Sie mit, Herr Inspektor: Es war einmal ein hohles Schulhaus voll hohler Köpfe, und in diesem hohlen Schulhaus gab es eine hohle Mörtelkammer, und in dieser hohlen Mörtelkammer saß ein hohler Lehrer an einer hohlen Kommode, und in dieser hohlen Kommode gab es hohle Windkammern und hohle Kanzellen, die hohlhäusig nachröchelten, was der hohle Lehrer aus hohler Lunge sang: Es war einmal ein hohles Schulhaus ...

Meistens ist es die Abwartin, welche mich aus meiner Haft befreit, wenn sie mir das Nachtessen im dampfenden Milchkesselchen ins Schulhaus hinüberbringt. Eine fette, währschafte Kost: Speck mit Bohnen, selbstgemachte Rauchwürstchen, Suppe und Spatz mit dicken Hosenträgern, Wädli und Sauerkraut, viel Gesottenes und Geselchtes. Ich pflege in der Turnhalle zu speisen, am gedeckten Schwedenkasten, zum Ersten, weil ich just bei der Atzung, aber nur bei der Atzung, unter einer selten beobachteten Art von Klaustrophobie leide; zum Zweiten, weil die Turnhalle beim Einnachten, wenn die drei vergitterten Lampen brennen, ohne den hintersten, schäbigsten Gerätewinkel auszuleuchten, am erträglichsten ist und es sinnlos wäre, auch ungerecht, ihr diese relative Erträglichkeit nicht zu lohnen; zum Dritten, um der Abwartin das unnötige Treppensteigen zu ersparen, und zu guter Letzt, weil ein armer Schulhäusler immer danach trachtet, sich so lange wie möglich in den tagsüber belebten, sozusagen menschlich temperierten Unterrichtsräumen aufzuhalten, denn es ist leichter, eine unbenützte Privatwohnung über sich zu wissen und zu ertragen als eine leere öffentliche Anstalt unter sich. Während mir die Schüpferin den Schwedenkasten diagonal, nach Wirtshausmanier mit einer Damastserviette bedeckt und die fette Hühnersuppe in den Blechnapf schöpft, frage ich mich immer wieder, ob sie eigentlich wisse, dass sie und ich, die Witwe und ihr Kostgänger, dem Gerede der Leute nach zu schließen ein Waschküchen-Konkubinat führten. Bestimmt wird es ihr zu Ohren gekommen sein, denke ich, wie wäre das in einem Klatsch-Kaff wie Schilten anders möglich, aber sie sagt nichts, sie will, dass Armin Schildknecht davon anfängt. Dieses Waschküchen-Konkubinat hat insofern etwas mit der Mörtelkammer zu tun, Herr Inspektor, als beide Räume einander hinsichtlich der Feuchtigkeit, des groben Wand-Abriebs und der Gerüchteanfälligkeit sehr ähnlich sind. Wer in der Mörtelkammer zu Hause ist, so kombinieren die Leute, scheut sich auch nicht, zu jeder Tages- und Nachtzeit in die Waschküche hinunterzugehen. Nach altverbrieftem Recht steht es der Abwartsfamilie zu, dort unten nicht nur zu waschen, sondern auch zu baden. Man muss sich in diesem tief in den Boden verbunkerten Schulhauskeller, diesem Labyrinth von rußgeschwärzten Tonnengewölben – der Kohlenstaub dringt überallhin –, finsteren Gängen und muffigen Verliesen mit verfaulten Obsthorden auch eine seifenlaugenblaue Tür mit einem verkleisterten Guckloch vorstellen, beinahe eine Panzertür, welche in das Reich der Abwartin führt, in eine Waschküche von herrschaftlichen Dimensionen, ausgerüstet mit allen Schikanen: mit einem Kupferkessel zum Brühen der Wäsche, der mit Holz geheizt wird, mit einer wassergetriebenen Auswringmaschine, in der ein gelochter Zylinder rotiert, mit einem doppelten Trog, vor dem ein Laufrost liegt, mit einem Arsenal von großen und kleinen Bütten und Zubern und metallgerifelten Waschbrettern, mit Stampfer, Schöpfgon, Holzzange und Kochpaddel. Den Wänden entlang führen dicke und dünne Rohrleitungen, es glitzt und glänzt von messingummantelten Manometern und Hydrometern, Rad- und Hebelhahnen verwirren den Laien. Neben diesem für eine Dampfküche hochmodernen Zubehör gibt es aber auch noch eine vorsintflutliche, auf Löwentatzen stehende und gegen das Fußende hin sich verjüngende Zinkbadewanne: ein Blechsarg, geostet wie die Gräber auf dem Engelhof. Dort unten nun, wenn sie große Wäsche halten kann, ist die Abwartin in ihrem Element. Sie betreut ja nicht nur ihren Halbbruder Wiederkehr, sondern auch noch ein paar verwahrloste Existenzen wie Wigger und Schildknecht. Von sechs Uhr früh bis sieben Uhr spät steht sie in ihrer geblümten Ärmelschürze und in den Holzpantinen am Kessel und am Trog, feuert und schrubbert und bürstet und stärkt und bleicht, fischt die Leintücher aus der Lauge und schwingt die klatschnassen Fahnen in die Brühe, knetet und walkt und wringt mit ihren rot aufgequollenen Händen, lässt den Schleuderkessel sausen und das Seifenwasser in die kleine Dole in der Kellermitte laufen, spannt das Seil auf der Turnwiese über die gespreizten Holzgabeln, schleppt die schweren Zainen keuchend die Kellertreppe hoch, wobei ihr Armin Schildknecht gern behilflich wäre, aber sie duldet kein Mannsvolk, sagt, das sei nichts für Schulmeistermäuse, die nur an leichte Bambusstecken gewöhnt seien, kämpft sich so durch den Riesenberg von Leintüchern, Tischtüchern, Handtüchern, Nastüchern, werkt und schnaubt und schuftet im Schweiße ihres Angesichts, und gegen Abend werden die Wäschestücke an der Leine einerseits immer kleiner und durchsichtiger, anderseits immer intimer und unförmiger, denn zuletzt, nachdem sie alles Barchentene in die Mange ihrer wurstigen Arme genommen hat, kommen ihre Unterleibs- und Brustpanzer an die Reihe, diese Ungetüme von lachsfarbenen, schnürsenkeldurchzogenen, gesteppten, wattierten und genieteten, mit Haken und Ösen versehenen, mit Stäbchen verstärkten und elastischen Kreuzbändern garnierten Altweibercorsagen und Hüftformer, wahre Museumsstücke aus der Ritterzeit der Mieder-Herstellung, die mehr aufgespannt als aufgehängt werden und die in Reifnächten zu Schalen seltsamer Krustentiere gefrieren. Doch dies ist noch nicht der krönende Abschluss ihres Werks. Nachdem nun also den ganzen Tag lang die Aufmerksamkeit der Schüler und Friedhofbesucher auf die Waschküche und zuletzt auf die Schlüpfer-Garnitur der Schüpferin gelenkt worden ist, schickt sich die gute Elvyra bei einbrechender Dunkelheit an, ein Bad zu nehmen, ihre Fleischmassen in die schmale Blechwanne zu pferchen. Zu diesem Behufe verhängt sie die beiden mezzaningroßen Kellerfenster mit ihrer Ärmelschürze und ihrem verschwitzten Unterrock, was kaum mehr nötig wäre, denn zu dieser Zeit ist die Waschküche dermaßen von Dampf erfüllt, dass die paar Bengel, die ums Schulhaus herumspionieren und vor den Sehschlitzen lauern, nichts von der nackten Abwartin zu sehen bekommen, nicht eine Brustwarze. Auf diese Art zu baden, Herr Inspektor, ist mythenbildend, und so will man denn in gewissen Schülerkreisen beobachtet haben, dass sich in dem heißen Brodem nicht nur ein Körper, sondern zwei Körper tummelten und balgten, der matronenhafte Torso der Schüpferin und – dreimal dürfen Sie raten – das Gerippe Armin Schildknechts. Ich behaupte nicht, dass an diesem Waschküchengerücht nichts Wahres sei, denn in Ermangelung eines eigenen Badezimmers und von warmem Wasser ist auch Armin Schildknecht auf jene Kellerwanne angewiesen, benützt sie auch, wenn schon einmal allgemeiner Schrubb-, Wasch- und Schwenktag ist, aber niemals zusammen mit der Abwartin, was schon ihrer Korpulenz wegen – das Fleischverdrängungs-Gesetz, Herr Inspektor – unmöglich wäre, sondern, wie es sich ziemt für eine Person, die in der Öffentlichkeit steht, nach der Abwartin, wenn sie mit dem Stiel des Gons gegen die Decke klopft und mir oben in der Turnhalle das Zeichen gibt, dass die Wanne frei, dass frisches Heißwasser nachgeschöpft sei, wobei es allerdings das eine oder andere Mal vorgekommen sein mag, dass Armin Schildknecht in seinem Reinlichkeitseifer, wenn er nackt, nur mit einem Frottiertuch um die Lenden, aus dem Handfertigkeitskeller in die Waschküche hinübertrippelte, sich im wallenden Dunst verirrte, blind nach dem rettenden Bootsrand der Wanne tappend, und dass er dabei auf die Abwartin auflief, welche eben im Begriffe war, fluchtartig das Dampfbad zu verlassen, was dann von außen, aus der Sicht der in der Dunkelheit kauernden und durch die teils beschlagenen, teils verhängten Fenster spähenden Schüler – falls sie überhaupt jemals etwas gesehen haben, was ich bezweifle – wie der Auftakt zu einer Kopulation, zu einem Ringkampf zwischen einer gigantischen Unterwelts-Hetäre und einem schemenhaften Schulmeisterlein ausgesehen haben mag; ein Zweikampf, der, wenn man ihn sich der Phantasie der Schüler zuliebe, die sich ja in alles und jedes einmischen, schon einmal vorstellen will oder muss, vielleicht sogar darf, auf jeden Fall so verlaufen wäre, dass der Standkampf und die Erwartungsstellung nicht lange gedauert hätten, dass die Abwartin ihre letzten Waschfrauenkräfte mobilisiert und Schildknecht, der auf dem seifenglitschigen Boden ausgerutscht wäre, aus der Brücke, seiner Verteidigungsstellung, aufs Kreuz gedrückt, sich rittlings über ihn geschwungen und mit aufgestützten Armen und tranig hängenden Haarsträhnen seinen wie eine Schleiche zuckenden Körper in stiller Ausdauer bearbeitet hätte. Doch das sind alles Waschküchengerüchte, Nebelsagen, Dampfmärchen, von den Schülern aus dem grauen Dunst heraus erfunden und, mehr aus Achtung vor dem Lehrer als um ihm schaden zu wollen, zu Hause am Familientisch erzählt, wo sie sofort zu einem fixfertigen Konkubinat ausgebaut werden. Sie, die Abwartin, meine, Armin Schildknechts Konkubine, denke ich kopfschüttelnd, die fette Brühe löffelnd, gebe aber gerne zu, dass das Wort Konkubine genau zu ihrem Umfang passt. Es ist ja auch nicht zu leugnen, dass ein Geschlechtsname wie der Schüpfersche, gar in Verbindung mit dem frivolen Vornamen Elvyra, worin sich das Ypsilon besonders lasziv ausnimmt, solchen Gerüchten von sich aus, unerachtet der Person, die ihn trägt, immer wieder neue Nahrung zuführt. Deshalb kann man ein Gerücht wie dasjenige unseres Waschküchen-Konkubinats nicht auf die bewährte Art entkräften. Die bewährte Art ist nicht, das Gerücht zu leugnen, o nein, das hieße nur Öl in die Flammen gießen. Man muss es durch ein Gegengerücht übertrumpfen, es mit seinen eigenen Waffen schlagen, schlicht und einfach um eine Gerüchtedimension überbieten. Aber bei namensbedingten Gerüchten geht das nicht. Sieht man genauer hin, so ist ja auch der gemeinsame Nenner aller Mörtelkammergerüchte letztlich die ungeklärte Bezeichnung Mörtelkammer. Hier würde nur ein Mittel etwas fruchten: dass die Schüpfer Elvyra ihren Namen ändern ließe oder wie Armin Schildknecht zu einem Pseudonym Zuflucht nähme.

Wie dem auch sei, die Inspektorenkonferenz, unbestechlich, unerschütterlich, verlässlich, wird wissen, was sie von solchen Geschichten zu halten hat.

VIERTES QUARTHEFT

Wenn ich in meinem Schulbericht von vier grundverschiedenen Fassaden spreche, Herr Inspektor, von einer Turnhallen-, Kapellen- oder Gebetssaalfassade, von einer Friedhoffassade, einer Waldfassade und einer Berg- oder Schlossfassade, wenn ich sage, dass ich nicht nur eines, sondern vier Schulhäuser bewohne, eine Turnkapelle, eine Friedhofschule, ein Waldschulhaus und ein Lehrschlösschen, nenne ich damit bloß vier Aspekte meines sektenhaften Einstimmungs-Unterrichts. Halte ich zudem vier Geschosse auseinander, eine Waschküchenzone, eine Abdankungszone, eine Sammlungszone und eine Estrich- oder Siechenzone, tue ich dies der Transparenz des Schiltener Modells zuliebe, um der hohen Inspektorenkonferenz, um den diversen Expertenkommissionen, deren Bildung mir jetzt schon schwant, den Umgang mit diesen Heften zu erleichtern. Die Schilderung meiner speziellen Schiltener Didaktik ist, wie gesagt, nicht zu trennen von derjenigen meines privaten Tuns und Lassens, und sie werden nach der Lektüre meiner Aufzeichnungen vermutlich zum Schluss kommen, dass mein Dorfschulmeisterleben im Laufe meiner Amts- und Verweserjahre zu einer Studie über das Schulhaus und seine Umgebung, insbesondere den Friedhof, geronnen sei.

Der Lehrer von Schilten lebt friedhofbezogen und waldbezogen, eremitisch und totenwächterhaft zugleich. Sich indessen nach dem Unterricht, in der sogenannten Vieruhrkrise – die schlimmste Zeit für einen Pädagogen, die meisten Lehrerselbstmorde passieren im Anschluss an die letzte Nachmittagslektion –, oder nach der Mörtelkammer-Haft in der Estrichwohnung zu verschanzen, hieße nicht nur, den Kampf mit einem ausgehöhlten Tobsuchtswürfel aufnehmen – dies tue ich ja auch, wenn ich die Register ziehe und die Bälge trete –, es hieße vor allem, sich der vollen Wucht des Schiltwaldes und der tödlichen Symmetrie des Gräberfeldes aussetzen, hieße nicht zuletzt, ein Opfer der mechanischen Uhr werden, die in der Holzverschalung auf dem Dachboden raspelt und tickt. Ich kann in diesen Haberstichschen Krüppelwalmkammern, in diesen bäurischen Landschulmeisterstuben – alle abgeschrägt, alle abgeschrägt – einfach nicht arbeiten, schon gar nicht an meinem Schulbericht, und dies ist ja meine Hauptbeschäftigung, wenn Sie davon ausgehen, verehrter Herr Inspektor, dass die mit dem Alter immer spärlicher werdenden Lektionen nichts anderes sind als eine mündlich verzettelte und vergeudete Urfassung jenes Elaborats, das ich der Konferenz als schriftlichen Beweis meiner Existenz aushändige. O ja, ein dreißigjähriger Schulsklave hat das Recht, vom Alter zu sprechen: heruntergewirtschaftet, ausgebrannt, lebensfremd, reif für die Verschollenheit. Für mein Rechtfertigungsgesuch, meine permanente Strafaufgabe, brauche ich einen großzügigen Raum, sozusagen eine geistige Turnhalle, und es wäre pure Ignoranz, wenn ich dafür nicht jene Lokalität in Anspruch nehmen würde, die ausschließlich dem Lehrkörper von Schilten gehört: das Lehrerzimmer, die sogenannte Sammlung. Im komplizierten Vertragswerk, das meine schulhäuslichen Wohnrechte außerhalb des Estrich-Appartements regelt und aus dem zu zitieren für jeden Paragraphen-Schlemmer ein Hochgenuss ist – bei ganz blendender Samstagvormittagslaune lese ich den Schülern manchmal ein paar Absätzchen daraus vor –, heißt es: «Der Lehrer von Schilten hat, sintemal die gemischte Schul- und Friedhofpflege anlässlich eines akustischen Augenscheins feststellen musste, dass dieser Raum der einzige ist, in dem das halbstündige Schlagen der Schulhausuhr nicht allzu konzentrationsstörend wirkt, das Recht, die Sammlung außerhalb der Unterrichtszeiten als privates Studierzimmer zu benützen, sofern diese Inanspruchnahme im Interesse der Schule geschieht und der Mieter bereit ist, die obgenannte Lokalität, zumal die ausgestopften Vögel, bei Exkursionen der Schilttaler Landschafts- und Naturfreunde sowie des ornithologischen Vereins von Schöllanden zu Besichtigungszwecken freizugeben. Ferner soll das Lehrerzimmer bei Abdankungen im Falle von ohnmächtig gewordenen Trauergästen als Lazarett dienen. Der Schulmeister, nicht der Abwart, hält die Notapotheke à jour. An dieser Stelle sei auch festgehalten, dass der Trauergottesdienst in der Turnhalle, was die Einschränkung des Schulbetriebs und der schulmeisterlichen Wohnfreiheit betrifft, den Extremfall darstellt. An ihm soll sich zeigen, ob das gewünschte Einvernehmen zwischen Schule und Gemeinde einerseits, Schule und Kirche anderseits spielt. Die Sammlung soll sich so präsentieren, dass sie dem Inspektor jederzeit als Visitenkarte des Schiltener Unterrichts gezeigt werden darf.»

Was stellen Sie sich, Herr Inspektor, unter dem Stichwort Lehrerzimmer vor, was für Assoziationen reizt es Ihnen herbei? Denken Sie, obwohl das Spektrum Ihrer Lehrerzimmer-Erfahrung viel breiter sein dürfte als das meinige, auch zuerst an einen Tauchsieder? Oder denken Sie an die Sammelbüchse für jenen immer gleich spartanischen, immer gleich heroisch den unpraktischen Verhältnissen abgetrotzten, im besten Fall von einer an den schulhäuslichen Herd – will sagen Tauchsieder – verbannten Lehrgotte zubereiteten Pausenkaffee, der von den Kollegen der Lehrerzimmer-Solidarität wegen so vorbehaltlos gelobt wird, wie sie nie einen Schüler loben würden? Haben Sie jemals herzhaft zugegriffen, wenn von einem Jubilar ein

hausgebackener Hefenkranz spendiert wurde, der ihn zwar nicht viel gekostet hatte, dafür aber eine originelle – und somit ungenießbare – Füllung beinhaltete? Ist, wo immer Sie in Lehrerzimmern Zehnuhrpausen abverdient haben, jemals Stimmung aufgekommen, Humor, der Sie nicht an Dörrobst erinnerte? Hat man in Ihren Lehrerzimmern ein einziges Mal über etwas anderes gesprochen als
Schüler Noten Absenzen
Disziplinarfälle Leistungsabfall Klassengeist
Schulreisen Skilager Konzentrationswochen
Konferenzen Schulpflegebeschlüsse Elternabende
Materialkredite Farbstiftverschleiß Aufsatzthemen
Zeugnisdurchschnitte Provisoriumsanwärter Redisfedern
Schulwandschmuck Prüfungsaufgaben Klassenlektüre
Ferientermine Zwischenstunden Nachhilfestunden?
Könnten Sie mir auf Anhieb ein Pausen-Kollegium nennen, in dem Sie eine einzige schulfreie Minute erlebt haben? Ist Ihnen schon aufgefallen, dass die Gemütlichkeit in einem Lehrerzimmer eine durchaus didaktische ist, dass didaktisch gelacht, didaktisch Zeitung gelesen, didaktisch auf die Uhr geschaut, didaktisch geatmet wird? Würden Sie dem Satz beipflichten: Wenn drei Lehrer in einem Lehrerzimmer unter sich sind, verdreifacht sich das Lehrerhafte nicht, sondern wird in die dritte Potenz erhoben? Können Sie sich ein Lehrerzimmer mit einem handgewobenen Teppich vorstellen, mit Helgen an den Wänden, die nicht aus der Kollektion der Schulwandbilder stammen, mit frischen Blumensträußen, ein Lehrerzimmer, in dem kein Heft und keine Kreide herumliegt, kein verlorener Turnschuh und kein weggeschnappter Ball aufbewahrt wird? Sehen Sie jenen Lehrer vor sich, der nicht absichtlich das Pausenläuten überhört, um sich und seinen Kollegen zu beweisen, dass er erwachsen ist, der nicht so tut, als beginne die eigentliche Pause

erst nach dem Klingelzeichen? Und waren Sie jemals dabei, wenn Schüler, die sich nicht wehren konnten, verhandelt, seziert, zerzaust, wie Wertpapiere diskutiert wurden, in der Sprache der Bildungsmakler?

Nichts dergleichen in unserem Lehrerzimmer, das Armin Schildknecht, der Lehrkörper von Schilten in einer Person, solipsistisch benützt. Hier werden keine Pausengespräche, allenfalls Selbstgespräche und Telefonate geführt. Meine Kollegen von Schmitten, Schlossheim und Schöllanden werden weder mit Tauchsiederkaffee noch mit mulmigem Abfallkonfekt bewirtet. Die Sammlung liegt im ersten Stock über der Turnhalle, dem Oberstufenzimmer gegenüber, zwischen dem Mädchenabort und dem Archiv, das auch das taube oder tote Zimmer genannt wird und in dem früher die Arbeitsschule untergebracht war. Wenn ich von der früheren Raumaufteilung des Schulhauses spreche, meine ich jene Zeit, in der in Schilten noch im irrigen Glauben unterrichtet wurde, man könne Schüler von der ersten bis zur achten Klasse in der Nachbarschaft eines Totenackers auf den Lebenskampf vorbereiten. Der Sammlungs-Charakter aus der Ära Haberstich lässt sich natürlich nicht ganz verleugnen. Zwei Glasschränke mit ausgestopften Vögeln und beschrifteten Mineralien geben meiner Rechtfertigungs-Werkstatt etwas von der gedämpften Autorität eines naturhistorischen Kabinetts. Der Raum liegt denkbar günstig für die Arbeit am Schulbericht. Das kühle Atelier-Licht, das durch die beiden hohen Nordfenster auf die perlgraue «nature morte» des Mobiliars fällt und das mich an tagebuchschreibende Bauhaus-Künstler erinnert, stärkt das Fassungsbewusstsein. Der Blick reicht zwar nicht bis zur Holunderkurve, schweift aber über die Dächer von Außerschilten, hinauf bis zu den vereinzelten, geduckten, ziegelroten Höfen und den Waldrändern, die das kleine, wellige Hochplateau, in dessen Zentrum der Schulhaus- und Friedhof-Komplex liegt, wie Krebszangen umgreifen. Der Geruch, der sich im Lehrerzimmer eingenistet hat und der durch jahrzehntelanges Lüften nicht auszutreiben wäre, ist der Inbegriff des Schulstubenmiefs: Scholarchen-Ozon, das sich aus dem Muff überfüllter Krimskramsschränke, dem Gestank verdorbener Chemikalien und dem ausgetrockneten Schweiß verwaister Turnschuhe zusammensetzt. Wer diese Luft ein Leben lang eingeatmet hat, kriegt die für Pädagogen typische Kreidestaub-Lunge. Durch die angrenzende Mädchentoilette bin ich mit dem Mörtelkammerschacht und dem Harmonium verbunden, durch das stets verschlossene taube oder tote Zimmer, dessen breite Fensterfront auf den Pausenplatz und auf den Friedhof geht, mit dem Revier Wiederkehrs. In der Mitte drei zusammengerückte, abgelaugte Tische, auf denen, hätte ich nicht reformkühn durchgegriffen, noch heute Gummipfropfen, zerbrochene Reagenzgläser, verkohlte Bunsenbrenner, Pipetten und Ampullen, verkleckerte Emailschälchen, zerquetschte Farbtuben, rote und blaue Bananenstecker, staubige Ampere- und Voltmeter und das verrenkte Wrack eines Mikroskops von der Realien-Tollwut meines Vorgängers zeugen würden. Durchgegriffen? Ich habe die Haberstichsche Quincaillerie beiseitegeschoben und meine Schulberichtspapiere ausgebreitet. Das Chaos der Notizen ist vom Gerümpel einer vergangenen Schulmeisterepoche eingerahmt wie von einem Abfallgürtel. Die Insignien der Realien-Herrschaft, Globus und Bambuszepter, stehen entwürdigt in einer Ecke. Die mittelalterliche Burganlage im Maßstab 1:50 und das Schichtenmodell eines Molassehügels wanderten in den Ofen, das Instruktionsplakat, auf dem die einheimischen Singvögel wie Verkehrszeichen angeordnet sind, auf den Estrich. Es fehlte nicht an Ideen zur Verquantung der Haberstichschen Inutilitarien. Ich dachte zum Beispiel daran, seine Ehemaligen zu einer Versteigerung einzuladen. Wir hätten die Auktionsgegenstände in der Turnhalle aufgebaut, auf dem Schwedenkasten und auf dem Schwebebalken, vom zerlegbaren Modell der menschlichen Niere bis zum Aquarium, von den geometrischen Holzkörpern bis zum Metronom. Die Schulwandbilder und die Karte mit den Wanderwegen und Wanderzielen des Kantons Aargau hätten wir an die Sprossenwand genagelt, den Absenzenrodel am oberen Ende des Klettertaus festgebunden. Werte Ehemalige, hätte ich, mit dem Hammer in der Hand auf Bruder Stäblis Kanzel stehend, gesagt, die ihr zum Kreis der weltweit verbreiteten Haberstich-Gemeinde gehört. Es geht uns, wenn wir die Requisiten eines großen Schulmannes, der mit seinem Blut, das sich aus methodischen und didaktischen Blutkörperchen zusammensetzte, die Schulgeschichte eines halben Jahrhunderts ins grüne Buch des oberen Schilttals geschrieben hat, es geht uns, wenn wir diese Requisiten nun veräußern, nicht darum, das Andenken Paul Haberstichs zu schänden, im Gegenteil: was er durch fünfundvierzig Jahrgänge ins Volk hinausgefiltert hat, soll nun sinnbildlich seiner Lehre folgen, soll den Weg aus der Schulstube in die häuslichen Buffetvitrinen finden, soll über Kopfkissen hängen und neben Schützentellern stehen. Ungefähr mit diesen Worten hätte ich die Verramschung eröffnet, Herr Inspektor, aber Wiederkehr hat mir dringend davon abgeraten. Er sagte: Die Haberstichianer werden Sie wegwählen, Schildknecht! Wegwählen, das ist auch so ein schöner Ausdruck der lebendigen Demokratie, wie zurückfassen in der Militärsprache.

Nicht versteigert hätte ich das Demonstrations-Skelett für die Menschenkunde, das in der linken Ecke neben dem Fenster am Galgen hängt und mir einen wertvollen Dienst erweist: Es schreckt die Schulhaus-Gaffer ab. Es gibt immer wieder Leute, welche mein Schlösschen mit einem feilgebotenen Immobilien-Objekt verwechseln, Autofahrer, die, statt den Schulstalden im Schwung zu nehmen, in den ersten Gang hinunterschalten, auf den rechten Sitz hinüberlehnen und mit Stielaugen das Gemäuer befragen, als hinge ein Schild «Zu verkaufen» an der Turnhallentür. Solche Liegenschafts-Bummler, die gesehen haben wollen, dass der Sensenmann die Hand zum Gruß erhob, haben richtig gesehen. An der Armspeiche ist nämlich eine Schnur befestigt, die über eine Rolle an der Decke zu meinem Arbeitsplatz führt. Die Vorrichtung wurde ursprünglich zur Begrüßung Ihrer Eminenz ausgeheckt, Herr Inspektor. Nun halte ich es so: Immer wenn sich Sonntagsspaziergänger oder planlos herumgondelnde Automobilisten an der Nordfassade vergreifen und sich an meinem landgräflichen Krüppelwalmkäfig nicht sattsehen können, lasse ich den rechten Arm des Skeletts in die Höhe schnellen und entbiete den wunderfitzigen Gaffern Freund Heins Gruß. Den größten Erfolg buchte ich, als ein hellblaues Sportcabriolet mit einer gewürfelten Mütze am Steuer von der Straße abkam und mit der Friedhofmauer kollidierte.

Auf gar keinen Fall hätte ich die Kollektion der ausgestopften Tagraub- und Nachtraubvögel versteigern dürfen, das Prunkstück von Paul Haberstichs naturkundlichen Schätzen. Die Greife und Eulen, die im verglasten Vogelschrank auf ihren Astgabeln und Postamenten hocken und lauern und die dem Lehrerzimmer den Namen Sammlung eingetragen haben, sind meine einzigen Kollegen in den Pausen und Zwischenstunden, an den Abenden und in den Nächten, in denen ich über meinen Aufzeichnungen brüte. Der größte Teil meines Schulberichts zuhanden der Inspektorenkonferenz ist angesichts von starräugigen Käuzen, krummschnäbligen Adlern und höckerigen Falken konzipiert worden, ja oft habe ich sogar diese Gesellschaft in Gedanken mit der Konferenz gleichgesetzt. Vogelgrausen, Todesgrausen. Nur wer eine Nacht lang, Aufzeichnungen vorantreibend – und man kann ja keine Aufzeichnungen vorantreiben, ohne dass man gleichzeitig seine Existenz vorantreibt –, einer Schar von ausgestopften Federviechern gegenübergesessen hat, die in der Tat etwas Inspektorales haben, wird begreifen, dass ein im Flug erstarrter Steinadler mit griffbereiten Krallen adlerhafter sein kann als der lebendige König der Lüfte, eine Schleiereule mit dunkelbraunen, mundgeblasenen Hohlglasaugen eulenhafter als in Wirklichkeit. Wenn ich in der Dämmerung reglos vor meinen Papieren sitze und ihre weiße Gesichtsmaske anstarre, scheint sie es zu sein, die mich fixiert. Die taubengroße, langbeinige Eule mit dem aufgeplusterten Gefieder hockt auf ihrem Ast, lauscht eine Ewigkeit lang auf Spitzmäuse, so wie ich auf meinen Stuhl genagelt bin, ausgestopft mit Schulkram, präpariert für die Abrichtung einer Horde von wissbegierigen Schülern. Und oft befürchte ich, dass das kleinste Geräusch, das Schaben meines Bleistiftes oder das Geraschel meiner Zettel, die auf den Tablaren in naturgetreu nachgebildeten Stellungen erstarrten Vögel aufwecken könnte, dass sie, aus einem hundertjährigen Giftschlaf aufgescheucht, mit schlagenden Fängen den Vitrinenstaub aufwirbeln würden. Ich sehe – und ducke mich bei dem Gedanken –, wie die Bussarde, Habichte, Adler, Eulen und Käuze sich aus dem Schrank befreien, wie die Scheiben zersplittern und die Raubvögel mit halblahmen Flügeln im Lehrerzimmer über meinem Tisch kreisen, bald zu Boden gehend, bald dumpf gegen eine Wand schlagend, wie sie sich zu einem Angriff auf Armin Schildknecht, ihren vermeintlichen Präparator, sammeln, um ihm die Eingeweide herauszuschnäbeln und sich für die Schrankgefangenschaft zu rächen.

Paul Haberstich, er war ein leidenschaftlicher Präparator, diktiere ich den Schülern unter dem Stichwort Lehrerkunde ins Generalsudelheft. Wo werdet ihr vorbereitet, beantwortet die Schulhauskunde; wer bereitet euch vor, beantwortet die Lehrerkunde; worauf werdet ihr vorbereitet, beantwortet die Friedhofkunde. In dieser Sammlung wurden früher nicht nur Lektionen über Tagraub- und Nachtraubvögel präpariert, sondern auch die Tagraub- und Nachtraubvögel selbst. Jedes Tier, das eure Eltern, die über den Brillenkauz und die Indische Fischeule Bescheid wissen, nach dem ausgestopften Vorbild ins Naturkundeheft abgezeichnet haben, wurde gejagt, geschossen, aufgeschlitzt, abgebalgt, vergiftet, hergerichtet, aufgestellt. Das Lehrerzimmer war das reinste Präparatorium. Die fortgeschrittensten Haberstich-Zöglinge lernten im Biologie-Praktikum mit Skalpell und Arsenik umgehen, diktiere ich meiner Einheitsförderklasse, nachdem ich es zu den verjazzten Choralklängen auf dem Harmonium in die Mörtelkammer hinaufgeschrien habe, ins Generalsudelheft, Herr Inspektor. Unter Schildknecht ist die Vogelkunde in Schilten abgeschafft worden, wie überhaupt die Realien sukzessive durch Surrealien und Irrealien ersetzt worden sind. Aber zur Lehrerkunde, zur Einstimmung in den Stoff Paul Haberstich gehört eine knappe Einführung in die Präparationstechniken, damit meine Schüler ein für alle Mal vom Vogelgrausen gepackt werden. Die prächtige Sammlung im Lehrerzimmer, zu der auch der kleine Steinkauz, genannt Totenvogel, der Merlin und die weiße Schnee-Eule gehören, ist zum größten Teil das Produkt Haberstichscher Schlitzkunst. Die seltenen Exemplare ließ er sich tiefgekühlt zuschicken. Er konnte ja mit einem unbegrenzten Materialkredit schalten und walten, wie ihm beliebte. Der Altschulmeister von Schilten wusste und lehrte, diktiere ich, wie man angeschossene Tiere am schnellsten tötet: man drückt ihnen die unter den Flügelansätzen liegende Lunge so fest zusammen, dass sie verenden. Wenn ich nächtlicherweile vor dem Schrank auf und ab gehe, den Schulbericht im Kopf wälzend, fieberhaft hochrechnend, was für mich, was gegen mich sprechen könnte, sehe ich vor mir, wie jeder dieser Tagraub- und Nachtraubvögel, die mich hohläugig anglasen, vom Brustbein bis zum After aufgeschnitten werden musste. Vorsicht, lehrte Paul Haberstich, dass ihr das Bauchfell nicht verletzt, von Eingeweiden besudeltes Gefieder ist nur schwer zu reinigen. Als Präparationsunterlage dienten dieselben kreuz und quer vernarbten Holztische, auf denen ich meine Hefte ausgebreitet habe. Der Vogel, so Haberstich, wird abgebalgt, indem man den Fleischkörper aus der Haut herauslöst, die Schenkel nach innen durchdrückt und mit einem Scherenschnitt im Kniegelenk trennt. Man achte besonders darauf, dass beim Durchschneiden der Schwanzwirbel die Federkiele nicht ausfallen. Der Fleischkörper und die Balginnenseite werden zum Schutz vor Verunreinigung durch Fett oder Blut mit feinem Sägemehl bestreut. Die Haut wird über den Vogelkopf gezogen, wobei man die sackartigen Ausstülpungen der Ohren aus den Gehörgängen löst. Die Augenränder werden vorsichtig mit dem Skalpell abgetrennt. Dann balgt man weiter bis zum Schnabelansatz. Mit einem keilförmigen Schnitt beidseits des Unterschnabels in Richtung Hinterkopf werden Luftröhre und Zunge entfernt. Mit der Pinzette fährt man unter die Augen und hebt sie mit einer Drehung heraus, wobei das Auslaufen des Augenwassers vermieden werden muss. Das Hinterkopfloch vergrößert man mit der Schere so weit, dass das Gehirn und die Schädelmuskulatur bequem herausgeholt werden können. So wie die Nachtraubvogelkunde, diktiere ich den Schülern ins Generalsudelheft, ein Spezialgebiet von Paul Haberstich war, so war er auch auf das Abbalgen von Eulen spezialisiert. Das typische Eulengesicht kommt dadurch zustande, lehrte Paul Haberstich, dass die Augen aller Eulenarten nach vorne gerichtet sind, bedingt durch den sogenannten Skleroticalring. Löst man die Augen auf die übliche Weise heraus, ist es kaum möglich, den Eulenausdruck zu rekonstruieren. Deshalb müssen die entleerten Augäpfel in den Höhlen belassen werden. Mit einer spitzen Schere trennt man die durchsichtige Hornhaut im Umkreis der Iris ab. Das Entfernen des Gehirns ist auch am Eulenschädel nur vom Hinterkopf her möglich. Sollten die großen Ohrenöffnungen aufgeplatzt sein, werden sie mit ein paar Stichen zusammengenäht. Am Vogelbalg hängen bleiben die Flügel- und Beinknochen, der Schädel und die letzten Schwanzwirbel. Bei der Säuberung der Federfluren kommt es darauf an, dass kein Fett an den Kielspitzen haften bleibt, weil die mit der Zeit sich bildende Fettsäure zersetzend wirkt.

Präparieren, sagte Haberstich, nicht zersetzen. Ich diktiere meinen Schülern: zersetzen, zersetzen, zersetzen. Schulmeister-Präparatoren zunichtemachen, indem man ihren Lehrstoff Wort für Wort, Schnitt für Schnitt abbalgt. Haberstich abbalgen, den Lehrkörper herauslösen. Blutbeflecktes Gefieder muss mit einem Schwämmchen oder einem Wattebausch so lange gewaschen werden, bis das ablaufende Wasser sauber ist. Das Schwierige an einem solchen Lehramt ist ja, dass man alles, was der Vorgänger in die Elternköpfe hineinoperiert hat, zuerst aus den Kinderköpfen herausoperieren muss, bevor man die Bande ins Diktat nehmen kann. Der gereinigte Balg wird mit Arsenik vergiftet. Schon etwas von Kunstvergiftung gehört, Herr Inspektor? Die eigene Lehre muss sich immer gegen die fremde Lehre durchsetzen. Das kunstvolle Vergiften der Federhüllen ist die Krönungsarbeit des Präparators. Man tritt nicht nur eine Stelle an, man tritt auch die Verheerung an, die der Vorgänger in jenen Generationen, die durch seine Schule gegangen sind, angerichtet hat. Haberstich verwendete, wie aus seinen im Nachlass vorgefundenen Präparationsnotizen hervorgeht, nicht die übliche Lösung – 1 Teil Arsenik, 8 Teile warmes Wasser –, sondern stellte die fettzersetzende Arsenikseife her. Zuerst muss gerodet, dann erst kann angepflanzt werden. Haberstich löste, nach dem Rezept von Meves, einem Pionier auf dem Gebiet der modernen Präparationstechnik, 65 Gramm pulverisierte Seife in 325 Gramm heißem Wasser auf, gab nach und nach 365 Gramm Pottasche und 200 Gramm weißes Arsenik hinzu, kochte das Ganze auf und rührte zuletzt 50 Gramm Kampferspiritus unter den abgekühlten Sud. Es ist möglich, dass ein Nachfolger seine ganze Lehrenergie dazu verbraucht, das Werk seines Vorgängers auszuradieren. Um zu verhindern, dass die Vögel von Mottenraupen, Pelz- und Museumskäfern angefressen werden, wird der Balg gänzlich mit Arsenikseife eingeschmiert. Dass man radiert und radiert, und dann, wenn man selber den Griffel ansetzen will, aus der Lehranstalt entfernt und in die Heilanstalt eingeliefert werden muss. Nichts Ekelhafteres als eine durchlöcherte Tagraub- und Nachtraubvogelsammlung. In Schilten besonders aktuell: der Museumskäfer. Das Ausstopfen besteht im Wesentlichen darin, beschließe ich mein Diktat über Paul Haberstichs Präparationsmethode, dass man den herausgebalgten Fleischkörper in einem geeigneten Material wie Moos, Werg, Holzwolle oder Torf nachbildet. Für die Beine, die Flügel und den Hals werden im künstlichen Kern geglühte Eisendrähte verankert. Am Fleischkörper orientiert man sich über die Ansätze der Läufe und Schwingen. Je genauer das Studium am sogenannten Fleischkörper, desto naturgetreuer kann der Vogel zusammengesteckt werden, und je naturgetreuer er wirken soll, desto künstlicher muss er gebildet sein. Je künstlicher er gebildet ist, desto vogelhafter sperbert er aus dem Glasschrank. Höchste Präzision einerseits im Biegen, Kappen und Festmachen der Drähte, größtmögliche Einfühlung anderseits in das Eulenhafte, Adlerhafte, Habichthafte. Die Stellung auf der Astgabel oder dem Postament soll das Charakteristische des Vogels zum Ausdruck bringen. Das Charakteristische aber kennt nach Haberstich nur, wer das Tier eigenhändig erlegt, aufgetrennt, gehäutet, vergiftet, gestopft, vernäht, geknickt und verrenkt hat. Darin steckt eine gewisse Weisheit, liebe Schüler, Vogelkenner sind Vogelmörder. Deshalb keine Vogelkunde in Schilten, lediglich ein kleines Propädeutikum über das Abbalgen und die Kunstvergiftung, damit ihr eine Ahnung dessen bekommt, was euer Lehrer auf sich nimmt, wenn er in der Sammlung, dem einzigen Raum, in dem das Schlagen der Schulhausuhr erträglich ist, eure Generalsudelhefte korrigiert, dämmerungsaktiv, sozusagen mit den nach Arsenikseife riechenden Tagraub- und Nachtraubvögeln in ein und denselben Schrank, mit seinem veraschten Vorgänger in ein und dasselbe Waldschulhaus gesperrt.

Paul Haberstich liegt nicht, wie die meisten Leute im Dorf glauben, in der Nordostecke des Engelhofs begraben, obwohl dort ein auf Hochglanz polierter Stein aus Schwedischem Marmor nebst der Verzierung von Maßstab und Zirkel seinen Namen, seine Daten und die Klage «Zu früh für uns» trägt. So wie der Granit, der inwendig dunkelgrau ist, nur an der Oberfläche schwarze Marmorglätte vorspiegelt, so täuscht das jährlich dreimal reichlich bepflanzte Erdbestattungs-Fonds-Grab die letzte Ruhestätte des Schiltener Zuchtmeisters lediglich vor. Es ist denkbar, dass Haberstich, ein heimlicher Sympathisant des Aargauischen Feuerbestattungsvereins und somit ein Engelhof-Ketzer, der sich nach letztwilliger Verfügung bei Nacht und

Nebel in Schöllanden kremieren ließ, der Friedhofgemeinde eins auswischen wollte, dass er sein mustergültiges Lehrerleben mit einem hinterhältigen Streich beendete, um wenigstens im Tode etwas getan zu haben, was man von einem Schulmeister nicht erwartet. Das Schiltener Beerdigungs-Dekret, die Vorstufe der geplanten Friedhof- und Bestattungs-Verordnung, die freilich bisher nur in den Köpfen Wiederkehrs und Schildknechts existiert, welche in inoffiziellem Auftrag der gemischten Schul- und Friedhofpflege daran arbeiten, hält ausdrücklich fest, dass Erdbestattungen hiesigenorts die Regel seien und dass Kremationen auf eigene Verantwortung bezüglich des Seelenheils, insbesondere der Auferstehungs-Modalitäten, durchgeführt werden müssten. Die Urnengräber auf dem Engelhof werden, soweit nicht die Hinterbliebenen für ihren Unterhalt sorgen, vom Friedhofgärtner buchstäblich stiefmütterlich behandelt. Wer der Schiltener Friedhof-Tradition verpflichtet ist, macht einen großen Bogen um die Rabatten der Abtrünnigen. Haberstichs Urne, ich habe mich selber davon überzeugt, steht auf einem Tablar über dem Türsturz des meiner Sammlung benachbarten tauben oder toten Zimmers, das sich die Schulpflege laut Vertrag als Archiv und Sitzungslokal zur eigenen Benützung vorbehält. Doch hat, seit ich hier schulmeistere, noch nie ein Behördemitglied seinen Fuß über die Schwelle des blutorangen und seines auffälligen Anstrichs wegen immer wie nach frischer Farbe riechenden Raumes gesetzt, der mit seiner breiten Ostfensterfront für Friedhofstudien wie geschaffen wäre. Wiederkehr behauptet, das Archiv sei mennigrot, die Abwartin spricht von hennarot, im alten Baubeschrieb auf der Kanzlei steht kadmiumorange. Ich kann jetzt nicht den ganzen Streit über Orangewerte wieder aufflackern lassen. Fest steht: man hat sich in farblicher Hinsicht hier etwas einfallen lassen, vermutlich gerade weil man es optisch direkt mit dem

Friedhof zu tun hatte. Komplementäre Lebenslust. Auf jeden Fall werden die Sitzungen, an denen Schildknecht, seit er ins Provisorium versetzt wurde, nicht mehr teilnehmen darf, die er aber, wenn er will, Wort für Wort belauschen kann, durch den Lüftungs- und Kaminschacht, im ehemaligen Oberstufenzimmer abgehalten. Das blutorange Sälchen bleibt verschlossen, und nur wer einen Nachschlüssel besitzt wie der Verweser von Schilten, kann beweisen, dass Haberstichs Begräbnis ein Scheinbegräbnis war, dass die zu Hunderten erschienenen Ehemaligen einem mit Steinen gefüllten Sarg das letzte Geleite gaben. Wiederkehr wollte nie mit der Sprache herausrücken, wenn ich Anspielungen machte und etwa sagte: Der Schrein Haberstichs soll der schwerste gewesen sein, der jemals in Schilten beigesetzt wurde. Oder: Beim Hinaustragen der Totenkiste aus der Mörtelkammer soll es gerumpelt haben, als ein Sargträger stolperte. Ich brauche die Bestätigung des bestinformierten Mannes von Schilten nicht, denn am Rand der glockenförmigen, umbrabraunen Urne sind die Initialen P.H. und, wie Jassstriche, die fünfundvierzig Schuljahre eingeritzt. Ich glaube nicht, dass die in Seiten- und Stumpentälern noch weitverbreitete Angst vor dem Scheintod einen aufgeklärten Naturwissenschafter wie Paul Haberstich zur Kremation bewogen hat, obwohl auch ihm nicht ganz entgangen sein konnte, dass die Landschulmeisterexistenz mit dem Schicksal eines lebendig Begrabenen viel gemeinsam hat. Eher vermute ich, dass er, der seine persönlichen ein Leben lang den schulischen Interessen untergeordnet hatte, dass mein Vorgänger, dem hienieden kein Denkmal gesetzt worden war, sich das Schiltener Schulhaus als Mausoleum auserwählte, das damalige Arbeitsschulzimmer als Gruft. Die Urne ist so aufgestellt, dass der Engelhof Haberstichs Asche zu Füßen liegt. Auch als Toter wahrt er somit jene Distanz zu den Mitbegrabenen, die ihn, den Wissenden, den Flurnamen- und Vogelkundigen, zeitlebens von seinen Schülern, die nie erwachsen werden wollten, getrennt hat. Selbst als zu Staub Gewordener braucht er ein Katheder, um auf die anderen herabzuschauen.

So kommt es, dass wir, genau genommen, im ersten Stock zwei Lehrerzimmer haben: das Archiv, wo die Asche meines Vorgängers in friedhofgeschichtlich empfohlener Lage – Osten war schon immer die Heilsrichtung – dem jüngsten Examen, der letzten Zensurfeier entgegenharrt, und die Sammlung, meinetwegen das Urnenvorzimmer, wo Armin Schildknecht seinen Engelhof- und Schulhausstudien obliegt, um die hohe Inspektorenkonferenz zumindest von der disziplinarischen Mitschuld der sogenannten Sachzwänge, die sich in Schilten in Raum- und Landschaftszwänge aufgliedern, zu überzeugen.

FÜNFTES QUARTHEFT

Die Arbeit am Schulbericht ist im Wesentlichen eine Rückgewinnung des Unterrichtsstoffs, eine Repatriierung meiner Lehre, die in den Haselnussköpfen, in den tauben Hirnschalen meiner Schüler ein notdürftiges Exil gefunden hat. Behandeln, müssen Sie wissen, Herr Inspektor, heißt in Schilten naturgemäß diktieren, wobei ich nichts so hasse wie das Wort Stoff. Typische Lehrer- und Dompteurphrasen: Wir sind mit dem Stoff durchgekommen. Wir gehen an einen neuen Stoff heran. Dieser Stoff macht uns besondere Freude. Als wäre ein Lehrgebiet mit der Elle abzumessen, als wäre die Schulbildung nichts anderes als eine aus den traditionellen Fächern zusammengeplätzte Pelerine, die man gegen die Unbilden des Lebens überzieht. Wir lassen uns von Landschafts- und Schulhauszwängen bestimmen, nicht von idiotischen Lehrplänen, und wenn ich von sektenhafter Einstimmung spreche, auch von häretischer Interdisziplinarität, dann meine ich, dass wir uns assoziativ an bestimmte, vom herkömmlichen Unterricht abgespaltene Leitmotive des Daseins unter spezifisch schiltesken Bedingungen heranpirschen, in einem langwierigen Appropinquationsverfahren. Das didaktische Ziel ist nicht dann erreicht, wenn die Schüler das Auswendiggelernte mit der Bauchrednerstimme ihres Einpaukers hervorquäken. Es gibt in Schilten keine Jungen, die so zwitschern, wie die Alten sungen. Im Glücksfall stellt sich bei uns, wenn wir an einem Thema basteln, ein gewisser Sättigungsgrad ein, wir steigern uns in eine berserkerhafte Verzückung wie bei der Behandlung des Turnhallenzusammenbruchs. Wir wiegen uns gemeinsam in einer Adaptations-Trance, bis dann das Stegreifdiktat wie eine überreife Diktierfrucht in die Generalsudelhefte meiner Schüler fällt.

Diktanden kommt man nur mit Diktaten bei. Diktierend, Mörtelkammer-Rezitative in die Schulstube hinüberrettend, presse ich die Urfassung meines Schulberichts durch das Löchersieb meiner Einheitsförderklasse. Die Schiltener Schüler lernen – vorausgesetzt, dass sie überhaupt etwas lernen – ausschließlich für den Lehrer, für das Werk Armin Schildknechts, und sie sind stolz darauf. Zu dem wenigen, was ich von meinen Unterrichtnehmern an Disziplin verlange, gehört, dass sie sich jederzeit, nötigenfalls auch nachts oder sonntags, meinem Diktierwillen unterziehen. Nicht nur meinem Diktierwillen, auch meinem Diktierstil. Wenn ich meinen Diktiertag habe, falle ich schon in der Morgenfrühe ins Schulzimmer ein, umkreise diktierend das Pult, malträtiere diktierend die Wandtafel, schreite diktierend die Bankreihen ab, links und rechts Sätze austeilend wie Ohrfeigen, tobe mich diktierend im Korridor, auf der Toilette und in der Turnhalle aus, ja sogar auf dem Friedhof, wenn es das Thema verlangt. Und es ist keine Seltenheit, dass die Bande aus dem Schlaf geholt und zum Nachtdiktat aufgeboten wird. Meine Monologe sind Wort-Anfälle, Sprachschübe, apodiktische Kaskaden. Sich im Leben behaupten, sage ich den Schülern nebenbei – worauf freilich unser Unterricht gerade nicht abzielt –, heißt, das Wort an sich reißen. Wer endlose Monologe zu halten versteht, so dass man glaubt, er sei schon als Säugling mit einer Grammophonnadel geimpft worden, wer die anderen in Grund und Boden schnorrt, keinen Einspruch, keinen Widerspruch, kein Schweigen aufkommen lässt, hat alles gewonnen! Nicht sagen, was man denkt, sondern denken, und zwar ununterbrochen laut denken, was man sagen kann. Jedes Ohr, das sich euch entgegentrichtert, vollpflastern. Der eine diktiert, der andere notiert. Ihr, meine gefitzten Urfassungs-Notare! Aus Rücksicht auf meine Kräfte, Herr Inspektor, kann ich es mir nicht erlauben, die Materie wie Mist unter die

Schüler zu verzetteln, methodisch durchdachte Exempel vorzuführen. Dazu, sage ich immer, ist die sogenannte Schule des Lebens da, sie liefert euch Beispiele genug. Die am Harmonium einstudierten Trutzlektionen dürfen nicht verwässert werden, sie müssen mit voller Wucht auf die Gemüter prallen. Keine methodische Verkrüppelung des Lehrgebiets, keine didaktische Entschärfung des Zündstoffs. Die schlimmste Seuche, von der ein Pädagoge befallen werden kann, ist die Zersetzung seines Erwachsenendenkens durch das Schülerdenken. Unterrichten heißt gewöhnlich: Erwachsenenfragen in Schülerfragen transponieren. Darob verlernt der Lehrer, sich den wirklichen Erwachsenenfragen zu stellen. Er bleibt zeitlebens ein Musterschüler, der nie den Sprung ins kalte Wasser gewagt hat. Das Leben kennt keine methodischen Kniffe und keine didaktischen Ziele, und erst recht nicht der Tod. Didaktik, Methodik: die Todfeinde alles Lebendigen. Der Lehrer glaubt, die Schüler heranzubilden, aber in Wirklichkeit sind es die Schüler, die ihn in einem jahrzehntelangen Verschleiß herabbilden. Alles was der Lehrer unternimmt, tut er vorbildlich, im Glauben, eine Schar junger Menschen um sich zu haben, die ihn dafür bewundert. Vorbildlichkeit ist eine schmerzlose, aber grausame Form des Selbstmordes, Herr Inspektor. Was die meisten Pädagogen unerträglich macht: ihr besserwisserisches Strebertum, ihr fortwährendes Schielen nach Fleiß- und Leistungsnoten, ihr Bedürfnis, zu zensurieren und zensuriert zu werden. Die Tragik einer geistigen Existenz besteht in der absoluten Unvermittelbarkeit des wissenswerten Wissens. Was gelehrt werden kann, ist meistens nicht wert, gelernt zu werden.

Das Diktat, die methodisch anfechtbarste Form der Stoffvermittlung, will sagen Einstimmung, hat, außer dass sie in Lehrerkreisen verpönt ist, den Vorteil, dass sich Armin Schildknecht nicht verleugnen muss, dass er nicht Exerzierfragen vorschieben muss, auf die er die Antworten seit Generationen schon weiß. Ein Schildknechtsches Monsterdiktat ist für die Schüler eine Narkose. Diktieren heißt narkotisieren. Dafür kein orthographischer Sadismus wie unter meinem Vorgänger Paul Haberstich, dessen sogenannte Spracherziehung sich in der Rechtschreibung erschöpfte. Haberstichs Diktate waren gefürchtete Hindernisläufe, voll orthographischer Fußangeln, Falltüren und Tretminen. Er heckte Sätze aus wie: Macht euch eine abrahamsche Friedfertigkeit zu eigen, indem ihr nach dem Abrahamschen Wort handelt: Gehst du zur Rechten, so gehe ich zur Linken. «Abrahamsch» als Adjektiv gehörte klein, als Name vor einem Zitat aber groß geschrieben. Oder: Tut nie unrecht, seid ihr aber im Recht, so habt ihr recht, ja das größte Recht, wenn ihr euer Recht sucht. Recht haben klein, aber das Recht haben groß. Oder: Achtet jedermann, Vornehme und Geringe, arm und reich. Eigenschafts-, Mittel- und Umstandswörter werden auch dann klein geschrieben, wenn sie in unveränderlichen Verbindungen stehen wie alt und jung, über kurz oder lang, durch dick und dünn. Substantivierte Adjektive dagegen groß, groß, groß! Haberstichs Diktate sogen den Schülern die Fehler aus den Federn. Rote Schlachtfelder, die Heftseiten. Das Strafmaß: bis zu fünf Fehlern die Wörter, bis zu zehn Fehlern die Sätze verbessern. Bis und mit zwanzig Fehlern das Diktat abschreiben, von zwanzig Fehlern an aufwärts ein zerrissenes Heft und Mörtelkammerarrest. Dagegen ist meine Art des durch und durch skribifizierten Unterrichts eine humane Strapaze. Im Gegensatz zu den meisten Lehrern, die, sofern sie neben der Schule noch zu einer geistigen Leistung fähig sind, die Schüler von ihrem Werk ausschließen, die ihr Werk auf Kosten der Vorbereitungsarbeit und damit der Unterrichtnehmer fördern, die auf Kosten der Schüler in Kommissionen sitzen,

Schallplatten rezensieren und Briefmarken sammeln, im Gegensatz dazu spanne ich meine Einheitsförderklasse ein, gebe ich meinen Scholaren die einmalige Chance, die Urfassung des Schulberichts in statu nascendi zu erleben. Stellen Sie sich vor: Jeder dieser Schreiberlinge wird später einmal von sich sagen können, er sei am Schiltener Schulbericht zuhanden der Inspektorenkonferenz beteiligt gewesen. Jeder wird, wenn sich die Bildungswissenschafter auf dieses Dokument stürzen, den Wert einer handschriftlichen Variante verkörpern. Die Inspektorenkonferenz, sofern sie nach streng philologischen Kriterien vorzugehen gedenkt, was ich ihr dringend empfehlen möchte, wird sich also nicht nur mit diesen Reinheften und den ihnen zu Grunde liegenden Generalsudelheften zu befassen haben, sondern auch mit Heftführern, mit wandelnden Schriftzeugen, die ihr laufend wegsterben können. Ein kleines Mondschein-Bäuerlein im hintersten Krachen des oberen Schilttals kann, nicht berücksichtigt, die historisch-kritischen Editionsprinzipien der Konferenz über den Haufen werfen, sofern man ihre Verarbeitung meiner Existenz einmal bildlich als Herausgebertätigkeit verstehen will.

Die schwarzen Wachstuchhefte mit dem brombeerroten Farbschnitt, die wir dem gewerblichen Dorffrieden zuliebe über die Jordibeth, die Leichenansagerin, beziehen, werden eigens für die Schiltener Sonderschule angefertigt. Die Papeteriebesitzerin liefert zwar seit dem Beginn meines Regiments weniger Kleinkram als früher, weniger Tuschfedern und dergleichen Inutilitarien, dafür ganze Paketstapel von Generalsudelheften, die sich buchstäblich über Nacht füllen. Ein Schiltener Einheitsförderklässler schreibt im Durchschnitt in den drei Schulwintern gegen die zwölf Hefte voll. Wir sind eine Winterschule, ein hibernal orientiertes Institut. Einerseits ist im Winter die größere Konzentration zu erreichen als in den übrigen Jahreszeiten, anderseits dauert die Schnee- und Kälteperiode hier oben sehr lang, und die Schüler werden im Sommer auf den Feldern gebraucht. Drei weiße Quartale, ein grünes Quartal. Die Proportionen der Generalsudelhefte entsprechen den Grundrissmaßen der Turn- und Abdankungshalle, sie lassen sich mühelos auch am Engelhof ablesen. Ihr Papier hat eine hervorstechende Qualität: Es ist nebelfest. Sie sind so raffiniert angefertigt, dass sie in jeder Lage, in jeder Richtung beschrieben werden können. Von oben nach unten, dann schimmert das Häuschenmuster durch. Umgedreht, von unten nach oben, dann schimmert das Linienmuster durch. Quergelegt, vom linken Rand gegen die Mitte zu, erscheint das Blatt weiß. Andersherum, vom rechten Rand gegen die Mitte zu, schimmert das Notenlinienmuster durch. Benützt man es diagonal von links oben nach rechts unten, werden konzentrische Kreise sichtbar für die Gruppierung von Symbolen, in der anderen Diagonale Spirallinien. Dieses komplizierte Heft beim Niedersudeln der Botschaft richtig zu handhaben, lernen die Schüler oft erst im letzten Unterrichtswinter, in der letzten Unterrichtswoche, ja oft erst in der letzten Unterrichtsnacht. Sie selber müssen entscheiden, in welcher Notation und folglich auch in welcher Heftlage sie die einzelnen Sequenzen meiner Diktate festhalten wollen, ob am zweckmäßigsten mit einer Formel, mit Sätzen, mit konzentrischen Stichworten, einem Notenbeispiel, einer Zeichnung oder mit einer spiralenförmigen Aktennotiz, ob das Bilderrätsel oder die graphische Darstellung, ein Kleksogramm oder selbsterfundene Hieroglyphen das adäquate Ausdrucksmittel seien. Zu Beginn jedes Schulwinters wiederholt sich bei den Neulingen dasselbe Bild. Ich setze zu meinem Monolog an, indem ich, frisch vom Harmonium weg, in die Klasse stürme, ein Geraschel und Getuschel geht durch die Reihen, und was sehe ich? Auf jedem Pult eine andere Heftlage. Nicht nur das. Der eine klappt sein Schuldiarium vor Schreck über die vielen Möglichkeiten zu, bevor ich den ersten Satz gesprochen habe, der Zweite stellt es wie ein Satteldach vor sich hin, ein Dritter reißt kurzerhand die vorderste Seite heraus und rollt sie zu einem Fernrohr zusammen, als ob er damit besser erkennen könnte, was ich sagen wolle, ein Vierter tauscht sein Heft eigenmächtig gegen dasjenige seines Nachbars aus, so dass natürlich ein Streit entsteht, und so weiter, und so fort. Sie können sich denken, dass bei diesem Kindergarten meine ganze Konzentration wieder verlorengeht. Ich muss die Hefte in die Ausgangslage zurückkommandieren und hinüber in die Mörtelkammer eilen, um schnell das Leitmotiv durchzuspielen und so den roten Faden wiederzufinden. Und während ich übe, experimentieren die Schüler verzweifelt mit ihren Heften, um von der allgemeinen Verwirrung zu profitieren. Selten genug kommt es vor – welch ein heilignüchterner Augenblick des Gelingens! –, dass sich die ganze Einheitsförderklasse für ein und dieselbe Notation entscheidet, dass die Schiltener Weißbücher sich, wie von einem Papiermagneten unter dem Pultdeckel geführt, in die einzigrichtige Lage drehen.

Zwölf Hefte im Durchschnitt, sage ich, aber der Schüler, wenn er diese Anstalt verlässt, nimmt kein einziges mit. Frei von jedem Ballast kehrt er der Schule den Rücken. Gemäß meiner Devise, dass die Burschen und Mädchen nicht für sich, auch nicht fürs Leben, das ennet der Straße mit dem Friedhof beginnt, sondern einzig und allein für ihren Lehrer lernen, soll auch der Sudelertrag meines pädagogischen Frondienstes in Schilten zurückbleiben. Besser alle Brücken zur unseligen Schulzeit sofort abbrechen als eine lebenslängliche Schulbank-Sentimentalität. So habe ich meinen Schülern zum Beispiel auch strikte die sogenannten Klassenzusammenkünfte verboten. Wehe, sage ich immer, wenn mir zu Ohren kommt, dass sich ein Verein Schildknechtscher Ehemaliger irgendwo in einem Beizensälchen getroffen hat! Am besten auch alle Zeugnisse und insbesondere das vermaledeite Entlassungszeugnis verbrennen. Was steht denn in einem solchen Entlassungszeugnis? Vorgedruckt stehen dort alle bekannten Lehrfächer von der Religionslehre bis zum Handfertigkeits-Unterricht. In fetten Lettern trumpfen vor allem die Realien mit ihrer unangefochtenen Traditionalität auf, und mickrig klein in überkorrekter Schulmeisterschrift steht eine blasstintige Zahl daneben, eine Zahl, die überhaupt nichts aussagt, zumindest nichts über den Schüler, hingegen alles über den Lehrer. Nur ein Vermerk ist auf diesem Fackel von Belang, rot und in Majuskeln gedruckt: Die Volksschulpflicht ist erfüllt. Dieser für Schüler wie Lehrer gleichermaßen erlösende Abgangssatz kann allerdings nicht genug ausgekostet und nachgekostet werden. Auf dem Zettelchen, das ich meinen Zöglingen, sofern sie es ausdrücklich wünschen, als Quittung für ihre dreijährige Aufmerksamkeit aushändige, trage ich nur die Anzahl der Diensttage ein und allenfalls die Bemerkung: Betragen so gut, als es in der Nachbarschaft eines Feldfriedhofs möglich war! Der Schüler hat also, wenn Sie so wollen, bei seiner Entlassung nichts, der Lehrer hat alles in den Händen. Die Generalsudelhefte werden im tauben oder toten Zimmer archiviert, womit ich dem von der Schulpflege gewählten Tarnnamen ohne ihr Wissen einen Sinn gebe. Ihr Bestand ist seit meinem Amtsantritt vor zehn Jahren auf eine Zahl von rund zweitausendfünfhundert angewachsen, was umgerechnet fünfundzwanzig Laufmeter Schüler-Urfassung ergibt. Das ganze Schulhaus von der Waschküche bis hinauf zu den Estrichkammern mit schwarzen Wachstuchheften und Schulberichtspapieren vollstopfen, ist zugleich mein Wunsch- wie mein Angsttraum, Herr Inspektor. Eine Urfassungs-Bastion gegen Missverständnisse seitens der Inspektorenkonferenz errichten! Je größer das Bollwerk der Notizen, desto schriftlicher und somit unanfechtbarer meine Schulmeisterexistenz! Der Grenzfall, auf den wir hinarbeiten: Jede Minute meines Denkens wird protokolliert. Das wäre vielleicht eine wirksame Maßnahme gegen die berüchtigte Verflüchtigung der Lehrersubstanz, gegen die geistige Schwindsucht der Pädagogen.

Wenn ich in einem früheren Heft dieses Berichts – was immer auch heißt: in einer früheren Fassung – gesagt haben sollte, dass ich in der Sammlung Schülerarbeiten korrigiere, so war das ungenau, denn ich korrigiere nicht, ich übersetze; ich streiche keine Wörter an, sondern ich versuche aus den Fehlern zu lernen, die Armin Schildknecht beim Diktieren gemacht hat. Menschliches Versagen beruht immer auf einer Konditionsschwäche beim Diktat. Wer sich mit ununterbrochener Höchstkonzentration in die Federn der andern zu diktieren vermöchte, hätte das Recht, von einem Lebens-Werk zu sprechen. Ich schreibe, also bin ich! Nun ist es leider so, dass die Retranskription der Urfassung, die mir meine Eleven abgelauscht haben, in eine diskutierbare Konferenzfassung, die Rückverwandlung von Schülersubstanz in Lehrersubstanz durch den katastrophalen Zustand erschwert wird, in dem man mir die Generalsudelhefte gleichsam vor die Füße wirft. Sudelheft ist eine euphemistische Umschreibung dessen, was vorliegt. Das ist nun der Nachteil, wenn die Schüler keine Verbesserungen und Nachverbesserungen, keine Noten zu fürchten haben. Sie machen sich keinen Begriff von dem Geschmier und Gekrotze, mit dem ich mich herumschlagen muss, Herr Inspektor. Als hätten es die Hühner zusammengescharrt! Das liegt nicht nur an der verwirrend flexiblen Hefteinteilung und an meiner Diktiermanie, es liegt vor allem in der Natur der Sache. Die Schüler sind Tintenkulis und haben meiner Not zu gehorchen, nicht ihrem kalligraphischen Trieb. In gewisser Hinsicht strafe ich mich selber, wenn ich das Schönschreiben und Rechtschreiben zugunsten des Wahrschreibens vernachlässige. Doch das Gehudel und Gekleckse ist ein getreues Spiegelbild meiner Situation, durch die übliche Schülerignoranz zusätzlich verzerrt. Deshalb hat es auch sein Gutes, dass Armin Schildknecht in nächtelanger Entzifferungsarbeit in der Sammlung dazu gezwungen wird, Ordnung in das Chaos zu bringen, das Durcheinander zu systematisieren. Gesetzmäßigkeiten herausfinden, das ist die ganze Kunst der Rückübersetzung seiner eigenen Person. Herausfinden und, was hinzukommt, der Konferenz plausibel machen. Einem Gremium wie dem Ihrigen, dem höchsten des Kantons im schulischen Aufsichtsbereich, ist ja mit einer Seelenbiographie nicht gedient. Ihnen muss man einen sachlich nüchternen, schlank und ranken Lagebericht präsentieren, auf Grund dessen Sie einen Beschluss fassen, einen Antrag stellen können. Soweit ich das von unten, zum Strebewerk der behördlichen Hierarchie emporblickend, beurteilen kann, kommen drei Varianten in Frage: Sistierung des Disziplinarverfahrens, Aufrechterhaltung des Disziplinarverfahrens, Verschärfung des Disziplinarverfahrens. Einen dieser drei Vorschläge müssen Sie im Anschluss an eine sogenannte Urabstimmung wohl oder übel beim Departement des Innern einreichen, wie wir das Erziehungsdepartement bildlich nennen, wo es dann im Ermessen des Regierungsrates liegt, die disziplinarische Entlassung durchzuführen, mich weiterhin als Verweser im Amt zu belassen oder aber voll zu rehabilitieren.

Als Klassenverband, sage ich zu den Schülern, ohne dass es mir dadurch gelänge, ihnen so etwas wie Urfassungsstolz beizubringen, werdet ihr also mit diesem in der Schulgeschichte einmaligen Rechtfertigungswerk so oder so berühmt, ihr werdet als Gesprächsthema Nummer eins bis tief in das Departement des Innern vorstoßen. Freilich nur als geschlossener Verein, da von euch immer nur als von der Einheitsförderklasse die Rede sein wird. Fangt ja nicht an, euch als Schüler einzeln voneinander unterscheiden zu wollen! Eure Stärke liegt in eurer Homogenität als Lerngemeinde. Wird Armin Schildknecht mit Schimpf und Schande von der Schule gejagt, bedauert man euch. Wird er mit Glanz und Gloria reinstalliert, beneidet man euch. Wird aber sein Provisorium verlängert, wächst auch eure potentielle Publizität als Experimentierklasse. Nebenbei gefragt: Wie stellt ihr euch das Departement des Innern aus eurer Schiltener Schülerperspektive vor? Als Innenstadt einer Beamtenmetropole? Als Höhlenlabyrinth in einem Berg, zu dem der Prophet Armin Schildknecht gehen muss, da er nicht zu ihm kommen will? Als Dotter in einem regierungsrätlichen Riesenei? Oder denkt ihr vielleicht an ein inneres Organ, das Dekrete ausscheidet, an Innereien sogar? Was immer ihr euch darunter vorstellt: in keinem Departement wird so innig regiert wie im Departement des Innern. Deshalb haben wir auch eine gewisse Chance, mit unseren Harmoniumklängen bis ans höchste Gehör zu dringen. Denn das Departement des Innern ist ein feinnerviges und musikalisches Departement. Das absolute Gehör für die Nöte des hintersten und letzten Volksschullehrers ist die unabdingbare Voraussetzung, um in diesem Departement überhaupt angestellt werden zu können. Auf einer wunderbar zerbrechlichen Glasharfe wird dort bildungswissenschaftliche Zukunftsmusik gespielt. Die Beamten benetzen immerfort ihre Finger und zaubern auf den Kristallrändern der schwierigsten Probleme die reinsten Sphärenklänge hervor. Verglichen mit diesem Ensemble ist natürlich ein noch so begabter Harmoniumvirtuose wie Armin Schildknecht ein Jämmerling.

Die Schüler, sage ich immer zu Wiederkehr, verkörpern die im Entstehen begriffene Urfassung, ich die verschollenheitsbedrohte Schlussfassung des Schulberichts. Je verworrener, zerstreuter, unleserlicher eine Urfassung, desto mehr Bedeutung misst man in Fachkreisen dem daraus hervorgegangenen Werk zu. Insofern ist es durchaus in meinem Sinn und Geist, wenn meine Schüler, die ja wahrlich keine Federhelden sind, bei der Niederschrift meiner Diktate so flüchtig wie möglich vorgehen. Flüchtigkeitsfehler: Erinnern Sie sich an diesen Ausdruck aus Ihrer Schulzeit, Herr Inspektor? In Schilten werden sie nicht ausgemerzt. Die mutwillige Gefährdung der Urfassung kann der erste Schritt zur Vollkommenheit der Schlussfassung sein. Vollkommenheit heißt: Keiner Ergänzung mehr bedürftig, für sich sprechend, autonom. Je mehr Leute an der Verschleppung und Verschlampung einer Urfassung beteiligt sind, desto größer die Leistung des Einzelnen, der dieser Textzeugenkatastrophe eine Botschaft, eine Petition abgewinnt. Ich arbeite, wie gesagt, nachts in der Sammlung, ständig belauert von den Raubvögeln, und versuche, das tintenklecksige Tagwerk, das in drei Dutzend Varianten vor mir liegt, in die Nachtkonzentration zurückzuholen. Ein Grund, das im Lehrerzimmer entstandene Konzept Nachtfassung zu nennen, und die Inspektorenkonferenz täte gut daran, sich zu einer Nachtsitzung zu entschließen, um der Noktabilität dieser Papiere gerecht zu werden. Nachtwahrheiten sind nicht Tageswahrheiten. Nachts wacht der Mensch, während er tagsüber, als Scheinwacher, schläft. Das Schiltener Modell beginnt erst in der Dunkelheit zu phosphoreszieren. Freilich wäre es ein Irrtum zu glauben, Armin Schildknecht habe diese sogenannte Nachtfassung sozusagen auf indigoblaues Löschpapier niedergeträumt. Wenn es auch einen Grad von menschlicher Entwurzelung gibt, der es einem gestattet, die Blätter mit Schriftzügen zu behauchen, so muss sich die Konferenz doch ständig vor Augen halten, wie viel mühselige Buchstabenklauberei hinter der Verarbeitung der Generalsudelhefte zur Nachtfassung und der Kompression der Nachtfassung zu einem einigermaßen objektiven Bericht steckt. Objektivität ist ja gerade nicht der Vorzug nächtlicher Spekulationen. Hingegen haben sie den Vorteil, dass sie der Neigung des Menschen, nur nachts zu lesen und tagsüber zu arbeiten, entgegenkommen. Es war meine ursprüngliche Idee, die Konferenz direkt mit der Nachtfassung zu konfrontieren, was geheißen hätte, dass ich Ihnen eine Schülerdelegation mit einem Leiterwagen voll ungeordneter Papiere und einer Hutte voll Paralipomena auf den Hals gehetzt hätte. Ich hätte Ihnen den Wust von Schnipseln, Wischen, Kärtchen, Heftblättern, Briefbogen, Kartons, Zeitungsstreifen und Packpapierfetzen in den Garten kippen lassen und gesagt: Macht mit dem Kram, was Ihr vor Eurem Gewissen verantworten könnt. Ruft meinetwegen eine Nachtfassungskommission ins Leben, welche die Notizen und Fragmente sortiert, welche eine gewisse Erfahrung im Umgang mit Nachlassmaterialien besitzt, eine Mannschaft, die zum Beispiel Papiergruppen bestimmen kann, die weiß, welche Bedeutung der exakten Beschreibung des Textzeugenzustandes, der Größe und Verteilung der Eselsohren, der Rissspuren und der Frage, ob die Blätter längs oder quer gefalzt sind, zukommt, die aus dem Vergilbungsgrad der Blätter Rückschlüsse auf die Datierung ziehen kann, auch die graphologischen Unterschiede hinsichtlich der Emotionen, die bei der Niederschrift im Spiel waren, auszuwerten weiß, und so weiter. Ich habe letztlich darauf verzichtet, weil ich Ihre Lust zur Bildung von Kommissionen nicht schon in einem Vorstadium der Rezeption, in der sogenannten Sichtungsphase, verbrauchen wollte. Dieser Verzicht bedeutete freilich ein Unendliches an Mehrarbeit für Armin Schildknecht – davon will ich nicht reden –, er bedeutet aber auch eine Fülle neuer, möglicher Missverständnisse. Denn ich kann mir denken, dass die Konferenz – ihrer eigenen geistigen Immobilität zufolge – dazu neigt, die Geschmeidigkeit, mit der sich die nun vorliegende Fassung liest, ja geradezu anbiedert, ihre fesselballonhafte Schwerelosigkeit auf den Fall selbst zu übertragen und mehr einer belletristischen Lektüre zu erliegen als den seriösen Weg der Traktanden-Behandlung zu wählen. Dann allerdings würde ich es bedauern, Ihnen nicht mit der Nachtfassung den Papierkrieg erklärt zu haben. Den Widerstand, den Ihnen die Nachtfassung schon rein volumenmäßig geleistet hätte, habe ich in der Konferenzfassung nicht zu dem Zwecke abgebaut, dass sich die hundertdreizehn Inspektoren des Kantons an diesem Arbeitspapier ergötzen und sich ein paar vergnügliche Stunden machen, einander mit witzigen Argumenten wie mit Klebegemüse bewerfend. An Ihrem Geschmacksurteil, an Ihrem ästhetischen Beileid ist mir nicht das Geringste gelegen.

Nun muss ich freilich der Redlichkeit halber beifügen, dass ich diese Studie nicht im Gedanken begonnen habe, ich könnte einmal auf sie angewiesen sein. In meinen ersten, knabenhaften Amtsjahren war ich ja noch nicht Verweser und hatte demzufolge auch keinen Anlass, mich zu rechtfertigen, schon gar nicht vor einem Gremium wie dem Ihrigen, das im Grunde genommen gar keine Verfügungsgewalt, sondern lediglich eine beratende Funktion hat. Ich habe die Aufzeichnungen, wenn ich sehr weit zurückgehe und mir bei der Rekonstruktion der ursprünglichen Motive nichts vormache, eigentlich aus Lust daran begonnen, dass ich gratis Schulhefte verbrauchen konnte. Als Schüler mussten wir jedes neue Heft dem Geiz unseres Lehrers abzwacken. Immer fand er noch eine halbe Seite, zwei Linien, die nicht ausgefüllt waren. Platzvergeudung, schrie er uns an, es sei jammerschade um jedes neue Schulheft, das wir mit unsern Fehlern und Tintenklecksen füllten. Selber Schulmeister geworden, aus der Schulstube in die Schulstube versetzt, kannte ich anfangs kein größeres Vergnügen, als neue, koschere Hefte anzubrauchen, Häuschenhefte mit und ohne Rand, vier Millimeter und fünf Millimeter, linierte Hefte, Zeichenhefte, Notenhefte, Oktav- und Duodez-Carnets. Ich konnte einen Spaziergang auf halbem Weg abbrechen und, vom Wunsch nach einem neuen Heft getrieben, ins Schulhaus zurückeilen, um in diesem Heft nichts anderes zu notieren als meinen Wunsch nach einem neuen Heft. Der Überfluss an Heften im alten Materialschrank im Unterstufenzimmer ließ mir zunächst einmal alles notierenswert erscheinen, was ich rund ums Schulhaus beobachtete, und vermutlich entstanden, paradoxerweise, die ersten Schiltener Notizen aus der Lust, Hefte zu verbrauchen, ohne Rechenschaft darüber ablegen zu müssen. Erst mit dem zunehmenden Druck des Friedhofbetriebs wurde aus dem Spiel eine Arbeit, aus der Arbeit ein Zwang. Indem ich, zunächst aus kindlicher Freude am unbeschränkten Heftvorrat, zu notieren begann, was sich in meinem begrenzten Aberschiltener Blickfeld ereignete, merkte ich allmählich, dass ich mich gegen das Beobachtete zur Wehr setzte, dass Beobachten immer eine Form der Verteidigung ist. Die Tatsache, dass das Unternehmen immer gigantischere Ausmaße annahm, dass sich der Friedhof immer selbstverständlicher als Friedhof vor dem Schulhaus – nicht hinter dem Schulhaus – behauptete, nötigte mich dazu, die Schüler als Sekretäre einzuschalten. Armin Schildknecht und seine Einheitsförderklasse wuchsen zu einer schreibenden Gefahrengemeinschaft zusammen, und der ganze Unterricht wurde unter die Frage gestellt: Gelingt es uns kraft unserer Überlegenheit an Heftvorräten, den totalen Einbruch des Schiltener Friedhofalltags in die Schulsphäre zu verhindern? Wir waren also von allem Anfang an in der Defensive.

SECHSTES QUARTHEFT

Das Lehrerzimmer ist nicht nur Rechtfertigungswerkstatt, Raubvogelsammlung und Abdankungslazarett, in diesem Raum befindet sich auch der Telefonanschluss, der einzige weit und breit in Aberschilten. Das heißt vor allem, dass die Schulhausnummer zugleich die Friedhofnummer ist. Das Telefonbuch verschweigt diese Tatsache. Dort steht lediglich: Schulhaus Schilten. Jeder Talbewohner bis hinunter nach Schlossheim, jeder Sterbliche von Inner-, Außer- und Hinterschilten aber weiß: hinter dieser ländlich instanzlichen Schulhausnummer verbirgt sich, lauert der Friedhof, das Reich Wiederkehrs. Alle Friedhofgeschäfte werden über das Schultelefon abgewickelt, demzufolge auch alle schulischen Angelegenheiten über das Friedhoftelefon. Zwar hört man das Klingeln deutlich unten auf dem Pausenplatz und drüben auf dem Engelhof, wenn ich ein Fenster offen lasse. Noch deutlicher hörte man es, wenn ich das taube Zimmer zu einem Telefonsaal umfunktionieren und die Glocke außen an der Ostfassade montieren würde. Es hülfe nichts, denn der Abwart gehört zu den beneidenswerten Leuten, die nicht telefonieren können. Nie käme es Wiederkehr in den Sinn, von der Arbeit wegzulaufen und den Hörer abzunehmen, obwohl er genau weiß, ja sogar stolz darauf ist, dass neun Zehntel aller Anrufe Friedhofanrufe sind. Ihn, sagt der Abwart, störe das Telefon, uns unterbreche es nur. Er müsse, um einen Anruf zu parieren, die Werkzeuge liegen lassen, in den lehmverkrusteten Stiefeln über die Straße schlarpen, die Stiefel unter dem Vordach ausziehen, in den Socken hinauf ins Lehrerzimmer hasten, müsse, falls das Klingeln nicht längst aufgehört habe, den Leuten umständlich erklären, dass er nur der Friedhofgärtner, nur der Totengräber, nur der Schulhausabwart sei – bis er nur alle Funktionen aufgezählt habe –, müsse, wenn, was ja vorkommen könne, der Anruf für den Lehrer oder einen Schüler bestimmt sei, zuerst herausfinden, wo wir gerade Unterricht hätten, müsse diesen sogenannten Unterricht durch sein Klopfen stören und den Schulherrschaften des Langen und Breiten erklären, wer was von ihnen wünsche. So gehe wertvolle Friedhofzeit verloren. Wir dagegen seien mit einem Sprung am Apparat, mit einem Sprung am Fenster. Zudem, sagt Wiederkehr, habe der Lehrer eine Schulstube voll Gehilfen, ihm stehe nur Wigger zur Verfügung, der bekanntlich Mehl am Ärmel habe. Man möge sich einmal die Folgen für den Friedhofbetrieb vorstellen, wenn Wigger den Telefondienst versähe. Er habe schon genug Scherereien bei den Gelegenheitsarbeiten, die er ihm zu verrichten gebe. Wigger und Telefondienst, lacht der Abwart, Wigger und Telefondienst! Gegen diese Logik ist leider nichts einzuwenden. Den Schülern dagegen, so Wiederkehr, könne es später im Leben, draußen im Leben nur von Nutzen sein, wenn sie eine Ahnung vom Telefonieren hätten. Angenommen, ein Mädchen wolle sich zur Telefonistin ausbilden lassen, heute ein Beruf mit großen Aufstiegsmöglichkeiten. Ihr Lebtag werde sie mir dankbar sein, dass sie im Schulhaus oben telefonieren gelernt habe, wenigstens telefonieren. Telefonieren, ereifert sich der Abwart, sei ja nachgerade eine Kunst, längst nicht alle Abonnenten könnten mit dem Hörer und der Wählscheibe umgehen. Woher denn, wenn die Leute mit dem Hörer und der Wählscheibe umgehen könnten, diese vielen Fehlanrufe heutzutage, über die sich männiglich beklage. Das Emporschnellen der Telefonrechnungen anderseits sei ein alarmierendes Zeichen dafür, dass bedenkenlos in der Welt herumtelefoniert werde, ohne Ehrfurcht vor diesem Wunder der Technik. Ihm allerdings, so wahr er da stehe, komme kein Apparat ins Haus, die Grabhalter würden ja jedes Stiefmütterchen einzeln bestellen! Es sei ganz gut, dass er nur über die Schule erreichbar sei. Die Leute würden sich dann vielleicht zweimal überlegen, ob es sich lohne, ihn vom Gottesacker in die Sammlung hinaufzusprengen.

Das Gegenteil ist der Fall, Herr Inspektor. Es scheint den engelhoftreuen Schiltenern das größte Vergnügen zu bereiten, mit ihren cimiterischen Bagatellen ins Schulhaus hineinzutelefonieren, in den Unterricht zu platzen. Wir sind doch kein Störinstitut, muss ich immer wieder klagen. Wiederkehr erschwert den Telefondienst zusätzlich durch seine Unmündigkeit als Telefonand. Wiederkehr am Draht: eine hilflose Fernsprecher-Marionette. Jedes Mal, wenn wir beim Diktat unterbrochen werden, wiederholt sich dasselbe Bild. Die sogenannte Rufordonnanz öffnet das Fenster im Oberstufenzimmer und pölkt mit dem schwarzen Megaphon, das mit einer Wählscheibe und einem Hörer verziert ist, das Reizwort «Telefon» in die Friedhofstille hinaus, in einer Lautstärke, als gelte es, ganz Aberschilten an den Apparat zu holen. So laut und quäkend, dass Wiederkehr im hintersten Winkel seines Geräteschuppens zur Telefonsäule erstarrt. Arbeitet er auf dem Engelhof, wie in den meisten Fällen, lässt er augenblicklich den Pickel oder die Schaufel oder die Pflanze, die er gerade einbuddeln wollte, liegen, verwirft die Hände gegen das Schulhaus, als hätten wir den Anruf organisiert, um ihn zu ärgern. Dann dreht er sich rasch um, wie um sich zu versichern, ob niemand anders gemeint sein könne. Zuerst das Absuchen des Geländes nach allfälligen Telefonaspiranten, dann das demonstrative Hinschmeißen der Werkzeuge, dann das Verwerfen der Arme, mitunter auch die Faust. In diesen drei Stufen vollzieht sich Wiederkehrs Wandlung vom Telefonignoranten zum Telefonsklaven. Hat sich in seinem Vierkantschädel endlich das Pflichtbewusstsein durchgesetzt, eilt er im Laufschritt in den schweren Stiefeln über die Straße und den Pausenplatz, wohl im Glauben, er könne dadurch die beim Trotzen vergeudete Zeit aufholen. Wiederkehr – auf dieses Detail lege ich besonderen Wert – schleppt Friedhoflehm bis unter das Eingangsvordach. Im Korridor hören wir, angespannt lauschend, seine stumpfen Sockenschritte. Außer Atem, nur weil er zuerst gebockt hat, kommt er im Lehrerzimmer an, reißt den verwaisten Hörer an sich und meldet wie bei einem militärischen Appell: Wiederkehr, die ersten zwei Silben verschluckend, die letzte dehnend. Man muss sich vorstellen, dass der Telefonator, durch die lange Warterei auf die Folter gespannt, am andern Ende des Drahtes zusammenzuckt. Im Schulzimmer hören wir dann das ganze Gespräch, weil Wiederkehr in der Art ungeübter Telefonbenützer glaubt, er müsse die Distanz überbrüllen. Der Unterricht liegt also darnieder, es bleibt uns allenfalls übrig, Telefonstilistik zu betreiben. Noch länger dauert es vom Alarm bis zur Gesprächsbereitschaft, wenn sich Wiederkehr nicht auf dem Friedhof, sondern im Schuppen, in der Werkstatt oder im Haus aufhält. Für diese Fälle war das Megaphon ursprünglich gedacht. Die Rufordonnanz pölkt gleich laut, nur eine Spur gehässiger, feldweibelhafter «Telefon» in die Landschaft hinaus. Dann herrscht kurze Stille, und wie bei einem vorausberechenbaren Verkehrszusammenstoß beginnt es irgendwo in einem Winkel der Wiederkehrschen Liegenschaft zu rumpeln, zu kesseln oder zu scherbeln. Es ist so, erkläre ich meinen Schülern, wie wenn sich Wiederkehr gegen mögliche Störungen hinter seinen Werkzeugen verschanzt hätte und nun zuerst diese Schaufel-, Pickel- und Harken-Pyramide durchstoßen müsste. Noch nie ist es uns gelungen, aus einem mitgehörten Gespräch genau zu rekonstruieren, was der Anrufer eigentlich wollte. Das liegt an der absoluten Telefoninsuffizienz unseres Nachbarn, der, nachdem er sich so stramm, wie es seine Atemlosigkeit zulässt, gemeldet hat, bald einmal ins Stammeln und Wiederholen gerät, sich verhaspelt und den Telefonator konfus macht. Wie bitte, was haben Sie gesagt? Noch einmal von vorne, schön der Reihe nach! Lauter, ich verstehe Sie nicht! Oder, was uns besonders zum Lachen reizt: Nicht so laut, sonst stören wir den Unterricht! Seine Auskünfte schwanken immer zwischen einem halbbatzigen Ja und einem zögernden Nein, und seine beliebteste Ausrede heißt: Versuchen Sie es in ein paar Tagen nochmal, ich habe jetzt dringend auf dem Friedhof zu tun, der Lastwagen von Guidotti ist da mit neuen Grabsteinen! Seine Telefonate erwecken den Anschein, als würden ihm die schwierigsten Entscheidungen abverlangt, dabei geht es meistens nur um die Entgegennahme von Bepflanzungsaufträgen, seltener um die Mitteilung eines Todesfalls. Ein von Wiederkehr erledigter Anruf zieht meistens einen Korrektur- oder Ergänzungs-Anruf nach sich, worunter natürlich wieder die Schule zu leiden hat. Dabei tritt er ständig von einem Fuß auf den andern, starrt ein Loch, ja einen ganzen Lochkranz in die Wand oder kritzelt – eine Mode, die ich ihm nie austreiben konnte – Bepflanzungsskizzen und Grabsteinornamente auf die verstreuten Blätter der Nachtfassung. So haben sich mit den Jahren an den Rändern meiner Schulberichtspapiere ganze Mäanderketten von nervösen Totengräberschnörkeln eingeschlichen, eine Verzierung, von deren Ironie der Zeichner nichts ahnen konnte.

Die meisten Anrufe kommen von Grabhaltern, welche auf Ostern ihre Wünsche für die Frühlingsbepflanzung, auf Pfingsten für die Sommerbepflanzung und auf Allerheiligen für die Winterdekoration durchgeben. Bei Todesfällen wird Wiederkehr von der Gemeindekanzlei aus alarmiert. Er muss, während die Leichenansagerin die Todesnachricht mündlich verbreitet, seinerseits für die Bekanntmachung, und zwar die sofortige Bekanntmachung der mortalen Neuigkeit sorgen. In Schilten wird nach altem Brauch noch geklenkt. Keine Doublette im Meldewesen, Herr Inspektor. Das Klenken besagt nicht nur: Jemand in der Gemeinde ist gestorben, es bereitet die Leute auch auf den Besuch der Leichenansagerin vor. Eine dramatische Ankündigung der epischen Benachrichtigung, wenn Sie so wollen. Ferner hat sich der Abwart mit dem Schulmeister ins Einvernehmen zu setzen wegen der Benützung der Turnhalle. Er sagt aber nicht: Wir brauchen übermorgen die Turnhalle für die Abdankung. Er erklärt: Übermorgen ist die Turnhalle für den Unterricht gesperrt. Ein häufiger Schrillkunde ist naturgemäß auch die Grabsteinfirma Guidotti aus Schöllanden. Wenn ich meine Zöglinge in einer Zensurrede einmal Friedhofeleven genannt habe, die in Schilten zu Abwehrtelefonisten ausgebildet werden, war das nicht übertrieben, Herr Inspektor. Überhaupt übertreibe ich gar nicht so viel, wie Sie glauben. Das exorbitante Moment ergibt sich zwangsläufig aus der additiven Reihung von Fakten, die miteinander um ihre Faktizität wetteifern. Der Telefondienst verlangt eine straffe, beinahe kadettenmäßige Organisation. Der Apparat im Lehrerzimmer verkörpert die Drohung eines jederzeit möglichen Anrufs und muss infolgedessen bewacht werden. Ohne eine ständige Telefonwache würde der Unterricht noch mehr zerrüttet, als er es ohnehin schon ist. Die Telefonwache wird von den Lektionen dispensiert und in die Sammlung abkommandiert. Es scheint mir eher zu verantworten, dass ein Schüler dem Unterricht ganz fernbleibt – dem Telefon geopfert wird –, als dass die ganze Einheitsförderklasse nur halb dabei ist, weil sie dauernd das Schrillen, das ohnehin vom Pausenläuten schwer zu unterscheiden ist, im Ohr zu haben meint. Pausenläutwerk und Telefonläutwerk sind eng nebeneinander im Treppenhaus angebracht, sehen einander mit den Zwillingsglocken zum Verwechseln ähnlich. Die abkommandierte Wache übernimmt die Funktion einer Prontoordonnanz. Sie schüchtert den Anrufenden dadurch ein, dass sie den Hörer blitzartig von der Gabel reißt und sich mit einer Prontoformel meldet. Wir haben einen ganzen Katalog von solchen Reaktionen ausgearbeitet, die es uns ermöglichen sollen, die Initiative an uns zu reißen. Jeder Telefonator bereitet sich bekanntlich auf das zu führende Gespräch vor, während er die Nummer wählt – unter anderem ein Grund für die vielen Fehleinstellungen. Je länger es in seinem Ohr fiept, desto ruhiger kann er sich den ersten Satz überlegen. Aus dieser Konzentration muss man, will man erfolgreich kontern, den Telefonator herausreißen, indem man etwas völlig Unerwartetes in die Muschel schreit. Ich sage den Schülern immer wieder: Stellt euch einmal diese Verblüffung vor! Die Leute machen sich, wenn sie uns anrufen, auf eine lange Wartezeit gefasst. In ein Schulhaus hineinzutelefonieren, erst noch in ein abgelegenes Waldschulhaus, ist doch mit dem Gefühl verbunden, man störe, der Mann am andern Ende des Drahtes müsse zuerst geweckt, aus der Schulhausstille und Schulhauskühle herbeigezaubert oder aus dem Unterricht weggesprengt werden. Man richtet sich also gemütlich ein am Telefontischchen, nimmt etwas zum Knabbern mit und will sich mit dem Tuten in das hinterste Versteck des Abonnenten bohren. Stattdessen klickt es, kaum angeklingelt, und der Telefonator wird mit einer Prontosalve über den Haufen geschossen: Hallo, Sie da, was fällt Ihnen ein, Sie sind falsch verbunden! Oder: Diese Nummer ist schon längst nicht mehr in Betrieb, schon gar nicht als Friedhofnummer! Oder: Wie können Sie uns denn erreichen, wir haben ja gar kein Telefon! Oder: Bei uns schneit es, bei Ihnen auch? Das ist unsere Taktik. Je reaktionsschneller die Ordonnanz, desto eher wird der Telefonator schachmatt gesetzt, sein Anliegen neutralisiert. Die Verblüffung über die Prontoformel müsste so groß sein, dass er den Hörer vom Ohr nähme und entgeistert in der Hand wöge, als wäre er dazu aufgefordert worden, sein Gewicht zu schätzen. Die Leute, sage ich den Schülern immer, die darüber klagen, das Telefon schrille den ganzen Tag, haben eine falsche Einstellung zu diesem Gerät. Sie lassen sich in die Defensive drängen. Nun gibt es freilich auch eine Möglichkeit, aus der Defensive zu kontern. Man lässt es so lange klingeln, bis der Telefonator nicht mehr damit rechnet, dass abgenommen wird, und überrascht ihn dann mit der Prontoreaktion in jener Phase der Zerstreuung, in der er gleichsam seine Gesprächszelte abbricht. Viel Intuition erfordert die dritte Abwehrmöglichkeit. Man errät aus den Umständen des Tages, wer anruft, lässt es schellen, ruft nach einer Weile zurück und sagt: Haben Sie vorher angerufen? Dann haben wir jetzt zurückgerufen! Dann hängt man auf, und wenn es wieder klingelt, nimmt man natürlich nicht ab. Noch mehr Fingerspitzengefühl verlangt die Kunst vorwegzutelefonieren, Leute, von denen man weiß, dass sie demnächst anrufen wollen, mit einem Abschreckungstelefonat aus der Fassung zu bringen. Alle diese speziell für den Schiltener Telefondienst entwickelten Methoden haben den Zweck, aus der Defensive des Telefonanden in die Offensive des Telefonators überzugehen. Satz, diktiere ich den Schülern ins Generalsudelheft: Wer selber telefoniert, kann telefonisch nicht erreicht werden. So wie der Dieb dem Landjäger nachlaufen muss, wenn er ihm am sichersten entkommen will, muss die Prontoordonnanz die klingelnden Störenfriede vor sich und nicht hinter sich wissen. Dadurch wird der Friedhofbetrieb zwar nicht lahmgelegt, aber erschwert.

Die Prontoordonnanz, einer der beliebtesten Posten unter meinen Schülern, übernimmt eine große Verantwortung: Sie entscheidet in eigener Kompetenz darüber, ob wir das Telefonat durchgehen lassen wollen oder nicht. Hat sich der Telefonator durch geschicktes Umgehen der ihm gestellten Fallen die Gesprächs-Selektion erkämpft, leitet der wachthabende Schüler das Anliegen weiter: Schulgespräche der Ordonnanz für Schulgespräche, Friedhofgespräche der am meisten beschäftigten Ordonnanz für Friedhofgespräche, welche den Megaphonisten aufbietet, Privatgespräche der Ordonnanz für Privatgespräche. Das Begehren wird im Telefonrodel notiert, der nach dem Muster eines Gefechtsjournals angelegt ist: Datum, genaue Zeit, Adresse und Nummer des Anrufers, Zweck des Anrufs. Dessen dürfen wir uns wohl rühmen: Wer einmal bis zu uns durchgedrungen ist, wird vorbildlich abgefertigt. Haben wir uns einmal dazu entschlossen, einen Telefonator zu erhören, dann betreuen wir ihn auch. Wenn ein Kurier ausgeschickt werden muss, holen wir den Apparat ins Oberstufenzimmer, legen den Hörer aufs Pult, damit der Wartende am Unterricht teilnehmen kann. Von Zeit zu Zeit erkundigt sich die Präsenzordonnanz, welche keine andere Aufgabe hat, als den Gesprächsglauben ausharrender Telefonkunden aufzufrischen, ob der Betreffende noch da sei. Fällt das Pausenläuten in die Wartefrist, wird er dahingehend informiert, dass es sich da nicht um ein Zweittelefon handle, dass er keine Konkurrenz zu fürchten habe, die ihm vorgezogen werde. Das ist dann schon beinahe Telefonseelsorge. O ja, wir betreuen den Fernsprechteilnehmer nicht nur, wir versuchen auch, ihn zu bekehren, ihn von seinem Friedhof-Anliegen abzubringen und für Schiltener Schulprobleme zu interessieren. Jedes Mitglied der Friedhoftelefongemeinde, das für die schulischen Belange gewonnen werden kann, ist eine Verstärkung unserer Position gegenüber Wiederkehr und dem Engelhof.

Telefonseelsorge und Telefonunzucht liegen nahe beieinander, sind komplementäre Formen des Telefonmissbrauchs. Sowohl die Fernbekehrung als auch die Fernverführung sind nur dank dem Umstand möglich, dass eine akustische Intimität ohne optische Verbindung hergestellt werden kann. Insofern ist es, erkläre ich den Schülern, schon hochgradige Telefonunzucht, wenn ich eine geometrische Figur auf den Block zeichne, während ich mich nach dem Befinden eines Bekannten erkundige. Wer aus Bosheit oder Mutwillen, heißt es im Strafgesetzbuch, eine dem Telefonregal unterstehende Telefonanlage zur Beunruhigung oder Belästigung eines andern missbraucht, wird, auf Antrag, mit Haft oder Buße bestraft. Man hätte also, wie man so schön sagt, eine Handhabe gegen Telefonfriedensbrecher. Doch was nützt uns der schutzbeflissenste Artikel, wenn das Obszöne in der Natur des Telefons selbst liegt? Betrachten Sie einmal unvoreingenommen einen schwarzen Tischapparat – von den Wandstationen ganz zu schweigen! –, einen fettig verschmierten Bakelithöcker mit der Lochscheibe und dem gedrungenen Gabelnacken, den Hörer mit der staubverklebten Sprechmuschel! Setzen Sie den Summton, dieses gleichmäßig balzende Fiepen, in Relation zur Begattungslethargie des Bügels, und Sie werden mir recht geben, wenn ich behaupte, dass die Übermittlungsapparaten-Industrie kein verschwiemelteres Gerät hätte auf den Markt werfen können. Telefonunzüchtler, die es auch in Schilten gibt, gehen so vor, dass sie eine Schülerin, die sie auf dem Schulweg beobachtet haben, an den Apparat verlangen und zum Beispiel vorgeben, sie läuteten im Auftrag des schulpsychologischen Aufklärungsdienstes an. Der vermeintliche Telefon-Aufklärer fordert das Mädchen auf, sich auszuziehen, und je länger das Gespräch dauert, je glaubhafter er seine Rolle zu spielen vermag, desto unflätiger werden die Ausdrücke, mit denen er sein Opfer besudelt. Dagegen sind wir durch unsern ordonnanzmäßig aufgezogenen Telefonbetrieb gefeit, wenigstens dagegen. Es wundert mich nur, dass noch kein sogenannter Unhold, wie die Presse immer schreibt, auf die Idee gekommen ist, sich die Identität der Schulhausnummer mit der Friedhofnummer zunutze zu machen und einen Versuch telefonischer Nekrophilie zu starten. Natürlich erkläre ich den Schülern, wenn wir schon bei der Unzucht sind, auch gerade die Telefonseelsorge, umso berechtigter, als wir selber ab und zu in die Rolle eines telefonischen Ratgebers gedrängt werden, als es tatsächlich Leute gibt, die, von der Oberinstanzlichkeit der Schulhausnummer angezogen, vom Memento mori der Friedhofnummer aufgerüttelt, wichtige Lebensentscheidungen in unsere Hände legen wollen; und da wird uns dann, wenn wir an Bruder Stäblis Milchlammstimme denken, erst recht bewusst, wie sehr die akustische Nähe einerseits, die körperliche Distanz und Unsichtbarkeit anderseits der seelischen Entblößung förderlich ist. Die Ausdünstung fällt weg, das Mienenspiel fällt weg, und vor allem fällt die Gestik der Hände weg. Bei Bruder Stäbli muss man immer befürchten, er wolle seine zehn mehlweißen Finger beim Salbadern zu einer Züpfe verflechten. Der Mensch besteht nur noch aus seiner Stimme. Es ist die telefonanistische Scheinnähe, welche uns Geständnisse entlockt, die wir bei der direkten Begegnung, mit dem ganzen Körper zu unsern Worten stehen müssend, nie über die Lippen bringen würden. Ich denke, es ist der dubiose Ruf der Schiltener Ober- und Sonderschule, der Nebel von schummrigen Gerüchten, der uns eine gewisse seelsorgerische Popularität eingebrockt hat, ein Ruf, der sich offenbar über Schilten, Schmitten, Mooskirch, Schlossheim und Schöllanden hinaus verbreitet hat. Man scheint da und dort zu wissen, dass hier oben, im äußersten Zipfel des zitzenhaften Kantons, eine federführende Einheitsförderklasse mit einem Armin Schildknecht an der Spitze relativ erfolgreich dem Abdankungssturm der Gemeinde trotzt. Die Kunde des revolutionären Schiltener Modells ist bis in die Mansarden von Seminaristinnen vorgedrungen. Die meisten derartigen Anrufe kommen von anonymen Seelen, von jungen Pädagogen, wie man rasch errät am Vokabular, die nicht mehr weiterwissen. Ein Lehrer hat sich in eine Schülerin verliebt und will sich das Leben nehmen. Eine Seminaristin hat sich in einen Lehrer verliebt und darf ihn nicht heiraten. Was bringt sie dazu, unsere Nummer einzustellen? Hoffen sie auf ein schilteskes Überlebensrezept? Ich sage den verzweifelten Erziehern immer ungefähr dasselbe. Ihr seid nicht lebensmüde, ihr seid schulmüde. Werft nicht ein Leben weg, das man gar nicht wegwerfen kann, weil es nie eines war! Schluss mit dem Windschattendasein, hinaus an die frische Lebensluft! Übt vorübergehend einen Beruf aus, der euch mit erwachsenen Menschen und Erwachsenenproblemen konfrontiert! Dieser Rat würde natürlich seine ganze Glaubwürdigkeit verlieren, wenn die Selbstmordkandidaten sehen könnten, in welcher Umgebung Armin Schildknecht dahinsiecht. Sähen sie nur schon den Schrank mit den Tagraub- und Nachtraubvögeln, sie würden sofort von mir ablassen. Das Schicksal, das, besonders in den melancholischen Jahreszeiten, telefonisch auf uns hereinprasselt, ist von überdimensionaler Anonymität. Der eine hat gehört, wir könnten per Draht aus der Hand lesen, der andere verlangt ein Horoskop, ein Dritter beruft sich auf nekromantische Experimente, die in Schilten gemacht worden sein sollen. All diesen Interessenten muss ich immer wieder begreiflich machen, dass meine Einheitsförderklasse zwar eine Einheitsförderklasse und in dieser Verschmelzung eine Erfindung von mir, deswegen aber noch lange kein Kaffeesatz sei, aus dem der Lehrer die Zukunft von Telefonfriedensbrechern lesen könne. Was wir auf dem Gebiet der Nekromantie erarbeitet haben, ist dilettantisch und in jedem Lexikon älteren Baujahrs nachzulesen. Aber schilten kann man nicht einfach mir nichts, dir nichts anzapfen. Wir sind zwar gewissermaßen nicht von dieser Schulwelt, aber den Stein des Weisen besitzen wir auch nicht. Wem es wirklich ernst ist mit seinem Schiltener Therapie-Fimmel, soll zuerst einmal bei uns ein Praktikum absolvieren, soll seine von Glocken- und Klenkschlägen verklöppelte Birne in einer Friedhofdebatte gegen Wiederkehrs Dickschädel prallen lassen! Wer glaubt, uns schulseelsorgerisch ausnützen zu können, soll zuerst einmal hier oben, an Ort und Stelle zu Grunde gehen, Herr Inspektor.

Was Wunder, wenn ein Schulverweser, bei dem telefonisch Trost erfleht wird, ab und zu selber das Bedürfnis nach einer Fernsprech-Unterhaltung hat. Der Apparat im Lehrerzimmer verkörpert ja nicht nur die Drohung eines jederzeit möglichen Anrufs von außen, sondern auch die Verlockung eines jederzeit möglichen Ausbruchs aus der Telefonstille. Oft hebe ich nur den Hörer von der Gabel, um mich am Summton zu erlaben, am Unisono aller Stimmen, die ich erreichen könnte. Die harmlose Form meiner eigenen Telefonunzucht sind Summspiele. Weniger harmlos und theoretisch strafbar ist die Übung, dass ich die Auskunft anrufe und sage: Guten Tag, Fräulein, bitte stellen Sie mir eine Frage, ich bin Lehrer. Ich habe, da meine Schüler im Moment nicht greifbar sind, das unwiderstehliche Verlangen, eine Frage zu beantworten. Und gerade für Sie, die Sie ja von Berufs wegen dazu verdammt sind, immerfort Auskunft erteilen zu müssen, dürfte es doch eine hübsche Abwechslung sein, einmal eine Auskunft zu verlangen. Die Reaktion ist meistens ein Gekicher oder Getuschel, immerhin ein Lebenszeichen. Die Mehrzahl der Auskunftsbeamtinnen hängt sofort auf, als hätte sich ein Exhibitionist bei ihnen telefonisch voranmelden wollen. Doch ab und zu ist eine besonders emanzipierte Telefoneuse bereit, sich auf eine Draht-Causerie einzulassen und aphoristische Vieruhr-Patisserie mit Armin Schildknecht zu teilen. Dann können sich aus einem zufälligen Kontakt virtuose Kunst-Telefonate entwickeln, Telefonate, deren Zweck nicht eine Mitteilung oder eine Anfrage, sondern das Telefonieren selbst ist. Liebe Telefonistin, sage ich beispielsweise, ich weiß, dass die PTT keine Gesprächs-Hostessen anstellen. Aber da Sie sich nun einmal mit mir eingelassen haben, täten Sie mir einen großen Gefallen, wenn Sie Bärlocher heißen würden, Ingelore oder Ingrid Bärlocher, nur bitte nicht Astrid Bärlocher, wenn sich dies vermeiden ließe. Der Name Bärlocher tönt so lakritzenhaft wie Ihre belegte Stimme. Flöten Sie mir etwas typisch Bärlochsches ins Ohr! Ich stelle mir vor, dass Sie für den Telefondienst – wenn ich sage Telefondienst, weiß ich, was das heißt – immer eine Tüte mit chlorophyllgrün verpackten Lakritzen bei sich haben, um sich, zwischen zwei Auskünften, schnell so ein klebriges Ding in den Mund schieben zu können, damit ihre Antwort dem Telefongehäuse entsprechend mattschwarz und bärendreckweich ausfällt. Wenn ich Ihre kostbare, allerdings für Lappalien vergeudete Zeit noch einen kurzen Moment in Anspruch nehmen darf – dies ist bei einem Schulmeister nicht anders –, wenn Sie mir gestatten, Ihre ganze Persönlichkeit von Ihrer Angina-Stimme her aufzubauen – sie ist ja das Einzige, was ich von Ihnen kenne, während Bärlocher zu heißen das Einzige ist, was ich von Ihnen verlange –, kann ich nicht umhin, mir in Ihrer Wohnung zwei schwarzlederne Klubsessel vorzustellen, die gewissermaßen mit zu groß geratenen Lakritzen gepolstert sind. Ich könnte mir sogar denken, dass sich das Lakritzenhafte Ihres Wesens physiognomisch auswirkt, dass Ihre Gesichtszüge vom ewigen Lakritzenkauen zerdehnt sind. Auch Ihr Gang dürfte etwas zäh Federndes haben, als spazierten Sie in Sandaletten auf einer frisch geteerten Straße. Dies muss aber nicht sein, wie überhaupt die ganze Unterhaltung nur dann einen Sinn hat, wenn Sie sich zum Namen Bärlocher durchringen können. Es ist ein weitverbreiteter Irrtum, man heiße, wie man heiße. Man heißt, wie man geheißen werden will. Und Bärlocher zu heißen verpflichtet. Alle Bärlocher waren große Lakritzenfabrikanten, Pioniere in der Lakritzenfabrikation. Was ist ein Telefongehäuse, frage ich mich in diesem Augenblick, anderes als eine degenerierte, weil zum falschen Zeitpunkt erstarrte Lakritzenmasse. Umso begreiflicher, dass Sie, verehrtes Fräulein, falls Sie Bärlocher heißen, was Sie bis jetzt zumindest nicht dementiert haben, sich für den Auskunftsdienst berufen fühlten, einen Dienst, der es Ihnen erlaubt, täglich Hunderte von Tischapparaten mit Ihrer warmen Stimme nachzumodellieren, vielleicht sogar zum Schmelzen zu bringen und die Masse in den schwarzen Strom heimzuholen, der von Ihren Ahnen und Urahnen für die Bonbon-Herstellung kanalisiert worden ist. Nun aber genug, wir haben den artistischen Zenit unseres Gesprächs bereits überschritten. Adieu, leben Sie wohl, bleiben Sie gesund und vergessen Sie nicht, Ihre von der Lakritzenschleckerei strapazierten Zähne regelmäßig polieren zu lassen. Auch für ein Auskunftsfräulein ziemt sich ein schönes Gebiss, selbst wenn man es durchs Telefon nicht sehen kann.

Wie oft, Herr Inspektor, wie oft hat die Abwartin solche Kunst-Telefonate, die ja nur aus größter Einsamkeit heraus gestaltet werden können, im Korridor belauscht, weil sie von der fixen Idee besessen ist, ich hätte eine Verlobte im Welschland. Soso, sagt sie dann, wieder auf Staatskosten gekiltet! Sie weiß alles, alles über die zukünftige Schulmeisterin, wiewohl ich ihr tausendmal versichere, dass weiben für mich nicht in Frage komme, weil der Lehrerberuf, insbesondere die Stelle in Schilten, alle meine Kräfte aufzehre. Die Schüpferin weiß, wie die Betreffende heißt, wie sie aussieht, dass sie eine Bubikopffrisur mit Stufenschnitt trägt, dass sie aus einem guten Haus in Schöllanden stammt und in Neuenburg Französisch lernt, dass sie für ihre Liebesbriefe violettes Papier und grüne Tinte verwendet. Sie weiß, wann wir uns verlobt haben, und kennt das Datum unserer Hochzeit. Da würden die Leute Augen machen, tratscht sie, wenn der Lehrer eine Auswärtige nach Schilten bringe und obendrein eine Studierte, denn was sie im Welschland treibe, könne man ja wohl Studieren nennen. Sie wissen wieder einmal mehr als ich, sage ich zur Abwartin, alle wissen immer mehr als ich. Dabei muss ich Sie enttäuschen, es gibt keine Verlobte im Welschland. Ich habe nur ein bisschen mit der Auskunft telefoniert, das ist alles. Und wenn ich schon eine nehmen würde, dann keine Lindenblüte, dann käme nur eine Tüchtige in Frage wie sie, die Abwartin. Ach hören Sie mir auf mit Ihren Galanterien, sagt die Schüpfer Elvyra, Sie sind ja nicht gescheit! Eine Junge gehört ins Haus, damit hier endlich zum Rechten gesehen wird! Mir kann man ja nichts verheimlichen, aber ich verrate kein Sterbenswörtchen, bis es so weit ist, nur möchte ich dann nicht die Letzte sein, der die Betreffende vorgestellt wird.

SIEBTES QUARTHEFT

An einem Grabtag, Herr Inspektor, wenn Wiederkehr mit seinen Totengräber-Werkzeugen ausrückt, hat der Friedhof auch für Armin Schildknecht und seine Einheitsförderklasse absolute Priorität. Sich auf dem Lande als eine Gesellschaft von Tintenfritzen gegen einen ehrlichen Schwerarbeiter, der sein Brot im Schweiße seines Angesichts verdient, wie es so schön heißt, behaupten zu wollen, wäre eine Vermessenheit. Die Aushebung eines Erdbestattungsgrabes erfordert sowohl Wiederkehrs ganze Kraft als auch unsere ganze Aufmerksamkeit. Ein Loch wird aufgerissen, ein Mensch verscharrt. Angesichts solcher Realitäten kann auch ein diktierwütiger Schulmeister nicht einfach zur Tagesordnung übergehen. Am Grabtag ist Wiederkehrs Rhythmus unser Rhythmus, diktiere ich den Schülern ins Generalsudelheft. Er schaufelt, wir zählen die Schaufeln. Schon in meiner ersten Schulhausnacht nach meinem Einzug in Schilten holen mich die Pickelschläge im Morgengrauen aus dem Schlaf. Ich hatte geträumt, ich stehe auf meinem eigenen Sarg, einem schwarzledernen, länglichen Koffer, und gebe den Männern, welche ihn mit Seilen in die Grube hinunterließen, Zeichen, wie er zu plazieren sei. Als ich das Fenster unter dem Krüppelwalmgiebel aufriss, sah ich die kroaxenden Blechkrähen in wilder Formation über den Friedhof ziehen, sah ich, wie Wiederkehr, schon bis zu den Knien in der Erde, mit dem Pickel regelmäßig in den Grund hieb. Dieser Anblick im Morgengrauen von meinem Estrichausguck aus war das erste Bild von Schilten an meinem ersten Schultag als Lehrer: Zwei Felder von Grabsteinreihen wie Wolkenkratzerviertel in einer Miniaturgroßstadt, dazwischen Holz- und Gatterkreuze, in der Mitte ein Kiesweg, rechts vom Eisentor, hart an der Mauer, ein untersetzter Mann in blauverwaschenen Überkleidern, mit einem grauen wirren Haarkranz um die braungebrannte Glatze, der den Pickel schwang wie ein fanatischer Schatzgräber, als gelte es, den ganzen Friedhof aufzulochen. Ich dachte, im Spiel, wohlverstanden, Herr Inspektor, nicht ahnend, dass solche Überlegungen später im Ernst wiederholt werden müssten: Er hat mehr Gräber zu betreuen als ich Schüler. Ich stand eine Weile im Pyjama unter dem Fenster und schaute einem Besessenen zu, der, so schien mir, einen uneinholbaren Vorsprung gegenüber dem Morgen, der Schule und unserem Tageswerk herausholte, so dass man, im Schlaf überrascht, nur ein schlechtes Gewissen haben konnte. Und als ob ich dadurch das schlechte Gewissen loswerden könnte, proklamierte ich in die Gegend hinaus: Guten Morgen, Herr Nachbar! Wiederkehr schaute auf, wischte sich mit dem Handrücken den Schweiß von der Stirn und sagte, offenbar eingeweiht in die Schwierigkeiten meiner erzieherischen Aufgabe: Aha, der neue Schulmeister. Schlafen Sie, schlafen Sie, Sie werden Ihre Kräfte noch brauchen! Aus diesem «Aha, der neue Schulmeister» sprach aller Respekt vor, alle Verachtung für meinen Beruf, während man ihn, den Krampfer, nur bewundern konnte. Diesem schweren Lehmboden eine Grube abzutrotzen, welche einsachtzig lang, neunzig breit und einsachtzig tief zu sein hatte, war allerhand. Diese Maße repetierte ich laut, um Wiederkehr zu zeigen, dass auch ich mich auf unsere Nachbarschaft vorbereitet hatte. Doch er quittierte meine Kenntnisse nur mit einem Gepolter von schädelgroßen Steinen, die er in der Schubkarre sammelte. Seit dieser ersten Konfrontation verlange ich von den Schülern und von Armin Schildknecht bedingungslosen Respekt vor dem Handwerk des Totengräbers. Als Schulhausabwart, mag sein, ist Wiederkehr eine umstrittene, als Friedhofgärtner eine komische Figur, weil seine Bulligkeit in keinem Verhältnis steht zum schmetterlingshaften Wesen der Stiefmütterchen. Aber als Totengräber, im Kampf mit dem schweren Boden, ist er für uns alle ein Vorbild. Bruder Stäbli, den Sektenprediger aus Mooskirch, der bei den Abdankungen die Turnhalle und damit das ganze Schulhaus in Beschlag nimmt, kostet die Leichenrede, diese schwarze Zuckerbäckergarnitur aus dem trostgefüllten Dressiersack, keinen einzigen Schweißtropfen. Wiederkehr aber, er muss in die Hosen steigen, damit die Leichenabfuhr ordnungsgemäß vonstattengehen kann. Der Aushub von 2,9 Kubikmetern Erde in sieben Stunden bei einem Stundenlohn, der etwa die Hälfte von Bruder Stäblis Honorar ausmacht, ist eine wuchtige Leistung, die einzig adäquate Form des Beileids eines Unbeteiligten, die einzige Sprache, die dem Todesereignis angemessen ist. Ich jedenfalls, Herr Inspektor, würde lieber mit Dreck als mit Floskeln um mich werfen, wenn ich von Berufs wegen genötigt wäre, Todesfälle zu kommentieren.

Schon am Vorabend beginnt Wiederkehr mit den Vorbereitungen, stiefelt mit gezücktem Klappmeter auf dem Engelhof herum. Das Ritual des Ausmessens! Die Grabmaße sind seit Generationen von Totengräbern festgelegt. Aber er nimmt es jeweils so genau, als müssten sich die einsachtzig-mal-neunzig erstmals auf dem Aberschiltener Friedhof bewähren. Der Klappmeter in der Gesäßtasche ist das typische Requisit des geborenen Handwerkers. Oder hat man jemals einen Handwerker ohne Klappmeter eine Arbeit verrichten sehen? Wo er geht und steht, nimmt er an irgendetwas Maß. Und zwar zickzackt er den Meter nicht hastig auseinander wie wir Mess-Dilettanten, sondern bedächtig, so als sei er im Grunde gar nicht auf ihn angewiesen. An der Art, wie jemand mit dem Klappmeter umgeht, erkennt man sofort, ob er handwerkliche Begabung habe oder nicht. Ein echter Klappmeter ist riss-, kratz- und wetterfest. Das steht auf dem gelben Lack aufgedruckt. Aber nur die sogenannten Praktiker wissen es. Deshalb brauchen sie den Klappmeter auch für Arbeiten, bei denen ein Klappmeter eigentlich nichts zu suchen hätte, zum Beispiel zum Wegspicken eines Kieselsteins aus einer Rasenfläche. Wir haben von Jugend auf gelernt, den Klappmeter zu schonen und – bei Kindern besonders beliebt – keinen Handharmonika-Unfug damit zu treiben. Sie aber, die Klappmeter-Profis, sind imstande und stochern damit in einer verschlammten Dole herum. Auch Armin Schildknecht hat einen Klappmeter zur Hand, wenn er sich am Vorabend zu Wiederkehr gesellt, der das Wellblech vom Stapel der lehmverkrusteten Spundbretter und Gerüstladen reißt, um mit dem Geschepper der ganzen Nachbarschaft klarzumachen, dass anderntags ein Erdbestattungsgrab aufgetan werde. Einen Klappmeter als Argumentierstock in der Hand, lässt sich mit einem Mann wie Wiederkehr einfach viel besser reden. Mein Klappmeter ist von einem ordinären Postgelb, seiner dagegen waschblau. Die waschblauen Klappmeter sind ausschließlich den Handwerkern vorbehalten. Wiederkehr hat mir versprochen, dass er mir seinen waschblauen Klappmeter schenken wird, wenn er einen neuen braucht, sofern ich es nicht im ganzen Dorf ausposaune. Das kann aber Jahrzehnte dauern. Ein Handwerker ersetzt seinen Klappmeter erst, wenn die Skala so verblasst ist, dass man kaum mehr eine Zahl entziffern kann. Lieber nur noch schätzen mit einem abgegriffenen Klappmeter als sich mit einem ladenneuen Klappmeter vor den Kollegen blamieren!

Er schlägt die Eckpflöcke ein, spannt die Richtschnur, und ich sage: Jaja, Wiederkehr, morgen müssen wir an die Säcke, man weiß wieder einmal nicht, was das Wetter will! Wir, das ist keine ungebührliche Anbiederung, das sagt man auf dem Lande, wenn man ausdrücken will, dass man die Leistung des andern ermessen kann. Wenn er ganz guter Laune ist, erzählt er mir die Geschichte des Toten, den er vor mehr als fünfundzwanzig Jahren an derselben Stelle begraben hat und dessen Überreste er wieder begraben wird, ja, oft weiß er sogar noch die Daten und Todesumstände der vorvorigen Leiche, die von seinem Vorgänger Walch verlocht wurde. Kurze Geschichten nur, ein paar anekdotische Sätze, die Wiederkehr mit seinen Spatenhänden umpflügt, nach oben kehrt und wieder ruhen lässt. Die meisten dieser Geschichten hätten auf einem Grabstein Platz, wenn man eine kleine Schrift wählen und auf das Ornament der gekreuzten Ähren oder des Dreiecksauges verzichten würde. Name, Übername, Herkunft, Beruf, Alter, Krankheiten, Todesursache. Es geht ihm nur darum, Ordnung zu haben unter seinen Gebeinen, die Schichten zu überblicken, zu wissen, wer über wem und unter wem zu liegen kommt. Wenn ich sage, das müsste man aufschreiben, Wiederkehr, alle diese Geschichten müsste man zu einer Engelhofchronik zusammentragen, wird er sofort misstrauisch. Es ist die instinktive Reserve der Tätigen allen Schriftgelehrten gegenüber. Aufschreiben, sagt er, wozu? Ich bin die Engelhofchronik. Und wenn ich einmal unter den Boden muss, nehme ich alles mit, was ich weiß. Mein Nachfolger soll sich selber eine Leichenkartei anlegen. Davon wollen wir jetzt nicht reden, sage ich, Sie mit Ihrer Gesundheit, mit Ihrer Rossnatur. Aber, einmal ganz abgesehen von Ihrer Person: Wer begräbt eigentlich den Totengräber, wenn dieser plötzlich stirbt? Ich meine, alle sterben ja plötzlich, aber ist man in der Gemeinde auf Ihren Tod vorbereitet? Das ist so, sagt Wiederkehr. Wenn es etwas mit mir geben sollte, wenn ich morgen nicht mehr da sein sollte – Leute wie der Abwart sterben in Gedanken immer gleich morgen oder aber überhaupt nie –, dann kommt der erste Schlauchführer der Feuerwehr zum Einsatz, er ist für diesen Notfall auf Pikett. Entschuldigen Sie die Frage, sage ich nochmals, aber Fragen ist mein Beruf. Wie man sich fragt, wohin der Zahnarzt geht, wenn er Zahnweh hat, so fragt man sich eben auch, wer das Privileg genieße, den Mann begraben zu dürfen, der alle andern verlocht hat. Jaja, fragen Sie nur, sagt Wiederkehr, fragen kostet nichts.

Im Sommer beginnt Wiederkehr um vier Uhr früh mit der Grabarbeit, im Winter, sobald es hell ist. Wie oft haben meine Schüler und ich an den Ostfenstern des Oberstufenzimmers gestanden und den Aushub verfolgt, bei jeder Schaufel Dreck innerlich ho-hopp rufend. Denkt immer daran, sage ich meiner Einheitsförderklasse: Das ist ein Erdarbeiter, wir sind nur Papierfritzen. Allerdings genügt es nicht, ein Grab auszuheben, es muss auch noch jemanden geben, der es sieht und in Gedanken notiert. Vergesst das Bild nie, wie sich ein schwitzender Mann in blauen Überkleidern mit der Herkuleskraft seiner Arme tiefer und tiefer wühlt, wie um sich selber zu begraben, bis auch die Glatze verschwindet und nur noch die Schaufel obenaus schwingt! Wie Sie wissen, Herr Inspektor, pflegen die Volksschullehrer zur Veranschaulichung der Lesebuchtexte mit ihren Klassen einen einheimischen Handwerker zu besuchen und hinterher einen Aufsatz schreiben zu lassen: Unser Hufschmied, Unser Küfer. Das könnten wir billig haben, ohne uns vom Fleck zu rühren: Unser Totengräber. Wir verzichten auf diese Ausbeute zugunsten des viel umfassenderen, statistisch viel aufschlussreicheren Friedhof-Journals. Trotzdem holen wir ihn mit dem Teleobjektiv unserer Aufmerksamkeit ganz nah heran, sehen die lehmverschmierten Stiefel, die steifen Hosen, die schwieligen Fäuste, die den Stiel umklammern, das krause Brusthaar im Ausschnitt des anthrazitgrauen Leibchens, den rissigen Ledernacken, die Zornadern auf der Stirn. Wir sehen und hören, weil wir wissen, dass Wiederkehr keineswegs stumm vor sich hin gräbt. Er flucht, flucht sich in den Boden hinein, und zwar flucht er nicht über die Arbeit und nicht über den Toten, der ihn zu dieser Kraftanstrengung zwingt, sondern über den Gemeinderat, der noch immer keine allgemeine Friedhof- und Bestattungs-Verordnung zustande gebracht hat. Seine Flüche sind Fetzen von Paragraphen. Die maximale Höhe der Grabsteine muss doch, schimpft er, indem er das Knie unter den Schaufelstiel stemmt, begrenzt werden, Donner und Doria, sonst sieht der Friedhof aus wie der Werkplatz eines Grabsteinhauers. Und dieses verdammte Durcheinander von Fonds-Gräbern und normalen Gräbern muss jetzt endlich aufhören, sapperment, da kommt ja keine Kuh mehr draus. Heiliger Bimbam, verflixt und zugenäht, Herkulanum! Schlägt er mit dem Pickel auf einen Stein, sagt er jedes Mal: Schiltener Dickschädel. Es mag ihm dann so vorkommen, als ob er mit einem der Gemeinderäte zusammengestoßen wäre, welche die Verordnung immer wieder hinauszögern. Er, sagt Wiederkehr, habe ja die ganze Verordnung im Kopf, von Artikel eins bis Artikel zweiundzwanzig, welcher die Inkrafttretung regle, und wir – er sagt wir und meint tatsächlich die Schüler und mich – müssten der Sache nur noch eine sprachliche Fasson geben. Fast könnte man meinen, der Gemeindeammann verschleppe das Geschäft deshalb, weil er wisse, dass Wiederkehr, solange sein Friedhof keine Verfassung habe, eifriger grabe. Dies kommt dem Budget zugute, weil Wiederkehr nicht, wie an den meisten Orten üblich, pro Grab, sondern pro Stunde bezahlt wird. Und bekanntlich trachtet jeder Totengräber danach, so rasch wie möglich auf Grund, das heißt auf den Altsarg zu stoßen. Solange die Schiltener Friedhof- und Bestattungs-Verordnung nur im Entwurf, nur in Wiederkehrs und

Schildknechts Köpfen existiert, die sich eigenmächtig, aber nicht ohne den Gemeinderat davon in Kenntnis zu setzen – oder war es umgekehrt, kam die Anregung vom Gemeinderat? – zum vorbereitenden Ausschuss der Friedhofkommission ernannt haben, solange hebt mein Nachbar bei nicht allzu trockener und nicht allzu nasser Witterung ein Erdbestattungsgrab in rekordverdächtigen sieben Stunden aus, weil er gleichzeitig seine Paragraphen aus dem Granit des gemeinderätlichen Widerstandes – oder zumindest aus dem Sandstein der Gleichgültigkeit – meißelt, Paragraphen, welche der allgemeinen Engelhof-Verlotterung und -Vergrasung Einhalt gebieten sollen. Mit jedem neuen Grab arbeitet Wiederkehr an seinem Musterfriedhof, an einem Modell, das beispielhaft sein soll für alle Feld-Friedhöfe des Kantons. Ich habe ihm meine Mitwirkung als Stimmungsexperte zugesagt. In einer Demokratie muss man mitreden, wenn man nicht überrumpelt werden will. Freilich akzeptiert Armin Schildknecht keine Friedhof-Verordnung, welche nicht die Schulhaus-Ordnung nahtlos integriert. Wenn wir also unsern Freund und Nachbarn bei der Totengräberei beobachten und belauschen, dann nicht nur, um für den Unterricht zu profitieren, sondern auch weil wir darauf achten müssen, ob er nicht schulhausfeindliche Paragraphen kreiere und Schildknechtsche Hoffnungen zu beerdigen versuche. Ein Artikelchen würde genügen, und ich hieße meine Schüler mit Kaugummi-Schleudern hinter den Scheinzypressen in Deckung gehen!

Nun hat Wiederkehr auch ohne meine Heckenschützen Plage genug mit seinem Mündel, dem armen Wigger Stefan aus der sogenannten Schwefelhütte ennet dem Schiltwald, Schwefelhütte, weil die alte Wiggerin, längst schon unter dem Boden, früher noch richtige Schwefelschnitten herstellte. Ihr halbschlauer Sohn hat nichts von ihr geerbt als die Bruchbude und den eierfauligen Gestank, der nicht mehr aus seinen Klamotten zu bringen ist und der besonders in der Knabentoilette zur Geltung kommt, die, im Vergleich zu seiner verlotterten Latrinen-Kabine, höchste Abort-Kultur darstellt. Kein Grabtag vergeht, ohne dass sich nicht früher oder später unser Engelhof-Faktotum einfindet und Anspruch auf Beschäftigung erhebt. Die Wiggersche Ankunft ist jedes Mal ein Höhepunkt des Vormittags. Der sesshafte Landstreicher, der einzige Aberschiltener, der hinter dem Wald wohnt – die Leute sagen hier hinter dem Wald –, sozusagen in einer Enklave mitten im Luzernischen, trudelt auf dem Velo ein, einem alten englischen Vorkriegsklepper, von meinen Schülern als Rosthaufen bezeichnet. Hätte einer von ihnen das Gerippe in einer Abfallgrube entdeckt, er wäre kaum auf die Idee gekommen, es wieder fahrtüchtig zu machen. Dieses halbwegs verrottete, quietschende Veloziped mit einer Nummer aus den frühen sechziger Jahren, mit der verbeulten und nach unten geknickten Lampe, dem auch bei Tag unermüdlich surrenden Dynamo, mit den speichenarmen Rädern, den gummiblocklosen Pedalen und der verquetschten Pumpe gehört ebenso untrennbar zu Wigger, wie Wigger seinerseits zum Friedhof gehört. Nur – Gipfel der Fahrrad-Ironie – das Flicktäschchen ist komplett. Wir haben es untersucht: Sogar ein Ölpintchen befindet sich unter den Werkzeugen. Natürlich ist Wigger das Velobüchlein längst nicht mehr erneuert worden, weil er immer Gas hat und beim Fahren von einer Straßenseite auf die andere getrieben wird. Man kann aber nicht sagen, er beherrsche sein Fahrzeug nicht. Er beherrscht es vielmehr, wie keiner, der ihn nachahmen will, es beherrscht. Wigger, diktiere ich den Schülern ins Generalsudelheft, bewegt sich immer an der Grenze dessen, was die Erfüllung der Gleichgewichts-Pflichten gerade noch zulässt.

Eine verrutschte Puppe, klebt er auf dem schräg nach hinten gestellten Sattel und klammert sich an die Lenkstangengriffe wie an die elektrisierenden Stäbe eines Kurpfuschers. Vom Anlaufschuss der Waldstraße profitierend, taucht er zwischen der alten Schulscheune und dem Wiederkehrschen Hof auf, ein verschmitztes, aber durchaus siegesbewusstes Grinsen im Gesicht. Je nachdem wie manches Gläschen Holunderschnaps er am Morgen schon gekippt hat, nüchtern, kommt er mehr oder weniger bedrohlich angereifelt. Speicht es ihn oder speicht es ihn nicht? ist immer die Frage, obwohl wir aus Erfahrung wissen, dass er auch im bedenklichsten Zustand bis zum Friedhof durchhält. Dort freilich stellt er seinen Göppel nicht einfach ab, sondern lässt ihn, nachdem er ein paar Meter weit auf einer Pedale gestanden ist und, um sich bemerkbar zu machen, wie übergeschnappt geklingelt hat, im Auslaufen der Mauer entlangschleifen. Doch kaum ist er abgesprungen, wird aus dem Streifkontakt eine Kollision, und das herrenlose Velo kippt schetternd auf die Straße. Wiederkehr blickt auf und scheint das Unabänderliche in Kauf zu nehmen. Wiggers Leistung, die Bewältigung des Waldstraßenschusses und das beinahe elegant zu nennende Abspringen kurz vor dem Überschlagen des widerspenstigen Zweirads, ist Grund genug für einen Schluck aus der Holunderschnapsflasche. Befriedigt blickt er auf das Werk Wiederkehrs. Es gibt immer wieder Schüler, welche diesen Wiggerschen Fahrstil nachahmen wollen, welche bei den Berghöfen Anlauf nehmen, den Risiweg hinuntersausen und ihr weiß Gott teuer bezahltes Velo gegen die Schulhausmauer rollen lassen. Ihr meint immer, kritisiere ich vom Fenster aus, es brauche dazu besonderen Mut. Es braucht aber keinen Mut, sondern die spezifisch Wiggersche Friedhofstrebigkeit. Er, Wigger, hat, wenn er vor der Schwefelhütte den Sattel unter den Hintern klemmt, nichts anderes als den Engelhof im Kopf. Er glaubt tatsächlich, er hofft, dass er beim Grabschaufeln gebraucht werde. Ihr aber, ihr habt nichts als den Wiggerschen Abstellsturz im Kopf. Wiggers Radentledigung ist ein artistisches Nebenprodukt seiner Friedhofstrebigkeit. Deshalb sieht es so aus, als ob er, je näher er dem Engelhof komme, desto mehr die Beherrschung über das Velo verliere. Er verliert aber nicht die Beherrschung über das Velo, er beherrscht es vielmehr in keiner Phase so sehr wie während dem Streifkontakt mit der Mauer, weil auf diesen letzten Metern der Glaube an seine Nützlichkeit den Kulminationspunkt erreicht und demzufolge seine equilibristischen Fähigkeiten steigert. Freilich zerschellt diese Hoffnung auch gleich mit dem auf die Straße geschmetterten Göppel, so dass Wigger, auf seinen Füßen stehend, unsicherer wirkt als auf dem Sattel.

Wenn wir nun den Abwart ärgern wollen, brauchen wir nur das Fenster zu öffnen und im Chor zu singen: Das Wiggern ist des Wiggers Lust ... Wiggern, Herr Inspektor, ist zum Beispiel eines von den Wörtern, die wir Wiederkehr durch penetranten Gebrauch aufgezwungen haben. Was wiggerst du wieder auf dem Friedhof herum? brüllt er sein Mündel an. Es ist – ich lasse mich gegebenenfalls gerne von einem Alternativ-Vorschlag der Inspektorenkonferenz überzeugen – nach wie vor der treffendste Ausdruck für das, was der Schwefelhütten-Stefan treibt, wenn er zwischen den Gräbern herumlungert: Er füllt den Engelhof mit seinem Wiggerwesen aus. Er gafft sich in einer Ecke fest, ohne dass ersichtlich wäre, was es just in dieser Ecke zu gaffen gebe. Er bleibt vor irgendeinem Grab stehen, in dem kein auch noch so entfernter Verwandter ruht. Seit Jahren kommt er wöchentlich mindestens dreimal, oft sogar täglich auf den Engelhof, schlägt Wurzeln und glotzt. Es zieht ihn halt unter den Boden, meint Wiederkehr. Die Wiggerin habe immer zu ihrem Sohn gesagt: Wenn du nur schon unter dem Boden wärest! Wigger starrt aber nicht auf die Blumenrabatten, sondern staunt über die Grabsteine hinweg in die Landschaft hinaus. Das ist das Unheimliche, sage ich zum Abwart: Zeichnet er sich außerhalb der Mauer durch die größte Friedhofstrebigkeit aus, verliert er sie innerhalb des Rosengartens total. Deshalb, diktiere ich meinen Schülern ins Generalsudelheft, verseucht er das ganze obere Schilttal mit seinem Blick. Wigger ist die personifizierte Feldfriedhofschwermut. Wir brauchen ihn nicht einmal zu beobachten, wenn er auf seinem Rosthaufen angetrudelt kommt, wir registrieren die Wiggersche Präsenz wie eine huschende Zimmerverdunkelung durch einen Wolkenschatten. Man könnte von einer partiellen Friedhoffinsternis sprechen. Die Grabgänger haben Angst vor diesem Landfriedhofstreicher, er stört sie beim Blumengießen, beim Gedenkaufenthalt. Er lähmt sie durch seine taubschlaue Friedhofschwärmerei. Ein verwachsener Orant, wie er dasteht und gafft, das linke Bein kürzer als das rechte, die Hosenstöße mit Veloklammern zusammengeheftet und wie steife Fahnen abstehend, den verdrückten Schädel mit dem struppigen Silberpelz zwischen den höckerigen Schultern, als hätte man beim Aufschrauben des Kopfes das Halsgewinde vermurkst, ein braunes Pilzgesicht, nicht giftig, aber verdächtig, eine grobporige Knollennase und metallisch glitzernde Bartstoppeln. Was sucht er? Was sieht er? Worauf wartet er? Es müsste uns durch jahrelange und präzise Wiggerstudien gelingen, in sein verfaultes Pilzgemüt einzudringen und zu ergründen, ob er nicht vielleicht doch etwas im Schild führe, einen Sprengstoffanschlag auf den Engelhof zum Beispiel, ob sich hinter dieser Schwermut nicht die dumpfe Friedhofopposition einer aufgeschwemmten Morchel verberge. Wigger, diktiere ich meinen Schülern, ohne dass sie verstehen, was ich meine, ist unser Vorposten im Revier Wiederkehrs, ein zerlumpter Abgeordneter, eine stumme, aber wirksame Drohung.

An Grabtagen will sich das Mündel Wiederkehrs partout als Totengräber-Gehilfe produzieren, und da der Abwart den Schnapser nicht an die Grube heranlässt, da begreiflicherweise nicht zwei im selben Loch pickeln können, macht Wigger Anstalten, ein Kebsgrab aufzutun, das freilich nie viel weiter gedeiht als bis zum Abstechen der Rasenziegel, allenfalls bis zum Einspannen der obersten Grabensprießen. In kindlichem Eifer ahmt er Wiederkehrs Schwerarbeit nach, nimmt mit seinem eigenen Klappmeter Maß an der Grube, schlägt die Richtpflöcke ein, schleppt sämtliche noch verfügbaren Spundbretter vom Stapel hinter der Mauer zu seiner Aushubstelle. Wiggers Arbeit ist reine Oberflächenarbeit, sage ich zu Wiederkehr, man muss ihn gewähren lassen. Und: Ist dieses Epigonentum nicht auch ein Kompliment für Sie? Armin Schildknecht jedenfalls hat keinen vagantenhaften Vikar, der ihn im Unterstufenzimmer kopiert, während er sich im Oberstufenzimmer abrackert. Man muss Wigger erlauben, alle Werkzeuge um sich zu scharen, die nach seiner Meinung zur Öffnung eines Grabs benötigt werden. Er schultert sie samt und sonders aus der alten Schulscheune herbei: Wiederkehrs Ersatz-Spaten und seine Ersatz-Stechgabel, Vorschlaghammer und Fäustel, Baumschere und Jätekralle, ja sogar die Sense. An dieser werkzeuglichen Über- und Fehl-Instrumentierung seines Vorhabens zeigt sich deutlich die Situation des Nachgeborenen. Je mehr Geräte auf seinem Tummelplatz herumliegen, desto unentbehrlicher kommt sich der lurggende Stefan vor. Alles was im Schuppen nicht niet- und nagelfest ist, wird herbeigeschafft. Und durch seine Faxen und Kapriolen hilft er uns über die kritische Phase hinweg, da Wiederkehr schwitzend und Paragraphen fluchend mit seinem Pickel auf den vom Erddruck zerquetschten, schwarzschimmligen Sarg dessen stößt, der seinen Platz für die neue Leiche freizugeben hat. Auf gar keinen Fall Wigger am Wiggern hindern, ermahne ich meine Schüler, nicht das arbeitsintensive Wiggern abwürgen durch Zurechtweisungen, und bestünden sie auch nur darin, dass einer am Fenster mit dem Zeigfinger an die Schläfe tippt. Die Auswirkungen könnten verheerend sein. Wiggers Friedhofverträglichkeit könnte sich gerade zu dem Zeitpunkt, da er Wiederkehrs Kontrolle vollends entgleitet, weil der Abwart tief in der Grube das verpappte Skelett herauspickelt, in Zerstörungswut umwandeln. Nicht auszudenken, was passieren könnte, diktiere ich den Schülern ins Generalsudelheft, wenn sich die in Wigger kumulusförmig aufgestockte Schwermut einmal bösartig entladen würde! Auch schon ist es ja vorgekommen, dass der tumbe Stefan, nur weil ihn Wiederkehr mit einer Schaufel voll Dreck vom Grabrand wegscheuchte, hinter seinem Rücken den Bewässerungsschlauch in eine Rabatte lenkte und die zarte Vorfrühlingsbepflanzung ersäufte. Auch schon hat er das ovale Porzellanschild eines Gatterkreuzes abgeschraubt und wie einen Diskus ins Löhrentobel hinuntergeschiefert. Der Friedhof, erkläre ich den Schülern, ist, was wir vielleicht noch einmal auszunützen gezwungen sind, seiner kultischen Sensibilität wegen sehr zerstörungsanfällig. Wigger am Grabtag auf dem Engelhof dulden heißt – worin sich der Abwart und ich einig sind –, einen potentiellen Friedhofwüterich unter Kontrolle halten. Wenn er wollte, könnte er eine Tafel aus Schwedischem Marmor umkippen und mit dem Vorschlaghammer zertrümmern, bevor Wiederkehr die Totengräberleiter hinaufgestiegen wäre. Nach altem, abergläubischem Brauch muss ja jede zweite Sprosse in der Totengräberleiter fehlen. Nun, Herr Inspektor, wir hätten es in der Hand, Wigger zu allem Möglichen anzustiften. Er reagiert mit somnambuler Verzögerung, aber mit dem Willen zur absoluten Subordination auf Anstiftungsgebärden, überhaupt auf die Zeichensprache. Machen wir ihm zum Beispiel vor, Wiederkehrs aufreizende Glatze mit der Spritzkanne zu begießen, indem ein Schüler über dem Kopf seines Fensternachbars den Tafelschwamm austräufelt, zögert er nicht, es zu tun. An uns liegt es, ob wir Wiggers Schabernack in Grenzen halten wollen oder nicht, und ich gebe Wiederkehr immer wieder zu verstehen, dass wir unserer Aufsichtspflicht nur dann nachkommen würden, wenn er uns garantiere, dass die Erlaubnis seines Mündels zum freien Herumwiggern in der Friedhof- und Bestattungs-Verordnung verankert werde und dass in der Gemeinde endlich jene Stimmen zum Schweigen gebracht würden, welche ein Friedhofverbot für unsern Engelhof-Clochard forderten. So wie es in einem der ersten Artikel zu heißen hat, dass die Instandhaltung der Anlage dem Friedhofgärtner und Totengräber obliegt, so gehört paragraphiert, dass das Herumwiggern eindeutig die Sache Wiggers sei und dass kein Friedhofgänger das Recht habe, ihn bei seinem Brüten zu stören, so wenig er das Recht habe, eine Scheinzypresse auszugraben. Wigger muss gewissermaßen botanisch geschützt werden, Herr Inspektor.

Die Exhumation tritt dann in die kritische Phase, wenn die alte, einige Jahrzehnte lang im kompakten Lehm konservierte Leiche zerhackt und ausgegraben wird. Die Liegefrist beträgt auch in Schilten nur zweieinhalb Dezennien. Sind sie vorbei, verliert die Leiche ihre sogenannten Leichenrechte, das heißt, ihre Zerstückelung kann nicht mehr, wie vorher, als Leichenfledderei geahndet werden. Die Katholiken kennen die Nachbestattung im Karner, bei uns Protestanten ist der Friedhofboden das Ossarium. Generationen von Gebeinen werden immer wieder umgepflügt. Wenn das Federn des Pickels Wiederkehr anzeigt, dass er auf den alten Sarg gestoßen ist, gönnt er sich keine Verschnaufpause mehr. Dann wird in einem Zug durchgehackt, um den Ekel in der Wut zu ersticken. Die zersplissenen Bretter fliegen auf den Aushub. Mit einem Hieb wird der verpappte Brustkasten aufgespießt. Nach und nach kommen die braunviolett verfärbten Knochen zum Vorschein, die Keulen der Oberschenkel und Schienbeine, das zerbrochene Becken, Armspeichen, Rippen, Handwurzelstücke, der Unterkieferknochen und lehmverschmierte Scherben der Schädeldecke. Alles auf den Aushub und mit dem Aushub nachher wieder ins frische Grab. Seht nur, sage ich zu den Schülern: Wo ein Mensch verscharrt wird, muss ein anderer ausgelocht werden. Kein Platz auf dieser Erde, der nicht schon besetzt ist. Nicht einmal für Leichen. Und wir rezitieren ganz still für uns, so feierlich, als es Wigger zulässt: «Wir Toten, wir Toten sind größere Heere / Als ihr auf der Erde, als ihr auf dem Meere!» Wigger beginnt nämlich, sobald er sieht, dass die Knochen fliegen, die Skelettüberreste einzusammeln und in sein Kebsgrab hinüberzuretten, um in seinem ausgestochenen Rechteck das Gerippe bis auf die fehlenden Teile zusammenzusetzen. Auch dies eine epigonale Tat: Er versucht unter der Rasenoberfläche zu verstecken, was sein Vormund in zähem Kampf mit dem Boden aus der Tiefe geholt hat. Dieses makabre Puzzle-Spiel dauert so lange, bis Wiederkehr aus der Grube heraufsteigt und Wigger die Knochen wegnimmt, sie mit der Grabgabel zurück auf den Aushub spediert. Heraufsteigt, sage ich, und muss noch erwähnen, dass, wer zuerst den linken Fuß auf die unterste Sprosse der Totengräberleiter setzt, bald ins Grab zurückkehrt.

Die Knochen auf dem Dreckhaufen, das ist bestimmt eindrücklich, doch man gewöhnt sich mit der Zeit daran. Noch eindrücklicher ist es, zu sehen und zu hören, wie der Aushub auf den neuen Sarg poltert, wenn Wiederkehr die Sprießwinden löst, spreizbeinig über dem Grab steht und mit einem Eisenhaken die gelochten Spundbretter einzeln herauszieht, so dass die Lehmwand unter dem gewaltigen Erddruck nachgibt und auf den Toten hereinstürzt. Der Boden schließt sich über der Leiche. Indessen muss man das nicht nur von oben, sondern von unten erlebt haben, Herr Inspektor. Alles, was den Tod betrifft, erleben wir immer nur von oben. Wenn es der Präsident der Inspektorenkonferenz wünscht, kann ich meine Beziehungen zu Wiederkehr spielen lassen und arrangieren, dass er sich am Tag vor einer Beisetzung einmal in einen Probesarg legen und wie ein Scheintoter begraben lassen darf, um dieses Poltern, diesen Erdeinsturz aus der Perspektive eines Beerdigten zu erleben. Erstickungsgefahr besteht keine. Natürlich müsste die Arbeit des Freischaufelns extra bezahlt werden. Der Präsident könnte sich durch diese experimentelle Grenzerfahrung vermutlich die Lektüre meines Schulberichts ersparen, was ihm, unter uns gesagt, nur zu gönnen wäre. Er erführe auf diese direkte Weise mehr über Schilten und Armin Schildknechts Situation als durch das nächtelange Studium dieser insgesamt doch recht konfusen Papiere. Pasquille sind immer verworren. Aber eben: Ein Scheintoten-Praktikum ist nicht jedermanns Sache.

ACHTES QUARTHEFT

Täglich einmal muss der Abwart das Gehwerk und das Schlagwerk der mechanischen Schulhausuhr aufziehen, die in einem verstaubten, mit Sichtfenstern versehenen Gehäuse von der Größe des Harmoniumkastens auf dem Estrich steht, und zwar genau unter dem Dachstuhl des Glockenturms, der zwischen den Sparren des Krüppelwalmdaches den First durchstößt. Es handelt sich um ein Präzisionswerk der Firma Bertschi, Sumiswald, aus dem Jahre 1929, das nicht nur den ganzen Estrich, sondern auch die Lehrerwohnung beherrscht. Das Gehwerk ist mit einem Graham-Anker-Echappement versehen und besitzt ein schweres Sekundenpendel mit einer Mikrometerschraube zur Feinregulierung. Alle Räder sind aus Bronze gefertigt, die Zahnung wurde aus dem vollen Material herausgefräst. Zuggewichte aus Gusseisen, schmiedeeiserne Aufhängungen. Neunzigmal im Laufe eines Arbeitstages schlägt der Hammer an die Glocke, und jeden dieser Schläge hört man bis in die hintersten Winkel meiner Dachkammern, hört man im ganzen Schulhaus, am wenigsten störend in der Sammlung, hört man drüben auf dem Friedhof und drinnen im Schiltwald, auch ennet dem Wald in der Schwefelhütte, hört man oben bei den Berghöfen und unten im Löhrentobel, hört man bis hinaus nach Hinterschilten. Es ist nicht leicht, neben einem Präzisionsuhrwerk zu existieren. Jede Halbstunde meines armseligen Landschulmeisterlebens wird unbarmherzig herausgestampft und herausgeklöppelt, Herr Inspektor. Die Leute im Dorf lassen sich verwöhnen durch sanfte, vom Wald heruntergewehte Glockenklänge und überlegen sich keinen Augenblick, dass es Armin Schildknechts Schädel ist, der als erweiterter Becher herhalten muss. Wo immer ich mich aufhalte, habe ich dieses

Präzisionsuhrwerk der Firma Bertschi, Sumiswald, im Genick. Wenn es wenigstens eine Ermatinger Uhr wäre. Aber nein, es muss ausgerechnet eine Sumiswalder sein, ausgerechnet in jenem Bauerndorf ist sie angefertigt worden, wo die schwarze Spinne unter dem legendären Holzzapfen ihrer Befreiung harrt. Wenn Sie das Werk durch die staubigen Sichtfenster betrachten, fällt Ihnen auf, dass es tatsächlich die Form einer ruhelos schwingenden, ruckenden und zuckenden Räderspinne hat. Sumiswalder Zeitspinne haben es die Schüler getauft, die ja im Erfinden solcher Namen unübertrefflich sind. Eine unerschöpfliche Benamsungsenergie steckt in meiner Einheitsförderklasse. Was man nur auf dem Estrich und bei totaler Schulhausstille auch in der Wohnung hört, ist das dem Schlag vorausgehende Rüstgeräusch, das Schnurren, Klicken und Schaben im Radkörper, wenn die parallel zur Windflügelwelle laufende Stellfallenwelle, gesteuert durch eine Rolle auf der Schlosswelle, angehoben wird und wenn einer der Auslössterne über dem Auslöshebel den Stellhebel anzieht, so dass der Windflügelsteller in Warnstellung gehen kann, wenn dann beim Herunterfallen des Auslöshebels der Stellhebel frei wird, welcher seinerseits zwischen zwei Arretierzapfen des Windflügelstellers fällt und sich dadurch mit der Welle dreht, wenn die auf der Welle angebrachte Kurve dank ihrer Verbindung mit der Schlosswelle den Stellhebel über die Stellhebelrolle hinaufwalzt, so dass der Arretierzapfen des Stellhebels über den Zapfen des Windflügelstellers zu stehen kommt und der Hammerzug betätigt werden kann. Sie müssen sich vorstellen, Herr Inspektor: Sie befinden sich allein auf dem Riesenestrich und werden vom Rüstgeräusch überrascht, von dieser perfid ausgeklügelten Kettenreaktion, welche durch die beiden Radkörper im stahlgrünen Chassis läuft! Ich muss ja an der Sumiswalder Zeitspinne vorbei, wenn ich von meiner Wohnungstür zum

Treppenhausturm hinübergehen will. Und wie anders käme ich in die Unterrichtsräume hinunter? Die Estrichtraversierung ist sozusagen mein Schulweg, ein kurzer, gedeckter, aber gefährlicher Schulweg. Wie eine Sanduhr mahnt mich das Werk daran, dass die Zeit im Sauseschritt davonläuft. Dadurch, dass das Gehäuse auf dem offenen Monsterestrich steht, ist der Lauerraum der Spinne viel größer als etwa auf einem Kirchturm. Auf dem Weg zur Klasse leben uralte Dachbodenängste auf. Oft träume ich davon, die Uhr sprenge das Gehäuse und dehne sich zu einer gigantischen Maschine aus, so dass ich auf dem Schulweg durch Zahnräder und schmierige Ketten klettern müsse. Der Schiltener Schulhausestrich wirkt doppelt unheimlich durch die mannsgroßen Sackpuppen, die im Halbdüster an den Streben und Seitenpfetten baumeln. Wiederkehr sagt, die Säcke stammten aus dem Zweiten Weltkrieg, als man hier Polen interniert habe. Internierte Polen, Herr Inspektor, das klingt wie Hornissen-Nester.

Was Armin Schildknecht betrifft, so hat er längst herausgefunden, dass das ruckende und zuckende Räderwerk, das mechanische Herz des Schulhauses, und der Krüppelwalmestrich zusammenarbeiten. Die Präzision dieses zweifachliegenden Pfettendachstuhls ist nur eine in die Zimmermann-Sprache übersetzte Uhrmacher-Präzision. Die wenigsten Leute haben eine Ahnung davon, wie ein solches Holzzelt konstruiert wird, was die Bundsparren, Zwischensparren und Gratsparren, was Strebe, Schwenkbug und Pfosten für eine Funktion haben und wie sich das ganze Gefüge auf das Estrichinnere auswirkt. Man neigt immer dazu, die Stimmung von der Funktion zu trennen. Warum? Weil man sich die Stimmung nicht durch Fach-Kenntnisse verderben lassen will, selbst wenn es sich dabei um dämonische Wirkungen handelt. Der Dachstuhl von zwei rechtwinklig ineinanderverkeilten Krüppelwalmdächern ist natürlich nicht zu vergleichen mit einem gewöhnlichen Sparren- oder Kehlbalkendach. Was es dabei an komplizierten Holzverbindungen wie Scherzapfen, schwalbenschwanzförmigen Überblattungen und so weiter absetzt, überträgt sich aber alles auf die dürre Schauerlichkeit des Estrichinnern. Die vielzitierte Estrichdämonie ist eine durch und durch konstruktionsbedingte. Wenn hier wie Dörrobstvorräte die Ängste von unzähligen Schülergenerationen lagern, so nicht zuletzt deshalb, weil der Dachstuhl infolge seiner zimmermännischen Tücken diese Lagermöglichkeit anbietet. Für die Sackpuppen gilt, mit geringen Modifikationen, dasselbe. Hinzu kommt, dass ein Schulhausestrich – wie auch ein Kirchenestrich – viel unheimlicher wirkt als der Dachboden eines Einfamilienhauses, weil die Düsternis, die man als Privatperson zu bewältigen hat, eine öffentliche ist. Für mich drinnen in der Wohnung beginnt die Öffentlichkeit des Schulhauses draußen auf der Diele. Der Lehrer von Schilten sagt nicht: Ich steige in den Estrich hinauf. Er sagt: Ich trete auf den Estrich hinaus. Und in diesem Hinaus steckt die schutzlose Offenheit eines Feldes für ein gehetztes Waldtier. Zwar muss ich auf meinem Schulweg von der Wohnungstür bis zum Treppenhausturm nicht gerade quer durch den Estrich gehen, aber ich muss mich doch mit ihm auseinandersetzen, mit seiner Einrichtung und seiner Konstruktion. Ich sehe zum Beispiel den ausschwenkbaren Galgen für den Holzaufzug, und es ist ganz klar, dass die Lektionen von solchen Eindrücken geprägt sind. Meistens fallen den Lehrern ja die besten Ideen auf dem Schulweg ein. Je länger der Schulweg, desto lebendiger der Unterricht. Daraus könnte man schließen, dass sämtliche Einfälle Armin Schildknechts estrichifiziert seien, und man hätte so unrecht nicht mit dieser Vermutung.

Wenn Sie den Schulstalden hinauffahren, fällt Ihnen sogleich auf, Herr Inspektor, dass die Sumiswalder Zeitspinne ihr Zifferblattgesicht nicht dem Dorf, sondern dem Friedhof zukehrt. Eine andere Uhr gibt es nicht in Schilten. Die Friedhofseite ist nun einmal die Präsentationsfassade des Schulhauses. Das vermutlich aus Pietätsgründen blauschwarz gestrichene Zifferblatt befindet sich im trapezförmigen Fachwerkgiebel über dem mittleren Schlafzimmerfenster. Wenn ich am Morgen um sieben Uhr zwanzig den Kopf hinausstrecke, um die Engelhof-Stimmung zu erkunden, spreizen sich die Zeiger wie ein Winkelschwert über meinem Hals. Aus dieser Perspektive könnte man, wenn man sie nicht im Gefühl hätte wie Armin Schildknecht, die genaue Zeit unmöglich ablesen, und auch noch wenn man unten auf dem Pausenplatz steht, ist der Abstand der beiden überdimensionierten Brieföffner vom Zahlenkranz so groß, dass sich eine Verschiebung von zwei Minuten ergibt. Den richtigen Blickwinkel hat man erst drüben auf dem Engelhof. Ich habe meinen Schülern einmal polemisch ins Generalsudelheft diktiert: In Schilten bleibt es den Toten vorbehalten, die genaue Zeit abzulesen – was natürlich ein emotional bedingter Unsinn war, denn die Gräber sind ja durchwegs geostet. Trotzdem ist es so, dass die älteren Einheimischen von der Friedhofuhr sprechen, nicht von der Schulhausuhr. Auch die Postautohaltestelle heißt Friedhof Schilten und nicht Schulhaus Schilten, obwohl Binz, der Chauffeur, auf den Pausenplatz kurven muss, um hier wenden zu können. Das muss Sie nicht wundern, Schilten ist eine wahre Fundgrube an solchen Inkonsequenzen. Mein Leitspruch, wenn ich mit der Klasse die Uhr behandle, lautet: Mach es wie die Friedhofuhr, zähl die düsteren Stunden nur! Ausnahmsweise einmal ein Motto, ausnahmsweise, weil ich nichts so hasse wie Lehrer, die immer hinter einem Motto her sind. Nun gebe ich sofort und ohne Umschweife zu, dass ich mit meinen Ober- und Sonderschülern, die ja eigentlich die Zeit kennen sollten, die Uhr nur behandle, um einen weiteren Vorwand zu haben, kleine Delegationen auf den Friedhof hinüberzuschicken, welche gegenüber Wiederkehr den Friedhofanspruch der Schule vertreten. Man erfährt immer wieder etwas Neues auf dem Engelhof, man ist bezüglich Friedhofnachrichten nie überinformiert. Ich beauftrage etwa eine Gruppe damit, die Zeigerkonstellation drüben auf dem Engelhof auf die große, im Maßstab eins zu eins nachgebildete Kartonuhr zu übertragen. Oder aber, was regelmäßig einen Streit mit dem Abwart absetzt: Ich schicke die Schüler hinauf in mein Schlafzimmer und verlange, dass sich einer aufs Fensterbrett hinausschwingt und die Blechzeiger nach den Kartonzeigern richtet. Am liebsten, sage ich zu Wiederkehr, arbeiten wir halt doch am Original an der Friedhoffassade. Es gibt uns ein ganz anderes Gefühl für die Relativität der Zeitmessung, wenn wir eine richtige Uhr zur Verfügung haben und nicht nur eine Attrappe. Wenn Sie, sage ich zu Wiederkehr und klopfe ihm dabei auf die Schulter, eine Klasse von Totengräberschülern zu unterrichten hätten: Würden Sie sie – Hand aufs Herz – draußen graben oder an einem Friedhofmodell herumfummeln lassen? Was haben Sie eigentlich für Argumente gegen den Uhrenunterricht am Original? Wollen Sie etwa behaupten, der Friedhof werde dadurch aus seiner Ruhe gebracht? Kommt es letztlich nicht Ihnen zugute, wenn meine Schüler, die künftigen Friedhofgänger, einmal ein Zeigerwerk aus der Nähe gesehen haben und sich später, wenn sie auf dem Engelhof zu tun haben, ganz auf ihre Verrichtungen konzentrieren können und Ihnen nicht die Stiefmütterchen zertrampeln, weil sie fortwährend zur Zwiebel hinaufgaffen? Wiederkehr hat es insbesondere auf der Latte, wenn wir unsere Experimente mit der dreidimensionalen Uhr durchführen, das heißt, wenn wir die Zeiger aus der Ebene herausbiegen und auf den Engelhof richten, damit sie nicht mehr die Friedhofzeit anzeigen, sondern auf die Friedhofzeit zeigen. Zweifellos eine gewaltige Steigerung der Friedhofdienlichkeit unserer Uhr. Zeiger, erkläre ich Wiederkehr, sind dazu da, auf etwas zu zeigen, die dämliche Ziffernkriecherei ist eine Entwürdigung der ursprünglichen Zeigermission. Aber der Abwart bringt die allerheftigsten Bedenken wegen des Zeigermaterials vor. Auch schon, behauptet er, habe ein Sturm den Minutenzeiger abgerissen. Natürlich ist die Brüchigkeit des Materials für ihn nur ein Vorwand, um eines unserer Unterrichtsmotive zu torpedieren.

Item, das eigentliche Wahrzeichen von Aberschilten ist ohnehin nicht die Friedhofuhr, sondern der Dachreiter, das achteckige Glockentürmchen mit dem rot geziegelten Spitzhelm und den vitriolgrünen Jalousien, das auf dem Schnittpunkt der beiden Krüppelwalmfirste sitzt. Die Schulhausglocke wird bei Todesfällen zweimal eingesetzt: eine Viertelstunde vor der Ankunft des Leichenzuges wird gebimmelt, und unmittelbar nach Bekanntwerden der Todesnachricht wird geklenkt. Klenken heißt, diktiere ich den Schülern ins Generalsudelheft: Die Glocke wird vom Glöckner ganz kurz angezogen, dergestalt dass der Klöppel nur auf einer Seite der Wandung anschlägt. Seit der Einführung der elektrischen Läutwerke ist das Klenken weitgehend aus unserem Brauchtum verschwunden. Es gibt aber Kirchen, die noch eine speziell für den Handbetrieb eingerichtete Klenkglocke haben. Durch die Anzahl der Klenkschläge kann einer Talschaft oder einer Gemeinde zum Beispiel das Alter des Verstorbenen mitgeteilt werden, noch lange bevor die Leichenansagerin vorspricht. Es ist für die Hofbewohner wichtig, dies früh genug zu wissen, damit sich der Familienrat taktisch auf den Erbstreit vorbereiten kann. In solchen Seitentalgemeinden sind ja die meisten Familien überzwerch miteinander verwandt. Erst die Jordibeth kann dann freilich genau sagen, wer wessen Testament-Anfechtung zu fürchten hat. Im Anfechten von Testamenten sind die Schilttaler, dies bestätigen die Anwälte von Schöllanden, wahre Helden. Sie rückt aber erst mit der Zeitung heraus, wenn man ihr die Kondolenz-Kuverts bundweise abnimmt. Wenn man wissen wolle, weshalb Wiederkehr im schwarzen Ständerfach, das bei Abdankungen neben der Turnhallentür aufgestellt wird, so viele verschiedenformatige Kondolenzschreiben einsammeln müsse, und dies in einer Gemeinde, wo sonst alles mündlich erledigt werde, was mündlich erledigt werden könne, müsse man nur einmal den Hausiererkoffer untersuchen, den die Jordibeth beim Leichenansagen mitschleppe, diktiere ich den Schülern ins Generalsudelheft. Schilten ist, was die Signalisierung der Todesnachricht betrifft, wie in so mancher Hinsicht ein Sonderfall. Es dürfte einmalig sein, dass in einer Gemeinde sowohl geklenkt als auch eine Leichenansagerin ausgeschickt wird.

Es gibt noch Ortschaften, wo abwechslungsweise während einer Minute geklenkt und während einer halben Minute geläutet wird. Das Unheimlichste ist sowohl beim Sterbeläuten als auch beim Klenken das sogenannte Unterziehen. Der Sigrist hält kurz inne, als ob ihm selber nicht mehr geheuer sei bei seinem Geschäft. Die Unterbrechung kann – auch diese Variante kommt vor – vom Läuten zum Klenken überleiten. Wiederkehr ist ein perfekter Klenker, noch nie ist es ihm passiert, dass er sich verzählt hat. Verzählt sich ein Glöckner, hält ihm dies die Gemeinde immer wieder vor und knüpft allerlei abergläubischen Bafel daran. Ein Jahr zu viel geklenkt bedeute, so sagt man, dass der Verstorbene keine Ruhe finde, bis es um sei. Stiehlt ihm der Klenker dagegen ein Jahr, wird es von seinem Leben abgezählt. Das Unterziehen dient vor allem der Differenzierung. Mit der Anzahl der Unterbrechungen signalisiert man das Geschlecht der entschlafenen Person. Im Kanton Uri, um ein repräsentatives Beispiel zu nehmen, läutet man für Männer und Frauen gleich lange, aber beim Mann wird zweimal unterzogen, bei der Frau nur einmal. In der reformierten Gemeinde Buchstetten wird für den Mann und die Frau mit der sogenannten Endläutglocke zweihundertdreißigmal geklenkt. Bei männlichen Toten folgt nach dem achtzigsten und dem hundertfünfzigsten Schlag eine Unterbrechung von dreißig beziehungsweise zwanzig Sekunden, die weiblichen Toten haben lediglich auf eine Pause von fünfzehn Sekunden nach dem hundertfünfundzwanzigsten Schlag Anrecht. Die Scheidezeichenfrage führte in Buchstetten zu einer politisch ausartenden Debatte über die Gleichberechtigung der Frau nach dem Tode. Die Progressiven riefen ein Komitee für die Emanzipation der weiblichen Leiche ins Leben und polemisierten im Regionalblatt unter der Schlagzeile «Diskriminierung durch Kirchenglocken» gegen die Konservativen. Sie forderten Einsicht in die Problematik des Totengeläutes. Die Konservativen, zum größten Teil Mitglieder der Vereinigung Schweizerischer Freizeit-Klenker, wiesen mit diffusen Argumenten auf das Aussterben brauchtümlicher Praktiken bei der Signalisation des Todes hin und beriefen sich auf eine halbwissenschaftliche Untersuchung mit dem mutmaßlichen Titel «Psychologische Aspekte der Zeichensprache und ihre Auswirkung auf den Verarbeitungsprozess von Todesfällen unter besonderer Berücksichtigung der Geschlechtertrennung bei der Klenk-Frage». Nach einem zähen Ringen der Kontrahenten gewann die Vernunft die Oberhand, und heute wird in Buchstetten für Mann und Frau gleicherweise zweihundertfünfzehnmal geklenkt und zweimal dreißig Sekunden unterzogen. Buchstetten als Beweis dafür, Herr Inspektor, dass Todeskunde die Heimatkunde vollwertig ersetzen kann. In Wolfenschießen, Kanton Nidwalden, läutet man für einen Mann mit der drittgrößten Glocke, für eine Frau mit der zweitgrößten, der Muttergottesglocke. Und wie verhält es sich in Schilten? Hier ein paar Fragen aus der Klausur-Arbeit über das Klenken: Richten sich die Klenkschläge in Schilten nach dem Alter der verstorbenen Person oder nach deren Geschlecht? Wenn Ersteres, wie oft und wie lange wird bei Männern, wie oft und wie lange bei Frauen unterzogen? Wer löst bei Todesfällen den Klenk-Alarm aus? (Kurze Schilderung des Instanzenweges.) Welche Sekten im oberen Schilttal genießen das Klenk-Privileg, welche nicht? (Je drei Beispiele.) Wird beim Tod von einjährigen Kindern geklenkt? Wenn ja, wie? Welches Dienst- und Abhängigkeitsverhältnis besteht zwischen dem Klenker und der Leichenansagerin? Braucht man, um Klenker zu werden, eine spezielle Ausbildung? Wie wird eine irrtümlicherweise angeklenkte Todesnachricht – etwa bei einem Scheintoten – auf dem Glockenweg rückgängig gemacht? Einmal mehr stoßen wir in unserem Unterricht auf den Sonderfall des Scheintoten, der unter extremen Umständen – und nur diese kommen ja für uns in Betracht – sein eigenes Scheidezeichen im Sterbehaus wahrnimmt.

Meine Schüler reagieren jedes Mal mit fanatischem Lerneifer auf die Behandlung des Klenkens, nicht zuletzt, weil sie wissen, dass ihnen damit ein exklusiv für das Schiltener Unterrichtsmodell präpariertes Motiv angeboten wird, das weder im Schmittener noch im Schlossheimer noch im Schöllandener Lehrstoff figuriert. Leider ist es trotzdem so, dass der große Harst den Ernst der Klenk-Frage nicht begreift. Gewiss, es gibt

Rosinen in meiner pädagogisch zu bearbeitenden Teigmasse, aber die sind selten! Obwohl ich, mit der Rute aufs Pult schlagend, betone, dass ich gerade bei der Behandlung der Scheidezeichen-Bräuche keinen Spaß verstehe, stören vorwitzige Nichtsnutze den Unterricht immer wieder mit der Frage: Hat es nicht soeben geklenkt, Herr Lehrer? Wie auf Verabredung äugen alle, insbesondere die Mädchen, zur Zimmerdecke, verdrehen ihre Augen, um dem hypothetischen Klenkton nachzulauschen, und mir, der ich hochempfindlich reagiere auf das leiseste Glockenschaben, bleibt nichts anderes übrig, als der Sache nachzugehen. Doch bis ich einen Fahnder auf den Estrich geschickt habe, hat sich der Lausbub, der allenfalls geklenkt haben könnte, längst aus dem Staub gemacht. Tatsächlich gibt es immer wieder Vögel, die meinen, ihre Nester zwischen den Jalousieläden des Dachreiters bauen zu müssen, und die bei ihrer nervösen Ein- und Ausfliegerei wohl auch einmal an die Glocke picken, vielleicht sogar Würmer in der Gussmasse vermutend. Dieses Picken klingt so, als ob sich jemand, taumelnd vor Glück über die erlangte Klenk-Erlaubnis, ans Seil hänge. Warum ärgere ich mich denn dermaßen über Klenk-Schabernack, diktiere ich den Schülern als selbstkritische Frage ins Generalsudelheft, Herr Inspektor. Warum ist es das Leichteste, mich mit dem Hinweis, dass es geklenkt haben könnte, zur Weißglut zu bringen, während ich andere Lumpereien ungestraft durchgehen lasse, ja, mich sogar als Initiant an ihnen beteilige? Lehrer ärgern sich generell immer nur über Fragen, die zu stellen ihnen vorbehalten bliebe und die sie, weil sie keine wasserdichte und stoßsichere Antwort darauf wissen, wohlweislich nicht stellen. Man nennt diese Fragen in Pädagogenkreisen Maulwurfsfragen, weil sie aufwühlen, weil sie unsere Existenz untergraben wollen. Sie berühren die wunden Stellen, und meistens sind es die dümmsten Schüler, welche sie am kecksten vorbringen. Da macht einer drei Schulwinter lang keinen Mucks, verzieht keine Miene, als wären wir eine Taubstummen-Anstalt, und fragt plötzlich aus der Hinterhältigkeit seines Schweigens heraus: Hat es nicht soeben geklenkt, Herr Lehrer? Und während Armin Schildknecht äußerlich, um seine Schulmeister-Autorität zu wahren, diese Frage verneint, muss er sie im Innersten bejahen. Er muss zugeben, dass er nicht mehr unterscheiden kann, ob es nur in den Köpfen der Schüler, auf dem Estrich oder aber in seinem eigenen Schädel geklenkt habe. Die jahrelange Glockenklöppelei draußen vor meiner Wohnung hat wohl zu einem Gehörschaden geführt, so dass es mir gar nicht mehr möglich ist, wirkliche und eingebildete Klenktöne auseinanderzuhalten. Ebenso habe ich es längst aufgegeben, die Gedanken meiner Schüler von meinen eigenen Gedanken trennen zu wollen. Also stehe ich, wenn mich einer reizen will, offen dazu, dass es tatsächlich geklenkt hat, laut und vernehmlich in meinem Scholarchen-Schädelbecher geklenkt hat. Traun, sage ich, um bei dieser Gelegenheit dieses schöne altmodische Wort zu verwenden, traun, es hat geklenkt. Mein Kopf ist eine Klenkstätte, diktiere ich den Schülern ins Generalsudelheft. Die akustische Idiosynkrasie rührt daher, dass es dem Abwart immer wieder gelingt, mich mit dem Klenken zu überfallen. Nie meldet er mir zum Voraus an, dass er klenken geht. Wieso auch, sagt er sich zu Recht. Man erfährt ja durch das Klenken selbst, dass jemand gestorben ist, und es wäre doch barer Unsinn, ein Signal zu signalisieren. So habe ich Tag und Nacht damit zu rechnen, dass vor meiner Haustür geklenkt wird. Der Klenkton ist viel härter und gellender als der Ton des Schlaghammers. Erwacht man am Klenken, denkt man sofort an eine Feuersbrunst oder an Krieg. Sie können sich diesen Klöppelton am besten vorstellen, Herr Inspektor, wenn Sie das Wort Schilten in Ihren empfindlichen Inspektorenohren nachklingen lassen. Die Stammsilbe hart anschlagen, die Endsilbe lange auszittern lassen – das ist das gelle Klenken oder Klänken, wie man es in der Innerschweiz nennt. Schilten ist ein Scheltwort, ein Fluch. Sagt Armin Schildknecht in diesem Schulbericht Schilten, dann klenkt er, das Klenkopfer, auf seine Weise.

Natürlich hängt die Klenk-Begeisterung meiner Schüler zusammen mit dem mysteriösen Tod meines Vorgängers Paul Haberstich. Er sorgte, unserer Theorie nach, für einen Klenk-Skandal sondergleichen, der in Schilten nicht unbehandelt und folglich vor der Inspektorenkonferenz nicht unerwähnt bleiben darf. Die Schülerfragen nach Haberstichs Tod hageln nur so auf mich ein, wenn ich mit einem Kopfnicken zur Decke andeute, dass wir uns in den kommenden Lektionen mit dem Estrich, der Uhr und der Glocke befassen wollen. Was weiß man Genaues über den legendären Paul Haberstich, legendär in seiner Unerbittlichkeit? Man weiß, dass seine Asche im orangen toten Zimmer aufbewahrt wird und dass die vorgetäuschte Erdbestattung eine Konzession an die Schiltener Friedhoftradition war. Man weiß ferner, dass er am Tag seiner offiziellen Verabschiedung aus dem Schuldienst starb, Knall auf Fall. Das kommt öfter vor bei Lehrern: Sie ertragen den Gedanken an ihre Pensionierung nicht und vergiften sich gewissermaßen an diesem Gedanken. Man weiß, kann es rekonstruieren, dass Haberstich irgendwo in einem Winkel des Schulhauses verendete, während die bei solchen Anlässen unermüdlichen Behörden im Lehrerzimmer dem Imbiss und dem billigen Landwein zusprachen und während die Schüler und die Ehemaligen in der Turnhalle zu alten Grammophonplatten tanzten. Allgemeine Kehraus-Stimmung. Haberstich muss eine eindrückliche Zensurrede gehalten haben, sozusagen eine Rede des toten Lehrers vom Dach des Schulgebäudes herab. Er schilderte, so Wiederkehr, wie das Jubelfest des fünfzigsten Dienstjahres von Samuel Gotthold Häfeli, dem ersten Schilttaler Schulmeister, anno 1849 gefeiert worden sei. Zuerst habe eine Jubelkonferenz stattgefunden, an der alle Kollegen aus den benachbarten Tälern das Wort und das Glas ergriffen hätten. Dann, um halb zwölf Uhr, sei mit allen Glocken der Kirche von Mooskirch geläutet worden. Vierspännig habe man Samuel Gotthold Häfeli vor das blumengeschmückte Portal gefahren. Kinder, Lehrer, Schul- und Gemeinderäte hätten sich daselbst versammelt, wo ihm nach einer eindrücklichen, von Psalmen und Reden umrahmten Feier eine Ehrengabe von achtzig Franken überreicht worden sei. Man möge bedenken, was achtzig Franken anno dazumal wert gewesen seien. Dann seien die geladenen Gäste in den Strohhof hinuntergefahren. Das Bankett habe bis zum Einnachten gedauert. Die Absicht war klar, diktiere ich meinen Schülern: Paul Haberstich wollte den Behörden durch die Blume Samuel Gotthold Häfelis andeuten, dass ein versilberter Vierfarben-Kugelschreiber, ein Restbrot und ein paar Flaschen sauren Aargauer Landweins als Abschiedsgeschenk zu billig seien, seinen fünfundvierzig Schiltener Dienstjahren in keiner Weise angemessen. Und dann, sagt Wiederkehr, ausgerechnet ein Kugelschreiber, wo man doch wissen musste, dass Haberstich nichts so hasste wie Kugelschreiberschriften, er, der die Aufsatz- und Diktat-Verbesserungen zeitlebens mit roter Füllfedertinte, die Nachverbesserungen mit grüner Füllfedertinte korrigiert hatte. Der Kugelschreiber war also, gelinde gesagt, eine Beleidigung, eine Verletzung seines innersten Pelikan-Stolzes, das Restbrot bestand aus ordinärer Charcuterie, und der Landwein, der von den Einheimischen immer als reell gerühmt wird, hatte Zapfen. So verabschiedet man keinen verdienten Schulmann, auch wenn er – aus unserer Sicht – so umstritten gewesen sein mag wie der hartgummige Paul Haberstich. Er ließ es denn auch die Behörden – ein Wort, unter dem ich mir als Schüler immer faule Obst-Horden vorgestellt habe, Herr Inspektor – sehr deutlich merken, nippte kaum am Wein, rührte den Aufschnitt-Teller nicht an und verschenkte den Vierfarben-Stift demonstrativ einer geliebten, ja beinahe umschwärmten Schülerin: der Binswanger Adelheid. Besagte Binswanger Adelheid, die übrigens nie von Haberstich in der Mörtelkammer geschwängert worden ist, dies sei hier ein für alle Mal dementiert, hat es aus Treue zu diesem Kugelschreiber, wohl auch durch das Präsent beflügelt, bis zur Gemeindeschreiberin in einem nicht genannt sein wollenden Ort gebracht. So weit lässt sich alles lückenlos belegen an jener Zensurfeier. Doch von dem Augenblick an, da sich Haberstich zutiefst gekränkt zurückzog, um in aller Stille zu verenden, gehen die Meinungen auseinander. Da gibt es Leute, die sprechen bedenkenlos von Entführung, als ob irgendeine Menschenseele bereit wäre, auch nur einen Batzen Lösegeld für einen ausrangierten Schulmeister zu bezahlen. Andere wollen gesehen haben, wie er beim Korrigieren am Pult einnickte, mitten aus der Pflichterfüllung gerissen wurde. Diesen Gerüchtemischern muss ich entgegenhalten: Was um alles in der Welt gibt es nach einer Zensurfeier für einen Lehrer noch zu korrigieren? Es ist ja denkbar, dass ein Rechtschreibe-Fanatiker wie Haberstich selbst am Tag seiner diamantenen Hochzeit Hefte korrigiert, aber bestimmt nicht nach der Zeugnisverteilung. Wenn es in einem solchen Lehrerleben eine korrigierfreie Minute gibt, ist es die Minute nach der Zeugnisverteilung, wo er befriedigt von den enttäuschten Gesichtern ablesen kann, was er mit dem Rotstift angerichtet hat.

Nun werden Sie einwenden, Herr Inspektor: Man wird doch wohl Haberstichs Leiche gefunden haben, die dem allgemeinen Werweißen ein Ende bereitete. Ja und nein! Gefunden hat man sie, nicht im Unterstufenzimmer, wie die Leute behaupten, und auch nicht in der Mörtelkammer, die sich für einen solchen Fund bestens eignen würde, sondern in der Wohnung, auf dem Küchenboden. Doch was beweist das? Schließt es etwa aus, dass Wiederkehr den Toten vom Estrich über die Schwelle geschleift haben könnte? Womit ich nichts gegen Wiederkehr gesagt haben will, bewahre! Doch es gibt Anhaltspunkte dafür, dass unsere, die balladeske Version, die wir in der Klasse erarbeitet haben, nicht nur ein Unterrichtsmotiv ist, sondern auch stimmt. Es wäre dann freilich das erste Mal, dass sich eines meiner Diktate mit der Realität völlig gedeckt hätte! Armin Schildknecht lehrt den Haberstichschen Tod wie folgt: Ich schlage den Schülern vor, dass wir den Jubilar nach dem dürftigen Imbiss in der Sammlung in den Estrich hinaufsteigen lassen. Über den Daumen rechnen wir aus, dass Haberstich in seinen fünfundvierzig Schuljahren rund hundertvierundsechzigtausendmal die Steinstufen im Treppenhausturm unter die Füße genommen hat. Irgendwo zwischen Lehrerzimmer und Estrich fasste er den Entschluss, das hundertvierundsechzigtausendund-eine Mal nicht mehr hinunterzusteigen. Das ist das Rätselhafte an allen Lehrerselbstmorden: Sie werden nie von langer Hand vorbereitet, sondern sind sogenannte Kurzschlussreaktionen. Das Diktat unterbrochen, die Pistole aus dem Pult genommen, eine Kugel durch den Kopf geschossen – Gehirngrütze an der Wandtafel –, das ist das Grundschema. Das heißt mit andern Worten, dass dem Pädagogen sein Beruf jahrzehntelang als der sinnvollste, dann aber von einer Sekunde auf die andere als der sinnloseste erscheinen muss. Die auf dem Erziehungsdepartement nachgeführte Statistik mit den Lebenskurven sämtlicher Lehrer sämtlicher Stufen zeigt dies mit aller Deutlichkeit. So groß die Lehr-Begeisterung, so trostlos ist die plötzlich einsetzende Lehr-Ernüchterung. Hinzu kommt, dass ein Lehrerleben meistens arm ist an äußeren Ereignissen. Durch einen spektakulären Selbstmord will man dann die ganze, von Schülern und Eltern vorenthaltene Aufmerksamkeit auf sich ziehen. Auf der Schulreise von einem Turm springen, ein Gift nehmen, dessen vorausberechnete Wirkung dann einsetzt, wenn man an der Lehrerkonferenz zu referieren hätte – dies sind die beliebtesten Varianten. Oder sich mit dem Inspektor duellieren! Haberstichs Selbstmord war kein Freitod im wörtlichsten Sinn, sondern die logische Konsequenz von fünfundvierzig Wiederkäuer-Jahren. Sein Blick musste auf den Glockenstrang fallen, und mich zumindest, diktiere ich den Schülern ins Generalsudelheft, hätte die Möglichkeit fasziniert, mich eigenhändig aus dem Leben zu klenken. Mit Hilfe der morschen Leiter kletterte Haberstich hinauf in den morschen Dachstuhl des Glockentürmchens, um durch die Schallfenster-Jalousien ein letztes Mal das obere Schilttal, den Schiltwald, die geduckten Bauernhäuser und den Friedhof mit einem Blick zusammenzufassen, ohne Trost zu finden in jener Landschaft, die ihm fünfundvierzig Jahre lang die Präparationsspaziergänge abgenommen hatte. Fünfundvierzig Jahre im selben Schulhaus, das ist ja schlimmer als lebenslänglich, Herr Inspektor! Eine solche Erkenntnis bahnt sich aber nicht an, sie überfällt einen urplötzlich. Man unterrichtet mit der Regelmäßigkeit eines Uhrwerks, bis die Feder springt, und dann ist es Schluss. Aus, amen! Haberstich legte sich, von den Sackpuppen im Gebälk inspiriert, die Schlinge um den Hals und ließ sich fallen. Nun stellen Sie sich diesen wuchtig überzogenen Klenkton vor, Herr Inspektor! Unten in der Turnhalle wird geschwoft, in den Korridoren Gejohle und Gelächter, Gänseerotik, in der Sammlung faule Witze, schmutzige Jasskarten, und da oben im achteckigen Türmchen verklingt ein Lehrerleben mit einem Klöppelschlag. Natürlich wird es nicht so klenkrein zugegangen sein, Haberstich dürfte gestrampelt und der Schwengel nachgeklöppelt haben. Ein geschultes Ohr, Wiederkehrs Ohr zum Beispiel, hätte vom Friedhof aus wahrnehmen können, dass da etwas louche sei, dass da jemand zu klenken versuche, der sein Handwerk nicht verstehe. Aber der Abwart war mit der Aufsicht in der Turnhalle beschäftigt, und die Ehemaligen Paul Haberstichs, welche sich nicht des absoluten Klenk-Gehörs rühmen können wie meine Zöglinge, ließen den unheimlichen Glockenton im Schlagertrubel untergehen. Solange der Becher nachdröhnte, solange dürfte es gedauert haben, bis Haberstich verreckte. Unter ihm wisperte die Sumiswalder Zeitspinne, über ihm schwangelte die schwarzgrün oxydierte Glocke, welche fünfundvierzig-mal-dreihundertfünfundsechzig-mal-hundertachtzigmal in seinem Lehrerleben geschlagen hatte, mit der unerbittlichen Präzision der Firma Bertschi. Möglich, dass sein letzter Schulmeistergedanke der war: Wie rasch wohl seine besten Kopfrechner diese Multiplikationsaufgabe gelöst hätten. In unserer Schauerballade hinterlässt Paul Haberstich ein Testament, in dem er seine paar Haberstichseligkeiten der Schulgemeinde vermacht und zum Entsetzen des Schulpflegepräsidenten eine Doppelbestattung anordnet: Eine heimliche Kremation in Schöllanden mit nachfolgender Urnen-Beisetzung im Arbeitsschulzimmer und ein offizielles Feldbegräbnis auf dem Engelhof. Er glaube, soll Haberstich in seinem Testament vermerkt haben, dass seine Asche einen erzieherischen Einfluss auf die künftigen Schülerjahrgänge, die Nachmaligen, und auf den neuen Lehrer haben werde. Wiederkehr schnitt am Abend nach der Zensurfeier die Leiche vom Strang, als er das Gehwerk und das Schlagwerk der mechanischen Uhr aufzog, und schleifte sie in die Küche, damit der Estrich, immerhin auch seine Arbeitsstätte, nicht als Haberstichscher Selbstmord-Estrich in Verruf gerate. Wigger fugte die

Steine aus der Mördergrube herbei, mit denen der Sarg gefüllt werden sollte. Bruder Stäbli indessen durfte nicht wissen, dass die Pädagogenseele, die er ins Jenseits verabschiedete, längst mit dem Rauch des Schöllandener Krematoriums gen Himmel gezogen war.

Ungefähr so, Herr Inspektor, interpretieren wir den Tod meines Vorgängers. Die Konferenz braucht sich dieser Meinung nicht anzuschließen. Es steht ihr offen, andere Wege zu beschreiten, andere Methoden zu wählen.

NEUNTES QUARTHEFT

Volksauflauf auf dem Pausenplatz, Herr Inspektor. Es beginnt ganz harmlos: Ein paar Schüler rennen mit einem Transparent rund um das Schulhaus, auf dem, in verschmierten Buchstaben, etwas Unleserliches über Schildknecht steht. Vielleicht lassen sie auch nur einen Drachen fliegen. Wiederkehr fühlt sich in seinen Abwartsfunktionen herausgefordert, tritt durch das Friedhoftor, den Spaten in der Hand, und verharrt in Lauerstellung bei der total durchgerosteten Güterwaage, um bequem durchgreifen zu können, wenn das Treiben überhandnehmen sollte. Und wo Wiederkehr sich aufpflanzt, schart sich auch gleich ein Grüppchen von Rentnern und Friedhofdohlen um ihn, zum Teil mit Spritzkannen, zum Teil mit Setzhölzern bewehrt, denn wo ein Mann von der Erfahrung des Abwarts und Totengräbers stehen bleibt, da muss es etwas zu sehen geben. Auftritt der wie immer miedergepanzerten Schüpfer Elvyra. Trotz ihrer Leibes-, trotz ihrer Busenfülle hat ihr Schritt etwas Schwebendes. Ihr ganzer weiblicher Ehrgeiz scheint sich, da an der Linie nun einmal nichts mehr zu retten ist, auf die zierlichen Füße konzentriert zu haben. Was Wiederkehr mit seiner drohenden Miene und der um den Spatenstiel geschlossenen, blond behaarten Faust an Pausenplatzautorität gewonnen hat, zerrinnt sofort in Anwesenheit der Abwartin, vor der sich einige Schüler zu produzieren glauben müssen, indem sie ihr mit Knallpetarden rüpelhafte Komplimente machen oder Luftheuler abbrennen, die ihrer unberechenbaren Bahn zufolge wenn möglich den Weibern unter die Röcke fahren. Dieses für das stille und arbeitsame Schiltener Völklein ungewohnte Werktags-Feuerwerk lockt da und dort einen Bauer vom Feld, der mit der rasselnden Ackerwalze oder dem ratternden Rapid-Zweiachser angefahren kommt und vom gelochten Sitz herunter fragt, was es gebe. Er muss mit seiner an und für sich ruhigen Frage den Motorenlärm überschreien, verhilft ihr damit zu einer dramatischen Zuspitzung, welche der Steigerung des allgemeinen Tumults nur förderlich sein kann. Ja, von einem Tumult muss man bereits sprechen, von einer kleinen Schiltener Landsgemeinde, freilich ohne behördliche Tribüne. Je mehr Leute grundlos auf einem Platz, der zu stehenden Versammlungen einlädt wie der Pausenplatz, zusammenkommen, desto berechtigter ist ihre Forderung nach einem zentralen Ereignis, desto größer ihr Unmut, wenn sich dieses Ereignis verborgen hält, und gerade dieser Unmut, der in einem fortwährenden Kopfschütteln und Händeverwerfen seinen Ausdruck findet, ist es, der immer neue Gaffer anzieht. Posthalter Friedli kommt auf seinem maisgelben Moped mit dem stumpfsilbernen Paketanhänger den Schulstalden hinaufgetrampt und hält, statt seine Post auszutragen und den Briefkasten neben dem Schulhauseingang zu leeren, Maulaffen feil. Und natürlich kann es nicht mehr lange dauern, bis auch Wigger, durch seinen Friedhof-Instinkt alarmiert, beim Waldausgang auftaucht und seiner halsbrecherischen Zickzackfahrt wegen für eine kurze Dauer die ganze Aufmerksamkeit auf sich lenkt, so lange bis das mit der Mauer kollidierende, herrenlose Velo allen Spekulationen, ob es ihn selber speiche oder nicht, ein Ende bereitet. Die Schüler formieren sich zu Sprechchören und brüllen: Hurra, hurra, es lebe Schildknecht! Neue Transparente werden entrollt, Fähnchen geschwungen, Papierflugzeuge gestartet, die, nebenbei gesagt, aus entwendeten Blättern der Nachtfassung meines Schulberichts zuhanden der Inspektorenkonferenz gefalzt worden sind. Ein Hausierer, der zufällig vorbeikäme – oder das Schabziger-Mannli –, fände dankbare Abnehmer für seine Ware, weil die Leute nie so almosenfreudig sind wie in Situationen, in denen man ihre Neugierde strapaziert. Item, nach und nach wird die Lage ernst, insbesondere für den Abwart, der ja insgesamt für den Schulhausplatz verantwortlich ist. Man fragt sich immer besorgter, immer lauter, immer einsatzbereiter und pikettwilliger, was eigentlich los sei, ob man eine Leiter herbeischaffen und jemanden evakuieren müsse, ob vielleicht irgendwo im Estrich ein Feuerchen motte, das nur darauf warte, bis sich alle verzogen hätten, um lohend aus dem Dach zu schießen. Einer von der Schiltener Feuerwehr will einen brenzligen Geruch wahrgenommen haben und vertreibt bereits den Schüler, der rittlings auf dem Hydranten hockt, Platz da, Platz da rufend. Von allen möglichen Naturkatastrophen, die im Anzug sein könnten, hat der Schulhausbrand die besten Aussichten, von den Leuten in Erwägung gezogen zu werden, dies deshalb, weil die Feuerwehr ihre sogenannte Trockenübung immer am Objekt des Schulhauses durchführt und seit Jahren insgeheim hofft, der supponierte Ernstfall trete endlich einmal ein, damit man sehe, wie gut die Mannschaft eingespielt sei. Leider, um diese bittere Erfahrung kommt auch die Schiltener Feuerwehr nicht herum, kräht der rote Hahn nie dort, wo man gegen ihn gewappnet zu sein glaubt. Ach ihr Zeusler, ihr seid doch allesamt nur erwachsen gewordene Zeusler, die eine kindische Freude an jedem Schwefelköpfchen haben, das aufflammt!

Nun, Herr Inspektor, wenn ich verhindern will, dass man Leitern anstellt und Schlauchleitungen zu legen beginnt, bleibt Armin Schildknecht nichts anderes übrig, als sich bleich und unrasiert im Pyjama am Schlafzimmerfenster zu zeigen und matt mit dem weißen Nastuch zu winken, was bedeutet: Der Lehrer ist krank. Sie sollten die Enttäuschung auf den Gesichtern sehen! Enttäuschung einerseits, weil die ganze Aufregung vergebens war, anderseits, weil man im Dorf über diese Schildknechtsche Krankheit, wie sie genannt wird, nichts Genaues erfährt, und weil es zudem eine Taktlosigkeit gegenüber den Gesunden ist, in der vielgerühmten Landluft überhaupt krank zu werden. Haben die denn nicht schon genug Ferien, hört man etwa munkeln, oder: Das kommt halt von der Schulstubenhockerei. Daran muss man sich in einem Dorf wie Schilten gewöhnen, Herr Inspektor: Je komplizierter, je undefinierbarer eine Krankheit, desto unglaubwürdiger wirkt sie nach außen. Wer eine Fraktur vorzuweisen hat, einen dicken, blutdurchtränkten Verband oder noch besser einen Gips und zwei Krücken, der hat es verhältnismäßig leicht. Er wird zwar abgeschrieben, aber immerhin eindeutig zu den Invaliden gezählt. Auch ein Abtransport mit Blaulicht auf die Intensivstation wird noch halbwegs mit Respekt toleriert. Aber alle diese inneren, schleichenden, chronischen Krankheiten, bei denen man nie recht weiß, woran man ist, die nicht einmal Fieber zeitigen, dem man mit Essigsocken den Kampf ansagen könnte, sind auf dem Land verpönt. Solche Bresten sind ganz einfach hier nicht Mode. Entweder man verrichtet seine Arbeit, oder man lässt sich einsargen. Es gibt also sozusagen anständige und unanständige Krankheiten, und die Schildknechtsche Krankheit gehört ohne Zweifel zur zweiten Kategorie. Doch hat die Sache bei mir einen Haken, denn es ist immerhin der Schulmeister, der darniederliegt, also eine öffentliche Person, welche die Gemeinde nach außen repräsentiert. Gerade in der Beurteilung meiner Malästen zeigt sich wieder sehr schön, wie die eingefleischte Angst vor dem Lehrer und die Verachtung für meinen Beruf einander die Waage halten. Man schimpft zwar über den Rattenfänger dort oben im Schulschlösschen, aber man will es den Kindern zuliebe auf keinen Fall mit ihm verderben. Man sagt zwar, diese sogenannte Krankheit sei erstunken und erlogen, ein Vorwand, um eine Woche lang ausschlafen zu können, aber man überhäuft mich doch mit Naturalien, Salben und guten Ratschlägen, sobald sie publik geworden ist. Und wer könnte das größere Interesse daran haben, sie publik zu machen, als meine Schüler, die ich zu meinen Symptomen rechne und die natürlich darauf hoffen, der Unterrichtsbetrieb komme gänzlich zum Erliegen. Doch so schnell gibt Armin Schildknecht nicht auf. Gewiss, er verkriecht sich in sein weißlackiertes Gitterbett – ein Kinderbett, so scheint es mir, das in die Länge und in die Breite gezogen wurde –, er dokumentiert mit zerwühlten Leintüchern, Decken und Kopfkissen die Authentizität seines Siechtums. Aber er lässt dieses Krankenbett samt Lehrer-Inhalt Morgen für Morgen von vier kraftstrotzenden Bengeln ins Oberstufenzimmer, das ehemalige Oberstufenzimmer, hinuntertragen, wo es diagonal auf das Podest vor der Wandtafel gestellt wird, so dass ich liegend den ganzen Raum überblicken, auch die Tür im Auge behalten kann. Es ist rührend, wie mir die Schüler die Anteilnahme ihrer Eltern – Bestechungsversuche, lauter Bestechungsversuche – entgegenbringen, sie drücken mir die schweißfeuchte Hand und überreichen mir grüne Speckseiten, Schinkenkeulen, Eier, Butter, Milch, hausgebackenes Bauernbrot, Zwiebelstränge, Dörrobst, abgebalgte und an den Hinterläufen zusammengeschnürte Kaninchen, sauren Most in Korbflaschen, als sei der Lehrer nur krank geworden, um seine Speisekammer aufzufüllen. Lauter Dinge, auf die ich bereits im Anfangsstadium meiner Krankheit keinen Appetit mehr habe. Die Schüler bringen aber auch allerlei Hausmittelchen mit: Stinkende Arzneien in unbeschrifteten, klebrigbraunen Fläschchen, grüngelb gesprenkelte Pillen, Allerweltselixiere und feucht gewordene Pülverchen, ranziggelbe Salben und homöopathische Kügelchen. Dies alles hat, wie gesagt, nicht zu bedeuten, dass man meine Krankheit ernst nimmt, es ist eher eine bauernschlaue Form ihrer Glossierung. Ein paar besonders eifrige Mädchen machen sich daran, mich für den Krankentag im Schulzimmer herzurichten. Ich bekomme in jede Bettecke eine curlingsteinförmige Wärmeflasche, kunstgerechte Essigsocken werden mir um die Füße gewickelt, obwohl das Quecksilber des Fiebermessers hartnäckig bei sechsunddreißigsieben stehenbleibt, eine Schülerin klatscht mir einen brandheißen Antiphlogistine-Wickel auf die Brust, eine andere übt sich in Kopfverbänden, auf dem Nachttischschemel wird der ganze Apothekerkrimskrams malerisch gruppiert, auch die Klingel darf nicht fehlen. Die Schülerinnen benützen diese Gelegenheit, um sich einmal als Krankenschwestern zu versuchen. Wenn ich verhindern will, dass mir an beiden Armen Blut genommen wird, muss ich schon beinahe tätlich werden. Sie lassen nicht eher von mir ab, als bis ich, erschöpft von der intensiven Pflege, erschöpft von der ambulanten Behandlung verschiedener, einander gegenseitig ausschließender Krankheiten, in die Kissen sinke und, schon im Halbdämmer, von den Düften der Salben und Arzneien belämmert, das Zeichen zur Fortsetzung des Unterrichts gebe.

Von regulärem Unterricht kann freilich nicht die Rede sein. Die Schüler entfalten ein emsiges Treiben wie in jenen Zeichenstunden an eindunkelnden Nachmittagen, in denen man die Klasse sich selber überlässt, um ungestört ein Buch lesen zu können. Wie geschäftig Kinder doch sein können, wenn die Erwachsenen dahinsiechen! Weit offen stehen die Türen des Materialschranks, der sogenannte Materialverwalter verteilt großzügig Hefte, Blätter und Farbstifte. Nie ist die Gelegenheit so günstig, Farbstiftstummel und halb vollgekritzelte Generalsudelhefte einzutauschen. Die Schüler wissen, dass ich viel zu matt bin, um ihrem Materialverschleiß zu wehren. Da gibt es

Vögel, die mit den funkelnagelneuen Prismalostiften zur Spitzmaschine eilen, um sie bis auf einen Viertel hinunterzuspitzen und sofort wieder tauschen zu können. Die kleine Metallschublade quillt über von bunt geränderten Holzkringeln und Minenstaub. Nie ist die Gelegenheit so günstig, die Kapazität der Spitzmaschine bis aufs Letzte auszunützen. Ich verfolge diese Vorgänge wie durch einen Schleier, und besonders im Winter – ich rede ja vor allem vom Winter –, wenn es früh dämmert oder sogar einschneit, wenn zur Kohlenzentralheizung zusätzlich noch der alte Holzofen in der Ecke bullert und wenn das Teewasser singt, wäre das Idyll des kranken Schulpoeten vollkommen, nur der unberechenbare Schmerz nicht wäre. Obwohl unsere Vorräte sehr klein sind, lasse ich der Farbstiftverstümmelung freien Lauf und denke: Das Entzücken des Schülers an einem neuen Farbstift verbraucht sich so rasch wie das Entzücken des Lehrers an einem neuen Schüler. Der Tafelwart eilt zum Lavabo und füllt das Becken mit frischem Wasser, unterzieht die unbeschriebene Wandtafel aus purem Selbstzweck einer Horizontal-, einer Vertikal- und einer Diagonal-Waschung, wie ich es instruiert habe, vielleicht, um mir eine kleine Krankenfreude zu machen. Doch richtet er auf dem Sims, wo die teuren Signa-Farbkreiden liegen, die größte Überschwemmung an. Alle sind sie glücklich darüber, in der Schulstube, wo sonst Zucht und Ordnung herrscht, irgendwelchen Nonsens treiben zu dürfen, unter einer Aufsicht, die lediglich aus meiner Präsenz als Patient besteht. Wie nahe kommt man doch dem alten Unterrichtssystem, sobald die Kräfte nachlassen! Kränkelt Schildknecht, kränkeln auch gleich alle Schiltener Neuerungen, und die Einheitsförderklasse droht in den alten Tramp zurückzufallen. Spontan bildet sich eine Schnellrechnergruppe, die mit einer Blockflötengruppe im Wettstreit liegt. Ab und zu schleicht ein Schüler das Podest an, auf allen vieren, und äugt zum Kissen herauf, um zu kontrollieren, ob der Lehrer auch wirklich schlafe. Armin Schildknecht stellt sich schlafend, obwohl bei diesen Schmerzen nicht an ein Einschlummern zu denken ist, um zu beobachten, wie sich die Klasse verhält, wenn er sich von ihr subtrahiert. Und tatsächlich, schlimmste Schmach, zeichnet sich in der allgemeinen Allotria-Stimmung eine Tendenz in Richtung Realien ab, ein Heimweh nach Geographie, Natur- und Heimatkunde. Ein paar ganz Verwegene zupfen, das Fußgitter meines Krankenbettes als Leiter benützend, die Aargauer Karte herunter und beginnen im Flüsterton Flüsse, Berge und Täler zu repetieren, und irgendwo in einer notdürftig getarnten Ecke – meine Krankheit ist ihnen Tarnung genug – beugen sich ein paar Mädchen über ein weiß Gott wo aufgetriebenes Herbarium. Das also ist der Dank, das ist ihr Beitrag zu meiner Genesung! Nun überschätze ich freilich dieses Realien-Heimweh nicht, habe gar nicht die Kraft, es zu überschätzen, denn es handelt sich bei dieser Nostalgie um nichts anderes als um das flüchtige Schüler-Interesse an Dingen, die vom Unterricht ferngehalten werden.

Sagt Ihnen der Name Krähenbühl etwas, Herr Inspektor? Wenn nicht, dann können Sie auch nicht ermessen, welche Gunst es bedeutet, als Patient von einer landärztlichen Kapazität wie Doktor Franz Xaver Krähenbühl aus Schöllanden betreut zu werden. In seiner Praxis, einer Jugendstil-Villa, auch Wasserschloss genannt, weil alle Räume der alten Parkbäume wegen sehr feucht sein sollen, gibt es drei Wartezimmer: ein großes, salonähnliches mit Korbsesseln und Zeitschriften und Globibüchern, wo man sich, insbesondere zu zweit oder im Familienverband, ohne weiteres einen Vormittag lang vertrödeln kann. Dann ein extrem kleines, das sogenannte Kabinett, das den noblen Kunden vorbehalten bleibt. Und das dritte Wartezimmer, so sagt man, sei das Sprechzimmer selbst, weil Doktor Krähenbühl oft überall anzutreffen ist, nur nicht dort, wo der endlich ins Allerheiligste vorgedrungene Patient die Konsultation erwartet. In dieser weitläufigen Praxis gibt es nicht nur ein Labor, dessen chaotischer Zustand einen an den Anblick eines Chemiezimmers nach geglückter Explosion erinnert, sondern auch einen privaten Gebärsaal und, am Ende eines langen Korridorschlauchs, ein Zahnarzt-Abstellräumlein mit einem ausgedienten Operationsstuhl, wo Doktor Krähenbühl eigenhändig den Wurzelheber ansetzt, wenn es sein muss. Ein genialer, ein kompletter Landarzt, Knochenschlosser und Gynäkologe, Spezialist und Allgemeinpraktiker in einer Person. Man darf sich nicht von seinen unsterilen Monsterspritzen, verkleckerten Nierenschalen, rostigen Knochenscheren und verwaisten Urinproben abschrecken lassen, sondern muss dies alles dem Umstand zuschreiben, dass er pausenlos im Einsatz ist, Tag und Nacht, also gewiss keine Zeit hat für eine formalistische Revision seiner Instrumente. Mit zwei Stunden Schlaf komme er aus, sagen die einen, er schlafe überhaupt nicht, die andern. Immer finden sich ein paar frische Blutspuren an seinem schmuddeligen Arztmantel. Soll ein solcher Hochleistungsmediziner zum Beispiel seine Zeit damit vergeuden, sich zu rasieren? Schon allein die Frage muss Ihnen unangebracht erscheinen, Herr Inspektor. In einem seltsamen Kontrast zu seiner altmodischen, museumsreifen Praxis-Einrichtung, die bei den Patienten eher Folterängste als Heilungs-Zuversicht aufkommen lässt, steht die sprichwörtliche Schönheit seiner Arzt-Gehilfinnen, Botticelli-Engel, welche barfüßig und sanft durch die Räume schweben, allein schon mit ihrem Lächeln hartnäckigste Schmerzen lindernd. Sie flößen einem blondgelockten Mut ein, wenn man am Verzagen ist, weil stundenlang niemand aus dem großen Wartezimmer abgerufen wird, dieweil man genau hört, dass drüben im Kabinett der regste Krankenaustausch herrscht. Diese Kapazität nun, welche von Asthmatikern und Epileptikern, von Ischiatikern und Hämorrhoiden-Geplagten, von Starrkrampf-Aspiranten und der galoppierenden Schwindsucht Unterworfenen, von Moribunden aller Spezies belagert und heimgesucht wird, bemüht sich eigens nach Schilten, ins Schulhaus, in die Dachkammer hinauf, um mit Armin Schildknecht über seinen Schmerz zu philosophieren. Patienten von Ihrem Schlag ziehen mich magnetisch an, sagt Doktor Krähenbühl. Meistens kommt er nach Mitternacht, wenn es in Aberschilten finster ist wie in einer Kuh, sucht sich den Weg mit der Taschenlampe und folgt dem über die Stufen huschenden und durch den Treppenturm irrenden Lichtkegel. Da mein Krankenbett breit genug ist, sonst aber kein Stuhl im Zimmer Platz hat, biete ich ihm die Randzone meiner Pfühle zur Entspannung an, und Doktor Krähenbühl scheint sofort in den tiefsten Erschöpfungsschlaf abzusacken, wenn er die Schuhe abgestreift und sich in die Horizontale gelegt hat. Dem ist aber nicht so, er rekapituliert nur in sich hineinbuchstabierend meinen Fall und sagt dann, nachdem er so lange geschwiegen hat, dass ich mich über ihn beugen muss, um zu sehen, ob er noch wach sei: Wo sind wir stehengeblieben, Schildknecht? Im Gegensatz zu den meisten Sanitätern, welche es bei der Symptom-Befragung bewenden und die Ursachen auf sich beruhen lassen, vertritt Doktor Krähenbühl die Theorie, der Heilkünstler müsse sozusagen der erweiterte Patient sein, er müsse sich im Schmerz seines Opfers einnisten, müsse den Schmerz durch und durch kennenlernen, als ob es sein eigener wäre.

Wenn ich Architekt wäre, sagt Doktor Krähenbühl, diese berufliche Alternative mit einem kurzen Seufzen auskostend, sich wohlig in meinem Gitterbett ausstreckend, Architekt wäre und ein Einfamilienhaus zu bauen hätte, dann würde ich eine Zeitlang mit dem Bauherrn zusammenwohnen, um seine Raum-Ansprüche im unmittelbaren Kontakt zu erfahren. Ähnlich ist es bei einem Patienten: Man müsste als Internist – die Fachbezeichnung drückt ja diese Möglichkeit schon vage aus – in die Krankheit des medizinisch Bevormundeten, wenn ich es mal so formulieren darf, hineinschlüpfen, das tägliche Brot der Schmerzen mit ihm teilen. Sie dürfen, sage ich zu Doktor Krähenbühl, solange ich ihn noch unterbrechen kann, nur mache ich mir hinsichtlich der Motive Ihrer Behandlungsbereitschaft, was meinen Fall betrifft, keine Illusionen mehr. Denn ist es nicht vor allem mein Bett, in das Sie hineinschlüpfen wollen, mein Bett, mit dem ich, wie Sie immer neidisch feststellen, mit zunehmender Krankheitsdauer und Krankheitsintensität verwachse und in dem Sie, selber von einem schleichenden Leiden geplagt, gewissermaßen Asyl suchen, weil man Sie, solange Sie unter meiner Decke versteckt sind, mit keinem noch so dringenden Notfall-Anruf in Schöllanden erreichen kann? Rede ich oder reden Sie? sagt Doktor Krähenbühl in einem Schulmeister-Ton, der eigentlich mir zustehen würde, und wühlt unter meinem Kissen, wo allerdings der verlorene Faden auch nicht zu finden ist. Meine Schmerzen, fährt Doktor Krähenbühl fort, gehen Sie überhaupt nichts an, gingen Sie nicht einmal etwas an, wenn ich in Ihrem Bett kollabieren würde, diesem Doppelbett aus einem Garnisonsspital der Jahrhundertwende, das freilich, da haben Sie recht, eine große Anziehungskraft für mich besitzt, aber nicht als Versteck – lächerlich, diese Idee –, sondern als Brutstätte epochemachender Schmerz-Theorien. Gewiss liegt ein komparatistisches Moment in meiner Rezension Ihrer Schmerzen, wer könnte ganz von seinen Körperplagen abstrahieren, aber es ist nicht ausschlaggebend. Schmerz, das wissen Sie, Schildknecht, ist eine subjektive Empfindung, und wir haben in der Klangfarben-Bestimmung unserer Nerven-Akkorde noch sehr wenig Fortschritte gemacht. Warum? Weil uns die Chemie daran hindert. Alle Ärzte neigen, von den Angeboten der chemischen Fabriken verführt, von ihren Terminkalendern getrieben, zunächst einmal dazu, einen Schmerz abzutöten, bevor er voll ausgereift ist, bevor die Grenze des Erträglichen erreicht, ja für Erkundungszwecke sogar überschritten worden ist. So bringen wir uns selber um die Früchte der Erkenntnisse, die nur der «Herbst des Leidens» uns in den Schoß fallen lassen kann. (Wenn er etwas in Gänsefüßchen meint, zwinkert er mit zwei Fingern beidseits der Schläfen). Statt uns mit wissenschaftlicher Akribie in das Gebiet eines einzelnen Schmerzes zu vertiefen, statt das Idiom zu erlernen, das der Schmerz, sich unserer Organe als Sprachrohr bedienend, spricht, schneiden wir ihm dauernd das Wort ab und sagen ihm mit der Holzhammer-Methode den Kampf an. Resultat: Der Schmerz verzieht sich, um sich für einen neuen, viel grausameren Überfall zu rüsten. Er eignet sich insgeheim Guerilla-Taktiken an, während wir im Siegestaumel Tabletten schlucken, Tropfen zählen und Suppositorien stöpseln. Gerade ein Schmerz wie der Ihrige, Schildknecht, lässt sich mit Apotheker-List nicht hinters Licht führen. Wir haben ihn nun doch lange genug beobachtet. Wir wissen zwar nicht, woher er kommt und was er bezweckt, aber wir sind ungefähr im Bilde, wie er vorgeht. Im Dorf spricht man spöttisch von der Schildknechtschen Krankheit, in der – freilich nicht konsequent zu Ende gebildeten – Meinung, Sie besäßen gewissermaßen das Urheberrecht dieser Beschwerden. Doktor Krähenbühl wischt sich den Schweiß von der Stirn mit einem Zipfel meines Unterleintuchs.

Ist denn diese Qualifizierung – denn um eine solche handelt es sich doch wohl, um eine personelle Qualifizierung – so grundlegend falsch? Mitnichten. Denn Ihr Schmerz hat sich Ihren Körper ausgesucht – ich könnte auch sagen, Ihren Namen –, um sich, ohne sich vorläufig für ein bestimmtes Organ zu entscheiden, darin umzusehen. Man nennt dieses Stadium bei jungen Studenten Schnupperstadium. Er irrt, begeistert von seinen Entfaltungsmöglichkeiten, durch den Organismus, interessiert sich bald für die Niere, bald für die Leber, meldet da und dort seine Ambitionen an, verzichtet aber vorderhand darauf, sich festzubeißen. Als Patient finden Sie das unfair. Sie beklagen sich darüber, dass Ihr Schmerz es nur darauf absehe, als latentes Talent – ein Schüttelreim, den ich Ihnen verdanke – im Gespräch zu bleiben, dass er Stipendien verbrauche, Stipendien an investierter Geduld, und Ihnen nicht einen offenen Zweikampf liefere an einem Ort, wo er zum Beispiel operativ erfassbar wäre. Ist es ihm denn zu verdenken? Würden Sie, gesetzt den Fall, Sie hätten sich als Schmerz in einem Körper zu etablieren, Ihre Karriere anders aufbauen? Nicht jeder Schmerz hat das Glück, im Marterleib eines Märtyrers geboren zu werden.

Doktor Krähenbühl dreht sich lächelnd auf meine Seite: Sind Sie ein Märtyrer, Schildknecht? Sein Gähnen scheint ihm als Antwort zu genügen.

Nun mag es Ihnen sonderbar vorkommen, dass ich als Arzt gewissermaßen die Interessen Ihres Schmerzes vertrete. Meine Aufgabe, denken Sie, ist zu heilen und nicht, für die Bresten zu plädieren. Damit haben Sie, aus der Sicht Ihrer schiltesken Verschrobenheit, recht. Doch meine Methode werden Sie nicht ändern. Ich bin fünfundsechzig und habe ein halbes Menschenalter lang über die Probleme nachgedacht, die Sie seit ein paar Jährchen beschäftigen, seit Sie diese sogenannten Rückfälle haben. Sie wollen sich doch nicht anmaßen, mit dieser

Lappalie von einem Leiden meine jahrzehntelangen Erfahrungen über den Haufen zu werfen! Zudem kann ich relevante Vergleiche anstellen, Sie nicht. Sie sehen lauter Gesunde um sich und fühlen sich von ihrer vermeintlichen Intaktheit in Frage gestellt. Ich aber habe es mit lauter Kranken zu tun, mit einer Summe von Beschwerden, angesichts deren Ihr Wehwehchen kaum in Betracht fällt. Sie sind nicht der erste Mensch, der leidet, nicht der malefizierte Adam, der aus dem Paradies der Sanität vertrieben wurde. Anderseits, räumt Doktor Krähenbühl ein und dreht mir wieder den Rücken zu, stimmt es natürlich auch, dass jede Schmerz-Erfahrung eine Ur-Erfahrung ist. Jeder Siechende macht sozusagen noch einmal alle Kulturepochen der Schmerz-Entwicklung durch, alle Schmerz-Stile. So wäre man versucht, von romanischen, gotischen, barocken und klassizistischen Schmerzen zu sprechen. Im Schmerz-Bereich kann man nicht differenziert genug denken. Wem sagen Sie das, Schildknecht, wenn Sie fordern: Pro Kopf ein Spezialist! Sie sagen es einem völlig Abgekämpften, der unter Ihre Decke kriecht, um die kostbaren Nachtstunden Ihrem insgesamt doch recht hoffnungslosen Fall zu widmen, um sich womöglich von einem noch unerforschten Virus anstecken zu lassen. Und während dieser Nachtkonsultation habe ich, außer dem ersehnten Schlaf, nichts anderes als Ihre Krankengeschichte im Kopf. Kein Telefon klingelt, kein Krüppel lauert vor der Tür, keine Sprechstunden-Hilfe lenkt den Blick auf ihre wiegenden Hüften. Eine engere, hautnahere Behandlung als die, die ich Ihnen biete, genießen Sie in keiner noch so abgeschirmten Privatklinik der Welt. Vielleicht sollten Sie dieser Tatsache wieder einmal, nur im Sinne einer Zwischenbilanz, gebührend Rechnung tragen.

Ich tue es ja, indem ich Zentimeter um Zentimeter beiseiterücke und Doktor Krähenbühl immer mehr Platz in meinem Bett, immer mehr Spielraum für seine Gedanken überlasse.

Zwar, so mein Arzt, gaukle ich Ihnen keine hypothetische Diagnose und keine allein seligmachende Therapie vor, aber ich verfolge mit größtem Interesse die Kapriolen Ihrer Schmerzen. Und diese benefiziantische Anteilnahme – ja, Sie sind in medizinischer Hinsicht so etwas wie mein Benefiziar – geht weit über meine Pflicht, weit über meine ethischen Grundsätze als Allgemeinpraktiker hinaus. Das ist ja das Undankbare an unserem Beruf – und vielleicht können Sie mir als Pädagoge da beipflichten –: Die genialsten Heilleistungen werden von den Patienten infolge ihrer Dauernarkose durch den Schmerz gar nicht erkannt. Unsere Verkanntheit, Schildknecht, kann nur noch von einer arktischen Inselscholle übertroffen werden. Und sind die Herrschaften einmal genesen, steigen sie uns auch nicht wöchentlich auf die Bude und melden: Ich bin gesund, Herr Doktor, sehen Sie nur, wie ich vor Gesundheit strotze, Ihr Werk, alles Ihr Werk! Man gerät rasch in Vergessenheit bei den Geheilten, dafür bleibt man umso schrecklicher im Gedächtnis der Unheilbaren.

Nun dürfen Sie mich nicht falsch verstehen, lenkt Doktor Krähenbühl ein und horcht an meiner Brust, ob ich noch atme, ich habe trotz der Tücke der Beschwerden, mit denen wir es bei Ihnen zu tun haben, nie explizit, nie anders als metaphorisch umfächelt von Unheilbarkeit gesprochen, während ich, ginge ich in eigener Sache zu einem Arzt, schon nach fünf Minuten eine Insanibilitäts-Prognose an den Kopf geschleudert bekäme. Ich gehe aber nicht zu einem Menschen-Veterinär, aus Prinzip und Berufsstolz nicht. Deshalb schöpfe ich wahre Herkuleskräfte aus meinem Leiden, während Sie an einer totalen Erkältung Ihres Lebenswillens laborieren. Da, meine Muskeln, trauen Sie denen etwa keine Heils-Taten zu? Nein, hinsichtlich

Ihrer vertrete ich nach wie vor die Ansicht – und werde diese Ansicht meinem Nachfolger testamentarisch hinterlassen –, dass die Schmerzen, selbst wenn sie die größte Verheerung in Ihrem Körper und, was freilich noch schlimmer ist, in Ihrem Geist angerichtet haben, von einem Tag auf den andern verschwinden können, wie sie gekommen sind. Um diese These mit der notwendigen Wucht vertreten zu können, müsste man allerdings wissen, ob bei einem Dorfschulmeister wie bei Ihnen von Geist überhaupt die Rede sein könne. Dies nur in Klammern. Darin liegt natürlich auch ein gewisser Hohn. Der Schmerz bohrt und bohrt, frisst und frisst, und wenn er unseren ganzen Widerstandswillen zermürbt hat, wenn er es womöglich erreicht hat, dass man ihm, um ein organisches Beispiel zu nehmen, zwei Drittel des Magens geopfert hat, ohne dass das geringste Geschwür zu entdecken gewesen wäre, verlässt er die Stätte seines Wütens und sagt: Dieser Körper interessiert mich nicht mehr. Sagt gewissermaßen, er wolle sich beruflich verändern. Aber auch die Hoffnung dieser Situation ist nicht zu unterschätzen. Notieren Sie, wenn Sie noch die Kraft haben, etwas zu notieren: Nur ein Schmerz, der ohne ersichtliche Ursache auftaucht, kann ebenso unbegründet, ohne dass man etwas Erfolgreiches gegen ihn unternommen hat, wieder untertauchen. Und dann, wenn man pensioniert, in den Schmerz-Ruhestand versetzt wird, hängt sehr viel davon ab, dass man seine Bresten nicht zum Lebensinhalt gemacht hat. Wir beobachten immer wieder, dass Leute, von einer Sekunde auf die andere von einem Dauerleiden befreit, dieses Vakuum gar nicht ertragen und zu reklamieren beginnen, so hässig, wie sie während der ganzen Behandlung nie aufbegehrt haben. Sie wagen es auch nicht, jene Medikamente, die sich in keiner Weise bewährt haben, abzusetzen, wollen post dolorem einen Erfolg erzwingen, der von Natur aus gegeben ist, und vergiften sich damit vollends. Sie, Schildknecht, bestimmen, wie zentral der Schmerz in Ihrem Leben sein soll. Leiden ist immer eine Form der Schmerzinterpretation. So wie man ohne weiteres Gedichte interpretieren kann, die nie geschrieben worden sind, kann man auch von einer Krankheit infiziert werden, die es gar nicht gibt, respektive die noch nicht erfunden ist. Die wenigsten Malästen, die behandelt werden, existieren in einer anderen Weise als in der subjektiven Ausdeutung des Malefizierten. Wenn Sie glauben, alle seelischen Kräfte einsetzen zu müssen, um eine Attacke zu überwinden, à la bonne heure. Nur dürfen Sie dann nicht erstaunt sein, wenn mit der Zeit die Angst vor einer auch nur möglichen Kolik Ihr ganzes Wesen ausfüllt.

Und nun komme ich, da bereits der Morgen graut und die einzelnen Grabsteine auf dem Engelhof aus der Dämmerung herauszulesen sind, da man bereits die Kreuze der Wiedertäufer von den andern Mälern unterscheiden kann, zu der für mich entscheidenden Frage: Inwiefern ist eine Krankheit wie die Schildknechtsche, wiewohl sie organisch nicht lokalisierbar ist, rein lokal bedingt?

Doktor Krähenbühl stützt sich auf und horcht angestrengt, als könnte ihm ein Knacken in der Estrichwand die verräterische Bestätigung seiner rhetorisch erfragten These liefern.

Ich rede nicht von klimatischen Einflüssen, sondern von landschaftlichen Gegebenheiten. Vom Friedhof, zum Beispiel, vom Schiltwald, vom Löhrentobel, von der Mördergrube, von der Irrlose, vom Hexensteg, von der Putschebene. Ist Schilten, rein flurnamenmäßig, die richtige Umgebung für Sie? Heißt, dem Ruf nach Schilten folgen – und dem sind Sie ja, wie Sie immer beteuern, vor zehn Jahren, als Sie aus dem Seminar kamen, bedingungslos gefolgt –, heißt das nicht gleichzeitig, eine Krankheit wie die Ihrige heraufbeschwören? Ist dieses Schulhaus seiner Natur nach eher ein Siechenhaus oder ein Sanatorium? Hat Schilten Sie oder haben Sie Schilten angesteckt? Gesetzt den Fall, wir würden Sie hier herausoperieren: Wäre diese Form der Selbsterkenntnis nicht der erste Schritt zur Besserung? Wo ein Genesungswille ist, Schildknecht, ist auch ein therapeutischer Weg. Nun scheint mir freilich als einem völlig Außenstehenden, Sie seien bereits so tief in Ihrem Siechtum verwurzelt, dass allein schon der Gedanke an eine andere Wirkungsstätte für Sie die Schmerzkraft einer neuen Attacke haben müsste. Und doch nennen Sie zur Hauptsache Symptome, welche auch an dieser Landschaft zu beobachten sind. Sie klagen ja, wenn ich Sie richtig verstehe, über eine scheintotenähnliche Pulslosigkeit, über die sogenannte Scheintoten-Starre, Charakteristika, welche schon in den allerersten landeskundlichen Darstellungen, die sich mit diesem vom Leben abgeschnittenen Seitental beschäftigen, nachzulesen sind. Ein Tal mit der Schönheit einer topographischen Totenmaske, Schildknecht. Und hier, ausgerechnet hier wollen Sie ums Verrecken, was ich wörtlich meine, genesen!

Wie ich weiß, da Sie mir ein paar Proben zum Naschen gegeben haben, arbeiten Sie seit Jahren an einem sogenannten Schulbericht zuhanden der Inspektorenkonferenz. Eine ansprechende Fleißarbeit für einen Menschen, der nichts Gescheiteres zu tun hat. Doch was soll das Ganze? Mir scheint, dass Sie gerade an diesem Berichtlein, von dem Sie die Schmerzen periodisch fernhalten, immer wieder von neuem erkranken. Das ist ja das absolut Irrwitzige: Der Schmerz befreit Sie von der Fron und zwingt Sie stattdessen zu Todes-Etüden, die Sie ganz still vor sich hin üben, mit den hölzernen Fingern eines Klavierschülers im Czerny-Stadium. Er tickt unerbittlich wie ein Metronom und sagt: Dageblieben, Schildknecht, im schwarz getäfelten Musikzimmer. Doch kaum haben Sie die Attacke überwunden, gehen Sie hin und investieren die Erfahrung Ihres Zusammenbruchs – worein? In den pestilenzialischen Schulbericht zuhanden der Inspektorenkonferenz. Im Grunde genommen müssten Sie heilfroh sein, wenn der Regierungsrat endlich den Mut hätte – denn er muss entscheiden und nicht die Prestige-Instanz, die Sie bombardieren –, die disziplinarische Entlassung auszusprechen und die Übung bis zum bittern Ende, bis zum Verlust des Wahlfähigkeitszeugnisses durchzuspielen. In diesem Schock sehe ich eine winzige Heilungschance. Insofern taugt Ihre Klebearbeit vielleicht doch etwas, als sie, soweit ich das als pädagogischer Laie beurteilen kann, die zuständigen Gremien eher gegen Sie stimmen als für Sie einnehmen dürfte. Das Beste, was Ihnen im Rahmen meiner Therapie passieren könnte, wäre, vom Regierungsrat gezwungen zu werden, diesen Beruf – und damit Schilten – an den Nagel zu hängen. Denn was wollen Sie letztlich: Auf Kosten Ihrer Gesundheit rehabilitiert oder unter Verzicht auf die Rehabilitierung gesund werden? Beschwerde führen und Beschwerden haben oder die endgültige Freistellung – und damit die Freiheit – erreichen?

Dieser Frage hängt nun Doktor Franz Xaver Krähenbühl lange nach, versonnen mit den Astlöchern in der Holzwand spielend. Er hat sich bis in die Mittelgrube meines Krankenbettes vorgearbeitet, hat mich an den äußersten Rand gedrängt und auch die Decke ganz für sich erobert. Seine Monologe zeitigen immer die Wirkung einer Beruhigungsspritze, die allerdings vom Schönheitsfehler behaftet ist, dass sie der Arzt aus Versehen in den eigenen Arm gestochen hat. Und wenn Armin Schildknecht sich ganz still verhält, so wie es sich für einen Privatpatienten im Morgengrauen geziemt, gelingt es Doktor Krähenbühl vielleicht sogar, für ein Stündchen einzuschlummern, das mir, der ich bislang zur ganzen Debatte nur die Unwiderlegbarkeit meiner Schmerzen beigetragen habe, die willkommene Gelegenheit gibt, das Dargebotene noch einmal reiflich zu überlegen. Wenn die Krähen aus dem Schiltwald herübersegeln und sich auf der Friedhofmauer versammeln zu einer Protestkundgebung, Dutzende von Krähen, wird es Zeit sein, meinen Arzt zu wecken. Ich werde ihm begreiflich machen müssen, dass die metallisch schwarzen Viecher nicht ganz unrecht hätten mit der kroaxenden Verunglimpfung seines Namens und dass jetzt Schluss sei mit dem bequemen Außendienst in meinem Bett. Nehmen Sie sich zusammen, Doktor Krähenbühl, die Praxis in Schöllanden ist doch auch nicht zu verachten! Und passen Sie auf, dass Sie der Abwart nicht sieht, wenn Sie aus dem Schulhaus schleichen! In Schilten muss jedes unnötige Gerede vermieden werden.

ZEHNTES QUARTHEFT

Historisch, Herr Inspektor, räume ich Wiederkehr, meinem Freund und Widersacher, ein, ist leider nichts dagegen zu machen, dass der Friedhof älter ist als das Schulhaus. Der Engelhof geht auf eine spätmittelalterliche Anlage zurück und war eine sanitarische Konsequenz aus einer langen Seuchenperiode, wie ja überhaupt, diktiere ich den Schülern ins Generalsudelheft, die Trennung von Begräbnisplatz und Kirche nur aus dem gesundheitlichen Schutzbedürfnis der Überlebenden zu erklären ist. Man schaffte die Pestleichen auf sogenannte Pestilenz-Äcker weit außerhalb der Siedlungsgebiete. Daraus schließen wir in Übereinstimmung mit Paul Haberstich – das Einzige, was uns die kleine Freude an diesem Schluss verdirbt –, dass Aberschilten als Dorfteil, als Schulhausweiler zur Zeit der ersten Feldbegräbnisse im oberen Schilttal noch gar nicht existiert haben kann. Da ist bei aller archäologischen Spitzfindigkeit kein Schulfried nachzuweisen, der das Bruchsteinmaterial für den Neubau geliefert haben könnte. Man bestimmte jenen Platz zum Pestanger, der am weitesten von Mooskirch entfernt, zugleich aber noch integrierter Flurbestandteil des Tals war. Man schob den Sonderfriedhof so weit hinauf, bis der Schiltwald in der Sprache natürlicher Grenzen ausrief: Bis hierher und nicht weiter! O ja, der schäbige, leicht abschüssige Rosengarten vor unseren Fenstern, der meinem Unterrichtsstil oppositionelle Züge aufzwingt, ist nur allzu tief in der Tradition verankert, Herr Inspektor. Freilich, in was für einer Tradition! Hier muss man ansetzen mit der Friedhoftheorie und mit der Friedhofkritik, die wir uns, bei allem Verständnis für das Handwerk Wiederkehrs, herausnehmen zu wollen nicht müde werden dürfen. Der Flurname Engelhof, umstritten wie alle Flurnamen in solchen Tälern – eine Umstrittenheit, die mit der Flurnamenprägungssucht der Leute zusammenhängt –, kann zurückgeführt werden auf den separaten Bestattungsplatz für Kinder auf dem katholischen Kirchhof, den sogenannten Engelsgottesacker. Die damals gültigen Bestattungs-Verordnungen schrieben noch andere Regelungen vor. Die totgeborenen Kinder setzte man auf dem Unschuldigen Gottesacker bei, die Leichen der Wöchnerinnen fanden ihre letzte Ruhe unter der Kirchendachtraufe, damit sie vom herabtropfenden Wasser reingewaschen wurden. Selbstmörder verscharrte man in der Selbstmörderecke, und nach kirchenrechtlicher Satzung musste für alle Ausgeschlossenen, für Sektenanhänger und Duellanten, Exkommunizierte und Interdizierte ein Platz außerhalb des geweihten Bezirks gesucht werden. Die Vermutung liegt nicht allzu fern, dass der Aberschiltener Friedhof ursprünglich nicht nur ein Pestanger, sondern auch ein Separatistenacker für die Gottlosen war, für die Abtrünnigen und die Abergläubischen, und dass der Name des Dorfteils von daher rührt.

Eine sorgfältig aufgebaute Friedhofkunde muss das theoretische Fundament für das Friedhof-Praktikum meiner Schüler bilden, Herr Inspektor. Friedhofkunde anstelle von Heimatkunde. Der Friedhof ist eure allerletzte, eure allerengste Heimat, diktiere ich der Einheitsförderklasse. Wie lautet der populärste Grabspruch? Daheim! antworten die Schüler im Chor. Richtig, setzen! Wenn wir die konzentrierte Friedhofkunde gegen die vom Hundertsten ins Tausendste führende Heimatkunde vertauschen, bleiben wir dem Grundsatz treu, dass in Schilten nichts behandelt wird, was sich später im Leben von selber erledigt. Was Hänschen nicht lernt, lernt Hans nimmermehr! steht in vielen Schulzimmern unseres Kantons als Wahlspruch über der Tür. Dabei müsste es doch umgekehrt heißen:

Was Hans ohnehin lernen muss, darauf kann Hänschen verzichten. Wenn es das Wetter erlaubt, wenn der dicke Novembernebel ein paar Tage lang anhält, eröffne ich die Unterrichts-Saison mit der großen Friedhoflektion. Die Vorbereitungsarbeit zerfällt in Animationsspaziergänge auf dem Gräberfeld und in Improvisationsstunden in der Mörtelkammer. Leider habe ich es bis heute nicht durchsetzen können, dass das Harmonium für diesen Zweck auf den Engelhof hinausgezügelt wird. Das ist ja das Lähmende an der Dorfschulmeisterei: An den letzten Konsequenzen wird man immer gehindert. Ich habe dem Abwart gegenüber vergeblich darauf hingewiesen – in den Vergeblichkeitsstufen immerhin eine gewisse Entwicklung durchmachend –, dass bis tief ins Spätmittelalter hinein sogenannte Kirchhofpredigten gehalten wurden, bei denen zweifellos auch zwischen den Gräbern musiziert worden ist. Ein paar Perkussions-Akkorde in den frühen Morgenstunden eines verstockten Nebeltages hätten keinen Friedhofgänger gestört. Und, Wiederkehr: Stellen Sie sich einmal die Dimensionen vor, die sich uns eröffnen würden, wenn wir das Wiggern an Ort und Stelle begleiten könnten, wenn wir den Stefan aus der Schwefelhütte gefühlvoll tremulierend vom Eingangstor in seine Gaffer-Ecke hinunterlöken dürften? Nichts ist ja umstrittener als der sogenannte Totenfriede, diktiere ich den Schülern ins Generalsudelheft. Es wird zu beweisen sein, dass die fingierte Totenruhe, welche das Gesetz schützen und die Umfriedung symbolisch einhegen soll, dem Bedürfnis der Lebenden entspringt, Ruhe vor den Toten zu haben. Je fortschrittlicher die Gesellschaft, desto deutlicher die Tendenz, die Totenstätte aus dem öffentlichen Leben, den Tod aus dem Bewusstsein zu verdrängen. Was wir vor unseren Bildungsschaufenstern dahinbrüten sehen, ist der schäbige Rest einer ehemals gewaltigen Kirchhof-Kultur, ein Gelände, das sich besser für einen Autofriedhof oder für einen Schrottplatz allgemeiner Blechnatur eignen würde als für einen Rosengarten. Was braucht diese Gemeinde, deren Einwohner in Mooskirch eingepfarrt sind, überhaupt heute noch einen eigenen Gottesacker? Feiert hier das unter Seitentalkäffern übliche Rivalitätsdenken nicht einen makabren Triumph?

Gehen wir davon aus, liebe Friedhof-Eleven, dass der Wiederkehrsche Schrebergarten ennet der Straße ursprünglich ein Separatisten-Ängerlein war für die Gebeine jener Frevler, die sich das Recht auf die üblichen Funeralien unten in Mooskirch und auf einen Platz in geweihter Erde verscherzt hatten. Wenn dem so ist, haben die Schilttaler in friedhöflicher Hinsicht allerdings einer historischen Entwicklung vorgegriffen. Sie haben, ohne es zu wissen oder gar zu wollen, der Wandlung vom Kirchhof zum Kommunalfriedhof Vorschub geleistet. Ich diktiere diesen Satz so leichthin, pöble ich meine Schüler an, ihr notiert ihn, gespickt mit orthographischen Fehlern oder in Form einer drahtigen Skizze, dabei weiß keine Seele in Schilten, was ein Kommunalfriedhof ist, geschweige denn, welche Bedeutung der katholische Kirchhof im mittelalterlichen Volksleben hatte. Nicht einmal Wiederkehr, sonst ein Gewährsmann in solchen Fragen, sonst der Allerbeschlagensten einer, hat eine blasse Ahnung davon, zu was für einer erbärmlichen gesellschaftlichen Randfigur er zusammengeschrumpft ist. Umso himmeltrauriger, dass wir, in allen praktischen Belangen von ihm abhängig, dies nicht einmal laut sagen dürfen. Ich lege den Finger auf den Mund, und die Schüler psten einander ermunternd zu, froh, den eintönigen Unterricht mit Lippengeräuschen auflockern zu können. Immer wenn ich Wiederkehrsche Definitionen an die Tafel schreibe, muss ich kontrollieren, ob das Fenster zu sei. Denn schon das Giepsen der Kreide könnte ihm verraten, wovon die Rede ist. Die Kumulation, sage ich, die Kumulation – nicht zu verwechseln mit Kulmination – seiner Ämter täuscht ihn darüber hinweg, dass seine Tätigkeiten lauter Teilzeitbeschäftigungen geworden sind. Die Friedhöfe sind sozusagen in den Untergrund gegangen. Um diese totale Entfriedung – denn um eine solche handelt es sich – zu verstehen, muss man sich daran erinnern, was der mittelalterliche Kirchhof für die Gläubigen bedeutete: er war ein Kultraum, quasi die Kirche der Leidenden, die sich hüllenförmig um die Kirche der Streitenden legte, eine Totenstadt, die ihr Zentrum im Altar und in den Reliquiengräbern hatte. Im Zonenplan dieser Totenstadt widerspiegelte sich eine ständische Ordnung. Die Kirche selbst blieb dem Adel und dem Klerus vorbehalten. Die Gemeinschaft der Heiligen bestimmte die Ausrichtung der Grabmale: sie waren radial angeordnet. Erst im Spätmittelalter – für das wir in der epochengeschichtlichen Farbenlehre Caput mortuum gewählt haben – setzte sich die sogenannte Ostung durch. Der Tote wurde mit dem Antlitz gen Osten begraben. Osten war die allgemeine Heilsrichtung, während es heute bekanntlich die allgemeine Teufelsrichtung ist. Die landläufige Erklärung, die Ostung der Gräber sei eine Maßnahme zum Schutz gegen die Unbilden der Witterung, entspricht zwar der Bauernlogik, ist aber friedhofhistorisch nicht haltbar. Und was friedhofhistorisch haltbar ist und was nicht, darüber dürfte doch wohl uns das letzte Wort zustehen und nicht Wiederkehr.

Der Name Friedhof hat mit dem Totenfrieden nichts zu tun. Die Vorstellung der Grabesruhe, des seligen Schlafes, welche über die brutale Tatsache der Verwesung hinwegtröstet, mag die Leute dazu verleitet haben, im Totenacker eine friedliche Stätte zu sehen. Der Friedhof ist dem Wortsinn nach der eingefriedete, der umhegte Hof, ursprünglich der Vorhof eines gewöhnlichen Hauses. Er soll durch die Umzäunung gegen böse Geister geschützt werden. Die Mauer, der Zaun oder der Lebhag hatten sowohl eine rechtliche als auch eine kultische Bedeutung: Schutz des geweihten Raumes gegen Störungen von außen, aber auch Schutz der Lebenden vor den Toten. Hinzu kam, dass, wer immer sich als Verfolgter auf den Kirchhof flüchten konnte, dortselbst Asylrecht genoss. Die ursprünglichste Form der Einfriedung war der Weißdornhag oder die Rosenhecke, woher die Bezeichnung Rosengarten stammt. Die Bruchsteinmauer beschrieb einen Kreis oder folgte der Linie eines Schiffbugs. Ich kenne einen Kirchhof, liebe Schüler, dessen Mauer den Umriss einer Grabschaufel nachahmt. Schießscharten sind keine Seltenheit, sie lassen darauf schließen, dass der Gottesacker in Belagerungszeiten auch Verteidigungszwecken diente. Der Eisenzaun als nördliche, östliche und südliche Einfriedung des Engelhofs ist natürlich die weltlichste und degenerierteste aller möglichen Einfassungen, nur noch durch Stacheldraht zu unterbieten. Diese Abart geht vermutlich auf das sogenannte Pfarreisen, den Beinbrecher, zurück. Vor dem Eingang wurde ein Rost über die Grube gelegt, um den Tieren den Zutritt zu verwehren. Man nannte ihn auch Schreckeisen, und der hiesige Zaun ist in der Tat ein in die Vertikale übertragenes Schreckeisen, das freilich keine Dämonen abhalten, sondern allenfalls Friedhofschänder dazu einladen wird, mit einer beschwingten Flanke darüber hinwegzusetzen. Die sogenannte Pietät, diktiere ich den Schülern ins Generalsudelheft, Herr Inspektor, ist die kaschierte Hilflosigkeit im Umgang mit Totenstätten. Da gab es im Mittelalter ganz andere Bräuche. Denken wir nur daran, dass die katholischen Kirchen eigens für den Totendienst gedachte Außenkanzeln besaßen, dass insbesondere die Mönche der Bettelorden mit Vorliebe auf Kirchhöfen predigten. Meine Präparations-Spaziergänge, meine Nebel-Reden auf dem Engelhof sind also grundsätzlich nichts Neues. Als die sogenannten Geißler wie Heuschreckenschwärme durch die Lande zogen, besetzten sie die Kirchhöfe und peitschten sich unter dem Gesang religiöser Lieder. Scharenweise wurden die Epileptiker zu den Totenstätten geführt, Herr Inspektor. Sie legten sich zwischen den Grabhügeln zum Schlaf nieder und erhofften sich Heilung von ihrem Leiden. Besonders heilsverdächtig war der Morgentau der Gräber und der frühe Nebelreif. Fahrendes Volk, Bettler und Schwindler, wer immer auf die Barmherzigkeit der Gläubigen angewiesen war, trieb sich auf den Kirchhöfen herum. Die Armen fanden sich zu den Speisungen auf den Wegen zwischen den Gräbern ein, oft wurden sogar die Deckplatten der Sarkophage als Tische hergerichtet. Die Wöchnerinnen kamen festlich gekleidet zur Aussegnung in die Kirche, sie legten ihr Kind auf das Ahnengrab, um es dergestalt unter den Schutz der Vorfahren zu stellen. Es war ein anerkannter Hochzeitsbrauch, die Aufnahme der Braut in die Sippe des Bräutigams auf dem ahnherrlichen Grab zu vollziehen, sozusagen vor den Stelen zu heiraten, Herr Inspektor. Die Bauern brachten zur Blasiusweihe Vieh und Pferde vor die Kirche. Auch die Ernte wurde benediziert, der Priester hielt unter Exorzismen und Gebeten das Kruzifix gegen die Wetterwolken. Zum Zeichen, dass die Ehefrau auf die Erbschaft ihres Mannes verzichte, warf sie den Gürtel oder den Schlüssel auf sein Grab. Beim Mal des Erschlagenen sprachen die Banner den Bann über den Mörder aus, der nach langobardischem Recht auf dem Totenhügel des Ermordeten gehängt werden musste. Eine eigenartige Kombination von Freiluft- und Erdbestattung, präge ich meinen Friedhof-Aspiranten ein. Auf dem beliebtesten Friedhof von Paris, dem Cimetière des Innocents, gab es neben den Beinspeichern eine Promenade, wo die leichten Frauenzimmer Bekanntschaften anknüpften. Altheidnischem Brauch gemäß luden die Bettler und Spielleute das Volk anlässlich der Kirchweih auf dem Friedhof zum Tanz ein. Zwischen den Gräbern wurde geschmaust und gezecht. Dass diese Lustbarkeiten bisweilen ausarteten, darauf weist ein luzernisches Verbot hin: Es sei strengstens untersagt, auf dem Kirchhof zu kegeln. Alle diese Bräuche stammen aus einer Zeit der engen und natürlichen Gemeinschaft zwischen den Lebenden und Toten. Das alles können Sie aber viel ausführlicher in meinem Vorwort zum «Friedhof-Born» nachlesen, einer Anthologie friedhofbezogener Texte, die wir mit einem Druckkostenbeitrag des Gräber-Fonds der Gemeinde Schilten in nicht allzu unabsehbarer Zeit in der Buchdruckerei Setz in Schöllanden in Auftrag geben zu können glauben. Mit der dogmatischen und kultischen Wandlung im Spätmittelalter verliert die Totenstadt an Bedeutung. Die Verstorbenen verlassen – geschlossen, in Viererkolonne – den Kultraum der christlichen Gemeinde, der neuzeitliche Friedhof entsteht, der sich von der Verscharrungsstätte für Interdizierte zur staatlich verwalteten und öffentlich anerkannten Sanitätsanstalt entwickelt. Zum ersten Mal in der Friedhof- und Begräbnis-Geschichte beginnt man sich um das Schicksal der Scheintoten zu kümmern, womit wir bei einem hochaktuellen Thema angelangt sind, diktiere ich. Der Amtsarzt wird mit der Leichenschau beauftragt, das Ergebnis wird in einem amtlichen Dokument, dem Sterbe- oder Totenschein, festgehalten. Dem eigenmächtigen Beerdigen von Fundleichen wird endlich einmal Einhalt geboten. Jede Bestattung bedarf einer behördlichen Genehmigung, und wird ein größerer Transport der sterblichen Überreste notwendig, stellt der Arzt einen sogenannten Leichenpass aus. Schon einmal einen Leichenpass in den Händen gehabt, Wiederkehr? Die Beerdigungsfrist wird festgesetzt: eine Mindestbeerdigungsfrist von achtundvierzig, eine Höchstbeerdigungsfrist von zweiundneunzig Stunden.

Indessen hat man es nicht nur beim Schutz der Lebenden vor den Toten bewenden lassen, man hat sich auch mit psychologischen Friedhofaspekten befasst. So hat man zum Beispiel erkannt, dass besonders abgelegene Landfriedhöfe eine Stimmung der Verlorenheit erzeugen, die in der Skala der Friedhofstimmungen Feldschwermut genannt wird. In der botanischen Maskierung, in der Nachahmung der Parkanlage mit Kieswegen, Thuja-Hecken, Scheinzypressen und plätschernden Brunnen glaubte man die gartenarchitektonische Therapie für die Feld- oder Angerschwermut gefunden zu haben. Doch es zeigte sich im Lauf der Jahrhunderte, dass gerade die Aufteilung des Gräberfeldes in Heckenkammern und das eintönige Brunnenrauschen die Leute lebensmüder, nicht lebensfroher macht. Insbesondere sollen sich staubige Eibenzweige negativ auf den Lebensmut auswirken, kein Wunder, wenn man weiß, dass die Eibe im altgermanischen und keltischen Todeskult als Todesbaum galt. Linden und Platanen dämpfen die Angerschwermut nicht, sondern fächeln sie an, und erst recht die Zypresse, das Wahrzeichen des südländischen Campo Santo, lässt sie flammenartig emporzüngeln. Was die Grabmale betrifft, so sind es vorab die sogenannten Pult- oder Kissensteine – ursprünglich zum Schutz gegen Wiedergänger und Nachzehrer auf die Hügel gelegt, wie zur Beschwerung der Erdoberfläche –, welche den Besuchern ein gefährliches Verlangen nach kühler Gruftruhe suggerieren. Im Kanton Graubünden machte man gute Erfahrungen mit bekränzten Spazierstöcken, einer Abart des Leichenpfahls, der seinerseits auf die Grabstange aus der Zeit der großen Völkerwanderungen zurückgeht. Auf langobardischen Friedhöfen, welche immer wieder europäische Maßstäbe setzen, sind diese Stangen mit Tauben behöckt, die nach dem Sterbeort des Begrabenen ausgerichtet sind. Die aufrechtstehende steinerne Tafel geht auf die antike Stele zurück, bekannt von den provinzialrömischen Soldatengräbern. Hier kommt es entscheidend auf Material und Gestaltung an. Der falsche oder sogenannte Schwedische Marmor, von den meisten Hinterbliebenen als Inbegriff der Vornehmheit bevorzugt, putscht erwiesenermaßen die Angerschwermut auf. Dagegen wird sie von gebeilten und scharrierten Natursteinen, wie man sie heute immer häufiger sieht – etwa von einem Moulin à vent oder Serpentin aus dem Poschiavo –, eher neutralisiert. Ich persönlich würde einen Labrador bevorzugen, Herr Inspektor. Es wäre vielleicht gut, wenn sich die Konferenz dies merken würde. Auf süddeutschen und österreichischen Friedhöfen soll es wiederholt vorgekommen sein, dass sich Besucher auf den Grabstätten niederlegten und vom Totenschaffner nicht dazu zu bewegen waren, das Gelände zu verlassen, bis sie polizeilich des Friedhofs verwiesen wurden. Auch die sogenannte Selbstbeerdigung soll in den total verdumpften Hintertälern Tirols noch vorkommen, in Tälern, die dem Schilttal geistig gar nicht so fernstehen, wie Sie vielleicht beim ersten flüchtigen Durchlesen dieses Berichts annehmen, Herr Inspektor. Selbstbeerdigung, Wiederkehr, wie ist denn das technisch möglich? Es ist nur dann zu bewerkstelligen, sagt Wiederkehr, wenn die Spundwand so locker eingepfählt ist, dass das Herausziehen von zwei, drei Brettern genügt, um den Aushub und damit die ganze Erdwand zum Einsturz zu bringen. Und auch dann muss der Selbstbestatter sehr flink sein, wenn er sich noch flach auf den Rücken legen will, bevor die Schollen auf ihn niederprasseln. Prasseln? frage ich. Würden sie dem «prasseln» sagen? Item, es gibt nichts, was es nicht gibt. Sogenannte Oranten, aufrechtstehende Marmorselige mit zum Gebet emporgerungenen Händen, wie sie auf unseren schmucklosen Gottesäckern leider fast gänzlich verschwunden sind, können sich lindernd auf die Angerschwermut auswirken. Auch die alten christlichen Symbole des Grabmalschmuckes, sinnvoll und abwechslungsreich eingesetzt, brechen die Friedhofmonotonie: die Trinität, versinnbildlicht durch den Gnadenstuhl oder das Auge Gottes in einem gleichseitigen Dreieck, das Monogramm Christi, die Buchstaben Alpha und Omega, der Fisch, der Hirte oder das Lamm, das Gericht, symbolisiert durch Schriftrollen, der Ölzweig oder die Palme als Zeichen des Sieges über den Tod, der Pfau als Emblem für die Unsterblichkeit. Solche Darstellungen laden den Friedhofbesucher ein, weiterzugehen, zu zirkulieren, während gewisse Inschriften, insbesondere die Kurzinschriften, ihn zum Verharren und Grübeln verleiten. Die Gärtner und Aufseher sind angewiesen, Leute, welche zu lange vor einem Grab stehen bleiben, welche in einer abgelegenen Heckenkammer festzuwurzeln oder zu versteinern drohen, auf die Schulter zu tippen und zu verscheuchen. Der mit Tannenzweigen verkleidete Hochsitz auf gewissen Friedhöfen dient nur solchen Observationszwecken und hat nichts mit dem alten Aberglauben zu tun, dass Rehe besonders gern auf waldnahen Begräbnisfeldern äsen.

Auch wenn Sie die Absicht aus dieser Friedhofkunde herausspüren, brauchen Sie nicht verstimmt zu sein, Herr Inspektor. Denken Sie immer daran, dass Sie mit den ländlichen Verhältnissen nicht vertraut sind. Der Lehrer von Schilten kann es mit einem großen Friedhofpraktiker wie Wiederkehr nur aufnehmen, wenn er als Friedhoftheoretiker in seiner Materie durch und durch bewandert ist. Wir sind nun einmal, begründe ich meine Hassliebe vor meinem Nachbarn, auf Gedeih und Verderb aneinandergebunden, Sie mit Ihrem Gottesacker und ich mit meiner Anstalt. Je mehr man sich friedhöflicherseits in unsere schulinternen Angelegenheiten mischt – und was ist das Klenken, was sind die Abdankungen, was die Telefonate anderes als eine permanente Einmischung –, desto mehr werden sich Schülerschaft und Lehrkörper an Ihrer Plantage rächen, guter Wiederkehr, rächen, indem sie unentwegt beobachten, notieren und verarbeiten, was ennet der Straße vor sich geht. Sie verstehen uns recht, Wiederkehr, wir drohen mit einem Friedhof-Journal, mit einer seismographischen Totalregistration, mit einer Überwachung des Engelhofs schulhäuslicherseits. Keine Gießkanne mehr, die auf Ihrem Gelände mit Wasser gefüllt wird, ohne dass sie vermerkt würde, keine Gräberbereisung ohne die Ermittlung der genauen Teilnehmerzahl und eine Qualifikation des Betragens jedes Einzelnen. Wenn Sie es so weit kommen lassen wollen, dass wir miteinander auf Kriegsfuß leben, dann bitte, nehmen Sie die Ihrige, des Friedhofs Chance wahr, wir wahren die unsrige, fordere ich Wiederkehr heraus, Herr Inspektor. Eine vor die Haustür gepflanzte Anlage wie den Engelhof kann man als Schulverweser nur in den Griff bekommen, indem man sie total zur eigenen Sache macht. Was hat das arme Schulmeisterlein denn für Trümpfe in der Hand, wird man sich im Kreise der Inspektorenkonferenz fragen, in die Sessel zurückgelehnt und Rauchringe blasend. Nun, zum Beispiel die Wehrhaftigkeit unseres Schulhauses. Der Friedhof ist in die Landschaft eingebettet, wir aber sind hingeklotzt auf den sanften Abhang. Da wir uns dreigeschossig erheben, verschaffen wir uns einen kompletten Überblick über das Engelhof-Geschehen, was man umgekehrt vom Rosengarten nicht sagen kann. Die Grabsteine sind infolge der Ostung unserer wetzenden Neugierde ausgesetzt. Die Ostung ist, wenn man so will, unser Glück. Warum, liebe Schüler? Weil Wiederkehr nach alter Totengräberregel beim Lochen mit dem Gesicht zur Grabsteinfront pickelt und schaufelt. Verschnauft er, blickt er zu uns hinauf, wir auf ihn hinunter. Dieser Gegensatz soll beileibe nicht sozial verstanden werden. Der Engelhof, so wie er uns zu Füßen liegt, schreit förmlich nach einer Thematisierung. Während Sie draußen auf dem Friedhof arbeiten, versuche ich Wiederkehr verständlich zu machen, arbeiten wir drinnen am Friedhof, ein Satz, der sich mit dem besten Willen auf das Schulhaus bezogen nicht umkehren lässt. Man kann es auch anders sehen. Dieweil Wiederkehr im kleinkarierten Friedhofwesen völlig aufgeht und uns, die wir ihm ständig im Nacken sitzen, vergessen muss, um mit seinem Spaten überhaupt vorwärtszukommen, vergessen wir den Engelhof nie. Er muss seine Abwartspflichten vernachlässigen, sein Abwartsgewissen zum Schweigen bringen, wenn er es als Totengräber auf einen grünen Zweig bringen will. Wir dagegen können den Unterricht mit unserer Friedhofwachsamkeit vereinbaren. Und nur insofern, diktiere ich meinen Schülern ins Generalsudelheft, als der Beobachtende immer über dem Beobachteten steht, sind wir unserem Nachbarn überlegen. Unter uns gesagt, Herr Inspektor, ist es mit dieser Überlegenheit nicht sehr weit her. Vielmehr ist es ja so, dass die stille Dauerpräsenz eines halb verwahrlosten Feldfriedhofs alle pädagogischen Bemühungen im Keim erstickt, wie dieser sogenannte Schulbericht deutlich macht. Und in der Ostung, die wir meinen zu unseren Gunsten verbuchen zu können, drückt sich der stoische Hohn dessen aus, der seinem Feind getrost den Rücken zukehren kann, weil er nichts von ihm zu befürchten braucht. Ich rede über die Köpfe der Schüler hinweg an eine Mauer aus Granit und Schwedischem Marmor.

Deshalb, aus der Kompromissbereitschaft des Unterlegenen, der vom irgendeinmal in die Welt gekommenen Irrtum seiner Überlegenheit profitiert, biete ich Hand zur Zusammenarbeit, zu meiner Mithilfe und der Mitwirkung der gesamten Einheitsförderklasse bei der Konzeption einer Friedhof- und Bestattungs-Verordnung. Wiederkehr und ich bilden den vorbereitenden Ausschuss einer unter Berücksichtigung sämtlicher politischer Parteien und konfessioneller Strömungen zu bildenden Friedhofkommission. Meine Schüler und ich, garantiere ich dem Abwart, entwerfen Ihnen eine Muster-Verordnung für eine Muster-Anlage, die überregionale Maßstäbe setzen und Generationen von Friedhofgärtnern und Totengräbern als Exkursionsziel dienen wird. Ich schmiede Ihnen einen Kettenpanzer aus Paragraphen, eine Brünne, lieber Wiederkehr – wenn Sie bei dieser Gelegenheit ein veraltetes Wort kennenlernen wollen –, freilich unter der Bedingung, dass in dieser Engelhof-Verfassung die wichtigsten Artikel der Schulhausordnung mitberücksichtigt werden. Schon in den allgemeinen Richtlinien wird der besonderen Nachbarschaftslage von Friedhof und Schulhaus Rechnung getragen werden müssen. Es wird dort zum Beispiel heißen müssen, über die genaue Formulierung können wir uns später noch einigen, dass sowohl das Bestattungs- und Friedhofwesen als auch die Führung einer achtklassigen Gemeindeschule Sache der Einwohnergemeinde Schilten sei, von der in diesem Dekret gleicherweise als von einer Schulgemeinde wie von einer Friedhofgemeinde gesprochen werde. Es wird insbesondere darauf hingewiesen werden müssen, dass weder die Friedhof-Verordnung die Schulhausordnung noch die Schulhausordnung die Friedhof-Verordnung verletzen dürfe. Für das Schulhaus wie für den Engelhof gilt: Beerdigen und unterrichten lassen, unterrichten und beerdigen lassen. Bestimmte Artikel werden sogar so abzufassen sein, dass sie explizit für den Friedhofbetrieb und implizit für den Schulbetrieb gelten. Eine sehr heikle Aufgabe, welcher nur Leute gewachsen sein dürften, die täglich mit dem Friedhof und der Schule Kontakt haben wie Wiederkehr und Armin Schildknecht. Ich rechne mit einer Schrift von rund sechzig Druckseiten, wenn die funeral-pädagogische Synopsis darin zum Ausdruck kommen soll. Ich denke an einen Anhang von Paralipomena, Anmerkungen, Lage-Skizzen und einem Stichwort-Register sowie an eine lose beigelegte Gebührentarif-Tabelle. Das Gemeinschaftswerk wird, um seinen Anspruch auf Wissenschaftlichkeit und juristische Gründlichkeit schon auf dem Umschlag anmelden zu können, einen weitverzweigten Titel haben müssen, etwa folgendenworts: Allgemeine Friedhof- und Bestattungs-Verordnung der Einwohnergemeinde Schilten unter besonderer Berücksichtigung einschlägiger Artikel des Aargauischen Schulgesetzes und der speziellen Haus- und Unterrichts-Ordnung des benachbarten Schulhauses, ausgeheckt von der Friedhof- und Schulhauskommission und vorgelegt unter Verdankung der rühmlichen Verdienste des vorbereitenden Ausschusses, bestanden habend aus Samuel Wiederkehr, Abwart, Friedhofgärtner, Totengräber und Abdankungssigrist von Schilten, sowie Armin Schildknecht, Scholarch und Schulverweser ebendaselbst, und seiner Einheitsförderklasse. Sie sehen, sage ich zu Wiederkehr: ich lasse Ihnen sogar im Titel den Vortritt. In diesem Handbuch wird zum Beispiel unter dem Stichwort Scheintod ein Paragraph nachzuschlagen sein, der in knappen Worten die Erste Hilfe bei untrüglichen Zeichen eines lebendig Begrabenen umschreibt. Auf jeden Fall, Herr Inspektor, muss der Sonderfall der «vita minima» in unser Werk eingebaut werden, sonst hat der ganze Aufwand keinen Sinn. Erst kürzlich ist einem Totengräber in Sizilien wieder ein Scheintoter unterlaufen!

Unten im Keller, im Werkraum neben der Waschküche, steht ein Modell des Schulhaus- und Friedhof-Komplexes, eine Bastelarbeit von Jahren. Die Synthese beider Bereiche wird dadurch angedeutet, dass ich dem Abwart erlaubt habe, mit seinen Dominosteinen und Holzkreuzchen bis auf den ehemaligen Turnplatz vorzurücken. Dafür, Herr Inspektor, sind wir mit einer Freiluft-Reckstange und einer Weitsprung-Anlage auf dem Miniatur-Engelhof vertreten. Ich muss sagen, dass dieses Artefakt ein gemeinschaftliches Handfertigkeitserzeugnis von Lehrer und Schülern ist. Wiederkehr kümmerte sich nicht darum, als wir nächtelang laubsägten, leimten und malten. Aber dann, sozusagen am siebten Schöpfungstag, als es nur noch darum ging, die Grabsteinchen auszurichten, wollte er plötzlich mitverantwortlich sein, streute Kleinkies auf die Wege und steckte liebevoll die Scheinzypressen ein. Und wer steht nun oft versunken wie ein Bub dort unten und sagt, wenn er überrascht wird, er habe nur die letzte Bestattung auf das Modell übertragen wollen? Unser lieber Nachbar, der von unserem Werk spricht, als hätte er es selber gemacht. Das Schulhäuschen ist inwendig beleuchtbar, alle Räumlichkeiten sind getreu bis auf die Farbe nachgebildet: die schabzigergrüne Turnhalle und die Mörtelkammer, die schmutzigbeigen Aborte, Unterstufenzimmer, Oberstufenzimmer, die perlgraue Sammlung und das orange tote Zimmer, der Treppenhausturm, der Estrich und die Dachkammern meiner Wohnung. In der Modellmörtelkammer ist eine Spezialmusikdose eingebaut, welche harmoniumähnliche Röchelklänge von sich gibt. Das Krüppelwalmdach mit dem Glockentürmchen lässt sich abheben, dann sieht man das funktionierende Miniaturuhrwerk der Sumiswalder Zeitspinne in einer mit Sichtscheibchen versehenen Holzverschalung von der Größe einer Zündholzschachtel. Mit der Glockenschnur kann man klenken. Alles ganz naturgetreu. Halten wir uns während des Nachtunterrichts im Oberstufenzimmer auf, brennt im Modell im ersten Stock ein Lämpchen. Und drüben auf dem Engelhof steht die blecherne Nachbildung eines Sicherheitsgrabes für Scheintote mit einem elektrischen Alarmglöcklein. Die Original-Erfindung wurde um 1870 in Deutschland patentiert. Von der Altpapier-Katakombe im Keller führt ein unterirdischer Gang hinüber zu diesem Spezialgrab. Die kleine Waschküche lässt sich unter Dampf setzen, und im Lehrerzimmer klingelt ein Märklin-Läutwerk, wenn das Telefon schrillt. Und im Handfertigkeitsraum mit den winzigen Hobelbänken und Werkzeugen steht sage und schreibe auch noch das spielwürfelgroße Modell des Modells. Diese prächtige Anlage wäre nie zustande gekommen ohne das handwerkliche Geschick, den Nachahmungstrieb und den unermüdlichen Fleiß meiner Schüler, Herr Inspektor. Ich muss sie hier einmal ganz vorbehaltlos loben und mich in den Hintergrund stellen, so dass ich gar zur Behauptung neige, sie hätten dieses Miniatur-Aberschilten von sich aus gebaut und mir zum zehnjährigen Dienstjubiläum geschenkt, Schüler und Ehemalige zusammen, nicht ahnend, dass sie mich dadurch in ein großes Dilemma stürzen würden. Man muss sich nämlich allen Ernstes fragen, ob es nicht viel gescheiter wäre, der hohen Inspektorenkonferenz anstelle dieser Quarthefte das Modell auszuhändigen, ohne Kommentar. Das Modell in den Konferenzsaal transportieren lassen, im freien Raum zwischen den hufeisenförmig zusammengerückten Tischen aufstellen, so dass jedermann darum herumgehen kann. Keine Diskussion, sondern sofort zur Abstimmung schreiten. Wer dafür ist, dass diese Anlage Schildknecht entlastet, bezeuge dies durch Handerheben! Danke.

Ich kann diese bestechende Idee leider nicht weiterverfolgen, weil mit Bestimmtheit damit zu rechnen wäre, dass aus der Sitzung mit dem sehr ernsten Traktandum Armin Schildknecht ein vergnügter Spielnachmittag von verkappten oder unverkappten Eisenbähnlern würde. Es würde mich nicht erstaunen, wenn eine Statistik beweisen könnte, dass in jedem zweiten Mann ein Eisenbähnler steckt. Nun hat Armin Schildknecht nicht das Geringste gegen Eisenbähnler, er ist selber einer, wie seine kindliche Freude am Modell beweist, und sieht er im Geiste ein Krokodil vor sich, ja nur schon einen Rangier-Traktor, bricht auch er in Ah und Oh aus. Doch gerade dieses Entzücken, dieses vielstimmige Ah und Oh aus dem Chor der Inspektoren kann er an der Schildknechtschen Disziplinarsitzung am allerwenigsten brauchen. Dann lieber gänzlich aus Abschied und Traktanden fallen!

ELFTES QUARTHEFT

Ich weiß wirklich nicht, wie lang es her ist, seit Sie das letzte Mal in Schilten waren, Herr Inspektor, deshalb gilt die Frage, die ich meinen Schülern vorsetze, um ihnen die Geographie, die Heimatkunde zu verleiden, mit der ich auch Posthalter Friedli geißle, wenn er mir wieder einmal mit tüpfchenscheißerischer Pünktlichkeit keine oder nur sinnlose Post zustellt, auch Ihnen, die Frage, ob wir überhaupt verkehrsmäßig erschlossen seien und gegebenenfalls wie. Viermal täglich kurvt der sandgelb gespritzte Car der Automobilgesellschaft Bänziger in Schöllanden, ein altes Saurermodell, auf den Pausenplatz, als sei er nur seinetwegen asphaltiert worden, wendet zwischen der rostigen Brückenwaage – Eugen Wyss, Fulenbach – und der überdachten Schulhaustreppe vor dem Hauptportal, entlässt ein Rudel drängelnder Schüler, Kürbisköpfe, von der Fahrlust blank geputzt, wartet die vorgeschriebenen fünf Minuten ab, nimmt allenfalls ein paar melancholisch gewordene Friedhofbesucher auf und rattert unter rhythmischem Gebrauch der Motorbremse den steilen Schulstalden hinunter. Die Endstation des Schilttals heißt aber nicht Schulhaus Schilten, sondern Friedhof Schilten, dafür wurde die Straße von Friedhofstraße auf Schulstalden umgetauft. Dieser Fahrplan sagt alles aus über das Krachenhafte unserer Gemeinde, die sich obendrein erlaubt, ihr offiziellstes Gebäude an den Waldrand hinaufzuschieben. Je abgelegener die Talschaften, desto privater die Verkehrsmittel. Oder glauben Sie etwa, dieser dürftige Kurs wäre zustande gekommen, wenn nicht Maximilian Bänziger, Fabrikant in Schöllanden, anno vierundzwanzig die Initiative ergriffen und eine eigene Automobilgesellschaft gegründet hätte? Sollte die Konferenz diese mutige Tat etwa nur mit einem milden Lächeln für die Gute Alte Zeit würdigen, müsste ich sie daran erinnern, dass der Große Rat des Kantons Aargau in den sogenannten Südbahn-Wirren die Subvention der Sursach-Tränigen-Bahn, die nötig gewesen wäre, um die Verbindung nach Schöllanden herzustellen, zuerst in unwahrscheinlicher Großzügigkeit bewilligt, dann aber umso schroffer abgelehnt hat, weil das bereits 1897 ins Leben gerufene Komitee zur Erweiterung der Sursach-Tränigen-Bahn die Bezeichnung Murbental-Bahn für sich reklamierte und die längst bestehende Schmalspurbahn Murb-Schöllanden entnamsen wollte. In der anfänglichen Anschluss-Euphorie schob man den Einsatz der bereits reservierten Wagen, wovon einer für das Schilttal, einer für die Strecke Schöllanden–Tränigen vorgesehen gewesen wäre, hinaus, bis sich die Verhandlungen endgültig zerschlugen. Aber im Mai vierundzwanzig war es dann doch so weit, dass der Postführungsvertrag mit den PTT unterzeichnet werden konnte. Die PTT, Plural, die SBB, Plural, wie oft muss ich euch das noch sagen, ihr Antiorthographen! Wir pfeifen ja im Allgemeinen auf Rechtschreibung und Grammatik, aber wir wollen den PTT und den SBB auch keine vermeidbaren Angriffsflächen bieten, indem wir ihre Abkürzungen falsch verwenden. Dort nachgeben, wo man nachgeben kann, ohne sich etwas zu vergeben. Wenn Friedli nach einem seit urvordenklicher Zeit eingespielten Rhythmus punkt zehn Uhr dreißig zur Tür hereinkommt, um zu melden, dass keine Post da sei, steht ihr auf, als ob es der Inspektor wäre, und dekliniert zum Morgengruß: Die PTT, der PTT, den PTT, die PTT! Item, am 1. Juni 1924, einem Sonntag, fuhr das erste fahrplanmäßige Postauto zur Freude der Bewohner und zum Schrecken der Hühner auf schmaler, staubiger Straße durch das Schilttal. Am Steuer der sechsplätzigen Benz-Bänne saß stolz der vom Kutschersitz vertriebene Postillon Arnold Binz senior. Auf der Strecke Schöllanden–Tränigen wurde ein Berliet-Wagen eingesetzt, der zwölf Reisemutigen Platz bot. Am Vortag war eine Probefahrt für sämtliche Posthalter der beiden Routen durchgeführt worden, bei welcher Gelegenheit die Haltestelletafeln mit postalischem Firlefanz enthüllt worden waren. Bei der Fahrplangestaltung rechnete man mit Durchschnittsgeschwindigkeiten von zwanzig, maximal dreißig Kilometern pro Stunde. Dies entsprach bei je drei Fahrten einer Tagesleistung von 128,4 respektive einer Jahresleistung von 46 866 Kilometern. Nicht jeder Chauffeur vertrug die Umstellung von starken Pferden auf Pferdestärken gleich gut. So zeigte sich nach ärztlichem Befund, dass der weiterhum beliebte Postillon des mittleren Murbentals, Anton Häfliger-Häfliger, den automobilistischen Anforderungen nicht gewachsen war und vorzeitig pensioniert werden musste. Am 2. Juni 1924 schrieb der Posthalter von Schöllanden an die Kreispostdirektion in Aarau, dass der aufgenommene Betrieb sich ordnungsgemäß vollzogen und neues Leben in die Talschaften gebracht habe. Dieser Posthalter-Optimismus – haben Sie schon je einen pessimistischen Posthalter gesehen, Herr Inspektor? – wurde indessen bald durch Statistiken gedämpft, welche bewiesen, dass, summa summarum, mehr Leute aus dem Schilttal ausfuhren, und zwar für immer, als ins Schilttal einfuhren. Ich habe mich nicht verschrieben. So ein Finstertal hat ja tatsächlich etwas von einem Stollen. Nachdem die Familie Binz vorübergehend die Herrschaft über das Benz-Fahrzeug der Firma Bänziger verloren hatte, trat Arnold Binz junior nach dem Zweiten Weltkrieg in die Fußstapfen und auf die Pedale seines Vaters.

Dieser historische Exkurs war nötig, Herr Inspektor, um Ihnen zu zeigen, wie wenig sich seit den zwanziger Jahren geändert hat. Armin Schildknecht ist ja weit davon entfernt, diesen goldenen Binz- und Benz-Zeiten nachzutrauern, ganz im Gegenteil, er und seine Einheitsförderklasse nennen die pseudopostalische Erschließung des Schilttals schlicht einen Skandal. Bis heute haben sich die PTT nicht dazu entschließen können, diesen Kurs in ihr offizielles Programm aufzunehmen. Und man muss sie, wenn man einen Blick hinter die maisgelben Kulissen tut, bis zu einem gewissen Grad verstehen. Können sich, frage ich Friedli, unsern Posthalter und Briefträger, rundheraus, können es sich die ohnehin defizitären PTT denn leisten, eine Strecke definitiv in ihr Netz einzubauen, die mit dem Schicksal der kuriosesten aller Privatbahnen verknüpft ist, mit der tief in den roten Zahlen steckenden Leintal-Murbental-Bahn? Gewiss nicht, die PTT am allerwenigsten. Ein privates Unternehmen vielleicht, so paradox das jetzt klingt im Rahmen meines Gedankengangs, die PTT nicht. Die PTT sagen sich zu Recht: Wir bauen nicht auf den Schnellbremsungs-Sand der veralteten Triebwagen der Leintal-Murbental-Bahn. Nun muss man dieses sogenannte Tram aber auch ein bisschen in Schutz nehmen, denn es ist, eisenbahnpolitisch gesprochen, eindeutig ein Produkt der Südbahn-Wirren, welche den schweizerischen Verkehrsglauben gegen Ende des letzten Jahrhunderts erschütterten. Der Zentralalpendurchstich, Herr Inspektor, der vielgerühmte Zentralalpendurchstich! Durch die Verwirklichung des Gotthardbahnprojektes erhielt das Eisenbahnwesen auch in unserem Kanton mächtigen Auftrieb, freilich mit der üblichen, föderalistisch bedingten Stilverspätung, wohinzu noch die spezifisch aargauische Bodenständigkeit und Verkehrsschwerfälligkeit kam. Aber die dumpfen, schwermütigen Täler diesseits der Aare, von Schilten aus gesehen, witterten plötzlich Morgenluft, warme, südliche Morgenluft, und sonnten sich bereits, in gegenseitiger Konkurrenz, in der Rolle großer Zubringer-Voralpenlandschaften für die Transitlinie. Transit war das

Zauberwort, das talauf, talab die Heimarbeiter von den Webstühlen und den Zigarren-Wickelformen riss. Man baute und baute gen Italien und vergaß dabei den Anschluss im Norden. Man bähnelte und bähnelte, legte munter Schwelle vor Schwelle und dachte mitnichten daran, wie man die für diese Täler typischen Moränenriegel der letzten Vergletscherung überwinden würde. Kunstbauten, daran war bei der finanziellen Lage dieser Kleinbahn-Gesellschaften nicht zu denken. Typisch, man wollte zwar den Anschluss an die Gotthardstrecke erzwingen, dieses größte eisenbahnerische Kunstbauwerk aller Zeiten, aber wenn von eigenen Kunstbauten die Rede war, verwarfen die initiativfreudigen Männer der Exekutivkomitees die Hände. Wir bauen, so weit wir kommen, war die Devise, und so billig wie möglich, Schmalspur selbstverständlich. Sind wir einmal am Talende angelangt, werden uns von der andern Seite jubelnd Gleisbauerhände entgegengestreckt. Der Gotthardtunnel, so sagte man sich, wurde ja auch von Süden und Norden zugleich in Angriff genommen. Das Resultat dieses Transit-Fanatismus war eine der größten Verkehrs-Schildbürgereien seit dem Bestehen der Spanisch-Brötli-Bahn. Immer wieder glaubt man treuherzig, dass es Dinge gebe, die einfach nicht passieren können, dürfen, die der Erfindung vorbehalten bleiben müssen. In Tat und Wahrheit geschehen sie in einem fort. Nicht in einem Ford, ihr Dummköpfe von Einheitsförderklässlern, in einem fort! Ein zwanzigstöckiges Bürogebäude wird erstellt neben dem Hauptbahnhof einer Großstadt, allerdings einem Sackbahnhof. Alles ist eingeplant, aber die Toiletten werden vergessen, und die Angestellten müssen dauernd Zwanziger einwechseln an einem Schalter, der auch nicht für diesen Zweck bestimmt ist. Der eigentliche Wechselverkehr kommt des läppischen Stoffwechsels wegen zum Erliegen. Die Leintal-Murbental-Bahn ist ein klassisches Beispiel hirnverbrannter

Schienenstrangpolitik. Wie man sich den Schotter bettet, so liegt man ein Jahrhundert lang. Ich sage Ihnen das nur deshalb, Herr Inspektor, weil theoretisch immer noch die Möglichkeit besteht, dass Sie, von den ersten Heften meines Schulberichts im Gemüt zerzaust, den Entschluss fassen, sich in den Zug zu setzen und nach Schilten hinaufzufahren. Aber eben, das ist rascher gesagt als getan. Sie können nämlich in Aarau, wo Ihnen der Fahrplan alle möglichen Anschlüsse vorgaukelt, die Leintal-Murbental-Bahn, die LMB, gar nicht direkt besteigen. Die LMB führt zwar von Menzhausen, der einen Endstation, nach Schöllanden, der andern Endstation. Aber sie führt nicht über Aarau, sondern wendet sich nach der vorletzten Station, nach Murb, wie vom Murbenkopf abgeblockt von der Kantonshauptstadt ab und dreht sich in einer Haarnadelkurve von einem Radius, wie ihn eben nur die Schmalspur erlaubt, in der sogenannten Murber Kehre, dem Murbental und damit dem Marktflecken Schöllanden zu. Angenommen, Sie kommen von Menzhausen, woher Sie natürlich nicht kämen, gesetzt den Fall, Sie kämen, aber einmal angenommen, Sie kommen von dort, dem Experiment zuliebe, bringen Sie auf der dreiviertelstündigen Fahrt im Schüttelbecher geduldig Station um Station hinter sich, Rüchligen, Wynau, Geuenmoos, Setzdorf, Günzbach, Oberampfern, Unterampfern, Tiefentrost, Bleiche, Halt auf Verlangen, Grämigen, Murb. Sie haben aber kein Verlangen nach einem Halt, im Gegenteil, von Ortschaft zu Ortschaft wird Ihnen wohler ums Herz, Sie glauben zu spüren, wie die Bahn, vom Magneten der Hauptstadt angezogen, beschleunigt. Sie glauben, bergab zu rasen im Leerlauf, obwohl der Höhenunterschied zwischen Menzhausen und Aarau minim ist, kaum der Signalisierung wert. Und dann in Murb werden Sie plötzlich in die Kurve hinausgetragen. Sie denken: Was ist da los, Umleitung? Aber nein, das gibt es doch nicht bei der Bahn.

Sie halten verzweifelt Ausschau nach den Türmen und Dächern der vielgerühmten Stadt der Giebel. Vergebens. Die Verdumpfung nimmt wieder zu, Sie sind bereits ins Murbental eingefahren, ein schönes Tal wie übrigens das Leintal auch, nur haben Sie jetzt keinen Blick dafür, Sie erobern im Schneckentempo – der Zug, scheint es, hat nun nichts mehr zu gewinnen und nichts mehr zu verlieren – Wybertswil, Zinsligen, Muldental, Kracherswil, Hämiken, Brandstetten, Vordemwald, Schöllanden. Aus, amen, Endstation, Prellböcke noch und noch. Und wie weit befinden Sie sich nach anderthalb Stunden Schüttelbecherei vom Ausgangspunkt, von Menzhausen entfernt? Fünf gemütliche Wanderkilometer. Sie haben einen eisenbahndämlichen Rundschlag vollführt, Sie sind eines der zahllosen Opfer der Kirchturmpolitik der Gründergeneration der Leintal-Murbental-Bahn-Gesellschaft geworden. Was nun? Ich könnte Sie, Ihre Verdutztheit ausnützend, per Postauto ins Schilttal locken. Aber das wäre nicht fair, Sie sind ja nur dem Experiment zuliebe bis nach Schöllanden gefahren. Tränigen–Sursach? Da fehlt immer noch das Stück, das den Südbahn-Wirren zum Opfer fiel. Am besten, Sie gondeln nach Murb zurück und steigen nochmals ein, um diesmal freiwillig ins Murbental einzufahren. Damit habe ich Ihnen allerdings die Hauptschwierigkeit abgenommen, nämlich vom Aarauer Bahnhof an der ehemaligen Siechenstraße nach Murb zu gelangen. Verschiedene Verkehrsmittel werben gleich einfallsreich um Ihre Gunst. Die SBB mit einem Bummler, der in großem Bogen die östlichen Vororte der Rüebliländer Metropole umfährt und mit einem Aufwand von sieben Barrieren sämtliche Einfallstraßen überquert, um Sie in einer guten Viertelstunde – ein Drittel der Fahrzeit durch das ganze Leintal – nach Murb zu bringen. Dann gibt es die Städtischen Busbetriebe von Aarau, Ungetüme von Elektromobilkombinationen mit Faltenbalgübergängen und ewig knisternden Stromabnehmern, die Sie mit ihrem stumpfen Heliogenblau auch nicht über die langen Wartezeiten hinwegtrösten werden. Es gibt ferner die Postautolinie Aarau–Seon, die über Außer-Murb führt. Am besten, Sie nehmen ein Taxi, nur ist am Bahnhof Aarau selten eines aufzutreiben. Ich spüre es: Ihre Geduld neigt sich dem Ende entgegen! Warum zum Teufel existiert eine SBB-Verbindung Aarau–Murb, während es das Tram verantworten zu können glaubt, die Hauptstadt zu schneiden? Aber Herr Inspektor, noch nie etwas vom schmerzhaftesten Kapitel der aargauischen Eisenbahngeschichte gehört, von der Entstehung der sogenannten Nationalbahn? Wie Sie vielleicht wissen, hat sich die Nordostbahngesellschaft 1857 von der Verpflichtung losgekauft, die Strecke Brugg–Aarau über Lenzburg und Hunzenschwil zu führen. Das war der denkwürdige Verrat von Lenzburg. Doch in demokratischen Köpfen in Winterthur entstand der Gedanke einer Volksbahn, welche die Herrenbahn des Eisenbahnkönigs von Zürich in den Eisenbahnschatten stellen sollte. Eine Linie mit Singen und Vevey als Endstationen! Die Grundidee – damals standen immerhin noch Ideen hinter Verkehrsprojekten –: möglichst viele abgeschnittene Täler anzuschneiden, möglichst viele von der NOB beleidigte Städte anzufahren, nicht vor Kunstbauten zurückzuschrecken. Das war natürlich die süße Rachemöglichkeit für die aargauischen Städtchen Mellingen, Lenzburg und Zofingen. Der Kanton zeichnete eine einzige Aktie von tausend Franken. Die Geleise wurden streckenweise direkt neben der Linie der Nordostbahn verlegt, so dass man in gleicher Richtung zwei Lokomotiven um die Wette dampfen sah. Als die Bahn 1877 in Betrieb genommen wurde, sah es so aus, als ob sie nur gebaut worden sei, um leeres Rollmaterial zu verschieben. Das Bundesgericht musste die Zwangsliquidation anordnen, und an der zweiten Konkurssteıgerung erwarb die NOB, die alte Feindin, das Unternehmen zu einem Ramsch-Preis. Die Garantiestädtchen, die hurra geschrien hatten, wurden tief in den Bankrott hineingezogen, und ohne die Hilfe der Eidgenossenschaft wäre ihr Zusammenbruch nicht mehr abzuwenden gewesen. Lenzburg trug die Schuld erst anno fünfunddreißig ab, Zofingen rodete seine Wälder. Der Tilgungsplan für die Urheberstadt Winterthur erstreckte sich bis 1960. Das war die große Stunde der sogenannten Zapfbahnen, welche sich als Brücken anboten, um den Verkehr an- und abzuzapfen. Aarau, das während der Südbahn-Wirren gehofft hatte, zur Drehscheibe der Schweiz zu werden – es wäre dies ein kleines Schmerzpflaster auf die immer noch offene Helvetik-Wunde gewesen –, Aarau, das verbissen für die sogenannte Schafmatt-Bahn kämpfte, weil Olivier Zschokke den Personenverkehr Frankfurt–Rom von Olten weg- und über die Kapitale des Kulturkantons umleiten wollte, baute nach den im Sande verlaufenen Verhandlungen mit der Centralbahngesellschaft, welche die 1892 ergatterte Konzession für die Schafmatt-Bahn wertlos machten, weil dieses Züglein nur zwischen Aarau und Sissach hätte pendeln können, aus Trotz die Strecke nach Murb, einfach um zu bauen, ein reines Störmanöver gegen die «Volksbahn», um die spärlichen Gäste, die sich auf diese Strecke verirrt hatten, abzufangen und einzuladen, auf das Trassee der NOB hinüberzuwechseln. So weit die eisenbahngeschichtlichen und -politischen Materialien zum Verständnis des Kuriosums, dass die Leintal-Murbental-Bahn in Murb der Kantonshauptstadt den Rücken kehrt, denn es liegt für die damalige Zeit schon eine gewisse Vernunft im Gedanken, nicht bis Aarau weiterzubauen, wenn bereits eine Strecke nach Aarau bestand. Wie gesagt, man setzte seine Hoffnungen nicht auf den Stumpentalverkehr Aarau–Menzhausen und Aarau–Schöllanden, sondern hatte Transit-Ambitionen: Frankfurt–Rom! Verdankt also die Leintal-Murbental-Bahn ihr Zustandekommen einerseits den Südbahn-Wirren, so ist anderseits ihre verhängnisvolle Hauptstadt-Anschlusslosigkeit mit der Nationalbahn-Krise verknüpft. Eine Bankrott-Situation an der Talmündung, eine südliche Verwirrung an den Talenden, das war die rettungslos verpfuschte Ausgangslage. Denn was hat man an den Talenden erreicht mit dem Geld, das man durch den Verzicht auf die Tramverbindung mit Aarau eingespart hatte? Nichts. In Menzhausen haben Sie zwar noch die Möglichkeit, in den Kleinen Seetaler umzusteigen und eine Station weiter bis nach Beromünster zu fahren. Doch dort stehen Sie so ratlos in der Landschaft herum wie die Masten des Landessenders. Luzern ist wiederum nur mit einem Omnibuszug mit zugigen Faltenbalgübergängen zu erreichen. Sie müssten dann schon von Menzhausen nach Beielen zurückkrebsen und dort im Schnitt vierzig Minuten auf den Anschluss an den Großen Seetaler warten. Dafür werden Sie allerdings entschädigt mit einer kurzen Passage in einer Schneise zwischen Fabrikhallen und Baugeschäften auf der Fahrt von Menzhausen nach Rüchligen. Es ist das steilste Streckenstück des gesamten SBB-Netzes. Der Kleine Seetaler, auch so ein Fragment, Herr Inspektor, hervorgegangen aus den Bemühungen der Rüchligen-Münsterbahngesellschaft, die am 24. Juni 1899 die Konzession zur Weiterführung des von der Seetalbahngesellschaft über die Beieler Höhe gelegten Abstellgeleises ins Leintal erhielt, sich in gotthardlicher Vorfreude an die Überwindung einer ohne Zahnradeinsatz unbezwingbar scheinenden Steigung machte und dann in Beromünster kläglich versandete, sei es, weil die ganze planerische Energie in die Bewältigung besagter Höhendifferenz investiert worden war, sei es, weil sie an mentalitären Grenzen scheiterte, an Stirnmoränen des Kantönligeistes, die mit Kunstbauten nicht zu durchstechen sind. Im oberen Leintal finden wir also eine Doppelpuffer-Situation, die einem die ganze Reiselust nehmen kann, eine Zweiglinie der normalspurigen Seetalbahn, welche hochnäsig an der Endstation der schmalspurigen Straßenbahn vorbei-, ja förmlich darüber hinwegfährt vermittelst eines Viaduktes, deren Latein aber im Landessender-Flecken auch zu Ende ist, wo sie in einem traurigen Rangier-Areal verstumpt. Und wie steht es in Schöllanden? Dort warten nach wie vor beide Bahnen, die Leintal-Murbental-Bahn und die Sursach-Tränigen-Bahn darauf, dass die andere den ersten Schritt zur Versöhnung unternehme. Ein Aargauer Dichter, der aus dem bahnlosen Niemandsland stammt, hat einmal geschildert, weshalb sich die beiden Bahnen nicht treffen könnten. Die eine sei breitspurig, die andere schmalspurig, die eine gehöre einer luzernischen und die andere einer aargauischen Gesellschaft an, die eine sei katholisch, grün und werde mit Dampf betrieben, die reformierte dagegen sei blau gestrichen und fahre elektrisch. Reformiert kann man freilich die Leintal-Murbental-Bahn nicht nennen, es ist vielmehr die sektenhafteste aller Privatbahnen, die sich von allen Dogmen der vollspurigen SBB, die ja auch den Anspruch erheben, sie seien allein seligmachend, losgesagt hat. Die Leintal-Murbental-Bahn ist die einzige Doppel-Stumpenbahn in der Schweiz, weil sie, wie gesagt, selbstgenügsam von Endstation zu Endstation pendelt und das Durchschnauben des Aarauer Durchzug-Bahnhofes den großen Städte-Schnellzügen überlässt. Zwei Schwierigkeiten gilt es also zu überwinden, wenn Sie, was wir, vernarrt in diese Hypothese, immer noch getreulich annehmen, ins Schilttal gelangen wollen: In Aarau abzuspringen und in Murb aufzuspringen. Ich wünsche Ihnen dazu vorerst einmal Hals- und Beinbruch.

Nun sitzen Sie aber tatsächlich im Murbentaler, im sogenannten Schlitten, Sie haben ein Billett Aarau–Schilten (retour) in der Tasche. Ich kann Ihnen als Entschädigung für die fehlenden Brücken und Tunnel mindestens eine Schnellbremsung versprechen. Die Schienen sind wie ein Tramgeleise in die Hauptstraße eingelassen. Dass die Fahrleitung an den mit Isolatoren gespickten Telegraphenstangen befestigt ist, darf Sie ebenso wenig stören wie die endlosen Manövrierhalte an den einzelnen Stationen, deren Bahnhöfe Riegelschuppen genannt werden. Eine Verzwitterung eines Vorstadt-Hexenhäuschens und einer Güterbaracke. Wybertswil, Zinsligen, Muldental, dazwischen immer wieder blaue Täfelchen: Halt auf Verlangen. Immer muss da noch eine vergessene Milchkanne mitgenommen, muss ein Gegenzug abgewartet werden. Vor jedem Stationsgebäude ein schwarzblau uniformierter Vorstand, der dem Triebwagenführer chiffrierte Dienstmeldungen ins Ohr flüstert. Und die Kondukteure, welche oft bei der Einfahrt abspringen, dem Murbentaler vorauseilen und eine Handweiche stellen müssen, beherrschen dieses Auf- und Abspringen so gut wie ihre Kollegen von den SBB, ja sie perfektionieren alles Bähnlerhafte in der typischen Art von Leuten, welche glauben, in ihrem Beruf nicht ernst genommen zu werden. Dabei lässt sich keine bahnmütterlichere Betreuung denken als diejenige auf der Strecke Menzhausen–Murb–Schöllanden. Der Kondukteur und Zugführer der blau-silbernen Triebwagen-Kombination behandelt Ihre Fahrkarte wie ein kompliziertes Kollektivbillett. Er wird Sie mehrmals fragen: Bis Schilten? Zwischen Zinsligen und Muldental: Bis Schilten? Zwischen Muldental und Kracherswil: Bis Schilten? Und wenn er es endlich glaubt, das Unfassbare, dass Sie ein Reisender sind, den es ins Murbental verschlagen hat, und nicht einer dieser schnodderigen Pendler, welche seine Bahn als notwendiges Übel, als provisorisches Hilfsverkehrsmittel betrachten, wird er Sie vollends in sein LMB-Herz schließen, das mit zwei Stromlinienflügelchen verziert ist, und Ihnen nach jeder Station zuraunen: In Schöllanden umsteigen! Ich sage Ihnen dann schon, wann Schöllanden kommt. Sie als geographiekundiger Lehrer und Inspektor wissen natürlich, dass Schöllanden die Endstation ist und Sie infolgedessen primär nicht umsteigen, sondern aussteigen. Aber der rührend beflissene Kondukteur beharrt darauf, dass Sie sein persönlich betreuter Umsteigegast sind, und wenn es sich irgendwie einrichten lässt, wird Ihnen die Crew des Murbentalers die absolute Straßenautorität dieses Schienengefährts durch eine provozierte Schnellbremsung demonstrieren. Das müssen Sie erlebt haben, Herr Inspektor. Der Triebwagenführer, der den Bremsweg für jede Geschwindigkeit auswendig weiß, sieht weit vorne bei der Einmündung einer Seitenstraße ein Auto quer auf den Schienen stehen, das korrekt den Verkehr abwartet. Der hemdsärmlige Bähnler im Führerstand schätzt gelassen die Distanz und leitet kurz vor dem kritischen Punkt die Schnellbremsung ein. Der Zug beginnt ohrenbetäubend zu heulen und zu quietschen, der Automobilist bei der Einmündung verliert die Nerven, der Motor stellt ihm ab, und dass er mit Hilfe des Anlassers vom Geleise wegzuckeln könnte, kommt ihm angesichts der heranknirschenden Heulboje auch nicht in den Sinn. Der Kondukteur aber springt ab, bevor der Zug zum Stehen gekommen ist – ein Wunder, dass er nicht noch zählt wie die Rangierer: vier, drei, zwo, eineeeee –, und scheißt den Automobilisten zusammen, der immer noch mit dem Aufprall rechnet, obwohl der Triebwagen nur bis auf Blechfühlung herangekommen ist.

Kracherswil, Hämiken, Brandstetten, Vordemwald, Schöllanden: Alles aussteigen. Rechter Hand die Mündung des düsteren Schwarbtals, links der Einschnitt des Urgiztals. Sie schlendern durch den Flecken in die Außenquartiere hinaus und suchen das Postauto, das Sie nach Schilten hinaufbringt. Am besten, Sie fragen sich durch. Man wird Sie auf einen Hinterhof-Schrottplatz dirigieren, wo bunt bemalte Benzin- und Ölfässer herumstehen, und wenn Sie Glück haben, sagt Ihnen ein pfiffiges Männchen in einem khakifarbenen Chauffeur-Mäntelchen, das vielleicht zufällig gerade durch einen Staketenzaun in ein benachbartes Rhabarberbeet pisst, dass der nächste Bus in anderthalb Stunden fahre und Sie gut noch ein paar Kommissionen machen könnten, falls Sie welche zu machen hätten. Ja, man hat es hier im Allgemeinen nicht eilig, in jenes Tal zurückzukommen, dem man für kurze Zeit entronnen ist. Sie sind der Willkür eines Privatfahrplans ausgeliefert. Erst wenn es Binz scheint, er habe nun genügend Publikum für eine Fahrt ins Schilttal, klettert er auf den Führersitz und tutet seine Schafe herbei. Nun glauben Sie ja nicht, der Car der Automobilgesellschaft Bänziger verfüge über ein Dreiklanghorn, das mit Fis-Dur-Eleganz durch die Wälder halle. Sie müssen sich an eine eunuchenhafte Saurer-Tint-Hupe gewöhnen, die besser zu einem Grubenlastwagen passen würde als zu einem sogenannt öffentlichen Verkehrsmittel. Sie verdrücken sich in eine Fensterecke. Das sandgelbe Pseudopostauto sticht zuerst ins Urgiztal und biegt etwa zwei Kilometer außerhalb von Schöllanden nach rechts ab ins Schilttal. Wie Wigger mit seinem Velo, so nimmt auch Chauffeur Binz die ganze Straßenbreite in Anspruch, als ob zu den Fahrplanzeiten jeder Gegenverkehr ausgeschlossen wäre. Ein am Taleingang errichtetes Fahrverbot kann ihm wenig anhaben, denn es besagt lediglich, dass für Schwergewichtler über zehn Tonnen nur der Zubringerdienst bis Schilten gestattet sei. Und zehn Tonnen bringt der ratternde Saurer von Binz auch bei Vollbeladung nicht auf den Belag. Würdigen Sie die Schönheiten des Schilttals, Herr Inspektor! Sie fahren auf einem schwach erhöhten Damm dem linken Molasserücken entlang, die Schilt, von Pappeln und Erlen gesäumt, fließt durch die enge und trauliche Talsohle. Beiderseits werden die waldigen Hänge von kleinen Tälchen und Krachen eingekerbt, stotzige Wege führen zu den Höhen hinauf, wo vereinzelte Höfe und Weiler wie auf einer abgeplatteten Hügelglatze stehen. Das erste Transformatorenhäuschen unten am Bach verrät Ihnen, dass das Schilttal elektrifiziert ist. Schlossheim. Zur Rechten die Schiltsäge mit den gestapelten Rundhölzern, dem Bretterlager, der Blockware und den Schwartenhölzern, zur Linken in der Dorfmitte der Strohhof, das ehemalige Kornhaus, siebzehntes Jahrhundert, ein spätgotischer, durch massive Eckpfeiler verankerter, archenförmiger Bau unter steilem Satteldach mit Gerschilden. Vis-à-vis die alte Schlossmühle. Die beiden inventarisierten Kunstdenkmäler bilden zusammen mit ihren Scheunen, die sich geschickt jeder Stiletikettierung entziehen, einen Hof zur Hauptstraße und flankieren die Schlossauffahrt. Schloss Trunz thront als wuchtiger kubischer Klotz auf einer vorspringenden Hügelkuppe und ragt mit seinem immensen Walmdach aus einem Kranz von Buchen und Eichen. Es unterscheidet sich nur durch seine titanische Stattlichkeit von einem barocken bernischen Landhaus, die durch den vorspringenden Mittelrisalit kaum gemildert wird. Das bewohnbare Fragment einer Staumauer, Herr Inspektor. Bis Mooskirch sind es nur anderthalb Kilometer. Kurz vor dem Dorfeingang führt die Straße in Form einer wellenförmigen S-Kurve über die Schiltbrücke. Die Kurve ist signalisiert, aber nicht die Welle. Für einen talaufwärts fahrenden Lenker ist es völlig ausgeschlossen, ein von Mooskirch herkommendes Auto rechtzeitig zu erkennen, und der gewölbte Übergang ist so schmal, dass sich nicht zwei Wagen kreuzen können, geschweige denn ein Postauto und ein Privatfahrzeug. Jeder vernünftige Chauffeur würde hier anhalten, einen Warner vorausschicken und erst auf das Zeichen die Brücke passieren. Nicht Binz. Er scheint nur auf dieses Engnis gewartet zu haben, um eine Mutprobe seines fahrerischen Könnens zu liefern. Im Wissen, dass Postautos und Straßenbahnen immer im Recht sind, fährt er Gas gebend und tintend auf den neuralgischen Punkt zu, hält das Steuerrad mit seinen kurzen Armen umschlungen, dreht aus den Schultergelenken, als gelte es, eine Teigmaschine nachzuahmen, schneidet beide Kurven und rast über die Welle, dass Sie, Herr Inspektor, vom überfederten, karamellbraunen Sitz beinahe zur Decke hinaufjapsen. Und Chauffeur Binz krönt seine Leistung mit der unglaubwürdigen Behauptung, dass er seit dreißig Jahren unfallfrei fahre. Kein Kratzerchen, sagt er. In Mooskirch gilt es, nachdem Sie den Schweiß von der Stirn getupft haben, eines der letzten aargauischen Strohdachhäuser zu bewundern sowie die schmucke Kapelle mit dem achteckigen Dachreiter und dem kantigen Spitzhelm. Ein mustergültig gepflegter Kirchhof, den Sie allerdings in Gegenwart Wiederkehrs nicht erwähnen dürfen. Schräg gegenüber auf einer kleinen Terrasse der Himmelreichssaal der Erz-Jesu-Gemeinde mit einem halbkreisförmigen Spruch im Blendbogenfeld über der Eingangstür: Die Pforten der Hölle sollen meine Gemeinde nicht überwältigen. Mooskirch ist, wie der Name sagt, das Pfarrzentrum des Schilttals. Allerdings steht das alte, klassizistische Pfarrhaus unten am Bach seit Jahren leer. Bruder Stäbli wohnt in einer schlichten Achtzimmervilla oben am Berg. Über den Benken gelangen Sie ins Murbental, nach Mooslerb. Die Straße läuft nun schnurgerade durch den saftiggrünen Tanzboden, das Galgenmoos, doch das Tal verengt sich keilförmig, die Wälder rücken näher zusammen, und ein quergestellter Molassepuffer scheint der Fahrt ein Ende zu bereiten. Allein auf weiter Flur eine baufällige Scheune, die von einem Dompteur als Winterquartier benutzt wird. Ein vergilbtes «Circus»-Plakat klebt am Tor, ein blau-weiß-rot lackierter Käfig-Wagen mit drei immer gähnenden Tigern steht unter dem Vordach, auf der Matte ein Dressur-Ring, durch einen Gittertunnel mit dem Wagen verbunden. Wenn Sie es wünschen, hält Binz kurz an, damit Sie eine Münze in den Schlitz des Futterkässchens stecken und sich von den Tigern anfauchen lassen können. Das Tempo wird gegen Ende des Tanzbodens ohnehin gedrosselt, Binz nimmt die erste Kurve der Einfahrt in die kleine Schlucht, welche Schattloch oder Hammerenge genannt wird, im zweiten Saurergang, um das Passgefühl zu steigern. Hier, Herr Inspektor, werden im Winter die tiefsten Temperaturen gemessen, hier staut sich die Talschwermut. Hier kann man sagen, dass sich das Handwerk die Wasserkraft zunutze gemacht habe, wie es so schön in den Lesebüchern heißt. Hart an der Straße steht die alte Hammerschmiede, von der sich der Dorfname Schmitten herleitet. Weiter oben die Mosersagi, die heute noch in Betrieb ist, und zuoberst an der engsten und schattigsten Stelle, im sogenannten Winterrain, die Kropfmühle, ein schmutzigweißes Gebäude, das wie eine ausgebrannte Spinnerei aussieht und wo immer ein paar blutrünstige Hunde toben. Haben Sie diese finstere Enge passiert, empfängt Sie das sonnige Dorf Schmitten mit einem ockergelben, einer tauben Zigarrenfabrik nicht unähnlichen Schulhaus, das zugleich Gemeindehaus ist. Die Büroräume befinden sich im Kellergeschoss unter der Turnhalle. Am Straßenrand steht noch die alte Schule, ein Häuschen wie zu Gotthelfs Zeiten, erbaut neunzehnhundertzwo, wie deutlich zu lesen ist. Auch hier, wie übrigens an allen Stationen, suchen Sie vergeblich nach einem offiziellen Postgebäude mit einem Schalterraum und vergitterten Fenstern. Binz hält vor einem würfelförmigen, zweistöckigen Privathaus mit Zeltdach und Geranien auf den Simsen, und einzig die kadmiumrote, bauchige Tafel mit der weißen Aufschrift «Schmitten, Telephon, Telegraph» verrät, dass im Parterre, sozusagen in Heimarbeit, gestempelt und frankiert wird. Die Posthalterin in der verwaschenen Bluse, die den Sack entgegengenommen hat, schaut dem Car lange nach, der nach Schilten hinaufkriecht. Nun endlich beginnt sich das Tal, das sich so weit verengt hat, dass man darin ersticken zu müssen glaubte, zu öffnen. Innerschilten, Halt ohne Verlangen. Nach dem Letzten Batzen überqueren wir die Schilt, die aus dem Löhrentobel schäumt. Binz schaltet zurück. Sie haben es erraten, Herr Inspektor: Wir sind dabei, die berüchtigte Holunderkurve zu nehmen, die im Winter schon so manchem Leichenzug zum Verhängnis geworden ist. Und nun wird zum ersten Mal das Schulhausdach sichtbar, das im Sommer klebrigrot glänzt wie Konfitürenschlee. Es muss auftauchen über dem First eines Außerschiltener Hofes, denn wie sonst könnte Wiederkehr die Sichtverbindung mit der Holunderkurve herstellen. Wenn Sie in Außerschilten einfahren, verschwindet mein Klausnerschlösschen wieder, aber nach den letzten Häusern haben Sie die ganze Hochebene vor sich, eine leicht nach Osten und ziemlich steil nach Norden abgeknickte Tafel. Und da endlich werden Sie wenigstens aussichtsmäßig für die insgesamt unzumutbare lange Fahrt mit dem Murbentaler und dem sandgelben Saurer, für den Schock bei der Mooskircher S-Kurve und die Depression in der Hammerenge belohnt: Bei klarer Sicht blicken Sie über die abgeplatteten Chnubel und Eggen und Schachen hinweg bis zum Jura hinüber. Ich muss sagen «hinüber», denn Sie befinden sich achthundert Meter über Meer: im aargauischen Emmental.

ZWÖLFTES QUARTHEFT

Was ist der langen Reisebeschreibung kurzer Sinn, fragt auch Friedli, Herr Inspektor, unser Posthalter und Briefträger, wenn ich ihm vor versammelter Klasse, die Schüler zu misstrauischen Geschworenenblicken ermunternd, eine Lektion erteile. Der Sinn, sage ich, Friedli, ist der, da Sie unbedingt alles auf einen Nenner gebracht haben wollen, dass wir Ihre Post – ich betone «Ihre», als wäre es nur sein Privatunternehmen – schlechtweg nicht anerkennen. Die Pünktlichkeit, mit der Sie am Morgen um halb elf Uhr, mitten in der schönsten Vorlesezeit, nach einem kurzen, knöchernen Klopfsignal ins Klassenzimmer treten, stürmen und die leere Brieftasche über dem Pult ausstülpen, die Unerbittlichkeit, mit der Sie mich nachmittags zwischen vier und fünf Uhr im Schulhaus aufstöbern, ob ich nun in der Mörtelkammer oder in der Sammlung arbeite, um mir mitzuteilen, dass auch post meridiem keine Sendung für mich gekommen sei, und um dadurch die Vieruhrkrise erheblich zu verschärfen, dies alles ist kein Beweis mehr für uns, Friedli, dass Sie der richtige, der authentische Pöstler sind. Ihre Uniform, das feldgrau abgestumpfte Preußischblau Ihrer Uniform genügt uns nicht mehr als Identitätsnachweis, Friedli. Ja, lachen Sie nur, ich habe eine Eingabe an die Schulpflege gemacht, des Inhalts, dass der Briefkasten neben unserem Eingangsportal sofort entfernt werden müsse, weil er die Unterrichtsdisziplin gefährde, weil er den abzeichen- und kennzeichenhörigen Schülern eine postalische Autorität vorgaukle, die, wiewohl sie gar nicht mehr bestehe, die Scholarchenherrschaft des Schiltener Schulmeisters zersetze. Abgesehen davon ist es widersinnig, einen maisgelben Kasten an dieses ohnehin in jeder Hinsicht überbelastete Schulhaus zu hängen, wenn es anderseits in der

Hintertür, dem Zugang zum Treppenhausturm, nicht einmal einen Briefschlitz, nicht einmal ein Schildknechtsches Postalienkästchen gibt. Gut, früher mag der persönliche Kontakt zwischen Lehrer und Briefträger gerechtfertigt gewesen sein, und ich kann mir denken, dass es für die Haberstichianer eine dankbar quittierte Abwechslung war, wenn der Posthalter vortrabte, beim Pult salutierte, also täglich vor der Macht des Lehrers kapitulierte, und Paul Haberstich eigenhändig die Post übergab, so wie er eigenhändig seine Briefschaften in Empfang nahm. Wenn Sie mich fragen: Ich als Posthalter hätte mich nie auf diese beschämende Weise vor Haberstich zitieren, von Haberstich zum Ausläufer degradieren lassen. Es ist ja erwiesen, dass die Halb-elf-Uhr-Pünktlichkeit nicht eine von Ihnen freiwillig geleistete, sondern eine von meinem Vorgänger auferlegte und erzwungene Pünktlichkeit war. Haberstich wollte nicht von Ihrem Klopfen beim Unterricht gestört werden, sondern er unterbrach die Lektion eine Minute vor halb elf, zog die goldene Uhr aus dem Gilet-Täschchen und nahm Sie ins Examen, indem er, mit den Fingern trommelnd, auf den Briefträger wartete. Und wenn Sie eintraten, auch wenn es pünktlich geschah, sagte er: Na endlich, die Post! Diese Zucht ist Ihnen, Friedli, in Fleisch und Blut übergegangen, und deshalb erscheinen Sie heute noch genauso pünktlich wie eh und je, ohne auf Ihrer langen und beschwerlichen Tour auch nur einen einzigen Gedanken an die Tatsache zu verschwenden, dass sich die Zeiten geändert haben, dass Armin Schildknecht nicht Paul Haberstich ist, dass der Stil der Postzustellung demjenigen des Postempfängers angepasst werden muss. Dies steht leider nicht in den Allgemeinen Richtlinien über den Zustelldienst des Briefträger-Reglementes B 13 der Schweizerischen PTT-Verwaltung. Ich verweise Sie aber auf Ziffer 27 im Abschnitt 3 über die gewöhnliche Zustellung, wo über die sogenannte «Eigenhändige Abgabe» geschrieben steht, dass nur Postsachen mit dem Vermerk «A remettre en main propre», «Eigenhändig», dem Empfänger persönlich überbracht werden müssen. Hingegen kann sich der Postnehmer über unausgesetzte eigenhändige Abgabe von Briefen und Paketen, die keinen solchen Vermerk tragen, bei der Kreispostdirektion beschweren. Er kann den Briefträger der sogenannten Eigenhändigkeitsbelästigung bezichtigen. Unser Fall, Friedli, ist freilich komplizierter, indem Sie in Ihrer hartnäckigen und typisch schiltesken, lehmköpfigen Interpretation des Post- und Amtsgeheimnisses so weit gehen, mir gar nicht vorhandene – oder sagen wir vorsichtig: nicht bis nach Schilten hinaufgelangte, irgendwo auf dem Postweg verhühnerte – Post eigenhändig zu überbringen. Dieser Sonderfall ist im Briefträger-Reglement B 13 nicht berücksichtigt, weil die PTT-Juristen natürlich nicht ahnen konnten, dass ein Posthalter auf die absurde Idee kommen würde, an der eigenhändigen Abgabe festzuhalten, wenn gar keine Post zu verteilen ist. Sonst ist ja dieses Reglement eines der allerumfassendsten und sorgfältigsten Reglemente, die ich kenne, ein Muster-Erlass, den Wiederkehr und ich, was Aufbau und Übersichtlichkeit betrifft, bei der Abfassung der Schiltener Friedhof- und Bestattungs-Verordnung zu Rate ziehen werden. Zum Beispiel wird unter Ziffer 4 im ersten Abschnitt darauf hingewiesen, dass der im violetten Posthalter- und Briefträger-Tintenstift enthaltene Farbstoff giftig sei und dass Tintenstiftstaub-Unfälle nur verhütet werden könnten, wenn beim Spitzen der Minen größtmögliche Rücksicht auf die Umgebung genommen werde. Zu lange und scharfe Spitzen, heißt es dort, Friedli, sind nicht nur eine Gefahr für den, der den Stift verwendet, sondern auch für die Postempfänger. Und wenn wir schon bei diesem Reglement und in einer Schulstube sind, schadet es gewiss nichts, Friedli, wenn wir ein paar

Punkte repetieren. Wie verhält es sich mit Pseudonymadressen? Uneingeschriebene Sendungen mit Pseudonymadressen dürfen nur ausgeliefert werden, wenn ein wirkliches Künstlerpseudonym vorliegt und kein Missbrauch getrieben wird mit dem Decknamen. Bei einer Einschreibsendung muss der Träger des Pseudonyms dem Postpersonal persönlich bekannt sein, und in der Empfangsbescheinigung müssten Sie, Herr Lehrer Schildknecht, Ihren richtigen Namen angeben, zum Beispiel: Peter Stirner alias Armin Schildknecht. Richtig, Friedli, richtig. Und was wissen Sie uns über Sendungen an Verstorbene zu berichten? Ist kein gegenteiliger Wille des Absenders zu vermuten – leider, sagt Friedli, sind wir hier auf reine Vermutungen angewiesen –, so darf die an eine verstorbene Person adressierte Post einem erwachsenen Familienmitglied, das mit derselben in einem ungetrennten Haushalt gelebt hat, übergeben werden, eingeschriebene Sendungen aber nur soweit, als der Bezugsberechtigte der Post nach Posthaftpflicht gutsteht. Briefe und Pakete mit dem Vermerk «Eigenhändig» sind als unzustellbar zu behandeln. Richtig, Friedli, richtig, wobei noch zu ergänzen wäre, dass Postalien mit zweifelhaften oder unbekannten Adressen erst dann als unzustellbar behandelt werden dürfen, wenn alle Versuche zur Auffindung des Empfängers erfolglos geblieben sind. Und was heißt «als unzustellbar behandeln»? Das heißt, so Friedli, dass das Zustellpersonal auf solchen Sendungen die nötigen Vermerke oder Klebezettel wie «Unbekannt», «Annahme verweigert», «Abgereist», «Gestorben», «Nicht eingelöst», «Adresse ungenügend», «Firma erloschen» usw. anbringt, den Bestimmungsort streicht und sie an den Absender zurückschickt. Genau so ist es, Friedli; es wäre allerdings hübsch, wenn sich die Post dazu durchringen könnte, einen Kleber «Verschollen» zu führen, der nur dann verwendet werden dürfte, wenn die Verschollenheit einer Person gerichtlich erklärt wäre. Und überdies muss an einen Verstorbenen gerichtete Post so lange im Fach für vorläufige Unzustellbarkeit zurückbehalten werden, bis der Verdacht – oder die Hoffnung – auf Scheintod völlig ausgeschlossen werden kann. Andernfalls, wenn die Sendung bereits voreilig retourniert worden ist, muss der Posthalter dem Absender Mitteilung machen, dass der Tote scheintot gewesen sei und die als unzustellbar deklarierte Postsache nun zugestellt werden könne und dass dem Absender das zusätzliche Porto rückerstattet werde. Was aber, Friedli, passiert mit Briefen und Paketen, die weder zustellbar noch retournierbar sind, weil der Empfänger vielleicht verschollen und der Absender während der Zeit der Unzustellbarkeitsbehandlung gestorben ist? Friedli macht bereits Miene, am Tintenstift zu kauen, was gefährlich und deshalb verboten ist. Halt, schreien meine Schüler unisono, Abschnitt 1, Ziffer 4. Sehen Sie, Friedli, man soll einen Gedanken, wenn man sich einmal die Mühe genommen hat, ihn zu denken, auch zu Ende denken. Solche Sendungen erhalten zum Nichtzustellbarkeits-Vermerk einen Nichtretournierbarkeits-Klebezettel, sie bleiben im postalischen Niemandsland liegen, bis ein Ersatz-Absender gefunden ist, oder aber sie werden nach Ablauf der Zustell- und Rücksendungs-Verjährungsfrist Eigentum der Post. Ja, die Post kann von solchen Grenzfällen profitieren. Mich interessieren immer nur die Grenzfälle, Friedli. Radium-Sendungen, als solche pflichtgemäß bezeichnet, sind zur Verhütung von Schäden an Sendungen mit photographischem Material mindestens fünf Meter von den übrigen Paketen entfernt zu lagern. Rauchen und Trinken ist für Briefträger während der Dienstzeit verboten, ausgenommen auf dem Gang in den Zustellbezirk und im Zustelldienst auf dem Lande, aber nur außerhalb der eigentlichen Siedlungen. Es fragt sich nun, ob der abgespaltene Dorfteil Aberschilten noch zu den «eigentlichen Siedlungen» zu rechnen sei. Der Briefträger darf einem Empfänger, der aus dem Fenster eines Mehrfamilienhauses schaut, nur das Wort «Post» zurufen. Alles Nähere ist ihm so mitzuteilen, dass Drittpersonen keine Kenntnis davon erhalten und das Postgeheimnis gewahrt bleibt. Das Post- und Amtsgeheimnis, nicht wahr, Friedli, besteht im Wesentlichen darin, dass mit postdienstlichen Verrichtungen betraute Personen auf gar keinen Fall verschlossene Sendungen öffnen und deren Inhalt nachforschen dürfen. Es ist auch untersagt, irgendwelche Vermutungen über das Verhältnis von Absender und Empfänger anzustellen, erst recht, solchen Mutmaßungen Drittpersonen gegenüber näheren Ausdruck zu verleihen. Ferner hat der Briefträger jeglichen Kommentar zu den ausgehändigten Postalien zu unterlassen und füglichst nicht an die große Glocke zu hängen, dass er den Namen des Absenders kennt. Streng genommen hat der Zustellungsbeamte gar keine Notiz zu nehmen von der Adresse des Absenders, und dies gälte ebenso von der Adresse des Empfängers, wenn dadurch die ordnungsgemäße Postzustellung nicht gänzlich verunmöglicht würde. Demzufolge, sage ich zu Friedli, bedeutet es bereits eine Verletzung, und zwar eine innere Verletzung des Postgeheimnisses, wenn Sie wissen und vor meinen Schülern durch das Auskippen der leeren Botentasche demonstrieren, dass Armin Schildknecht keine Post erhält. Die Demonstration der brieflichen und paketmäßigen Vernachlässigung meiner Person seitens aller dafür in Frage kommenden Absender ist de facto eine postalische Diskriminierung von Armin Schildknecht, lieber Friedli. Es ist ja sehr unwahrscheinlich, dass Sie sich keine Gedanken darüber machen, weshalb der Lehrer von Schilten keine oder nur wertlose Post bekommt, Makulatur, Werbeprospekte, Rechnungen, den Schilttaler Anzeiger zweimal wöchentlich, ab und zu eine Postkarte eines Ehemaligen, auf der die Marke mehr wert ist als die Grußformel. Sie hätten sich aber, laut Briefträger-Eid, keine Gedanken darüber zu machen, weshalb ich keine Express- und Luftpost- und Chargé-Briefe, keine Pakete, Rollen und keine dickgefütterten Versandtaschen bekomme. Sie hätten, sage ich, Sie machen sich aber Gedanken, und zwar öffentlich, wie mir die Bemerkungen Wiederkehrs und der Abwartin beweisen. Sie wissen Bescheid über meinen brieflichen Nichtverkehr. Deshalb, Herr Inspektor, zum Schutz meiner postalischen Ehre und Privatsphäre, bleibt mir nichts anderes übrig, als Friedli von Zeit zu Zeit die Leviten zu lesen und ihm auseinanderzusetzen, weshalb Armin Schildknecht die PTT-Vertretung in Schilten nicht anerkennt. Ich könnte ja längst ein Postfach in Schöllanden nehmen, sage ich, bei meinem Einkommen. Aber ich nehme kein Postfach in Schöllanden, denn wenn Sie sich schon Gedanken darüber machen, Friedli, warum der Lehrer keine wesentliche Post bekommt – ein Landposthalter hat ja ein Auge dafür, ob ein Brief etwas Mitteilenswertes beinhalte oder nicht –, sollen Sie sich auch fragen – und darob ruhig ein paar schlaflose Nächte verbringen –, ob nicht wertvolle Sendungen an mich verlorengegangen sein könnten. Eine so lange postalische Dürrezeit ist einfach unwahrscheinlich. Natürlich, das Schulhaus- und Friedhoftelefon, es geht ja fast ununterbrochen. Aber trotzdem. Ich habe drei Erklärungs- und Verhaltensmöglichkeiten: Den Glauben an mich zu verlieren, den Glauben an die möglichen, in der ganzen Welt zerstreuten Absender, an meine Ehemaligen zu verlieren oder aber den Glauben an die Post zu verlieren. Gewiss klappt Ihre Postzustellung vorzüglich, so vorzüglich, dass es ein Hohn ist für jeden, der postmäßig auf dem Trockenen sitzt. Aber was passiert vorher, bevor Ihre schnipsigen Finger die Briefe sortieren? Man weiß, mit welcher Nonchalance die Postsäcke von den Schnellzügen in die Bummelzüge umgeladen werden. Es ist ein offenes Geheimnis, dass im Postwagen des Murbentalers beim Aufteilen der Beute auf die einzelnen Stationen Allotria getrieben wird. Es wird dort zum Beispiel mit Briefen gejasst. Jeder Bahnpöstler fischt neun Kuverts aus dem großen Sack. Der Murbentaler Briefjass wird so gespielt, dass immer die am nächsten gelegene Ortschaft die weiter entfernte schlägt. Auf der Strecke Murb–Wybertswil hat also ein Brief nach Wybertswil den Wert eines Asses, verliert ihn indessen nach der Station, weil er logischerweise im Postsack auf die Post Wybertswil wandern sollte. Deshalb kommt es darauf an, diese relativen Höchstkarten immer so schnell wie möglich zu spielen. Wer mir einreden will, Friedli, beim Murbentaler Briefjass seien noch nie wichtige Sendungen verlorengegangen, unterschätzt die Spielleidenschaft der Bähnler im Allgemeinen und ihr Jassfieber im Besonderen. Für Schilten bestimmte Episteln, welche in dieser Bahnpost-Allotria-Atmosphäre bis Schöllanden gelangt sind und nicht fälschlich im Übermut oder weil einer nicht verlieren konnte ins Schwarbtal oder ins Urgiztal abgezweigt worden sind, gelangen nach einigem Hin- und Hersortieren in den Schilttaler Sack und in den Kofferraum des Binzschen Saurers. Dieser Sack wird auf jeder Station von Schlossheim bis Schilten ausgeleert und geplündert. Erfahrungsgemäß will jeder Posthalter so viele Postalien wie möglich für seine Gemeinde ergattern. Lieber ein paar Briefe zu viel als ein paar zu wenig. Es wäre ja eine Schande für den Mooskircher Posthalter, wenn er sich von der Schmittener Posthalterin irrtümlich weitergeleitete Postsachen herausbitten müsste, umgekehrt ist es aber immer ein Vorteil, gegenüber den Gemeinden des oberen Schilttals ein Pfand in der Hand zu haben. Und was nach diesem Gezeter und Gehamster noch bis zu uns hinauf durchdringt, ist eben Makulatur, postalischer Abschaum, nicht einmal der Empfangsverweigerung wert. Der

Empfänger hat bei Vorweisung oder Ankündigung einer Postsendung ihre Annahme oder Nichtannahme zu erklären. Ist er unschlüssig, muss ihm eine Entscheidungsfrist von sieben Tagen eingeräumt werden. Doch verweigert gilt rechtlich als zugestellt. Man kann auch, mit Ausnahme von Zahlungsbefehlen und Konkursandrohungen, die Annahme bestimmt bezeichneter Sendungen zum Voraus durch eine schriftliche Erklärung verweigern. Ich kann sogar als Postempfänger in den Streik treten und auf einem vorgedruckten Formular eine Generalannahmeverweigerung unterzeichnen, was bedeutet, dass ich, außer für Drucksachen und Warenmuster ohne Adresse, postalisch unerreichbar bin. Ja, Friedli, es ist gut, sich die postalischen Selbstschutz-Rechte ab und zu wieder einmal in Erinnerung zu rufen.

Nun denke ich freilich nicht daran, von diesen Rechten Gebrauch zu machen, weil ich ja nicht unter einer Postflut, sondern unter einem Postvakuum leide. Man kann die Annahme von Sendungen zum Voraus verweigern, aber nicht durch eine Vorausdeklaration Briefe und Pakete erfinden. Das ist die Schwäche des Briefträger-Reglementes B 13. Es rechnet in allen Abschnitten und Ziffern stillschweigend mit dem Post bekommenden Empfänger und dem Post austragenden Boten. Es spricht nicht davon, wie sich das Zustellpersonal zu verhalten habe, wenn keine Post vorliege. Es redet nicht von den Einsamen, die, postalisch unterernährt, darben müssen. Und diese Postlosigkeit ist im Schiltener Schulhaus doppelt unerträglich, weil sich neben dem Eingangsportal der Briefeinwurf für ganz Aberschilten befindet. Das Briefträger-Reglement B 13 unterscheidet zwischen Briefeinwürfen – das sind die amtlichen Einwürfe der Postverwaltung – und Hausbriefkästen, den privaten Einwürfen der Postempfänger. Der Aberschiltener Briefeinwurf wird zweimal täglich geleert, und zwar nicht von Binz, was ja das Einfachste wäre, sondern von Friedli höchstpersönlich. Er, der Posthalter, überzeugt sich davon, dass da auf dem gelben Kastenboden keine Wertzeichen herumliegen, deren Zugehörigkeit nicht ermittelt werden kann. Die Morgentour sowie die Nachmittagstour beendet er deshalb mit dem Schulhaus, weil er, der Posthalter, sich selbst, den Boten, mit der Leerung der Einwürfe betraut hat. Beim Leeren der Briefeinwürfe ist unter anderem zu verhüten, sagt das Briefträger-Reglement B 13, dass Unbefugte Einsicht in die Adressen nehmen oder sonstwie die Sendungen kontrollieren. Die Briefschaften sind sofort in der Botentasche zu versorgen und sollen nicht in der Hand zum Fahrzeug getragen werden. Das ist das Deprimierende, Herr Inspektor, dass wir als Postaufgabestelle für ganz Aberschilten herhalten müssen, wiewohl kein einziger dieser Briefe, die täglich im Kasten versenkt werden, für uns bestimmt ist. Wir hören jedes Mal das Giepsen und Zuklappen des Deckels; für jeden Umschlag, der aus Aberschilten wegspediert werden soll, haben meine Einheitsförderklasse und ich insofern zu bezahlen, als wir durch das Giepsen und Zuklappen des Deckels für einen Augenblick aus der Unterrichtskonzentration gerissen werden. Es gibt Leute, die haben geradezu eine Technik entwickelt, diesen maisgelben Deckel lautmöglichst scheppern zu lassen. Natürlich wäre die Konzentrationsstörung nicht so groß, wenn ich mir nicht jedes Mal sagen müsste: Ein Brief, nicht für dich! Aber das Geräusch hört man, auch ohne Anstrengung, ohne das Fenster zu öffnen. Es handelt sich hier um eine objektiv feststellbare Lärmimmission seitens der sich so friedliebend gebenden Schiltener Post, und ich sage Ihnen, Friedli, sage ich zu Friedli, lange werden wir dieses Deckelgeklapper nicht mehr dulden. Wozu überhaupt ein Deckel? Hat schon je ein Deckel einen überstrapazierten Briefeinwurf am Überquellen gehindert? Entweder ihr erfindet einen geräuschlosen Briefeinwurf, oder aber ich erwirke durch meine Beziehungen beim Bezirksschulrat, nötigenfalls bei der kantonalen Inspektorenkonferenz, dass den PTT die Konzession zum Aufhängen eines Briefeinwurfs an der Ostfassade, der sogenannten Friedhoffassade, entzogen wird. Das weitherum leuchtende Maisgelb ist ohnehin aus friedhöflichen Pietätsgründen kaum vertretbar. Der Zifferblattring der Schulhausuhr musste schwarz gestrichen werden, und ihr posaunt euer Maisgelb in die Welt der Toten hinaus. Wenn es wenigstens ein süffiges Zitronengelb oder meinetwegen ein pestilenzialisches Schwefelgelb wäre! Aber nein, die PTT müssen sich ausgerechnet dieses schwer am Gaumen klebende Maisgelb zurechtmischen lassen. Im Übrigen, sage ich Friedli ganz offen, Herr Inspektor, wäre es uns ein Leichtes, ja das Allerleichteste, diesen Kasten zu sabotieren und unhaltbar zu machen, indem wir für eine notorische Überfüllung sorgen würden durch tägliche Massensendungen. Befehlsausgabe um acht Uhr früh: Jeder Schüler schreibt je einen Brief an jeden Schüler und an sämtliche Verwandten, die ihm einfallen. Die Porti gehen zu Lasten des Materialkredits. Resultat: ein ratloser, dem Weinen naher Friedli stünde um zehn Uhr fünfunddreißig, nachdem er kurz vorher noch seine leere Botentasche über dem Lehrerpult ausgeklopft hätte, vor einem überquellenden Briefeinwurf, vor einer wahren Briefschwemme auf der Schulhaustreppe. Der Tatbestand der Möglichkeit unberechtigter Einsichtnahme von Drittpersonen in Adressen wäre bereits erfüllt, es wäre nicht einmal mehr nötig, das eine oder andere Epistelchen verschwinden zu lassen und unserem treuen Posthalter Postveruntreuung nachzuweisen. Eine fein ausgeklügelte Organisation wie diejenige der PTT ist auch eine leicht verletzbare Organisation. Was kreide ich Ihrer Post denn an, Friedli? Ich werfe ihr vor, dass sie, indem sie uns tagein, tagaus mit belanglosem Wust bombardiert und Hand bietet zu einem weltweiten Papierkrieg, in uns das Verlangen nach wesentlichen, gewichtigen Sendungen weckt, ähnlich wie wir Lehrer bei den Schülern jahrelang das Bedürfnis nach Wissenswertem wachhalten, ohne jemals etwas Wissenswertes vermitteln zu können. Das Unwesentliche mit perfekter Systematik vortragen und ihm dadurch den Anschein des Wesentlichen verleihen, das nennt man Methodik, Friedli, schreiben Sie sich das ruhig mit dem Tintenstift hinter die Ohren. Sie brauchen ihn ja nur vom Ohr zu nehmen, wenn Sie hinter dem Ohr etwas notieren wollen. Der Name «Post» stammt, wie Sie vielleicht in einem Posthalter-Weiterbildungskurs einmal gelernt haben, aus dem Italienischen. Die Wechselstationen für den Austausch der Boten und Pferde auf den päpstlichen und fürstlichen Beförderungsrouten wurden «posta» genannt, was so viel wie festgesetzter Aufenthaltsort heißt. Aber nur wenn eine wichtige Meldung zu überbringen war, wurde der Bote losgehetzt. Die Meldung rief nach dem Boten, nicht der Bote nach der Meldung wie bei euch.

Zehn Jahre lang kein einziger wichtiger Brief! Woran liegt das, Herr Inspektor? Es liegt einerseits daran, dass Armin Schildknecht keine Verwandten und Bekannten hat. Es liegt anderseits daran, dass die Ehemaligen, die es draußen in der Welt zu etwas gebracht haben, keine Lust haben, den Kontakt mit ihrem Schulmeister aufrechtzuerhalten. Ab und zu ein Kartengruß, um zu melden, an welcher Küste man Ferien macht, welchen Kontinent man bereist, mehr nicht. Es gehört zum Scheintotenhaften oder – wenn Sie lieber wollen – zum Scheinlebendigen der Lehrerexistenz, dass man für die Schüler aufhört zu existieren, sobald sie ihrer Erziehungsanstalt entronnen sind. Begreiflich, Herr Inspektor, begreiflich. Ist man so einem

Bildungsschuster drei Jahre, fünf Jahre, acht Jahre gänzlich ausgeliefert, in all seiner Schwäche und Unwissenheit auf Treu und Glauben ausgeliefert, will man später nicht mehr an die Schmach seiner Niederlage, an die permanente Bloßstellung und an seine servile Lernbeflissenheit erinnert werden. Das war früher anders, unter Haberstich. Seine zuchtfertige Autorität erlosch nicht mit dem Entlassungszeugnis. Sein Drill, seine Einschüchterungsmethoden reichten aus, um die Schüler für ihr ganzes Leben zu verunmündigen. Seine Position war gesellschaftlich geschützt. Dankt Gott, sage ich meinen Einheitsförderklässlern, dass dieses finstere Erziehungs-Mittelalter, das bis über die erste Hälfte unseres Jahrhunderts hinausreichte, überwunden ist. Armin Schildknecht ermuntert seine Zöglinge, auf dem kurzen Lebensweg hinüber zum Friedhof der Schule ganz den Rücken zuzukehren. Sie lassen ihre Generalsudelhefte im Archiv zurück. Aber der Schule den Rücken zukehren heißt auch, Armin Schildknecht, der diese Schule verkörpert, den Rücken zukehren. Und so darf er nicht erstaunt sein, wenn niemand Lust hat, ihm einen langen Brief zu schreiben, obwohl er diesen Brief nicht, wie es einige Lehrer tun, korrigiert zurückschicken und eine Verbesserung verlangen würde, obwohl niemand zu befürchten hätte, dass er das Geschriebene als Aufsätzchen betrachten und die Proportionen von Einleitung, Hauptteil und Schlussteil bemängeln würde. Niemand, Herr Inspektor, ist erpicht darauf, mit seinem alten Lehrer zu korrespondieren. Man lässt ihn in Schilten hocken, versauern, ersticken.

Wie dem auch sei, sage ich zu Friedli, in der Auseinandersetzung mit Ihnen geht es nur um die Schuld der Post. Früher habe ich ab und zu noch einem Schüler einen Brief an mich diktiert, Brief an den Lehrer betitelt. Wir haben den Brief sorgfältig gefaltet, in den Umschlag gesteckt, frankiert, die Frankatur überprüft und in den gelben Kasten geworfen. Von dort wanderte er mit der Morgenleerung in Ihre Botentasche und Ihr Landpostbüro in Innerschilten, wo er abgestempelt wurde, um auf der Nachmittagstour verteilt zu werden. Von weitem haben Sie mir diesen Brief entgegengestreckt, wenn ich, sicherer Post gewärtig, in der Sammlung am offenen Fenster stand und Ihnen zuschaute, wie Sie auf dem für diese Steigung zu schwachen, maisgelben Moped den Schulstalden hochstrampelten, immerzu «Post» rufend, «Post, Herr Lehrer, Post». Ich fragte mich, wie Sie das anstellten, trotz der Anstrengung «Post» zu rufen und, obwohl Sie sich an die Lenkstangengriffe klammern mussten, mit dem Kuvert zu winken. Aber Ihre Freude über meine Post war so groß, dass Sie förmlich über sich hinauswuchsen, in jeder Beziehung, dass Sie Ihren Briefträger-Eid vergaßen und, hatten Sie es draußen noch nicht zu brechen gewagt, das Postgeheimnis drinnen im Treppenhausturm umso hemmungsloser brachen, indem Sie sagten: Ein Brief von einem Schüler, Herr Lehrer, eindeutig eine Schülerschrift, eindeutig die Schule Ihrer Kalligraphie, Herr Lehrer, so regelmäßig schreibt nur, wer in Schilten schönschreiben gelernt hat. Ehrlich gesagt, habe ich nur zum Mittel der postalischen Eigenbeschickung gegriffen, um Ihnen eine Freude zu machen, denn Sie schienen ja, wenigstens in den ersten Amtsjahren, fast mehr unter meiner Postlosigkeit zu leiden als ich. Sie sagten: Jeder Briefträger bringt gern Post und noch lieber gute Post, keine Post ist besser als schlechte Post, aber auf die Dauer ist schlechte Post doch besser als gar keine Post. Und Sie waren es, Friedli, der sagte: Ein guter Landbriefträger – der zudem noch Posthalter ist – betreut seine Kunden auch, wenn er keine Sendung zu überbringen hat. Er hilft dem Kunden, über die Postlosigkeit hinwegzukommen. Dies war ein guter Vorsatz, nur haben Sie ihn nicht lange halten können. So wie man nicht unausgesetzt an einer Krankheit Anteil nehmen kann, weil man sich mit der Zeit an sie gewöhnt und täglich bestätigt erhält, dass der Kranke doch nicht daran stirbt, wie es anfänglich vielleicht den Anschein gemacht hat, so lässt auch der Eifer zur Betreuung eines chronisch Postlosen mit zunehmender Chronizität dieser Postlosigkeit nach. Die sogenannte Betreuung wird zum zynischen Automatismus wie Ihre Gewohnheit, ins Schulzimmer einzudringen und die leere Botentasche über meinem Pult auszuklopfen. Ursprünglich gut gemeint, diese Geste, Sie wollten mir ja nur beweisen, dass die Tasche wirklich leer sei. Aber als wiederholte Geste wurde sie zur Verhöhnung meiner Postlosigkeit, wobei ich, wenn ich von Postlosigkeit spreche, immer das Fehlen wesentlicher Post meine. Nun, sage ich zu Friedli, das könnte sich schon in den nächsten Monaten ändern. Ich erwarte nämlich, erschrecken Sie nicht, einen Chargé-Brief vom Departement des Innern, womöglich sogar vom Erziehungsdirektor persönlich, worin mir auf Grund des auf Grund meines Schulberichtes zuhanden der Inspektorenkonferenz gestellten Antrages mitgeteilt werden wird, ob ich disziplinarisch entlassen, voll rehabilitiert oder ob mein Provisorium verlängert werden soll. Und dieser Brief, da können Sie sich die Finger vergeblich lecken, Friedli, soll zwar mit allen postalischen Schikanen und Sakramenten ausgerüstet sein, mit ganzen Viererblöcken von Marken und Expresszettelchen und Chargézettelchen und dem Vermerk «Eigenhändig» und «Nicht biegen» und was der Dinge mehr sind, er soll wie ein eingeschriebener, nach allen Seiten abgesicherter Brief aussehen, aber nicht per Post befördert werden. Die PTT können Armin Schildknecht nicht jahrelang vernachlässigen und dann meinen, der Auftrag, einen so hochbrisanten Brief weiterzuleiten, sei ihnen sicher. Nein, lieber Friedli, ich habe für diesen Zweck einen eigenen Boten aus meiner Einheitsförderklasse rekrutiert, einen Boten, der nach dem Abgang meines letzten Heftes und nach der außerordentlichen Inspektorenkonferenz, die sich mit meinem Fall beschäftigen wird, wahrscheinlich auf Schloss Trunz, täglich im Departement des Innern vorspricht und fragt, ob der eingeschriebene Brief an den Lehrer Armin Schildknecht in Schilten versandbereit sei. Ist er versandbereit, das heißt, liegt er, mit all diesen Klebern versehen, im Fach für abgehende Post, hat mein Privatbriefträger den versiegelten Umschlag herauszufischen und mir im Eilmarsch zu überbringen. Der Brief wird also der Post gewissermaßen unter die Nase gehalten, bevor wir ihn aus dem Postverkehr ableiten. Dieser eigens für diesen Auftrag geschulte Schüler hat geflissentlich jede auch nur halböffentliche Postroute zu meiden. Er wird auf dem direktesten Weg von Aarau aus durch die Wälder eilen, das Murbental zwischen Murb und Wyberstwil durchqueren, auf die Eggen hinaufsteigen und in die Krachen hinunterrennen, über Stock und Stein, in der Irrlose oberhalb Schilten den Höhenweg verlassen, durch die Mördergrube ins Löhrentobel gelangen und zum Schulhaus hinüberfinden, und er wird als trainierter Läufer mit dem Brief schneller eintreffen, als dieser mit der Post da wäre, das garantiere ich Ihnen.

DREIZEHNTES QUARTHEFT

Verzeihen Sie mir bitte die lehrerhafteste von allen Lehrer-Untugenden: dass ich immer wieder vom Thema abkomme. Zwei ganze Hefte habe ich der verkehrsmäßigen Erschließung des Schilttals und der Post gewidmet. Das würde ich nicht mehr machen, wenn ich noch einmal von vorne beginnen könnte mit der Konferenz- und Schlussfassung des Schulberichts. Aber leider drängt die Zeit, meine Schiltener Verweser-Tage sind vermutlich gezählt, und Sie, Herr Inspektor, werben mit der ganzen Saugwirkung Ihrer Oberinstanzlichkeit um die Fortsetzung. Das ist bei den Schülern anders. Sie sind dem Lehrer dankbar für jede Abschweifung. Am beliebtesten sind bekanntlich jene Pädagogen, welche zu Beginn der Stunde ein Thema anschneiden, gewissermaßen mit einem Thema drohen, um dann schon bald vom Weg abzuirren und durch alle Wissensgebiete zu vagabundieren. Auch Armin Schildknecht zählt sich zu diesen notorischen Aberranten.

Eigentlich war es der Zwang zur Wachsamkeit gegen Osten, der uns auf die Idee brachte, ein Friedhof-Journal zu führen und das statische Geschehen auf dem Engelhof hochdynamisch zu protokollieren. Der Friedhof-Aktuar sitzt mit dem Rücken zur Klasse an einem ans Fenster geschobenen Pult und notiert in einem marmorierten Folianten sämtliche Ereignisse drüben auf Wiederkehrs Separatisten-Acker: Genaue Zeit, Name und wenn möglich Adresse des Friedhofgängers, Zweck und Dauer seines Aufenthaltes, besondere Vorkommnisse, Friedhofintensität seiner Tätigkeit. Eine Art Gefechtsjournal, damit wir im Falle eines Generalübergriffs der Angerschwermut auf das Schulhaus gewappnet sind, aber auch eine statistische Unterlage für die zu verfassende Friedhof- und Bestattungs-Verordnung. Mit der Absicht, das Amt des Friedhof-Aktuars fleiß- und leistungsabhängig zu machen wie die Ämtlein des Fensteröffners, des Tafelreinigers, des Farbstiftwarts, des Papierkorbleerers, des Temperaturablesers und so weiter bin ich auf den hartnäckigsten Widerstand der Klasse gestoßen. Wir wollen alle gleicherweise am Friedhofexperiment beteiligt sein, reklamierten die Schüler. Während ich immer bescheiden von einem Friedhof-Journal sprach, reden die Einheitsförderklässler auch heute noch von einem Experiment. Daran muss sich jeder Lehrer gewöhnen: Haben die Schüler ausnahmsweise einmal etwas sofort begriffen, dann lässt sich diese Erkenntnis nicht mehr korrigieren. Mit diesem Journal, diktierte ich bei seiner Eröffnung ins Generalsudelheft, setzen wir uns wissentlich und willentlich über das Friedhof-Geheimnis hinweg. Theoretisch, so steht es im Schweizerischen Friedhofgesetz, hat jeder Friedhofbürger ein Recht auf eine friedhöfliche Privatsphäre. Wiewohl er sich in einer öffentlichen sanitarischen Anlage herumtreibt, muss doch sein persönlicher Leid-Bezirk geschützt werden. Darum die beliebten Thuja-Hecken. Das Thuja-Hecken-Labyrinth ist ein gartenarchitektonischer Versuch, die einzelne Grabstätte noch einmal intern einzufrieden. Man spricht deshalb in der Friedhofplanung von einer äußeren und einer inneren Einfriedung. Indem wir nun, diktiere ich den Schülern ins Generalsudelheft, Herr Inspektor, das sogenannte Friedhof-Geheimnis durch eine seismographische Totalregistration verletzen, ziehen wir – dies zu unserer Rechtfertigung – nur die schriftlichen Konsequenzen aus unserer situationsgegebenen Beobachterposition. Wir müssen es verletzen, um dadurch den Unterricht zu schützen. Und statt dass sich die ganze Klasse immer umdreht, wenn auf dem Engelhof etwas passiert, übernimmt ein Schüler, stellvertretend für alle, das Wächteramt. So ein Friedhof im Rücken einer zwar lernwilligen, aber doch schwer zu bezähmenden Horde ist ein ständiger Unruheherd. Gerade weil alles so gedämpft, halblaut und geheim vor sich geht, ein permanenter Unruheherd. Je größer die Friedhof-Stille, desto zappeliger die davor gesetzte Klasse. Das begreifen Sie kaum, weil Sie nie in der Nähe eines Gottesackers gewohnt haben, Herr Inspektor. Wo aber nichts oder wenig geschieht, vermutet man, es müsse plötzlich einmal das Allerinteressanteste, ja sogar das Allerschlimmste passieren. Und es liegt auf der Hand, dass ein Schüler, dem Friedhof zugekehrt, den Unterricht weniger sabotiert als drei Dutzend Schüler, halb auf den Lehrer, halb auf den Betrieb vor den Fenstern konzentriert. Wenn ich freilich alle Spezialämtchen und Sonderfunktionen zusammenrechne – der Appell am Morgen beginnt immer mit der Abkommandierung der Detachierten –, schrumpft die Klasse auf ein kleines Häufchen von Diktanden zusammen. Es ist ja nicht damit getan, dass der Aktuar am Fenster sitzt und die Feder ins Tintenfässchen taucht, sobald eine Friedhofdohle aufkreuzt. Er braucht auch einen Vorwarner draußen auf dem ehemaligen Turnplatz und einen Präzisierungswart, der mit dem Schulfeldstecher im Schlafzimmer-Observatorium der Estrichwohnung steht.

Für all diese organisatorischen Opfer entschädigen uns aber die Früchte des Friedhof-Journals in hohem Maße. Erstmals in der Geschichte der abgelegenen Feldfriedhöfe ist es gelungen, eine präzise Besucher-Statistik in graphische Tabellen umzusetzen. Und die Schüler haben ihre Freude daran. Sie sind ja nie begeisterungsfähiger, als wenn sie mit farbiger Tusche Tabellen zeichnen dürfen. Aus dieser Statistik geht zum Beispiel hervor, dass der Wigger Stefan durchschnittlich jeden zweiten Tag im Jahr auf dem Engelhof erscheint und dass er, mit Ausnahme der ausgestochenen Kebsgräber, nichts anderes tut als herumzuwiggern, eine Tätigkeit, die von uns mit dem höchsten Grad von Friedhofintensität ausgezeichnet worden ist. Seit zehn Jahren jeden zweiten Tag auf dem Friedhof, das macht in meiner bisherigen Amtszeit rund 1825 Besuche aus, was bei einem Mittelwert von 30 Minuten Aufenthaltsdauer – die Grabtage nicht eingerechnet – eine netto verwiggerte Zeit von 912 ½ Stunden oder 38 Tagen oder 5 ½ Wochen ergibt. Das sind Werte, an denen sich der Friedhofstatistiker erlaben kann. Wenn man nun noch den Feldschwermuts-Koeffizienten dieses Pilzgemüts bestimmen wollte, käme man auf eine dickblütige Zahl, so braunschwarz wie ein Hock Totentrompeten. Unglaublich, was dieser Friedhof-Clochard an Melancholie in den Engelhof einschleppt, was er zwischen den Gräbern mit seinem schwammigen Wesen an verjäster Trauer aufsaugt und unten im Wiggerschen Eck glotzend talabwärts ziehen lässt. Ein Leichenbitter mit Milzsucht ist nichts gegen unsern Stefan aus der Schwefelhütte. Nehmen wir ein anderes Beispiel: den Obeliskenküsser. Naturgemäß verlockt uns die relative Eintönigkeit des Friedhofverkehrs dazu, die Sonderfälle herauszupflücken. Der Obeliskenküsser ist ein vornehmer älterer Herr mit dem Gebaren eines kränklichen Attachés. Jährlich einmal lässt er sich in seinem indigoblauen, mattglänzenden Buick nach Aberschilten hinauffahren, und zwar immer im kältesten Beinwinter, wenn die Friedhofgfrörni den Engelhof nahezu unbegehbar macht. In schwarzen Lackschuhen, in einem echten Bratenrock und in einer silberweißen, bis auf den Boden reichenden Seidenschärpe tänzelt er die Eisbahn des Mittelwegs, der sogenannten schwedischen Allee, hinunter – schwedische Allee, weil sie beiderseits von Steinen aus Schwedischem Marmor gesäumt ist –, balanciert zur rechten Ecke, der Gegenecke von Wiggers bevorzugtem Standort, macht einen angedeuteten Knicks vor dem einzigen Obelisken des Engelhofs, einem Blanc clair mit bläulichen Quarzadern, verneigt sich aber nicht nur, sondern küsst den Stein auch ab, dergestalt dass er jeder der vier Dreiecksflächen der stumpfen Pyramide einen hauchdünnen Marmorkuss appliziert, um hernach die Lippenabdrücke mit seiner Schärpe flüchtig wegzuwischen. Von Winter zu Winter gelingt es dem Unbekannten, seinen vierblätterigen Obeliskenkuss zu perfektionieren. Er fasst den Stein mit gepreizten Fingern, beugt sich, ohne das Standbein zu entlasten, nieder, nicht wie über eine Damenhand, vielmehr wie über die Denkerstirn eines Aufgebahrten, und küsst dann blitzschnell zu. Eine solche Studie wäre ohne den Präzisierungswart mit dem Fernglas nie herauszukriegen gewesen, Herr Inspektor. Wir haben freilich nie ausmachen können, was den Obeliskenküsser mit jenem Stein verbindet, unter dem eine gewisse Graf Lina ruht, 1887 bis 1961, «Zu früh für uns», aber ich habe den Schülern immer gesagt, sie sollten sich deswegen nicht die Köpfe zerbrechen, denn, diktiere ich ihnen ins Generalsudelheft: Wir müssen nicht alles deuten können, was sich auf dem Engelhof zuträgt, wiewohl Beobachten immer schon eine Form der Interpretation ist. Gewiss ist es uns erlaubt, eine Obeliskenküsser-Theorie zu bilden, umso mehr als ja die Theoriebildung unsere eigentliche Stärke ist, aber wir dürfen nicht enttäuscht sein, wenn sich eines Tages herausstellt, dass uns die Realität nicht folgt. In der Theoriebildungsfertigkeit sind die Schüler ganz Kinder meines Geistes, Herr Inspektor. Schon nach dem ersten Auftauchen des schlohweißen Herrn wurde die These aufgestellt, er fahre sämtlichen Friedhöfen der näheren Umgebung nach und küsse alle Obelisken ab, insbesondere die hellen. Meinetwegen, sagte ich, bleiben wir bei der farbassoziativen Methode. Es ist ja nicht zu übersehen, dass das kühle Marmorweiß des italienischen Blanc clair mit dem schmutzigen Schneeweiß der Umgebung einerseits, mit dem Schlohweiß der Haare anderseits, das einen Stich ins Gelbliche hat, und nicht zuletzt mit dem Silberweiß der Echarpe auf das mannigfaltigste korrespondiert. Es wäre interessant herauszufinden, welche Steinarten, welche Formen zu einem solchen Verhalten verleiten. Wäre die noble Zärtlichkeit des Obeliskenküssers bei einem Arabescato oder Cristallina tigrato dieselbe? Oder ist es nur die freistehende Spitzsäule, das Kultmal des altägyptischen Sonnengottes in Heliopolis, das den Fremden im Buick anzieht? Wir bleiben auf Vermutungen angewiesen, denn leider haben wir nicht die Möglichkeit zu experimentieren, den Blanc clair beispielsweise von einem Winter auf den andern durch einen spanischen Negro marquina zu ersetzen oder den Obelisken gegen einen Oranten auszutauschen. Deshalb, sage ich zu den Schülern, wehre ich mich gegen das Wort Friedhofexperiment. Ein Experiment setzt voraus, dass man die Bedingungen für den Fall, den man studiert, beliebig verändern kann. Und da, auf dem Engelhof, würde Wiederkehr sein Veto einlegen.

Es war nicht nur der Obeliskenküsser, sondern auch die Moosbruggerin, die sogenannte Schneckenwitwe, die uns auf die Idee brachte, es gebe tatsächlich so etwas wie Grabsteinfeinschmeckerei. Die Moosbruggerin geht immer sämtlichen Gräbern nach mit einer gut getarnten Konservenbüchse – auch das Witwenschwarz dient letztlich der Tarnung –, kauert vor jeder Rabatte nieder und tastet die Steinplatte ab. Aus der Schulhausperspektive sah es anfänglich so aus, als ob sie beim Umarmen der Denksteine Hochglanzpolituren miteinander vergleiche, als ob da jemand ein synoptisches Verfahren entwickelt habe, Gesteinsoberflächen zu lesen, und der Petrophilie verfallen sei. Dem ist aber nicht so. Die Moosbruggerin sammelt lediglich die Schnecken ein für ihre Hühner. Aus der Besucherstatistik geht hervor, dass sie Nebel- und Nieseltage bevorzugt. Da sie weiß, dass auch die Schüpfer Elvyra einen Hühnerhof unterhält, kommt sie sich als Schneckendiebin vor und spielt die Witwenrolle. Wiederkehr sagt, die Moosbruggerin habe niemanden und nichts zu betrauern, es sei denn, sie betraure die Schnecken, die umgekommen seien, bevor sie ihrer habe habhaft werden können. Was die Moosbruggerin hinter den Grabsteinen zu suchen hat, wäre nun wieder ohne den Friedhofwarner nicht herauszukriegen gewesen, Herr Inspektor, der sich auf die Ostseite des Engelhofs schlich, hinter dem Sockelmäuerchen in Deckung ging und dem Präzisierungswart vermittelst einer einfachen Zeichensprache die Schneckenableserei signalisierte. Wenn Sie nun den Obeliskenküsser und die Schneckenwitwe miteinander in Beziehung setzen, Herr Inspektor, haben Sie ein schönes Beispiel dafür, wie wir unsere Unterrichtsmotive von der Realität abziehen, indem wir zu dieser Realität nichts anderes beitragen als unsere Betrachtungsweise. Was heißt denn Ästhetik ursprünglich? Es heißt: die Wissenschaft vom sinnlich Wahrnehmbaren. Und der Ästhet ist ein Wahrnehmender, der allerdings durch eine permanente Überdosierung der Sinneseindrücke zum Anästheten werden kann, zu einem Wahrnehmungsbetäubten. Nichts, sage ich, nichts tragen wir bei als unsere Perspektive. Erd- und Schwerarbeiter wie Wiederkehr haben uns zwar den Schweiß und die lehmverschmierten Stiefel voraus, sie wissen mit Pickel und Spaten umzugehen, aber sie haben überhaupt kein Glanzoberflächenbewusstsein. Sie können sich nicht vorstellen, dass ein Mann wie der Obeliskenküsser ihr Werk, die Winterdekoration der Gräber, ignoriert und sich ganz dem kühlen Marmor verschreibt. Nach welchen Kriterien beurteilt denn ein Friedhof-Realist wie Wiederkehr die Denksteine? Einzig und allein danach, wie gut oder wie schlecht sie sich mit dem Vorschlaghammer zertrümmern lassen. Jeden Winter wird ja bekanntlich auf den Friedhöfen ein Todesjahrgang weggeräumt, ausgerottet, jener Jahrgang, der die Ruhezeit von fünfundzwanzig Jahren erreicht hat. Die Granitblöcke und Marmortafeln werden zerschlagen und von den Aberschiltenern als Spolien für Bruchsteinmäuerchen verwendet. Ein solcher Grabmalzertrümmerer kann sich in der Tat kaum vorstellen, dass ein Steinschmecker einen Rouge royal, einen gelben Veroneser, einen Fürstensteiner, einen Toskanischen Travertin oder einen Comblanchien goutieren kann wie einen guten Wein, einen Moulin à Vent etwa; nebenbei gesagt eine Bezeichnung für einen häufig verwendeten rötlichen Kalkstein. Was die Namen betrifft, können wir es mit Wiederkehr jederzeit aufnehmen. Unser Nachbar muss sich gefallen lassen, dass ihm ein Schüler auf dem Nachhauseweg über die Friedhofmauer zuruft – und dabei die Mappe schlenkert, als wäre dieses Wissen das Allerselbstverständlichste –: Guidotti hat dann wieder einen bruchrohen Soglio-Quarzit und einen scharrierten Solnhofer mit einem stilisierten Windrosen-Motiv nach Mooskirch geliefert, zwei wunderschöne Stücke! Die Steinsorten sind nicht Wiederkehrs Stärke, seine Kenntnisse reichen gerade aus, um einen Schwedisch-schwarz-Granit, der nach dem Abschleifen mit Karborundum und nach der Politur wie schwarzer Marmor aussieht, von einem hessischen Schupbach zu unterscheiden.

Dafür kommt er bei der sogenannten Friedhofbereisung umso mehr zur Geltung, und wir gönnen ihm diesen Triumph von Herzen. Um den Sinn einer solchen friedhofinternen Exkursion zu verstehen, diktiere ich den Schülern ins Generalsudelheft, muss man wissen, dass die Gräber des Engelhofs im Prinzip dreimal jährlich neu geschmückt werden, genauer:

zweimal bepflanzt und einmal dekoriert, und zwar auf Ostern, Pfingsten und Allerheiligen. In diesen Umpflanzungsperioden, für die Wiederkehr seine ganze Verwandtschaft aufbieten muss, gleicht der Friedhof einer Gartenbauschule. Ja, es spielt ein schulisches Element hinein, was wir gar nicht ungern sehen. Die allgemeine Konfusion – das Telefon schrillt fast ununterbrochen – rührt aber nicht daher, dass man von Stiefmütterchen auf Begonien oder von Begonien auf Blautannenzweige umstellen muss, sondern sie hat ihren Ursprung in den verschiedenen Grab-Typen, die nebeneinander existieren, so lange es noch keine schriftliche Friedhof- und Bestattungs-Verordnung gibt. Im Normalfall zahlt die Familie des Verstorbenen einen Pauschalbetrag in den Gräberfonds der Gemeinde, der fakultativ aufgerundet werden kann und für den, je nach Höhe der Summe, eine jährlich zweimalige reichhaltige Bepflanzung inklusive Winterschmuck, eine jährlich zweimalige gewöhnliche Bepflanzung inklusive Winterschmuck oder eine jährlich zweimalige gewöhnliche Bepflanzung ohne Winterschmuck geleistet werden muss, und zwar für die ganze Ruhezeit. Mit diesem System will die Gemeinde verhindern, dass Gräber von auswärtigen Grabhaltern vergrasen. Diese drei Typen fasst man zusammen unter dem Begriff der Fonds-Gräber, und die Verwaltung des Fonds obliegt der sogenannten Fonds-Verwalterin. Nun können die Hinterbliebenen, denen dieser Zahlungsmodus zu unpersönlich erscheint, den Fonds umgehen und es so halten, dass sie vor jeder Umbepflanzung den Friedhofgärtner wieder neu mit der Betreuung ihres Grabes beauftragen und individuelle Wünsche für die Rabattengestaltung anbringen, was meistens telefonisch geschieht. Für diese Einzelgräber stellt Wiederkehr dem Kunden Rechnung. Im Endeffekt sieht ein Wahlgrab mit jahreszeitlicher Wechselbepflanzung nicht anders aus als ein Reihen- oder Fonds-Grab, aber der Grundstückmieter dieser einskommanullfünf (in Zahlen 1,05) Quadratmeter Friedhofboden hat doch das Gefühl, sich persönlich um die Stätte seines Verstorbenen gekümmert zu haben. Wir leisten dazu einen beträchtlichen Anteil durch die Weiterleitung der Telefonate, wobei die Rufordonnanz mit dem schwarzen Megaphon Wiederkehr gar nicht mehr erst ins Lehrerzimmer hinaufsprengt, sondern gleich in die Landschaft hinauspölkt, wer wie viele Stiefmütterchen bestellt habe. Während die Bepflanzer vor ihren Rabatten knien, tönt es aus dem Schulhaus wie an einer Tour de Suisse: Abderhalden Zäzilie, Abderhalden Zäzilie, Viola tricolor, Stiefmütterchen, zehn Stück, nicht zwölf wie letztes Jahr! Und dann gibt es auch noch die Privatgräber, welche von den Hinterbliebenen in eigener Regie garniert werden, und zwar nicht dreimal, sondern x-mal jährlich, weil diese Individualisten natürlich dem Friedhofgärtner beweisen müssen, dass sie mit gutem Recht seine Konfektionsbepflanzung ausgeschlagen haben. Freilich büßen sie den Vorsprung an Blumenpracht, den sie im Frühling herausholen, im Winter wieder ein und blicken neidisch auf die Fonds- und Wahlgräber, die mit einem pompösen Arrangement von schuppenförmig gesteckten Blautannenzweigen, Mohnkapseln, Tannenzapfen, Schilfzigarren und silbergrauen Eukalyptus-Ästchen dekoriert werden. Dies ist freilich noch nicht die Luxus-Variante. Bei der Luxus-Variante wird in die Blautannendecke ein Ornament aus Isländisch-Moos eingeflochten, das Familienwappen des Verstorbenen, sofern es sich an heraldisch einfache Formen hält, ein diagonal liegendes Kreuz, eine offene Bibel oder ein Alpha und Omega. Damit sich das staubgrüne Motiv besser vom Hintergrund abhebt, erhält es einen Kontur von Grünzweigen. Diese sogenannte Teppichschmückerei, die ursprünglich einen witterungsbedingten Grund hatte, denn die Rabatten müssen zum Frostschutz abgedeckt werden, eingewintert, wie man auch etwa sagt, ist Wiederkehrs große Spezialität, die einzige formalistische Seite seines Berufs. Stundenlang kann er im nasskalten Oktober auf seinem Kissen knien und an einem solchen Ornament herumbäscheln. Und damit diese Kunstwerke nicht ungewürdigt im matschigen Dezemberschnee versinken, findet jährlich in der Woche vor dem Totensonntag eine Friedhofbereisung statt.

Zur Friedhofbereisung besammeln sich die alten Schrumpelweiblein, ein paar vereinzelte Käuze und Kracher und sonstige Engelhofnarren, allen voran Wigger, auf dem Schulhausplatz. Man tauscht Erinnerungen und Leiden aus, und wir hören und studieren bei offenen Fenstern den urchigen Schiltener Dialekt, eine Sprache, die uns in ihrer Anschaulichkeit sowohl die Grammatik als auch die Wortschatzübungen ersetzt. Das ist zum Beispiel wieder nur in Schilten möglich, Herr Inspektor: das Fenster aufreißen, und man hat die lebendige Sprachlehre. Ich nenne nur ein paar Delikatessen: Die im Schriftdeutschen verlorengegangenen Inchoativa: «Es böset mit em», «es nüechtelt». Die umgelauteten Pluralformen: «Psüech» für Besuche. Präfix g- in perfektischer Bedeutung wie im Mittelhochdeutschen: «I mags ned gässe», ich mag es nicht essen. Eine Menge von Dialektausdrücken ohne Entsprechung im Neuhochdeutschen: «karfange» für schimmelig, feucht; «naachtig tue» für sich nachteilig, nicht zu seinem Vorteil verhalten; «zäntomecho» für überall in der Welt herumkommen; «Montere» für Schaufenster, aus französisch «la montre»; «Galöri» für Aufschneider, Dummkopf, Galan; «Lützu» für nachlässige Kleidung; «Wätterleine» für ein fahles Wetterleuchten; «Chnupesager» für Geizhals, und so weiter, und so fort. Dann die häufige Segmentation im Satzbau: Der muss mir nicht so vorbeikommen, der. Das berühmte, unter bernischem Einfluss vokalisierte -l-: «Wiu» für

Wil, «Ziu» für Ziel. Die Bewahrung der alten Affrikate: «roukche» für rauchen. Weiterbildung der Nomina agentis: «de Dachdeck» für der Dachdecker. Die Pejorativa mit angehängtem -i: «Brüeli», «Laveri», Letzteres für Schwätzer. Dann die Kollektiva-Bildungen -ete: «e Schuflete» für das Geschaufelte oder zu Schaufelnde; «e Choderete» für das Gegeifer. Die archaischen Formen des zweiten Konjunktivs: «i schlof» für ich würde schlafen; «i os» für ich würde essen. Und, eine Oberschilttaler Spezialität, die sonst nirgends in der schweizerischen Sprachgeographie bezeugt ist, nämlich die konjunktivisch gemeinten Substantiv-Umlaute: «de Gong» für einen möglicherweise durchgeführten Gang, «de Töd» für einen eventuell eintretenden Tod. Dazu bemerke ich lediglich, dass der südliche Berner Aargau zwar keine höchstalemannische Reliktlandschaft ist, eine Bezeichnung, die wir insbesondere für Schilten und Umgebung gerne in Anspruch nehmen würden, aber doch eine Vorprovinz der innerschweizerischen Reliktstaffelung, wo gewisse Ost-West- und Nord-Süd-Gegensätze auf das heftigste ausgetragen werden. Ich verwahre mich aber gegen den Ausdruck «Misch- und Labilitätszone», der uns von den Linguisten im Sinne eines sprachgeographischen Schimpfwortes etwa an den Kopf geworfen wird. Dies alles hören wir, Herr Inspektor, wir müssen es nicht im Sprachatlas zusammenklauben. Und wenn ich an einer Friedhofbereisung – aber auch an andern Tagen, wann immer ein paar Weiber auf dem Pausenplatz tratschen – zum Fensteröffner sage: Öffne die Fenster!, so läuft das auf dasselbe hinaus, wie wenn ich zur Klasse sagen würde: Öffnet das Sprachbuch! Natürlich haben wir kein Sprachbuch, wir sind nicht auf Lehrmittel angewiesen, schon gar nicht auf Sprachverstümmelungs-Katechismen. Wir können auch so einen Verbal-Hornung von einer Verballhornung unterscheiden. Verballhornen, diktiere ich den Schülern ins

Generalsudelheft: Aus Unkenntnis entstellen, vom Namen des Lübecker Buchdruckers Ballhorn abgeleitet, bei dem im sechzehnten Jahrhundert eine fehlerhaft korrigierte Ausgabe des lübischen Rechtes erschien. Die Sprachschule ist immer eine fehlerhafte Korrektur des gesunden Sprachverstandes. Um ihn walten zu lassen, muss man den Schülern aber zuerst die Wörter austreiben. Meine Sprach-Entziehungskur besteht denn auch im Wesentlichen in einer semantischen Schock-Therapie. Wir buchstabieren die Wörter so lange vor uns hin, bis sie ihren Sinn verlieren. Hundertmal B-r-u-n-n-e-n, dann die Frage: Warum nicht Brinnen? Erst wenn man begriffen hat, dass die Beziehung zwischen dem Zeichen und dem Bezeichneten eine willkürliche, absolut beliebige ist, kann man auch etwas absolut Beliebiges mit den Wörtern ausdrücken. Entnamsen nennen wir diese Übung. Alles entnamsen und dann neu benamsen, das ist Sprach-Erziehung.

Item, wir hören an der Friedhofbereisung auch gänzlich aus der Mode gekommene Namen wie Traugott, Theobald, Gotthold, Bertrand, Landolin; wie Emilie, Ottilie, Walburga, Lina, Hortensia, Bathilde, Hedwig, Zäzilie und Alwine. Ein Thema beherrscht das Gespräch dieser welken Greisinnen und grantigen Krauterer: die Frage, wen es als Nächsten treffe. Sie alle wissen mit buchstäblich tödlicher Sicherheit, dass bei der Zusammenkunft übers Jahr der, die eine oder andere nicht mehr da sein werden, und die Versammlung auf dem Pausenplatz mutet wie eine Einberufung der engsten Sterbeanwärter an. Man besichtigt den Engelhof, stellt fest, ob alles in Ordnung sei, neben wen man allenfalls zu liegen kommen könnte. Wiederkehr im braunen Zweireiher schüttelt knochige Hände, wehrt Komplimente ab. Nie hat unser Totengräber solchen Zulauf wie am Tag der offenen Friedhoftür. Seine Arbeit steht im Mittelpunkt.

Hier hat Bruder Stäbli nichts verloren. Er sagt denn auch: Lasset die Toten ihre Toten besuchen und kümmert euch um die Lebendigen. Alle diese rüstigen Fünfer und Zweier und Siebenundneunziger und Neunundachtziger haben jenes biblische Alter erreicht, in dem sich die Frömmigkeit nicht mehr kanalisieren lässt. Es ist eine alttestamentliche, verknorzte, unberechenbare Frömmigkeit, eine verstockte Gottesfurcht, die jederzeit in heidnische Ketzerei, in den abstrusesten Irrglauben umschlagen kann. Ihre Sorge gilt weniger dem Seelenheil als einem anständigen Abgang und einem schönen Ruheplatz, und deshalb kommt es immer wieder vor, dass Wiederkehr bei solchen Bereisungen im Hinblick auf die Letzte Reise mit Trinkgeldern aus Sparstrümpfen bestochen wird, damit er, falls der Spender als Nächster drankommt, eine unerwünschte Leichennachbarschaft verhindert und unter dem Vorwand, die Brachlegung tue dem Friedhofboden gut, eine neue Reihe anfängt. Wenn ich alle diese Wünsche berücksichtigen wollte, sagt Wiederkehr, hätten wir in Schilten einen Parkfriedhof bis zum Wald hinauf.

Ich betone Jahr für Jahr vor meiner Klasse – und vor dem Abwart mit besonderem Nachdruck –, dass nichts in unserem Journal steht, was nicht tatsächlich auf dem Aberschiltener Gottesacker passiert ist. Blasphemie, lautet der bekannte Vorwurf, Makabritäten. Indessen haben wir in unserem dunkelgrau marmorierten Protokollbuch der Phantasie nicht den geringsten Raum, keine noch so schmale Rubrik zugestanden. Wenn man uns eine Schuld nachweisen will, dann die: dass wir das Beobachtete notiert und in eine chronologische Reihenfolge gebracht haben. Dann werfe man uns unsere Beobachtungs-Wehrhaftigkeit vor, unsere Schießscharten-Mentalität. Gesunde, starke Naturen wie Wiederkehr meinen immer, ein solches Journal – wie überhaupt alles Schriftliche – verändere und verfälsche die Wirklichkeit. Allein die Tatsache, dass wir ein Journal führten, locke engelhoffeindliche, lichtscheue Elemente an, welche die Totenruhe störten. Sie meinen, die protokollarisch niedergelegten Fakten seien eine der Friedhofwirklichkeit aufoktroyierte Papierwirklichkeit, mächtig genug, eine solche Totengärtnerei aus den Angeln zu heben. Darauf antworte ich nur: Haben wir denn, die Schülerschaft und der Lehrkörper von Schilten, ein Kuriosum wie die ortsübliche Friedhofbereisung erfunden? Gibt es diesen Brauch erst, seit wir hier Buch führen? Oder ist es vielleicht gerade umgekehrt: Haben uns absonderliche Brauchpraktiken wie die Friedhofbereisung dazu gezwungen, uns auf dem Papier dieser Absonderlichkeiten zu entledigen? Wird hier nicht einmal mehr der Bock zum Friedhofgärtner gemacht? Abschaffung der Friedhofbereisung gleich Abschaffung der Friedhofbereisungsprotokollführung. Das Einzige, was wir zu dieser Exkursion der Stockschiltener Veteranen beigetragen haben, ist das schlichte Wort Friedhofbereisung, weil uns die Veranstaltung an einen Waldumgang erinnert, an eine sogenannte Waldbereisung unter der kundigen Führung des Försters. Wer an der Protokollierung dieses Anlasses Anstoß nimmt im Kreise der hohen Inspektorenkonferenz, soll seine Einwände gefälligst gegen die Bereisung selbst vorbringen. Nicht immer Armin Schildknecht für alles Krummwüchsige und Verquere verantwortlich machen, nur weil er es sieht!

Wer nun glaubt, dass Mal für Mal weniger Leute an der Friedhofbereisung teilnehmen, weil da und dort in Inner-, Außer-, Hinter- und Aberschilten ganz still und heimlich einer abberufen wird, täuscht sich. Es gibt in Seiten- und Stichtälern wie dem Schilttal eine Bevölkerungsexplosion der Alten, weil die

Jungen ab- und auswandern. Das heißt nicht, dass sich die Bejahrten vermehren, sie fühlen sich nur immer früher alt und ausgetrocknet. Die Entindustrialisierung eines Tals und die Stilllegung handwerklicher Betriebe hat eine gewaltige Expansion der Friedhöfe, eine Verstärkung des Friedhofinteresses und eine Intensivierung der Friedhofpflege zur Folge. Nur noch die Schreinereien und Sägewerke arbeiten im Schilttal, weil hölzerne Röcke immer gefragt sind. Bot bei meinem Amtsantritt die Sonntagsstube der Schüpferin noch Platz genug für den kleinen Imbiss im Anschluss an den Engelhof-Rundgang, so findet heute die Atzung in der Turnhalle statt, wo die Greise und Mütterchen an papiergedeckten Tischen sitzen. Die Aufschnittteller werden in der Mörtelkammer, im Korridor und im Unterstufenzimmer bereitgestellt, der saure Most wird von Wiederkehr gestiftet. Alle alten Stockschiltener sind chronische Mösteler und haben deshalb einen verjästen Sauergrauech-Atem. Armin Schildknecht begleitet die aufgefrischten Schullieder auf dem Harmonium. Die Gesellschaft ist ja beinahe identisch mit dem Stammpublikum bei Abdankungen. Bevor aber die Abwartin den Imbiss serviert und den Most aus der Korbflasche ausschenkt, führt Wiederkehr seine Gäste gruppenweise den Gräbern entlang. Sie wissen, Herr Inspektor, dass man, vor einem Denkstein stehend, unweigerlich den Kopf zur Seite neigt, als ob die Inschrift diagonal eingeschnitten wäre. Diese Kopfbewegung ist typisch für den jungen Friedhofgänger: er will sich angesichts des Totenmals verkleinern, zum Bestatteten hinunterbeugen. Und dass er es nicht vorwärts, sondern seitwärts tut, hängt mit seiner letztlich doch ungebrochenen Lebenskraft zusammen. Wie ein Ast, der sich nicht knicken, aber biegen lässt. Die alten Leute kennen diese Haltung nicht, ihr Körper ist so sehr zusammengeschrumpft, dass sie sich im Gegenteil aufrichten vor einem Grab. Sie sind stolz, dass sie noch aus eigenen Kräften zwischen den Stellriemen durchgehen können. Nun ist uns Folgendes aufgefallen bei der hiesigen Art der Friedhofbereisung. Die Gruppen mustern und bewundern ausgiebig ein Arrangement, wenden sich dann aber nicht mit einem stummen Abschiedsgruß dem dazugehörigen Stein oder Gatterkreuz zu, sondern der Tafel in der vorderen Reihe, von der sie nur die Rückfläche sehen. Wir haben diese Bewegung in der Klasse lange so gedeutet, dass aus Zeitgründen und Kräfteersparnis gleich zwei eingewinterte Beete auf einer Achse gewürdigt würden. Mitnichten. Hinter das Geheimnis, das der Abwart nicht preisgeben wollte, sind wir erst gekommen, als wir den Friedhofwarner als Spitzel hinter der Scheinzypresse in der rechten oberen Ecke postierten. Und wir mussten uns bittere Vorwürfe machen, dass wir die alten Leute zu wenig genau studiert, auch den Schulhauseinfluss auf den Engelhof unterschätzt hatten. Seht ihr, sagte ich zu meinen Eleven, die Schule sitzt ihnen immer noch in den Knochen! Die Erklärung ist die allereinfachste. Die Teilnehmer der Friedhofbereisung prüfen ihr Gedächtnis, indem immer einer von ihnen auswendig die Inschrift des vorderen Grabmals hersagt, Name und Vorname, Geburts- und Todesjahr sowie den Grabspruch. In unserer Handbibliothek befindet sich unter anderen Kuriosa ein kleines Schriftchen im Oktavformat, das anno 1918 vom Synodalrat des Kantons Aargau im Verlag Fahrländer, Schöllanden, herausgegeben wurde, gedruckt auf Papier aus der alten Papiermühle, die heute leer steht und als kolossaler Fabrikbau mit der Fassade eines barocken Herrschaftssitzes am Eingang der Schwarber Klus die Talschwermut des Schwarbtals staut. Die Broschüre heißt: «Ratschläge zuhanden der Kirchgemeinderäte und Pfarrämter für die würdige Instandhaltung unserer Friedhöfe und eine sinnvolle Wahl der Inschriften auf den Gräbern». Vorwort, Richtlinien für die Friedhofpflege, Bibelworte: A. Allgemeine, B. Für Kinder und junge Leute, C. Für alte Leute, D. Nach schwerer Trübsal. In den Richtlinien heißt es: «Was gehört außer dem Namen als Inschrift auf das Grab? Zunächst so wenig als möglich! Sodann so bescheiden als möglich! Und endlich: keine eitle Ruhmrednerei und Menschenlob. Wer sich rühmen will, der rühme sich des Herrn.» Im Weiteren wird empfohlen, auf selbstgemachte Reimereien und Phrasen zu verzichten wie: Die Erde sei dir leicht! Dafür möge man auf die evangelischen Kernlieder und den ewigen Brunnen von Bibelworten zurückgreifen, zum Beispiel auf den zweiten Brief von Paulus an Timotheus, Kapitel vier, Verse sieben und acht: «Ich habe einen guten Kampf gekämpft, ich habe den Lauf vollendet, ich habe Glauben gehalten; hinfort ist mir beigelegt die Krone der Gerechtigkeit, welche mir der Herr an jenem Tage, der gerechte Richter, geben wird, nicht mir allein, sondern auch allen, welche seine Erscheinung liebhaben.» Abgesehen davon, dass dieser Spruch wohl nur auf einem Grabstein Platz hätte, wenn man ihn beidseitig beschriften würde, also unten rechts ein Zeichen für Fortsetzung machen müsste, einen Schrägstrich mit zwei Punkten, abgesehen davon haben sich die Schiltener auch sonst nicht an die Ratschläge des aargauischen Synodalrates gehalten. Auf dem Engelhof dominieren abgedroschene Kurzformeln wie «Ruhe sanft», «Auf Wiedersehen», «Gott weiß warum», «Zu früh für uns». Diese Sprüche im Gedächtnis zu behalten, ist also für die Teilnehmer der Friedhofbereisung leicht. Aber die Jahreszahlen, die Jahreszahlen nötigen uns die größte Bewunderung ab. Wiederkehr sagte, als wir hinter das Geheimnis des Memorierens gekommen waren: Verlangen Sie das einmal von Ihren Schülern, Herr Lehrer!

Der Abwart hatte es keinem Toten, allenfalls einem Scheintoten gesagt. Wir haben seither das sogenannte Gräber-Schnellrezitieren eingeführt. Ich gehe von zwei Schachbrettmustern aus. Eine Feld-Chiffrierung bezieht sich auf die Sitzordnung in der Klasse, die andere auf die Anordnung der Denkmäler auf dem Engelhof. Mit dem ersten Kode pflücke ich den Schüler heraus, mit dem zweiten den Stein, den ich repetiert haben möchte. G4, e7, und schon schnellt einer aus der Bank hoch und leiert herunter: Xaver Weber-Weber, 1887 bis 1971, zu früh für uns. Das ist eine morgendliche Übung, mit der wir uns vergewissern, dass wir den Friedhof im Griff haben, Herr Inspektor. Der Schulverweser von Schilten kann es sich nicht leisten, mit seiner Klasse in irgendeiner Friedhofdisziplin schlechter abzuschneiden als die übrigen Friedhofbürger. Wer im Schulhaus den Engelhof ignoriert, hat die Stellungnahme, die er sich ersparen möchte, bereits vollzogen: Er leistet der heimlichen Infizierung des Unterrichtsbetriebs durch das Bestattungswesen Vorschub und ist lediglich im Unklaren über die Dauer seines Inkubationsstadiums. Deshalb, Herr Inspektor, ist in diesem Bericht so viel vom Friedhof die Rede: Wir legen einen Seuchenteppich von präzisen Fakten und Beobachtungen um das Schulhaus, freilich ohne dadurch die Krankheit an ihrem Vormarsch hindern zu können.

VIERZEHNTES QUARTHEFT

Vom zugigen Estrich mit den immer leicht im Wind schaukelnden Sackpuppen war bereits die Rede, nicht aber von meiner privaten Rumpelkammer, dem sogenannten Sparrenraum. Um sich vorstellen zu können, wie und wo er liegt, müssen Sie wissen, dass das Schulhaus aus zwei T-förmig aufeinanderstoßenden, rechteckigen Baukörpern besteht, aus dem Langhaus und dem Querhaus, beide von gleicher Firsthöhe. Im Dachgeschoss – und ich spreche jetzt einmal nur von der Dächerlandschaft – greifen also zwei je zweifachliegende Krüppelwalm-Pfettendachstühle ineinander. Schon bei zwei einfachstehenden Pfettendachstühlen hätte es zimmermännische Komplikationen abgesetzt, geschweige denn bei zwei zweifachstehenden oder, wie in unserem Fall, zweifachliegenden Pfettendachstühlen. Auf eine solche Sparren-Orgie lässt sich heute kein Handwerker mehr ein. Nicht genug. Auf dem Schnittpunkt der Firste sitzt das Glockentürmchen, und dieses ruht auf einem eigenen, in die zweifachliegenden Krüppelwalm-Pfettendachstühle hineingemurksten, steilen Pyramidendachstuhl auf. Zu den Streben, Bundsparren und Zwischensparren kommen also noch Turmsparren hinzu. Es scheint, als habe der Architekt am Schiltener Schulhaus sämtliche Holzverbindungen und Dachformen ausprobieren wollen. Der Dachreiter hat ein an den Traufen ausgekremptes Spitzpyramiden-Helmdach. Das Treppenhaus, das der Westfassade etwas Landschlösschenhaftes gibt und in den Winkel von Langhaus und Querhaus eingeschoben wurde, erfreut sich eines separaten Walmdaches mit halbkegelförmigem Abschluss anstelle der südlichen Walmfläche, dessen nördliche Walmfläche in das Mutterdach des Querhauses stößt. Die Kamine tragen Satteldächlein, und das Vordach des in den Winkel von Treppenturm und Langhaus gerückten Hintereingangs hat die Form eines geknickten Deltoids. Doch nicht die Neben- oder Adoptivdächer sind von Belang, sondern die beiden großen Dächer, deren Kehlen denselben Neigungswinkel haben wie die Krüppelwalme. Die Lehrerwohnung können Sie sich als einen Winkel von zwei Schuhschachteln vorstellen, die in den Querhausestrich und den Langhausestrich gestellt wurden, flach gedeckt und an der östlichen und südlichen Peripherie abgeschrägt. Die Fenster der schmalen Korridore gehen auf den quadratisch ausgesparten Hauptestrich, wo das Gehäuse der Sumiswalder Zeitspinne steht. Im äußeren Winkel aber, wo die infolge des T-förmigen Grundrisses leicht gegeneinander verschobenen Schuhschachteln aufeinanderstoßen – die zwei Arme eines Windmühlen-Schemas –, entsteht eine kleine, ungenutzte Bodenkammer, die genau unter dem südöstlichen Kehlsparren liegt und nur durch eine schulterhohe Tapetentür zugänglich ist. Man muss sich ducken, um hineinzuschlüpfen, und erwartet dementsprechend einen niedrigen Abstellraum. Doch das Gegenteil ist der Fall. Dem Kehlsparren entlang sieht man über die Korridordecken hinweg in das riesige Holzzelt des Estrichs und in den Glockenstuhl hinauf. Dort, wo man am geschütztesten zu sein glaubt, im äußersten Winkel, ist man am ungeschütztesten. Wie oft habe ich von diesem Estrichdurchbruch in meiner Wohnung geträumt, Herr Inspektor! Was nützen die dünnen Wände gegen das Estrichinnere? Über diese deckenlose Bodenkammer wird die ganze Wohnung estrichifiziert. Oft habe ich im Traum eine Feuerleiter gesehen, die von diesem offenen Versteck aus in die Turnhalle hinunterführte. In den Sparrenraum eingesperrt zu sein, müsste für ein im Schiltener Schulhaus aufwachsendes Kind noch schlimmer sein als die Mörtelkammer für die Schüler. Rumpelkammern, Besenkammern, Vorratskammern, Treppenunterkammern, Hundezwinger, Schopfwinkel: alles nichts gegen eine in die Unendlichkeit der Estrichdämonie verlängerte Bodenkammer. Und ausgerechnet in dieser von Spinnen und Mäusen bevorzugten Dielenecke machte ich die größte Entdeckung meiner Schiltener Spätzeit: Ich fand zwölf nur leicht zerfledderte, staubbedeckte und feuchtigkeitsgewellte Hefte einer Zeitschrift, die zu Beginn unseres Jahrhunderts erschienen ist, die es auf drei Jahrgänge gebracht hat und die seit ihrem beleidigten Verstummen zu den bibliophilen Raritäten unter den Periodica gehört: Der Harmoniumfreund, Zeitschrift für Hausmusik und Kunst, Carl Simon, Musikverlag und Harmoniumhaus, Steglitzer Straße 35, Berlin. Erste Nummer des ersten Jahrgangs: 17. September 1907. Wir haben die Hefte sofort sichergestellt, Herr Inspektor, aus ihrer unwürdigen Nachbarschaft von alten Schilttaler Anzeigern, Illustrierten und verschnürten Packen der Lehrerzeitung befreit, haben sie ausgeklopft und sorgfältig geglättet, haben Rissstellen geklebt und schadhafte Rücken verstärkt und dann ein Inhaltsverzeichnis sämtlicher Artikel der zwölf Nummern angelegt.

Das Schilttal ist ein Sektental, das wissen Sie, Herr Inspektor. Die Erz-Jesu-Gemeinde mit dem Himmelreichsaal in Mooskirch und mit Bruder Stäbli an der Spitze ist gleichsam nur die Obersekte von einem Dutzend Untersekten. Es scheint eine Parallele zu geben zwischen der verkehrsmäßigen und der religiösen Erschließung der Seiten-, Finster- und Stichtäler. Je abgelegener die Talschaft, je privater und inoffizieller das öffentliche Verkehrsmittel, desto sektiererischer die Leute. Die evangelische Landeskirche spaltet sich hier auf in religiöse Splittergruppen. Man könnte auch sagen: Das Hauptjammertal des irdischen Daseins verzweigt sich in nur umso jämmerlichere Nebenjammertäler, deren Glaubensflüsschen aber nicht etwa in den großen Strom münden, ja überhaupt nicht entwässern, sondern brutwarme Tümpel des Aberglaubens bilden. Das ist ein strapaziertes Bild, ich weiß, aber angesichts des Sektenwesens kann kein Bild strapaziert genug sein. Fragt man sich, woher diese Aufsplitterung komme, so muss man sich vor Augen halten, dass die früheren Steckhöfler ganz auf sich selbst angewiesen waren. Einerseits waren sie kirchengenössig, anderseits aber nicht eingepfarrt, so wie sie keinen Allmendbesitz und keinen Waldanteil hatten. Wer von einem Steckhof wegzog, wurde über Nacht heimatlos. Umgekehrt konnte sich jeder Hergelaufene ohne Papiere in diesen gottverlassenen Gegenden niederlassen. Die Steckhöfler waren die Vorfahren der Hofsiedlungsbewohner, die sich nach und nach zu Ortsbürgerschaften und später zu politischen Gemeinden zusammenschlossen. Die Urbarmachung des Schilttals erfolgte also von den Waldrändern her. Die zwitterhaften, ungesicherten Verhältnisse waren der beste Humus für die Sektenbildung. Und sintemal der Weg zum Kirchlein von Mooskirch für die meisten Steckhöfler zu weit war – sie hätten ja in der Morgenfrühe aufbrechen müssen, wenn der Stall besorgt werden musste –, legte man die Bibel selber aus. Ein Pfarrer, der in diesem tief eingekerbten Knicktal seine Schafe hätte beisammenhalten wollen, hätte auf die Eggen und Chnubel hinaufsteigen müssen, um im Schweiße seines Angesichts festzustellen, dass man es hinsichtlich der Bibelfestigkeit durchaus mit ihm aufnehmen könne. Satz, diktiere ich den Schülern ins Generalsudelheft: Je bibelfester, desto abergläubischer die Leute. In den Steckhöfen – und das ist auch noch bei den uralteingesessenen Stockschiltenern so – wurde die Bibel nicht gelesen, sie wurde zerfetzt. Man muss hierzulande von Bibelfressern sprechen, Herr Inspektor. Hinzu kommt, dass an einer Konfessionsgrenze immer rascher und leichter Sekten entstehen als hinter der

Front. Angesichts der Bedrohung durch die Andersgläubigen – und diese Bedrohung ist ja an der Luzerner Grenze die allergrößte – wird man sich uneinig über das taktische Vorgehen und darüber, wem man nun gehorchen solle. Dass in den Sekten-Hierarchien so oft militärische Rangbezeichnungen auftauchen, hat wohl ursprünglich mit dieser Kampfstellung zu tun. Wo eine Sekte ist, ist auch ein Harmonium, und sehr wahrscheinlich hat der Vorgänger von Paul Haberstich, ein gewisser Lehrer Lätsch, über den man wenig weiß, das Schulhaus Schilten für Sekten-Andachten offengehalten. Auf jeden Fall muss er es gewesen sein, der das Harmonium anschaffte und den Harmoniumfreund abonnierte. Es fragt sich lediglich, ob Lehrer Lätsch durch die Zeitschrift zum Kauf eines Harmoniums oder durch das Instrument zur Lektüre des Harmoniumfreundes animiert wurde. Uralte Schiltener, die noch zu Lätsch in die Schule gegangen sein wollen, behaupten, dass auf dem Estrich für auswärtige Stündeler jeweils ein Strohlager eingerichtet worden sei, ja, in der Turnhalle und in der Mörtelkammer hätten sie gelegen, um den Rausch ihrer religiösen Ekstase auszuschlafen, und man wisse ja mit Sicherheit, dass der Wasch-Kännel in der Mädchen-Toilette unter Lehrer Lätsch eingerichtet worden sei. Unter Lätsch sei die Mörtelkammer in Verruf gekommen, unter Lätsch sei dort religiöse Unzucht mit Minderjährigen getrieben worden, unter Lätsch habe man die Turnhalle verdunkelt und Nekromantie getrieben, unter Lätsch seien die vom Heiligen Geist Getroffenen reihenweise umgesunken, unter Lätsch sei die Stuhlgrube ausgehoben worden, ursprünglich für okkultistische Zwecke, unter Lätsch habe man auf dem Engelhof angefangen, die Grabmäler der Sektenanhänger von den übrigen zu unterscheiden. Unter Lätsch habe der Pfarrer im oberen Schilttal nichts mehr zu sagen gehabt, alles unter Lätsch, unter Lätsch, unter Lätsch, wenn man die Alten fragt, die Vor-Haberstichianer. Mag unter Lätsch passiert sein, was wolle, er hat das Harmonium gekauft und damit die Schildknechtsche Ära vorbereitet, er hat die Musik-Zeitschrift des Verlags Carl Simon in Berlin abonniert und damit, ohne es zu ahnen, seinem Übernachfolger ein kostbares Erbe hinterlassen.

Harmoniumfreunde aller Länder, vereinigt euch! Diese Harmonium-Fanatiker, die sich in dem eigens für sie geschaffenen Forum zu Wort meldeten, sprechen ganz meine Sprache, Herr Inspektor. Das Geleitwort Pastor Wermelingers zur ersten Nummer ist ein leidenschaftlicher Appell an die Harmoniumfabrikanten, sich um Gottes willen zusammenzuschließen und sich bezüglich der Dispositions-Auffassung und der Wind-Systeme nicht weiter zu zersplittern, damit der religiösen Hausmusik nicht gänzlich der Boden entzogen werde. Statt, so Pastor Wermelinger, Propaganda zu machen, auf dass man im Ausland endlich merke, was ein deutsches Kunstharmonium sei, würden unter den Fachleuten Querelen darüber geführt, ob der Koppler ins Grandjeu einzubeziehen sei oder nicht. Wenn man seine Meinung wissen wolle: Auf gar keinen Fall den Koppler ins Grandjeu einbeziehen! Die einst so stolze Harmonium-Industrie sei in sich völlig zerrissen, und wenn das so weitergehe, werde das Harmonium morgen dahin kommen, wo die Ziehharmonika heute schon sei. Er, Pastor Wermelinger, beschwöre Gegner und Anhänger des Druckwind- und des Saugwind-Systems, sich in diesem Blatt nicht wie ungezogene Journaillen zu bekriegen. Sinn und Zweck des Harmoniumfreundes sei es, Ruhe in die Betsäle, Kapellen und Stuben zu bringen und nicht Zwietracht zu säen, wie ja überhaupt das Harmonium von Natur aus ein zur inneren Befriedung und nicht zur Aufwiegelung erdachtes Instrument sei. Den Fabrikanten aber, welche die Hauptschuld an der weltweiten Harmonium-Krise trügen, könne er, ein armer Landpastor, nur zurufen: Baut endlich ein Einheitsinstrument. Möge, so wolle er sein Geleitwort schließen, der Harmoniumfreund dazu beitragen, dass das fromme Instrument der Musica sacra noch heimischer werde als bisher, heimisch in den Herzen, und dass das Lob des Höchsten von möglichst vielen Zungen ins Vaterland hinausgetragen werde.

Wenn wir uns ein paar historische Daten vergegenwärtigen, diktiere ich den Schülern ins Generalsudelheft, sehen wir sofort, dass die Harmonium-Entwicklung in der zweiten Hälfte des neunzehnten Jahrhunderts Riesenfortschritte macht, um dann auf ihrem Höhepunkt in einem regelrechten Abnützungskampf zwischen Druckluft- und Saugluft-System zu stagnieren.

1853: Victor Mustel etabliert sich als Harmoniumbauer in Paris, rue de Bondy.
Gründung der Harmoniumfabrik J. und P. Schiedmayer in Stuttgart.
1854: Victor Mustel lässt seine Erfindung der Doppel-Expression patentieren.
1855: Harpe éolienne.
Ein Pariser Mechaniker namens Leclerc konstruiert das erste Modell der Mélophonorgue.
1856: Harmoniflûte, ein Mittelding zwischen Harmonium und Ziehharmonika. Erste Anzeichen einer Degenerations-Tendenz.
1857: Semelo-Melodium.
1859: Organiphone oder orgue diminutif. Erfindung durch Rousseau.
1860: Aufnahme der Saugwind-Harmonium-Fabrikation durch die Firma Mason & Hamlin in Boston.

1863: Harmonicordéon, ein Gemeinschaftswerk des Fabrikanten Fourneaux und des Abtes Déon.

1865: Gründung der Firma Aktiebolaget J.P. Nyströms, Orgel- und Piano-Fabrik in Karlstad (Schweden), älteste Harmoniumfabrik Skandinaviens. Zahlreiche Erfindungen, u.a. Melograf (1912 auch in Deutschland vorgeführt), Harmonium-Sourdine und Resonanz-Apparate für Haus- und Schul-Instrumente. Der große Theodor Mannborg begann als Lehrling in dieser Firma.

1866: Célium, Instrument mit durchschlagenden Zungen von der Form eines Violoncells. Der Bogen hat die Funktion eines Hebelarms zur Betätigung des Gebläses.

1869: Gründung der Firma Straube's Harmonium-Anstalt in Berlin durch Johann Straube, Hofinstrumentenbauer, der 1911 an Schwindsucht starb.

1874: Sternstunde in der Harmonium-Geschichte. Willy Simon wird am 24. Februar als Sohn des Musikverlegers Carl Simon geboren. Gründliche Ausbildung im Musikalienhandel sowie bei Mustel, Paris. Um 1900 Einführung des Mustel-Kunstharmoniums in Deutschland. Seit 1904 verheiratet mit Paula Simon-Herlitz, die sich bald als Kunstharmonium-Virtuosin entpuppt. Seit selbigem Datum Inhaber des Carl Simon Musikverlags.

1905: Eröffnung des Harmoniumsaals in Berlin, dessen Akustik bei Harmonium-Konzerten über Jahrzehnte hinweg unübertroffen bleiben soll.

1907: Der Harmoniumfreund, Zeitschrift für Hausmusik und Kunst, wird ins Leben gerufen.

Natürlich animierte Pastor Wermelingers polemisch unterminiertes Geleitwort auch hausmusikalische Banausen, sozusagen disharmonisch zu putschen und gegen die großen Machthaber des Instrumentenbaus zu stänkern, und mit der postulierten Friedlichkeit der Monatsschrift war es nicht weit her, sie entwickelte sich schon bald zu einem Hetz-Blatt für drittrangige Tonkunst-Feuilletonisten. Ein typisches Beispiel dieser Art ist die Betrachtung von Arno Richard Theuermeister, welche meine Schüler immer wieder hören wollen: «Das Harmonium im Norden Europas. Anwendung, Bedeutung, Mißhandlung.» Naturgemäß eignet sich der Harmoniumfreund am besten zum Vorlesen. Wenn wir Harmonium-Studien treiben, zerfallen diese Studien in Diktate über das Harmonium einerseits, die wie alle Diktate am Harmonium präpariert, und zwar direkt ab Blatt, aus dem aufgeschlagenen Harmoniumfreund transponiert werden; in Vorlesestunden anderseits, bei denen wir das Mörtelkammer-Harmonium aus dem Spiel lassen können, weil unser Hausinstrument ja Gegenstand sämtlicher Artikel ist. Das eigentliche Harmonium-Wissen muss manualiter erarbeitet werden, nicht aber die Harmonium-Illustration. Skandinavien, so schreibt Arno Richard Theuermeister, ist ein intelligentes Land, mit zunehmender Intelligenz ist aber auch eine Zersplitterung der Religion zu bemerken, die verschiedene Sekten, Gemeinden, Orden und andere Gesellschaften zeitigt. Den rückwirkenden Schaden trägt die Harmonium-Fachhandlung. Irgendein neuer Heiliger gründet eine neue Sekte, weil er mit zwei Fingern einen Choral in C-Dur spielen kann. Die Gläubigen wenden sich an den Glorienmann, sie wollen ein Harmonium kaufen. Da wächst, so Theuermeister wörtlich, seine C-Dur-Eitelkeit und steigt auf hundert Grad Celsius. Hat er eine Handvoll Bestellungen in der Hand, reist er nach Deutschland und kauft. Aber was kauft er? Eine Wagenladung von Instrumenten, die oft nicht einmal den Namen Harmonium verdienen. Das ist die Krankheit, so Theuermeister wörtlich, die ganze Familien samt ihrem Anhang in eine schiefe Lage zu unserem Hausfreund bringt, und meistens geht die Sekte flöten nach dem Harmoniumkauf. Man baut wohl Tropen-Harmoniums, aber keine Seeklima- und Nebel-Harmoniums. In einer kleinen Kirche in Norddeutschland, die von hohen Bäumen umschattet ist und in der neunhundert Jahre lang Dichter und Gläubige den Herrn gepriesen haben, steht ein hochwertiges Marken-Fabrikat, ein Kunstharmonium, das innerhalb von drei Jahren völlig ruiniert worden ist. Gichtkrank mit weißen Leimfugen, ein Palast für Mäuse. Ich frage: Warum besitzen die deutschen Saugwind-Harmoniums keinen Sockelunterboden? Weshalb wird der Sockelrahmen der Export-Modelle nicht geteert? Der Grund, weshalb das amerikanische Harmonium in den letzten Jahrzehnten Europa überschwemmen konnte, liegt einzig und allein in seiner klimatischen Anpassungsfähigkeit. Ich fordere das feuchtigkeitsbeständige Kunstharmonium, ob Saugluft oder Druckluft, ist mir einerlei.

Wir, Herr Inspektor, wir schließen uns der Forderung von Arno Richard Theuermeister an: Schilten braucht dringend einen nebelfesten Psalmenvergaser. Ein Ausdruck meiner Schüler.

In einer Ecke für Kursivgedrucktes finden wir, von Jugendstilornamenten umrahmt, das zarte Poem «Deine Seele»:

Deine Seele hat die meine einst so wunderbar berührt,
Daß sie über Raum und Zeiten ewig Deinen Hauch verspürt,
Daß sie, von Dir ungesehen, noch von Deinem Kusse bebt
Und verklärt von Deinem Wesen sich mit Dir zum Himmel hebt.

Anmerkung der Redaktion: Vorstehende Dichtung von Thusnelda Weichleder wurde in meisterhafter Weise von Professor Doktor Siegfried Karg-Elert vertont, weshalb dieses Lied in allen Harmonium-Konzerten an erster Stelle zu stehen verdient. Der Verein der Harmonium-Liebhaber von Breslau veranstaltete am 26. Oktober 1906 in der Zepterloge ein beispielhaftes Konzert, das der Harmoniumfreund von seiner Programmgestaltung her zur Nachahmung empfehlen möchte. Folgende Stücke wurden an diesem denkwürdigen Abend einem enthusiasmierten Publikum zu Gehör gebracht:

Siegfried Karg-Elert: Deine Seele. Hildegard Templer, Sopran.

Paul Klepka: Vater, sieh mein weinend Auge! und: Schließe mir die Augen beide!

Ludwig Kämpf: Aus baltischen Landen, Opus 24, Suite für Harmonium in drei Theilen: Die Haffmücken – Im Meeressturm dem Tag entgegen – In den Dünen.

Richard J. Eichberg: Es ist so still geworden. Und: Ach, das ist kein Sterben!

Ernst Schauß: Andante religioso.

Bohumil Zepler: Sonntagmorgen in der Waldkapelle.

Für die Nummern 1, 4, 6 und 8 wurde ein Saugwind-Harmonium von Mannborg, für die Nummern 2, 3, 5 und 7 ein Druckwind-Harmonium von Burger verwendet.

Zum Zeichen der Versöhnung der beiden einander so lange feindlich gegenübergelegenen Systeme reichten sich die beiden Virtuosen Siegfried Karg-Elert (Saugwind) und Leo de la Haye (Druckwind) unter langanhaltendem Applaus beide Hände. Nicht genug! Die zwei Künstler sprangen förmlich über ihren Schatten, indem sie die Instrumente vertauschten und als Dreingabe Wilhelm Wäges Romanze «Resignation» in g-Moll spielten. Möge die Tendenz weiter anhalten, dass Saugwind-

und Druckwind-System als zwei verschiedene, aber vollkommen gleichberechtigte Arten des Harmoniums behandelt werden und in unparteiischer Weise in geschwisterlicher Eintracht in den Konzertsälen Europas figurieren.

Der große Harmoniumstreit, der mitnichten in Breslau geschlichtet wurde, sondern bis in die späten zwanziger Jahre fortdauerte, diktiere ich meinen Schülern ins Generalsudelheft, soll uns weiter nicht beschäftigen, umso weniger, als wir uns zum alten Druckluft-System bekennen und uns nicht durch den Siegeszug anfechten lassen, den das Mustel-Kunstharmonium und damit das Saugwind-Prinzip um die Jahrhundertwende durch ganz Deutschland angetreten hat. Ich will nur andeuten, weshalb es unter den zartbeseelten Harmoniumfreunden überhaupt zu einer Kontroverse gekommen ist, eine Kontroverse, die durchzustehen kein Musiker, und schon gar nicht ein Tretschemel-Virtuose, die Nerven hat. Ein Instrument mit einem derart komplizierten Innen-Mechanismus steht und fällt mit der Tauglichkeit seines technischen Systems. Nennen wir es ein Instrument mit einer künstlichen Seele, weil es sich jeder Stimmung anpassen, weil es jede Klangfarbe imitieren kann. Ein Trompetenton bleibt ein unverwechselbarer Trompetenton, wer immer in die Röhre bläst und die Ventile drückt. Es ist nicht möglich, auf der Trompete gegen die Eigenart der Trompete anzukämpfen. Das Harmonium aber ist in seinem Innersten charakterlos, und deshalb begünstigt es die größtmögliche Virtuosität. Das Harmonium harmoniumgemäß spielen heißt, es in allen Klangfarben irisieren zu lassen. Darum zieht es immer wieder schillernde, chamäleonhafte Naturen an, die der Verführung seiner Polychromie erliegen. Der Harmonium-Virtuose ist genauso seelisch labil wie seine «orgue expressif», ja, er bringt es erst infolge dieser Labilität zur wahren Meisterschaft. Von daher kommt es, dass das Verhältnis des Tonkunstverwöhnten zu diesem zwitterhaftesten unter allen Instrumenten immer ein absolut positives oder ein absolut negatives ist. Es genügt nicht, das Harmonium zu lieben, man muss es inbrünstig umwerben, muss in spätpietistischer Harmonium-Minne schmachten. Und es genügt auch nicht, es abzulehnen. Die Harmonium-Feinde werden immer gleich tätlich, deshalb liest man im Harmoniumfreund so oft von bedauerlichen Harmonium-Schändungen, Harmonium-Verstümmelungen. Wer sich, nachdem er es jahrelang gehegt und gepflegt hat, plötzlich von diesem Instrument abwendet – aus welchen Gründen auch immer –, lässt es nicht einfach in einer Ecke verstauben, sondern geht mit der Axt dahinter. Wer ihm aber hörig ist, in wessen Innern es so melodramatisch zugeht wie im Gekröse seiner Kanzellen, muss an ein System glauben können. Druckluftanhängerschaft oder Saugluftanhängerschaft kam zur Zeit des Harmonium-Weltkriegs einem Glaubensbekenntnis gleich. Die Drucklüftler und die Sauglüftler entwickelten eine eigene Pneuma- und Inspirations-Theorie. Heute würde man vielleicht sagen: Die einen verstanden sich mehr als extravertierte, die andern mehr als introvertierte Künstler. Doch statt dass man daran ging, ein kombiniertes Druckluft-Saugluft-Harmonium zu entwickeln, das den Streithähnen den Wind aus den Segeln genommen hätte, versteifte man sich darauf, die beiden Systeme zu perfektionieren und gegeneinander auszuspielen. Jeder Harmonium-Künstler spielte mit seinem Spiel gleichzeitig sein System gegen das andere aus, und an dieser gegenseitigen Befehdung sind die größten – was heißt: die mimosenhaftesten – Virtuosen zu Grunde gegangen. Karg-Elert endete in einer Nervenheilanstalt, de la Haye war nach seinem letzten Auftritt in Dresden eine musikalische Konkursmasse, ein kapitulierender Balgtreter. Vom Künstler zum Kalkanten geworden, Herr Inspektor. Deshalb ist es leicht zu verstehen, weshalb es im Harmoniumfreund von offenen Briefen und polemischen Entgegnungen nur so wimmelt. Man muss sich die Rosinen, die sich zum Vorlesen eignen und nicht unnötige Unruhe in die Klasse bringen, buchstäblich herauspicken. Für den Fall, dass an der außerordentlichen Inspektorenkonferenz eine spezielle Harmonium-Kommission gebildet werden sollte, empfehle ich dem Gremium als Zusatz-Lektüre:

Franz Berthold, Oberstudienrat: Das k. u. k. Harmonium.

Willy Bitterling-Lehe: Künstler am Harmonium, 4. Folge, Der unsterbliche de la Haye.

Paul Friedrich: Hosianna! Gedicht aus dem Gedichtband «Mein Lied», Eigenbrödler Verlag.

Johannes Titz, der Vater des deutschen Kunstharmoniums.

Vera Schweckendieck: Ein Harmoniumkonzert auf hoher See.

Otto Tröbes: Harmoniumfreud und Harmoniumleid.

Titus (Pseudonym): Schulzes kaufen ein Harmonium.

Wanderungen durch die Harmonium-Industrie, 2. Folge. Ein Besuch im Hause Mannborg.

Insbesondere möchte ich auf das Credo dieser besinnlichen Betrachtung hinweisen: «Möge das hohe Lied von der deutschen Qualitätsarbeit noch recht lange von da hinausklingen in den Werkakkord des so eminent fleißigen Leipzig. Für den deutschen Harmoniumbau ist hier eine Stätte geschaffen, die nie vergißt, der dort einmal weilen durfte.»

Hermann Wees: Das moderne Saugwind-Harmonium.

Das Resonanz-Gebläse von Hermann Hildebrandt.

Waldemar Schloh: Harmoniumbotschaft zum Neuen Jahr (Dezembernummer 1907).

Sie endet mit dem Wunsch: «Gerade dieses Instrument würde in höchstem Maße veredelnd wirken auf die so stark gefährdete Musikalität der jüngeren Generation. Möchten diese Zeilen doch dazu beitragen, das Verständnis all derer zu wecken, die achtlos an unserem verkannten Freund im Musikzimmer vorbeigehen. Kein Instrument der Welt hat soviel Seele, und es ist eigentlich eine Schmach, daß man ihm seine wundersamen und wie Balsam auf das erregte Gemüt wirkenden Klangreize durch Fußtritte entlocken muß. Wohlan denn, liebe Harmoniumfreunde, Glück und Segen und eine reiche hausmusikalische Ernte im neuen Harmonium-Jahr.»

Wie gesagt, konnte Arno Richard Theuermeister, der große Vorkämpfer des Freiluft- und Reform-Harmoniums, bei der Abfassung seiner Polemik nicht ahnen, dass drei Generationen später ein zwischen disziplinarischer Entlassung und voller Rehabilitierung schwebender Schulverweser dankbar auf seine Forderung nach einem nebeldichten Instrument zurückgreifen würde. Eines der wichtigsten Unterrichtsmotive meiner Spätzeit – als Spätzeit bezeichne ich die selbstbewusste Schlussphase meines Scholarchentums, in welcher die Konferenzfassung des Schulberichts heranreift – ist die Verschollenheit, und die Verschollenheit behandelt man naturgemäß am anschaulichsten draußen im Nebel. Gewisse Abracadabra-Kreise in Schilten haben mir die Ehre angetan, im Zusammenhang mit diesem Experiment von der Gründung einer Nebelsekte zu sprechen. Insofern als einer, der gedenkt, eines Tages spurlos zu verschwinden, falls man behördlicherseits nicht auf sein Rechenschaftsgesuch eingeht, Jünger braucht, die bezeugen, dass er einmal unter ihnen war, lasse ich mir dieses spiritistisch verzerrte Nebelbild von falschen Propheten durchaus gefallen. Die fruchtbarste Unterrichtszeit ist bei uns der Winter, und der lange, harte Schiltener Winter beginnt im November, der im Volksmund Neblung heißt. Schilten liegt im Spätherbst oft tagelang im Hochnebel. Schöllanden, Schlossheim, Mooskirch unter der Nebeldecke, die Hammerenge und Schmitten an der Nebelgrenze, Innerschilten im Rauch, Aberschilten in der dicksten Erbsensuppe, nur die Putschebene glatzt manchmal aus der Wolkendecke hervor. Dieser Tarnmantel ist unsere große Chance, diktiere ich den Schülern ins Generalsudelheft. In Mooskirch, wo höchstens einmal ein paar Leintücher über dem Tanzboden schweben, ließe sich keine Verschollenheitskunde großen Stils aufziehen. Im Nebel und Rauhfrost wird das Leben hier oben erträglich, wird vor allem der Friedhof erträglich, weil man ihn nicht mehr sieht. Endlich können wir die Löcher aufreißen, das Harmonium auf die Turnwiese hinausschleppen und an Freiluftunterricht nachholen, was wir den ganzen Sommer über, im brütenden Krüppelwalmkäfig gefangen, die Realien meidend, verpasst haben. Ganze Vormittage lang ist der Abwart wie vom Erdboden verschluckt, man hört drüben auf dem Engelhof nur ab und zu ein Schnudern und Kodern, ein Pickelklinken oder Schaufelschirken. Und das Schulhaus liegt nach jedem Glockenschlag gänzlich verschollen in seiner brodemhaften Ummantelung. Seltsam, im Nebel zu unterrichten, Herr Inspektor, man sieht weder Busch noch Stein, kein Schüler stört den andern, jeder lernt für sich allein. Sie verteilen sich mit ihren Generalsudelheften nach einem sogenannten Nebeldispositiv auf dem ganzen Schulareal. Der eine sitzt neben dem Briefkasten, der andere vor dem Friedhoftor, ein Dritter in der vergrasten Weitsprunganlage, ein Vierter auf der Brückenwaage, und so fort. Haben alle ihren Platz bezogen, lasse ich in alphabetischer Reihenfolge nach dem Schülerverzeichnis von eins bis neununddreißig durchnummerieren, damit die Einheitsförderklässler einen Begriff davon bekommen, was es heißt, eine nackte Zahl draußen im Nebel zu sein, Herr Inspektor. Dieses Durchnummerieren ist immer eine ergötzliche Angelegenheit, weil eine komische Diskrepanz entsteht zwischen der Linearität der Zahlenreihe und den unterschiedlichen Positionen im Nebeldispositiv. Da ruft einer ganz nah und laut und stramm: eins, dann einer tief im Nebel drin, zaghaft und kaum hörbar: zwo, und schon platzt der Dreier vor Lachen, und wenn er endlich drei ruft, kommt die Vier so überraschend schnell aus unmittelbarer Nähe, dass wieder die ganze Kette abreißt. Von vorne, sage ich, ihr Dummköpfe, und nehmt euch doch zusammen, Herkulanum, so lustig ist das nun auch wieder nicht. Zum Glück können die Zöglinge nicht sehen, wie Armin Schildknecht an seinem Harmonium in sich hineinkichert, denn es ist wahrhaftig das Allerkomischste, wenn bald nah, bald fern, bald männlich beherrscht, bald görenhaft verunsichert eine Zahl aus dem Nebel springt, eine Zahl, die nichts anderes besagt als: dort sitzt einer auf dem Klappstühlchen, der durch den Zufall der alphabetischen Reihenfolge in der Klasse dazu verurteilt wird, die unheilschwangere Dreizehn oder die drollige Acht zu verkörpern. Ich befreie die Schüler aber bald aus ihrer numerischen Narrenrolle, indem ich ihnen gemäß meiner Verschleierungsliste einen sehr poetischen Decknamen zuteile. Eins: Nebelkrähe. Zwei: Nebelhorn. Drei: Nebelbogen. Vier: Nebelstern. Fünf: Nebelbild. Sechs: Nebelfleck. Sieben: Nebelmeer. Armin Schildknecht hat für den Nebelunterricht den Rufnamen Nebelgranate. Wenn ein Schüler eine Frage an mich zu richten hat, bedient er sich der militärischen Funkersprache. Nebelgranate von Nebelhorn, antworten! Nebelhorn von Nebelgranate verstanden, antworten! Verstanden. Anfrage: Schreibt man Bodennebel mit zwei n? Antworten. Verstanden, Bodennebel schreibt man mit zwei n, antworten. Verstanden, ich wiederhole: Bodennebel schreibt man mit zwei n, antworten. Verstanden, richtig. Schluss. Dieses umständliche System hat zum Zweck, dass nicht so viel blödes Zeug gefragt wird, wenn Armin Schildknecht die große Verschollenheits-Lektion dem Hochnebel anvertraut, der für uns, die wir mittendrin stecken, natürlich kein Hochnebel mehr ist, aber doch so genannt werden soll im Gegensatz zum Wiesendampf und Flussrauchen, zu allen inferioren und subsidiären Nebelformen. Der Hochnebel über den südlichen Talenden des aargauischen Mittellandes ist nämlich keine Schaumpolsterdecke, auf die noch höher Gelegene als auf ein Nebelmeer hinunterblicken können. Wer, etwa von Schöllanden kommend, die Sonne sucht, verirrt sich, je höher er steigt, nur immer desto mehr im Gebräu. Die klassischen Nebelregister, dies empfiehlt schon der Harmoniumfreund, sind Cor anglais – wegen des sprichwörtlichen englischen Fogs – und Flûte, allenfalls Basson und Hautbois, in der Sopranhälfte mit Fifre kombiniert. Draußen im milchigen Dunst zu improvisieren und den unsichtbaren Schülern, die aber, jeder in seinen Graumantel gehüllt, eifrig notieren, im Sprechgesang etwas vorzumonologisieren, das Diktat direkt ab Harmonium zu liefern, dabei Seitenhiebe gegen den einwattierten Friedhof und den nebelscheuen Wiederkehr einbauend – er verliert die Übersicht, wenn der Neblung seinem Namen Ehre macht, und wird kopflos, wohingegen wir erst dann einen klaren Kopf bekommen –, das ist mein Dozentenklima, Herr Inspektor, das entspricht meinem eingefleischten Gegenuhrzeigersinn. Ihr braucht ja das Wort Nebel nur von hinten zu lesen, diktiere ich meinen Schülern ins syntosile Generalsudelheft, dann heißt es Leben, und alles was wir über den Nebel sagen, lässt sich auf dieses sogenannte Leben übertragen. Schaut nur die Sprichwörter daraufhin an:

Ein Kampf um Nebel und Tod.
Er ist noch einmal mit dem Nebel davongekommen.
Sein Nebel hing an einem Faden.

Die Tage seines Nebels sind gezählt.
Einander nach dem Nebel trachten.
Er stand allein im Nebel.
Den Ernst des Nebels kennenlernen.
Nicht für die Schule, für den Nebel lernen wir.
Der Stoff zu dieser Lektion, zu diesem Schulbericht ist aus dem Nebel gegriffen.

Erst wenn man Nebelluft in die Schöpfbälge pumpt, kann das Harmonium seine volle, in der Mörtelkammer aufgelesene asthmatische Heiserkeit entfalten. Im Sinne einer Einstimmung verweise ich kurz auf den Komplex der Totennebelsagen, welche die Seelendünste auf den Kirchhöfen zu deuten versuchen. Jaja, Wiederkehr, wir wissen schon, dass Sie sich auf dem Engelhof herumtreiben, hören Sie nur gut zu, ein bisschen Weiterbildung schadet an diesen Nebeltagen der offenen Tür für ganz Aberschilten auch dem Abwart nichts. Auf einem niederländischen Grab sah man im sechzehnten Jahrhundert ein schwarzes Wölklein liegen, und als man die Leiche exhumierte, war sie verkohlt. Und der bekannte Wilddieb im Harzgebiet? Er hatte von einem Reh gehört, das sich nur alle Karfreitage im Klaustal sehen lasse, und wollte es erlegen. Als er vor den Teich kam, sah er auf demselben einen hohen, dicken Nebel liegen, der bis zum Himmel reichte. Und in diesem Nebel war ein Geflüster, als wenn viele miteinander redeten. Und über den Weg huschten luftige Schatten, die in dem Nebelgebilde verschwanden. Der Wilddieb ging und schoss das Reh, und als er an die nämliche Stelle zurückkam, gewahrte er eine hell erleuchtete Kirche, aus der Gesang schallte und die Orgel brauste. Er trat ein, die ganze Kirche war voll Menschen, die aber alle aussahen, als ob sie schon jahrhundertelang im Grab gelegen hätten. Blaue Flammen brannten auf den Kerzen, zuckten aus dem

Altarkelch und aus dem Mund des Predigers, dessen Stimme keiner menschlichen glich. Es war vielmehr, als ob Wind und Donner die Kirche erfüllten. Die Geister vertrieben den Eindringling, der nach neun Tagen eines grausamen Todes starb. Und die Wasserhose, die am 20. Juni 1858 bei Bonn auftrat, schon etwas von der Bonner Wasserhose gehört, Wiederkehr? Einige Minuten hatte sie eine auffallende Ähnlichkeit mit einem gotischen Turm. Senkrecht erhob sie sich, wie Silber glänzend, und berührte mit der Spitze die Wolken. Und das staunende Volk vermisste keinerlei Schmuck und Zierat. Kein Steinmetz, so ging die Rede, hätte so wunderschöne Blumen und Schnörkel zu hauen gewusst, als dieser Turm trug. Und das Kloster bei Altenstein, das im Dreißigjährigen Krieg zerstört worden ist, Wiederkehr? Alle sieben Jahre am Tag des Untergangs erhebt es sich wieder mitsamt seinen Bewohnerinnen, Kloster, Kirche und Nonnen wie aus Nebel gebildet und durchsichtig, und es zieht eine weiße Prozession in die Nebelkapelle. Und der Emmentaler Leichenzug, Wiederkehr? Auf der Ostseite des Emmentals soll man von Zeit zu Zeit einen Leichenzug sehen, der allemal beim dortigen Schloss einkehrt und Mahlzeit hält. Alle Geister sind weiß gekleidet, und jeder hat eine schwarze Kappe unter dem Arm. Nach der Mahlzeit stürzt sich dann der ganze Zug über eine benachbarte Fluh, und dann vernimmt man ein Ächzen und Stöhnen. Die Leute meinen, es handle sich um einen verstorbenen Zwingherrn mit seinen Dienern, der wegen seines Menschenfrevels sich immerzu über die Fluh stürzen müsse. Und die Totenlade an der Nordsee, Wiederkehr, davon schon etwas gehört? Zwei Mägde gingen eines Abends in den Baumgarten der verfallenen Dünenabtei. Da sahen sie deutlich, wie sich Nebel zwischen den Bäumen sammelte und immer dichter wurde, so dass die eine sagte: Sieh doch, Trine, diesen Abend nebelt es stärker als je zuvor! Nun erschien eine Totenlade, mit einem weißen Bahrtuch überdeckt, sie schwebte durch den ganzen Baumgarten, ohne dass man einen Träger gesehen hätte. Danach war es, als stünden die Bäume in Flammen, und der Sarg verschwand. Und der Nebeltanz auf der Heide und auf dem Kirchhof, bei dem ein Laken entwendet wird und sich das nackte Skelett am Dieb rächt? Noch nie etwas vom Türmer gehört, der zur Mitternacht hinabschaut auf die Gräber in Lage? Vom schlockernden Skelett, das von Schnörkel zu Schnörkel zu seiner Stube hinaufklettert, um sich das Leintuch zu holen? Bei wem sind Sie eigentlich zur Schule gegangen, Wiederkehr? Bei Ihnen ist, so fürchte ich, was Schauerballaden und Nebelsagen betrifft, Hopfen und Malz verloren. Nicht bei meinen Schülern, die – ich höre und vertone es – mit den Zähnen klappern und ängstlich Funkkontakt miteinander aufnehmen in der Nebelsuppe.

FÜNFZEHNTES QUARTHEFT

Nutzen wir den Nebel, diktiere ich den Schülern ins Generalsudelheft, solange er uns gnädig ist, lassen wir uns von Nephele auf die Lunge küssen! Kümmern wir uns nicht darum, dass nun, da der Nebel fällt, keiner von unsern Freunden aus lichten Zeiten mehr sichtbar ist! Nephele, die Nebelgöttin, wurde dem Ixion von Zeus als Trugbild in die Arme gespielt, als dieser die Hera verführen wollte. Zur Strafe wurde Ixion an ein feuriges Rad gekettet, das sich in der Luft und später im Hades drehte. Nephele war auch die Mutter des Phrixos, der zusammen mit seiner Schwester Helle auf einem geflügelten Widder, dessen Fell, das ihr Hermes einst geschenkt hatte, aus purem Gold war, durch die Lüfte ritt. Ihren Bewunderern erscheint sie in einem grauseidenen Negligé, doch nicht euch, diktiere ich in die Landschaft hinaus, ihr Nebelbanausen, die ihr Nebellöcher meidet und Nebelmeere bewundern zu dürfen glaubt, die ihr Nebelscheinwerfer anzündet, sobald die grauen Schwaden aufziehen, Nebelzonen signalisiert und einen Nebelservice einrichtet. Ihr seid ein für alle Mal abgenebelt. Besucht meinetwegen die Nebelhöhle auf der Schwäbischen Alb, besteigt das Nebelhorn, jagt den Nebelparder und Nebelkrähen – euch dumpf furzenden Nebelzerteilern hat Armin Schildknecht, der Nebelpfarrer, der als Nebelfaust über dem Eisbaumgarten hockt, nichts zu predigen. Sein nebuloser Sermon richtet sich an einsame Nebulanten, die im Neblung durch den Nebel wandern von einem Baum zum andern und tief das feuchte Pneuma inhalieren. Wer den Nebel nicht ehrt, ist des Lebens nicht wert. Lasst euch, liebe Nebelgänger, nicht vom grauen Pfad abbringen durch die alles erklären wollenden Nebelscheuchen, die Rationalisten, die Realisten, alle Isten der Welt! Das Nebelwunder ist des Aberglaubens liebstes Kind. O seid getrost und kommet zuhauf, wandelt in stiller Prozession mit ausgestreckten Armen zum Nebelzentrum von Schilten und lauscht dem Klang meiner Nebelorgel, denn hier ist der Nebelnabel der Welt. Die Letzten werden die Ersten sein, denn wahrlich, ich sage euch: Die Nebelblinden sind die Sehenden. Wie spricht der griechische Dichter Arat: «Wenn aber tief im Tal die Nebeldünste schleichen, / den Fuß man des Gebirgs nicht sieht, doch heiter droben / ihm glänzen Haupt und Grat: den Tag wirst du noch loben / und seinen Sonnenschein! So auch, wenn sich der Rücken / der See mit Nebel deckt, als wollt er auf sie drücken, / so ausgedehnt und flach wie eine Felsenbank.»

Wenn Sie den sektenbildenden Zug des Harmoniums, erklärbar aus seiner deplorablen Stellung innerhalb der Instrumenten-Hierarchie, den sektiererischen Unterrichtsstil von Armin Schildknecht und den atmosphärischen Geisterpfuhl des Hochnebels zusammennehmen, begreifen Sie, Herr Inspektor, weshalb man in Schilten auf die Idee gekommen ist, uns als Nebelsekte zu bezeichnen. Doch nicht nur meine Einheitsförderklässler gehören dazu, alle, die mir, durch ihre Nebelkappen getarnt, zuhören, wenn ich draußen vor der Turnhallentür psalmodiere, sind Mitglieder dieser nebulosen Gemeinschaft, Wiederkehr drüben auf dem Engelhof, der, auf den Spaten gestützt, lauscht, was ich für Friedhöflichkeiten austeile, die Schüpfer Elvyra, die Tuftlöchler und die Kröschhöfler und die Berghöfler und die Pilgerhöfler, alle, die in mehr oder weniger großer Entfernung meinem Unterricht beiwohnen. Und würde sich der Nebel plötzlich lichten, nicht schwadenweise abziehen, sondern auf einen Schlag verflüchtigen, sähe man bis ins Löhrentobel, bis zur Holunderkurve hinunter, bis zum Schiltwald hinüber und bis zur Fuchsägerten hinauf da und dort ein knorziges Bäuerlein, eine feiste Hausmagd oder ein apfelschrumpeliges Großmütterchen entblößt auf dem Feld hocken oder an ein Baumgerippe lehnen, noch ganz benommen von meiner Botschaft. Gasthörer, Herr Inspektor, Nebelsekten-Passivmitglieder. Die Kerngemeinde bildet ihr, die Ober- und Sonderschüler von Schilten, ihr seid die Adepten meiner schismatischen Lehre, ihr habt sie dermaleinst in die Welt hinauszutragen, wenn ich verschollen sein werde. Wir befinden uns hier draußen, diktiere ich den unsichtbaren Schülern ins Generalsudelheft, in einem Stadium der Vorverschollenheit. Wir sind aus dem Schulhaus ausgebrochen und halten es gleichermaßen wie den Engelhof in Schach. Ihr könnt auch von einer Pikett-Belagerung sprechen, wenn ihr wollt. Den Friedhof einzunehmen, sich mit einem Überraschungsangriff für seine zehnjährige stumme Drohung aus dem Vorderhalt zu rächen, wäre im stockdicken Schiltener Nebel das Allerleichteste: Wir setzen von allen vier Seiten über die Mauer, über den Zaun, jeder kippt vier Grabsteine, ein Spezialdetachement schafft die Vorschlaghämmer herbei. Kommando: Heben, hebt! Schwingen, schwingt! Zweiund-dreiund-vierund-fünfund-sieb-acht, und der Engelhof ist ein Schlachtfeld von Obeliskenstümpfen und Marmorbrocken. Doch wir werden nicht zum Angriff übergehen, im Gegenteil, wir ziehen uns zurück, und für den Fall, dass der Nebel unserem Beispiel folgen, unsere Absicht durchschauen sollte, besitzen wir ja noch einen ausgedienten Armee-Nebelgenerator und das entsprechende Pulver, mit dem wir das Schul- und Engelhof-Gelände nicht nur einräuchern, sondern ganz Aberschilten ausräuchern können, denn das Stinkmehl ist durch die lange Aufbewahrung im feuchten Keller neue chemische Verbindungen eingegangen und dermaßen aggressiv geworden, dass der beißende Rauch bei jedem, der sich ohne Maske darin herumtreibt und nicht sofort aus dem

Staub macht, zu Erstickungsanfällen führt. Ihr, die zusätzlich mit Nebelgranaten ausgerüsteten Schüler, diktiere ich den Schülern ins Generalsudelheft, deckt den Rückzug Armin Schildknechts in die Verschollenheit, wenn ihn die Inspektorenkonferenz an einem nebelfreien Tag zu diesem Schritt zwingen sollte. Ich rechne aber nicht damit, dass die Inspektorenkonferenz, wenn sie meine Nebelschule aufhebt, indem sie mich aus dem Schulleben abberuft, nicht Rücksicht nimmt auf die dazu passenden atmosphärischen Verhältnisse. Man kann nicht eine Persönlichkeit, die im öffentlichen Nebel steht, bei strahlendem Sonnenschein um ihren Wirkungsbereich bringen.

Es ist keineswegs so, wie die Gegner meiner Methoden immer behaupten, Herr Inspektor, dass der Nebelunterricht die Disziplin gefährdet. Gewiss wäre es ein hoffnungsloses Unterfangen, im Nebel eine Absenzenkontrolle durchführen zu wollen, weil jeder mit verstellter Stimme den Namen seines schwänzenden Mitschülers melden könnte. Aber erstens habe ich in meiner ganzen Laufbahn nie Absenzen registriert, sondern Präsenzen, und zwar die Präsenz der Klasse als Ganzes – entweder war sie «da», wie man im Pädagogen-Jargon sagt, oder sie war nicht da –, und zweitens würde der Nebel die Disziplin, wenn man in Ermangelung geistiger Ausstrahlungskraft auf sie angewiesen wäre, nur fördern, denn keiner weiß ja, ob ich nicht neben ihm stehe in einer Diktierpause, wenn er im Begriff ist abzuschleichen. Der Nebel strafft die Disziplin und steigert die Konzentrationsfähigkeit, weil die optische Ablenkung wegfällt. Sie wissen ja vielleicht, dass ich aus ebendiesem Grund auch Versuche mit dem Nachtunterricht gemacht habe. Ich ließ die Schüler nach Mitternacht in ihren barchentenen, bis auf den Boden reichenden Nachthemden antreten und versuchte, ihnen meine

Mitgift im Schlaf einzuträufeln. Die Feinde dieser Methode kämpfen dagegen, dass ihnen die Schüler am heiterhellen Tag unter der didaktischen Hand einschlafen, statt dass sie diesen Schlummer in ihren Unterrichtsablauf einbauen und zur eigentlichen Lern-Voraussetzung machen. Der Nachtdozent befürchtet im Gegenteil das frühzeitige Aufwachen seiner Hörer, bevor er mit seiner Schar von barfüßigen Schlafwandlern im Flug alle Wissensgebiete gestreift hat. Nichts stört den Unterricht, Herr Inspektor; außer den tiefen Atemzügen der unschuldigen Kinder, die vielleicht davon träumen, dass sie in der Schule sitzen, gibt es kein Geräusch, das Sie aus der Konzentration reißen könnte. Und dann, angesichts einer schlummernden Einheitsförderklasse, fragen Sie sich als Pädagoge wirklich, was vom ganzen Wissenskram wert sei, durch diesen mit Träumen verminten Kinderschlaf gefiltert zu werden. Auf jeden Fall nimmt ein schlafender Schüler nur noch auf, was ihn fördert. Deshalb der Unsinn, über Nacht eine Fremdsprache von Platten lernen zu wollen, die man neben dem Bett abspielt. Ein schlafender Schüler ist die größte Herausforderung für einen Lehrer, sofern er sich nicht vom Stoff erholt, sondern in den Stoff hineinschläft. Freilich will auch dieser Lernschlaf gelernt sein. In einer Nachtlektion kann ich zum Beispiel mit übernächtiger Stimme das Hildebrandslied vortragen: Ik gihorta dat seggen, dat sih urhettun aenon muotin Hiltibrant enti Hadubrant ..., und die Schüler wissen am Morgen, wenn sie mich drüben in der Turnhalle wecken, wo ich auf einer Matze ein paar Stunden geschlafen habe, dass es ein Hildebrandslied gibt, und sie wissen den ungefähren Kern der Sage. Mit rosigen Gesichtern bestätigen sie mir, der ich vor Erschöpfung sogleich wieder auf die Matze zurücksinke, den Erfolg meiner Methode, wobei sich dann allerdings die Frage stellt, und an dieser Frage schlummere ich wieder ein, ob das Hildebrandslied überhaupt wert sei, gekannt zu werden. Ich habe ein extremes Beispiel gewählt, um Ihnen die Vor- und Nachteile des Nachtunterrichts zu demonstrieren. Zu den großen Nachteilen gehört, dass Sie am Tag zu müde sind, um die Früchte des Nachtunterrichts zu ernten. Es kommt zur paradoxen Situation, dass Sie am Pult vor Ihren Schülern, die Sie mit dem Wissen bestürmen, das sie traumwandlerisch erarbeitet haben, einschlafen, und dass die Schüler, solcherart frustriert, das in der Nacht Gelernte sofort wieder vergessen. Es macht nun einmal keinen Spaß, etwas im Gedächtnis zu behalten, das der Lehrer nicht wissen will, wenn man schon dazu erzogen wurde, für ihn zu lernen und nicht für sich. Zweiter Nachteil: die Eltern geben ihre Kinder normalerweise nicht frei für den Nachtunterricht. Für den Nebelunterricht schon, aber nicht für die nocturnale Indoktrination. Ein paarmal kann man sie überlisten unter dem Vorwand, man übe im Rahmen des Kadettenunterrichts mit den Schülern die Orientierung und das Verhalten bei Nacht, führe ihnen vor, was es für eine Falle mache, wenn einer mit klappernder Gamelle durch die Dunkelheit spaziere. Aber institutionalisieren lassen sich die Lektionen von null Uhr bis sechs Uhr morgens nicht. Der Nebelunterricht hat den Nachteil, dass die Schüler wach sind, überwach sogar, dafür sieht man sie nicht, und vor allem werden sie vom Anblick ihres Lehrers verschont. Das heißt, sie brauchen ihre Konzentration nicht dazu, sich den widerlichen Schulmeister und alles, was er sagt und denkt, vom Leib zu halten. Die meisten Lehrerworte werden ja ganz einfach durch das Aussehen dessen entwertet, der sie ausspricht. Was ich im Nebelunterricht nicht kann: ein althochdeutsches Gedicht an den Mann bringen, ohne dass auch nur einer eine Silbe dieser Sprache versteht. Dafür kann ich auf den bekannten Nebelhorneffekt zählen. Sie wissen vermutlich aus Ihrer Kindheit, wie stark uns ein tutendes Schiff in einem eingenebelten Hafen beeindruckt. Der Ozeanriese, wie es in den Lesebüchern so schön heißt, schrumpft auf diesen einen nasalen Laut zusammen. Damit hängt der pädagogische Erfolg der Nebellektionen zusammen. Was ich in den Nebel hinaussinge und -spreche, ist absolut gesprochen und findet sich wörtlich, wie stenographiert, in übereinstimmender Version in sämtlichen Generalsudelheften wieder. Die Nebeldiktatniederschrift ist die allergetreuste, die man sich denken kann, schon beinahe eine Verhöhnung des Diktierenden. Sie können das nachvollziehen, wenn Sie jemand im Nebel grüßt, den Sie nicht gesehen haben. Der Betreffende hat Sie absolut gegrüßt, Sie vergessen diesen Gruß auf dem ganzen Weg nicht mehr. Was man im Nebel aufnimmt, wo ohnehin alle Sinne geschärft sind, will man erst recht grau auf weiß nach Hause tragen, nämlich aus dem Dunst in die Helligkeit hinüberretten, wo es dann freilich, bei Licht besehen, seinen Wert wieder einbüßt.

Die Verschollenheit samt ihrer versicherungsrechtlichen Problematik, das ist ausnahmsweise einmal eine Frage, die meine Schüler direkt angeht, und weil sie direkt angesprochen sind, will ich sie dabei nicht sehen. Niemand sieht sich ja gerne von seinen Erben beobachtet, wenn er sein Testament macht. Im Falle meines plötzlichen Verschellens sind sie, meine jeweils letzten Schüler, da ich keine Familienangehörigen habe, die Begünstigten meiner astronomisch hohen Lebensversicherung, deren Jahresprämie den größten Teil meines Einkommens verschlingt. Die Gesellschaft, dies habe ich jurifiziert, ist auf Grund der rechtsgültigen Verschollenerklärung verpflichtet, die Lebensversicherung auszuzahlen, denn sobald Forderungsrechte an den Tod als solchen geknüpft sind, werden sie durch eine Verschollenerklärung zu voll wirksamen Ansprüchen ausgelöst. Sollte der Vermisste nach der Auszahlung wider Erwarten auftauchen, stellt sich natürlich die Frage, ob die in Artikel 546 und 547 ZGB für das Erbrecht geltenden Grundsätze analog zur Anwendung kommen und der Empfänger der Versicherungsleistung – in meinem Fall die letzte Einheitsförderklasse, aus der heraus oder in die hinein Armin Schildknecht verschollen ist – die Summe nach den Besitzesregeln herauszugeben habe. Eine echte Knacknuss für Versicherungsjuristen. Aber zu welchem Ende studiert man denn Jurisprudenz, wenn nicht um ein Rechtsleben lang solche Baum-, Wal- und Haselnüsse knacken zu dürfen! Allesamt fleißige Eichhörnchen, diese Juristen! Der Versicherungsnehmer braucht nichts zu befürchten. Ebenso wie der Versicherer auf Grund der gerichtlichen Verschollenerklärung aller Verpflichtungen entbunden ist, ebenso kann er – aus juristischen Symmetriegründen – vom Leistungsempfänger keine Sicherstellung fordern, und der Anspruchsberechtigte ist, im Gegensatz zum Erben gemäß Artikel 546 ZGB, nicht kautionspflichtig. Hingegen greifen die Bestimmungen des Artikels 546 ZGB dann Platz, wenn die Versicherungsleistung – hier geht es um eine sehr hohe kombinierte Lebens- und Risikoversicherung mit Doppelauszahlung im Todes- beziehungsweise Verschollenheits-Fall – zum Nachlass des Verschollenen gehört, wenn die Erben infolge Nichtvorhandenseins einer Begünstigung automatisch in deren Genuss kommen. Wie gesagt, ich habe keine Erben, aber um sicherzugehen, diktiere ich meinen Schülern ins Generalsudelheft, manövrieren wir die kombinierte Lebens- und Risikoversicherung mit Doppelauszahlung bei Todesfall durch eine eindeutige Begünstigungsklausel aus dem Nachlass heraus, nicht dass die Summe am Ende noch dem Staat zufällt. Die Begünstigungsklausel ist meine Sache, eure Sache wird es sein, die gerichtliche Verschollenerklärung zu erwirken. Haben Sie auch nur die leiseste Ahnung, wie Sie rechtlich vorzugehen hätten, wenn plötzlich jemand aus Ihrer Familie verschellen würde, Herr Inspektor? Die Schüler auch nicht. Ein solches Verfahren muss in einem sogenannten Rechtsstaat gelernt und geübt werden. Es ist eine altbekannte Schulmeistersünde, die Schüler ohne jegliche juristische Vorbildung und vor allem Vorübung in den Rechtsstaat zu entlassen, in der Meinung, dieser Staat sehe dann in jedem Einzelfall von selber zum Rechten. Zum Rechten, nach dem Rechten sehen groß, recht bekommen, recht behalten klein geschrieben. Dem ist aber mitnichten so. Rechthaben, sein Recht durchsetzen muss gelernt, trainiert, gedrillt werden. Wer prozedieren will – und die Erwirkung einer Verschollenerklärung ähnelt schon in mancher Hinsicht einem großen Prozess, schließlich geht es um Leben oder Tod –, muss das Prozedere von A bis Z durchexerzieren. Rechthaben ist Interpretationskunst, und jede Kunst erfordert Übung.

Nun muss ich euch sagen, liebe Schüler, dass auch die Formulierung der Begünstigungsklausel keine leichte Sache war. Gewiss, ich kann meine Einheitsförderklasse als Kollektiv zum Nutznießer deklarieren, es fragt sich aber, wie es sich mit dieser Nutznießerschaft beim Eintritt oder Austritt einzelner Schüler respektive bei der Auswechslung eines ganzen Jahrgangs oder der gesamten Garnitur verhält. Weder der Versicherungsnehmer noch der Lebensversicherer kann auf die Dauer an den Umtrieben einer Jahr für Jahr abzuändernden Begünstigungsklausel interessiert sein, und leider ist, bei aller Eichhörnchen-Hamsteremsigkeit der Versicherungsjuristen, die sogenannte flexible Begünstigungsklausel noch nicht erfunden. Ich will aber, dass ein Schüler mit dem Austritt aus der Schiltener Einheitsförderklasse jeglichen Versicherungsanspruches verlustig geht. Wollen die Ehemaligen, die mir keine Briefe schreiben, in geistiger Hinsicht von Armin Schildknecht unabhängig sein, was ich, abgesehen von der Postlosigkeit, begrüße, so sollen sie es auch in finanzieller Hinsicht. Die Klassenzugehörigkeit impliziert automatisch die Versicherungsbegünstigung, deshalb heißt es in der Klausel:

«... fällt die Summe den zum Zeitpunkt des Ablebens des Policen-Inhabers in Armin Schildknechts Schülerverzeichnis aufgeführten Schülern zu, und zwar proportional zur nachweisbaren Dauer ihrer Klassenzugehörigkeit.»

Dieser Verteilerschlüssel hat den Vorteil, dass sich die reiferen Oberschüler möglichst lange um die Entlassung drücken, dass sie möglichst oft repetieren wollen, so dass ich stets über einen guten Stock von eingefuchsten Stammscholaren verfüge. Einerseits ist die Treue dieser überreifen Früchtchen die allerkindlichste, anderseits sind ihre Streiche, mit denen sie mich in die Verschollenheit treiben wollen, die allertückischsten. Doch Armin Schildknecht ekelt man nicht so ohne weiteres in die Verschollenheit, der Schulverweser von Schilten verschellt, wenn es ihm passt. Das ist ja das große Novum in der Verschollenheitsgeschichte und auch in der Versicherungspraxis, dass ein Mensch zu verschellen gedenkt, seine mögliche Verschollenheit vorausahnt, ja sogar betreibt. Das starke zweite Partizip ist vom ungebräuchlichen Verb «verschallen» hergeleitet und heißt eigentlich «verhallt, verklungen». Daher mein pädagogischer Künstlername Schildknecht, Herr Inspektor. Ein Schiltonym, und wo anders sollte es komponiert worden sein als in der Mörtelkammer am Harmonium. Ich habe den gellenden Klenk-Ton der Schulhausglocke abgenommen, einen dissonanten Akkord aufgebaut und mich diachronisch ins Mittelhochdeutsche, Althochdeutsche, Gemeingermanische, Urgermanische und Indogermanische hinuntermoduliert: Schilten – schilt – skildus – *(s)kel-: Abgespaltenes; schneiden, aufreißen. Skal – Schal – Schall; scellan – schellen – schallen. *(s)kel- scellan – schellen – zerschellen – verschellen – verschollen. Schelle, Maulschelle, Schellenbaum, Schellenkappe. Schall und Rauch. Klingende Schelle, tönend Erz. *(s)kel- sceltan – schelten – bescholten – bescholten, unbescholten. Natürlich durfte ich diese etymologischen Zusammenhänge im Gespräch mit dem Versicherungsinspektor, Herrn Arbogast Nievergelt aus Schöllanden, nicht durchblicken lassen, denn bei Bekanntwerden meiner Verschollenheitsabsichten wäre der Antrag sofort infolge zu hohen Risikos abgelehnt worden. Man hätte wahrscheinlich mit dem Begriff des Integritätsschadens operiert, der sich als Rechtsbegriff mit dem seiner Natur nach primär medizinischen Ausdruck der Invalidität deckt. Ein Dorfschulmeister mit einem Hungerlöhnchen, der für eine halbe Million Deckung verlangt – Doppelauszahlung im Todesfall – und obendrein eine Bande von unbezähmbaren Bengeln und Gören begünstigt, muss ja jeder reputierten Lebensversicherungsgesellschaft von vornherein verdächtig vorkommen. Sintemalen aber Doktor Krähenbühl die Schildknechtsche Krankheit nicht diagnostizieren konnte und ich durch die Maschen der ärztlichen wie psychiatrischen Untersuchung zu schlüpfen vermochte, stand, vonseiten des Versicherungsnehmers, dem Antrag nichts entgegen. Der von der Gesellschaft bezahlte Psychiater, der einen Nachmittag lang zu mir auf die Stör kam, stellte lediglich einen Hang zur Hebephrenie fest, bei der ein clownhaftes, negativistisches Treiben im Vordergrund steht. «Geziertheit, pathetische Ausdrücke und Mimik, Freude an Lämmeleien auf der einen Seite, Altklugheit, Trieb zur Beschäftigung mit höchsten Problemen andererseits» hieß es im Gutachten, das der Seelenagent wörtlich bei Bleuler abschrieb. Lehrer aber, werden die Experten gedacht haben, leben lang, gesund und lang, wöchentlich ein paar Stunden Turnunterricht, das vermindert das Risiko. Als Versicherungsnehmer muss man sich daran gewöhnen, dass man in den Augen der Gesellschaft ein reines Risikopotential darstellt. Nun, der Inspektor hat sich – im Gegensatz zu Ihnen, Herr Inspektor – im Schulhaus umgesehen, ich habe ihm alle Örtlichkeiten gezeigt: Turnhalle, Mörtelkammer, Unter- und Oberstufenzimmer, Sammlung, Archiv, den offenen Estrich und die Wohnung und den Sparrenraum, ja, auch den Sparrenraum, den besonders, ich habe Arbogast Nievergelt in die Bodenkammer geschubst, habe den Schlüssel umgedreht und gesagt: Wie lange würden Sie es da drin aushalten? Ich habe ihn ausdrücklich und mehrmals auf den Friedhof aufmerksam gemacht, habe auf unserem Rundgang immer wieder ganz unvermittelt gesagt: Dann wäre da noch der Friedhof! Der Inspektor musste wissen, welches Risiko er im Namen der Versicherungsgesellschaft paraphierte. Bei diesem außerordentlich offenen Gespräch in einer freundschaftlichen Atmosphäre – Versicherungsinspektoren sind viel diskreter, als es das Klischee wahrhaben will – ist mir eine sehr sympathische Wendung aufgefallen. Arbogast Nievergelt musste immer mit der Formel operieren: Gesetzt den Fall, Sie wären morgen nicht mehr da ... Der Inspektor muss den Kunden hypothetisch ums Leben bringen, um ihm die Notwendigkeit einer Lebensversicherung, und erst recht einer kombinierten Lebens- und Risikoversicherung mit Doppelauszahlung im Todesfall, plausibel zu machen. Er arbeitet mit Todeshypothesen, während sonst die Leute immer nur Existenzhypothesen aufstellen. Sehr schön, sagte ich zu Arbogast Nievergelt, diktiere ich den Schülern ins Generalsudelheft, endlich einmal jemand, der meinen Tod ernst nimmt, der theoretisch schon morgen damit rechnet, der nicht glaubt, die Tatsache, dass ich hier oben in Schilten weitervegetiere, sei die selbstverständlichste der Welt. Übrigens brauchen Sie nur zum Fenster hinauszuschauen, dann haben Sie Ihr policenförderndes Memento mori in Gestalt des Engelhofs vor sich. Eigentlich wäre es doch praktisch, wenn Sie einen kleinen, aufklappbaren Taschenfriedhof mit sich führen würden, den Sie dem mit der Unterschrift zögernden Kunden unter die Nase halten könnten.

So gesehen, Herr Inspektor – ich meine nun wieder Sie, das Mitglied der Inspektorenkonferenz –, kann man mir nicht nachsagen, ich hätte versicherungsbetrügerische Absichten gehabt, obwohl, zugegeben, mittels einer simulierten Verschollenheit ein Versicherungsbetrug größten Stils inszeniert werden könnte. Nein, mein einziges und ehrliches Motiv beim Abschluss war, die Schüler wenigstens pekuniär dafür zu entschädigen, dass sie ihren Armin Schildknecht so lange aushalten mussten. Ich gehöre nicht zu den Schulvögten, die glauben, ihren geistigen Untertanen etwas auf den Lebensweg mitgeben zu können. Ich weiß, dass das, was wir dem Schüler stehlen, in völliger Unkenntnis seiner Psyche, immer schwerer wiegt, und sei es nur, dass wir ihm das Selbstvertrauen genommen haben, pfeifend an einer Freiluftreckstange vorüberzugehen. Item, entscheidend ist für meine Zöglinge in dieser novemberlichen Unterrichtsphase, dass sie über das Verschollenheitsverfahren Bescheid wissen, überhaupt den Begriff der Verschollenheit etwas umschreiben können. Nach Artikel 35 ZGB kann der für den letzten schweizerischen Wohnsitz des Vermissten zuständige Richter, in unserem Fall Gerichtspräsident Schädelin von Schöllanden, auf Gesuch derer, die aus dem supponierten Tod des Verschollenen irgendwelche Rechte ableiten, also auf euer Gesuch hin, liebe Schüler, eine Person für verschollen erklären, sofern sie entweder in hoher Todesgefahr verschwunden oder aber seit langer Zeit nachrichtenlos abwesend ist. Die Frist der nachrichtenlosen Abwesenheit ist genau festgesetzt, fünf Jahre, und zwar muss es eine unbegründete nachrichtenlose Abwesenheit sein. Beim Verschwinden in hoher Todesgefahr kann frühestens nach einem Jahr das Gesuch um die Eröffnung des Verschollenheitsverfahrens gestellt werden. Sind beide Voraussetzungen erfüllt, unbegründete nachrichtenlose Abwesenheit in permanent hoher Todesgefahr, dann umso besser. Es genügt aber nicht, dass eine Person bloß grundlos abwesend ist. Sie muss vermisst werden, und um vermisst werden zu können, braucht man irgendeinen Menschen auf der Welt, der diese Aufgabe auf sich nimmt. Kein Vermisster ohne Vermissenden, das steht fest. Theoretisch ist es also denkbar, bei leibhaftiger Präsenz zu verschellen: niemand nimmt eine Nachricht von uns entgegen, niemand vermisst uns, obwohl wir da sind. Diese Verschollenheit, ich nenne sie die latente oder partielle Verschollenheit, kann nicht gerichtlich erklärt werden, weil sich niemand veranlasst sieht, ein Gesuch zu stellen. Das traurigste aller Verschollenen-Schicksale: niemand stellt ein Gesuch, weil niemand unsere allerhöchste Todesgefahr und unsere nachrichtenlose Abwesenheit registriert. Kein Verfahren, keine Ediktalladung, keine Publikation im Amtsblatt. Ein solcherart Verschollener muss also aus der latenten in die aktuelle Verschollenheit übertreten, oder, wie wir etwas vornehmer sagen können: aus der inneren in die äußere Verschollenheit emigrieren. Erst dann kann das Verfahren eingeleitet werden, wiewohl, wie gesagt, derselbe Mensch vielleicht schon jahrelang in höchster Todesgefahr schwebt und in nachrichtenloser Abwesenheit dahinvegetiert. Die Mitmenschen merken nichts davon, sie brauchen immer wieder ein außerordentliches Ereignis, einen novellistischen Höhepunkt in einer Biographie. Es ist so, Herr Inspektor, die Konferenz möge dies gefälligst zur Kenntnis nehmen. Die Allernächsten – und wer wäre mir näher als meine Schüler – lassen Sie mit routinierter Anteilnahme – wenn ich nun von meinen Eleven abstrahieren und verallgemeinern darf – verschellen und krepieren, wenn Sie einmal infolge eines schleichenden Leidens, psychischer oder physischer Natur, in die Isolation geraten sind. Man schaut Ihnen zu aus nächster Nähe, fasziniert von diesem Vorgang, wie sich die Erde über Ihrem Sarg schließt, in dem Sie sich die Nägel blutig reißen. Handkehrum kommen alle mit der Taschenapotheke angerannt, wenn Sie sich in den Finger schneiden. Sofort wird Erste Hilfe angeboten bei äußeren Verletzungen. Bei inneren Verletzungen, die Sie nicht mehr signalisieren können, sei es, dass Ihnen die Sprache dazu fehlt, sei es, dass die Distanz zu groß geworden, dass Sie außer Rufweite geraten sind, lässt man Sie auf schöngeistig-humane Weise krepieren. Ein Selbstmordversuch: sofort ist die Ambulanz da, sofort werden Sie mit Blaulicht in die Intensivstation überführt. Kein Blaulicht, keine Intensivstation für lebende Leichen. Die aktuelle oder äußere Verschollenheit dagegen lässt sich klassifizieren und deklarieren. Am besten dient man den Angehörigen mit einer Naturkatastrophe. Man macht eine Tour in ein lawinengefährdetes Gebiet, hat das Glück, dass sich tatsächlich ein Schneebrett löst, dem man mit knapper Not entkommt, und die Voraussetzung des Verschwindens bei hoher Todesgefahr ist in optimaler Weise erfüllt. Man hat sowohl die Lawine als auch die Erbberechtigten und Begünstigten hinter sich gelassen und kann nun irgendwo jenseits der menschlichen Schallgrenze in einer Laubhütte, von Wurzeln und Pilzen lebend, das gesetzlich vorgeschriebene Jahr abwarten, bis die sogenannte Ediktalladung ergeht.

Die Ediktalladung ist das öffentliche Aufgebotsverfahren des Richters. Die mehrmals publizierte Aufforderung, Nachrichten über den Vermissten zu geben, richtet sich nicht zuletzt an den Vermissten selbst. Seine eigene Verschollenheit betreiben heißt also, in sträflicher Weise der eigenen Ediktalladung nicht Folge zu leisten. Die Aufgebotsfrist beträgt im Minimum ein Jahr, vom Zeitpunkt der erstmaligen Ankündigung an gerechnet. Laufen innerhalb dieser Ediktalspanne Nachrichten über den Verschollenen ein oder kann sein Tod nachgewiesen werden, fällt das Gesuch wie ein Kartenhaus in sich zusammen. Andernfalls kann der Vermisste, der übrigens durch einen Rechtsbeistand vertreten werden darf, endgültig als verschollen erklärt werden. Der Tod ist nun so wenig bewiesen wie eh und je, aber er wird mit höchster Wahrscheinlichkeit angenommen. Es bietet sich also dem in dubiosen Zwitterzuständen Exil Suchenden die interessante Variante an, de jure tot und de facto lebendig zu sein, und es können die aus seinem Tod abgeleiteten Rechte geltend gemacht werden, wie wenn der Tod bewiesen wäre. Die Verschollenerklärung erfolgt von Amtes wegen, es bedarf dazu keines besonderen Begehrens mehr. Sie wird den Zivilstandsämtern des letzten Wohnsitzes und des Heimatortes des Verschollenen mitgeteilt, er wird aus allen Registern der Lebenden gestrichen. Hat man, diktiere ich den Schülern ins Generalsudelheft, einmal die kritische Phase des Aufgebotsverfahrens überstanden, zwei Amtsschimmeljahre, die dem Eremiten in seiner Laubhütte wie eine Ewigkeit vorkommen müssen, geht alles sehr rasch. Publikation der Verschollenerklärung, Streichung im Zivilstandsregister, Auszahlung der doppelten Versicherungssumme, eine Million Schweizerfranken samt Überschüssen. Alle Überschüsse den Versicherten! Rechtlich gesehen ist die Verschollenerklärung nicht nur eine Todesvermutung, sondern eine Todesbestätigung.

Beispiel, diktiere ich den Schülern ins Generalsudelheft. Ausnahmsweise einmal ein Beispiel. Die Verschollenheit, die ihr hier draußen im Nebel atmosphärisch begreifen sollt, kann nicht anschaulich genug gemacht werden. In der Sitzung des Bezirksgerichtes Schöllanden vom 16. August 1959 wurde dem Gesuche des August Feilscher, Notar in Schöllanden, Vertreter der Erbengemeinschaft der Säuberli Martha, geboren 1883, von Schlossheim und daselbst wohnhaft gewesen, wurde diesem Gesuch entsprechend beschlossen, über Säuberli Wilfried, geboren 1878, ledig, Sohn des Helmuth und der Elisabeth Säuberli, geborene Inderbitzin, zuletzt wohnhaft gewesen in Schlossheim, vormaleinst Landwirt, der am 21. Februar 1909, Ortszeit 1615 Uhr, in die Colonialwarenhandlung Sandmüller ging, um einen sogenannt offenen Stumpen zu kaufen, Marke Habasuma, eine Mischung aus angeblich reinsten Havanna- und Sumatra-Tabaken, und seither spurlos verschwunden war, das Verschollenheitsverfahren durchzuführen. Tatbestand: fünfzigjährige nachrichtenlose Abwesenheit ohne ersichtlichen Grund. Das Gericht setzte den Termin der Meldefrist nach erfolgter Ediktalladung auf den 30. September 1960 fest, die Staatsgebühr von Franken 10.– fiel zu Lasten der Gesuchsteller. Als nach Ablauf dieses Ediktaljahres keine Meldung, die fünfzigjährige nachrichtenlose Abwesenheit des Säuberli Wilfried betreffend, eingegangen war, wurde an der Sitzung des Bezirksgerichtes Schöllanden vom 13. Oktober 1960 die Verschollenheit des Säuberli Wilfried, geboren 1878, ledig, Sohn des Helmuth und der Elisabeth Säuberli, geborene Inderbitzin, zuletzt wohnhaft gewesen in Schlossheim, vormaleinst Landwirt, am 21. Februar 1909, Ortszeit 1615 Uhr in die Colonialwarenhandlung Sandmüller gegangen zwecks Besorgung eines sogenannt offenen Habasuma-Stumpens, angeblich eine Mischung aus reinsten Havanna- und Sumatra-Tabaken, seither spurlos verschwunden, in Anwendung des Artikels 38 ZGB rechtsgültig erklärt. Die Wirkung der Verschollenerklärung wurde auf das Jahr 1909, auf das Datum des mysteriösen Stumpenkaufs, rückbezogen. Im Weiteren wurde die Publikation der Verschollenerklärung im Amtsblatt verfügt sowie Mitteilung an die Erbengemeinschaft, vertreten durch August Feilscher, Notar, Schöllanden, und an das dortige Zivilstandsamt gemacht, natürlich auch an die Gemeindekanzlei Schlossheim. Sollte nun Wilfried Säuberli doch noch, entgegen aller Lebenswahrscheinlichkeit, mit einem ausgefransten Habasuma-Stumpen im Mundwinkel in Schlossheim auftauchen, wird die Verschollenerklärung umgestoßen. Umgestoßen heißt das in der Juristensprache, liebe Schüler. Ein aus der Verschollenheit Zurückgekehrter wirft natürlich eine ganze Menge von rechtlichen Problemen auf. Er muss sich zuallererst legitimieren. Kann er sich nicht ausweisen, bleibt er im Todesregister stehen, obwohl er lebendig herumläuft, sozusagen als Verschollenheits-Nachzehrer, der auf die Erlösung seiner verschollenen Seele durch das Umstoßungsverfahren hofft, das wiederum nur auf Gesuch der Erbengemeinschaft und nicht etwa durch den Verschollenen selbst beantragt werden kann und das – aus juristischen Symmetriegründen – ebenfalls mindestens zwei Jahre dauert. Wie sollte jemand, der rechtlich für tot erklärt ist und demzufolge nach dem Schweizerischen Todesgesetz-Buch TGB zu behandeln ist, von sich aus eine rechtliche Verfügung anzweifeln können? Nur den Beschollenen steht das Recht zu, den Verschollenen wieder in ihre Reihen aufzunehmen. Wäre das nicht so, gäbe es ein schönes Theater. Verschollenheitsversuche am laufenden Band von Leuten, die es aus einer momentanen Lebensmüdigkeit ein bisschen mit der Verschollenheit probieren wollen und die, kaum halten sie es in der dünnen Luft nicht mehr aus, die Umstoßung ihrer Erklärung betreiben.

Frage an Wiederkehr: Muss ein Verschollener pro forma bestattet werden, da die Verschollenerklärung den Totenschein ersetzt? Eindeutig nein. Weder der Verschollene noch die Beschollenen haben etwas auf dem Friedhof zu suchen. In der Phantasie der Leute zigeunert ein Verschollener ja meistens in den südamerikanischen Urwäldern herum. Südamerika ist, in Kontinentform ausgedrückt, das Reservat aller Verschollenen. Wie oft liest man doch: Nach Südamerika ausgewandert und seither verschollen! Und dieses Friedhofdetail ist für Armin Schildknecht von größter Bedeutung. Als Verschollener kann man der Leichenrede Bruder Stäblis, dem Nachruf im Schilttaler Anzeiger und der Erdbestattung durch Wiederkehr respektive der Einäscherung durch die Kremations-Banausen in Schöllanden entgehen. Der Verschollene wird schon deshalb nicht symbolisch vergraben, weil er im Falle eines geglückten Umstoßungsverfahrens ebenso symbolisch wieder exhumiert werden müsste. Schon das Streichen und Wiedereintragen in den Registern bringt Umtriebe genug. Es gibt also tatsächlich, wer hätte das geglaubt, juble ich meinen Schülern zu gedämpfter Choralbegleitung vor, einen Weg, dem Engelhof zu entrinnen, diesem Engelhof, der mein ganzes Schiltener Lehrerleben lang mein tägliches Brot ist. Wenigstens nach meinem Verschwinden will ich nichts mit ihm zu tun haben. Und es zeigt sich wieder einmal, dass die Extreme sich in den Extremsituationen berühren, denn indem ich die Friedhofgemeinde Schilten um meine Funeralien bringe, nähere ich mich dem Todesstil Paul Haberstichs, der sich, nach unserer Interpretation, eigenhändig aus dem Leben geklenkt hat und damit, wenn wir an das untergegangene Verb «verschallen» denken, auf seine Weise auch verschollen ist. Die Rechtssprache, die Armin Schildknecht trotz ihrer Kompliziertheit, gerade wegen ihrer Kompliziertheit wesentlich angemessener ist als unser simples

Todesdeutsch, kennt und benutzt deshalb nur das Partizip, weil die Verschollenheit immer als abgeschlossene Handlung, nie aber in statu nascendi erfahren und beobachtet wurde.

Armin Schildknecht ist der Erste in der Weltliste aller Verschollenen, der von sich behaupten kann, er sei im Begriffe zu verschellen, und der die in Zukunft Beschollenen selber auf ihre rechtlichen Schritte vorbereitet. Ich spreche im Futurum exactum von meiner eigenen Verschollenheit, Herr Inspektor. Bitte, wo gibt es das? Und zwar hat sich Armin Schildknecht in den Kopf gesetzt, hier, in der näheren Umgebung des Schulhauses und des Friedhofes, zu verschellen, nicht auf einer Südseeinsel, wo dieser Vorgang schwer überprüfbar ist. Das macht meine Drohung gegenüber der Inspektorenkonferenz erst richtig wirksam: Entweder die Herren behandeln den Schulbericht in meinem Sinn und Geist, oder aber ich verschelle ihnen unter der Hand. Denken Sie daran: Wir besitzen einen Nebelgenerator!

Schülerfrage zur Verschollenheitslehre: Worin besteht der Unterschied zwischen einem Scheintoten, einem Scheinlebendigen und einem Verschollenen?

Lehrerantwort: Der Scheintote wird während der Dauer seines Scheintodes für endgültig tot gehalten, lebt aber. Der Scheinlebendige wird äußerlich zu den Lebenden gezählt, während er innerlich abgestorben ist. Der Verschollene kann sowohl für tot gehalten werden und lebendig sein als auch lebend geglaubt werden und tot sein. Im Niemandsland zwischen Leben und Tod verkörpert er die Synthese der Möglichkeiten des Scheintoten und des Scheinlebendigen.

Dabei gilt es Folgendes zu beachten: Der Verschollene wird juristisch für tot erklärt, ohne dass sein faktischer oder biologischer Tod bewiesen werden kann. Falls er in nachrichtenloser Abwesenheit weitervegetiert, stirbt er zwei Tode: einen juristischen und einen effektiven. Auch der Scheintote stirbt, sofern er nicht gerettet wird, zwei Tode: einen scheinbaren, der zur Pulslosigkeit führt, und einen heimlichen, grässlichen Tod im Grab. Der Scheinlebendige dagegen stirbt gar keinen Tod, denn ein Leben, das nie ein wirkliches war, kann nicht in einen realen Tod münden. Genau genommen stirbt er zu einem unbestimmbaren Zeitpunkt einen inneren Tod, der an Endgültigkeit dem medizinischen Tod, dem eigentlichen Exitus, in keiner Weise nachsteht, der aber von den Mitmenschen weder rechtlich noch sonstwie anerkannt wird. Dies wiederum trifft mit Modifikationen auf alle drei Fälle zu. Alle haben eines gemeinsam: der Haupttod – wenn wir bildlich Haupttode und Nebentode voneinander unterscheiden wollen – wird äußerlich nicht zu dem Zeitpunkt wahrgenommen, da er eintritt, sondern entweder zu früh, beim Scheintoten, oder zu spät, beim Scheinlebendigen, oder aber sowohl zu früh als auch zu spät: beim Verschollenen.

Bin ich damit ungefähr auf eure Frage eingegangen?

SECHZEHNTES QUARTHEFT

Eine Klasse sorgfältig einzuwintern, indem man die Schüler mit Wissenszweigen beschuppt wie Wiederkehr die Gräber mit Blautannen, neununddreißig Köpfe heiß und das Schulhaus warm zu halten, war bisher meine große Spezialität, Herr Inspektor. Wir sind ein hibernales Institut, wir haben den Winterschulbeginn eingeführt, arbeiten nach einem strengen Winterstundenplan. Wir haben drei Winterquartale, die wir in sechs Winterperioden einteilen: November und Dezember in den Nebel- und Rauhfrost-Winter, Januar und Februar in den Kristall- und in den Beinwinter, März und April in den Kehraus- und in den Sulzwinter. Je härter, je unbarmherziger diese Jahreszeit, desto geistreicher und konsequenter muss man überwintern, das sind für uns alte Binsenwahrheiten. Nichtsdestotrotz sind auch wir dieses Jahr vom Schnee und von der Kälte überrascht worden. Nach einem nebelreichen November, der uns erlaubte, die Verschollenheit zur Gänze draußen zu behandeln, setzte unmittelbar der Kristall- und Beinwinter ein. Es stiemte und flockte drei Tage lang ununterbrochen. Noch nie hat es in Aberschilten solche Schneemengen gegeben im Dezember, seit ich hier unterrichte. So ein erstes Schäumchen war man gewohnt, das meistens vor Weihnachten wieder wegschmolz, aber nicht achtzig und hundert und hundertzwanzig Zentimeter. Am ersten Schneenachmittag wurden wir lautlos eingepulvert. Ob wohl da oben Baumwolle feil sei, mussten wir in meiner Schulzeit aufsagen, ich erinnere mich noch gut, Hebels Gedicht ab Blatt ins Schriftdeutsche übersetzen. Damals war die Mundart noch verpönt, alles musste in korrektes Schriftdeutsch übertragen werden. Schriftdeutsch, bei diesem Wort bekomme ich heute noch Hühnerhaut, wie wenn ich eine kratzende Feder oder eine giepsende Kreide höre. Sie schütten einem einen redlichen Teil in die Gärten und aufs Haus; es schneit und schneit, es ist ein Graus. Grässlich, Herr Inspektor, aber so erteilte man Sprachlehre vor zwanzig Jahren. Meine Schüler und ich, wir standen am Fenster und schauten in den eindunkelnden Nachmittag hinaus, schauten dem Schneegestöber zu, das sich harmlos anließ, sahen, wie sich eine leichte Gaze über den Schulhausplatz und die Turnwiese und die Straße legte, wie der rostige Kasten der Brückenwaage weiß gepudert wurde. Trocken flockte es in die staubgrünen Scheinzypressen, schwärzer begannen sich die Steine aus Schwedischem Marmor, dunkelgrauer die Granitblöcke auf dem Engelhof abzuzeichnen, noch kälter und marmorner schimmerte der Blanc-clair-Obelisk in der Südostecke und wehrte sich vergeblich dagegen, dass ihm eine pyramidenförmige Mütze gestrickt wurde. Ich ließ die aufgeregten Schüler im Schulhaus herumtollen und in allen vier Himmelsrichtungen den Winter willkommen heißen. Einige bevorzugten die Sammlung mit den in der Dämmerung glasenden Tagraub- und Nachtraubvögeln und verfolgten das Schneetreiben über dem Eisbaumgarten, ergötzten sich daran, wie das Transformatorenhäuschen umwirbelt wurde. Andere hielten nach der Bergseite Ausschau und werweißten, ob wohl über Nacht genug Baumwolle fallen würde, dass man schon die Schlitten vom Gaden und aus der Tenne holen könne. Die Stillen, die besonders in dieser Stimmung den Eindruck machten, als ob sie kein Wässerchen trüben könnten, versenkten sich in den schwarz stehenden und schweigenden Schiltwald, die gezackte Tannenkulisse hinter dem Flockenvorhang. Armin Schildknecht, selber kindlich aufgeräumt, schrieb mit weißer Kreide ein paar weiße Wörter an die Tafel. Der alte Peltzer kam wieder einmal zu Ehren: Schimmelweiß, schlohweiß, elfenbeinweiß, alabasterweiß. Linnen,

Tünche, Bleiweiß, Marmor, Lilie. Weißeln, bleichen, einpudern, abschminken. Blass, käsig, silberweiß. Weißgold, Zinkweiß, Edelweiß. Und wie ich mich wieder dem Schneegestöber überließ, musste ich an Trunz denken, Herr Inspektor, an den grauen, zierlich befensterten Klotz auf dem Schlossberg über Schlossheim. Ich sah, wie sich das Schloss in seine winterliche Herrschaftlichkeit hüllte, wie es aus den dünn bereiften Eichen und Buchen ragte und sich finster dem schweren, niederkommenden Himmel entgegenstemmte, ein bauliches Symbol von Armin Schildknechts Durchhaltewillen. Trunz anrufen, dachte ich, ich muss sofort Verbindung haben mit Trunz und das Schloss für die außerordentliche Inspektorenkonferenz reservieren. Ich vertrieb die Schüler aus der Sammlung und wählte die Schlossnummer, eine hochfeudale Nummer, die aus lauter Primzahlen komponiert ist. Die Friedhof- und Schulhausnummer ist eine weibische, willfährige, hoffärtige Nummer, die sich dem Gedächtnis einschmeichelt, so dass jeder, der aufs Geratewohl in die Welt hinaustelefoniert, früher oder später auf ihre Kombination kommen muss und uns dann irgendeines läppischen Vorwandes wegen aus der Konzentration schrillt. Anders die Schlossnummer, souverän, olympisch, nüchtern und höhnend, wie nur Primzahlen wirken können, eine Nummer, die einem beim Nachsprechen zwischen den Zähnen gefriert. Die Wahrscheinlichkeit, dass dort unten jemand abnimmt, ist gering, Schloss Trunz befindet sich in Staatsbesitz und wird nicht eigentlich bewohnt, nur ab und zu vom schulischen Leitbildsekretär des Erziehungsdirektors, Graf Lindenberg, als Denkzentrum, als Klausur-Burg benützt, wenn er sich, um die plastische Gestaltung abstrakter Schulmodelle ringend, in die Abgeschiedenheit des Schilttals zurückziehen muss. Soviel ich weiß, haben dort oben aber auch schon Staatsempfänge und schweizerische Erziehungsdirektoren-Konferenzen stattgefunden, und im sogenannten Reliefsaal werden die kulturellen Aktivitäten des Kantons Aargau mit bunten Fähnchen markiert. Wie gesagt, ich rief gegen die Wahrscheinlichkeit, dass jemand abnehmen könnte, Schloss Trunz an, um das Barockgrauen, das durchs Telefon zu mir heraufschnödete, mit der urinsäuerlichen Leere der Korridore, mit der staubigen Leere des Turnsaals und mit der Karnerleere der Mörtelkammer auf einen, fiependen Nenner zu bringen. Und dieweil Trunz am Apparat war, das ganze Schloss, nicht nur ein Sekretär des Departementes des Innern, stellte ich mir vor, wie das immense Walmdach mit seinen Schleppgauben von einer dünnen Pulverschicht überzogen wurde. Es gelang mir, das aufgestockte und ausgewuchtete Berner Patrizierhaus, das etwas von einem größenwahnsinnigen Pfarrhaus hat, ganz nah heranzuholen, und seit diesem Gespräch mit dem Trunzschen Vakuum bin ich davon überzeugt, dass die Konferenz auf Trunz stattfinden muss, nur auf Trunz.

In der Nacht wurde aus dem vorweihnächtlichen Gestöber ein richtiger Schneesturm, weiße Staubböen ließen die Scheiben erzittern, der Wind heulte in den Kaminen wie auf einer alten Raubritterburg, und am Morgen war Aberschilten tief eingeschneit. Ja sogar auf dem Estrich, auf dem mir ein eisiger Wind entgegenblies, lagen kleine Wächten. Es hatte den Treibschnee durch die Ritzen des schadhaften Daches geblasen. Eine Biberschwanz-Doppeldeckung ohne Schalung, wo die Ziegelfugen nur mit Schindeln unterlegt sind, ist natürlich weder ein Mönch-Nonnen-Dach noch ein Falzziegeldach. Insbesondere der von Wiederkehr immer wieder abgehobene Holunderziegel – man hätte dort schon längst einen Lüftungsziegel einbauen sollen – war alles andere als ein Schutz gegen die Unbilden der Winterwitterung, so dass sogar das Gehäuse der Sumiswalder Zeitspinne am frühen Morgen überglitzert war.

Armin Schildknecht musste vor seiner Estrichhaustür Schnee schaufeln; zu sagen, er habe sich den gedeckten Schulweg bis zum Treppenhaus pfaden müssen, wäre etwas übertrieben. Aber um Wiederkehr gegenüber nicht ganz ohne schneeräumerische Heldentaten dazustehen, bediente er sich des schuleigenen Schiebers und schneuzte eine Riemenbodenstraße aus der Puderschicht. Auch die Turnhalle mit ihren durchlöcherten Bogenfensterscheiben war stellenweise leicht meliert. Eine hauchdünne Glasur auf dem Lederpferd. Wiederkehr kümmerte sich sofort um den Friedhof, versuchte die Wege freizuschaufeln, noch bevor die Straßenschneuze kam, und ich schickte ihm ein mit Schippen und Besen bewehrtes Detachement hinüber, mit der strengen Ordre an die Schüler, nicht Allotria zu treiben, denn, sagte ich, wenn der Abwart in einem schneereichen Winter wie dem eben angebrochenen seine Abwartspflichten vernachlässigt, bricht der Schulbetrieb zusammen, ihr könnt nachher noch genug Schneemänner und Eskimobunker bauen. Dann schneite es wieder und stiemte und flockte den ganzen Tag, in der Nacht wurde es wärmer, so dass es in die Pulvermassen regnete. Dann sank die Temperatur auf minus zehn Grad, die matschige Straße wurde zu einer Eisbahn. Ein kurzer Wärmeeinbruch brachte neuen Schneefall, schweren pappigen Nassschnee, dem man als Skifahrer nur beikommt mit einer dicken Paraffinschicht, die man, vermischt mit einer eingeschmolzenen Grammophonplatte, mit dem Glätteeisen aufträgt. Flocken so groß wie Pochettchen. Und dieser Nassschnee verharschte beim nächsten Temperaturrückfall, als man im Schattloch unten minus dreizehn Grad maß. Das Thermometer kletterte und schoss wieder in die blau gestrichelte Unternullzone, die Barometernadel zuckte von Veränderlich auf Schönwetter und von Schön auf Regen. Alle Varianten wurden durchgespielt, die einem insgesamt eher phantasiearmen Gesellen wie dem Winter einfallen: Pulver auf eine Harschdecke, Nassschnee in den Pulver, Kälteeinbruch, abermals Pulver. Wer ein verbindliches Schiltener Schneebulletin hätte herausgeben wollen, hätte sich in einem fort korrigieren müssen: Pulver vorläufig gut, nein halt, schon nicht mehr so gut. Item, binnen weniger Tage sind wir in den knochenhärtesten Winter geraten, kristallklare Nächte, arktische Tage, Stein und Bein gefroren. Der Engelhof ist der reinste Gletschergarten, wir haben eine Friedhofgfrörni wie anno siebenundvierzig, sagen die Einheimischen. Wo noch gepfadet werden konnte, türmen sich mannshohe Schneewälle zu beiden Seiten der Straße. Die Wächten im Eisbaumgarten sind erstarrt wie graue Wellenkämme. Die Bäume mussten mit Stangen von der Schneelast befreit werden. Und die Grabsteine ragen nur noch wie die schwarzen Stummel eines vielreihigen Gebisses aus dem Firnerfeld. Man kann spielend über sie hinwegschreiten, Wiederkehr hat es aufgeben müssen, die Inschriften freizupickeln. Verkehrsmäßig sind wir vorläufig abgeschnitten, auch mit Ketten ist die steile und glatte Holunderkurve für den sandgelben Saurer der Automobilgesellschaft Bänziger nicht zu nehmen, da nützen alle Anlaufkünste nichts von Chauffeur Binz. Die Haltestelle Friedhof Schilten muss aus dem Winterfahrplan gestrichen werden, eine Schadenfreude, die uns wärmer hält als die Zentralheizung. Ja, für den Engelhof sind schlechte Zeiten gekommen. Wer jetzt im leicht abschüssigen Friedhof den tiefgekühlten Gräbern nachgehen will, gerät auf der Schleife der schwedischen Allee plötzlich in Fahrt und muss mit kleinen Schrittchen trippeln, wenn er verhindern will, dass es ihn auf den Sack wirft. Kein Zaun mehr, an dem er sich auffangen könnte, nur noch ein niedriger Gitterrechen. Der Obeliskenküsser wird sich auf den Bauch legen müssen, um seinen Blanc clair liebkosen zu können.

Selbst uns, die wir doch sonst die Kälte herbeisehnen, hat diese Eiszeit überrascht, Herr Inspektor, Günz, Mindel, Riss, Würm und Schilt, der ganze Dezemberunterricht fällt aus. Es hat keinen Sinn, vorweihnächtliche Einstimmung zu betreiben, wenn draußen jännerliche Zustände herrschen und die Eisheiligen ihr glaziales Symposium unter dem Vorsitz der Kalten Sophie um Monate vorverschoben haben. Sonst lese ich den Schülern um diese Zeit gern das Wintersport-Feuilleton von Heinz Grevenstett in Velhagen & Klasings Monatsheften vor, 27. Jahrgang 1912/1913, Heft 5, eine reich bebilderte Betrachtung aus der Zeit, da die Mitteleuropäer den Winter entdeckten. Vor allem auf das Schlitteln muss ich meine Schüler vorbereiten, den gefährlichsten Wintersport. Grevenstett schreibt:

«Der ‹Käsehitsche› unserer Kinderjahre ist eine großartige Karriere beschieden gewesen. Dem plumpen kleinen Kastenrodel folgte der Stahlrodel; man richtete ihn dann für zwei Personen ein, und seine Konkurrenten wurden alsbald das Skeleton und der Bobsleigh. Alle Arten sind rennfähig geworden. Die Rennbahnen werden mit Wällen und Schwellen von Schnee versehen, an den Kurven stark überhöht und dann mit Wasser übergossen, so daß sich eine glatte Eisfläche bildet, über die das Gefährt mit Blitzesgeschwindigkeit dahinsaust. Das Paarfahren bei den Rodelrennen hat die eigenartigsten Kombinationen gezeigt. Zum Beispiel die, daß der Herr sich bäuchlings über den Rodel legt, die Beine spreizt und in diesem Dreieck seiner Partnerin Platz schafft, die ihre Beine zwischen den Armen des Herrn hindurchschiebt. Das Mitfahren einer Dame auf den Bobsleighs, wo man fast ebenso zärtlich placiert zu werden pflegt, ist geradezu Gesetz. Eine Fahrt ohne Bobgirl bedeutet nur das halbe Vergnügen. Eine Sportart aber, die schon in der Ausübung durch Männer wenig anmutet und den Frauen nun gar den letzten Rest von Charme und Würde raubt, ist das Skeletonfahren. Das Skeleton ist ein ganz flachstehender Rodel mit beweglichem Vordergestell. Er wird bäuchlings, Kopf nach vorn und unten, auf einer besonders für Rennzwecke gebauten Bahn gefahren, die sehr abschüssig, sehr kurvenreich und total vereist sein muß. Die in D-Zug-Geschwindigkeit die Bahn hinabsausenden Körper haben kaum etwas Menschliches mehr, sie gleichen nur noch formlos-häßlichen Kleiderpaketen, die in den zahlreichen Kurven willenlos dahin und dorthin geschleudert werden. Ich glaube nicht, daß sich schon je ein Fahrer darunter befunden hat, der berechtigt gewesen wäre, seinen Kopf für einen edleren Gegenstand zu halten.»

Die dazugehörigen Kalenderbilder zeigen den Startplatz der Bobsleighfahrer in Davos, Tragbahren mit Kufen und Seilsteuerung, und ein Kleiderpaket auf einem Skeleton in der Eisrinne. Auf der nächsten Seite Gymkhana auf Schlittschuhen, ein Reifenturnier. Auch im Illustrierten Spielbuch für Knaben von Hermann Wagner, Leipzig 1896, sind im dreizehnten Kapitel allerlei Schneespiele und Eisvergnügungen beschrieben und abgebildet, die ich, den Schülern und der Jahreszeit entgegenkommend, gern mit meiner Einheitsförderklasse behandelt hätte, darunter das Eisschießen, das Schleifen und das Schusseln nebst einer Anleitung zur «Construction von Käsehitschen», wie unsere Truckli in Deutschland genannt werden. Doch einmal mehr bewahrheitet sich das geflügelte Wort, dass alle Theorie grau ist, wenn draußen die Bäume weiß sind, und so habe ich denn den Unterricht vorübergehend eingestellt und den Schülern erlaubt, sich bei Schnee- und Eisvergnügungen zu verlustieren, unter der Bedingung, dass sie dies in der näheren Umgebung des Schulhauses tun, damit zumindest der Schein von beaufsichtigten Wintersportnachmittagen gewahrt bleibt. Mir kommt dieser Unterbruch nicht ungelegen, so kann ich mich ganz auf die letzten Hefte meines Schulberichtes konzentrieren, in der Sammlung in meinen Papieren wühlend oder unten in der Mörtelkammer Harmonium übend. Die Turnhalle ist ganz verändert im blendenden Schneelicht dieser bärenkalten Nachmittage, mir scheint, sie habe eine innere Entwicklung durchgemacht, lege gar keinen Wert mehr darauf, als Turnhalle bezeichnet und gebraucht zu werden, sie habe selber eingesehen, dass Hallenturnen der größte Unsinn wäre, wenn man draußen schlitteln, schlittschuhlaufen und skifahren kann. Ich habe sie einmal das Gemütszentrum des Schiltener Schulhauses genannt oder so ähnlich. Ihre Gelöstheit, ihre innere Heiterkeit, die man fast mit Altersweisheit verwechseln könnte, rührt wohl daher, dass sie vonseiten des Engelhofs bei dieser Vergletscherung so gut wie nichts zu befürchten hat. Eine Erdbestattung, jetzt, wäre eine Katastrophe für Wiederkehr. Wenn in diesen Tagen eine Todesmeldung einginge, ich weiß nicht, wie lange er mit dem Eispickel hacken müsste, bis er nur auf Grund käme. Selbst die schärfsten Gegner des aargauischen Feuerbestattungsvereins müssten sich wohl oder übel in Schöllanden kremieren, allenfalls auf einem auswärtigen Friedhof beisetzen lassen, denn für eine Erdbestattung auf dem Engelhof bräuchte es den Einsatz eines Lawinenräumungs-Detachements, und dafür gebe ich meine Schüler nicht her. Am besten, sage ich zu Wiederkehr, am besten machen wir uns an den Entwurf der Friedhof- und Bestattungs-Verordnung und planen den Katastrophenfall des totalen Wintereinbruchs gleich ein. Doch der Abwart hat anderes zu tun, er ist überhaupt in diesen Tagen kaum ansprechbar, bockig, wie ich ihn noch nie gesehen habe. Die sibirische Kälte fördert die Starrköpfigkeit der älteren Leute, das ist erwiesen, ihre fixen Ideen kristallisieren bei fünfzehn Grad unter null. Und eine dieser froststarren Ideen Wiederkehrs ist die, den Engelhof täglich mit Schulhausasche zu sanden, täglich schmale Zimtwege zwischen die Mörderhaufen aus Schnee- und Eisbrocken und die verrammten Gedenksteine zu streuen. Niemand, sage ich zu Wiederkehr, niemand geht bei dieser Witterung auf den Friedhof, um sich auf dem Friedhof, wörtlich auf dem Friedhof Hals und Bein zu brechen. Geben Sie doch endlich zu, dass Sie kapitulieren müssen, dass der Friedhofbetrieb lahmgelegt, neutralisiert ist, wenn Sie sich auch nie hätten träumen lassen, dass eine Begräbnisstätte selber begraben werden kann. Oder wollen Sie am Ende ein Eislabyrinth heraushauen, dass die Leute zu ihren Gletscher-Katakomben gelangen?

Was wir weder mit dem Friedhof-Journal noch mit anderen friedhofbezogenen Studien erreicht haben, ist der Natur sozusagen über Nacht gelungen: den Engelhof unbegehbar zu machen, die Feldschwermut einzufrieren. Wir dürfen aber diesen Triumph nicht allzu offensichtlich auskosten, sonst richtet sich der unberechenbare Zorn Wiederkehrs plötzlich gegen uns, was auch die Opposition Wiggers nach sich ziehen könnte. Eine Schraubendrehung genügt, um die Kohlen-Zentralheizung zu sabotieren, ein Schlag mit Meißel und Hammer gegen die verrosteten Flanschen des Heizkessels, und das Wasser schießt in einem Sturzbach in den Kohlenkeller. Nein, Herr Inspektor, wir müssen an uns halten. Haltet an euch, bitte ich meine Schüler flehentlich, wenn sie zu ihren Schnee- und Eisvergnügungen ausschwärmen, keine Nasen gegen den Friedhof, keine Schibischäbi-Mentalität, es liegt ja schon Ironie genug darin, dass ihr die große Linkskurve eurer Schlittelbahn an die Friedhofmauer hinaufgezogen habt. Nachmittag für Nachmittag ein Brueghelsches Winterbild vor meinen Fenstern, Herr Inspektor. Auf der glatt gespritzten Eisfläche der Turnwiese üben die Mädchen auf ihren Klammerschlittschuhen einfache Elementarfiguren wie den Bogen mit auf die Spitze gestelltem Spielfuß oder den Bogenachter. Ich störe sie nicht, ich erinnere sie nur von der Sammlung aus daran, dass im dreizehnten Jahrhundert in England auf angebundenen Schienbeinknochen von Tieren Schlittschuh gelaufen wurde. Die Buben bauen oben im Zopfacker eine kleine Schanze, über die sie mit den Fassdauben und den Zäpfchen-Skiern setzen. Doch die meisten schlitteln. Sie benutzen den Risiweg als Anlaufrinne für die Friedhofkurve, die sie nach dem Vorbild der Olympia-Bahn in St. Moritz Horse-Shoe getauft haben. Dann geht es den Schulstalden nach Innerschilten hinunter. Die Holunderkurve heißt Devil's Dyke. Das gibt es noch hier oben, ungekieste Straßen, auf denen man das Truckli und den Hörnerschlitten sausen lassen kann. Die Einzelschlittler ahmen bäuchlings die Skeletonfahrer nach. Am gefährlichsten sind die Schlangen aus drei, vier gekoppelten Davosern. Der Vordermann hängt mit abgewinkelten Füßen beim Hintermann ein, auf dem letzten Schlitten sitzen meistens drei kreischende Mädchen. So geht es hinunter die Risirinne, und auf dem Schulhausplatz, schon vor der Güterwaage, muss der vorderste Mann seine Kufen nahezu querstellen, damit die schleudernden Hinterschlitten gerade noch vom ausgebauten Wall an der Friedhofmauer aufgefangen werden. Keine elegante Art, den Pferdehuf auszufahren, aber die einzig erfolgversprechende. Gekoppelte Bobs, die nicht so anbremsen, schießen über den Wall hinaus in den Engelhof oder neben dem Engelhof durch ins Löhrentobel hinunter. So gegen vier Uhr, mit einbrechender Dämmerung, kommt dann meistens die Zeit der berüchtigten Kinderbosheit, wo die Buben, ermüdet von den Aufregungen und Gefahren eines Eissportnachmittages, händelsüchtig werden, die Grobiane die Oberhand gewinnen und die Schwächlinge peinigen, wo man einen Stein in den Schneeball einknetet, sofern man noch einen findet und der Schnee überhaupt klebt, wo man einem Kameraden hinterrücks den Skistock über den Schädel haut oder mit der Schlittschuhkufe gegen das Schienbein tritt. Nun, wir haben eine Schulhausapotheke im Lehrerzimmer und für den Notfall auch eine schwarz lackierte Leichenbahre im Keller. Ein Loch im Kopf, das ist immer der Dank in der Dämmerung für die Freiheit, die man diesen Lümmeln gewährt hat, als sei die Spielfreude zu Hass vergoren. Alles kleine Wintersportsatane in der Dämmerung, diese Einheitsförderklässler, Herr Inspektor. Aber Armin Schildknecht kann auch nicht den ganzen Tag den Aufpasser und den Kurvenberater und den Samariter spielen, er hofft, dass keines dieser Blitzgefährte an der Brückenwaage zerschellt, und muss im Übrigen seinen Schulbericht bereinigen, muss endlich wissen, was er mit seinem breit angelegten Rechenschaftsgesuch bei der Inspektorenkonferenz erreichen will. Denn als er damit begann, mit der Arbeit an der Konferenzfassung begann, muss er doch etwas damit gewollt haben. Mir scheint, er sei von diesem ursprünglichen Anliegen immer mehr abgeirrt, er habe immer mehr die Distanz zu sich und seinem Unterricht verloren und sitze nun im Treibeis fest mit seinem Schiff. Die Schüler da unten, diese tobende Schlägerbande, diese frühreifen Mädchen mit ihrem Gekicher und Getuschel, die in den Schnee schreiben: Annegreth plus Hansueli; will ich sie überhaupt noch, Herr Inspektor? Wäre nicht allen am besten gedient, wenn ich freiwillig zurücktreten würde, damit die Initiative an mich reißend und der disziplinarischen Entlassung mit einer Flucht nach vorn vorgreifend? Kann ich leben ohne meine Schüler? Dass sie ohne mich leben können, leben müssen, weiß ich schon lange. Aber wie steht es mit Armin Schildknechts Lehre? Ist sie unbedingt auf Verbreitung angewiesen?

An den strahlenden, gleißenden Wintermorgen, an denen ich, einen Stumpen anzündend, aus dem Schulhaus trete und vorsichtig die vereiste Bergstraße zur Putschebene hinaufwandere, weiß ich genau, was ich will. Ich sehe mit einem Gongschlag Schloss Trunz ganz klar umrissen vor mir in der kalten Wintersonne, auf den nächsten Hügel hingeklotzt, mit pastellgrünen, kaum von der Fassade abzulesenden Jalousieläden und blinkenden Fenstern. Schloss Trunz mit dem überzuckerten, glimmerbestreuten Walmdach, das über dem terrassenförmigen, tief verschneiten Garten aus dem Kranz der Eichen und Buchen ragt. Schleppgauben, das oberste Geschoss kniestockartig zusammengestaucht, mit lauernden Ochsenaugen. Ich sehe Trunz bis auf das kleinste, architektonische Detail, gehe die Schlossauffahrt hoch, an der Scheune und dem Neuhaus vorbei auf den linden- und kastanienbestandenen Vorplatz, sehe die Freitreppe zum Eingang, den auf Louis-seize-Konsolen liegenden Balkon über dem Portal, die barock skulptierte Wappentafel mit der Allianz der früheren Besitzer, ja sogar die für den Architekten von Trunz charakteristischen Gesimsbekrönungen: kannelierte Konsolen mit Tropfen. Ich sehe diese Architektur nicht nur, ich höre sie, als ob sie von einem Meister des achtzehnten Jahrhunderts eigens für Armin Schildknecht vertont worden wäre. Ich höre spindeldürre Cembalo-Klänge, wie ich sie trotz Perkussionsmechanik auf dem Harmonium nie herausbringen würde. Ich muss genau sein. Zwar beginnt die Trunz-Musik wie eine Bachsche Fuge, wird aber mehr und mehr verzerrt und endet in einem atonalen Tohuwabohu von Cembalo-Phrasen. Und solange ich Trunz so klar sehe und höre oben auf der Putschebene, wo die Bise mit scharfen Klingen die Haut schneidet, gibt es für mich keinen Zweifel, dass die Konferenz stattfinden muss, und zwar auf dem zum Departement des Innern gehörenden Schloss. Unten in der Schneewüste das Schulhäuschen mit dem halbkegelförmigen Dachabschluss des Treppenhausturms, so klein und übersichtlich wie unser Modell im Handfertigkeitskeller, ja das Modell selbst, die Klebearbeit meiner zehn Schiltener Jahre. Der Friedhof wie das Fragment einer zugeschneiten Panzersperre. So klar umrissen alles hier oben im kalten Rauch, mit Händen zu greifen. Seit Jahrhunderten wurde, was immer über das Schilttal verhängt wurde, von Trunz aus verhängt.

Die Gründung der alten Veste, die zur Zeit Heinrichs III. existiert haben muss, verliert sich im Dunkel der Jahrtausendwende. Sie bestand aus einem mächtigen Bergfried und einer Kapelle. Die Grundmauern waren sechseinhalb Fuß dick, so dass sie auch einem mit Eisen kämpfenden Feind Widerstand bieten konnte. Die Lage der Burg war für die Verteidigung vorzüglich. Auf allen vier Seiten fällt der Schlossberg steil ab, und das nördliche, schluchtartige Tobel bildete einen zusätzlichen, natürlichen Schutz. Der Turm umfasste vier Stockwerke: das Verlies samt Vorratskellern und Sodbrunnen; die große Küche, deren Zugang fünfzehn Fuß hoch über dem Schlosshof lag; einen Wohnsaal, zugänglich über eine enge Wendeltreppe, der den ganzen Geviertraum des Bergfrieds ausfüllte und einen stufenförmigen Ofen sowie die Lagerstätten und eingebaute Wandschränke enthielt; zuoberst das Prunkgemach, den sogenannten Rittersaal, wo ein großer Kamin stand und die Panzer, Speere und Morgensterne an den Wänden hingen. Auf den Zinnen stand der Wächter und stieß ins Horn, wenn Feinde oder Gäste nahten. Aus den Bruchsteinen dieser Ruine wurde das spätere Schloss aufgemauert. Trunz hat eine alte Tradition, das Schulhaus nicht. Armin Schildknecht braucht die Gegenwucht von Trunz. Wenn es gelingt, die Konferenz unter die Twingherrschaft von Trunz zu zwingen, kann im Gremium der

Inspektoren nichts entschieden werden, was nicht in meinem Sinn und Geist wäre. Gleichviel welches Resultat herausschaut: gerecht muss es sein und mit Trunzscher Unmissverständlichkeit formuliert. Als denkwürdige Konferenz von Trunz wird die außerordentliche Inspektorenkonferenz, deren einziges Traktandum Armin Schildknecht darstellt, in die Geschichte der aargauischen Schulpolitik eingehen. Wann, werden künftige Lehrer ihre Schüler abfragen, fand die denkwürdige Konferenz auf Trunz statt? Was wurde auf dieser Konferenz beschlossen? Wie viele Inspektoren nahmen daran teil? Vielleicht spricht man sogar von einem Kongress auf Trunz. Was waren die Folgen des Trunzschen Kongresses für die Entwicklung unseres Schulsystems? Es wird also gegen Schluss dieses Berichtes gar nicht mehr so sehr darum gehen, die Herren der obersten Aufsichtsbehörde von meiner disziplinarischen Unschuld zu überzeugen, ihnen zu beweisen, wie ungerechtfertigt der spöttische Ausdruck «absurde Umtriebe» in jenem Schreiben war, mit dem ich ins Dauerprovisorium versetzt wurde, sondern darum, ihnen Trunz schmackhaft zu machen und dann darauf zu bauen, dass Trunz als solches für mich spricht, wie das Schulhaus und der Friedhof als solche gegen mich sprechen. Trunz, Herr Inspektor, ist ebenso sehr ein Symbol des Rechts, das mir widerfahren soll, wie der Engelhof und das Schulschlösschen Symbole sind für das Armin Schildknecht und seiner Einheitsförderklasse zugefügte, und zwar unentwegt zugefügte Unrecht. Oder sagen wir lieber Beleidigung, Kränkung, Verhöhnung, Schmach. Alles ist so einfach hier oben auf der Putschebene, wo ich Abstand habe vom uringelben Tobsuchtswürfel, von den vereisten Schlachtfeldern der Kinderteufeleien. Die Inspektoren nach Trunz locken, sie dem Trunzschen Vakuum und der Wucht des Schlosses aussetzen, seiner absoluten Talherrschaft – die Schilttaler sind ja sozusagen Leibeigene der

Ungewissheit, was der Kanton mit Trunz vorhabe –, und dann den Schulbericht in der Stille des Linden- und Kastanienhains zur Detonation bringen. Die Inspektoren das Wort fühlen lassen: Ist Trunz für mich, wer will wider mich sein! Der ganze Konflikt wurde durch Lokalitäten ausgelöst, er soll auch durch eine Lokalität entschieden werden. Ich muss dringend in Schlossheim rekognoszieren, bevor die klassischen Konferenzmonate Jänner und Hornung verstrichen sind. Wenn wir Glück haben, ist das kommende Jahr sogar ein Schaltjahr, so dass wir die Konferenz auf den 29. Februar festsetzen könnten, was den Vorteil hätte, dass die Inspektoren keinen eigentlichen Tag verlören, weil die 0,24 Tage, die ihnen in den drei vorangegangenen Jahren vorenthalten wurden, nicht eigentlich ins Gewicht fallen. Oder ist Ihnen schon jemand begegnet, der Termine auf diese 0,24 Tage abgemacht hat, um sie dann am 29. Februar des Schaltjahrs post festum einzuhalten?

Wir sind ein schloss- und burgenreicher Kanton, Herr Inspektor, an Feudalbauten fast ebenso reich wie an Schulen, Irrenanstalten und Gefängnissen. Die trutzige Wehrhaftigkeit unseres Tagungs-Selbstbewusstseins ist bekannt. Ehrfürchtig blicken wir auf zu unseren Schlössern, weil sie nicht in musealer Mittelalterlichkeit dahindämmern, sondern vom Kanton und von Stiftungen eifrig für kulturelle Zwecke genutzt werden. Weit über die Grenzen hinaus sind unsere Streitgespräche und Kolloquien, unsere Gründungssitzungen und Weiterbildungskurse in Rittersälen, Kemenaten, Bergfrieden und Ungemächern bekannt. Man hat im Kulturkanton eine spezielle Technik entwickelt, die alte Raubritterromantik in die aktuelle Problemstellung einzubeziehen. Zugbrücke, Söller, Wehrgang, Schießscharte und Pechnase, das sind bei uns längst Symbole für unsern Mut geworden, ein schwieriges Thema wie eine Bastion zu stürmen. Da wird der Burggraben zur Öffentlichkeit aufgefüllt, werden Akzente wie Zwerchgauben auf die Dächer gesetzt, da argumentiert man hinter der Brustwehr der Überzeugung, trägt Vorurteile ab wie Bruchsteinmauern und nimmt den Ziehbrunnen zu Hilfe, um eine ganz neue Dimension heraufzuholen. Kurz: es gibt keinen animierenderen Ort, ein Rechtfertigungsgesuch zu behandeln, eine Lanze für Armin Schildknecht zu brechen, als eine Burg oder ein Schloss. Und weshalb sollte ein Lehrer, der sich mit einer Einheitsförderklasse abrackert, nicht ausnahmsweise einmal zur Kultur gezählt werden? Der Reliefsaal im kniestockartig zusammengedrückten Dachuntergeschoss auf Trunz mit den lauernden Ochsenaugen und den skeptischen Mezzaninfenstern ist ja ein imposantes Beispiel kultureller Integrationsbemühungen. Es soll sich, so wird im Dorf erzählt, in diesem Halbgeschoss ein Saal von der Größe des ganzen Schlossgevierts befinden, in dem man allerdings kaum aufrecht stehen könne, und in diesem Saal ein Riesenrelief des Kantons Aargau, das früher bei militärischen Kaderkursen für taktische Trockenübungen benutzt worden sei. Und auf diesem Modell seien mit farbigen Fähnchen, Punkten, Dreiecken und anderen graphischen Symbolen sämtliche der Horizonterweiterung dienenden Einrichtungen wie Schulen, Volkshochschulen, Kindergärten, öffentliche Bibliotheken, Pfarreibibliotheken, Volksbibliotheken, Arbeiterbibliotheken, Kulturkreise, Lesegesellschaften, Theater, Musiksäle, Kinos, Kellerbühnen, Pop-Schuppen, Galerien, Kunsthäuser, Museen, aber auch die Streuungsfelder der aargauischen Presse und die Erholungszentren und die regionalen Kraftfelder und die Sogwirkungen von außerkantonalen kulturellen Metropolen, nicht zuletzt die Erholungs- und Naturschutzgebiete, die Schlösser, Ruinen, Kirchen, Klöster und Aussichtspunkte abgesteckt und dargestellt. Wer vor diesem buntscheckigen Relief stehe, das allerdings nicht öffentlich zugänglich sei, dem werde schwindlig von der Fülle der kulturellen Aktivitäten in unserem Kanton, und der Kulturkoordinator und schulische Leitbildsekretär des Erziehungsdirektors, Graf Lindenberg, wie er im Volksmund genannt wird, weil er so etwas Besänftigendes und Begütigendes in seinen grünen Augen hat, Graf Lindenberg, der ab und zu, in letzter Zeit aber immer seltener, auf das Schloss in die Klausur gehe, wenn sich die diversen Schulmodelle hart im aargauischen Raum stoßen würden, so Lehrer Schlatter von Schlossheim, komme immer halb ohnmächtig in den Strohhof hinunter, wenn er oben im Reliefsaal zu tun gehabt habe, halb erschlagen vom kulturellen Angebot in unserem Kanton, und lasse sich einen Lindenblütentee und Zeller-Balsam geben, den er über das Zuckerstück im Teelöffel träufle. Diesen Reliefsaal über sich, Herr Inspektor, die kulturelle Landschaftsstadt im Modell zu Häupten, ist es doch beinahe ausgeschlossen, dass die Konferenz einen Antrag stellt, der sich vor dem kulturellen Gewissen der Nation und der Welt nicht verantworten lässt.

SIEBZEHNTES QUARTHEFT

Wenn Sie der Beschreibung meiner Schiltener Didaktik bisher gefolgt sind, Herr Inspektor, was ich bezweifle, werden Sie begreifen, dass die Behandlung des Scheintodes eine logische Ergänzung zur Verschollenheitslehre, eine Konsequenz aus dem Nebel- und Nachtunterricht ist. Wir haben ein einfaches Baukasten-System: Grund-Irrealien und -Surrealien, Komplettierungs-Irrealien und -Surrealien. Gefragt, worin meine Tätigkeit hier oben bestehe, würde ich je länger desto entschiedener antworten: Konsequenzen ziehen, Konsequenzen ziehen. Ich hoffe nur, die Konferenz ziehe die ihrigen. Das Leben der meisten Menschen versandet in halbwegs gezogenen, halbwegs unterlassenen Konsequenzen. Jede Friedhofkunde, jede Lehrerkunde ohne Erwähnung des Scheintoten-Problems wäre unvollständig, eine geisteshandwerkliche Pfuscherei. Wir alle, Herr Inspektor, wir alle werden aus einer Gesellschaft rekrutiert und in eine Gesellschaft eingepasst, die vom Tod wenig, vom Scheintod nichts wissen will. Warum? Weil der Scheintod die einzige Form ist, den Tod am eigenen Leib zu erfahren. Ich kann nicht sagen: Ich bin gestorben, wohl aber: Ich war scheintot. Freilich muss man, wenn man einen Vergleich zieht zwischen dem Erstickungstod Armin Schildknechts im Isoliermaterial seiner Klasse und in der sauerstoffarmen Höhe eines friedhofumwitterten Waldschulhauses einerseits und den fruchtlosen Rettungsversuchen eines lebendig Begrabenen anderseits, die Verzweiflung, mit der sich jener einen Meter achtzig unter der Erde das Gesicht zerkratzt, in die Zeitlupe transponieren. Es gehört zu den besonderen Merkmalen der Lehrer-Resignation, dass sie bis zum Äußersten, wo der Hyperbel-Ast des vermeintlichen Lebens sich wahnhaft der Asymptote der Pulslosigkeit nähert – wobei Sie mich in dieser Phase des Schulberichts bitte nicht mehr nach der Tauglichkeit mathematischer Kurven für Analogien fragen mögen –, thematisiert und gelehrt werden kann. Der im Nebel Dozierende genießt den Schutz des Tarnmantels, wenn er seinen Schülern einen grauen Dunst vormacht. Der Nachtschulmeister den Schutz der Dunkelheit. Der Scheinlebendige, der zu einer mit Lumpen von Schulweisheit behangenen Vogelscheuche inmitten eines Kornfeldes respektive zu einer Weizenscheuche geworden ist – denn er hält keine Vögel ab, sondern hindert die Saat am Wachstum –, merkt selber nicht, wann dieser Prozess der Substanzauflösung begonnen hat. Er merkt nicht, dass beim Anblick seines wächsernen Gesichts und beim Anhören seiner wächsernen Gedanken den Schülern die Lust vergeht, erwachsen zu werden. Wer frisch und unverbraucht an eine Schule kommt, denkt, die Substanz reiche für zwanzig, dreißig, vierzig Jahre. Sie reicht aber nicht einmal für fünf Jahre, und je besser der Lehrer, desto eher ist sie verbraucht. Und je ehrlicher der Lehrer, desto offener gesteht er ein, dass er am Rande ist, erschöpft, ausgepumpt, lebenshungrig. Der große Lehrer weiß: Es braucht Hunderte von Lebensstunden, um eine einzige Schulstunde zu überstehen. Jede Lektion muss mit dem Tausendfachen an Lebenserfahrung gedeckt sein. In Wirklichkeit ist es aber umgekehrt in unserem Beruf: Jede Erfahrung muss tausendfach ausgebeutet werden. Man lässt uns nicht zu Atem kommen, man will tote Strohmänner in dösenden Klassen. Wenn ich noch einmal von vorne beginnen, Schilten aus meinem Dasein eliminieren könnte, würde ich erst einen Tag vor der Pensionierung in den Schuldienst treten und dann sechs in die Weltschulgeschichte eingehende Lektionen halten. Stattdessen wird überall kalter Kaffee, verdünnter Sprit und gepanschter Wein geboten, nicht weil unsere Lehrer methodisch und didaktisch versagen, sondern weil sie methodisch und didaktisch zu gut funktionieren. Die Lehrerkrankheit ist nicht die Besserwisserei, sondern die totale Inflation eines Wissens, das methodisch präpariert, rhetorisch erfragt und didaktisch verbreitet wird. Immer nur Antworten auf Scheinfragen und Fangfragen, die man selber stellt. Und auch das Geständnis, dass man keine Rezepte habe, gehört zum didaktischen Konzept.

Zwei Dinge, Herr Inspektor, verlange ich von meinen Schülern am Ende ihrer Schulzeit: dass sie ein Verschollenheitsverfahren einleiten und einem Scheintoten Erste Hilfe darbieten können. Hochaktuell, dies letztere Thema für uns in Schilten, sage ich zu Wiederkehr, finden Sie nicht auch? Seine Antwort lautet immer gleich: Lassen Sie mich mit Ihrem ewigen Scheintod in Frieden! Scheintote gibt es in Schilten nicht, hat es nie gegeben. Worauf ich erwidere, dass es eigentlich penibel sei, dass ausgerechnet wir, die Schüler und ihr Verweser, den Totengräber auf ein Spezialgebiet seines Wissensbereichs aufmerksam machen müssten. Halbbatzig geführte Landfriedhöfe wie der Engelhof ziehen die Scheintoten förmlich an. Meines Erachtens, meine ich zu Wiederkehr, immer umringt von einer Schar von Eleven, die sich in alles und jedes einmischen und mir nachspionieren auf Schritt und Tritt, gehört ein Passus über das Verhalten bei der Entdeckung eines Scheintoten in unsere gemeinsame Friedhof- und Bestattungs-Verordnung. Sie dürfen nicht vergessen: Schilten besitzt keine Leichenhalle, die Mörtelkammer, meine Harmonium-Gruft, ist ein notdürftiger Ersatz für die Aufbahrung während der Abdankungen. Also wenn Ihnen, lieber Wiederkehr, bis zu Ihrer Pensionierung noch ein Scheintoter unterlaufen würde, müsste sich Armin Schildknecht direkt mitverantwortlich fühlen. Und mit ihm würden alle Schüler und Eltern in die Sache hineingezogen. In der Badischen Dienstanweisung für Leichenschauer aus dem Jahre 1887, die notabene noch bis 1971 in Kraft war, schreibt Paragraph 6 ausführlich das Verhalten bei Scheintod vor. Lässt sich, heißt es dortselbst, aus der ersten Schau die Vermutung eines Scheintodes ableiten, hat der Leichenschauer bis zum Eintreffen des unverzüglich zu benachrichtigenden Arztes Belebungsversuche anzuordnen, zu welchem Zwecke er den Körper in eine halb sitzende, halb liegende Stellung bringe. Sodann lege er Senfteige auf Brust und Waden, halte eine stark riechende Flüssigkeit, wofür Salmiakgeist, Branntwein oder Essig in Frage kommen, unter die Nase, reibe die Glieder mit wollenen Tüchern, reize den Schlund mit einer in reines Öl getauchten Feder, mache Klistiere von warmem Wasser und verabreiche von Zeit zu Zeit mit Vorsicht einen Teelöffel voll Wein mit oder ohne Hoffmannstropfen. Kehrt das Leben wieder, so gibt man eine kräftige Brühe. Fruchten diese Versuche indessen nichts, so muss der Körper noch mehrere Stunden im Bette liegen bleiben, bis der Totenschein ausgestellt werden darf. Zur Sicherheit trage man die Daten zunächst in einen Scheintotenschein ein, welchselbiger dann, je nach dem weiteren Verlauf, in einen Totenschein umgewandelt oder annulliert werden soll. Haben Sie, Wiederkehr, schon einmal einen Scheintotenschein in Händen gehabt? Meines Erachtens gehörte es zum Programm der Totengräberausbildungs-Ergänzungskurse, ein solches Formular schicklich, ohne in den Indikativ zu setzen, was im Konjunktiv stehen müsste, auszufüllen. Das heißt zum Beispiel, dass man auch zwischen «voluntativ», «optativ» und «hortativ» unterscheiden können muss. Christian Wilhelm Hufeland, Der Scheintod, Sammlung der wichtigsten Thatsachen und Bemerkungen in alphabetischer Reihenfolge, Berlin 1808, empfiehlt Flanelltücher, die mit Wacholder durchräuchert sind, und Kampferöl zur Massage. Auch sei es ratsam, so Hufeland, dem Scheintoten ein paar Gläser Wasser ins Gesicht zu werfen. Vielleicht ist Ihnen bekannt, lieber Wiederkehr, dass in Passau – ich nehme an, Sie wissen, wo Passau liegt, obwohl die geographische Lage von Passau für diesen Fall gerade keine Rolle spielt und ich bei meinen Schülern nicht in den Ruf kommen möchte, dass ich auf die Kenntnis der geographischen Lage von Passau Wert lege – ein sogenannter Leichenwärterfonds existiert, der bereits über hundert Jahre alt ist. Anno 1871 hatte der königliche Appellationsrat Johann Baptist Schmid aus Angst, lebendig begraben zu werden, einen Leichenwärterfonds von 50 Gulden gestiftet. Die Summe samt Zinsen und Zinseszinsen sollte jenem Totengräber oder Leichenschauer zuteilwerden, der nachweisen konnte, dass er einen Scheintoten gerettet habe. Im Laufe der Zeit ist die Stiftung entwertet worden, doch der Stadtrat von Passau – wie gesagt, es spielt keine Rolle, wo Passau liegt – hat den Fonds unlängst wieder geäufnet. Wenn es bis dato keinem Passauer Totengräber gelungen ist, sich die Prämie zu verdienen, heißt das weder, dass es in dieser Zeitspanne keinen Scheintoten gab, noch, dass in Schilten das Scheintotenproblem vernachlässigt werden dürfe. Ich sehe die Möglichkeit, einen Unterfonds vom Gräberfonds der Gemeinde abzuzweigen, wofür keine separate Fondsverwalter-Gehilfin angestellt werden müsste, und ein Stiftungskapital von, sagen wir fünfhundert Franken für diesen Zweck einzusetzen. Freilich habe ich nur dann eine Chance, mit diesem Vorschlag durchzudringen, wenn ich aus dem Vorbereitenden Ausschuss in die definitive Friedhofkommission gewählt werde. Ein Wink von Ihnen genügt, Wiederkehr, und ich sitze in der Friedhofkommission. Als Gegenleistung würde ich Sie für die Schulpflege vorschlagen, die ja in praxi eine gemischte Schul- und Friedhofpflege ist. Ein Friedhofvertreter in der Schulpflege, ein Schulvertreter in der Friedhofkommission, das wäre lebendige Demokratie! Man müsste natürlich auch den Scheintotensonntag eine Woche nach dem Totensonntag einführen. Oder meinen Sie, dass man der Scheintoten vor den Toten gedenken solle? Ich persönlich würde der zweiten Variante den Vorzug geben, weil Scheintote noch sterben, Tote aber nicht scheintot werden können.

Schade, aber nicht verwunderlich, dass in unserem Schullesebuch, das in keiner Weise auf Schiltener Verhältnisse zugeschnitten ist, kein Gedicht der unsterblichen Friederike Kempner figuriert, Herr Inspektor. Etwa das Nocturno «Finster und stumm»: «Stürmisch ist die Nacht, / Kind im Grab erwacht, / Seine schwache Kraft / Es zusammenrafft. / ‹Machet auf geschwind!› / Ruft das arme Kind, / Sieht sich ängstlich um: / Finster ist's und stumm.» Friederike Kempner war eine der ersten literarischen Vorkämpferinnen für den Schutz der Scheintoten. Jeder Schiltener Schüler weiß, Herr Inspektor, dass der König von Preußen im Jahre 1871 in einem königlichen Reskript, das auf Drängen des schlesischen Gutsfräuleins zustande gekommen war, eine Wartefrist von fünf Tagen zwischen Tod und Beerdigung anordnete. In einem Sonett konnte sie sich bei Kaiser Wilhelm I. für einen Erlass bedanken, der sich ausdrücklich auf ihre Schriften berief und auf Grund dessen alle Regierungsbehörden darüber zu berichten hatten, in welchem Umfang in ihrem Verwaltungsbezirk für die Errichtung von Leichenhäusern gesorgt sei. Und als sie von einer studentischen Körperschaft den Auftrag erhielt, ein Burschenlied zu schreiben, kam sie auch dort auf ihr Hauptanliegen zu sprechen: «Studenten, unsre Zukunft einst / Hängt ab von eurem Werden, / Ob's freund- und friedlich wird dereinst, / Ob's heimlich wird auf Erden. / Und eins noch hänget von euch ab: / Ob man lebendig muß ins Grab.» Die Kempner hatte testamentarisch bestimmt, dass in ihre Familiengruft Klingelleitungen zu legen seien. In jedem Sarg sei ein Druckknopf anzubringen, den der Begrabene bei seinem Erwachen betätigen könne. Dann läute es beim Friedhofwärter, und der Scheintote sei gerettet. Leider, liebe Schüler, ist die Gruft samt Klingelanlagen im Zweiten Weltkrieg durch Bomben zerstört worden. Doch schon 1878 wurde in Deutschland ein Alarmgrab patentiert, das folgendermaßen funktionierte: In den Grabstein ist ein Luftschacht eingebaut, der bis zum Sarg hinunterführt. An den Händen des Beigesetzten wird ein elektrisches Kabel befestigt. Die geringste Bewegung lässt die Alarmglocke aufschrillen, die sich in der Turmspitze des tabernakelähnlichen Gedenkstocks befindet. Eine Notfahne wird gehisst. Gleichzeitig öffnet sich der Deckel der Luftröhre automatisch, Frischluft strömt herein, und der Totgeglaubte kann in aller Ruhe die Rettungsmannschaft abwarten. In den USA erfanden fortschrittliche Bestattungs-Industrielle sogenannte Sauerstoffsärge, die mit Sauerstoffgeräten ausgerüstet sind und im Notfall für 72 Stunden Atemluft spenden. Wie wäre das bei uns, frage ich die Schüler, immer um anschauliche Bilder, um konkrete Lokalitätsbezüge bemüht. Wäre der Engelhof, wäre Wiederkehr einem Scheintotenalarm gewachsen? Kaum. Es wäre doch wohl so, dass, hätten wir Signalgräber, die Läutwerke im Schulhauskorridor angebracht werden müssten, neben den Telefonglocken und der Hausglocke. Nach jeder Beerdigung bei jedem Schrillen die Unsicherheit: Ist das nun das Friedhoftelefon oder die Alarmanlage? Und wenn die Alarmanlage, die Frage, welche Nummer. Man würde am besten eine Leuchttafel installieren wie in den alten Hotels. Wiederkehr, allgemein als Gegner von Klingeln bekannt – auch die Wiggersche Veloglocke geht ihm ja gottsträflich auf die Nerven –, würde rigoros wie eh und je erklären: Eine solche Scheintotenklingel kommt mir nicht ins Haus! Neben dem Telefondienst hätten wir also auch noch den Scheintotendienst zu verrichten, womit wir unserer eigenen Konsequenz Tribut zollen würden, was nicht mehr als in Ordnung wäre. Natürlich könnte man, um das Geklingel zu vermeiden, auf die Gaußschen Lampen ausweichen, aber dann müssten wir auch noch eine Prontoordonnanz für Scheintote stellen. Vor allem, diktiere ich den Schülern ins Generalsudelheft, waren es berühmte Dichter und Denker, also phantasiebegabte, unter ihrer Phantasiebegabung leidende Leute, welche Angst hatten, lebendig begraben zu werden. Schopenhauer verfügte testamentarisch, dass seine Leiche nicht sofort eingelocht, sondern in den Totenkammern des Friedhofs beigesetzt werden solle bis zum Eintritt der Verwesung. Und Johann Nestroy sicherte sich doppelt ab: durch die Forderung nach einem Herzstich und einem Läutwerk, das ihm mit in den Sarg gegeben werden müsse. Hans Christian Andersen soll jeden Abend vor dem Schlafengehen einen Zettel auf den Nachttisch gelegt haben mit der Erklärung: Ich bin nur scheintot! Friedrich Hebbel dagegen überließ es seinen Hinterbliebenen, ihn gegen die Gefahren sicherzustellen, die sich an seinen Scheintod knüpfen würden. Und von wem, frage ich etwa zur Auflockerung dieses Unterrichtsmotivs in der Klausur über die «vita minima», stammt das Zitat: «Knarr! – da öffnet sich die Tür. / Wehe! Wer tritt da herfür!? / Madam Sauerbrot, die schein- / Tot gewesen, tritt herein.» Natürlich mache ich die paar wenigen, die sich dafür interessieren, auf den Binnenreim «-brot» und das Enjambement des Wortes «scheintot» aufmerksam, wodurch die Betonung am Versende auf «schein-» fällt und «-tot» nur noch eine nebensächliche Bedeutung hat. Dichter und Denker also, die wissen oder glauben, dass sie geistig weiterleben, wollen dieses Weiterleben nicht auch noch er-leben, und ihnen schließt sich Armin Schildknecht insofern an, als er, wenn es ihm nicht gelingen sollte, sang- und klanglos zu verschellen, auf gar keinen Fall dort unten im Engelhoflehm erwachen will, um womöglich durch das Schlagen der Glocke noch einmal an die Schule und sein Lehrerleben erinnert zu werden. Das muss ja, diktiere ich meinen Schülern ins Generalsudelheft, das Allerschrecklichste sein, im Grab die Glockenschläge zu zählen, die Schulhausglocke so deutlich zu hören, als liege man noch in seinem Estrichverschlag und nicht zwei Meter tief unter der Erde – einen Meter achtzig, korrigieren mich die Streber –; ein großer Dichter, einer der größten in unserem Lande, hat dieses grauenhafte Glöcknen beschrieben in einem Gedicht, das in unserem Lesebuch stand und das ich auswendig weiß, seit ich es das erste Mal gelesen habe:

> «Horch – endlich zittert es durch meine Bretter!
> Was für ein zauberhaft metallner Klang,
> Was ist das für ein unterirdisch Wetter,
> Das mir erschütternd in die Ohren drang?
>
> Jach unterbrach es meine bangen Klagen,
> Ich lauschte zählend, still, fast hoffnungsvoll:
> Elf – zwölf – wahrhaftig es hat zwölf geschlagen,
> Das war die Turmuhr, die so dröhnend scholl!
>
> Es ist die große Glock, das Kind der Lüfte,
> Das klingt ins tiefste Fundament herab,
> Bahnt sich den Weg durch Mauern und durch Grüfte
> Und singt sein Lied in mein verlaßnes Grab.
>
> Gewiß sind jetzt die Dächer warm beschienen
> Vom sonnigen Lenz, vom lichten Ätherblau!

> Nun kräuselt sich der Rauch aus den Kaminen,
> Die Leute lockend von der grünen Au.
>
> Was höhnst du mich, du Glockenlied, im Grabe,
> Du Rufer in des Herrgotts Speisesaal!
> Mahnst ungebeten, dass ich Hunger habe
> Und nicht kann hin zum ärmlich stillen Mahl?»

Nur diese fünf Strophen, Herr Inspektor, verlange ich von meinen Schülern, der ganze, vierzehnteilige Zyklus hat ja deren sechsundsiebzig. Und wer ist heute, im Zeitalter der absoluten Gedächtnislosigkeit, noch in der Lage, ein sechsundsiebzigstrophiges Gedicht herzusagen! Armin Schildknecht, im Scheintoten-Praktikum.

Meistens spielt das Motiv der überhasteten Leichenbeseitigung die größte Rolle beim Scheintod. Ein Beispiel aus Jugoslawien: Eine junge Schafhirtin wurde vom Blitz getroffen und fiel in Bewusstlosigkeit. Als man sie fand, hielt man sie für tot. Es ist ja das Einfachste, wenn man alle Leblosen gleich für tot hält. Und da es im Hochsommer war, ordnete der Bürgermeister an, das Mädchen müsse unverzüglich begraben werden. Die Zeit drängte der großen Hitze wegen so sehr, dass kein Arzt mehr beigezogen werden konnte. Die Frist reichte nicht einmal für die Aushebung eines ordentlichen Grabes. Der Totengräber scharrte ein Loch auf, man legte das Mädchen in die Flachgrube, bedeckte es mit ein paar Brettern und schüttete die freigeschaufelte Erde darüber. Am nächsten Tag ging der Vater der Verstorbenen zum Friedhof. Als er an das Grab seiner Tochter kam, war der Erdhügel aufgewühlt, und zwar von unten her. Der Vater kniete nieder und grub mit bloßen Händen seine Tochter frei. Er fand sie mit blutig gerissenen Fingern und zerkratztem Gesicht. Der nun endlich herbeigerufene Arzt stellte fest, dass sie beim Versuch, sich aus dem Dreck zu wühlen, einen Herzschlag erlitten hatte. Satz, diktiere ich den Schülern ins Generalsudelheft: Der Scheintote wird von seinen Mitmenschen in eine Lage gebracht, aus der sich befreien zu wollen ihn das Leben kostet.

Sie, sage ich zu Wiederkehr, verkörpern in Aberschilten den friedhöflichen Volks- und Aberglauben, wir die Wissenschaft. Wussten Sie zum Beispiel, dass man glaubt, wenn man einen Scheintoten ausgrabe, würden die Felder unfruchtbar, so weit er zu blicken vermöge? Ist Ihnen bekannt, dass wiederkehrende Scheintote nie mehr lachen? Haben Sie schon jemals einen vom Scheintod Erretteten lachen sehen? Wussten Sie, dass man vor noch nicht allzu urvordenklichen Zeiten, wenn die Pferde des Leichengespanns ausschlugen, annahm, der Verstorbene sei nur scheintot? Als Totengräber sollten Sie wissen, lieber Wiederkehr, welche Rolle Sie in den meisten Grusel-Geschichten übernehmen. Meistens verfallen Ihre Berufskollegen der sogenannten Leichenfledderei, sie exhumieren Frauen, von denen sie wissen, dass ihnen Schmuck mit ins Grab gegeben worden ist, und zwar bei Nacht und Nebel – eine bildliche Wendung, die in unserem Unterricht konkretisiert wird –, um sie zu berauben, und meistens schlagen dann die dergestalt Überfallenen die Augen auf, krümmen zehn krallenbesetzte Finger, so dass der Totengräber auf der Stelle tot ist und – in den raffinierten Fällen – seinerseits scheintot begraben wird, um so seinen Frevel zu büßen. Es ist ja spätestens seit Prévinaires von der Akademie der Wissenschaften zu Brüssel ausgezeichneter Preisschrift über die verschiedenen Arten des Scheintodes, Leipzig 1790, bekannt, dass heftige Leidenschaften zur sogenannten Pulslosigkeit führen können. Ich zitiere den Sie betreffenden

Passus aus dem zweiten Abschnitt des vierten Kapitels des ersten Teils, Wiederkehr, Scheintod von moralischen Ursachen, Wirkungen und Unterscheidungszeichen dieser Arten des Scheintodes: «... das Schrecken endlich, diese unvermuthete, gewaltsame Erschütterung, durch die Gegenwart eines schreckenvollen Gegenstandes verursacht, welches bald einen allgemeinen Schauer in der ganzen Maschine, eine außerordentliche Schwäche, eine Art von Abspannung in den Organen der Lebensverrichtungen verbreitet, bald auch, wie der Zorn, gerade entgegengesetzte Wirkungen hervorbringt; alle diese Leidenschaften, sage ich, können, auf verschiedene Art mit einander verbunden oder auch einzeln wirkend, einen so hohen Grad von Stärke erreichen, daß sie die Lebenskraft in einem beträchtlichen Grade verändern oder wohl ganz zerstören. Überhaupt haben sie alle die Eigenschaft, daß sie, nachdem sie in unsern Adern und Muskeln eine ungewohnte Lebhaftigkeit verbreitet hatten, uns hernach in die tiefste und traurigste Entkräftung versinken lassen. Krampf und Atonie sind gewöhnlich die Grenzen, wo sich alle die Stürme, die sie erregen, endigen, und je nachdem diese beiden Zustände durch die Verhältnisse so oder anders modifizirt werden, arten sie bald in Scheintod, bald in Lähmung, zuweilen in Epilepsie, in Starrsucht, in tiefe Ohnmacht, oder in irgend eine andere Art von Krankheit aus, welche sich mehr oder weniger dem Scheintode nähert, oft gar nicht davon verschieden ist.»

So weit Prévinaire, Sie betreffend, Wiederkehr, in der Übersetzung von Bernhard Gottlob Schreger. Das Aufschlagen der Augen wird in der Fachliteratur als Totenblick bezeichnet, und mehr als einmal ist es vorgekommen, dass abergläubische Leichenfrauen dieses Lebenszeichen dahingehend gedeutet haben, dass bald noch ein weiteres Glied derselben Familie sterben müsse. Ja, eine Leiche, die sich des Nachts in ihrem Totenbett aufgerichtet habe, sei von der Totenwache niedergedrückt worden mit der Bemerkung: Was willst du unter den Lebendigen? Nieder mit dir, du gehörst nicht mehr zu uns! Viel wichtiger aber als der Passus, der Sie betrifft, sage ich zu Wiederkehr, ist jener Abschnitt, der auf Armin Schildknecht, Schulverweser zu Schilten, gemünzt zu sein scheint. Sie nehmen es mir ja sicher nicht übel, wenn ich gestehe, dass jedem sein eigener Scheintod am nächsten ist. Prévinaire schreibt:

«So darf man die Pulslosigkeit, welche die Folge oder die Wirkung eines anhaltenden Nachdenkens, oder eines übermäßigen Fastens ist, nicht so behandeln als die, welche von einem ungestümen Anfalle von Zorn oder Abscheu veranlaßt wird, in wie ferne diese allemahl mit einer Spannung der festen und Aufwallung der flüssigen Theile verbunden ist. – Denn wenn auch gleich» – jetzt kommt es, Wiederkehr, denken Sie an meinen Schulbericht – «eine lang fortgesetzte Anstrengung des Geistes gewöhnlicherweise Krampf verursacht, so erfolgt doch auf diesen erstern Zustand plötzlich Erschlaffung und Schwäche; und es gehören folglich in dieser Rücksicht die todähnlichen Ohnmachten, denen die Gelehrten am häufigsten unterworfen sind, ihrer wesentlichen Beschaffenheit nach in die zweite Klasse, und fordern auch die dahin gehörige Behandlung.»

So weit Prévinaire, mich betreffend, Wiederkehr, der in einem fünften Abschnitt dieses vierten Kapitels referiert über:

«Moralische Behandlung derjenigen Scheintodesarten, welche von moralischen Ursachen herkommen; Thatsachen, welche den wechselseitigen Einfluß des moralischen Zustandes auf den physischen, und des physischen auf den moralischen beweisen. Heilmittel, welche man in verzweifelten Fällen anwenden muß.»

Welch eine kühne Vorwegnahme der Schildknechtschen Krankheit, Herr Inspektor; mag Doktor Krähenbühl von Schöllanden die Stirn runzeln, wenn sein Patient von psychosomatischem Scheintod spricht, der geniale Prévinaire hat es geahnt, hätte er doch in seiner preisgekrönten Schrift eine Fußnote offengelassen für Armin Schildknecht! Als literarisch harmlose Einstimmung in die Scheintodeskunde empfiehlt sich «Die wunderliche Herberge» von Bergengruen, die Geschichte eines gewissen Doktor Barg von Reval, der im Testament den Großteil seines Vermögens zur Errichtung einer Herberge für Scheintote bestimmte, die, unweit vom Friedhof, von seiner Haushälterin geführt werden sollte. Eine erste Unterkunft für heimat- und rechtlose Scheintote, die ins Leben zurückzukehren gedenken. Denn, so folgerte Doktor Barg richtig, wer ins Sterberegister eingegangen ist, wird aus den Registern der Lebenden gestrichen, und selbst wenn die Kraft eines auferstandenen Scheintoten ausreichen würde, kreidebleich und schlotternd in seinem Totenhemd aus dem Friedhof in die Stadt zu flüchten, würde ihm niemand glauben, dass er nicht ein Gespenst sei. Dasselbe Problem wie beim Verschollenen: Wie legitimiert sich einer, der frisch aus dem Grab kommt? Wir erarbeiten die Geschichte in drei Stufen: Das Leben vor dem Scheintod, das Leben in Anführungszeichen während des Scheintodes, das Leben nach dem Scheintod. Alle rechtlichen Fragen und Komplikationen, die sich aus einem überstürzt diagnostizierten Tod ergeben, lassen sich, ausgehend von «Die wunderliche Herberge», sehr anschaulich darstellen. Aber die Schüler wollen im Allgemeinen keine literarische Einstimmung, sondern Horrorfakten. Schreckschüsse muss man ihnen bieten im Unterricht, dauernd Schreckschüsse. Kaum habe ich mit diesem Stoffmotiv begonnen, skandieren sie in Sprechchören: Christoph Wilhelm Hufeland, Christoph Wilhelm Hufeland! Sie meinen den Arzt von Wieland, Herder, Schiller und Goethe, der von 1762 bis 1836 gelebt hat und berühmt geworden ist durch seine Abhandlung «Der Scheintod oder Sammlung der wichtigsten Thatsachen und Bemerkungen darüber, in alphabetischer Ordnung», Berlin 1808. Armin Schildknecht besitzt ein antiquarisches Exemplar dieses Scheintoten-Lexikons, eine Erstausgabe, sie steht in unserer Handbibliothek im Oberstufenzimmer – naturgemäß muss ein so heikles Motiv wie der Scheintod im Oberstufenzimmer behandelt werden, nur elementare Irrealien im Unterstufenzimmer, nur elementare –, und auf dieses blutrot marmorierte Exemplar – das Rot von eingetrocknetem Blut, wohlverstanden – zeigen die Schüler, sie wollen, dass ich ihnen vorlese, nüchterne Sachbuchliteratur, immer wieder dieselben Fälle. Basingstockes scheintote Dame, die in einer Gruft unter einem Schulhaus beigesetzt wurde und deren Lebensgeräusche die Kinder hörten, als sie sich flach auf den Boden legten. Und Clermonts Reisender, der beim Leichenschmaus vom Scheintod erwacht. Und die Geschichte des Arzneigelehrten P. zu Ingolstadt, der nach der Wiederbelebung versicherte, das Schlimmste sei der Zuspruch des Geistlichen gewesen in der vermeintlichen Todesstunde, jede Silbe ein Dolchstoß durch die Ohren, und dann die Gewalt, mit der ihm seine Schulfreunde den starren Kiefer hätten zudrücken wollen, was er als physischen Schmerz empfunden habe, ohne auch nur den kleinen Finger rühren zu können, und dann das Besprengen mit eiskaltem Weihwasser, lauter Nadelstiche in seinem Gesicht, wobei er als Abkömmling einer wohlhabenden und sehr frommen Familie überreichlich mit Weihwasser besprengt worden sei, was hinwiederum seine Rettung gewesen, denn vermutlich habe ein zwischen den Lippen durchgesickerter Tropfen jenen Reiz im Schlund verursacht, der die Starre gelöst und ihm die Fähigkeit, sich zu bewegen, zurückgegeben habe, doch sei dies mitten in der Nacht passiert, und seine Hände seien mit Rosenkränzen buchstäblich gefesselt gewesen, so dass er, wenn es ihm nicht gelungen wäre, mit dem Ellbogen einen Stuhl umzuwerfen und durch dieses Gepolter Hilfe herbeizuholen, auf seinem Totenbett hätte krepieren müssen, und zum Glück sei man in seiner Familie zwar fromm, aber nicht abergläubisch gewesen, ansonsten man ihn für einen Nachzehrer gehalten hätte, der des Teufels sei. Er habe alle Klagen seiner Verwandten gehört und sei sich die ganze Zeit seines Zustandes bewusst gewesen, habe die Anstalten zu seiner Beerdigung verfolgt und mit ansehen müssen, wie der Tischler an seinem Leib Maß genommen habe für den Sarg, ohne sich wehren zu können. Und erst in der Nacht vor dem Begräbnistag, als er den Reiz gespürt und sein Bewusstsein mit äußerster Spannung auf seinen Zustand geheftet habe, so dass seine Seele gleichsam mit ganzer Stärke auf jeden Punkt seiner Maschine habe wirken können, sei ihm die Kraft, sich zu sträuben und aufzubäumen, wiedergekommen, und zuerst seien die durch das Getöse des umgestürzten Stuhls im Nebenzimmer wach gewordenen Angehörigen zwar erschrocken und von ihm geflohen, doch auf sein wiederholtes Bitten und Beteuern, dass er kein Geist sei, habe man ihn wieder unter die Lebenden aufgenommen. Gut, sage ich meinen Schülern, wenn ihr unbedingt wollt, die Geschichte des Arzneigelehrten P. zu Ingolstadt, meinetwegen, aber nicht, damit ihr euch im Hufeland einnisten könnt, sondern um euch den Hufeland abzugewöhnen. Tatsächlich kann man aber nicht Hufeland-Enthaltsamkeit predigen und selber im Hufeland schmökern, und diesen Widerspruch setzen die Schüler wie alle Lehrerwidersprüche sofort in Allotria um. Sie erpressen mich mit ihrem Schabernack, bis ich ihnen von den Anatomie-Scheinleichen über das Selbstverzehren der Scheintoten bis zum Stichwort

«Zuruf, starker, erweckt vom Scheintode» den ganzen Hufeland in alphabetischer Reihenfolge biete. Sage ich: Heute nur den halben Hufeland, sagen sie: Dann lieber gar nichts von Hufeland! und machen einen Heidenradau mit ihren klappernden Griffelschachteln. Diese in ihrer Lärmintensität den Rätschen gleichkommenden Griffelschachteln haben noch immer bewirkt, dass die Schüler erreichten, was sie wollten, Herr Inspektor.

Das sogenannte Scheintoten-Praktikum kann ich nur mit einer reifen Klasse durchführen. Eine Klasse reift ihrem Lehrer ja in die Hand oder sie verfault ihm unter der Hand. Im Gegensatz zum Nebel- und Nachtunterricht ist das Scheintoten-Praktikum nur für Vorgerückte gedacht und demzufolge fakultativ. Es besteht, da wir ja nicht draußen auf dem Friedhof arbeiten können und sintemalen uns Wiederkehr nicht gestattet hat, das anno 1878 patentierte deutsche Alarmgrab mit dem Lüftungsschacht und der Notfahne zu Übungszwecken nachzubauen – nur auf dem Modell figuriert diese Einrichtung, und also lügt das Modell –, besteht darin, sage ich, das Praktikum, dass sich jeder einmal, aber nur so lange er will, unter den Boden legt, unter den Turnhallenboden in die abdeckbare Stuhlgrube, dass er sich mit dem obersten Teil des Schwedenkastens und mit den Brettern zudecken lässt und aus der Finsternis der Gräberperspektive herauf die fünf Strophen von Gottfried Kellers Gedicht rezitiert: «Lebendig begraben».

ACHTZEHNTES QUARTHEFT

Der Schnee liegt im neuen Jahr nicht mehr so hoch wie im alten, in den sogenannten Festtagen setzte ein Tauwetter ein im Anschluss an einen Föhneinbruch, das den Risiweg in ein Schmelzbächlein verwandelte und die tief unten im Löhrentobel gurgelnde Schilt mächtig anschwellen ließ, beinahe musste man grüne Weihnachten befürchten, was allerdings auf weiße Ostern hätte hoffen lassen, doch nichts ist trostloser als eine grüne Schulmeisterweihnacht in Schilten. Aber dann ist das Thermometer wieder tief auf unter null gesunken, der schmutzige Altschnee und das aufgetaute Alteis gefroren abermals, nur ist diese zweite Vergletscherung viel harmloser als die erste, und Wiederkehr kann an seine Winterarbeiten gehen. Nicht mehr diese blendende Weiße wie nach dem ersten Schnee, sondern alles schwer und drückend, der Himmel eine graue Betondecke, die Landschaft wie in Blei gefasst, aschige Felder, Bäume aus Stacheldraht, über die Mahden hat sich Staub und Ruß gelegt. Die Friedhofgfrörni ist bewältigt, die Wege sind so lange gesalzen und gekiest und gesandet worden, bis sie wieder begehbar wurden, und die Grabsteine behaupten sich marmorner und granitener denn je in ihrem trauerumränderten Feld. Kohlrabenschwarz und wie mit Metallflügeln besteckt die Krähen, die aus dem Schiltwald herüberschwingen und die Friedhofmauer besetzen. Noch immer kann man auf der vereisten Straße nach Mooskirch hinunterschlitteln. Aber der Triumph über den Engelhof war kurz, die glaziale Hochstimmung ist einer abwartenden Resignation gewichen.

Die Holzfrevler, die in diesen Tagen am Werk sind, haben sich offenbar in den Kopf gesetzt, unsere Wälder von innen her zu roden, sich mit ihren kläffenden Motorsägen bis an die Ränder durchzufressen. Drüben in der Irrlose, welche die Mördergrube verbirgt, und unten im Bleiwald und oben im Leichenholz und drinnen im Schiltwald dieses markdurchdringende Heulen und Kreischen, das abgewürgte Möhnen und Wummern, und in den Lärmpausen hört man das Krachen der stürzenden Bäume, dann wieder die Rufe und Zoten der Holzfäller, die inzestuös gegen den Mutterwald vorgehen, dass einem das Blut in den Adern gefriert. Mit ihrer rundschreierischen Motorsägenkulisse sorgen diese Totschläger und Amputiermeister dafür, dass während Vormittagen nichts anderes als die Kahlschlagwirtschaft behandelt werden kann. Merkt euch die Werkzeuge, Kinder, mit denen dem Holz zu Marke gerückt wird. Lernt, werde ich von den Waldarbeitern gezwungen zu sagen, auswendig, zu eurem Schutz, was ich, mit quietschender Kreide protestierend, an die Tafel schreibe: Fällaxt, Fällkeil, Rindenschäler, Spalthammer, Heppe, Kluppe, Sapine, Revolvernummerierschlägel, Bügelsäge, Zugmesser. Ich werde gezwungen, von euch zu verlangen, dass ihr wisst, was eine Dickung und eine Schonung ist, was man unter einer Zweimannrotte versteht, was unter einem abgebeilten Wurzelanlauf, zu verlangen, dass ihr eine gekröpfte Achse zeichnen könnt, dass ihr Sohlbaum, Wehrbaum, Überbaum und Übersattel voneinander zu unterscheiden und zu erklären vermögt, weshalb die Bäume in den Wäldern, nicht nur die Gräber auf dem Engelhof, auch die Bäume nummeriert werden, was der Haumeister für eine Funktion ausübt, und insbesondere muss ich euch das Bild einer Blöße einprägen, eines gerodeten Feldes von Baumstümpfen, Wurzelstöcken, Strünken, auch Stubben genannt. Ich werde gezwungen, euch abzufragen über die Lohrinde und die Wiede, über die Verwendung des Wendehakens und der Krempe. Schlauchen muss ich euch, bis euch vor lauter Kahlschlagdiktaten die Köpfe rauchen, und wenn alle Tannenriesen gefällt sind, werde ich euch in den verstümmelten Wald führen, um euch das Stockrot zu zeigen, euren verstockten Herzen das Stockrot der amputierten Bäume, der amputierten und entasteten Stämme, und vielleicht wird euch dann klar, dass in den Schulen – Schilten nicht ausgenommen, früher klammerte ich Schilten aus, heute nicht mehr – entlaubt, entastet und entrindet wird, geschält, behauen, gewendet und gestapelt, klar sollte euch werden, wobei ich immer schilteske Klarheit meine, dass der Weg ins Tal hinunter, in das sogenannte Leben hinaus einem Riesweg gleicht, über den ihr hinunterschlittert in die Sägewerke, wo ihr auf den Spannwagen zwischen die Spannklauen zu liegen kommt und ruckend und zuckend durch die stampfende Gattersäge geschoben werdet, um alsdann als Blockware gestapelt zu werden, Schwarte, Kern, Herzdiele und Splintseite, dass ihr vor die Ablängkreissäge und unter die Schwartenschälmaschine kommt, zuletzt in die Bündelpresse und in die Putzhobelmaschine, bis ihr endlich zu glatten, spreißenlosen Brettern verarbeitet seid, aus denen man, zum Beispiel, Särge zimmern kann.

Unsere Ohnmacht ist eine totale, es fehlt uns am geeigneten Instrumentarium, Herr Inspektor, um gegen die Kahlschlagrealitäten aufzukommen, der Bilderduden, aus dem ich die Schüler die Holzfäller-Werkzeuge abzeichnen lasse, ist ein Instrument, aber kein Gerät. Wiederkehr mit seiner schwarzen Michelsmütze, er hat es gut. In seiner Werkstatt verfügt er über alle erdenklichen Werkzeuge vom Schneckenbohrer bis zur Holzraspel, um mit seinen klammen Händen etwas anzufangen, um mit seinen klammen Händen den Winter zu überdenken, obwohl er diese sogenannte Michelsmütze nur trägt, weil die Waldfrevler mit ihren Originalmichelsmützen alle Handwerker in der näheren Umgebung ihres Kahlschlags dazu anstiften, sich eine ebensolche Mütze über die Ohren zu ziehen, nicht zum Schutz gegen die Kälte oder den Lärm, sondern um sich als Handwerker zu legitimieren, und wer einmal so weit geht, die Bekleidung der Holzfäller nachzuahmen, muss konsequenterweise auch ihre Flüche ausprobieren und sich hinter den Bürgerknebel machen. So weiß denn Wiederkehr nichts Gescheiteres, als mit seiner kleinen, von einem lumpigen Stottermotörchen angetriebenen und ständig den Transmissionsriemen abspulenden, aber teuflisch aufheulenden Kreissäge seine paar Klafter Buche in spaltfertige Trommeln zu zerteilen und dergestalt in das Konzert der ihm an Werkzeugen hoch überlegenen Waldschlächter einzustimmen. Immer wenn drinnen im Schiltwald die Kettensägen absterben, behauptet sich seine Fräse nur umso penetranter, mit jenem metallisch hellen Kreischen, das entsteht, wenn man den angesägten Rugel zurücknimmt, damit das Blatt – verzeihen Sie die Metapher! – aufatmen kann. Abwürgen, aufkreischen, wummern, abwürgen, aufkreischen, wummern! In Ermangelung respekteinflößender, das Unterrichtshandwerk dokumentierender Werkzeuge – Bambusstock und Signa-Kreiden sind ja Spielzeuge, nicht Werkzeuge – und insonderheit der Tatsache, dass die meisten Leute unseren Beruf nicht ernst nehmen, ihn als Ferien-Beschäftigung bezeichnen und so weiter, neigt der Lehrer dazu, seine Schüler zu Werkzeugen zu degradieren. Das Schlimme aber ist, Herr Inspektor, dass ich bald gar keine Schüler mehr habe, um mit dem Schiltener Modell das Gegenteil zu beweisen. Meine Einheitsförderklasse schrumpft von Tag zu Tag. Die Schüler werden unter irgendwelchen Krankheitsvorwänden zurückgehalten, man spricht von einer asiatischen Grippe, die

Lücken in den Bankreihen werden immer größer. Die Wahrheit ist, dass noch nie so wenig Schiltener grippekrank waren wie in diesem Winter, die Kälte hat sie abgehärtet. Nein, Herr Inspektor, die Schüler werden offensichtlich für den Unterricht gesperrt, sei es, weil sich die Gerüchte um meine disziplinarische Entlassung verdichtet haben, sei es aus Angst, dass die Kinder hier im Schulhaus von einem Virus angesteckt würden. Grippe kommt ja von «ergreifen», und insofern als alle von meinem Unterricht ergriffen waren, sind sie nun, wenn man so will, vergrippt. Immer öfter und unverblümter wird Armin Schildknecht als Entschuldigungsgrund für das Fehlen eines Schülers angegeben. Es heißt: Sehr geehrter Herr Lehrer, unser Markus muss Ihretwegen ein paar Tage vom Unterricht fernbleiben, mit vorzüglicher Hochachtung. Als die Pilgerhöfler streiken, fielen sechs Schüler aufs Mal aus, die Karrhöfler im Kläck haben mir drei vorzügliche Abwehrtelefonisten entzogen, die Tuftlöchler einen unersetzbaren Friedhofwarner. Die Ratten verlassen das sinkende Schiff mit dem Rattenfänger am Steuer. Und natürlich trifft mich der Verlust auf das allerempfindlichste, habe ich meine Einheitsförderklasse doch so eingerichtet und ausgelastet, dass es eben auf den hintersten Mann ankommt. Jeder gesperrte Schüler zwingt mich zu gewaltigen Umstellungen. Denken Sie nur an das Nebeldispositiv, das von Grund auf neu konzipiert werden muss. Und an eine Neurekrutierung ist jetzt, mitten im Kristall- und Beinwinter, nicht zu denken. Im Frühling gibt es wieder Nachwuchs, aber dann bin ich wahrscheinlich schon nicht mehr hier. Wie soll ich mich vor der hohen Inspektorenkonferenz verantworten, wenn mir die Basis entzogen wird! Ich mache Bittgänge, komme mir vor wie ein Bildungshausierer, der um ein Almosen in Gestalt eines Schülers bettelt, doch überall führt man mich in überheizte Kinderschlafkammern, konfrontiert man mich mit künstlich erzeugtem Fieber und simuliertem Katarrh, und gegen den Trotz der Eltern, der Stockschiltener, ist kein Kraut gewachsen. Ich sehe, wie die Schüler die Hände nach mir ausstrecken. Sie wollen meinen Unterricht, aber ihre privaten Erzieher, ihre Heimpädagogen wollen ihn nicht mehr.

Nun, ich darf nicht schwarzmalen, noch immer bleiben Armin Schildknecht ein paar tapfere Mohikaner, die ihm die Treue halten. Das Trüppchen ist zu klein, um das volle Unterrichtsprogramm abzuwickeln mit allen Ämtchen und Sonderaufträgen, die dabei zu vergeben sind, aber doch groß und vor allem stark genug für einen Notunterricht. Notunterricht heißt, dass einerseits das Diktat fortgesetzt wird – oft übernimmt nun ein Schüler die Rolle des Diktierenden, um Armin Schildknecht zu entlasten –, und dass wir uns anderseits noch enger zusammenschließen als bisher, zum harten Kern der Schiltener Einheitsförderklasse, und uns ganz auf die Inspektorenkonferenz konzentrieren. Gewiss will ich nicht verschweigen, dass ich mich zu wenig um die Basis, um den Kontakt mit der Bevölkerung, die ich ja nur bei Abdankungen zu sehen bekomme, gekümmert und mich zu sehr nach oben ausgerichtet habe. Immer den Blick in die Zukunft und auf die hohe Inspektorenkonferenz gerichtet, habe ich viele kleine, unverzeihliche Fehler begangen. Ich habe, wenn Sie so wollen, den ganzen Einsatz in der Vertikalen gewagt und die horizontale Dimension vernachlässigt. Ich war ein Ordinaten- und kein Abszissen-Mensch und habe dementsprechend in die Tiefe gewirkt und nicht in die Breite. Ich habe aber schon zu Beginn meines schriftlichen Unternehmens die Ehre gehabt, Ihnen plausibel machen zu dürfen, dass sowohl die inspektorale Vernachlässigung als auch das Dauerprovisorium diese pädagotische Vertikaltendenz – wenn Sie den Ausdruck gestatten – gefördert haben. Nicht zu wissen, was man auf höchster Ebene in höchsten Gremien von einem hält, kann eine Zeitlang stimulierend, befruchtend sein, wirkt aber auf die Dauer entwurzelnd. Die Interims-Kondition lässt nach. Wir haben nun gar keine andere Wahl mehr, als alle noch bestehenden Brücken zur Basis abzubrechen und uns vollkommen auf die Konferenz zu konzentrieren, das heißt, den Fehler, den wir bisher gemacht haben, zum Prinzip, zum Rettungsprinzip zu erheben. Eine solche Konferenz ist ja, wenn überhaupt, nur durch allerhöchste Konzentration beeinflussbar, indem man sie mit einem demantenen Geist zurechtschleift.

Also, sage ich in der Dämmerung zu den restlichen Schülern, worauf warten wir noch? Koppelt die Schlitten, wir fahren nach Schlossheim, um zu rekognoszieren. Vier Mann bleiben hier: einer heizt, einer macht Telefonwache, einer hält den Friedhof und Wiederkehr in Schach und einer belebt das Oberstufenzimmer. Drei Mann brauche ich: einen erstklassigen Lenker, der sich in den Kurven auskennt bis ins untere Schilttal hinunter, zwei Verbindungsleute, die im Theatersaal des Strohhofs auf Pikett bleiben, Bereitschaftsgrad vier. Packt euch gut ein, die Fahrt ist lang und kalt. Der Steuermann trägt zur Sicherheit einen Sturzhelm und Ellbogenschoner. Wenn etwas passiert, ist immer der Lehrer verantwortlich, und nach Schmitten müssen wir mit Gegenverkehr rechnen. Ich bin der Schwerste, ich sitze auf dem angekoppelten Davoser zuhinterst. Und los geht die Fahrt, Herr Inspektor. Ich muss schon sagen, diese Burschen haben Mut und eine phantastische Kurventechnik. Da die Straße auf dem Mittelstreifen gekiest ist, müssen wir uns an die rechte Eisrinne halten, blankes Eis, sage ich Ihnen, was zur Folge hat, dass wir bereits nach der Anlaufstrecke des Schulstaldens auf ein horrendes Tempo kommen.

Mindestens vierzig, sagt mir der Vordermann, der mit einer Lärmtrompete die Bahn frei hält. Vor der Holunderkurve wird mit den Kufen des kleinen, beweglichen Steuerschlittens angebremst. Füße hoch, nicht strauchen! rufen mir die Bengel zu, sonst kommen wir ins Schleudern! Wir kommen auch ins Schleudern, in der Holunderkurve, aber dank der Schneemahde bleibt der Schlitten auf der Bahn und Armin Schildknecht, der sich an seine Schüler klammert, auf dem Lattenrost. Ich hätte nie geglaubt, dass wir mit diesem Affenzahn heil aus der Holunderkurve kämen. Schneemehl stäubt uns ins Gesicht, und der bissige Wind pfeift uns um die Ohren, aber der bäuchlings fahrende Steuermann mit dem Sturzhelm und der gelben Brille hält die Spur. Was die Steißbeine dieser Bob-Athleten in den Viererschlitten aushalten müssen! Ich schätze, dass wir ausgangs Schmitten die finstere Hammerenge mit sechzig anfahren. Nash-Dixon, jubeln die Schüler und meinen die langgezogene S-Kurve zwischen Kropfmühle, Mosersagi und Hammerschmiede. Hier im Schattloch ein Postauto, und wir können unsere Knochen nummerieren. Aber man kann nicht einerseits den Binzschen Saurer ignorieren und ihn zu einem privaten Verkehrsmittel degradieren und ihn andererseits auf einer sausenden Talfahrt fürchten. Wir brauchen das Tempo, um über die lange Strecke im Galgenmoos, über den sogenannten Tanzboden, zu kommen, denn in Mooskirch ist der Spaß zu Ende, und wir müssen die Schlitten bis nach Schlossheim ziehen. Fabelhaft, bedanke ich mich bei meiner Mannschaft, wir sind weiß, als ob wir gestürzt wären, und haben rotglühende Köpfe. Nun aber hinauf nach Trunz. Ich rekognosziere, ihr lasst euch im Strohhof einen Punsch geben.

Trunz ist viel größer, als ich mir das Schloss in den morgendlichen Halluzinationen auf der Putschebene vorgestellt habe. Man geht zwischen der alten Schlossmühle und dem ehemaligen Kornspeicher durch, und gleich nach diesen denkmalgeschützten dörflichen Schlossbauten steigt die Schlossstraße, die seitlich dem Schlossberg entlangführt, steil an, so dass Armin Schildknecht mit den ausgetretenen Käsesohlen immer wieder ausgleitet. Auch hier, Herr Inspektor, höre ich die drahtige Cembalo- oder Spinettmusik, freilich nun keine fugische Komposition mehr, sondern wilde, chaotische Hackläufe. In jeder Hinsicht, so denkt Schildknecht, übertrifft das Schloss die schulmeisterlichen Erwartungen. Die Südfassade, beispielsweise, die kalkweiß aus dem Kranz dürrer Baumbesen und Tannen bleckt, ist mit den unregelmäßig verteilten, in der Januardämmerung stumpfgrau glasenden Fenstern eine reine Wirtschaftsfassade. Treppenhausfragmente, Besenkammern, Ungemächer, Gesindestuben. Man sieht auch von hier aus, dass der gigantische Barockbrocken, der Schlossheim und das ganze Tal zu ewiger Knechtschaft verdonnert, einen aus dem Felssporn aufsteigenden Betonsockel hat: ein freigelegter Weisheitszahn, Herr Inspektor. Es ist kein Zufall, dass gerade dem Wanderer, der zunächst an ihm vorbei bergauf steigt und dann auf es zugeht, das Schloss am uneinnehmbarsten erscheint. Drüben vom Haberberg aus hat man einen ganz anderen Eindruck. Die kontemplative Westfassade blickt mit geschlossenen Jalousieläden aus einem herzförmigen Waldausschnitt zum Betrachter hinüber. Er befindet sich auf der Höhe der söllerartig vorkragenden Gartenterrasse. Er glaubt, geradeaus über das Tal hinweg auf die Gartentüren zuschreiten zu können. Er hat das Schloss au pair. Das Schloss lockt: Komm herüber, wenn du kannst! –, während es dem, der es von Süden anzuknabbern versucht, zuruft: Bleib, wo du bist, tumber Tor!

Zwei mächtige Ulmen flankieren das schmiedeeiserne Portal, durch das man in eine lange, leicht gekrümmte Thuja-Allee tritt. Aus der Hecke sind kalottenförmig abgeschlossene Nischen geschnitten, in denen blinde Marmorstatuen stehen. Der Kies knirrt, im Sommer würde man den Springbrunnen hören. Die Abstände der Statuen sind genau so berechnet, dass man sich nicht auf diesem Parkweg ergehen kann, sondern als Spießrutenläufer vorkommt. Bei jeder Figur, die man passiert hat, ist man froh, dass sie nicht die leeren Augen aufgeschlagen hat und in ein Marmorgelächter ausgebrochen ist. Ein Totenweg, Herr Inspektor, genau die richtige Einstimmung für Ihre Kollegen. Die Allee mündet in einen sanft zur Freitreppe ansteigenden Linden- und Kastanienhain, der aus der Zeit stammt, als der Schlossgraben aufgefüllt wurde. Rechter Hand der Brunnen, ein prismatischer Trog aus Muschelkalk mit derb skulptierten, fischschwänzigen Meerwesen und mit einem Obelisken als Stock. Dahinter zwei tintige Thuja-Bäume. Diesseits des alten Grabens das sogenannte Neuhaus, das nach dem Schlossbrand von 1775 ausgebaut und vom Verwalter bezogen wurde. Auf der Bergseite das Pächterhaus, ein altalemannisches Gebäude mit Dreiteilung in Wohnung, Tenne und Stall, das auf mächtigen Eichenschwellen ruht, die durch hölzerne Nägel zusammengehalten werden. Wo nötig, konnte das ganze Haus geschlissen und auf Wagen verladen werden.

Sie wissen ja vermutlich aus Ihrem Geschichtsunterricht, Herr Inspektor, dass die Alemannen ihre Gebäude zu den Mobilien, nicht zu den Immobilien rechneten. Sie durften gar nicht niet- und nagelfest sein. Ein sympathischer Zug der Alemannen. Aber was kümmern mich die Alemannen? Mich kümmert die Konferenz auf Trunz. Man schreitet also mit schlenkernden Armen über diesen Thing-Platz – gefrorene

Tropflöcher im Schnee – auf die Freitreppe zu, die, sintemal sie nur aus drei Stufen besteht, aber so breit ist wie das Schloss, eher den Charakter eines Sockelgesimses hat als den einer Treppe, und prallt so auf die Hoffassade. Über den beiden verglasten Türen, durch die man ins Innere spähen kann, der erwähnte Balkon auf Louis-seize-Konsolen. Auf diesem Balkon, so stelle ich mir vor, könnte der Entscheid der Konferenz der harrenden Schulöffentlichkeit, Delegationen der Bezirksschulräte und so weiter, bekanntgegeben werden. Direkt unter dem Balkon ein angeklebtes, auf schmiedeeisernen Voluten ruhendes Milchglasdach, das dieser Seite etwas von einer noblen Bahnhoffassade, auf jeden Fall etwas aristokratisch Beamtenhaftes gibt. Das Vordach ist nämlich so kurz, dass es nur den leichtfüßigen Attaché schützt, der aus dem Taxi juckt und die drei Stufen im Flug nimmt. Trunz hat den Vorteil, dass es nicht zu Prunkschwärmerei und Hofdevotionen verführt, sondern den, der in seinen Räumlichkeiten etwas zu erledigen hat, dazu einlädt, es rasch zu erledigen. Dieser Eindruck deckt sich in etwa mit den Beobachtungen, die man bei Graf Lindenberg gemacht hat, der leichten Schrittes ins Schloss hinaufflattern, indessen schwer geknickt vom Schloss heruntersteigen soll. Die Hof- oder Hainfassade lässt den Betrachter die Wucht von Trunz nur erahnen, wobei, dies gilt es immer zu bedenken, Armin Schildknecht kein Ausflügler mit vor dem Bauch baumelnder Kamera ist, der im Hochsommer-Koma den Sehenswürdigkeiten nachlatscht, sondern ein Kundschafter in inoffizieller Mission. Von der Trunzschen Wucht erhält man erst einen Begriff, wenn man von der Hainrampe auf den schmalen Pfad hinuntersteigt, der über der nördlichen Schlucht dem Zahnhals entlang bis zur verschlossenen und mit Stacheldraht geschützten kleinen Waldtür führt, eine Holztür, welche Neugierige daran hindert, um die westliche Stützmauer herumzugehen oder gar diese etwa acht Meter hohe Bruchsteinwand zu erklimmen und in den von einem Platanenring umstandenen Schlossgarten einzudringen. Hier, auf diesem konzentrischen Waldschluchtweglein, das wohl nur für die Holzfäller angelegt wurde, sieht man, den Blick an der schmutzigweißen Nordfassade emporschickend, dass der Klotz prismatisch geknickt ist und also der reinen Würfelidee untreu wird. Hundegebell im rauchigen Tal oder das Stampfen der Schiltsäge sind Geräusche, welche die Trunzsche Wucht verstärken. Ist es nicht ein Glück für mich, dass das Departement des Innern in Schloss Trunz eine feudale Panzerfaust unterhält, mit der es gegebenenfalls für Armin Schildknecht auf den Tisch zu hauen bereit ist! Trunz beharrt für mich auf seinem und meinem Recht. Mich interessiert überhaupt nur noch ein Recht, das mir in dieser winterlichen Schlossatmosphäre widerfährt. Indem ich, soweit es die Absperrungen erlauben, um den Bau herumgehe, den Kubus umarme, verhandle ich mit Trunz, und Trunz erklärt sich bereit, sich mit allen architektonischen Mitteln für Armin Schildknecht zu verwenden. Trunz garantiert mir mit einem prismatisch geknickten Schwur seine absolute Zurechnungsfähigkeit. Trunz ist mit allen vier Ansichten, der südlichen Wirtschaftsfront, dem Hainprospekt, der Schluchtseite und der kontemplativen Westfassade, meiner Ansicht: In dubio pro reo. Kraft des Trunzschen Gesetzes, sagt Trunz, sine ira et studio. Auch dem Teufel wird sein Recht gegeben in meinen Mauern. Wer aus Trunzscher Warte freigesprochen oder aber geächtet und gebrandmarkt wurde, wurde absolut freigesprochen beziehungsweise geächtet beziehungsweise gebrandmarkt. Und wenn hier oben ein Burgfrieden ausgehandelt wird, ist er so unumstößlich wie meine Grundfesten. In diesem Sinne spricht Trunz in der eiskalten Januardämmerung zu Armin Schildknecht, Herr Inspektor, und bestärkt ihn in seinem Entschluss, die Konferenz an Trunz zu vergeben. Das Schloss bettelt ja förmlich darum, die Teilnehmer beherbergen zu dürfen.

Durch die Glastür unter dem Glasvordach sieht man in die Eingangshalle. Rechts und links barock geschweifte Treppen. Zwischen zwei Säulen durch schlüpft der Blick in den marmornen Kaminsaal im Parterre, der von der Gartenseite her genügend Licht bekommt, weil die Läden der Terrassentüren nicht geschlossen sind. In der Mitte des Kaminsaals steht auf blanken Fliesen ein schwerer Eichentisch auf gedrechselten Säulen. Auf dem Tisch, der in der Länge mindestens vier Meter misst, ein massiver Kerzenleuchter. Man muss wissen, Herr Inspektor, dass Trunz, als es der Kanton von einem Schwerindustriellen übernahm, dessen anonyme Besitzerschaft zu vielen Gerüchten Anlass gegeben hatte im Schilttal, bis auf die Galerien des Treppenhauses und die südlich und nördlich gelegenen Gemächer ausgekernt wurde, so dass nun der in den Mittelrisalit vorspringende Kaminsaal die schwindelerregende Höhe von drei Geschossen aufweist und damit dem barocken Unendlichkeitspathos entgegenkommt. Ein turmartiger Marmorschacht, ein Opernsilo. Damit man trotzdem die vielgerühmte Aussicht von den Talfenstern der oberen Stockwerke aus genießen kann, sind die hufeisenförmigen Emporen auf der Westseite durch schmale Balustradengänge ergänzt worden. So kann man auf jeder Höhe um den Hochkantsaal herumgehen. Doch diese Galerien sind so schmal – eigentlich nur mit Geländern versehene Gesimse –, dass sich nicht zwei Personen aneinander vorbeidrücken können. Über der Kassettendecke liegt der kniestockartig zusammengestauchte Reliefsaal. Nimmt der Konferenz- und Empfangsraum, das Studio von Graf Lindenberg, die ganze Schlosshöhe in Anspruch, mit Ausnahme des Mezzaningeschosses, so der Reliefsaal die ganze Schlossbreite und Schlosstiefe, ausgenommen das Treppenhaus. Trunz arbeitet also mit zwei totalitären Raumansprüchen, die einander entgegengesetzt sind. In jedem der beiden zentralen, den Charakter von Trunz bestimmenden Säle wird eine Dimension vernachlässigt, bewusst vernachlässigt, damit der darin Gefangene nach ihr lechzt. Wir verfügen hier über eine ins Royale, ins Tyrannische überhöhte Mörtelkammer, armes Schulmeisterlein, und damit werden wir die Inspektoren, die ja ihrerseits Lehrer sind, in die Knie zwingen. Wir versetzen ihnen einen solchen Schlag, dass sie nur noch um Verzeihung stammeln können, um Verzeihung dafür, dass es ein Schilttal und zuoberst in diesem Tal eine Gemeinde Schilten und zuäußerst am Waldrand ein Schulhaus gibt, das seine Daseinsberechtigung dem Friedhof abtrotzen muss.

Ungefähr so, Herr Inspektor, lautet die Strategie, die mir Trunz kraft seiner Architektur empfehlen kann, bevor es sich wieder ganz in seine eiswinterliche Herrschaftlichkeit hüllt und in die Dunkelheit zurückzieht. Es geht darum, die Konferenzteilnehmer methodisch und didaktisch zu entsichern. Dass alle Inspektoren selber Schulmeister sind, dieses Übel verdanken wir dem Laieninspektorat. Während in andern Ländern die schulischen Aufsichtsbeamten eine spezielle Ausbildung mitbringen müssen, haben unsere Inspektoren gewissermaßen nur die Ausbildung, die sie in ihren eigenen Schulstuben betreiben. Jemanden aus der Lehrerperspektive beurteilen heißt, ihn nach methodischen, didaktischen und allgemeinpädagogischen Gesichtspunkten beurteilen. Doch von einem Schloss beherbergt, glauben selbst Schulmeister und Laieninspektoren, ihre Einsichten dem Stil ihrer Umgebung anpassen zu müssen. Und wenn erst noch Diener in weißen, goldbetressten Jacken herumschwirren, Kaviarcanapés anbieten und die Kristallgläser mit Champagner nachfüllen, dann ist der Mildherzigkeit und Toleranz kein Ende mehr. Die engstirnige Pedanterie verwandelt sich in grandseigneurhaftes Mäzenatentum. Nichts wäre atmosphärisch ungünstiger für die gerechte Rezeption meines Schulberichts als der Mehrzwecksaal eines Gasthofs, in dem jedes zweite Votum durch die Nachbestellung eines Mineralwassers unterbrochen würde. Wie man ein Gesuch aufnimmt, hängt ja immer von der augenblicklichen Stimmung ab. In einer Wirtschaft braucht nur eine Serviertochter ein Tablett fallen zu lassen, und man wälzt den ganzen Ärger auf meine Studie ab. Man weiß, was eine Fehlfarbe oder ein ausgetrockneter Stumpen für eine Verfinsterung auslösen kann. Wo mein Bericht serviert wird, sollen auch erstklassige Havanna-Zigarren angeboten werden. Weshalb gehen denn unsere kulturellen Vereinigungen und Stiftungen mit den schwierigsten Problemen auf die für Diskussionen hergerichteten Schlösser hinauf? Weil Kontrahenten, welche unten in den schwülen Tälern die hartnäckigsten Widersacher abgäben und kein Jota von ihrer Meinung abweichen würden, in der Umgebung eines Feudalbesitzes die mildeste Versöhnlichkeit an den Tag legen. Der gordische Knoten löst sich von selbst, sobald ein Hauch von Aristokratie zu spüren ist. Die gebäuliche Autorität von Trunz wird sich positiv auf die Inspektoren auswirken, indem sie ihre oberlehrerhafte Nörgelsucht erstickt. Eine solche Studie will nicht nur geschrieben sein, man muss ihr auch den Boden für eine günstige Aufnahme bereiten.

Ich stelle mir diese außerordentliche Inspektorenkonferenz mit Armin Schildknecht als Haupttraktandum als Galaempfang vor. Fackeln brennen entlang der Schlossbergstraße und der Thuja-Allee. Die Inspektoren fahren in klingelnden Schlitten vor. Auf dem Linden- und Kastanienplatz schlägt ihnen ein Lakai in einer weinroten Livree die Decke von den Knien. Diskret im Hintergrund konzertiert die Schiltener Concordia. Die Herren in den Smokings werden in die Marmorhalle geführt, wo kaum hörbar Champagner-Pfropfen ploppen. Wenn immer möglich Veuve Clicquot: «Wie lieb und luftig perlt die Blase / Der Witwe Klicko in dem Glase.» Kaviar-, Lachs- und Tartare-Brötchen werden herumgereicht. Die sorgfältig rekrutierten Kellner servieren auf Zehenspitzen, ihre Aufdringlichkeit als Dienstfertigkeit tarnend. Die virtuoseste Dienstfertigkeit ist immer zugleich die abscheulichste Aufdringlichkeit. Die schaumprickelnde Konversation ist charakteristisch für hohe, kulturelle Anlässe: Bonmots, Aphorismen und Zitate. Und wird der Name einer großen Persönlichkeit des Geistes- und Kunstlebens genannt, pflückt man ihn wie einen Gourmetkuss von den Lippen. Auf den Wandkandelabern flackern die Kerzen. Der frisch gewählte Vorsitzende der außerordentlichen Inspektorenkonferenz klatscht dreimal in die Hände. Die Herren stellen ihre Gläser auf die Tabletts und steigen die Treppen hoch, um auf den Galerien Platz zu nehmen. Draußen die kristallene Winternacht. Ein Schauspieler mit wallendem lockigen Haar tritt unter vornehmem Knöchel-Applaus – Ihre Kollegen schlagen nur die Daumenknödel aufeinander – in die Marmorhalle, verbeugt sich zu den Logen hinauf und setzt sich an den schweren Eichentisch, das linke über das rechte Bein geschlagen. Fanfarenstöße, Einmarsch der Schülerdelegation von Schilten. Zwanzig sonntäglich gewandete Einheitsförderklässler – sofern mein Bestand dann noch so groß ist – schwenken die zwanzig Quarthefte meines Schulberichts und legen sie dem Langstrecken-Rezitator auf den Tisch. Das muss natürlich geübt werden, damit präzis Heft auf Heft klatscht, Nummer zwanzig zuunterst, Nummer eins zuoberst. Der Schauspieler räuspert sich, bis auf den Galerien alles still ist, und beginnt dann mit erzener Donnerstimme mein Rechenschaftsgesuch vorzutragen, Satz für Satz, Seite für Seite, Heft um Heft, ohne Pause bis in den Morgen hinein. Wir müssen, alle Rhythmuswechsel einbezogen, mit einer Rezitationsdauer von zwölf Stunden rechnen, es wäre also gut, wenn der Empfang um 18.00 Uhr beginnen könnte. Es ist von größter Importanz – und selbstverständlich wird Armin Schildknecht seinen Sprecher persönlich trainieren –, dass dieser Mann alle Kniffe der Tempobeschleunigung und Tempoverzögerung beherrscht. Er muss den Vortrag einschläfern, wenn er spürt, wie die Inspektoren auf die Fortsetzung gespannt sind, umgekehrt Überraschungs- und Konterangriffe lancieren, wenn niemand darauf gefasst ist. Er versteht es sowohl, über die Flügel zu rezitieren, als auch, mit langen Steilsätzen die gegnerische Verteidigung aufzureißen. So erreichen wir, wenn wir unser Spiel geschickt aufziehen, wenn es uns gelingt, unser Spiel von den Mittelfeldkapiteln aus zu machen, mit Hilfe der Trunzschen Architektur in den frühen Morgenstunden eine totale K.o.-Situation. Mit zunehmender Schläfrigkeit der Zuhörer steigert der Schauspieler auch die Monotonie. Jede Rezitation ist ja eine Folter, aber dies wird die Rezitationsfolter schlechthin sein. Und je länger die Tortur dauert, desto nachgiebiger werden die Herren Inspektoren. Ja sie werden im Morgengrauen so weit sein, dass sie jedem Antrag zustimmen, sofern sie mit ihrem Beschluss den Schauspieler und in ihm Armin Schildknecht zum Schweigen bringen können. Ihre ganze Abwehr, soweit sie noch zu einer solchen fähig sind, konzentriert sich darauf, dass der tödliche Singsang dort unten am Eichentisch ein Ende nehmen möge, so dass ich theoretisch in meinem Schlussheft alles fordern könnte. Stelle ich das Gesuch um vorzeitige Pensionierung, werde ich mit dreißig Jahren pensioniert. Verlange ich die Einebnung des

Friedhofs, wird veranlasst, dass der Engelhof dem Erdboden gleichgemacht wird. Und dies nur, weil der Schulbericht in seiner ganzen ungebrochenen Wucht, die Wucht von Trunz zu Hilfe nehmend, auf die Konferenz geprallt ist, weil sich die dräuende Wolke in einem Hagelwetter über den Schrebergartentugenden dieser ewigen Schulmeister entladen hat. Die meisten Elaborate dieser Art sind, in ihre Kapitel und Abschnitte zerlegt, einen Pappenstiel wert. Aber von A bis Z durchrezitiert haben sie eine gewaltige Stoßkraft, Umstoßkraft. Und nun, im Morgengrauen – es wäre schön, wenn es gerade zu schneien anfinge –, wenn die Herrschaften schlaff in ihren Smokings hängen und zu allen Zugeständnissen bereit sind, tritt Armin Schildknecht persönlich in den Saal und erklärt: Ich pfeife auf eure Gunst, rutscht mir den Buckel hinunter! Nun, da die Inspektoren, von meinem Rezitator in Grund und Boden deklamiert, ihr übernächtiges Ja zu jedem Vorschlag geben, ihre zittrige Unterschrift unter jeden Fackel setzen würden, sind die Positionen vertauscht, und es ist das illustre Gremium der kantonalen Inspektorenkonferenz, das seine Existenz und seine Tätigkeit vor Armin Schildknecht rechtfertigen muss. Man wird mich darum bitten, einen Inspektoren-Bericht zuhanden des Lehrers von Schilten abfassen zu dürfen, und ich denke nicht daran, diesem Papier im Voraus meine Lektüre zuzusagen. Armin Schildknecht kommt in den leicht wattierten Morgenstunden der Konferenznacht nach Trunz, um sich von der Instanz, an die er bis zu diesem Zeitpunkt geglaubt hat, zu verabschieden, um den inneren und äußeren Zusammenbruch der Konferenz als Trost mit auf den Weg zu nehmen. Und mit der ruinierten Konferenz lässt er alle jemals gegen ihn erhobenen Anklagen hinter sich:

Störung des Totenfriedens

Nebelunzucht mit Minderjährigen

Missbrauch des Telefons
Verleumdung des Briefträgers und der öffentlichen Verkehrsmittel
Unerlaubtes Eindringen in das sogenannte Archiv
Üble Nachrede Bruder Stäbli betreffend
Veruntreuung der ihm anbefohlenen Schüler
Groteske Verunzierung des Lehrplans
Abschaffung der Realien und Einführung von Surrealien
Sektiererische, makabre und absurde Umtriebe
Raubbau am Schlaf der Kinder während des sogenannten Nachtunterrichts
Angestrebter Versicherungsbetrug
Unbotmäßige Einbeziehung der Schüler in die Privatsphäre des Lehrers
Missbrauch der Schulräumlichkeiten für artfremde Zwecke, so der Turnhalle für das Scheintoten-Praktikum
Sabotage des Friedhofbetriebs
Schändung des Nachruhms des untadeligen Vorgängers Paul Haberstich durch fortgesetzte Habersticheleien
Strapazierung des Materialkredits durch unsinnige Anschaffungen wie beispielsweise den Armee-Nebelgenerator
Störung der Abdankungen durch unpassende Harmoniumeinlagen, etceteraetcetera.

NEUNZEHNTES QUARTHEFT

Schon haben wir Februar, Herr Inspektor, Lichtmess vorbei, wir stecken tief im Hornung. Bald ist Schmutziger Donnerstag, bald Bauernfastnacht, bald Aschermittwoch, und die Schiltener rüsten sich für die Bock- und Kappenfeste, die sie in den Kneipen im Luzernischen besuchen. Mit dem Schnee schmilzt auch der Schildknechtsche Widerstand. Tauwetter: eine große Sauerei. Wiederkehr den ganzen Tag in den Gummistiefeln. Die Friedhofaktien steigen, er hat wieder die Oberhand. Zusammen mit Wigger, dessen Winterkräfte für dieses Geschäft gebraucht werden können, räumt er einen Todesjahrgang aus, dreizehn Grabmäler von Leuten, die alle 1950 gestorben sind, darunter zwei Gatterkreuze mit ovalen Porzellanschildern, auf denen in bräunlich verblichener Frakturschrift mit Goldrand der Name, das Geburts- und das Todesjahr angegeben sind, auch ein verwittertes Wiedertäuferkreuz. Der Rest ist Schwedischer Marmor. Nachdem er das Gestrüpp der Winterbepflanzung beseitigt hat, stellt er sich breitbeinig hinter den Block und lässt ihn auf zwei herbeigeschobene Holzrollen kippen. Mit dem Vorschlaghammer wird die Platte zertrümmert. Wiederkehr schwingt ihn über dem Kopf, sein Gesicht ist rot wie eine Tomate. Er trägt das blaue Überkleid und in der Gesäßtasche den waschblauen Klappmeter. Wigger steht in gehörigem Abstand daneben und gafft zu, wie der Hammer ein paarmal federnd von der glatten Oberfläche wegspringt, bevor die Tafel in die Brüche geht. Doch dann kommt unser Engelhof-Clochard zum Einsatz, indem er die Brocken in die Schubkarre laden und mit dem zentnerschweren Fuder zur alten Schulscheune fahren darf, wo er die Carrette kunstgerecht anstemmt, mit dem rechten Fuß das Rad blockiert und das Abbruchmaterial zu den übrigen Grabsteintrümmern kippt. Ein eigentlicher Friedhoffriedhof, der Platz hinter der Scheune, man kann dort die schönsten Entdeckungen machen: gesprengte Segmentgiebel, zerschmetterte Oranten und Obeliskenstümpfe, mitten durch den Grabspruch gebrochen. Hier ruht ... Die Schüler sammeln jeweils die metallenen Lettern ein. Auf dem Rückweg stampft Wigger mit seinen klobigen Schuhen auf, dass der Pflotsch auf alle Seiten spritzt, in kindlicher Freude über den erfüllten Auftrag. Wiederkehr indessen lockert mit dem Pickel den Grabsockel, wenn nötig mit dem Stemmeisen, und wälzt ihn in einer Herkulesanstrengung aus der Grube. Und zum Schluss wird noch die Fundamentplatte ausgehoben. Diese moosgrünen und lehmgelblichen Steinziegel sind in Aberschilten sehr gefragt und werden etwa anstelle von Gartenplatten in Pflanzplätzen verlegt. Wenn man Wiederkehr genau beobachtet, sofern die Bewunderung jeder handwerklichen Tätigkeit an und für sich die nüchterne Beobachtung überhaupt zulässt, sieht man, dass es auch im Bewegungsablauf des Friedhofpraktikers Momente des Zögerns gibt. Seine Gedanken als Pantomimen: Wie er sich einen Arbeitsgang vormacht, wie er ihn mit dem Klappmeter in die Luft zeichnet. Im Grunde genommen, notiere ich mir auf einem Zettel, war meine Arbeit immer nur eine Kontrafaktur zur Arbeit des Totengräbers. Sie vermissen die Wendung «... diktiere ich meinen Schülern ins Generalsudelheft», Herr Inspektor. Ich diktiere den Schülern nichts mehr ins Generalsudelheft. Ich habe keine Schüler mehr. Sie haben sich alle von mir abgewendet und beenden das Schuljahr, wie man mir hinterbracht hat, in Schmitten. Sie nehmen den weiten Schulweg nach Schmitten in Kauf, um in diesem Frühling ein anständiges Examen absolvieren zu können. Bereits laufen erste Protestgerüchte über den verwahrlosten Zustand ein, in dem ich meine Einheitsförderklasse abgegeben hätte. Ich habe aber die Klasse nicht abgegeben, sie ist mir kurz vor der Vollendung meines volksbildhauerischen Kunstwerks entzogen worden. Ich bin arbeitslos geworden, bevor das Departement des Innern auch nur einen Schritt zu meiner disziplinarischen Entlassung unternommen hat. Die Eltern sind, wenn Sie so wollen, von sich aus zur disziplinarischen Entziehung geschritten, indem sie mir das Arbeitsmaterial, den Baustoff weggenommen haben. Schüler, die freiwillig bei Schildknecht bleiben wollten, sind aus der Schule evakuiert worden. Nicht einen einzigen Mann hat man mir gelassen, der fähig gewesen wäre, den Nebelgenerator zu bedienen und meine Emigration aus der inneren in die äußere Verschollenheit zu decken. Vergeblich habe ich darauf hingewiesen, dass dieser letzte Schüler von Schilten nach meinem spurlosen Verschwinden der Alleinbegünstigte meiner kombinierten Lebens- und Risikoversicherung mit Doppelauszahlung im Todes- und somit auch im Verschollenheitsfall sein würde.

Damit hat dieser Prozess gegen die hohe Inspektorenkonferenz – dies war es ja wohl von Anfang an – eine für mich unerwartete Wendung genommen. Man könnte auch sagen: Das Manöver musste vorzeitig abgebrochen werden. Just in dem Augenblick, in dem Armin Schildknecht über die Instanz zu triumphieren glaubte, der er sich schreibend unterwarf, sind ihm die Gehilfen, die Sekretäre abspenstig gemacht worden, hat man seinen Schulberichtsapparat mutwillig zerstört. Ich habe nichts mehr zu hoffen und nichts mehr zu fürchten von der Konferenz, infolgedessen kann ich sie auch nicht mehr ironisieren. Jeder Entscheid Ihres Gremiums, sowohl die disziplinarische Entlassung mit allen Konsequenzen als auch die volle Rehabilitierung mit allen Konsequenzen, hätte nun nur noch behördlichen Paralipomena-Charakter. Posthum, alles kommt posthum. Armin Schildknecht kann sich nun am Harmonium mit der Frage unterhalten, welches der größere Hohn wäre, die posthume disziplinarische Entlassung oder die posthume disziplinarische Rehabilitierung. Disziplinarmaßnahmen, heißt es im Aargauischen Schulgesetz, im Band A der sogenannten Sammlung der schul- und kulturrechtlichen Erlasse: «Wenn ein Lehrer seine Berufspflichten in grober Weise verletzt, in der Schulführung nicht genügt, durch unsittliche Lebensführung Anstoß erregt oder zu einer Freiheitsstrafe verurteilt wird, so kann der Erziehungsrat je nach den Umständen den Lehrer ins Provisorium versetzen, im Amte einstellen oder dem Regierungsrat die Entlassung des Lehrers beantragen.»

Verlust und Wiedererlangung der Wahlfähigkeit:

«Mit der disziplinarischen Entlassung durch den Regierungsrat ist der Verlust des Wahlfähigkeitszeugnisses verbunden, es sei denn, das Verwaltungsgericht stelle fest, dass die Entlassung nicht gerechtfertigt war. Das Wahlfähigkeitszeugnis kann frühestens nach drei Jahren wieder erteilt werden, wenn genügende Gewähr vorliegt, dass die Gründe, die zur Entlassung geführt haben, nicht mehr vorhanden sind. Die durch den Verlust der bürgerlichen Ehren und Rechte verlorene Wahlfähigkeit kann nach Wiedererlangung der Ehren und Rechte neu erteilt werden, wenn das Interesse der Schule es erlaubt.»

Ergänzung zu Paragraph vierundfünfzig, vierter Teil, Lehrer, würde ich den Schülern ins Generalsudelheft diktieren, wenn ich noch Schüler hätte: Und wenn diese Gründe, die zur Entlassung geführt haben, in einem gestörten Einvernehmen zwischen Friedhof und Schulhaus bestehen, muss Gewähr geboten sein, dass sich die Schule dem Friedhof freiwillig unterstellt. Folglich muss bei der Wiedererteilung der Wahlfähigkeit auch darauf geachtet werden, ob es das Interesse des Friedhofs erlaube. Im Zweifelsfall, wenn das Interesse des Friedhofs in einem Vernehmlassungsverfahren, bei dem sich jeder einzelne Grabstein zu Wort melden kann, nicht eindeutig zu ermitteln ist, kann die Wahlfähigkeit nur auf Zusehen hin erteilt werden, und es empfiehlt sich, das Provisorium zu verlängern, sintemal der betreffende Lehrer als Verweser ohnehin besser in die friedhöfliche Umgebung passt.

Das Departement des Innern kann es sich leisten, Armin Schildknecht den vollen Lohn zu zahlen, bis er so anständig ist, vom Erdboden zu verschwinden. Das Departement des Innern braucht sich nicht in ein Disziplinarverfahren einzulassen, in dem es sich so oder so, wenn auch nur als Teilbehörde der anonymen Exekutive, exponieren würde. Das Departement des Innern verzichtet auf die Konfrontation, die mit der disziplinarischen Entlassung verbunden wäre, und stellt es Armin Schildknecht anheim, in welcher Form er verschellen wolle. Das Departement des Innern hat genug zu tun mit der Resozialisierung von Lehrern, welche fünfundvierzig Jahre im Schuldienst gestanden haben, es kann sich nicht auch noch um sogenannte Problemlehrer kümmern und schon gar nicht seinen Vorrat an Besorgnis einem einzelnen Fall zukommen lassen.

Wenn Wiederkehr draußen auf dem Friedhof aufräumt, soll Armin Schildknecht auch drinnen im Schulhaus Ordnung machen. Obwohl der Schnee in der stechenden Februarsonne schmilzt – soeben ist Wigger mit seiner schwerbeladenen Carrette unter der Traufe der Scheune von einer Dachlawine begraben worden, aus der er sich schnaubend hervorarbeitet –, ist es morgens und abends und nachtsüber noch so kalt, dass man die Heizung nicht ausgehen lassen kann. Dreimal täglich steigt Armin Schildknecht in das rußige Tonnengewölbe hinunter, um Kohle zu schaufeln und den Heizkessel zu füttern. Fünfzehn Tonnen Kohle pro Schulwinter, das sind rund fünftausendvierhundert Schaufeln. Er ist froh um diese praktische Arbeit, die er mit seinen Händen verrichten kann und die ihm das Gefühl gibt, wenigstens im Haus noch nicht ganz überflüssig zu sein. Mit dem Schüreisen stochert er die rote Asche ab, mit der Ofenkrücke zerschlägt er die Schlacken. Er zieht die volle Schublade aus der Aschentür und leert sie in den Sack. Der aufwirbelnde Staub tanzt in den Lichtbahnen, welche durch das Kellerfenster in der mit rußigen Spinnweben verhangenen, ehemals weiß getünchten Stichkappe fallen. Schaufel um Schaufel schüttet er auf die glosende Glut und lauscht auf das Regnen im Kohlenberg. Wenn nötig, verstellt er die Lüftungsklappe mit der Samson-Schraube, liest die Temperatur auf dem wie eine Armbanduhr an die Heizwasserröhre geschnallten Thermometer ab und prüft den Wasserdruck auf dem Hydrometer. Eigentlich gehörte das Heizen zu den Pflichten des Abwarts, aber es ist Armin Schildknecht durch jahrelange Zuverlässigkeit und Präzisionsarbeit gelungen, die Theorie Wiederkehrs, wenn der Schulmeister heize, brauche man doppelt so viel Kohle, zu entkräften und ihm damit die Besorgung des Ofens abzulisten. Er, so Schildknecht, lebe in einem Überfluss von Werkzeugen, er könne gar nicht alle Werkzeuge aufzählen und benennen, die er besitze, alle die Totengräber- und die Friedhofgärtner- und die Sigristen- und die Abwarts- und nicht zuletzt die Bastler-Werkzeuge, es wäre ungerecht, ihm, dem Lehrer, nun auch noch das Schüreisen, die Krücke und die Schaufel wegzunehmen. Das Schüreisen, die Krücke und die Kohlenschaufel seien, da er keine Waffe besitze, auch seine einzigen Notwehrinstrumente gegen Verbrecher und lichtscheue Elemente, die sich, von den Landjägern gejagt, im Schiltwald und im Bleiwald und in der Irrlose herumtrieben. Die Mördergrube, die spaltenge Klus oberhalb des Löhrentobels, habe ja, wie man in Schilten wisse, ihren Namen von Bluttaten, die im finsteren Wald verübt worden seien. Und immer wieder lese man von Überfällen auf einsame Dorf- und Waldschulmeister. Da führe ein solcher Lehrer ein stilles, zurückgezogenes Leben, und plötzlich trete ihm aus der Speisekammer ein sogenannter Schwerverbrecher mit erhobener Axt entgegen. Freilich, muss sich Armin Schildknecht sagen, heizt er nun, da sämtliche Schüler seiner Einheitsförderklasse zwangsevakuiert worden sind, darunter solche, die man mit Gewalt über die Schwelle zerren musste, die Schulräume und die Estrichräume nur noch, um sich in diesen geheizten Schulräumen und Estrichräumen zu überlegen, wofür er das Schulhaus heize. Noch ist ihm von der Gemeinde nicht gekündigt worden, noch ist er eine öffentliche Person, wenn auch ohne Amtsfunktionen. Man hütet sich, in dieser Zeit einen Mieter auf die Straße zu stellen, der das Haus durch den Winter bringt. Man kann Armin Schildknecht vorwerfen, was man will: auf jeden Fall ist er in Schilten gewissenhaft gescheitert. Ich hoffe, dass Sie meinen Schulbericht als das schallende Zerspringen einer Narrenschelle, eines Schellennarrs, eines narrativ nicht unbegabten Maulschellenverteilers aufgefasst haben, Herr Inspektor, als Zeugnis eines in der Öffentlichkeit zwar lange Zeit unbescholtenen, im tiefsten Herzen aber, in der Mördergrube seiner privaten Öffentlichkeit zutiefst bescholtenen Scheltknechts von Schilten. Was ich Ihnen vorgeschimpft habe, war ein Bruchteil dessen, was ich mir selber vorschimpfe, ein Bruchteil der Schimpf und Schande, die Armin Schildknecht sich selbst bereitet. Mit Schimpf und Schande von der Schule von Schilten gejagt, wird es bestenfalls, wenn wir optimistisch sein wollen, einmal in meinem Nachruf heißen, sofern es mir nicht gelingt, diesen Nachruf durch eine erzwungene Verschollenerklärung zu unterlaufen. In Tat und Wahrheit hat mir dieses Schulhaus in meiner ganzen zehnjährigen Amtszeit nichts als Schimpf und Schande und habe ich der Schule meinerseits nichts als Schimpf und Schande gebracht. Gegenseitiger Austausch von Schimpf und Schande – das ist die kürzeste Formel, auf die ich mein verpfuschtes Lehrerleben bringen kann. Ihr müsst euer Leben immer und jederzeit auf die kürzeste Formel bringen können, habe ich meinen Schülern doziert. Eine Prontoformel für den Tod, ein zu Buchstaben erstarrtes Todesgrinsen. Schilten war für mich immer ein Scheltwort, ein Scheltwort, seit es den Berufungsreiz verloren hat. Ich fühle mich ganz im Sinne des biblischen Wortes als tönend Erz und klingende Schelle, Herr Inspektor. Jeder Glockenschlag, jeder Klenkschlag publiziert diese Einsicht in der ganzen Gemeinde. Die Schelle ist nicht nur eine kugelförmig geschmiedete Klingel, sondern leitet sich auch von Maulschelle her. Kennen Sie den Ausdruck «Ohrfeigengesicht», Herr Inspektor? Betrachten Sie das beigelegte Klassenfoto aus dem letzten Winter genau: neununddreißig Ohrfeigengesichter unter der Obhut eines Maulschellengesichts. Der Schellenbaum, ursprünglich ein türkisches Militärmusikinstrument, ist mir zum Sinnbild für die grinsende Kohorte geworden. Achten Sie genau darauf: alle grinsen. Nicht weil der Fotograf, der zu uns auf die Stör kam, einen Kanarienvogel aus dem Objektiv flattern ließ, sondern weil dieses Verlegenheitsgrinsen eine Notwehr ist gegen die saftigste Ohrfeige, die uns das Leben erteilt, gegen den Tod. Nie hat ein Schüler, wenn ich ihn ohrfeigte, geweint, sondern immer gegrinst. Grinsende Menschen sind zutiefst verstörte Menschen, und dass einem Jugendlichen in der Schiltener Schulstube – Schelte ein strafendes Wort, Schilten ein strafender Ort – nichts anderes einfällt, als blöd vor sich hin zu grinsen, begreift keiner besser als Armin Schildknecht. Wir haben dieses Todesgrinsen ja geübt. Abstrahlen, kommandierte ich, und alle grinsten. Allerdings kann ich euch, sagte ich zu meinen Schülern, wenn ihr so uniform grinst, noch weniger unterscheiden, als dies ohnehin schon der Fall ist. Ich gerate in Versuchung, euch der Einfachheit halber Grins eins, Grins zwei, Grins drei zu nennen und so fort. Ich begreife ja, dass das Grinsen die einzig adäquate Grimasse ist für das Todesgrausen, das uns in einer Schulstube mit einem Grabsteinhorizont befällt, aber versucht wenigstens, nuanciert zu grinsen, der Schwedische Marmor und der Granit und der Sandstein und der Blanc clair unterscheiden sich schließlich auch voneinander. So wie diese Obelisken, Platten, Stelen, Dolmen und Stangen stumpf, aber heldenhaft aus dem Schnee ragen, so müsst ihr stumpf, aber heldenhaft die Köpfe aus dem Unterrichtsstoff strecken.

Wehmütige Erinnerungen, ich unterrichte nicht mehr, Herr Inspektor, ich überwintere nur noch, indem ich heize wie ein besessener Maschinist, und draußen die wuchtigen Hammerschläge des Grabsteinzertrümmerers, das Scheppern von Wiggers Carrette, wenn er über einen Stein oder einen faulen Eisbrocken fährt. Die vormärzliche Sonne brennt, auf dem Eisfeld hinten auf der Turnwiese liegt knöcheltief das Schmelzwasser, der Pausenplatz ist ein Archipel von matschigen Pfützen, Schneeinseln und Griennestern, die tauenden Mahden sind schmutziggelb wie verpisst. Kopfwehschnee auf den Feldern, die Ränder der Schollen gleißen, es gurgelt und brünnelt und tropft von den lecken Traufen, und das Unterstufenzimmer ist in blendendes Licht getaucht, so dass ich die Augen zusammenkneifen muss. Auf allen Bänken liegen noch die handbemalten Griffelschachteln, aufgeschlagen die Generalsudelhefte, das Diktat unterbrochen mit einem Tintenklecks, als habe eine Alarmsirene die ganze Bande in den stichtonnigen Korridortunnel hinaus- und in den Keller hinuntergetrieben.

Fluchtartig haben alle diese Klasse und ihre Utensilien verlassen, als ob sie verseucht, als ob sie mit Sprengstoff verkittet gewesen wären. Ich gehe den Bankreihen entlang, rufe mechanisch einen auf, der gar nicht mehr hier sitzt, sondern in Schmitten unten gegen mich intrigiert, indem er auf Fragen keine Antwort weiß, die ihm am Examen gestellt werden könnten. Die Tintenfässer sind ausgetrocknet, diese blauschwarzen Glastanks, die jeweils am Schulbrunnen gewaschen werden mussten. Gummikrümel unter den Klapppulten, Papierschnipsel, angebissene Äpfel, als habe der Unterricht erst vor einer halben Stunde aufgehört. An der Tafel stehen noch ein paar knifflige Ausdrücke aus dem letzten Diktat, auch sie hell von der Sonne beschienen, die mandarinenfarbenen Stores sind kein Schutz gegen das Licht, das Unterstufenzimmer lässt sich nicht verdunkeln wie die Turnhalle. Unten im Keller stehen die schwarzen Papierbogenfenster aus dem Zweiten Weltkrieg. Alles viel zu hell und in dieser Helle schadhaft und spartanisch, wie kann es ein Mensch ein Berufsleben lang in einem solchen Raum aushalten! Die Zugschnur der nie benützten Aargauerkarte ist mehrfach und unerreichbar um die Rolle gewickelt. Ein Materialienschrank, graugrünlich, mit Hinterglasvorhängen. Ein zerkratztes Aluminiumbecken für den Tafelschwamm. Ein Sortiment zerbrochener Signa-Farbkreiden. Die Spitzmaschine. Eine Kaltnadelradierung von Pestalozzi. Das Inventar meiner Erbärmlichkeit. Eine Kaltnadelradierung auch mein Schulbericht, Herr Inspektor, in den besten Partien. Ein Regal mit Büchern: Die Turnachkinder im Winter, Die letzte Reise nach Ostende, Die sieben Kummerbuben, Die schwarze Spinne, Biggels in der Arktis, Spuren im Schnee, Jan und die Falschmünzer, Der Große Duden, Grammatik der deutschen Gegenwartssprache, Band vier, «Zuverlässig in allen Zweifelsfällen», Band 2, Stilwörterbuch der deutschen Sprache, völlig neu bearbeitet und erweitert, «Braucht jeder, der einen guten deutschen Stil schreiben will», Band 3, Das Bildwörterbuch der deutschen Sprache, erklärt 25'000 Dinge, Band 7, Herkunftswörterbuch, «Wußten Sie schon, daß unser Wort ‹kunterbunt› etwas mit dem Kontrapunkt zu tun hat?», Kinderbibel, hundert Bilder nach Schnorr von Carolsfeld, Text von Edwin Stiefel, Leiden und Freuden eines Schulmeisters, Erster Teil, mit eingelegtem Buchzeichen. Ich schlage den Band mit dem vergilbten Schutzumschlag auf und lese:

«In mir wankte der Entschluß, meine Kleider zusammenzupacken und des Nachts davonzulaufen. Aber wohin? Was anfangen? Wie den Nachforschungen mich entziehen? So mit dem Schelmen davonzulaufen, ohne auf irgendeine Weise meinen Gläubigern Bescheid zu geben, das war mir doch auch zuwider. So willwankte ich den ganzen Tag, ohne mit mir einig zu werden, was ich vorzunehmen hätte, um kein Menschengesicht mehr sehen zu müssen. Aber ich sollte ihnen nicht entrinnen. Nachdem schon mancher mit gwundrigem Gesicht beim Hause vorbeigegangen war, bei dem man den Schulmeister zwei Tage nicht sah, keine Türe aufging, kein Rauch aus dem Kamin stieg, sammelten sich gegen Abend mehrere Menschen um das Haus. Sie guckten in alle Fenster, suchten an irgendeinem Orte einzusteigen. Da sie mich aber nicht sahen (ich hatte mich in eine Ecke verkrochen, wo ich sie sehen und hören konnte), so sagten sie zusammen, da wäre sicher von dreien eins: entweder hätte ich mich gehängt oder sei sonst gestorben oder davongelaufen. Das könne man doch nicht so gehen lassen, da müsse zugesehen und das Haus durchsucht werden; aber wer Hand anlegen und die Türe aufsprengen solle, darüber branzten sie. Keiner wollte, jeder fürchtete, ich möchte gleich innerhalb derselben hangen und dem Vorschützigen mit den blampenden Füßen ums Gesicht fahren. Sie versuchten ein

Fenster zu öffnen, aber nach löblicher alter Gewohnheit, nichts mehr fahren zu lassen, was man einmal hat, auch den Dreck nicht und die verpestete Luft und die erstickende Hitze nicht, konnte man im ganzen Hause kein Fenster auftun, nur hier und da ein Läufterli. So konnten sie nicht zurechtkommen. Endlich nahmen sie in der Schulstube einen Fensterflügel heraus, nachdem sie sich überzeugt hatten, daß ich an keinem Fenster hange wie ungefähr ein Federnrohr. In der Stube ging das Märten von neuem an, denn nun wollte niemand in die Küche hinaus, aus Furcht, ich möchte als eine neumodische Hamme in der Hele hängen. Endlich sagte ein frecher Bursche, der lebendige Schulmeister sei nicht zu fürchten gewesen, er wüßte nicht, warum man den toten so zu fürchten hätte, und der Teufel werde doch nicht schon in ihn gefahren sein. Er riß die Türe auf, ehe ich mich wieder verstecken konnte, und sah mich auf einmal bleich und erschrocken vor sich stehen im herbstlichen Zwielichte. Der ließ einen Brüll aus, als ob ein Dutzend Ochsen in ihm versteckt gewesen wären, schlug die Türe wieder zu, schrie wie besessen: ‹Herr Jeses, Herr Jeses, dr Schumeister, dr Schumeister! Tüfel, nimm mi nit!› und sprang zum Fenster hinaus, die anderen hinter ihm drein, und bald war der ganze Haufe verstoben, als ob das wütende Heer hinter ihm gewesen wäre. Doch der Ammann hielt in einer Entfernung von zwanzig Schritten stand und eine schöne Rede, das möge jetzt sein, wie es wolle, hinein müsse man, man solle eine Laterne bringen und ein Betbuch, und wenn sie zusammen ein kräftig Gebet verrichtet hätten, so wollten sie in den drei heiligen Namen die Sache wieder versuchen. Ob diesen Dingen ward mir aber selbst angst und bange. Dem Suchen mit der Laterne durfte ich nicht abwarten, ich fürchtete, wenn mich die wilden Buben erwischen würden, so würden sie mich zur Schadloshaltung der gehabten Angst aufs neue mißhandeln, sobald sie sich überzeugt, daß ich noch natürlich, lebendig Fleisch hätte.» Natürlich, lebendig Fleisch unterstrichen! «Die Gespensterrolle fortzuspielen, dazu fehlte mir die Schalkheit und der Mut. Sonst hätte ich sicher das ganze Dorf in die Flucht treiben und in die Brattig bringen, mich tüchtig und auf die lustigste Art an ihnen rächen können. Aber ich zitterte auch am ganzen Leibe, und als ich meine Stimme suchte, ‹Ammann!› rufen wollte, fand ich sie nicht, auch sie hatte sich verschlossen in die Tiefen der Brusthöhle.»

Dabei fällt mir ein, Herr Inspektor, im überheizten Zimmer – es gab noch Zeiten, da gefror im Winter das Wasser im Schwammbecken –, dass Christoph Wilhelm Hufeland rät, man solle die erfrorenen Scheintoten auf gar keinen Fall in einen warmen Raum bringen oder gar ans Feuer legen, weil dies unvermeidlich den Brand in den erstarrten Gefäßen nach sich ziehe. Es gehe den tierischen Körpern wie den erfrorenen Gartengewächsen und Früchten, sie verfaulten an der Wärme und würden nur dadurch wieder brauchbar, dass man sie in kaltes Wasser lege und den Frost aus ihnen ausziehen lasse. Darum solle man jeden Kältescheintoten, auch wenn er seit vielen Tagen erstarrt sei, in ein kaltes Zimmer schaffen und ihm ein Lager aus Schnee bereiten. Man handle nur richtig, wenn man ihm die steifen Kleider vom Körper schneide, ihn auf das Schneebett lege und ihn ebenso hoch mit angedrücktem Schnee bedecke und liegen lasse, bis sich die Beweglichkeit der Glieder und die Wärme wieder einstellten. Mord an Scheintoten komme viel häufiger vor, als man annehme, so sei es leider ein allgemein verbreitetes Vorurteil, man müsse dem Kranken, wenn er Zeichen des sogenannten Todeskampfes gebe, durch das Wegziehen des Kopfkissens das Sterben erleichtern, wodurch man ihn aber nur umso schneller ins Jenseits befördere. Auf dem Lande sei es immer noch Sitte, den Kranken, wenn er tot zu sein scheine, sofort aus seinem Bett zu heben – auszuheben, Herr Inspektor, aus den Kissen auszuheben, mit denen er im Scheintodeskampf verwachsen ist – und an einen andern Ort zu schaffen, in eine Scheune oder in eine kalte Kammer, was meistens das endgültige Todesurteil bedeute. Einerseits könne man den Sterbenden nicht schnell genug loswerden, anderseits, am Grabe, wo man in Tränen zerschmelze, benehme man sich so, als ob man ihn möglichst lange behalten wolle. Und nur weil der Aberglaube lehre, dass der Tote, wenn sein Mund offen stehe, bald einen seiner Freunde nachhole, würde die Kieferbinde von unverständigen Leichenweibern so straff angezogen, dass insbesondere die schwächlichen Personen, als da seien die Wöchnerinnen, deren Odem für kurze Zeit ausgesetzt habe, an dem in Branntwein getauchten Lappen gänzlich ersticken müssten. Das komme davon, wenn man mit den Leichen Parade zu machen versuche!

Der Sulzwinter, Herr Inspektor, der heuer schon im Hornung einsetzt, ist eine Jahreszeit, welche die Aktivitäten der Dorfvereine steigert und die schmutzigen Phantasien der Leute fördert. Die Schiltener Concordia, die sonst im Gemeindesaal unten probt, probt jetzt in meiner Turnhalle und treibt mich ein- bis zweimal wöchentlich aus dem Krüppelwalmkäfig. Um sich an die Turnhallenakustik zu gewöhnen, lautet die Begründung für die blasmusikalische Infiltration der gemütskranken und leidgeprüften Abdankungshalle. Das sogenannte Jahreskonzert freilich, auf das hin so besessen geübt wird, findet dann in der Schmittener Turnhalle statt. Da werden nun jeden Dienstagabend – und oft auch noch freitags – an die sechzig blechbewehrte Mannen in das bis auf die Höhe des Fensteranschlags schabzigergrüne, in der Oberzone rauchgraue Betsälchen gestopft und von Posthalter Friedli mit einem dünnen Dirigentenstock und einer noch dünneren Fistelstimme zu einem marschmäßigen Generalangriff auf das Schulhaus angestiftet. Langfristig übt ja eine Blechmusik immer entweder auf die Neu-Uniformierung oder auf die Neu-Instrumentierung. Das eine zieht das andere nach. Sind die Uniformen ersetzt, braucht man neue Instrumente, hat man neues Blech, ruft es nach einem neuen Stoff. Ich habe noch keinen Bläser getroffen, der nicht von der Neu-Instrumentierung oder von der Neu-Uniformierung schwärmte. Ein Aktivmitglied einer Musikgesellschaft, das nicht pausbackig auf bessere Instrumente und ein schöneres Stöfflein hinarbeitet, ist kein echtes Aktivmitglied. Das Jahreskonzert dient der Gönnerwerbung. Beim Jahreskonzert kann die Schiltener Concordia beweisen, dass sie die Stücke, welche bereits an der vorjährigen Darbietung zum Besten gegeben wurden, noch nicht verlernt hat, dass aus dem Verein in der Zwischenzeit keine Misericordia geworden ist. In Schilten werden indessen nicht Männer mit Instrumenten versehen, sondern Instrumente bemannt, Herr Inspektor. Da hat ein Gönner die unselige Idee, der Concordia zwei brandneue Bombardons zu stiften. Prompt werden zwei neue Basstubisten aus dem Boden gestampft, die von Tuten und Blasen keine Ahnung haben. Schilten hat wie alle Dörfer seiner Art ein unerschöpfliches Reservoir an Blaswilligen. Die Stärke einer Blechmusik drückt sich nie in der Qualität der Stücke, sondern immer in der Zahl der Aktiv- und Passivmitglieder aus. Um die liberale Harmonie, die politische Konkurrenzgesellschaft, am Wettkonzert in der Schmittener Turnhalle niederschmettern zu können, muss man immer eine Kontrabasstuba, immer eine Piccoloflöte mehr haben. Armin Schildknecht wird wohl oder übel zu einer Passivmitgliedschaft gezwungen, denn er hat die Wahl, sich im äußersten Winkel seiner Dachwohnung, im Sparrenraum, von der Blechsintflut überschwemmen zu lassen, oder aber aus dem Schulhaus zu fliehen. Steige ich kurz nach acht Uhr aus dem Estrich in den Korridor hinunter, liegen überall verstreut die offenen Instrumentensärge, hyazinthen und pflaumenmusrot, eukalyptusgrün und eigelbgolden gefüttert, diese schwarzen, in den Ecken metallbeschlagenen, getrichterten und ausgebauchten Koffer für die Zinken und Cornetti, die Bügel- und Waldhörner, die Posaunen und Basstubas, für die Blechsaurier unter den Blasinstrumenten: das Sarrusaphon, Saxhorn, Euphonion, Baroxiton und Helikon. Im Gang hört man zuerst nur ein Räuspern und Stühleschirken, dann, während der Einspielphase, ein Antuten, Anfurzen und Anprusten, ein Hinuntergrunzen, Hinaufventilieren und Zugstöhnen, ein Herumdudeln, Nachmuhen und Bassgrochsen, bis sich das Klöpfeln des Dirigentenstocks durchsetzt, die anzählende Posthalterstimme Friedlis, und die ganze Bande mit einem Fortissimo über die arme Turnhalle herfällt, dass die Tagraub- und Nachtraubvögel oben in der Sammlung wackeln und die Scheiben der Vitrine erzittern. Mit dieser Totalinvasion wird nichts Geringeres versucht, als das sogenannte Konzertstück im Sturm zu nehmen, dieses immer gleich unbezähmbare Monstrum der Tonkunst, an dem ein Jahr lang gefeilt werden kann, ohne dass es gelänge, der Schlagzeugmannschaft ihre unfreiwilligen Synkopen auszutreiben. Kein anständiger Marsch setzt mit einem solchen Hochstaplerakkord ein. Bei jeder Probe glaubt man, mit neuem Mut und frischen Lungenkräften diese verquere Tonschöpfung eines gescheiterten Opernkomponisten im ersten Anlauf zu bezwingen, und jedes Mal muss der gefolterte Dirigent schon nach wenigen Takten mit zahnschmerzinspirierter Miene abwinken. Mein Gott, bis sich diese Blech-Windhose nur wieder gelegt hat, bis dem hintersten Klarinettisten klargeworden ist, dass es so nicht geht! Es scheint, man müsse jedem Bläser einzeln das Mundstück von den Lippen reißen, und der in die Mörtelkammer verstoßene Tschinellist, der ja auch noch laut genug gehört würde, wenn er seine Becken unten im Löhrentobel aufeinandertschenschern würde, zimbelt unverdrossen weiter, und ist er endlich zum Schweigen gebracht, meldet sich bestimmt noch das Triangel. Ein Herkules in Sachen Musikgehör, wer dieser orkanartigen Kakophonie trotzt! Ich möchte das Elend, das eine Blechmusik freizuschmettern vermag, deutlich unterschieden wissen von der spezifischen Männerchortrauer, Herr Inspektor. Beide, die Musikgesellschaft Concordia und der Männerchor Frohsinn, sind zur vollen Entfaltung der Wehmut auf die Erbärmlichkeit einer festlich geschmückten Landturnhalle angewiesen. Die Männerchortrauer kommt am besten zur Geltung, wenn die Sänger im Halbkreis auf einer Bühne mit seitlichen Waldkulissen stehen, die staubleinern duften. Im Hintergrund der bläuliche Prospekt von Schloss Chillon oder Schloss Thun. Auf jeden Fall Schloss Chillon oder Schloss Thun. Ihren Höhepunkt erreicht die Männerchormelancholie, wenn die glattrasierten Nussknacker mit ihren schnapsklaren Stimmen kurz vor dem Schluss des Liedes noch schnell einen Ausflug in nebliges Moll-Gelände machen, damit die Dur-Sonne umso strahlender durchbrechen kann. Die Blech-Beelendung dagegen kulminiert eindeutig an jener Stelle des Marsches, wo sich die amusische Speichel-Truppe, erlöst von strapazierenden Läufen, in die Trioseligkeit hinüberwiegt. Stellt man sich zu diesem Wechsel von B-Dur nach Es-Dur die Tombola-Stimmung eines Käferfestes vor mit papiergedeckten Tischen, Serviermatronen und Trauben von Luftballons unter der Decke, bricht einem das Herz, und man muss die Toilette aufsuchen, um sich hemmungslos auszuweinen, Herr Inspektor. Ich würde sagen: die Männerchortrauer ist heimtückischer, die Blechmusiktrauer elementarer, und Armin Schildknecht ist ihr, als ausgestoßener, als heruntergekommener und verlauster Schuldiener im Korridor lauschend, umso mehr ausgesetzt, als ihm die Concordia die Leere des Schulhauses, das sie mit ihren Märschen besetzt, vorspielt. Alle, so muss er sich an diesen föhnwarmen Februarabenden sagen, wenn er, von der Blechsintflut vertrieben, in der Landschaft umherirrt, haben ein Recht, das Schulhaus in Beschlag zu nehmen, nur er nicht. Am besten, ich kapituliere, ich übergebe Wiederkehr meine Schlüssel und sage: Da, Ihre Leichenhalle, von der Sie schon so lange träumen, eine Leichenhalle, die sich bestens für Vereinszwecke eignet. Es hat offenbar gerade noch dieser Blasmusik-Beelendung bedurft, um ihm, dem abgesetzten Scholarchen, mit sechzigstimmig arrangierter Deutlichkeit klarzumachen, wie sehr ihn der jahrelange Abnützungskampf gegen die Inspektorenkonferenz, die ihn einfach hängenließ, zermürbt und entnervt hat. Armin Schildknecht ist ein alter Mann geworden, ein Schul-Hausierer, ein festgefahrener Bildungs-Vagabund, ein bankrotter Hochstapler, der mit Gott, dem Departement des Innern und der Schulwelt hadert, ein abgerissener Theorien-Hasardeur, ein bevormundeter Bettler, ein zweiter Wigger, ja, ein zweiter Wigger, ein Schul-Wigger, das Pendant zum Friedhof-Clochard, Herr Inspektor. Hören Sie mich überhaupt noch?

Je größer meine Not, desto öffentlicher wird auf ihr herumgetrampelt. Seit wir diese Lehr-Feste preisgeben mussten, scheinen die Schleusen geöffnet zu sein. Von allen Seiten dringt das Vereinsleben in mein Schulhaus, und so zieht die februarliche Turnhalle auch die Damenriege Balalaika an, die, im Gegensatz zum Frauenturnverein, aus ledigem Gemüse besteht, aus pseudomodisch aufgedonnerten, bestenfalls in Schöllanden ausgestatteten Bauern- und Lehrtöchtern. Einzelne von ihnen waren noch vor wenigen Jahren meine Schülerinnen. Gegen die harmlosen Ballettversuche dieses Clubs, der immer im Sommer auseinanderfällt und sich im Winter wieder neu konstituiert, wäre nichts einzuwenden, denn rhythmisches Ballschwenken und Hüftkreisen mit bunten Reifen, Plié, Battement und Développé auf Bauernart zu Ungarischen Volksweisen, die aus einem krächzenden Grammophon ertönen, verursachen nicht Lärm in dem Sinne, wie die Concordia drauflospaukt, aber so ein Dutzend halbkoschere, freche Gänse, die sich schnarrend und kreischend und girrend in der Waschküche umziehen, die barfuß und froschschenklig über die Treppen und durch die Gänge jagen, im Unterstufenzimmer herumtollen und sich auf der Mädchentoilette einschließen, bevor sie sich vom Tamburin in die Turnhalle zählen lassen, bringen doch erotische Unruhe ins Haus und locken immer wieder Nachtbuben und Halodris an, die der Hafer sticht und die meinen, so eine Damenriege sei ein Harem. Typische Weiberlogik, Herr Inspektor: einerseits schreien sie Zetermordio, wenn sie im schwarzen Trikot dem Abwart oder dem Schulmeister begegnen, und schlüpfen durch die Tür, als hätte ein Exhibitionist vor ihnen die Hosen heruntergelassen; anderseits bezwecken sie mit ihrem lasziven Treiben nichts anderes, als dass man ihnen nachsteigt. Ich habe den Mädchen schon oft gesagt: Zieht euch doch zu Hause um und hängt eure Mäntel im Parterre an den Garderobehaken auf, ihr könnt ja doch nicht duschen im Keller. Das Beste, ihr schlagt euch nach der Ballettstunde gleich wieder eure Pelerinen und Lammfelljacken um und schwatzt nicht noch lange auf dem finstern Schulhausplatz unter meinen Fenstern, dann braucht ihr keine Voyeure zu fürchten und keine Kleiderdiebe. Möglichst keine Striptease-Atmosphäre in einem abgelegenen, friedhofverwandten Waldschulhaus. Erst recht in den föhnschwülen, fastnachtsschwangeren Februarnächten muss immer damit gerechnet werden, dass ein Besoffener oder Halbschlauer oder sogenannter Unzüchtler aufkreuzt und sein Unwesen treibt. Ihr wisst ja, dass in diesen brünstigen Rammlerwochen jeder den Bock herauskehrt und überall die Sauglocken geläutet werden. Armin Schildknecht kann euch vor diesen Elementen nicht schützen, er ist selber Einbrüchen aller Art ausgesetzt. In Scharen pilgern die dumpfen, verschlagenen Inzucht-Schiltener in diesen Schweineschmalzwochen ins Luzernische hinüber, um saufend, renommierend und zotend in den Wirtschaften herumzuhuren. Angewandte Landpornographie. Und wenn Wiederkehr nicht alle Türen schließt – er ist im Türenschließen der nachlässigste geworden, seit der Schulbetrieb zusammengebrochen ist –, kommt es ab und zu vor, dass am Morgen, wenn ich in die Mörtelkammer hinuntersteige, um mich ans kalte Harmonium zu setzen, ein ausgelatschter Überzieher an einem Zinken des Stabrechens hängt, was nichts anderes heißt, als dass auf dem Matzenwagen eine Kopulation vonstattenging, während der Lehrer in seiner Dachkammer gegen die Schlaflosigkeit ankämpfte und glaubte, er habe sich die verdächtigen Geräusche nur eingebildet. Die gerüchteanfällige Mörtelkammer muss ja ein Maskenpaar, das in einem grell dekorierten Beizensaal geschwoft und im Schiltwald auf dem Autositz poussiert hat, förmlich dazu einladen, den sogenannten Geschlechtsakt an einem Ort zu vollziehen, wo man als Schüler genotzüchtigt wurde, und damit die Gelegenheit wahrzunehmen, das Schulhaus zu schänden, den Trieb dort auszuleben, Herr Inspektor, wo er unterdrückt wurde. Ihr solltet, sage ich zu den Rollmöpsen von Balletteusen, wenigstens die Waschküchentür abschließen, wenn ihr auf eurem donnerstäglichen Kollektiv-Striptease beharrt, um den Wäschedieben das Handwerk zu erschweren, die, nachdem sie euch durch die nachlässig verhängten Kellerfenster beim Ausziehen beobachtet haben, ins Kerkergewölbe hinunterschleichen, während ihr die Arme und Beine schlenkert, und euch im Suff die Unterröcke mit dem Messer aufschlitzen und die Büstenhalter zusammenknüpfen und die Höschen besudeln, um sich dergestalt für euer herausforderndes Getue zu rächen, um euch symbolisch, die Häute für das Fleisch nehmend, zu entjungfern und zu vergewaltigen und zu lustmorden. Aber ich sage ja, Herr Inspektor, die räßen Dirnen, die Kronen der Schöpfung, wollen es nicht anders. Sie schlagen Alarm und rufen nach dem Landjäger, wenn eine Strumpfhose verschwunden ist. Aber sich vorzustellen, wie ein armer Teufel ihretwegen damit masturbiert, befriedigt sie doch. Und nach der Ballettstunde, wenn sie auf dem finstern Pausenplatz zusammenstehen, höre ich, wie sie tuscheln und zischeln, höre an ihrem aufspritzenden Gelächter, dass sie einander schmutzige Heustock-, Latrinen- und Fastnachtsgeschichten ausreizen. Links, links, hinter den Weibern stinkt's, haben die Buben meiner Einheitsförderklasse jeweils skandiert. Auch über Armin Schildknecht machen sie sich lustig, das bleichsüchtige, impotente Schulmeisterlein: Schlappschwanz. Der hat doch einen Knopf darein gemacht, damit er ihn nicht vergisst!

ZWANZIGSTES QUARTHEFT

Dritte außerordentliche General- und Hauptprobe der Schiltener Concordia in der matt erleuchteten Turnhalle am Samstagabend nach dem Schmutzigen Donnerstag, Armin Schildknecht kniet auf dem verpissten Boden des Knabenaborts vor der deckellosen Klosettschüssel und kotzt. Dauerfortissimo, das Konzertstück wird jetzt durchgerissen, füllt als Blechmonstrum das ganze Schulhaus aus und hebt die Krüppelwalmdächer ab. «Knechtlin» steht in bläulich schattierter Schrift auf dem Innenrand des verspritzten Beckens. Knechtlin, warum ist ihm das bisher nie aufgefallen? Ein laut pochender Turnhallenherzschlag, die Pauke, feurige Beckenschläge, die durch das Gebein fahren, Sturmläufe der Trompeten, Posaunen, Hörner und Tuben, donnernd anrollende Ozeanwogen mit Kronen aus Klarinetten-Gischt, ein Höllen-Furioso, und Armin Schildknecht scheint, während sich sein Inneres nach außen stülpt und ihm der scharfe Geruch des Erbrochenen in die Nase sticht, als höre er grelle Fetzen einer Karussellorgel dazwischen und Glockenschläge: Ding, dong, deng! Das hörst du nicht mehr, Armin Schildknecht, das bildest du dir ein, zwischen den käsig weißen Latrinenwänden, wie jeweils die Klenkschläge während des Unterrichts. Die ganze tobende Blech-Ouvertüre nur in deinem Kopf? Du könntest hinübergehen, die Turnhallentür aufreißen, und der Saal wäre dunkel, leer. Aber nein: da ist dieses messingprassende Ungeheuer, das sich in den Stichtonnengang hinaus- und die Treppe hochwälzt, im Keller einen Resonanzraum für die brumpapaisierenden Basstuben, im Oberstufenzimmer für den näselnden Saxophon-Sound suchend. Tscheng! Der Tschinellist direkt unter dir in der Mörtelkammer. Und die ewig verstimmte Lyra, die der Xylophonist aufrecht vor sich herträgt in der Marschformation, mit dem Hämmerchen aufs Geratewohl in blanker C-Dur herumklöppelnd: das schrille Geklingel tut doch in den Ohren weh! Oder etwa nicht? Wollen Sie mir weismachen, Herr Inspektor, dieses Geschmetter, diese Fanfarenstöße, diese tumultuarische Katzenmusik sei ein akustisches Phantom, eine Crescendo-Orgie in meinem ertaubenden Gehör? Die Instrumentensärge der Speichel-Feuerwehr liegen doch offen auf den zerkratzten und vernarbten Pulten, auf den gekoppelten Schandbänken im Unterstufenzimmer, eukalyptusgrün und pflaumenmusrot und eigelbgolden und hyazinthblau ausgeplüscht, wie ich bei klarem Verstand geschrieben habe? Armin Schildknecht wagt es in seinem kotznüchternen Zustand nicht mehr zu verifizieren. Ausverifiziert, Herr Inspektor, ausverifiziert! Wenn Armin Schildknecht nicht mehr unterscheiden kann zwischen Wirklichkeit und Wahn, wenn er zu einer reinen Existenzhypothese geworden ist, muss er vorwärtswaten mit bleischweren Sohlen und versuchen, irgendwo außerhalb des Schulhauses festen Boden unter die Füße zu bekommen, sich an Land zu retten. Das Gekotze ist kein Beweis mehr dafür, dass ich in diesem Schiltener Schulhaus bin! Wie spät ist es, Herr Inspektor, vor Mitternacht, nach Mitternacht? Ich wanke hinaus in den Korridor. Ich kann noch jeden Schritt registrieren, aber ich weiß nicht mehr, ob ich ihn getan habe. Der gelbe Angsttunnel, von nackten Glühbirnen erleuchtet, verjüngt sich unendlich weit vorne, weit unten zum Portal. Links und rechts die Schuhbänklein. Turnsäcke baumeln an den Haken. Die Schüler sind doch längst ausgezogen! Kinderschuhe, Herr Inspektor, ein Arsenal von getigerten Katzen-Pantöffelchen, Zoccoli, Schlarpen, Filzfinken, Sandaletten. Die Nacht in den Scheiben der Rundbogentür wie aufgeklebtes Verdunkelungspapier. Ich weiß nicht, ob ich, wenn Armin Schildknecht den Flügel öffnet, auf eine geteerte Mauer pralle. Und mit den Beckenschlägen in der Mörtelkammer schießen eitrige Beulen aus den Tunnelwänden, als ob sich dahinter Gefangene freizuboxen versuchten. Tusch auf Tusch, Faust auf Faust. Ich muss diesen zähen, gorgonzolafarbenen U-Bahn-Schacht hinter mich bringen. Spießrutenlaufen an Ort, an Generationen von Kinderschuhen vorbei. Doch diese Halluzination, diese Gehirnerweichung, dieser unter Wahnvorstellungen modellierbar gewordene Schulhauskorridor ist realer als alles, was ich in Schilten durchgemacht und in meinem Bericht festgehalten habe. Wo sitzen Sie, Herr Inspektor, über meine Papiere gebeugt, in meine Hefte vertieft, wo, wenn nicht hinter dem Wald, den ich immer gemieden, den ich immer als natürliche Grenze des Schilttals, des Denk- und Vorstellbaren gemieden habe, diesen Hexen- und Märchenwald, diese Sperre aufgepflanzter Baumlanzen. Ich bin bei meinen dilettantischen Versuchen, in die Landschaft hinein zu verschellen, ins Löhrentobel hinuntergestrauchelt und in den Bleiwald, habe die Irrlose durchstreift und die Mördergrube gesucht, ich bin den Risiweg hinaufgestiegen, dem Rande des Schiltwalds entlang, hinauf in die Fuchsägerten, das Schlattholz und das Leichenholz, bin auf die Putschebene hinausgetreten und am Kraterrand der Wolfsgrube gestanden, dieser riesigen Molasse-Fleischwunde, habe tief unten, spielzeughaft, das Schotterwerk gesehen und die Raupenfahrzeuge, in die offene Wand gerammt, aber ich habe nie den äußeren und den inneren Schiltwald durchstoßen, ich bin nie in die Enklave Wiggers eingedrungen, habe Wigger immer als ein Phänomen der anderen Seite betrachtet. Dabei, muss ich mir jetzt sagen, verkörperte der arme Stefan aus der Schwefelhütte immer die komplementäre Möglichkeit, Aberschilten zu verarbeiten und in Gebärden umzusetzen. Schildknecht ist ersetzbar, Wiederkehr auch, Wigger nicht. Warum habe ich meine Energie nicht in einen Schulbericht zuhanden eines Wiggerschen Konsortiums investiert? Warum habe ich nicht dort um Verständnis geworben, wo die Voraussetzungen dazu geschaffen waren: ennet der Grenze, hinter dem Wald? War es denn nicht eine Unverschämtheit von uns allen, Wigger zu uns kommen zu lassen, statt zu ihm zu gehen? War denn nicht der glotzende Blick, mit dem Wigger von der tauben Friedhofecke aus das Schilttal strafte und malefizierte, die einzig adäquate Form der Rehabilitierung? Wir haben Wigger beobachtet, haben ihm einen Ehrenplatz im Friedhof-Journal zugewiesen, aber wir haben ihn durch diese Totalregistration nicht minder bevormundet als alle anderen Schiltener auch, die glaubten, ihn zu den gescheiterten Existenzen zählen, ihn als gescheiterte Existenz grüßen zu dürfen. Wir wissen, das ist das beschämende Fazit, nichts über ihn. Wir haben Wigger als Landplage behandelt. Jene Kompetenz hinsichtlich meines Falles, die er sich in einer dunklen Vorgeschichte ersoffen und auf dem Engelhof erwiggert hat, ist durch kein noch so beflissenes Aktenstudium zu erwerben. Jeder der hundertdreizehn Volksschulinspektoren dieses Kantons müsste vor einer schiltoiden Persönlichkeit wie Wigger, vor einer Untergrund- und Hinterwald-Behörde seiner Größe den Hut ziehen. Die Hefte meines Schulberichts sind in die falsche Richtung abgegangen. Ich habe mich Ihrer korrekten Sprache, Ihrem Schulschriftdeutsch angepasst, statt das Wiggersche Rotwelsch zu lernen. Darum, sage ich, müssten Sie, wenn Sie noch einen schäbigen Rest Ihrer Autorität als Mitglied der kantonalen Inspektorenkonferenz in meine Sphäre hinüberretten wollten, nun auf dem Wiggerschen Kachelofen, im Wiggerschen Denkzentrum sitzen, müssten Sie in der nach Schwefelschnitten und Kellerartikeln riechenden Bruchbude auf mich warten. Wie konnte ich nur all die Jahre Wigger durch die Art, wie ich ihn beurteilte, behandeln wollen, wo es doch umgekehrt nötig gewesen wäre, mich seiner Therapie, der Therapie eines verdächtigen Pilzes, zu unterziehen?

Ich trete aus dem buckligen Korridor in die laue Februarnacht hinaus und höre nicht nur das Schulhaus nach einem sechzigstimmigen Arrangement erklingen, ich sehe auch, dass sämtliche Fenster erleuchtet sind. Das ist ja Ludwig II. von Bayern, schießt es mir durch den Kopf, der das Licht in den Schlössern, die er allein bewohnte, nie ausgehen ließ: Spiegelsäle, Prunklüster. Und wenn das stimmt, was ich sehe, dann müssten nun auch im Modell unten im Handfertigkeitsraum alle Lämpchen brennen, auch die Scheinwerfer, die wir auf dem Miniaturfriedhof installiert haben. Dann müsste die Concordia-Musikdose in der Turnhalle erklingen. Es müsste zu einer elektrischen und mechanischen Übereinstimmung von Modellschulhaus und Schulmodell kommen. Ich kann es nicht sehen, Herr Inspektor, die Kellerbeleuchtung blendet mich, die Blechsintflut übertost alles. Die ganze Landschaft ist illuminiert, der Engelhof liegt im Widerschein der Ostfassade, die glatten Marmorrücken spiegeln, die Ziffern der Uhr im Trapezgiebel phosphoreszieren. Aber die Zeiger sind abgebrochen oder rasen in der Dunkelheit wie irr im Kreis herum. Wenn mich der Schein nicht täuscht, dann hat sich der Engelhof über den Winkelacker bis zur Schilt hinunter ausgedehnt. Jahrzehnte müssen vergangen sein, seit ich die Gräber in meiner Einheitsförderklasse das letzte Mal rezitieren ließ. Das ist doch nicht möglich, denke ich, dass über Nacht so viel neue Grabsteinreihen aus dem Boden geschossen sind. Da müsste mich Wiederkehr ja heimlich mit einer ganzen Kolonie von Erdbestattungen überrumpelt haben. Ich setze, das hell erleuchtete, konzertierende Schulhaus im Rücken, die Hände als Scheuklappen an und versuche, genau hinzusehen: Tatsächlich, der untere Zaun ist niedergerissen, mein Nachbar hat nach Osten expandiert, nicht gegen den Pausenplatz hin, wie ich immer befürchtete. Da sind ganze Äcker annektiert worden, frisch aufgeworfene Grabhügel, mit Leichenpfählen, antiken Stelen, Dolmen, vermoosten Steinmälern und schmiedeeisernen Kunstgebilden besetzt. Die ganze Geschichte der Friedhofkultur tut sich vor mir auf. Es sieht so aus, als ob für jeden Schüler, der mir entzogen worden sei, dort unten auf dieser urzeitlichen Schädelstätte ein Ruheplatz geschaffen worden wäre. Ich erkenne auch Beinhäuser, Kalvarienhügel, Lavatorien, verschlungene Wege für Deprofundis-Prozessionen und ein Gelichter von rubinroten Totenleuchten und Armenseelenlämpchen, eine fahl-violette Kapellennische mit dem gekreuzigten Erlöser zwischen den beiden Schächern.

Noch tief bis in den Schiltwald hinein raunzt mir das Blech nach, ich lasse eine tobsüchtige Musikkonserve hinter mir, immer mehr Baumstämme schieben sich vor die erleuchtete Fensterfront. Die Schneuzmahden sind hier noch höher als draußen, die Waldstraße ist löcherig und ausgeschwemmt, an den Rändern unaufgetaute Reste des dicken Eisbelags. Armin Schildknecht arbeitet sich durch die Masse der Dunkelheit voran. Ab und zu liegt eine Tanne quer über den Weg. Er legt sich bäuchlings auf den rissigen Riesen und zieht seine Bleifüße hinüber. Holzbeigen auf beiden Seiten, Klafter um Klafter, Reisigwellen, Astnester, Rindenstücke wie längsgespaltene Hülsen. Wie viele Ster Holz hat ein Klafter, wird im Rechenbuch gefragt, im Abschnitt «Maße und Gewichte». Erst jetzt, da ich durch diese Gasse von harzig duftenden Holzstößen gehe, wird mir das Ausmaß der Kahlschlägerei bewusst. Und da und dort lehnt noch, in der Waldfinsternis schwach erkennbar, ein steinzeitliches Holzfällerwerkzeug an der Blochwand: eine Krempe, ein Gertel, eine Fällaxt. Aber auch prähistorische Faustkeile, Knochenharpunen und Rentierschädel. Die schmutzigweißen Mahden – auch sie scheinen zu phosphoreszieren – sind gesäumt mit Fundgegenständen aus dem Paläolithikum. Wir haben sie doch alle einmal gezeichnet und in unser Geschichtsheft gemalt, ich erinnere mich dunkel. Mesolithikum, Neolithikum. Megalithgräber, Steinkistengräber. Ich habe noch einen ungefähren Begriff von diesen Dingen, so wie man eben etwas Auswendiggelerntes behält, aber ich hätte nie geglaubt, dass ich dieses Museumswissen einmal brauchen könnte auf dem Weg, der zu Wigger führt. Ich habe überhaupt in Schilten die Konsequenzen gezogen aus der totalen Unbrauchbarkeit meines eigenen Schulwissens. Vom ABC-Schützenkurs bis zur Patentklasse im Seminar haben wir unsere Reinhefte mit geistigen Inutilitarien vollgeschrieben. Keine mathematische Formel, kein Dichter, kein historisches Datum, keine Altstadtskizze, keine Klavierstunde, kein Bauchaufzug hat mir im Kampf gegen den Engelhof und die gedackte Schilttaler Landschaft etwas genützt!

Mondhelle hinter dem Schiltwald. Es gibt keine Schwefelhütte. In jener Straßengabelung, in der ich mir die Wiggersche Bruchbude nach den Schilderungen Wiederkehrs und der Abwartin immer vorgestellt habe, steht ein mächtiger Grenzstein, verwitterte Skulpturen des Berner Wappens auf der einen, des Luzerner Wappens auf der anderen Seite. Bis hierher reichte die alte Herrschaft Trunz. Armin Schildknecht erinnert sich an die Marchbeschreibung von 1768: «Von dannen bis an Rehhag, an der Gaß, auf einen ongehauenen Stein. Von dannen bis in die Hausmatt im Rehhag auf einen Schieferstein. Von dannen geht die Herrschaftsmarch bis auf den Röthelbach, und an der hohen Landmarch der Luzerner Botmäßigkeit nach, bis auf einen obenher dem Gründelwald an Hartenbach stehenden Landmarchstein. Von dannen in die Murben und derselben nach, an den an der Janzenbrugg stehenden Stein, so den Staffelbacher und den Leerauer Twing scheidet. Von dannen hinab gegen Mitternacht in die Dornach Matten, auf den 2. Stein.» Schildknecht hat die Marchbeschreibung im Kopf, weil er die Verhältnisse der alten Herrschaft studieren musste, wenn er mit Trunz verhandeln wollte bezüglich der Inspektorenkonferenz. Ausgekernt nun auch dieses Wissen, ausgekernt. Er geht um den Grenzer herum ins Luzernische hinüber, ins sogenannte Michelsamt, in dem jeweils im Mai die berühmte Auffahrtsprozession stattfindet, die sich aus dem alten Bannritt entwickelt hat. Ein langer Zug von berittenen Priestern und Chorherren, Hunderte von Pferden, dahinter das betende Fußvolk: Heilige Maria, Mutter Gottes, gebenedeit sei die Frucht deines Leibes, vergib uns unsere Sünden, steh uns bei, jetzt und in der Stunde unseres Todes. Man bittet um den Flursegen, Herr Inspektor. Ich habe Bilder gesehen in Illustrierten. An der Spitze eine Abteilung Kavallerie, darunter der Standartenträger. Die Pferde haben einen Stirnkranz aus weißen Rosen. Im feuerroten Mantel, den silbernen Michaelsstab in der Rechten, der Stiftsweibel, und neben ihm, in einem blauen Umhang, der Kirchmeier mit dem Stephansstab. Anschließend eine Gruppe von vier Männern in schneeweißen Chorröcken mit schwarzen Samtbesätzen. Sie tragen die Stangenlaternen, das Kruzifix und die Umrittsfahne, ein Schwedenkreuz in Burgunderblut. Dicht aufgeschlossen die Reiter der Blasmusik in dunkelblauen Artillerieuniformen mit purpurnen Aufschlägen, Epauletten und weiß gesträußten Tschako-Helmen. In großen Abständen, wenn die Kavalkade zum Stehen kommt, spielen sie den Choral «Maria zu lieben», den ich oft auf meinem Harmonium intonierte, wenn die Schüler, verkehrt auf den Stühlen sitzend, durch die Turnhalle hopsten und die Auffahrt nachahmten. Und ich stellte mir in der Mörtelkammer vor, wie die festlichen Hornklänge im Blust der Apfelbäume hängen bleiben. Hinter den Bläsern reiten die Stiftsoffizialen, stolz die vier Abgeordneten des Kirchenrates in Mänteln von leuchtendem Königsblau und im Zweimaster. Ein Trupp Kavalleristen bildet die Vorhut des Sanctissimums, jener Gruppe von berittenen Pfarrherren aus den umliegenden Gemeinden, in deren Mitte sich der Leutpriester und der Ehrenprediger befinden. Der Leutpriester trägt über der umgehängten Monstranz das gelbseidene Pluviale mit den eingestickten Blumen und Schmetterlingen. Es folgen die Reiter in den schwarzen Leidmänteln und die Bauern auf ihren Ackergäulen, und über ihren Köpfen das Gewimpel der bunten Standarten des Theobald, des Egilius und der Margareta. Wie einen mittelalterlichen Kreuzzug sieht Armin Schildknecht nun, da er sich im Michelsamt befindet, die Prozession vor sich, wie sich der bunte Wurm durch die Fluren windet und von den Wäldern verschluckt wird. Er hört die hohen, wächsernen Stimmen der Priester, die mit ihrem Singsang aus der Lauretanischen Litanei das Gewieher der Pferde zu übertönen versuchen, den Vorbeter und die respondierenden Geistlichen unter den mit Zweigen geschmückten Triumphbogen, den Segen und den Tusch der Bläser. Doch gegen das durchsichtige gregorianische Choralband setzt sich eine andere Musik durch, wie er durch die mondhelle Talmulde stapft, quer über die Felder durch Altschnee, eine Guggenmusik, zuerst nur das dumpfe Pochen der Pauke, ein fernes Schlacht- oder Festgetöse. Es ist ja so, dass sich eine Fastnachtskapelle lange bevor man hört, was sie spielt und ob sie spielt, in unserem Bewusstsein feststampft. Und so wie Schildknecht die Bauchfellschläge der Concordia noch bis tief in den Schiltwald hinein vernommen hat, so hört er nun dieses rhythmische Bumbum weit voraus, er könnte aber beim besten Willen nicht sagen – obwohl er Schritt vor Schritt setzt und seine Spur zwischen den sulzigen Schollen noch sieht –, ob diese Riesenpauke sich auf ihn zubewege oder ob er ihr entgegengehe. Nur immer vorwärts, redet er sich ein, unerachtet der Ungewissheit, ob es noch ein Vorwärts gebe. Man müsste jetzt über einen Kompass verfügen, der Wahn und Wirklichkeit anzeigt. Man müsste sich jetzt in letzter Minute noch auf eine Realität einigen können, gleichviel welche. Weit vorne in dieser mit Bodennebeln ausgeschlagenen Mulde sieht er ein hell erleuchtetes, dampfendes Gasthaus im Dunst, aus dem die jämmerliche Katzenmusik schallt. Nur dieser Weiler im Wiesental, Wälder zur Linken, Wälder zur Rechten. Armin Schildknecht hält auf das Lärmzentrum zu. Offenbar einer der berüchtigten Maskenbälle der Luzernischen Bauernfastnacht. Eine mächtige Schenke, ein Hospiz mit meterdicken Mauern, wie ich an den tiefen, fast engadinischen Fensternischen erkenne, eine Garküchen-Festung, wie sie gar nicht in diese Gegend passt, mit diagonal gestreiften, schlossähnlichen, weiß-rot lackierten Fensterläden. Ein bäurisches Bräuhaus. «Zur Hölle» steht über dem Eingang. Und was für ein orgiastisches Spektakel! Armin Schildknecht hätte sich nie träumen lassen, dass das Narrentoben solche Dimensionen annehmen könnte. «Für Masken Eintritt frei.» Er tastet nach seinem Gesicht, streift über die hart gewordenen Backen. Armin Schildknecht braucht keine Nase, keine Brille mit irisierenden Kulleraugen: er trägt ja seine Totenmaske. Er trägt sein pädagogisches Pseudonym und seine Totenmaske und tritt als abgesetzter Scholarch von Schilten auf. Tarnung genug! Er wird in eine niedrige Gaststube geschoben und platzt mitten in eine Fressorgie. Stämmige Serviertöchter in kurzen, gekreppten Papierröcklein tragen, balancieren überschwappende Schlachtplatten herein, dampfende Berge von Sauerkraut, garniert mit Kalbsköpfen, blutigen Wädlis, gefüllten Schweinsfüßen und geringelten Schwänzchen. Auf langen Bänken zusammengepfercht hocken ganze Sippschaften, die Larven aus den schwitzenden Gesichtern zurückgeschoben, reißen die Platten auf die Tische herunter und machen sich über die Metzgete her, schlitzen Därme von Blut- und Leberwürsten auf, so dass die graue Grütze und das Stockblut auf alle Seiten spritzt. Und einer hat einen Fleischhauer zur Hand und spaltet die Knochen. Die fettigen Spatz-Hosenträger hängen den Weibern aus den Mäulern und baumeln über dem Ausschnitt. Jeder sticht mit seiner Gabel zu und versucht, sich die besten Stücke zu ergattern. Dazu wird aus großen Humpen Bier oder Most getrunken. Man schlingt das Zeug hinunter und stopft die Wänste, und wenn eine Platte leer ist, wird sie über die Köpfe weitergereicht zum Ausschank, und die restliche Schweineschmalzsauce tropft auf Satinröcke und Pluderhosen. Und mitten in diesem Schlachtplattengetümmel die Guggenmusik, die anscheinend erst vor kurzem zu der prassenden Gesellschaft gestoßen ist, weiß geschminkte Jünglinge mit Absinth-Gesichtern und goldbronzierten Haaren, die mit ihren Lärmtrompeten, Autohupen, Rasseln, Knarren, Kuhglocken und vor allem mit der Pauke die Aufmerksamkeit auf sich lenken wollen. Im Hintergrund ein fastnächtlich geschmückter Ballsaal von der Größe einer Turnhalle. Armin Schildknecht arbeitet sich bis zu der mit Spiegeln besetzten, offenen Ziehharmonikatür durch. Auf der Theaterbühne, in den girlandenverzierten Waldkulissen, müht sich ein Orchester ab: zwei flittergesprenkelte, mit Silbersternen dekorierte Notenpulte, eine hermaphroditische, kurz geschorene Saxophonistin, eine alte Vettel mit strampelnden Beinen auf dem mit Kissen aufgestockten Hocker am Hammerklavier, ein untersetzter Rauf- und Saufbold an der Batterie, große und kleine Trommel rubinrot geflammt, und ein feister, rosiger Trompeter mit Puttenbacken. Diese heterogene Combo kämpft mit Hilfe einer krächzenden und pfeifenden Lautsprecheranlage gegen die tanztobende Menge und die klamaukende Guggen-Konkurrenz an. Der Saal mit den schlanken, ölpapierbeklebten Rundbogenfenstern passt so wenig zur übrigen Architektur des Gasthofs wie die kreisenden Masken zu den Schlemmbrüdern an den Holztischen. Es scheinen zwei getrennte Fastnachtsgesellschaften zu sein, denn Armin Schildknecht entdeckt alle klassischen Mummenschanz-Figuren, die man etwa an städtischen Kostümfesten sieht. Ein bläulicher Dunst lagert über dem Gebrodel der Leiber, beißender Rauch von abgebranntem Feuerwerk, von Knallbonbons, Zündplättchen, Käpslipistolen und Luftheulern. Aus den Papierwolken unter der Decke regnet es Konfetti und Glanzfolienspäne, Fastnachtsbändeli-Rollen werden zu Spiralen geblasen, Gemüsekletten als Wurfgeschosse benützt. Das Karnevalstreiben mutet an die ausgelassene Meuterei in einem vollgestopften Schiffs-Kasino. Armin Schildknecht trägt die Totenmaske, er spürt es an seinen verkrusteten Gesichtszügen. Er weiß, dass er hinter, unter die Bühne muss. Und er beginnt sich an den Leibern vorbeizudrücken, ein eingeschmuggelter Falschtänzer. Keine Verkleidung bleibt ihm erspart. Eine aufgeplusterte Kurtisane in einem vitriolblauen Pfauenfedern-Jackett, mit einem goldenen Vogelbauer in der Frisur. Ein Mandarin. Ein Domino. Netzstrümpfe mit Tauperlen. Eine Teetassen-Lady in verblichener Lampenschirm-Seide. Eine Seehundschnauze. Till Eulenspiegel mit einer Schellenkappe. Der Dornröschenprinz in weißen Beinkleidern. Und er muss, steifbeinig, als hätte er Prothesen angeschnallt, mit all diesen Viechern tanzen, muss sich durch dieses dekorierte Fleisch wühlen, als habe es die Gesellschaft darauf abgesehen, ihn in ihrem blutigen Karnevalsmagen zu verdauen. Bibbernde Sorbet-Brüste in einem viel zu engen Fischstäbchen-Mieder. Ein sackgumpender Moses. Sellerienasen, vorgebundene Mohrrüben als Schwänze, die von einer Bajadere knackend abgebissen werden. Stinkbomben, Pistazienhaut. Ein Frankenstein-Monster mit einem Radarschirm auf dem Vierkantschädel. Eine rothaarige Düse in einer nilgrünen Schlangenhaut, eine schmandige Narbe quer über den braunen Rücken. Der Käfer Gregor Samsa. Eine grölende Mumie mit einbandagiertem Geschlechtsapparat. Luftballons werden mit den Fingern angeknarzt und zerplatzen, die feuchten Gummihautfetzen bleiben an den Händen und in den Gesichtern kleben. Ein greiser Herzkönig in einem Wams aus Hermelin, wie aus der Jasskarte gestiegen. Plissierte Blusen, Chiffonröcke, Kaskadenfransen, Rüschen und Volants. Mona Lisa mit einer ausgezogenen Kaffeemühlenschublade im Brustkasten. Ein Vamp aus den dreißiger Jahren mit einer aufgesteckten Riesenheuschrecke im Haar. Zapfenzieherlocken, Knebelbärte. Transvestiten mit glattrasierten, knochigen Beinen in den laufmaschigen Nylonstrümpfen. Und Armin Schildknecht prallt auf Schaumgummipolster hochgeschnürter Kammerzofen, reißt Schleifen und Bänder ab. Nachtfalterperücken, Zuckerhüte, Sombreros, steife Halskrausen. Eine Kolibri-Nutte klammert sich eng umschlungen an eine Pierrette in einem schwarzen Trikot, auf dessen Rücken mit weißer Leuchtfarbe ein Skelett gemalt ist. Der Riese Goliath mit einer Stirnwunde, aus der auf Knopfdruck ein Strahl Theaterblut schießt. Ein einäugiger Pirat mit einer Fleischerhakenhand. Schönheitspflästerchen sternförmig um einen beflaumten Bauchnabel angeordnet. Und das Tanzbrodem wird immer stickiger, das Möhnen des Verstärkers immer lauter. Auf die Bühne hinauf wälzt sich der Leiberknäuel und durch eine Falltür in die Bierschwemme des Kellers. Das Orchester wird immer mehr in die Ecke gedrängt, das Mikrophon wankt, die Notenblätter flattern von den sylvestrig glänzenden Pulten. Doch der grinsende Zwitter klatscht in die Hände und nuschelt ins Saxophon, es tönt wie eines der billigen Kinderinstrumente, die man auf dem Jahrmarkt kaufen kann. Und der Schlagzeuger haut ein Loch in die Pauke und fuhrwerkt auf dem Pedal der Tret-Tschinelle herum. Und die Alte am Klavier des Schrägen Otto rutscht von ihrem Hocker, um die kostümierte Unzucht besser überblicken zu können, und hackt mit ihren schmuddeligen Pranken die Bässe heraus. Der Trompeter indessen lässt den Speichel abtropfen, wischt sich die schweißglänzende Stirn mit dem parfümierten Taschentuch und knospt die wulstigen Lippen dem Mundstück entgegen. Hemmungsloses Gestampfe und Getrampel auf der Bühne. Ein tonsurgeschorener Mönch in sackleinerner Kutte drückt seine Biedermeier-Gouvernante in der pastellgrünen Waldnische an die Wand und greift ihr unter die Röcke. Ein Krokodil beugt sich über eine schwarze Augenlarve mit Schlitzaugen. Springteufel schnellen hoch, eine Gummispinne wandert in den Ausschnitt einer aufschreienden Kandelaber-Dame. Ein Störzer reißt einer Schießbuden-Mamsell die Papierrosen vom Dekolleté. Über eine schmale Feuerleiter gelangt Armin Schildknecht in den unverputzten Kellerraum unter der Bühne, wo es noch unflätiger zugeht. In diesen als Bierschwemme getarnten Eukalyptus-Bunker haben sich jene Maskenpaare zurückgezogen, die, aufgeputscht durch die Musik und den Rummel im Saal, nicht mehr warten konnten, die besoffenen Böcke, die der Ziger stach, und die scharf gewordenen Ballhuren. Da rammt ein preußischer General mit Pickelhaube sein Schwert zwischen die kakaogepuderten Schenkel einer Odaliske. Eine pralle Metzgerin in einer Gummischürze lutscht an einem Landjäger. Ein Schornsteinfegerchen rußt eine Madame Pompadour. Glasperlenkorsetts werden aufgehakt und Lederhosen heruntergestrampelt, die Krankenschwester mit den kreiselnden Blaulichtern auf dem weißen Bikini hat eine Intensivstation eingerichtet. Das Gestöhne und Gegrochse geht unter im Getrampel der tobenden Meute auf der Bühne. Armin Schildknecht watet durch den Pfuhl, steigt über die zuckenden Leiber, und wenn er ausrutscht auf einem schlüpfrigen Unterrock oder über eines der Kopulationspaare stolpert, hört er ihre brünstigen Lustschreie. Er robbt durch den Schleim, er kämpft sich voran, er lässt sich nicht durch Hände aufhalten, die zwischen seine Beine greifen, er speit ihnen ins Gesicht, wenn sie ihn unter kuhwarmen Eutern begraben wollen. Er weiß, dass dieses Sodom und Gomorrha in der Versenkung der Bühne, dass diese Knüppel-aus-dem-Sack-Walpurgisnacht nur eine letzte Durchgangsstation ist. Eine niedrige Holztür führt in einen dunklen Treppenunterraum, in den sich Armin Schildknecht mit letzter Kraft retten kann. Er schiebt den Riegel vor, legt sich auf den Bauch und lässt die Maskenfestwalze über sich hinwegrollen. Es riecht scharf nach überwinternden Geranien.

Am Sonntagmorgen wird Armin Schildknecht durch das Klenken geweckt. Er hört deutlich die harten Klöppelschläge der Schiltener Schulhausglocke, und ohne zu zählen weiß er, dass das Scheidezeichen ihm gilt. Er ist nur erstaunt darüber, wie weit der gellende Ton ins Luzernische hineindringt. Die wandelnde Glocke kommt ihm in den Sinn. Noch immer hat er Assoziationen. Ist es denn möglich, dass man bis in den Tod hinein von Assoziationen verfolgt wird? Keine Stilllegung des Denkapparats? Auch der Treppenunterraum – staubiges Licht fällt durch das Gitter einer Scharreisen-Luke – erinnert ihn an eine Kellerhöhle im Schulhaus: an die östlich unter den Pausenplatz gegen den Friedhof zugetriebene, stufengedeckte

Kammer, in der die Leichenbahre aufbewahrt wird. Über die Treppe stürmen die Schüler ins Schulhaus, unter der Treppe gräbt Armin Schildknecht einen Stollen, um ungesehen ins Reich der Toten zu entwischen. Im Modell gibt es diesen Gang, als Verbindung zwischen dem Schulhaus und dem Alarmgrab. Aber es klenkt. Er muss sich der Gemeinde stellen. Er darf den im Estrich klenkenden Wiederkehr nicht enttäuschen, indem er seinen Abdankungstermin verpasst. Das würde Wiederkehr Armin Schildknecht sein Lebtag nie verzeihen. Es geht jetzt darum, alles zu unterlassen, was Wiederkehr noch zusätzlich gegen ihn aufbringen könnte, schließlich ist Wiederkehr das Mündel, das Totengräberwerkzeug Wiggers. Die Abdankung Schildknechts ist verkoppelt mit der Inthronisierung Wiggers. Das menschliche Komplementär-Charakteren-Gesetz will es so. Wenn es heute, am Sonntagmorgen, klenkt, so Schildknechts Kopf, hat er noch drei Tage Zeit, durch das Wiesental und den Schiltwald zurückzukehren. Er ist fast ein bisschen stolz darauf, dass er sich den Totenwasenweg selber anlegt. Doch zuerst muss er über die Bierleichen im Bunker in den leergefegten Ballsaal hinaufsteigen und den Ausgang aus diesem Gasthof finden. Die ganze Dekoration ist heruntergerissen, Fenster und Türen stehen weit offen, die Masken sind zu welken Kleiderhaufen zusammengeschrumpft: Phantome, denen die Luft ausgegangen ist. Das ist richtig so, sagt Armin Schildknecht, der letzte Eindruck dieser Welt soll eine Garderobe sein, eine Theaterkiste von der Größe einer Turnhalle. Er tritt in den kalten Sonntagmorgen hinaus. Die Beerdigung fällt auf Aschermittwoch. Doch bereits geht das Klenken in das Totengeläute über. Wiederkehr pfuscht. Es ist nicht zu fassen, dass sein Nachbar, zu dem er doch so etwas wie ein freund-feindschaftliches Vertrauensverhältnis hatte, die drei gesetzlich festgelegten Aufbahrungstage nicht respektiert. Schildknecht nimmt sich vor, in der Abdankungspredigt mit der ganzen zynischen Autorität eines Toten darauf hinzuweisen. Doch dann muss er sich fragen, woher er denn die Gewissheit nehme, dass es Sonntagmorgen und nicht Aschermittwoch sei. Das Fest dieser Nacht kann ja eine Ewigkeit gedauert haben. Und mit Siebenmeilenstiefeln geht er auf den Schiltwald zu. Er muss sich daran gewöhnen, losgelöst von Raum und Zeit zu denken. Er verfügt nun über eine Gehirndimension mehr. Eine Fliege, hat er seinen Schülern immer erklärt, kriecht über eine Kugeloberfläche und ist erstaunt, dass sie nach einer gewissen Zeit, obwohl sie immer geradeaus gekrochen ist, auf jenen Punkt stößt, den sie mit ihren wetzenden Beinen markiert hat. Angenommen, hat er beigefügt, wir haben das Recht, eine Fliege als zweidimensionales Wesen zu bezeichnen. Sie erlebt die gekrümmte Fläche als plane Ebene. Wir wissen, dass die Erde eine Kugel ist. Wer am Meeresstrand steht und einen Dampfer am Horizont heraufziehen sieht, kann es sogar mit eigenen Augen erleben. Aber das Phänomen, dass der Raum sich in sich selbst zurückkrümmen soll, entzieht sich unserem Vorstellungsvermögen. Dieser vierdimensionale Gedanke ist ebenso undenkbar wie der Gedanke des Todes. Wir können extrapolieren, mehr nicht. Ein Gehirn, das den Gedanken des Todes zu denken vermag, ist ein totes und somit ein unendliches. Lächerliche Schulweisheit! Armin Schildknecht hat sich insofern getäuscht, als alles, was sich über den Tod sagen und lehren lässt, durch das Todesereignis selbst widerlegt wird. Er hat nie an dieser Universal-Opposition des Todes gegen unser Denken gezweifelt, aber daran, dass er selber dazu verurteilt sein werde, den Gegenbeweis anzutreten und als Hauptakteur an seiner Abdankung teilzunehmen. In dieser Hinsicht enttäuscht ihn der Tod. Er hat mehr von ihm erwartet, hat, durch die Schule des Friedhofs gegangen, geglaubt, mehr über ihn zu wissen. Lächerliche Lehrerweisheit!

Die Vorstellung, man könne als Zaungast bei seinem eigenen Begräbnis dabei sein, gehört zum Repertoire der Selbstmörder. Armin Schildknecht hat, ausgenommen die Tatsache, dass er sich nach Schilten verpflichtete und dem Lehrerberuf verschrieb, nie einen Selbstmordversuch unternommen. Kein Loch in der Schläfe, keine Strangulationsmerkmale am Hals, keine von Giften zerfressene Magenwand! Wenn er gestorben ist, und daran dürfte es eigentlich post festum keinen Zweifel geben, ist er eines ganz natürlichen, alltäglichen Todes gestorben: in der gut geheizten Schulstube verreckt. Darin müsste die Gnade liegen: dass sogar ein armes Schulmeisterlein wie Armin Schildknecht, wiewohl es zeitlebens, zumindest in seinen Verweserjahren, gegen den Friedhof polemisierte, Anrecht hat auf einen ganz korrekten Tod. Gnade heißt, dass uns wenigstens im Tod, da wir den Kampf hier unten gegen alle anrufbaren Instanzen verloren haben, unser Recht widerfährt. Und Recht heißt, dass wir ausgelöscht werden, ausradiert, niedergemäht. Ich will als Armin Schildknecht keine Sekunde weiterexistieren. Die Abdankung, gut, das ist eine gesellschaftliche Präsenzpflicht, die Armin Schildknecht seinen Ehemaligen schuldig ist. Er wird etwas aus seinem Schulbericht rezitieren. Aber dann soll dieser Armin Schildknecht, der mir zum Hals heraushängt, für immer begraben sein, und ich werde mich nach einer neuen Existenzmöglichkeit umsehen. Das Verfluchte ist nur, dass dies alles verdammt Schildknechtsche Gedanken sind, die den Verdacht aufkommen lassen, der Lehrer von Schilten werde sich überleben, werde keine Ruhe finden im Grab und als Nachzehrer herumgeistern. Wenn die Tatsache, dass er nun, auf dem Weg durch den morgendlichen Schiltwald, den Gedanken des Todes zu denken vermag, ein Beweis für sein vierdimensionales Gehirn sein soll, dann muss ich sagen, dass die dabei herauskommende Logik nicht dazu angetan ist, mich von der Tauglichkeit des neuen Instrumentes zu überzeugen. Leider spricht alles gegen die Wahrscheinlichkeit eines korrekten Schildknecht-Todes und somit auch einer handwerklich zu erarbeitenden Gnade. Wäre jemand, der anständig und unkomödiantisch stürbe, denn fähig, dieses bedeutendste Experiment seines Lebens nahtlos in einen Schulbericht zuhanden der Inspektorenkonferenz zu integrieren? Solange Armin Schildknecht diese verkorkste Rechenschaftsgesuchs-Sprache spricht, bleibt sein Tod eine Utopie, eine verbale Fehlkonstruktion.

Das Schulhaus liegt im Halbnebel, in Scharen strömen die schwarz vermummten Ehemaligen durch die offene Turnhallentür, den Haupteingang und die Treppenturmpforte. Er hätte nicht geglaubt, dass so viele kämen. Wiederkehr läutet aber auch kräftig mit der Glocke, es klingt wie ein Friedens- und Erlösungsgeläute: endlich sind wir diese Landschulmeisterplage los! Rührend, wie die Natur Armin Schildknecht mit dem dünnen Hochnebel entgegenkommt. Er hat ja insgesamt nicht viel auf sie gehalten, aber das muss zugegeben werden: in entscheidenden Augenblicken passt sie sich immer wieder unseren seelischen Stimmungen an. Er ist gespannt, wer für den Harmoniumdienst aufgeboten wurde. Sehr wahrscheinlich erwartet man vom Lehrer, dass er auch noch bei seiner eigenen Beerdigung alle Ämter zugleich erfülle. Diese stumme Nebelprozession! Es grimselt und gramselt von Schadenfreudigen. Von den Berghöfen kommen sie herunter, aus dem Löhrentobel steigen sie herauf, aus dem Schiltwald treten sie hervor, und auf dem Schulstalden staut sich die Kolonne bis zum Transformatorenhäuschen hinunter. Armin Schildknecht wirft einen Blick durch das Mörtelkammerfenster, um seinem Nachfolger an der Physharmonika auf die Finger zu schauen und um seine Harmonien zu kontrollieren. Es gibt immer wieder Dilettanten, die im G-Dur-Choral «Jesus meine Freude» die spektakuläre Modulation von a-Moll nach B-Dur unterschlagen, also just jene Passage, welche die Zuhörer von den Stühlen reißt. G, h-Moll, a-Moll, G-Quartsext-Akkord, G-Tonika, e-Moll (oder für ganz Mutige C-sieben), a-Moll, und dann eine klare B-Tonika hineingeschmissen, nicht den abgegriffenen G-Sext-Akkord, dann auf vier mit E-sieben nach A-sieben hinüberleiten und gemütlich die Kreuz-Leiter über D-sieben hintersteigen. Ein anderes Arrangement kommt für verwöhnte Ohren gar nicht in Frage. Aber Armin Schildknecht macht sich vergeblich Sorgen, er muss überhaupt jetzt lernen, sich keine unnötigen Sorgen mehr zu machen. Das Harmonium spielt ohne Balgtreter. Das Registerbrett ist abgeschraubt, die Tuchwand heruntergeschränzt, das Gebälge liegt frei, das Gekröse der Kanzellen und das Zungenhaus, die ganze Mechanik. Eine Geisterhand läuft über die gelben Tasten, die Ventile klappen auf und zu, es ist unverkennbar sein, Armin Schildknechts Virtuosen-Stil, er braucht wirklich nicht zu befürchten, dass ihm sein Nekrolog durch eine Fehlregistrierung vermiest wird, etwa Clairon im Bass und Cremona im Diskant. Er hat manche Abdankung erlebt, aber so voll besetzt war die Turnhalle noch nie, wie bei einer Generalzensur. Alle, die er jemals unterrichtet hat, sitzen da, eng zusammengerückt auf den zypressengrün gebrettelten Gartenstühlen, auf den Geräten und auf den Fenstersimsen, vergreiste Kinder, seine Schuld, nach Jahrgängen gruppiert. Täuscht er sich, wenn er zu sehen glaubt, dass sie die Arme eingehängt haben und sanft schunkeln? Armin Schildknecht kann sich nicht mehr täuschen. Und in der Mitte der schunkelnden Menge gähnt ein Loch, der offene Turnhallenboden, die Stuhlversenkungsgrube, ausgekleidet mit gerömerten Kränzen, und auf blassvioletten Schleifen prangen die goldenen Lettern: «Der letzte Gruß», «Auf Wiedersehen», «Zu früh für uns». Und am Rand der Grube steht die ganze Abdankungsmannschaft, Wiederkehr in cholerischem Trotz, die Abwartin mit den gepanzerten Brüsten, die Leichenansagerin, die schon etwas an Schildknechts Lebenslauf auszusetzen hat, bevor das Eingangsspiel zu Ende ist, Bruder Stäbli, gefasst, mit demütig zur Seite geneigtem Kopf, die mehligen Finger zu einer Züpfe verflochten, und Wigger auf dem bereitgestellten Schwedenkasten, einen Veitstanz aufführend wie immer, wenn ihn das Harmonium packt. Armin Schildknecht ist der Einzige, der seine Pantomime zu deuten weiß: Wir haben uns immer verstanden, nur wir.

Es ist Zeit für seinen Auftritt auf der Galerie. Lampenfieber? So gut wie Bruder Stäbli wird er über die Runde kommen. Er gedenkt es ganz kurz zu machen. Ein paar Daten, ein paar Zitate aus dem Schulbericht zuhanden der Inspektorenkonferenz, die Kapitulationserklärung und die Annahme des disziplinarischen Entlassungszeugnisses. Als er sich auf der Balustrade verneigt und in Gedanken das zerrissene Korbballnetz flickt, braust ihm ein donnernder, nicht enden wollender Beifall entgegen.

NACHWORT DES INSPEKTORS

Leider gibt es in unserem Kanton noch keine kantonale Konferenz der Volksschul-Inspektoren, und wenn es eine gäbe, wäre sie für solche Fälle nicht zuständig. Dies hat mich, den früheren Inspektor von Peter Stirner alias Armin Schildknecht, nicht daran gehindert, dem Erziehungsrat sofort die Bildung einer psychiatrischen Subkommission zu beantragen, als mir dieser sogenannte Schulbericht zuging. Ich muss freilich klarstellen, dass mir das Manuskript nicht Heft um Heft ins Haus geschickt wurde, wie der Verfasser behauptet, sondern von einem ehemaligen Schüler Stirners überbracht wurde, der den Packen auf dem Schulhausestrich gefunden hatte. Der Schüler, der hier nicht genannt sein möchte, zeigte sich sehr besorgt über den Geisteszustand seines alten Lehrers. Er sagte: Stellen Sie sich vor, Stirner steigt Tag für Tag aus seiner Wohnung in das leere Schulhaus hinunter und unterrichtet nach einem exakten Stundenplan vor leeren Bänken! Ich glaubte es nicht, bis ich nach Schilten fuhr, um mich persönlich davon zu überzeugen, und in dem total verwahrlosten Gebäude einer solchen Gespenster-Lektion beiwohnte. Peter Stirner hat nach seiner disziplinarischen Entlassung im April 1972 das veraltete Schulhaus mit der unbrauchbar gewordenen Turnhalle für eine verhältnismäßig große Summe von der Gemeinde gekauft. Wenn ich mich recht erinnere, belief sich der Betrag auf 250 000 Franken. Die Gemeinde brauchte dringend Geld, weil der Neubau bereits bewilligt war, und das alte, am Waldrand gelegene «Schlösschen» eignete sich kaum mehr für öffentliche Zwecke. Nichts sprach gegen Peter Stirner als Schulhaus-Besitzer, der zwar seine Wahlfähigkeit verloren hatte, sonst aber als stiller und zurückgezogener Einzelgänger einen guten Ruf genoss.

Die Gründe, die zu seiner disziplinarischen Entlassung im Alter von 30 Jahren geführt haben, sind meiner Ansicht nach umstritten. Gewiss, er hatte eigenwillige Methoden, und er stellte angesichts des täglichen Friedhofbetriebs vor den Schulstubenfenstern den Tod ins Zentrum seines Unterrichts. Aber er war, wenn dieser Ausdruck gestattet ist, ein glänzender Todes-Didaktiker. Als er der Schulpflege schon bald nach seinem Stellenantritt den Antrag stellte, das Fach «Todeskunde» offiziell einzuführen und damit die Heimatkunde zu ersetzen, wurde er, nachdem der Bezirksschulrat die Disziplinarklage geprüft und weitergeleitet hatte, vom Erziehungsrat auf Zusehen hin ins Provisorium versetzt, auf Zusehen hin, weil es in den sechziger Jahren noch ganz ausgeschlossen war, innert kurzer Frist einen neuen Lehrer für die Gesamtschule von Schilten zu finden. Dabei war es wirklich so, dass der Unterricht darunter zu leiden hatte, wenn eine Abdankung in der Turnhalle stattfand. Die Schüler durften nicht in die Pause und nicht auf die Toilette gehen. Damals war ich noch Peter Stirners Inspektor. Ich habe ihm geraten, die Stunden in solchen Fällen ganz ausfallen zu lassen, um jede Konfrontation zu vermeiden. Mit dem Verweis und dem Provisoriums-Entscheid entzog man ihm auch die Klassen eins bis fünf, in der Meinung, die Oberschüler und Sonderschüler könnten sich besser gegen einen zweckentfremdeten Unterricht zur Wehr setzen als die Kleinen. Sie wurden in der Schmittener Gesamtschule untergebracht. Als Peter Stirners Todes- und Friedhof-Thematik zunehmend radikalere Formen annahm, plädierte ich sowohl vor der Schulpflege als auch vor dem Bezirksschulrat als auch vor dem kantonalen Erziehungsrat für eine moderne Auslegung von Paragraph 63, Absatz 4 des Aargauischen Schulgesetzes, wonach ein Lehrer, der wegen Krankheit oder «zufolge anderer dienstinderlicher Gebrechen» auf längere Zeit hinaus nicht mehr in der Lage ist,

Unterricht zu erteilen, nicht nur entlassen werden kann, sondern auch psychiatrisch behandelt und allenfalls vorzeitig pensioniert werden muss, unter Zuerkennung einer nach Dienstjahren errechneten Teilpension. Der Erziehungsrat in seiner fortschrittlichen sozialen Denkweise war dafür, wie überhaupt an dieser Stelle mit Nachdruck gesagt werden muss, dass im Kanton Aargau in Sachen Lehrerbildung, Lehrerförderung und Bildungspolitik ganz allgemein ein Überdurchschnittliches getan und geleistet wird. Ich spreche hier als Gymnasiallehrer nicht im Namen einer Partei. Der Erziehungsrat hat eingesehen, dass dieses unglückliche Provisorium in Schilten nicht ad libitum verlängert werden konnte, und war bereit, Peter Stirner eine psychiatrische Behandlung auf Staatskosten zu gewähren, obwohl damals der schulpsychiatrische Dienst für Lehrer noch nicht institutionalisiert war. Es fehlte also nicht am guten Willen, aber die Verhältnisse haben sich, wie so oft, im Kleinen ungünstig entwickelt. Peter Stirners Verhalten zwang die Gemeinde zu Überlegungen hinsichtlich eines Schulhausneubaus, weil man auch im Dorf selbst eingesehen hatte, dass seine Berufsdeformation zum Teil in der Natur von Schilten begründet war, wie er darstellt. Als der Kredit für das neue Schulhaus bewilligt war, ohne dass man zunächst wusste, woher man die Mittel nehmen wollte, meldeten sich sofort bestens ausgewiesene Lehrkräfte für die Unterstufe, die Mittelstufe und die Oberstufe, wohl nicht zuletzt deshalb, weil das Schilttal zu den schönsten Landschaften des Aargaus zählt. Als man Peter Stirner auf Grund dieser neuen Situation die disziplinarische Entlassung nahelegte, ihm aber gleichzeitig die schulpsychiatrische Behandlung auf Staatskosten in Aussicht stellte und sich bereit erklärte, ihm nach erfolgter Heilung bei der Umschulung für einen neuen Beruf oder aber, sofern er es wünsche, bei der Wiedererlangung des Wahlfähigkeitszeugnisses behilflich zu sein, schickte er dem Erziehungsrat sein Patent zurück, verlangte, dass es nach alter Manier auf dem Erziehungsdepartement zerschnitten und zu den Akten gelegt werde. Er ließ uns wissen, er sei «finanziell und moralisch» unabhängig, da er eine große Erbschaft gemacht habe, und bewarb sich bei der Gemeindeverwaltung um das feilgewordene Schulhaus, um sich, wie er schrieb, «in aller Ruhe und Zurückgezogenheit einer wissenschaftlichen Studie» widmen zu können. Diese Studie, so glaube er, habe die Funktion einer Selbsttherapie, wenn er zusätzliche Hilfe brauche, werde er gerne auf unser Angebot einer psychiatrischen Behandlung zurückkommen. «Ich werde mich auf jeden Fall wieder melden.»

Nun liegt sein «Schulbericht zuhanden der Inspektorenkonferenz» vor, den er offenbar in den Jahren der größten seelischen Not und Depression geschrieben hat, von einem nicht diagnostizierbaren psychosomatischen Leiden befallen, wie ein verwundetes Tier in seine Höhle zurückgezogen, täglich am Harmonium sitzend und vor leeren Bänken unterrichtend. Ich gebe zu, dass wir ihn damals, nach dem Haus-Kauf, als ich bereits nicht mehr sein Inspektor war, aus den Augen verloren, wohl in der irrigen Meinung, der «Fall» habe sich von selbst erledigt. Heute ist guter Rat teuer und teurer, als er es vor drei Jahren gewesen wäre. Peter Stirner muss umgehend interniert werden, die Behandlung seines «Gemütsleidens» wird, nach der ersten Expertise der psychiatrischen Subkommission des Erziehungsrates, Jahre dauern, ohne dass ein Erfolg garantiert werden kann. Es versteht sich von selbst, dass der Staat die Behandlungskosten übernimmt.

An einer außerordentlichen Sitzung des Erziehungsrates wurde im Einvernehmen mit dem Patienten beschlossen, diesen Bericht einer breiteren Öffentlichkeit zugänglich zu machen. Er richtet sich an eine Instanz, und diese Instanz sind wir alle. Nebst vielen kritischen Anregungen zur problematischen Stellung des Lehrers in der Gesellschaft ziehe ich, der vormalige Inspektor Peter Stirners, die bittere Lehre daraus, dass ein Mitmensch, wenn unsere humane Aufmerksamkeit auch nur eine Sekunde nachlässt, in dieser Sekunde zu Grunde gehen kann.

PARERGON

STRATEGIEN DER VERWEIGERUNG
IN *SCHILTEN*

Im sechsten Quartheft von *Schilten* schildert der Scholarch und Verweser Armin Schildknecht der hohen Inspektorenkonferenz den Umgang mit dem Friedhof- und Schulhaustelefon, das sich in der Sammlung befindet. Eine sogenannte Prontoordonnanz bewacht den Apparat und hat die Aufgabe, jeden Telefonator mit einer Prontoformel über den Haufen zu schießen. Zum Beispiel sagt der Schüler: «Diese Nummer ist schon längst nicht mehr in Betrieb, schon gar nicht als Friedhofnummer!» Viel Intuition erfordert die Abwehrtechnik, dass man aus den Umständen des Tages errät, wer anruft, es schellen lässt, nach einer Weile zurückruft und sagt: Haben Sie vorher angerufen? Dann haben wir jetzt zurückgerufen. Und wenn es wieder klingelt, nimmt man natürlich nicht ab. Alle diese speziell für den Schiltener Telefondienst entwickelten Methoden haben den Zweck, aus der Defensive des Telefonanden in die Offensive des Telefonators überzugehen. Satz, diktiert Schildknecht den Schülern ins Generalsudelheft: «Wer selber telefoniert, kann telefonisch nicht erreicht werden.» Geht es mit diesem kadettenmäßig aufgezogenen Schabernack ursprünglich darum, den Friedhofbetrieb lahmzulegen, denn die meisten Anrufe kommen von Grabhaltern, würde ich heute im Rahmen des Themas «Verweigerung» sagen, Schildknecht manövriert sich und seine Klasse in die Unerreichbarkeit, indem er unser zivilisatorisches Instrument der Kommunikation so handhabt, dass es ins Gegenteil umschlägt. Unter den Friedhoftelefonanden, welche die Prontoordonnanz abschreckt, könnte ja ausnahmsweise auch ein Anrufer sein, der mit dem Lehrer von Schilten in Verbindung treten möchte. Aber er, der seine

Not permanent amtlich verschriftet und die Instanz zur Räson schreit, die ihn hängenlässt, stiehlt sich in die kommunikatorische Immunität.

Dasselbe Spiel treibt er mit dem Post- und Eisenbahnwesen. Die Leintal-Murbental-Bahn pendelt zwischen Endstation und Endstation und hat gar keinen Anschluss in der Kantonshauptstadt. Der Postautokurs Schöllanden–Schilten ist ein inoffizieller. Mit lehrerhafter Pedanterie wird dem Inspektor dargelegt, dass das Schilttal, wenn man es genau nimmt, verkehrsmäßig gar nicht erschlossen ist. Um dies historisch zu beweisen, wird die Eisenbahngeschichte der Südbahn-Wirren gefälscht. Die öffentlichen Verkehrsmittel werden zu Schiltener Verhinderungsmitteln. Der Briefträger und Posthalter betritt jeden Tag punkt 10 Uhr 30 die Schulstube, um die leere Tasche über dem Pult auszustülpen und zu demonstrieren, dass kein Brief für den Lehrer da sei. Als Rache exerziert Schildknecht mit Friedli das Briefträgerreglement B 13 durch, wobei ihn aber nur die Sonderfälle interessieren. Wie behandelt die Post Pakete an Scheintote und Verschollene? Gelten sie als unzustellbar oder allenfalls gar als unretournierbar? Aus dem Dschungel der Paragraphen eruiert Schildknecht das Recht des Postempfängers, in den Streik zu treten und eine «Generalannahmeverweigerung» zu unterzeichnen, was konkret bedeutet, «dass ich, außer für Drucksachen und Warenmuster ohne Adresse, postalisch unerreichbar bin». Doch Schildknechts Problem ist, dass er seit Jahren keinen Brief mehr bekommen hat, dass man die Annahme von Sendungen zwar zum Voraus verweigern, aber nicht durch eine Vorausdeklaration Postsachen erfinden kann. Im Briefträgerreglement ist der Fall, dass einer postalisch in der Dürre sitzt, nicht berücksichtigt, deshalb führt es der Lehrer ad absurdum. Er verliert nicht den Glauben an die möglichen Absender oder an den Empfänger, sondern an die Post. In der

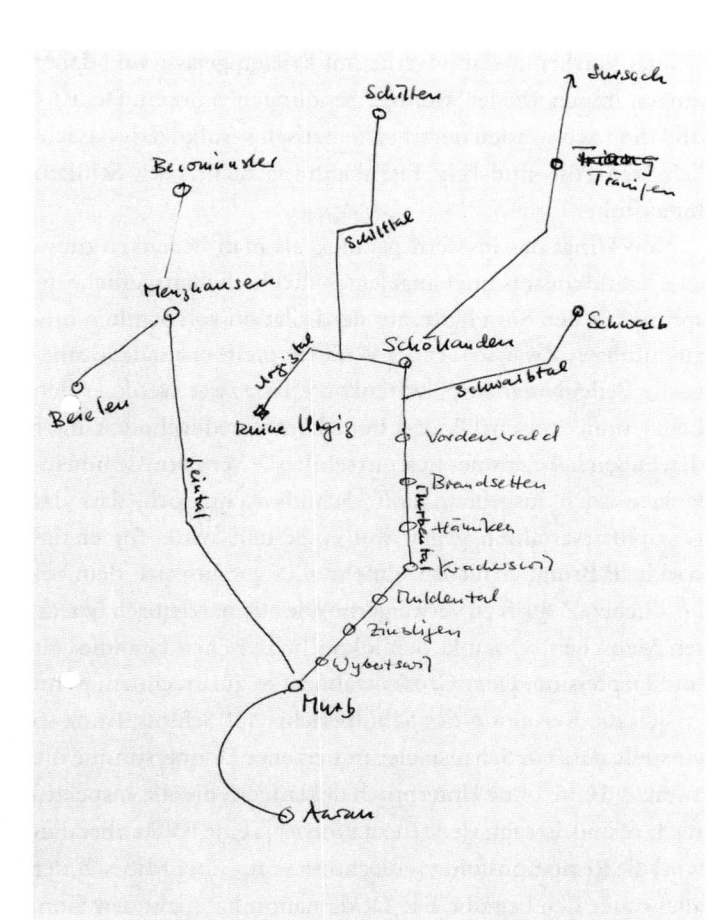

Hermann Burgers Skizze des Post- und Eisenbahnwegs
«nach Schilten hinauf» (undatiert).

Leintal-Murbental-Bahn werde mit Briefen gejasst, und daher gingen immer wieder wichtige Sendungen verloren. Die PTT und die LMB werden derart systematisch verulkt, dass tatsächlich kein Post- und kein Eisenbahnweg mehr nach Schilten hinaufführt.

Nun klingt das insofern paradox, als man bedenken muss, dass Schildknechts breit angelegtes «Rechenschaftsgesuch» ursprünglich den Sinn hatte, aus der Isolation von Schilten hinauszuführen. Zwar, so sagt der Verfasser, pfeife er auf das «ästhetische Beileid» der Inspektorenkonferenz, zwar werde er den Leser, wenn er einmal Boden, freilich nur Friedhofboden unter den Füßen habe, immer tiefer in schilteske Verhältnisse hineinlocken, doch insgeheim hofft Schildknecht doch, dass das Disziplinarverfahren gegen ihn eingestellt wird. Tut er das wirklich? Bringt er nicht vielmehr alles vor, um sich dem behördlichen Zugriff zu verweigern? Wie alle narzisstisch besetzten Menschen schwankt Schildknecht zwischen Grandiosität und Depression. Dem Größenwahn ist es zuzurechnen, wenn er sich die Rezeption des Schulberichts auf Schloss Trunz so vorstellt, dass ein Schauspieler mit erzener Donnerstimme die zwanzig Hefte ohne Unterbruch deklamiert, bis alle Inspektoren k. o. sind. Er sagt: «Jede Rezitation ist ja eine Folter, aber dies wird die Rezitationsfolter schlechthin sein.» Ein Erdrutsch, der alles unter sich begräbt. Die Deklamation hat nicht den Sinn, Inhalte zu transponieren, sondern die Monstrosität des Schulberichts zu etablieren. Wäre es der Natur des Berichts oder Gutachtens gemäß, Einblick zu gewähren in bestimmte Verhältnisse, abzuwägen zwischen Pro und Contra, behauptet sich hier die Eigengesetzlichkeit der schiltesken Landschafts- und Sachzwänge, von denen der Berichtende ein Teil ist. Wie steht es denn mit dem Identifikationsangebot an den Leser? Er wird zu Beginn eingeladen, in die Rolle des Inspektors zu schlüpfen.

Dahinter steht das lateinische «in-spicere», hineinblicken, besichtigen, untersuchen. Doch wird der Appellativ «Herr Inspektor» nicht nur seltener im Verlauf des Berichts, er erscheint meistens als Anhängsel an Ketten- und Schachtelsätzen. Dazu schreibt Gerda Zeltner in ihrem Buch *Das Ich ohne Gewähr*: «In einem solchen Vorgehen wird alle Leseintimität methodisch verschlissen; mit einer Nicht-Person, einer Instanz, einem Satzzeichen schließlich, kann sich der Leser nicht identifizieren.» Der Vokativ oder Anredenominativ steht grammatikalisch außerhalb des eigentlichen Satzverbandes, also wird seine Isolation umso größer, je betonter die Strukturen der Syntax sind. Am Ende eines langen Satzgefüges bröckelt er buchstäblich ab. Man kann so erreichen, dass das ursprünglich angesprochene Sie zum höhnischen Echo der Perioden wird. Im Grunde pfeift Armin Schildknecht nicht nur auf das «ästhetische Beileid» der hohen Inspektorenkonferenz, sondern auch auf deren Sachverständnis. Der Text sprengt sowohl den Gesuchs- wie den Rechenschaftscharakter, er verweigert sich jeder bürokratischen Integration, was durch das «Nachwort des Inspektors» nur ironisch unterlaufen wird. So wird der Leser gezwungen, aus der Inspektorenrolle zu schlüpfen und eine oppositionelle Position im Niemandsland zu beziehen. Im Eingangskapitel, wo Schildknecht den Inspektor bittet, ihm in die schäbige Landturnhalle zu folgen, sagt er: «Es gibt Einsichten, die uns an Ort und Stelle treffen wie ein Blitz, während sie uns von ferne kaum als Wetterleuchten beunruhigen.» Damit ist auch gesagt: nur wer Schilten am eigenen Leib erfahren hat, kann den Fall Schildknecht beurteilen. «Da dem nicht so ist, da es mir trotz unzähliger Bitt-, Droh- und Mahn-Briefe nie gelang, Sie in diese Turnhalle zu locken, muss ich nun ... die komplizierte Verfilzung von Friedhof- und Schul-Betrieb in Form eines Rechenschaftsgesuchs in die Inspektorenkonferenz hineintragen, wobei ich weiß, dass alles, was ich vorbringe, jederzeit gegen mich verwendet werden kann.» So spricht ein Angeklagter, Schildknecht bezeichnet sich als «Explorand» der hohen Inspektorenkonferenz, und er äußert sich in einer Sprache, in der die Stilmittel der Verunsicherung dominieren. Das heißt, er verweigert sich der störungsfreien Kommunikation mit der Inspektorenkonferenz. Dahinter steht zunächst die Entwurzelung des Urvertrauens in die Sprache. Schildknecht geht so weit, mit seinen Schülern das «Entnamsen» zu üben: «Meine Sprach-Entziehungskur besteht denn auch im Wesentlichen in einer semantischen Schock-Therapie. Wir buchstabieren die Wörter so lange vor uns hin, bis sie ihren Sinn verlieren. Hundertmal B-r-u-n-n-e-n, dann die Frage, warum nicht Brinnen? ... Entnamsen nennen wir diese Übung. Alles entnamsen und dann neu benamsen, das ist Sprach-Erziehung.» Der Verweser von Schilten lässt die Erkenntnis an die Oberfläche dringen, dass die Beziehung zwischen dem Zeichen und dem Bezeichneten eine willkürliche, absolut beliebige ist. «Arbitraire» sagt der Linguist Ferdinand de Saussure. Nur die Traditionsgebundenheit der Zeichen erhält die Verbindung zwischen dem Natur-Baum und dem Sprach-Baum. Diese Übereinkunft kündigt Schildknecht auf, der Leser des Schulberichts muss sich auf alles gefasst machen. Ich habe, als mir dieses «Arbitraire» zum ersten Mal wirklich bewusst wurde, ähnlich den Boden unter den Füßen verloren wie E. Y. Meyer nach seiner Kant-Lektüre. Das Erlebnis führte zu einem Zusammenbrechen der Welt.

Da ist zunächst die pedantische Überpräzision gewisser Stellen, etwa die Beschreibung des Uhrwerks oder der Estrichdämonie. Das klingt dann so: «Vom zugigen Estrich mit den immer leicht im Wind schaukelnden Sackpuppen war bereits die Rede, nicht aber von meiner privaten Rumpelkammer, dem sogenannten Sparrenraum. Um sich vorstellen zu können, wie und wo er liegt, müssen Sie wissen, dass das Schulhaus aus zwei T-förmig aufeinanderstoßenden, rechteckigen Baukörpern besteht, aus dem Langhaus und dem Querhaus, beide von gleicher Firsthöhe. Im Dachgeschoss – und ich spreche jetzt einmal nur von der Dächerlandschaft – greifen also zwei je zweifachliegende Krüppelwalm-Pfettendachstühle ineinander. Schon bei zwei einfachstehenden Pfettendachstühlen hätte es zimmermännische Komplikationen abgesetzt, geschweige denn bei zwei zweifachstehenden oder, wie in unserem Fall, zweifachliegenden Pfettendachstühlen.» Wenn die Verwirrung komplett ist, bietet Schildknecht dem Inspektor das Bild eines Winkels von zwei Schuhschachteln an, jetzt, da es nichts mehr nützt wie die im «Nachwort des Inspektors» hinterhergereichte Identität Peter Stirner. Es ist die Zürcher Romanistin Gerda Zeltner, die in ihrem Buch *Das Ich ohne Gewähr* die Pseudoanschaulichkeit solcher Deskriptionen interpretiert hat. Sie nennt die Genauigkeitsorgien eine Art «Racheübung an der Inspektorenkonferenz», und genau da setzt das Moment der Verständnisverweigerung ein. Der Leser ist gewohnt, die Realität mit ihren verwirrenden Einzelheiten auf Distanz zu halten. Wer diesen Konsens durchbricht, trifft ihn in einer ungeschützten Zone. Er wird als einer behandelt, der selbstverständlich weiß, was ein zweifachliegender Pfettendachstuhl ist, in Wirklichkeit sieht er vor lauter Bäumen überhaupt nichts, und der Autor musste den Terminus in einer Architekturvorlesung über Dachkonstruktionen suchen. Das Fachwissen, das den Leser entmündigt, konstituiert Schildknechts Einsamkeit. Die in den Wahn übertragene Dämonie des Ortes rächt sich an ihm selbst. Er sagt einmal: «Was heißt denn Ästhetik ursprünglich? Es heißt: die Wissenschaft vom sinnlich Wahrnehmbaren. Und der Ästhet ist ein Wahrnehmender, der allerdings durch eine permanente Überdosierung der Sinneseindrücke zu einem Anästheten werden kann, zu einem Wahrnehmungsbetäubten.» In dem dauernden Überziehen des Realen ins Aber-Reale, in eine Art traumatischer Hyperrealität, die phantastischer sein kann als das Surreale, tut sich eine erschreckende Realitätsunfähigkeit kund. Die Sprache kommt mit dem Gestus des Mitteilens daher und enthält in Wirklichkeit keine brauchbaren Informationen. Je ausführlicher die von Details prallen Fachdigressionen, desto größer wird Schildknechts Isolation. Die Schachtel- und Kettensätze sind Architekturen, die wie Bauteile einer Festung wirken. Mit ihnen mauert sich der gegen den Tod Anschreibende ein. In seiner Benamsungsmanie schwingt die Angst mit, es könnte durch die Lücke eines vergessenen Synonyms das Gift des Friedhofs doch noch einsickern.

Die Technik der Irritation als Folge einer Verweigerungsstrategie ergibt sich auch aus der Verschiebung von Relevanz und Redundanz. Schildknechts Wahn manifestiert sich unter anderem darin, dass ihm je länger je mehr Dinge wichtig und infolge mitteilenswert erscheinen, die für den Leser keine allgemeine Relevanz mehr haben. Dies geschieht meist in Form apodiktischer Behauptungen und absurder Theoriebildungen. Dabei sei an die Manie von Schizophrenen erinnert, Dinge miteinander zu verknüpfen, die nicht in einem vernünftigen Bezugsnetz stehen. Die Penetranz der Wiederholungen führt zur Redundanz. Hier hat sie meistens den Sinn der didaktischen Systematisierung des Unsystematisierbaren. Sie ist abgeleitet vom Zwang des Lehrers zu einprägsamen Wiederholungen. Hast du endlich kapiert – doch nun kommt das Absurde –, was sich auch bei einmaliger Erwähnung im Grunde nicht verstehen lässt. Die Verschiebung von Relevanz und Redundanz verhindert, dass sich der Leser im Text einnisten kann, er weiß immer weniger, was er eigentlich für die Beurteilung von Schildknechts Fall mitnehmen muss und was nicht. Beispiel:

Im vierten Quartheft heißt es, Schildknecht bewohne vier Schulhäuser, eine Turnkapelle, eine Friedhofschule, ein Waldschulhaus und ein Lehrschlösschen. In der typisch Schildknechtschen Theoriebildungs-Manie werden vier Zonen in der Vertikalen eingeführt, eine Waschküchenzone, eine Abdankungszone, eine Sammlungszone und eine Estrich- oder Siechenzone, dies «der Transparenz des Schiltener Modells zuliebe». Aber die mit Glanz und Gloria neu eingeführten Begriffe werden nie angewandt, das ist das Frustrierende.

Dann die Verwirrung des Lesers durch die Verwendung pseudowissenschaftlicher Termini für im Grunde inkommensurable Dinge. Im statistischen Abschnitt des Friedhofjournals heißt es von Wigger, man könne den «Feldschwermuts-Koeffizienten» seines «Pilzgemüts» bestimmen. In der Friedhofkunde ist von einer Skala der Friedhofstimmungen die Rede. Es wird da so getan, als habe man die Einwirkung des Brunnenrauschens auf Friedhofgänger untersucht, als gäbe es eine Studie, in der sich nachlesen lässt, dass Zypressen die «Angerschwermut ... flammenartig emporzüngeln» lassen. Ich hatte ursprünglich die Idee, dem Roman ein Verzeichnis von imaginärer Sekundärliteratur über den Scheintod, das Friedhofwesen, die Harmoniumkultur folgen zu lassen. Mit dieser Technik verwischt Schildknecht die Grenze zwischen seiner subjektiven Verrücktheit und dem objektiv Quantifizierbaren. Hierher gehören die vielen, oft erfundenen Fremdwörter wie «häretische Interdisziplinarität», «Noktabilität dieser Papiere», «hibernales Institut» oder «cimiterische Bagatellen». Die Fremdwörter-Neologismen suggerieren einen Konsens, der über das Wörterbuch leicht herzustellen sei. In Wirklichkeit ist er nur über das Medium Schiltens zu erreichen. Während das ‹Diabelli›-Fremdwort, aufgedeckt, so schal wie ein verratener Trick wirkt, führt das Schiltonym stets ins Bodenlose einer logisch nicht organisierten Sprache. Deshalb kann sich der Berichterstatter bei der Einführung der Turnhalle nicht auf einen Begriff einigen und spricht abwechselnd von einem Gymnastiksaal, einer hinterstichigen Landturnhalle, einem schabzigergrünen Ungemach.

Wird der Leser einerseits aus der Rolle des Inspektors gedrängt, sorgt die fluktuierende Erzählperspektive dafür, dass *Schilten* zu einer Rollenprosa mit Widerhaken wird. Der Erzähler wechselt von «ich» zu «er» und von da zu «Armin Schildknecht», wobei Armin Schildknecht nur ein pädagogisches Pseudonym ist, der Scheltknecht von Schilten. Gängig ist der Wechsel von der Er- zur Ich-Perspektive, befremdlich eher, wenn ein Ich zwischendurch immer wieder «er» sagt. Es heißt: «Ich, Armin Schildknecht, Scholarch von Schilten.» Oder: «Armin Schildknecht, der frevlerische Turnhallenmissionar», «Armin Schildknecht, der Lehrkörper von Schilten in einer Person». Wo immer das Ich sich besonders intensiv einer Funktion bewusst wird, greift der Name, greift das Attribut in den Bericht ein. Die disproportionalen Doppel-Appositionen, die das Pronomen verschlucken, sichern dem Lehrer als Rollenträger einen bestimmten Status. Das Paradoxe ist nur, dass er auf die eine Seite, gegenüber Wiederkehr und dem Friedhof, besonders auf diesen Status angewiesen ist, um dem Todessog zu trotzen, dass er sich auf der andern Seite gegenüber der Inspektorenkonferenz deutlich von der Rolle abgrenzt, wie sie sein Vorgänger Haberstich ausgefüllt hat. Einerseits widersetzt und verweigert er sich der sogenannten «Friedhofschwerkraft», um wenigstens noch einen kläglichen Rest von Schulbetrieb aufrechtzuerhalten, anderseits grenzt er sich dauernd von den Lehrerkrankheiten und pädagogischen Tugenden ab.

Schildknecht führt einen Zweifrontenkrieg der Verweigerung, daher gibt es weder eine zuverlässige Pronomenperspektive noch eine einheitliche Erzählzeit. Der Inspektorenkonferenz ruft er zu: Methodik und Didaktik sind die Todfeinde alles Lebendigen, gegenüber der omnipräsenten Macht des Friedhofs setzt er alle erdenklichen Mittel ein, das militärische Friedhof- als Gefechtsjournal wie den Nebelgenerator. Da praktisch kein Kraut gegen den Tod gewachsen ist, muss man alles Wissenswerte über ihn zusammentragen und notieren, indem man Heimatkunde durch Todeskunde ersetzt. Das sind die Schiltener Irrealien und Surrealien, die anstelle der Realien treten. Leider erweist sich Schildknechts Abwehrstrategie als Bumerang. Je ausführlicher, je einfallsreicher er den Tod zum Generalthema macht, desto drastischer überträgt sich die Tödlichkeit des Schiltener Lehrklimas auf die Inspektorenkonferenz, wo es gälte, sich von der knöchernen Tödlichkeit eines Haberstich so deutlich wie möglich zu distanzieren. «Präparieren, sagte Haberstich, nicht zersetzen. Ich diktiere meinen Schülern: zersetzen, zersetzen, zersetzen. Schulmeister-Präparatoren zunichtemachen, indem man ihren Lehrstoff Wort für Wort, Schnitt für Schnitt abbalgt.» Schildknecht erarbeitet mit den Schülern den Stoff nicht, er diktiert ihn direkt ab dem Harmonium in die Generalsudelhefte. Diktieren ist eine methodische Einbahnstraße, es heißt, sich der lebendigen Kommunikation mit den Schülern verweigern. Dass der Grund dafür darin zu suchen ist, dass der Verweser von Schilten gar keine Schüler mehr hat, erfahren wir erst am Schluss. Die Generalsudelhefte bleiben im Schulhaus zurück und stapeln sich in der Sammlung. Das heißt, die Schüler lernen ausdrücklich für den Lehrer, will sagen für das Medium Schiltens, also für den Tod. Das wettkampfmäßige Erklettern der Kletterstange in der umnachteten Turnhalle eröffnet nur die Friedhofperspektive. «Daheim» lautet der populärste Grabspruch, und der ist für die Schüler schon in Erfüllung gegangen, bevor sie ins sogenannte

Leben hinausgetreten sind. Diese Direttissima erläutert Schildknecht derart hartnäckig der Inspektorenkonferenz, dass man im Gremium nicht weiß, ob man ihn seiner Pedanterie wegen rehabilitieren oder seiner Todesverfallenheit wegen disziplinarisch entlassen soll. Das ist der große Rollenkonflikt dieser Prosa, der zentral mit Verweigerung zu tun hat. Elsbeth Pulver schreibt in ihrem Essay ‹Das Niemandsland zwischen Leben und Tod›: «eine Darstellung der Todesangst und zugleich des Versuchs, diese Angst zu überwinden, eine Annäherung an den Tod (bis an die Grenzen des Erträglichen und Möglichen), die zugleich ein verzweifelter, aber auch komischer Versuch der Abwehr und Rettung ist».

Die Formel «Niemandsland zwischen Leben und Tod» trifft die Sache genau, denn letztlich verweigert sich Schildknecht sowohl dem Leben, indem er sich in seine Verschollenheit zurückzieht, als auch dem Tod durch das Scheintoten-Schicksal. Ein Schüler stellt die Frage zur Verschollenheitslehre: Worin besteht der Unterschied zwischen einem Scheintoten, einem Scheinlebendigen und einem Verschollenen? «Lehrerantwort: Der Scheintote wird während der Dauer seines Scheintodes für endgültig tot gehalten, lebt aber. Der Scheinlebendige wird äußerlich zu den Lebenden gezählt, während er innerlich abgestorben ist. Der Verschollene kann sowohl für tot gehalten werden und lebendig sein als auch lebend geglaubt werden und tot sein. Im Niemandsland zwischen Leben und Tod verkörpert er die Synthese der Möglichkeiten des Scheintoten und des Scheinlebendigen.» Schildknecht ist der Erste in der Weltrangliste der Verschollenen, der seinen Hinterbliebenen einen Namen gibt, die «Beschollenen», und der sie auf ihre rechtlichen Schritte vorbereitet, wie lange es zum Beispiel dauert, bis man gerichtlich eine Verschollenerklärung erwirken kann, ob die Lebensversicherungsanstalt die Versicherungssumme herausrücken muss usw. «Das macht meine Drohung gegenüber der Inspektorenkonferenz erst richtig wirksam: Entweder die Herren behandeln den Schulbericht in meinem Sinn und Geist, oder aber ich verschelle ihnen unter der Hand.» Die Verschollenheit ist der Zustand des nicht Behaftbaren und somit der Verweigerung schlechthin, der Betreffende kann weder im Totenregister noch in den Büchern des Lebens geführt werden.

Es gehört zu Schildknechts Lehrerverzweiflung, dass er seinen Zustand bis zum äußersten Hyperbel-Ast thematisiert und als Stoff vermittelt. Aus dieser Doppelverweigerung ergab sich die poetologische Schwierigkeit, die Figur am Ende des Romans loszuwerden. Einerseits hört er nach der Fastnachtsorgie sein eigenes Scheidezeichen, es wird für ihn geklenkt, so wäre er also gestorben. Anderseits heißt es: «Wäre jemand, der anständig und unkomödiantisch stürbe, denn fähig, dieses bedeutendste Experiment seines Lebens nahtlos in einen Schulbericht zuhanden der Inspektorenkonferenz zu integrieren? Solange Armin Schildknecht diese verkorkste Rechenschaftsgesuchs-Sprache spricht, bleibt sein Tod eine Utopie, eine verbale Fehlkonstruktion.» So nimmt er denn unter Applaus an seiner eigenen Abdankung teil, womit angedeutet ist, dass der Autor seine Figur ins literarische Leben entlassen hat. Eine Figur, deren Verweigerungscharakter von Beginn an offenbar wird, gipfelnd im juristischen Nebelreich der Verschollenheit, und die den Leser, indem sie seine Lebensinstinkte weckt, in die Generalopposition treibt. Der Leser ist uns der wichtige, der, wie Thomas Bernhard sagen würde, aus der entgegengesetzten Richtung kommt.

ANHANG

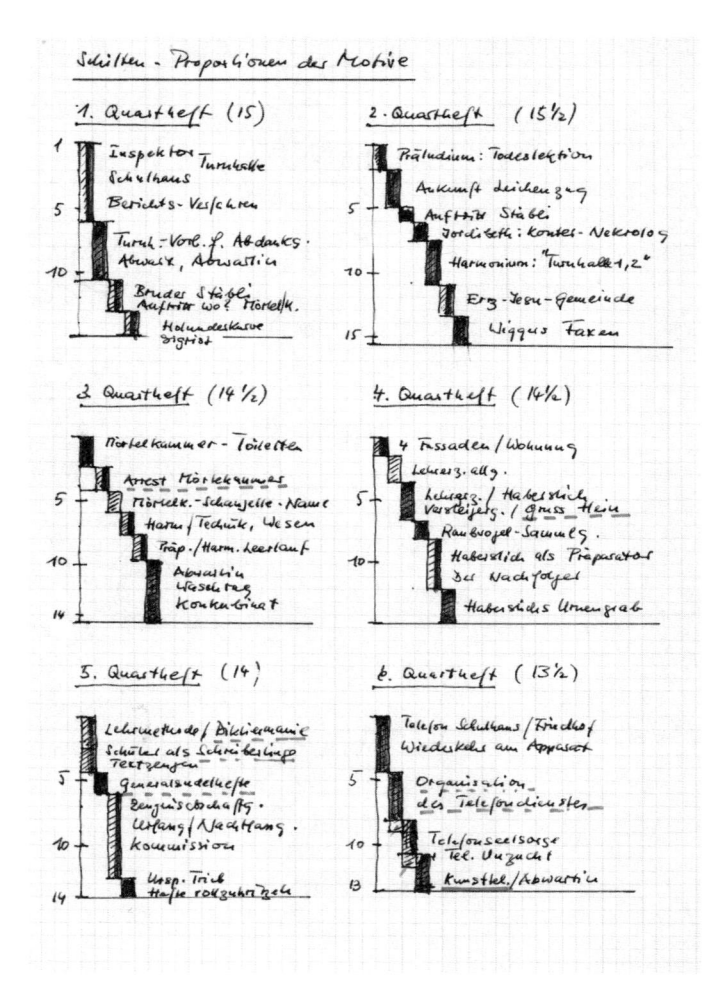

«Schilten – Proportionen der Motive»,
1. bis 6. Quartheft (undatiert).

EDITORISCHE NOTIZEN

Zu seinem Romandebüt *Schilten: Schulbericht zuhanden der Inspektorenkonferenz* – 1976, nach über drei Jahren intensiver Arbeit, im Artemis Verlag erstmals erschienen und 1979 dann ins Taschenbuchprogramm des S. Fischer Verlags aufgenommen – reichte Hermann Burger verschiedene Begleitpublikationen nach: 1977 etwa wurde ebenfalls bei Artemis der Materialien-Band *Schauplatz als Motiv* veröffentlicht, oder im Frühjahr 1986 widmete der Autor *Schilten* ein Kapitel in seiner Frankfurter Poetik-Vorlesung *Die allmähliche Verfertigung der Idee beim Schreiben* (in: Werke 8). Wenig später schließlich präsentierte er im Rahmen eines internationalen Kolloquiums zum Thema «Aspekte der Verweigerung in der neueren Literatur aus der Schweiz» den Text ‹Strategien der Verweigerung in ‚Schilten'›, der als Parergon Teil dieses Bandes ist.

Textnachweise

Schilten: Schulbericht zuhanden der Inspektorenkonferenz. Roman. Zürich und München: Artemis, 1976. Der Roman wurde 1977 mit dem Preis der Schweizerischen Schillerstiftung ausgezeichnet.

Parergon

‹Strategien der Verweigerung in ‚Schilten'›. In: Peter Grotzer (Hrsg.): *Aspekte der Verweigerung in der neueren Literatur aus der Schweiz: Sigriswiler Kolloquium der Schweizerischen Akademie der Geisteswissenschaften.* Zürich: Ammann, 1988: 133–142. Das Kolloquium fand vom 17. bis 21. März 1986 statt, und Burgers Text, der zum Teil wörtlich aus dem Kapitel zu *Schilten* in seiner kurz zuvor gehaltenen Frankfurter Poetik-Vorlesung exzerpiert ist, stand am letzten Tag der Veranstaltung auf dem Programm.

Abbildungsnachweise

S. 4: Hermann Burger in seinem Studierzimmer im Kirchberger Pfarrhaus, 1976. © Werner Erne.

S. 383: Skizze des Post- und Eisenbahnwegs «nach Schilten hinauf» (undatiert). In: Schweizerisches Literaturarchiv (Bern), Nachlass Hermann Burger, Signatur A-1-8a.

S. 396: «Schilten – Proportionen der Motive», 1. bis. 6. Quartheft (undatiert). In: Schweizerisches Literaturarchiv (Bern), Nachlass Hermann Burger, Signatur A-1-8a.

NACHWORT

Von Remo H. Largo

Im Gang hört man zuerst nur ein Räuspern und Stühleschirken, dann, während der Einspielphase, ein Antuten, Anfurzen und Anprusten, ein Hinuntergrunzen, Hinaufventilieren und Zugstöhnen, ein Herumdudeln, Nachmuhen und Bassgrochsen, bis sich das Klöpfeln des Dirigentenstocks durchsetzt, die anzählende Posthalterstimme Friedlis, und die ganze Bande mit einem Fortissimo über die arme Turnhalle herfällt, dass die Tagraub- und Nachtraubvögel oben in der Sammlung wackeln und die Scheiben der Vitrine erzittern.

Die Musikgesellschaft Concordia stimmt bei der wöchentlichen Probe ihre Instrumente ein. Hermann Burger beschreibt die Geräusch-Kakophonie und das Fortissimo mit einer Sprachkraft, die mich immer wieder begeistert hat. Er ufert nicht in phantasievolle Beschreibungen aus, sondern beeindruckt mit einer hochentwickelten Beobachtungsgabe und einer großen sprachlichen Sorgfalt. Er verfügt über einen äußerst differenzierten Wortschatz, den er, falls notwendig, durch Wortneuschöpfungen noch anreichert.

Da ich kein Literaturwissenschafter bin, sondern Mediziner und Entwicklungsspezialist, und mich mein Leben lang mit den Menschen und ihren Schicksalen auseinandergesetzt habe, werde ich mich im Folgenden nicht der Sprachkraft Burgers zuwenden. Vielmehr möchte ich auf den Inhalt des Buches näher eingehen: auf die Schule, die Schüler und vor allem auf die Befindlichkeit und Wahrnehmung des Lehrers Peter Stirner alias Armin Schildknecht. Ich bin wie Burger in den frühen vierziger Jahren des letzten Jahrhunderts geboren, habe also die Bildungsinstitutionen zeitgleich wie der Autor erlebt. Einiges, woran Burger litt, ist aus meiner Sicht seither besser geworden, vieles ist gleich geblieben, manches hat sich sogar weiter verschlimmert.

Armin Schildknecht kann ganz einfach nicht anders. Er muss die Missstände, die sein gesamtes Leben bestimmen, in zwanzig Quartheften niederschreiben. Er leidet an der Schule, am Zusammenleben der Menschen und letztlich am Leben selbst. Eine tiefe Melancholie durchzieht dieses Buch, die sicherlich viel mit der psychischen Befindlichkeit des Autors zu tun hat, aber längst nicht nur. Burgers Schwermut wirkt wie ein Brennglas, das der Autor so lange auf einen Übelstand gerichtet hält, bis es schmerzt. Die groben Übertreibungen der Realität sind höchst lehrreich, werden aber oftmals durch Burgers galligen Humor erst erträglich. Auch Armin Schildknecht, des Autors Alter Ego, weiß, mit seinen Quartheften wird er sich nicht beliebt machen. Er bittet seine Adressaten daher um Nachsicht: «Nicht immer Armin Schildknecht für alles Krummwüchsige und Verquere verantwortlich machen, nur weil er es sieht!»

Armin Schildknechts Lebenswelt

Schilten – schilt – skildus – *(s)kel- ... – scellan – schellen – zerschellen – verschellen – verschollen.

Peter Stirner legt sich ein «Schiltonym» zu. Der pädagogische Künstlername Armin Schildknecht drückt sein Lebensgefühl, wohl noch zu existieren, aber nicht mehr wahrgenommen zu werden, weit besser aus. Schildknecht erlebt alles, auch die unbelebte Umwelt, als ablehnend und bedrohlich. Die Landschaft um Schilten mag viele liebliche Ecken und Flecken haben.

Aber in seinen Quartheften kurvt ein – zumeist leeres – Postauto durch Gegenden und Ortschaften wie Schattloch, Hammerenge und Finstertal, Galgenmoos, Mördergrube und Kracherswil, Irrlose, Hexensteg und Hämiken. Das aargauische Hinterland ist für ihn ein Ort «mit der Schönheit einer topographischen Totenmaske» – und zudem noch ohne Anschluss an die weite Welt. Eine «Kirchturmpolitik» habe im 19. Jahrhundert wohl zum Bau eines lokalen Bähnchens geführt, man habe es aber nicht geschafft, einen Anschluss an das schweizerische Bahnnetz herzustellen, heißt es im elften Quartheft lakonisch. Hermann Burger litt – wie andere Schriftsteller seiner Generation – unter der Enge einer rückwärtsgewandten Schweiz. Und er fand nicht die Kraft auszubrechen.

Auch heute noch leiden viele Schweizer unter dieser Enge. Die offizielle Schweiz hält nach wie vor Distanz zu Europa. Dem Land fällt es schwer, auf andere Nationen zuzugehen und sich mit völkerverbindenden Institutionen wie EU und UNO einzulassen. Stattdessen beherrschen seit mehr als vierzig Jahren Diskussionen über Einwanderer, Flüchtlinge und Asylanten die Politik. 1990, anlässlich der Verleihung des Gottlieb-Duttweiler-Preises an Václav Havel, hat Friedrich Dürrenmatt die legendäre Festrede ‹Die Schweiz – ein Gefängnis› gehalten. Er brachte darin die schweizerische Befindlichkeit wie folgt auf den Punkt: «Jeder Gefangene beweist, indem er sein eigener Wärter ist, seine Freiheit.»

Seit einiger Zeit wird die Abschottung der Schweiz zunehmend unterlaufen, insbesondere durch die jungen Generationen mit Hilfe der neuen Medien. Für Kinder ist nicht mehr der urschweizerische Globi die unangefochtene Heldengestalt, sondern Super- oder Spiderman, und der Renner unter den Büchern sind nicht länger Johanna Spyris *Heidi*-, sondern Joanne K. Rowlings *Harry-Potter*-Romane. YouTube-Videoclips aus allen Ecken der Welt faszinieren auch Schweizer Teenager, Filme wie *The Lord of the Rings* oder *Twilight* bringen sie in Aufbruchstimmung und zum Kreischen. Überdies findet eine in der Menschheitsgeschichte wohl einmalige Umschichtung zwischen Alt und Jung statt, deren Auswirkungen die Mächtigen in Bildung und Politik noch nicht so richtig begriffen haben. In der Vergangenheit hatten die älteren Generationen aufgrund ihrer Lebenserfahrung den Status von Ratgebern oder gar weisen Alten. In der medialen Welt hingegen sind die Jungen die Kompetenten, während die Alten überfordert und ratlos wirken. Die Dominanz der Informationstechnologie und die Globalisierung von Gesellschaft und Wirtschaft bestimmen nicht nur zunehmend unser Konsumverhalten, sondern immer mehr auch unsere kulturelle Befindlichkeit. Es hat ganz den Anschein, als würden uns zukünftig nicht so sehr die Enge, sondern vielmehr eine schwindende eigenständige kulturelle Identität und der schwächer werdende gesellschaftliche Zusammenhalt herausfordern.

Schule

> Ihr braucht ja das Wort Nebel nur von hinten zu lesen, diktiere ich meinen Schülern ins syntosile Generalsudelheft, dann heißt es Leben, und alles was wir über den Nebel sagen, lässt sich auf dieses sogenannte Leben übertragen ... Nicht für die Schule, für den Nebel lernen wir.

Bereits vor rund zweitausend Jahren bedauerte Seneca den Zustand der Bildung: «Non vitae, sed scholae discimus» – «Nicht für das Leben, sondern für die Schule lernen wir». Burger verdreht Senecas berühmtes Diktum nicht bloß, sondern setzt mit dem Anagramm Leben–Nebel gar eins obendrauf. Zu Recht, haben doch die Bildungsverantwortlichen Senecas Kritik bis heute nicht ernst genommen. Ärger noch, auch sie haben den Spruch insgeheim umgedreht und gleichwohl Seneca untergeschoben: «Nicht für die Schule, sondern für das Leben lernen wir», steht bis heute über so mancher Schulpforte. Das Schlimmste aber ist: Die Bildungsverantwortlichen haben sich auch daran nicht wirklich gehalten.

Armin Schildknecht erlebt die Schule als ein streng hierarchisches System, das von Kontrolle und Zensur lebt. An der Spitze sitzt der Regierungsrat, darunter agieren Inspektoren und lokale Behörden, zuunterst mühen sich Lehrer und Schüler ab. Rigide Vorgaben – etwa den Lehrplan umsetzen und die Disziplin aufrechterhalten – sind oberstes Gebot, denn überall herrscht Misstrauen. Die Inspektoren und Behörden trauen den Lehrern nicht zu, dass ihnen guter Unterricht wirklich ein Anliegen ist. Die Lehrer wiederum trauen den Schülern nicht zu, von sich aus lernen zu wollen. Diese pädagogische Grundhaltung ist in den vergangenen Jahren zu einer eigentlichen Treibjagd verkommen. Durch endloses Auswendiglernen werden die Schüler gezwungen, sich immer mehr ‹Schulwissen› anzueignen. Als Druckmittel dienen in der Volksschule Prüfungen und Noten, an den Hochschulen Kreditpunkte und Diplome. Nachhaltiges Lernen wird durch ‹bulimisches Lernen› ersetzt: Wissen reinwürgen und zur Prüfung auskotzen – und das flächendeckend von der Primarschule bis zur Universität. Doch wie soll Albert Einstein einmal so schön gesagt haben? Bildung ist das, was übrig bleibt, wenn wir alles Auswendiggelernte vergessen haben ...

Bereits für Armin Schildknecht ist Bildung zu einer totalen Inflation von Stoffwissen verkommen, das methodisch präpariert, rhetorisch erfragt und didaktisch verbreitet wird. Abfragen, Scheinfragen und Fangfragen, besserwisserisches Strebertum, fortwährendes Schielen auf Fleiß- und Leistungsnoten bestimmen den Unterricht. Eine aus traditionellen und neuen «Fächern zusammengeplätzte Pelerine» soll ökonomischen Erfolg gewährleisten und Schutz gegen die «Unbilden des Lebens» bieten. So kann kindgerechte Schule nicht funktionieren.

In unserem Bildungssystem gibt es immer mehr Ungereimtheiten. Eine der größten ist die fehlende Nachhaltigkeit. Wie und was sollen Kinder lernen, damit das Gelernte ihnen in ihrem künftigen Leben wirklich von Nutzen sein wird? Die Antwort kann nie eine allgemeine, sondern nur eine individuelle sein, denn jedes Kind ist ein Unikat. In den Schulen zahlloser Gesellschaften wird seit Jahrzehnten eines der größten Experimente der Menschheitsgeschichte durchgeführt. Abermillionen von Kindern gehen während Tausenden von Stunden in Schulen mit einheitlichen Lehrplänen. Wenn die Kinder die Schule verlassen, sind sie trotzdem verschiedener denn je. Die Individualität ist stärker als jeder Systemzwang.

Warum beherzigen wir nicht endlich, was Wilhelm von Humboldt, der Vordenker eines liberalen Staates und einer humanistischen Bildung, bereits 1792 in seiner Abhandlung *Ideen zu einem Versuch, die Grenzen der Wirksamkeit des Staates zu bestimmen* geschrieben hat?

> Gerade die aus der Vereinigung *mehrerer* entstehende Mannigfaltigkeit ist das höchste Gut, welches die Gesellschaft gibt, und diese Mannigfaltigkeit geht gewiß immer in dem Grade der Einmischung des Staates verloren. Es sind nicht mehr eigentlich die Mitglieder einer Nation, die mit sich in Gemeinschaft leben, sondern einzelne Untertanen, welche mit dem Staat, d. h. dem Geiste, welcher in seiner Regierung herrscht, in Verhältnis kommen, und zwar in ein Verhältnis, in welchem schon die überlegene Macht des Staats das

freie Spiel der Kräfte hemmt. Gleichförmige Ursachen haben gleichförmige Wirkungen. Je mehr also der Staat mitwirkt, desto ähnlicher ist nicht bloß alles Wirkende, sondern auch alles Gewirkte. ... Wer aber für andre so räsoniert, den hat man, und nicht mit Unrecht, in Verdacht, daß er die Menschheit mißkennt und aus Menschen Maschinen machen will.

Die Schüler

> Betrachten Sie das beigelegte Klassenfoto aus dem letzten Winter genau: neununddreißig Ohrfeigengesichter unter der Obhut eines Maulschellengesichts.

Armin Schildknecht mag Schüler nicht. Sie sind für ihn eine schwer kontrollierbare Horde. Das einmalige Wesen, das in jedem Schüler steckt und sich entfalten will, sieht er nicht. In den ganzen 20 Quartheften nennt er ein einziges Mal einen Schüler beim Namen. Für bestimmte Aufgaben wie «Telefonwache» oder «das Amt des Friedhof-Aktuars» hebt er einzelne Schüler als Funktionsträger heraus. Liegt während der Gräberkunde Nebel über dem Friedhof, bekommen die Schüler Nummern, mit denen sie sich untereinander verständigen, aus dem feuchten Grau zu Wort melden und sich vom Lehrer lokalisieren lassen.

Der Unterricht besteht für Schildknecht aus Drill und Diktat. Die Schüler haben nichts zu lachen. Jauchzer sind nur außerhalb der Schule zu hören, beispielsweise wenn die Kinder im Winter mit ihren Schlitten halsbrecherisch die Straßen hinunterrasen. Der Lehrer hat die Heimatkunde durch Friedhofkunde ersetzt. Deren inhaltliche Schwerpunkte – und auch das gehört zur abgründigen Komik dieses phantastisch grotesken

Romans – sind Gräber-Schnellrezitieren, Scheintoten-Praktikum und Verschollenheitslehre. «Der Friedhof ist eure allerletzte, eure allerengste Heimat», diktiert er den Schülern ins Generalsudelheft. Und den «populärsten Grabspruch» haben sie sich längst gemerkt: «Daheim!» Für das Leben rüsten – das bedeutet für Armin Schildknecht, die Kinder auf lebenslanges Leiden vorzubereiten. Lebensfreude ist unvorstellbar, ja recht eigentlich Gift für seinen Unterricht.

Die ehemaligen Schüler sind froh, wenn sie mit der Schule und dem Lehrer nichts mehr zu tun haben. Die Eltern schimpfen über den «Rattenfänger ... im Schulschlösschen», aber sie wollen es sich, wie Schildknecht im neunten Quartheft zu Protokoll gibt, ihren «Kindern zuliebe auf keinen Fall mit ihm verderben». Er meint, die Eltern scheuen ihn wie den Teufel. Er empfindet sich selbst für die Schüler als eine solch große Zumutung, dass er eine Lebens- und Risikoversicherung abschließen will, um seine «unbezähmbaren Bengel und Gören» wenigstens pekuniär dafür zu entschädigen, dass sie ihn als Lehrer so lange aushalten mussten.

«Die Schule müsste der schönste Ort in jeder Stadt und in jedem Dorf sein – so schön, dass die Strafe für undisziplinierte Kinder darin bestünde, am nächsten Tag nicht in die Schule gehen zu dürfen». Oscar Wildes Aussage bezog sich auf Schulhausbauten, sollte aber für die Schule als Ganzes Geltung haben. Für die meisten Menschen ist eine solche Schule wohl reines Wunschdenken. Eine kindgerechte Schule ist aber keine Utopie, nur gibt es sie leider viel zu selten. Wir sind seit Heinrich Pestalozzi immer wieder an der Errichtung einer kindgerechten Volksschule gescheitert, weil wir die Schule nicht für die Kinder konzipiert haben. Es ging immer nur um die Ängste und Bedürfnisse von Eltern und Lehrern sowie die Anforderungen von Gesellschaft und Wirtschaft. Doch Kinder haben einen genuinen Drang zu lernen. Unsere Aufgabe wäre es, diesen Drang zu befriedigen. Dann würden die Kinder liebend gerne in die Schule gehen, Lernbereitschaft und Kreativität würden nicht im Keim erstickt werden – und der Nutzen für die Gesellschaft wäre darüber hinaus ein Mehrfaches.

Der Lehrer

> Es gehört zu den besonderen Merkmalen der Lehrer-Resignation, dass sie bis zum Äußersten, wo der Hyperbel-Ast des vermeintlichen Lebens sich wahnhaft der Asymptote der Pulslosigkeit nähert …, thematisiert und gelehrt werden kann.

Es gibt sie, die zufriedenen Lehrer, und es gab sie schon immer. Lehrer, die Freude an ihren Schülern haben, und die von Schülern und Eltern geschätzt, ja geradezu verehrt werden. Sie unterrichten mit ansteckender Begeisterung, weil sie selbst den Stoff, auch wenn sie ihn schon mehrmals vorgetragen haben, immer noch faszinierend finden. Sie werden von einer tiefen Befriedigung erfüllt, wenn es ihnen gelingt, den Schülern auf die Sprünge zu helfen.

Es gibt aber auch die Gleichgültigen, die sich als Lehrer – obwohl sie längst nicht mehr beamtet sind – darauf beschränken, eine streng vorgegebene Dienstleistung zu erbringen. Sie geben mit möglichst wenig Aufwand an die Kinder weiter, was ihnen im Lehrplan von Regierung und Verwaltung vorgeschrieben wird. Weil aber ihr Tun so im Laufe der Jahre immer freudloser und anstrengender wird, neigen sie dazu, in die dritte Gruppe abzugleiten.

Die dritte Gruppe ist die der Unglücklichen wie Armin Schildknecht – und von denen gibt es, laut Burn-out-Statistiken, nicht wenige. Sie leiden an der Schule, haben aber nicht die Kraft, sich selbst und die Schule zu verändern. Sie müssen zusehen, wie Generationen von Schülern an ihnen vorbeiziehen und ihre Lehrer schließlich vergessen. Sie beklagen sich über eine tiefe Undankbarkeit und leiden unter einem wachsenden Gefühl von Scheinexistenz. Es gehöre – steht entsprechend im zwölften Quartheft zu lesen – zum «Scheinlebendigen» des Lehrerdaseins, dass der Lehrer «für die Schüler aufhört zu existieren, sobald sie ihrer Erziehungsanstalt entronnen sind».

Jeden Tag stundenlang vor einer Klasse zu stehen und die Schüler am Schulstoff interessiert und erzieherisch einigermaßen unter Kontrolle zu halten, ist eine enorm anspruchsvolle Tätigkeit. Dabei lassen sich Gehorsam und Lernbereitschaft im Wesentlichen auf zwei Arten erreichen. Disziplin und Leistungsdruck ist die repressive Art. Sie ist für den Lehrer extrem anstrengend und über die Jahre kaum aufrechtzuerhalten. Die kindgerechte Alternative ist eine vertrauensvolle Beziehung. Lehrer, die Letzteres praktizieren, zeichnen sich dadurch aus, dass die Schüler sich von ihnen als Person angenommen und wahrgenommen fühlen. Sie unterrichten nicht nur Fächer, sondern begleiten und unterstützen die Kinder auf ihrem Entwicklungsweg. Dafür bekommen sie von Schülern und Eltern etwas Kostbares zurück, das ihnen das Lehrerdasein nicht nur erträglich, sondern auch lebenswert macht: Anerkennung und Dankbarkeit.

Diese Lehrer pflegen Beziehungen nicht nur zu den Schülern, sondern auch zu den Eltern und Arbeitskollegen. Armin Schildknecht hingegen fühlt sich von den Eltern gemieden, und er scheint keinerlei Bedürfnis für einen Austausch mit Kollegen zu haben. Er erwähnt lediglich einen: seinen verstorbenen Vorgänger, den «senkrechten Hartgummilehrer» Paul Haberstich. Wenn Schildknecht sich beklagt, man lasse ihn «hocken, versauern, ersticken», möchte man ihm zurufen: Beziehungen sind keine Einbahnstraßen! Wenn in den letzten Jahren immer mehr Lehrer vom Burn-out-Syndrom betroffen sind, scheint mir der wichtigste Grund für das verstärkte Abgleiten auf dem ‹Hyperbel-Ast zur Lehrer-Resignation› die allgemeine Beziehungslosigkeit in der Schule zu sein.

Inexistent

> Um vermisst werden zu können, braucht man irgendeinen Menschen auf der Welt, der diese Aufgabe auf sich nimmt. Kein Vermisster ohne Vermissenden, das steht fest.

Die Schiltener Dorfbevölkerung hält den Lehrer für einen schweren Hypochonder, einen «eingebildeten Kranken». Fühlt Schildknecht sich krank, verkriecht er sich in sein «weiß lackiertes Gitterbett». Zerwühlte Leintücher, Decken und Kopfkissen sollen den Schweregrad seines Siechtums dokumentieren. Damit aber der Unterricht nicht ausfällt, lässt er das «Krankenbett samt Lehrer-Inhalt» von vier kräftigen Schülern ins Schulzimmer hinuntertragen. Schildknecht leidet allerdings nicht nur körperlich, sondern auf vielfache und umfassende Weise auch psychisch – an der Schule, den Schülern, den Mitmenschen und vor allem an sich selbst. Sein Hausarzt Krähenbühl diagnostiziert gar eine «totale Erkältung [seines] Lebenswillens».

Genauso wenig wie es Schildknecht gelingt, aus seinem Lehrerelend auszubrechen und sich eine lebenswerte Existenz aufzubauen, kann er dem Schulhaus entfliehen. Im Gegenteil, aus dem «Nachwort des Inspektors» geht hervor, dass er das Gebäude nach «seiner disziplinarischen Entlassung» gekauft und sich darin – als ausgebrannter und lebensfremder «Schulsklave» – definitiv eingebunkert hat. Das Schulhaus wurde zu seinem ausschließlichen Lebensraum, zu einem tragikomischen Sinnbild seines Lebens: ein verwinkelter und verknorzter Bau mit unheimlichen Kammern voller dunkler und feuchter Ecken, mit Gräberperspektive; die Turnhalle eine «Sektenkapelle mit halbamtlichem Einschlag», in der nur noch Abdankungen stattfinden; die Schulhausglocke wird zur Totenglocke.

Armin Schildknechts einzige Freude ist das Musizieren auf dem Harmonium in der «Mörtelkammer». Allein das Harmonium vermag seine Lebensgeister zu wecken. Mit seinem Spiel kann Schildknecht seiner Befindlichkeit ungehemmt Ausdruck verleihen, doch zu seinem Leidwesen findet er selbst damit keinen Anklang bei der Dorfgemeinde. Nur Wigger Stefan, «Friedhof-Clochard» und treuer Gehülfe, bricht in einen Begeisterungssturm aus, wenn Armin Schildknecht mit Inbrunst in die Tasten greift und alle Register zieht.

Darüber hinaus leidet Schildknecht unter einem «Postvakuum»: «Zehn Jahre lang kein einziger wichtiger Brief!» Und da er keine Post bekommt, kann er sie nicht einmal abbestellen. Es ist indes noch weit schlimmer. Nicht nur keine Post, auch keine Besuche erhält er. Die Menschen sind froh, wenn sie nichts mit ihm zu tun haben. Bekannte und Verwandte oder gar eine Partnerin scheint es in seinem Leben nie gegeben zu haben. Schildknechts Fazit: Er ist weniger als scheintot, denn dann würde er immerhin wahrgenommen. Er ist weniger als verschollen, denn dann würde noch jemand an ihn denken. Er wird nicht vermisst, kann auch nicht vermisst werden, weil es niemanden gibt, der ihn vermissen würde. Er ist schlicht inexistent.

Hermann Burger war ein schwermütiger und zugleich ein

sehr hellsichtiger Mensch. Seinen Inspektor lässt er zum Schluss des «Nachworts» mit Bedauern feststellen:

> Nebst vielen kritischen Anregungen zur problematischen Stellung des Lehrers in der Gesellschaft ziehe ich, der vormalige Inspektor Peter Stirners, die bittere Lehre daraus, dass ein Mitmensch, wenn unsere humane Aufmerksamkeit auch nur eine Sekunde nachlässt, in dieser Sekunde zu Grunde gehen kann.

Armin Schildknecht und Hermann Burger stehen stellvertretend für all die Menschen, die sich einsam fühlen. Seit den siebziger Jahren, so scheint es mir, hat die emotionale und soziale Vereinsamung geradezu epidemische Züge angenommen. Lebensgemeinschaften mit zahlreichen Erwachsenen und Kindern schrumpfen zu Kleinfamilien und Haushalten von Alleinstehenden. Kinder und Jugendliche sitzen allein zu Hause vor dem Fernseher, PC oder einer Spielkonsole. Alte Menschen dämmern in Altersheimen dahin. Am ‹Symptom› *Schilten* – und das sollte uns zu denken geben – leiden wir mehr denn je.

INHALTSVERZEICHNIS

SCHILTEN
Schulbericht zuhanden der Inspektorenkonferenz

Erstes Quartheft 7 · Zweites Quartheft 24
Drittes Quartheft 42 · Viertes Quartheft 59
Fünftes Quartheft 76 · Sechstes Quartheft 92
Siebtes Quartheft 108 · Achtes Quartheft 125
Neuntes Quartheft 144 · Zehntes Quartheft 164
Elftes Quartheft 184 · Zwölftes Quartheft 200
Dreizehntes Quartheft 216 · Vierzehntes
Quartheft 235 · Fünfzehntes Quartheft 256
Sechzehntes Quartheft 277 · Siebzehntes
Quartheft 295 · Achtzehntes Quartheft 312
Neunzehntes Quartheft 331 · Zwanzigstes
Quartheft 352 · Nachwort des Inspektors 373

PARERGON

Strategien der Verweigerung in *Schilten* 381

ANHANG

Editorische Notizen 397
Nachwort von Remo H. Largo 399

Die Werkausgabe wurde ermöglicht
dank der großzügigen Unterstützung durch

den Kanton Aargau

prohelvetia

sowie der Unterstützung durch

die UBS Kulturstiftung

die STEO-Stiftung Zürich

die Stadt Zürich Kultur

den Verein zur Förderung des Schweizerischen Literaturarchivs

die Hulda und Gustav Zumsteg-Stiftung

3 4 5   18 17

© 2014 Nagel & Kimche
im Carl Hanser Verlag München
Herstellung: Andrea Mogwitz und Rainald Schwarz
Satz: Satz für Satz. Barbara Reischmann
Druck und Bindung: Friedrich Pustet
ISBN Band 4: 978-3-312-00595-6
ISBN Werke in acht Bänden: 978-3-312-00561-1
Printed in Germany

MIX
Papier aus verantwor-
tungsvollen Quellen
FSC® C014889

HERMANN BURGER
WERKE IN ACHT BÄNDEN

Band 1
Gedichte
Verstreute Gedichte (ab 1963)
RAUCHSIGNALE (1967)
KINDERGEDICHTE (um 1975)
KIRCHBERGER IDYLLEN (1980)
Nachwort: Harald Hartung

Band 2
Erzählungen I
KURZGEFASSTER LEBENSLAUF
und andere frühe Prosa (ab 1963)
BORK (1970)
DIABELLI (1979)
Parerga
Nachwort: Beatrice von Matt

Band 3
Erzählungen II
BLANKENBURG (1986)
UNGLAUBLICHE GESCHICHTEN
und andere späte Prosa (1987–1988)
DER SCHUSS AUF DIE KANZEL (1988)
Parerga
Nachwort: Ruth Schweikert

Band 4
Romane I
SCHILTEN: SCHULBERICHT ZUHANDEN DER
INSPEKTORENKONFERENZ (1976)
Parergon
Nachwort: Remo H. Largo

HERMANN BURGER
WERKE IN ACHT BÄNDEN

Band 5
Romane II
DIE KÜNSTLICHE MUTTER (1982)
Parerga
Nachwort: Dieter Bachmann

Band 6
Romane III
BRENNER 1: BRUNSLEBEN (1989)
BRENNER 2: MENZENMANG (Kapitel 1–7; 1992)
Parerga
Nachwort: Kaspar Villiger

Band 7
Sammelbände
EIN MANN AUS WÖRTERN (1983)
ALS AUTOR AUF DER STÖR (1987)
Nachwort: Karl Wagner

Band 8
Poetik & Traktat
Essays und Preis-Reden (ab 1970)
DIE ALLMÄHLICHE VERFERTIGUNG DER IDEE BEIM
SCHREIBEN: FRANKFURTER POETIK-VORLESUNG (1986)
TRACTATUS LOGICO-SUICIDALIS:
ÜBER DIE SELBSTTÖTUNG (1988)
Herausgeberbericht
Zeittafel Hermann Burger
Fragebogen
Nachwort: Ulrich Horstmann